Indische Küche

SADHNA DHAWAN

Indische Küche

Die Gerichte für dieses Buch fotografierte
Martin Krapohl

Bassermann

Inhalt

Namaste! Willkommen in Indien

Von der britischen Kolonie zur Industrienation

Indien – das riesige Reich der Maharajas und Maharanis fasziniert seine Besucher seit Jahrhunderten durch farbenprächtige Tempel, kostbare Paläste, atemberaubende Landschaften, geheimnisvolle Mythen und natürlich durch die wahrhaft königlichen Speisen, die schon Queen Victoria, zu Zeiten des britischen Empires, zu schätzen wusste. Nicht ohne Grund gibt es in der traditionellen englischen Küche auch heute noch viele Spezialitäten indischen Ursprungs, wie zum Beispiel das würzige Chutney und die Currysuppe.

Obwohl der indische Subkontinent nur etwa so groß ist wie Europa, lebt dort ein Fünftel der Weltbevölkerung in einer schillernden Vielfalt von Rassen, Sprachen, Kulturen und Religionen. Die Menschen sprechen mehr als 1 600 verschiedene Sprachen, von denen nur 15 offiziell anerkannt sind. Die Landessprache ist *Hindi,* das von etwa der Hälfte der Bevölkerung verstanden wird. Als allgemeine Geschäftssprache konnte sich, auch nach der Kolonialzeit, Englisch behaupten und begünstigte damit die Entwicklung des Landes zu einer aufstrebenden Industriemacht als Großexporteur von Textilien, Juwelen, Leder, Gewürzen und Tee.

Das Taj Mahal – weltberühmtes Mausoleum aus feinstem Marmor. Maharaja Shahjahan erbaute es im 17. Jahrhundert für seine geliebte Frau Mumtaz Mahal. Auch heute noch fasziniert es die Besucher durch seine strahlende Pracht.

Das Land der Gegensätze

Von den schneebedeckten Gipfeln des Himalaya im Norden bis zu den palmenübersäten Ebenen von Kanyakumari ganz im Süden. Und im Westen von den trockenen Wüsten an den Grenzen Rajasthans bis hin zu den großen Städten des Ostens Kalkutta und der Teehauptstadt Darjeeling. Es ist ein riesiges Land voller Gegensätze. Hier gibt es unvorstellbaren Reichtum neben bitterer Armut, klimatisierte Wolkenkratzer neben den einfachen Wellblechhütten der Slums. Nicht zu vergessen, dass Indien die größte Filmindustrie der Welt besitzt.

Hier ist das Land, wo der Pfeffer wächst

Die Basis der Küche bilden, wie überall auf der Welt, die regionalen Produkte. Schon im Mittelalter galt Indien als das Traumland der Gewürze, und fein nuancierte Mischungen, wie das Currypulver und das Garam Masala, haben längst die Küchen der Welt erobert. An den Südhängen des Himalaya wächst der berühmte Basmatireis, weiter südlich, in der Nähe von Delhi, baut man das Getreide für die vielen verschiedenen Fladenbrote an. Die fruchtbaren Küsten hingegen bieten eine große Auswahl an Fischen, Meeresfrüchten sowie an exotischem Obst und Gemüse.

Hier bestimmt die Religion das Leben

Etwa 80 % der indischen Bevölkerung sind Hindus, 10 % sind Moslems und unter den restlichen 10 % finden sich Christen, Sikhs, Dschainas, Buddhisten und Parsen. Religionen bestimmen auch das Leben der Menschen bis in den Privatbereich hinein. Meist geben sie auch exakte Anweisungen zur täglichen Ernährung.

Tatsächlich prägen Reis und vielfältige vegetarische Gerichte den Speiseplan im vorwiegend hinduistischen Süden, während moslemische Einflüsse im Norden das Fleisch in den Vordergrund stellten.

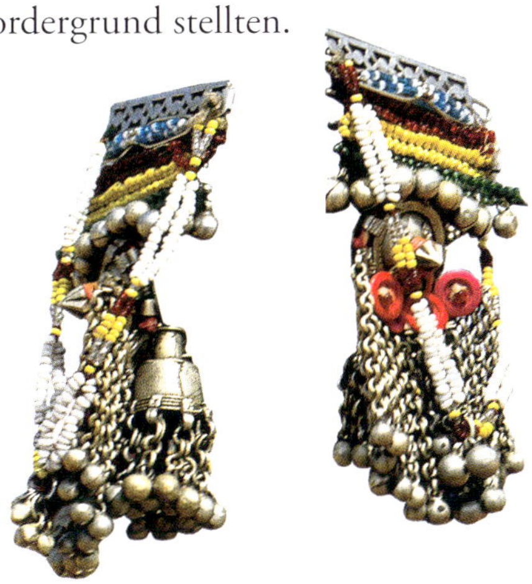

Die Inder lieben Farben. Zu Hochzeiten und anderen hohen Festen bemalen junge Inderinnen Augen, Hände und Füße mit Ornamenten.

Indien bittet zu Tisch

Harmonie für Körper und Geist – die Philosophie

Dennoch haben die Inder, egal aus welcher Region sie stammen und welcher Religion sie angehören, Gemeinsamkeiten in ihrer Küche. Die Speisen werden zum einen meist sehr langsam gegart, um möglichst alle Nährstoffe für den Körper aufzuschließen. Zum anderen erfreuen sie mit fein aufeinander abgestimmten Gewürzen nicht nur den Gaumen. Sie sollen ganz gezielt vor Krankheiten schützen und dem Menschen zu körperlicher sowie seelischer Ausgeglichenheit verhelfen. Schließlich ist Indien die Geburtsstätte des *Ayurveda,* der Wissenschaft vom langen Leben. Die ayurvedische Lehre ermahnt den Menschen, ein Leben voller Klarheit und geistiger Ausgeglichenheit zu führen. Dies schließt die Ernährung, körperliche Übungen (Yoga) und körperliche Reinlichkeit mit ein. Auch die geistige Reinheit ist von großer Bedeutung. Sie umfasst Gewaltlosigkeit, Freundlichkeit und Mitgefühl.

Ein Fest für Auge und Gaumen – das Menü

Aus der Lehre des Ayurveda entstand auch die Tradition, dass alle sechs Geschmacksrichtungen (süß, sauer, bitter, scharf, herb und salzig) in einer Mahlzeit vertreten sein sollten, um das Gleichgewicht von Körper und Geist wieder herzustellen. Deshalb werden viele geschmacklich verschiedene Speisen in kleinen Portionen auf die *Thali,* den indischen Teller, gegeben.

So besteht eine Mahlzeit meist aus folgenden Bestandteilen:

- *Vorspeise* (z. B. Pakoras, S. 17)
- *Suppe* (z. B. Moong-Channa-Dal, S. 72)
- *Brot* (z. B. Naan, S. 94)
- *Reis* (z. B. Reis mit Erbsen, S. 103)
- *Curry* (z. B. Kashmere-Lamm, S. 38)
- *Beilagen* (z. B. Jogurtgericht, S. 90 und Mangochutney, S. 80)
- *Dessert* (z. B. Karottenhalwa, S. 117)
- *Getränk* (z. B. Lassi, S. 108)

Zum Puschkarfest in Rajasthan kommen die Händler von weit her. Für viele Menschen aus den abgelegenen Dörfern ist es die einzige Möglichkeit im Jahr, um Stoffe, Schmuck, Seife und vieles mehr einzukaufen. Lesen Sie mehr über dieses Fest auf Seite 90.

Besonders in Südindien serviert man die kleinen Gerichte auch auf großen Bananenblättern oder auf den Blättern des Mandelbaumes, die mit kleinen Stöckchen zusammengesteckt werden. Gegessen wird im ganzen Land am liebsten mit den Fingern (der rechten Hand), so schmeckt es einfach am besten.

Mit einer Prise Raffinesse – Zutaten

Viele Zutaten für die typischen Gerichte sind uns noch nicht so bekannt, obwohl die Asienläden in den größeren Städten und auch schon viele Supermärkte ihr Angebot an indischen Lebensmitteln in den letzten Jahren stark erweitert haben. Mittlerweile kann man fast alles auch hier bei uns kaufen. Sehen Sie sich bei Ihrem nächsten Einkauf einfach einmal nach asiatischen Lebensmittelgeschäften um oder fragen Sie in einem indischen Restaurant, wo Sie auch in Ihrer Nähe originale Lebensmittel kaufen können. In unserer Warenkunde auf den Seiten 122 und 123 erfahren Sie Interessantes und Wissenswertes über die wenig bekannten, typischen Zutaten.

Das gibt es in der kleinsten Hütte – Küchengeräte

Für die Zubereitung indischer Speisen benötigen Sie eigentlich keine Spezialgeräte. Alles gelingt auch mit unserer westlichen Küchenausstattung. Lesen Sie jedoch im Folgenden, womit die indische Hausfrau kocht:

Eine *Karahi* ist eine tiefe Pfanne mit Henkeln an beiden Seiten. Sie besteht aus Messing oder aus Gußeisen. Weil sie oben weit und am Boden gewölbt ist, braucht man nur wenig Öl zum Fritieren.

Ein *Degchi* ist ein schwerer Topf ohne Henkel. Das Material verteilt die Hitze besonders gleichmäßig und verhindert, dass die Speisen anbrennen. In diesem Topf werden die vielen Currygerichte sehr langsam geschmort.

Ein *Tandoor* ist ein fassförmiger Lehmofen, der mit Holz beheizt wird. Sein Garraum wird so heiß, dass Fleisch in etwa 10 Minuten gar ist, und das Fladenbrot benötigt sogar nur wenige Sekunden.

Eine *Tava* ist eine runde Platte mit einem Holzgriff, in der Fladenbrote wie Chapati und Paratha (Rezepte S. 96 und 102) gebacken werden.

Und ein *Mahlstein* ist eine Art Mörser aus grobem Stein, in dem Kräuter und Gewürze gemahlen werden.

Die Rezepte in diesem Buch sind natürlich auf unsere westlichen Küchengeräte abgestimmt.

Was lange schmort wird endlich gut – Garmethoden

In Indien werden die Lebensmittel, vor allem für die beliebten Curries, gerne sehr lange geschmort, dadurch werden sie weich und leichter verdaulich. Das lange Garen hat auch noch einen anderen Grund: Im heißen Klima des Landes müssen die Speisen sehr gut durchgegart werden, um die Vermehrung von gesundheitsschädlichen Keimen zu verhindern.

Verschiedene Fladenbrote (z. B. Puris, Rezept S. 99) und Gerichte, bei denen ein Teigmantel eine Füllung umhüllt, werden in einer tiefen Pfanne in reichlich Öl und bei mittlerer Hitze fritiert. Man verwendet meist ein spezielles Butterschmalz (das Ghee) zum Fritieren, denn nach der ayurvedischen Lehre ist das gereinigte Butterfett ausgesprochen gesundheitsfördernd.

Besonders Fleischgerichte (z. B. das Tandoori-Hähnchen, Rezept, S. 24) aber auch

Der **Elefantengott Ganesh** wird in einer feierlichen Zeremonie zum Meer getragen und dort versenkt. Lesen Sie auf Seite 28 mehr über dieses berühmte indische Fest.

Fladenbrote (z. B. das beliebte Naan, Rezept S. 94), werden im Tandoori gebacken. Dies ist ein spezieller Lehmofen, der auch heute noch mit Holz beheizt wird und hohe Temperaturen im Garraum erreicht.

Die Entwicklung einer landestypischen Kochkunst ist also immer sehr vielen Einflüssen ausgesetzt. Die regionalen Produkte, das Klima und die verschiedenen Religionen haben die Küche Indiens zu dem gemacht, was sie heute ist.

Kommen Sie nun mit uns auf eine kulinarische Entdeckungsreise durch die faszinierenden Küchen Indiens.

Bevor Sie sich nun von uns durch die Indische Küche führen lassen, hier noch einige Tipps zum Umgang mit den Rezepten.

Die Portionsangaben
Wir haben die Gerichte für 4 Personen vorgesehen. Eine Mahlzeit setzt sich aus mehreren Gerichten zusammen, siehe S. 8.

Die Zubereitungszeit
Hier geben wir die Zeit an, die Sie benötigen, um das ganze Gericht zuzubereiten. Sollten dabei längere Zeitspannen auftreten, in denen Sie nichts zu tun haben, so haben wir diese gesondert in Klammern als Back-, Quell-, Kühlzeit usw. aufgeführt. Alle Zeitangaben beruhen auf durchschnittlichen Erfahrungswerten. Aufgrund der Beschaffenheit der Zutaten, des Kochgeschirrs oder von Herden und Backöfen können diese Zeitangaben geringfügig von der tatsächlich benötigten Zeit abweichen.

Die Kalorienangaben
Sie beziehen sich immer auf 1 Portion des Gerichts.

Die Beilagentipps
Hier finden Sie besonders gut zum Gericht passende „Begleiter".

Die Zutatenmengen
Wenn nicht anders angegeben, gehen wir von ungeputzter Rohware aus. Das ermöglicht Ihnen ein unkompliziertes Einkaufen nach der im Rezept angegebenen Zutatenliste. (Eine Ausnahme bilden hier allerdings fertig gehackte Kräuter, die es tiefgefroren zu kaufen gibt. Sie können die angegebene Kräutermenge selbstverständlich durch frische Ware ersetzen, die Sie dann noch zerkleinern. Dabei entsprechen 2 Esslöffel gehackter Kräuter in etwa 1/2 Bund frischer Kräuter.) Bei Stückangaben (z. B. 1 Zucchini) beziehen wir uns auf ein Stück mittlerer Größe.

Die Backofentemperaturen
Sie beziehen sich auf den Elektroherd mit Ober- und Unterhitze. Wenn Sie mit Umluft arbeiten, reduzieren Sie die Temperatur um 20 %. Die Backzeit bleibt gleich.

Tipps vom Küchenteam
Sie finden hier nützliche Informationen zur Küchenpraxis. Darüber hinaus erhalten Sie von uns viele Anregungen, wie Sie einzelne Zutaten austauschen oder das Gericht auch einmal auf andere Art zubereiten können.

Infotexte
In den Rezeptteil dieses Buches haben wir kleine Infotexte eingestreut, die Ihnen besonders interessante Dinge über indische Feste, Legenden und Märchen verraten. Um Ihnen den Zugriff auf diese Informationen zu erleichtern, haben wir die Überschriften der Texte in das alphabetische Rezept- und Schlagwortverzeichnis auf der Seite 124 aufgenommen.

Die Abkürzungen

TL	=	Teelöffel (gestrichen)
EL	=	Esslöffel (gestrichen)
Msp.	=	Messerspitze
g	=	Gramm (1 000 g = 1 kg)
kg	=	Kilogramm
ml	=	Milliliter (1 000 ml = 1 l)
l	=	Liter
kcal	=	Kilokalorien
ca.	=	circa
°C	=	Grad Celsius
TK-...	=	Tiefkühl-...
Ø	=	Durchmesser
Min.	=	Minuten
Std.	=	Stunde(n)
cm	=	Zentimeter

Die Autorin und die Kochbuchredaktion wünschen Ihnen viel Vergnügen beim Schmökern im Buch und viel Freude beim Nachkochen der Rezepte.

Köstliche Snacks für alle Fälle

Die Inder lieben es, wo auch immer sie sich gerade befinden, an wahrhaft köstlichen Snacks zu knabbern. Meist sind es kleine gefüllte Pasteten (Samosas), in Teig ausgebackene Gemüsestückchen (Pakoras) oder pikante Spießchen (Kebabs), die an jeder Straßenecke ganz frisch feilgeboten werden. In etwas Papier gewickelt und zusammen mit einem fruchtigen Chutney als Dip vernaschen die Inder diese Snacks beim Spazierengehen direkt aus der Hand. So wird der kleine Hunger zwischendurch gestillt und das geschäftige Treiben auf den Straßen kann ungehindert weitergehen. In den Familien werden die Snacks auch oft zum Frühstück gegessen oder noch schnell zubereitet, wenn überraschend Gäste kommen, und Restaurants bieten die kleinen Köstlichkeiten gerne als Vorspeise an, um den Appetit anzuregen. Sicherlich läuft Ihnen nun auch das Wasser im Munde zusammen.

Teigtaschen mit Kartoffelfüllung

Samosas

Für den Teig
250 g Mehl, Type 405
3 EL Öl
etwas Salz
$^1/_8$ l Wasser

Für die Füllung
750 g Kartoffeln
3 EL Öl
1 TL Kreuzkümmel
1 EL Korianderpulver
1 TL Paprikapulver
1 TL Garam Masala (S. 122)
1 TL Mangopulver
200 g grüne TK-Erbsen
2 TL gehackte Korianderblätter

Außerdem
1 l Öl zum Fritieren
etwas Mehl zum Ausrollen

braucht Zeit
- Für 4 Personen
- Zubereitungszeit: ca. $1^1/_4$ Std. (plus ca. 1 Std. Zeit zum Ruhen)
- ca. 940 kcal je Portion

1. Alle Zutaten für den Teig in einer Schüssel zu einem glatten Teig verkneten. Die Schüssel mit einem Tuch abdecken und mindestens 1 Stunde bei Zimmertemperatur ruhen lassen. Die Erbsen auftauen lassen.

2. Inzwischen für die Füllung die Kartoffeln in etwa 20 Minuten gar kochen, dann schälen und in kleine Würfel schneiden.

3. Das Öl in einer Pfanne erhitzen und den Kreuzkümmel darin kurz anrösten. Dann die übrigen Gewürze hinzufügen.

4. Die Kartoffeln, die grünen Erbsen und die Korianderblätter dazugeben, alles gut mischen und einige Minuten auf mittlerer Hitze braten. Danach vom Herd nehmen und abkühlen lassen. Zum Fritieren das Öl in einer Friteuse erhitzen.

5. Den Teig in etwa 12 Portionen teilen. Jede Portion auf einer mit Mehl bestäubten Arbeitsfläche kreisförmig ausrollen und dann halbieren. Auf jeden Halbkreis 2 bis 3 Esslöffel der Füllung geben. Die Teigtaschen zusammenklappen und die Ränder festdrücken.

6. Die Teigtaschen im heißen Öl bei mittlerer Hitze in wenigen Minuten knusprig fritieren und dann sofort servieren.

Eine ländliche Gegend im Nordosten Indiens. Gestampfter Lehmfußboden, die Feuerstelle mitten im Raum, in den Regalen warten Vorräte von Kartoffeln, Reis, Gewürzen und vielem mehr.

Tipps *vom Küchenteam*

- *Zusammen mit einem erfrischenden Salat können Sie das Gericht auch als Hauptmahlzeit für etwa 4 Personen servieren. Der „Königssalat" (Rezept S. 86) passt beispielsweise sehr gut dazu.*
- *Die Füllung der Teigtaschen können Sie nach Belieben variieren. Probieren Sie doch auch andere Gemüsesorten oder Hackfleisch aus oder ersetzen Sie die Korianderblätter durch gehackte Petersilie.*
- *Zu den „Teigtaschen mit Kartoffelfüllung" passen verschiedene Chutneys. Probieren Sie doch einmal das „Mangochutney" (Rezept S. 80).*

Zutaten

300 g Kichererbsenmehl
280 ml Wasser
etwas Salz
1/2 TL Chilipulver
1/2 TL Ajwain (S. 122)
1/2 TL Garam Masala (S. 122)
Öl zum Fritieren
8 Scheiben Toastbrot

Fritierter Gewürztoast

Besen wale Toast

gelingt leicht · schnell

- Für 4 Personen
- Zubereitungszeit: ca. 30 Min.
- ca. 730 kcal je Portion

1. Das Kichererbsenmehl mit dem Wasser in einer Schüssel verrühren. Etwas Salz, Chilipulver, Ajwain und Garam Masala hinzufügen und alles gut mischen.

2. Die Toastscheiben diagonal halbieren, sodass Dreiecke entstehen. Das Öl in einer Pfanne mit hohem Rand stark erhitzen.

3. Die Toasthälften in die Gewürzmischung tunken und dann im heißen Öl in etwa 4 Minuten goldbraun fritieren.

Tipp *vom Küchenteam*

- *Zusammen mit einem „Pfefferminzchutney" (S. 80) schmeckt der fritierte Gewürztoast einfach himmlisch.*

Gemüsekrapfen

Pakora

mild · schnell

- Für 4 Personen
- Zubereitungszeit: ca. 40 Min.
- ca. 930 kcal je Portion

1. Die Zwiebel schälen und in feine Ringe schneiden. Den Blumenkohl waschen und in kleine Röschen teilen. Die Kartoffeln schälen, waschen und in etwa 1 cm große Würfel schneiden.

2. Für den Teig alle restlichen Zutaten in einer Schüssel mit dem Kichererbsenmehl vermengen. So viel Wasser hinzufügen, dass der Teig die Konsistenz eines Pfannkuchenteiges erhält.

3. Das Öl in einer Pfanne mit hohem Rand stark erhitzen. Die Gemüsestücke ganz in den Teig eintunken, herausnehmen und im heißen Öl goldbraun und knusprig fritieren.

Tipp *vom Küchenteam*

- *Zu den Gemüsekrapfen passen verschiedene Chutneys. Probieren Sie doch einmal das „Gewürzchutney“ (Rezept S. 82).*

Zutaten

3 große Zwiebeln
1 kleiner Blumenkohl
3 große Kartoffeln
500 g Kichererbsenmehl
1 TL Ajwain
1 TL grob zerstoßener Koriander
1 EL getrocknete Granatapfelkerne
1/2 TL Chilipulver
1/2 TL Backpulver
700 ml Wasser
etwas Salz
reichlich Öl zum Fritieren

Fleischröllchen am Spieß

Seekh Kebab

Zutaten

$^1/_2$ kg gemischtes Hackfleisch
1 große Zwiebel
2–3 cm frischer Ingwer
4 Knoblauchzehen
2 frische, grüne Chilischoten
1 EL Kichererbsenmehl
2 TL Kebab Mix (S. 122)
1 Ei
1 EL Zitronensaft
etwas Salz

scharf · preiswert

- Für 4 Personen
- Zubereitungszeit: ca. 45 Min. (davon ca. 30 Min. Garzeit)
- ca. 330 kcal je Portion

1. Den Backofen auf etwa 220 °C vorheizen. Die Zwiebel, den Ingwer sowie die Knoblauchzehen schälen und fein hacken. Die Chilischoten längs aufschlitzen, die Kerne entfernen und das Fruchtfleisch sehr fein hacken.

2. Kichererbsenmehl, Kebab Mix, Ei, Zitronensaft und Salz zusammen mit den anderen Zutaten und dem Hackfleisch in einer großen Rührschüssel gut vermischen.

3. Aus dieser Masse anschließend 6 bis 7 cm lange Röllchen formen und diese auf mehrere Grillspieße stecken.

4. Die Fleischröllchen im Ofen 25 bis 30 Minuten backen und dann warm servieren.

Tipps *vom Küchenteam*

- *Servieren Sie zu den Fleischröllchen ein würziges Chutney, beispielsweise das „Tomatenchutney" (Rezept S. 79).*
- *Wenn Sie dieses Gericht zusammen mit dem „Curryreis" (Rezept S. 105) und einigen „Vollkornfladenbroten" (Rezept S. 96) servieren, reicht die Menge auch für eine sättigende Hauptmahlzeit.*

Brot mit Kartoffelfüllung

Bombay Samosa

1. Die Kartoffeln in reichlich Salzwasser geben und in etwa 25 Minuten weich kochen. Sie dann schälen und grob zerdrücken.

2. In einer großen Schüssel alle Zutaten, außer den Toastscheiben und dem Öl, gründlich vermischen.

3. In einer anderen, zur Hälfte mit Wasser gefüllten Schüssel die Toastscheiben einzeln kurz einweichen. Sie dann herausnehmen und das Wasser vorsichtig mit einer Gabel herausdrücken.

preiswert · deftig

- Für 4–6 Personen
- Zubereitungszeit: ca. 30 Min.
- ca. 680 kcal je Portion

4. Das Öl in einer Pfanne mit hohem Rand stark erhitzen. Die Toastscheiben mit jeweils 1 Esslöffel der Kartoffelmasse belegen, zusammenklappen und die Ränder gut andrücken.

5. Das Brot, im heißen Öl schwimmend, knusprig fritieren und anschließend sofort warm servieren.

Zutaten

500 g Kartoffeln
1/2 TL Kreuzkümmel
1 TL Granatapfelkerne
1/2 TL Chilipulver
1 TL Garam Masala (S. 122)
1 EL gehackte Petersilie
1 TL Salz
10 Scheiben Toastbrot
reichlich Öl zum Fritieren

Hackbällchen mit Eifüllung

Shami Kebab

Zutaten

500 g gemischtes Hackfleisch
4 Knoblauchzehen
1 EL gehackte Petersilie
1 EL Kichererbsenmehl
1 TL Garam Masala (S. 122)
1 TL Ingwerpulver
1 TL Chilipulver
1 Ei
1 TL Salz
4 hart gekochte Eier
reichlich Öl zum Fritieren

würzig · gelingt leicht

- Für 4 Personen
- Zubereitungszeit: ca. 25 Min.
- ca. 840 kcal je Portion

1. Den Knoblauch schälen und fein hacken. In einer Schüssel das Hackfleisch mit allen anderen Zutaten, außer den hart gekochten Eiern, gut vermischen.

2. Das Öl in einer Pfanne mit hohem Rand erhitzen. Inzwischen die hart gekochten Eier pellen und jeweils in ein Viertel der Hackfleischmasse einpacken. Die Bällchen gut mit den Fingern festdrücken.

3. Die Fleischbällchen im heißen Öl braun ausbacken. Sie dann halbieren und noch heiß servieren.

Tipps *vom Küchenteam*

- *Dazu passen ein frisches „Pfefferminzchutney“ (Rezept S. 80) und ein „gemischter Salat“ (Rezept S. 84).*
- *Dieses Gericht können Sie auch mit derselben Menge Lammhackfleisch zubereiten.*

Riesengarnelen nach indischer Art

Jhinge ka Tikka

1. Die Garnelen waschen und trockentupfen. Den Ingwer sowie die Knoblauchzehen schälen und fein hacken. Den Jogurt in eine Schüssel geben und glatt rühren.

2. Alle restlichen Zutaten, außer der Butter, zusammen in eine Rührschüssel geben und gut vermengen.

3. Die Garnelen in die Jogurtmarinade geben, wenden und etwa 20 Minuten darin ruhen lassen. Sie anschließend mit einem Schaumlöffel aus der Schüssel heben und die Marinade dabei abtropfen lassen.

4. In einer Pfanne die Butter schmelzen lassen, die Marinade dazu geben und alles solange umrühren, bis sich die Butter als dicke Sauce am Boden der Pfanne absetzt.

5. Die Garnelen in diese Sauce geben und einige Minuten darin garziehen lassen, dabei vorsichtig umrühren, damit die empfindlichen Meeresfrüchte nicht zerfallen.

etwas Besonderes · sahnig

- Für 4 Personen
- Zubereitungszeit: ca. 45 Min. (davon 20 Min. Zeit zum Marinieren)
- ca. 260 kcal je Portion

Tipps *vom Küchenteam*

- *Zu den Riesengarnelen passt Reis sehr gut. Probieren Sie doch den „Reis mit Erbsen" (Rezept S. 103) dazu.*
- *Verwenden Sie möglichst große Garnelen, denn diese bleiben schön saftig.*
- *Die rote Speisefarbe gehört traditionell zu diesem Gericht. Sie können sie aber auch weglassen, denn auf den Geschmack hat sie keinen Einfluss.*

Zutaten

500 g geschälte Riesengarnelen mit Schwanz
2–3 cm Ingwer
4 Knoblauchzehen
6 EL Vollmilchjogurt
2 EL Zitronensaft
1 TL Kreuzkümmelpulver
1/2 TL Garam Masala (S. 122)
2 Tropfen rote Speisefarbe
etwas Salz
50 g Butter

Marinierter Fisch

Tali Hui Machchi

Zutaten
700 g Seehecht-filets
2–3 cm Ingwer
6 Knoblauch-zehen
4–5 EL Voll-milchjogurt
2 EL Zitronen-saft
1 TL Chilipulver
1/2 TL Kurkuma
etwas Salz
Butterschmalz zum Braten
1 TL Chat Masala (S. 122)

pikant · raffiniert
- Für 4 Personen
- Zubereitungszeit: ca. 45 Min.
- ca. 400 kcal je Portion

1. Den Fisch waschen und trockentupfen. Das Filet quer zur Faser in etwa 2 cm breite Streifen schneiden.

2. Den Ingwer und die Knoblauchzehen schälen. Ingwer, Knoblauch, Jogurt, Zitronensaft sowie Gewürze zusammen im Mixer pürieren.

3. Die Filetstreifen auf einen Teller legen und die pürierte Masse sorgfältig darauf verteilen, sodass der Fisch rundherum bedeckt ist.

4. In einer Pfanne das Butterschmalz erhitzen und die Filetstreifen darin beidseitig in 2 bis 3 Minuten goldbraun braten.

5. Den Fisch anschließend mit Chat Masala bestreuen und noch warm servieren!

Tipp *vom Küchenteam*

- *Dazu passt ein erfrischender Salat oder Reis. Probieren Sie den „Rettich-Karotten-Salat“ (Rezept S. 85) dazu.*

Raksha Bandhan

Das *Bruder-und-Schwester-Fest* findet im Hochsommer an einem Vollmondtag statt. Es soll die besonders enge Bindung zwischen den beiden stärken. Zu diesem Anlass bindet die Schwester ihrem Bruder ein buntes Armband um das Handgelenk und betet dabei für seine Gesundheit, Fröhlichkeit und für seinen Erfolg. Er bindet ihr ebenfalls ein Armband um das Handgelenk und verspricht, immer für sie da zu sein, wenn sie ihn braucht. Als Abschluss der Zeremonie gibt jeder dem anderen noch eine kleine Süßigkeit.

Tandoori Hähnchen

Tandoori Murg

Zutaten

4 Hähnchenkeulen
2–3 cm Ingwer
4 Knoblauchzehen
1 EL Tandoori Masala (S. 123)
1 EL Zitronensaft
400 g Vollmilchjogurt
etwas Salz
1 TL Chat Masala (S. 122)

ein Klassiker · zart

- Für 4 Personen
- Zubereitungszeit: ca. 45 Min. (plus ca. 6 Std. Zeit zum Marinieren)
- ca. 390 kcal je Portion

1. Zuerst die Hähnchenkeulen enthäuten. Dann mit einem scharfen Messer in jede Keule jeweils zwei tiefe Einstiche machen.

2. Den Ingwer schälen und fein reiben. Die Knoblauchzehen ebenfalls schälen und durchpressen.

3. Ingwer, Knoblauch, Tandoori Masala, Zitronensaft und Jogurt zu einer würzigen Creme vermischen. Die Hähnchenkeulen salzen und in die Jogurtmarinade einlegen. Sie 5 bis 6 Stunden darin ziehen lassen.

4. Den Ofen auf 220 °C vorheizen. Die Hähnchenkeulen zusammen mit der anhaftenden Marinade auf ein gefettetes Backblech legen und auf mittlerer Schiene in 25 bis 30 Minuten goldbraun backen. Die Hühnerkeulen anrichten, mit Chat Masala bestreuen und noch warm servieren.

Teig wird an die Innenwand des heißen ***Tandoor-Ofens*** *gedrückt. In Sekundenschnelle ist das knusprige Fladenbrot gar und der Duft nach Frischgebackenem erfüllt die Küche.*

Tipp *vom Küchenteam*

- *Wer möchte, kann auch anstelle der Hühnerkeulen Hähnchen- oder Putenbrustfilets verwenden.*

Von herzhaft bis zart – Fleisch

Der Hinduismus, dem die meisten Menschen in Indien angehören, verbietet den Verzehr von Rindfleisch. Die Kuh ist ihnen sogar heilig und genießt absolute Narrenfreiheit. Man kann sie selbst im dichtesten Straßenverkehr der Großstädte frei herumlaufen sehen. Das liegt daran, dass ein Kleinkind direkt nach der Muttermilch Kuhmilch als Nahrung erhält und die Inder dieses Tier deshalb als die zweite Mutter des Kindes ansehen.

Die männlichen Tiere werden zur Arbeit eingesetzt und verendet ein Rind, wird es vergraben oder verbrannt, aber niemals kommerziell verwertet. So bereichern statt dessen Köstlichkeiten mit Geflügel, Fisch und Meeresfrüchten, aber auch mit Lammfleisch den Speiseplan der Hindus. In anderen Religionen, wie zum Beispiel im Islam und im Judentum wird kein Schweinefleisch gegessen. Deshalb weicht man dort auf andere Fleischsorten aus. Doch genau wie in den westlichen Industrieländern verlieren auch die religiösen Traditionen der Inder allmählich an Bedeutung, und bei vielen Anlässen, wie zum Beispiel bei Familienfesten oder Geschäftsessen sind Fleischgerichte selbstverständlich.

Lammspieße

Tikka Kebab

Zutaten

750 g Lammfleisch
2 EL Zitronensaft
2 Zwiebeln
4 Knoblauchzehen
5 cm Ingwer
400 g Vollmilchjogurt
2 EL Rotweinessig
2 TL Garam Masala (S. 122)
2 TL Paprikapulver
etwas Salz

gut vorzubereiten · mild

- Für 4 Personen
- Zubereitungszeit: ca. 50 Min. (plus 24 Stunden Zeit zum Marinieren)
- ca. 300 kcal je Portion

1. Das Lammfleisch waschen und in 2 bis 3 cm große Würfel schneiden. Dabei das Fett vom Fleisch vollständig entfernen.

2. Den Zitronensaft auf das Fleisch träufeln. Die Zwiebeln schälen und eine davon sehr fein hacken. Danach den Knoblauch sowie den Ingwer schälen. Knoblauch, Ingwer und Zwiebelwürfel zusammen mit Jogurt, Essig, Garam Masala, Paprikapulver sowie Salz in einen Mixer geben und das Ganze 2 bis 3 Minuten lang pürieren, bis eine cremige Sauce entsteht.

3. Die Lammstücke in einer Schüssel mit der Sauce vermengen. In den Kühlschrank stellen und in 24 Stunden durchziehen lassen.

4. Nach dem Marinieren den Grill vorheizen. Die restliche Zwiebel in mundgerechte Stücke schneiden und diese abwechselnd mit den Lammfleischwürfeln auf Metallspieße stecken.

5. Zum Schluss die Spieße etwa 20 Minuten unter gelegentlichem Wenden grillen, bis das Fleisch bräunt.

Tipps *vom Küchenteam*

- *Zu dieser Vorspeise passt ein „Pfefferminzchutney" (Rezept S. 80) sehr gut.*
- *Die Lammspieße eignen sich auch hervorragend für Ihre sommerliche Grillparty. Servieren Sie dann eine kleine Auswahl verschiedener Chutneys und etwas Fladenbrot dazu.*

Ganesh Chaturthi

Das *Fest* zu Ehren des Glücksgottes mit dem Elefantenkopf, Ganesh, findet jedes Jahr im Hochsommer zwischen Juli und August statt. Die Feierlichkeiten, in deren Mittelpunkt die geschmückte Statue des Glücksgottes steht, dauern eine ganze Woche und als krönender Abschluss wird Ganesh im Meer versenkt. Seinen Ursprung hat das Fest in der Zeit des Britischen Empires, als ein großer Teil der indischen Bevölkerung viel Leid ertragen musste. Ein weiser Inder rief damals das Fest des Elefantengottes ins Leben, um den Menschen neuen Mut zu machen und bis heute ist diese Tradition nicht abgebrochen. Die Statue des Gottes Ganesh ist auf Seite 9 zu sehen.

Hackfleisch „Hyderabad"

Hyderabadi di Keema

Zutaten

250 g Kartoffeln
5–6 EL Öl
2 Zwiebeln
4 Knoblauchzehen
500 g Lammhackfleisch
250 g Vollmilchjogurt
2 frische, grüne Peperoni
2–3 cm Ingwer
2 Lorbeerblätter
4 Nelken
2 Körner schwarzer Kardamom
1 TL Kurkumapulver
2 TL Paprikapulver
1 TL Garam Masala (S. 122)
etwas Salz

feinwürzig · preiswert

- Für 4 Personen
- Zubereitungszeit: ca. 30 Min.
- ca. 400 kcal je Portion

1. Die Kartoffeln schälen und in mundgerechte Würfel schneiden. Das Öl in einer Pfanne erhitzen und die Kartoffelwürfel darin knusprig braten. Sie anschließend herausnehmen und beiseite stellen.

2. Die Zwiebeln sowie die Knoblauchzehen schälen und beides fein hacken. Im restlichen Öl beides leicht anrösten.

3. Nun das Hackfleisch, den Jogurt sowie alle Gewürze nacheinander in die Pfanne geben und das Ganze so lange unter gelegentlichem Rühren etwa 10 Minuten braten, bis das Fleisch gar ist.

4. Inzwischen den Ingwer schälen und zusammen mit den Peperoni sehr klein schneiden. Anschließend die knusprigen Kartoffeln zusammen mit dem Ingwer und den Peperoni unter die Hackfleischmasse mischen und das Ganze noch für wenige Minuten weiterbraten.

Tipps *vom Küchenteam*

- *Als Beilage zu diesem traditionellen Gericht passt Basmatireis oder Brot sehr gut.*
- *Das Lammfleisch sollten Sie erst am Tag der Zubereitung frisch einkaufen, denn es ist nicht so lange haltbar.*
- *Wenn Sie kein Lammhackfleisch bekommen können, schmeckt dieses Gericht auch mit Rinderhack sehr gut.*

Durga Puja

Das religiöse *Fest* soll für Glück und Zufriedenheit in der Familie sorgen. Einer Sage über die Entstehung dieses Festes zufolge führten die Götter Krieg gegen die Dämonen. Da die Macht der Dämonen sehr groß war, vereinigten sich die Götter Shiva, Wishnu und Brahma. Aus ihnen wurde die Göttin Durga geboren, deren Macht die Dämonen nun nichts mehr entgegenzusetzen hatten – sie wurden besiegt. Jedes Jahr im Herbst fastet man deshalb in Indien sieben Tage lang und am achten Tag werden in einer feierlichen Zeremonie sieben Mädchen einige Speisen (beispielsweise Puri und Halwa) sowie Geld überreicht.

Mit seinen unzähligen Türmen und Zinnen gleicht das Verwaltungsgebäude in Hyderabad dem prächtigen Palast eines Maharajas.

Fleischbällchen in würziger Sauce

Nargise Kofte

Für die Fleischbällchen

1 Zwiebel
2 Knoblauchzehen
500 g gemischtes Hackfleisch
1 TL Chilipulver
1/2 TL gemahlener Zimt
1/2 TL gemahlene Nelken
1/2 TL gemahlener schwarzer Kardamom
1 Ei
etwas Salz
reichlich Öl zum Fritieren

Für die Sauce

5–6 EL Öl
1 große Zwiebel
2 Knoblauchzehen
1 TL Kreuzkümmel
1 TL Kurkumapulver
2 TL gemahlener Koriander
1 TL Chilipulver
200 ml Wasser
2–3 cm Ingwer
2–3 EL Zitronensaft
etwas Salz

gut vorzubereiten

- Für 4 Personen
- Zubereitungszeit: ca. 45 Min.
- ca. 730 kcal je Portion

Tipps *vom Küchenteam*

- *Servieren Sie zu den Fleischbällchen einige Vollkornfladenbrote „Chapati" (Rezept S. 96).*
- *Die Hackfleischbällchen können Sie sehr gut in größeren Mengen zubereiten und fertig gebraten einfrieren. Zum Servieren lassen Sie sie langsam bei Zimmertemperatur auftauen, und erhitzen Sie sie dann in der Sauce.*

1. Für die Fleischbällchen die Zwiebel sowie die Knoblauchzehen schälen und beides fein hacken. Mit Hackfleisch, Chilipulver, Zimt, Nelken, Kardamom, Ei und Salz gut verkneten.

2. Aus dem Fleischteig Bällchen mit etwa 4 cm Durchmesser formen. Das Öl in einer Pfanne mit hohem Rand erhitzen und die Bällchen darin goldbraun braten.

3. Inzwischen das Öl für die Sauce in einem kleinen Topf erhitzen. Zwiebel sowie Knoblauchzehen schälen und in sehr kleine Würfel schneiden. Beides in den Topf geben und so lange braten, bis sie glasig werden.

4. Zuerst den Kreuzkümmel, dann das Kurkuma, den Koriander, das Chilipulver sowie das Salz hinzufügen und alles kurz anrösten.

5. Nun 200 ml Wasser in den Topf gießen, alles vermischen und etwa 5 Minuten kochen lassen. Den Ingwer schälen und in feine Streifen schneiden. Den Ingwer und die Fleischbällchen in die Sauce geben.

6. Anschließend den Zitronensaft darauf gießen, umrühren, das Ganze zudecken und noch einige Minuten ziehen lassen.

Mariniertes Huhn in Buttersauce

Makhani Murg

1. Zuerst die Hähnchenkeulen enthäuten und dann mit einem scharfen Messer in jede Keule jeweils zweimal tief einstechen.

2. Den Ingwer schälen und fein reiben. Die Knoblauchzehen ebenfalls schälen und durchpressen.

3. Ingwer, Knoblauch, Tandoori Masala, Zitronensaft, Jogurt und Salz zu einem Brei verrühren. Nun die Hähnchenkeulen in diese Marinade einlegen und für 6 bis 7 Stunden durchziehen lassen.

4. Den Ofen auf 220 °C vorheizen, die Hähnchenkeulen auf ein gefettetes Backblech legen und in 15 bis 20 Minuten goldgelb backen.

5. Inzwischen für die Sauce in einem großen Topf die Butter schmelzen lassen. Danach das Tomatenpüree, den Sauerrahm sowie die süße Sahne hinzufügen und die Sauce bei mittlerer Hitze mit einem Schneebesen langsam umrühren.

6. Wenn diese Mischung zu kochen anfängt, Chilipulver, Garam Masala sowie Salz hinzufügen, die Sauce abschmecken und dann die gegarten Hähnchenkeulen hineingeben. Den Herd ausschalten und das Ganze zugedeckt noch einige Minuten ziehen lassen.

sahnig · braucht etwas Zeit

* Für 4 Personen
* Zubereitungszeit: ca. 1 Std. (plus 6–7 Std. Zeit zum Marinieren)
* ca. 1 000 kcal je Portion

Tipps *vom Küchenteam*

* *In Indien serviert man zum marinierten Huhn am liebsten ein „Hefefladenbrot" (Rezept S. 94).*
* *Sie können anstelle der Hähnchenkeulen auch Hähnchenbrustfilet verwenden.*

Für die Hühnerkeulen

4 Hähnchenkeulen
2–3 cm Ingwer
4 Knoblauchzehen
1 EL Tandoori Masala (S. 123)
1 EL Zitronensaft
400 g Vollmilchjogurt
etwas Fett für das Blech

Für die Sauce

100 g Butter
150 g Tomatenpüree
150 g Sauerrahm
100 g süße Sahne
1/2 TL Chilipulver
1/2 TL Garam Masala (S. 122)
etwas Salz

Huhn im Topf

Karahi Murg

Für das Huhn

3 große Zwiebeln
3 große Tomaten
5 EL Öl
3 cm Ingwer
4 Knoblauchzehen
1 Huhn oder Hähnchen (ca. 1 kg)
100 g Vollmilchjogurt
100 g Cashewkerne
250 g Paneer (S. 123)
1 EL gehackte Korianderblätter

Ganzgewürze

2 TL Korianderkörner
1 TL Kreuzkümmel
1 TL Bockshornkleesamen
1/2 TL Senfkörner
5 getrocknete Chilischoten
2 Lorbeerblätter
5 Nelken
4 cm Zimtrinde

Gemahlene Gewürze

1 TL Kurkumapulver
1 TL gemahlener Koriander
1/2 TL Chilipulver
1 TL Garam Masala (S. 122)
etwas Salz

sehr würzig · gelingt leicht

- Für 4 Personen
- Zubereitungszeit: ca. 1 Std. 15 Min.
- ca. 910 kcal je Portion

Tipps *vom Küchenteam*

- *Zu diesem Gericht passt ein indisches Brot sehr gut (Rezepte ab S. 94).*
- *Wenn Sie keine Cashewkerne bekommen können, verwenden Sie einfach dieselbe Menge Mandeln oder Macadamianüsse.*

1. Die Zwiebeln schälen und in kleine Würfel schneiden. Die Tomaten waschen, putzen und ebenfalls in kleine Würfel schneiden.

2. Das Öl in einem Topf erhitzen und alle Ganzgewürze etwa 1 Minute darin anrösten. Dann die Zwiebeln dazugeben und darin anbraten.

3. Den Ingwer schälen und in kleine Würfel schneiden. Die Knoblauchzehen schälen und zerdrücken. Tomaten, Ingwer, Zwiebeln sowie Knoblauch zur Gewürzmischung geben und das Ganze etwa 3 Minuten unter Rühren kochen lassen.

4. Inzwischen das Huhn häuten und in 8 Portionsteile schneiden. Zusammen mit den gemahlenen Gewürzen in den Topf geben, umrühren und das Gericht etwa 25 Minuten auf niedrigster Stufe ohne Deckel leicht köcheln lassen. Währenddessen die Fleischteile gelegentlich wenden.

5. Sobald die Speise beginnt, am Topfboden anzusetzen, den Jogurt, die Cashewkerne sowie das Paneer hinzufügen und alles gut umrühren. Das Ganze zum Schluss mit den Korianderblättern bestreuen.

Curryhuhn

Delhi Murg

1. Das Huhn gründlich waschen, trockentupfen, enthäuten und mit der Geflügelschere in 8 Teile schneiden. Die Zwiebel und die Knoblauchzehen schälen und fein hacken.

2. Das Öl in einem Topf erhitzen und die Zwiebeln sowie die Knoblauchzehen darin rösten. Sobald die Zwiebeln glasig sind, Zimt, Kardamom und Nelken hinzufügen. Dann die Hühnerteile in diese Mischung geben und alles braten.

3. Inzwischen den Ingwer schälen und in dünne Streifen schneiden. Die Tomaten putzen, waschen und in kleine Würfel schneiden.

4. Nun den Ingwer und die Tomaten zusammen mit Chilipulver, Koriander, Kreuzkümmel und Kurkuma zum Huhn in den Topf geben, alles vermengen und so lange weiterkochen, bis das Fleisch gar ist.

5. Anschließend das Ganze mit Zitronensaft, Salz und Korianderblättern abschmecken.

ein Klassiker · scharf

- Für 4–6 Personen
- Zubereitungszeit: ca. 1 Std.
- ca. 750 kcal je Portion

Tipps *vom Küchenteam*

- *Zum Curryhuhn isst man in Indien gerne etwas Brot oder Reis.*
- *Wenn Sie möchten, können Sie auch anstelle der verschiedenen Gewürze ein fertig gemischtes Currypulver verwenden. Es kommt geschmacklich allerdings nicht an das selbst gemischte heran.*

Zutaten

1 Huhn oder Hähnchen (ca. 1 1/2 kg)
1 große Zwiebel
2 Knoblauchzehen
4–5 EL Öl
5 cm Zimtrinde
4 Körner schwarzer Kardamom
4 Nelken
5 cm Ingwer
2 Tomaten
1 TL Chilipulver
2 TL gemahlener Koriander
1 TL gemahlener Kreuzkümmel
1 TL Kurkumapulver
2–3 EL Zitronensaft
1 EL gehackte Korianderblätter
etwas Salz

Mughlai-Huhn

Shahi Murg

Zutaten

1 Huhn oder Hähnchen ($1^1/_2$ kg)
2 Knoblauchzehen
1 große Zwiebel
5 cm Ingwer
2 frische grüne Peperoni
5 Körner Kardamom
5 Nelken
250 g Vollmilchjogurt
$^1/_2$ TL Safran
100 g geriebene Mandeln
100 g geriebene Kokosnuss
4–5 EL Öl
etwas Salz
1 TL gehackte Petersilie

feinwürzig · cremig

- Für 4 Personen
- Zubereitungszeit: ca. 45 Min.
- ca. 1 080 kcal je Portion

1. Das Huhn enthäuten und mit einer Geflügelschere in 8 Teile schneiden. Knoblauchzehen, Zwiebel sowie Ingwer schälen und alles klein hacken.

2. Knoblauchzehen, Zwiebeln, Ingwer sowie Peperoni in einen Mixer geben und darin pürieren.

3. Danach die Hühnerteile in eine Schüssel geben und mit allen übrigen Zutaten, außer der Petersilie, gut vermischen.

4. Diese fertige Mischung in einen Topf geben und auf niedriger Stufe zugedeckt 25 bis 30 Minuten kochen lassen. Wenn das Fleisch gar ist, es mit der Petersilie bestreuen.

Tipps *vom Küchenteam*

- *Reichen Sie zum traditionellen Mughlai-Huhn etwas indisches Brot (Rezepte ab S. 94).*
- *Das Gericht schmeckt noch würziger, wenn Sie die Petersilie durch 1 Teelöffel fein gehackte Korianderblätter ersetzen.*

Gefülltes Huhn

Murg Navratni

raffiniert · braucht Zeit

- Für 4 Personen
- Zubereitungszeit: ca. $1^1/_2$ Std. (davon 1 Std. Backzeit)
- ca. 1 400 kcal je Portion

Tipp *vom Küchenteam*

- *Servieren Sie zum gefüllten Huhn Ofenkartoffeln und einen erfrischenden, gemischten Salat.*

1. Das Huhn sorgfältig waschen, innen sowie außen mit etwas Salz und Pfeffer bestreuen und zugedeckt in den Kühlschrank stellen. Nun den Reis in etwa 500 ml Salzwasser in etwa 20 Minuten gar kochen.

2. Inzwischen die Zwiebeln, die Knoblauchzehen sowie den Ingwer schälen und fein hacken. Die Champignons und die Karotte putzen, kurz abwaschen und in Würfel schneiden. Die Erbsen aus der Packung nehmen.

3. Das Öl in einer großen Pfanne erhitzen. Zwiebel-, Knoblauch- und Ingwerstücke hineingeben.

4. Danach alle Gemüsesorten darunter mischen und das Ganze weitere 5 Minuten braten.

5. Das Chilipulver, das Garam Masala, den gegarten Reis sowie die gehackten Nüsse unter das Gemüse mischen und diese Masse etwas abkühlen lassen.

6. Den Backofen auf 220 °C vorheizen. Die Hälfte der Gemüse-Nuss-Füllung in das Huhn geben. Die Eier pellen und ebenfalls hineinstopfen. Zum Schluss die restliche Füllung auf die Eier geben.

7. Das Huhn in eine gefettete, feuerfeste Form legen und im Ofen, unter gelegentlichem Wenden, etwa 1 Stunde garen.

Zutaten

1 küchenfertiges Huhn (ca. $1^1/_2$ kg)
1 TL Salz
schwarzer Pfeffer
200 g Basmatireis
2 Zwiebeln
5 Knoblauchzehen
5–6 cm Ingwer
50 g frische Champignons
1 Karotte
4–5 EL Öl
50 g TK-Erbsen
1 TL Chilipulver
1 TL Garam Masala (S. 122)
100 g gehackte Nüsse (Mandeln, Pistazien, Cashewkerne)
3 hart gekochte Eier

Kashmere-Lamm

Rogan Josch

Für das Lamm

1 kg Lammschulter (mit Knochen)
3 Zwiebeln
4 Knoblauchzehen
4–5 EL Öl
3 Tomaten
5 cm Ingwer
2 frische, grüne Peperoni
200 g Vollmilchjogurt
100 g geriebene Cashewkerne
2 EL gehackte Korianderblätter

Ganzgewürze

1 Zimtstange
4 Nelken
3 Körner Kardamom
2 Lorbeerblätter
1 TL Kreuzkümmel

gemahlene Gewürze

1 TL Kurkumapulver
1 TL Koriander
1 TL Paprikapulver, rosenscharf
1/2 TL Chilipulver
1 TL Garam Masala (S. 122)
1 TL Salz

feinwürzig · edel

- Für 4 Personen
- Zubereitungszeit: ca. 1 Std. 15 Min.
- ca. 920 kcal je Portion

1. Das Lammfleisch waschen, vom Knochen lösen, in Portionsstücke teilen und beiseite stellen. Die Zwiebeln und die Knoblauchzehen schälen. Die Zwiebeln in feine Ringe schneiden und die Knoblauchzehen zerdrücken.

2. Das Öl in einer Pfanne erhitzen. Die Zwiebelringe und die zerdrückten Knoblauchzehen darin goldbraun braten. Danach die Ganzgewürze darin kurz anrösten. Anschließend die Fleischstücke hinzufügen und das Ganze bei mittlerer Hitze weiterbraten.

3. Inzwischen die Tomaten waschen, putzen und in Stücke schneiden. Den Ingwer schälen und in dünne Streifen schneiden. Tomaten, Ingwer und grüne Peperoni zusammen mit den gemahlenen Gewürzen unter das Fleisch mischen und alles unter gelegentlichem Rühren weiterbraten. Wenn nötig, etwas Wasser darauf gießen.

4. Sobald das Fleisch gar ist, den Jogurt zusammen mit den Cashewkernen zu einer Paste verrühren und mit dem Fleisch vermischen. Auf niedriger Stufe etwa 15 Minuten weiterköcheln lassen.

5. Vor dem Servieren das Kashmere-Lamm mit den gehackten Korianderblättern bestreuen.

Das Kloster Thiksey in Kashmere. Hier finden buddhistische Mönche Ruhe für Meditation und Besinnung.

Tipps *vom Küchenteam*

- *Zu diesem Gericht passt Reis sehr gut. Probieren Sie doch einmal den „Reis mit Erbsen" (Rezept S. 103) dazu.*
- *Anstelle der Korianderblätter können Sie auch fein gehackten Kerbel oder Petersilie verwenden.*

Lamm nach Maharaja-Art

Shahi Korma

Für das Lamm
1 kg Lammschulter (ohne Knochen)
2 Tomaten
2 Zwiebeln
1 EL Öl
3 cm Ingwer
3 Knoblauchzehen
1 EL gemahlene Cashewkerne
4 EL Vollmilchjogurt
4 EL süße Sahne

Ganzgewürze
1/2 Zimtstange
4 Körner Kardamom
4 Nelken
1/2 TL Kreuzkümmel

Gemahlene Gewürze
1 TL Koriander
1/2 TL Kreuzkümmel
1 TL Paprika
1/2 TL Kurkuma
1/2 TL Chili
etwas Salz

Außerdem
Garam Masala zum Bestreuen (S. 122)

etwas Besonderes · cremig
- Für 4 Personen
- Zubereitungszeit: ca. 1 Std. 40 Min.
- ca. 680 kcal je Portion

1. Das Fleisch von Fett sowie Sehnen befreien, waschen, trockentupfen, in etwa 2 cm große Stücke schneiden und dann beiseite stellen.

2. Die Tomaten waschen, putzen und in kleine Würfel schneiden. Die Zwiebeln schälen und klein würfeln.

3. Nun das Öl in einer Pfanne erhitzen. Die Ganzgewürze hinzufügen und im heißen Fett etwa 1 Minute rösten. Die Zwiebeln dazu geben und goldgelb rösten.

4. Ingwer sowie Knoblauchzehen schälen und fein hacken. Beides zusammen mit den Tomaten zur Gewürzmischung geben und alles etwa 5 Minuten kochen lassen.

5. Danach das Fleisch hinzufügen. Gleichzeitig alle übrigen Gewürze in die Pfanne geben, alles gut umrühren und zugedeckt etwa 1 Stunde kochen lassen. Bei Bedarf etwas Wasser hinzufügen.

6. Nach Beendigung der Garzeit die gemahlenen Cashewkerne mit etwas Wasser zu einer Paste verrühren. Zusammen mit dem Jogurt und der Sahne unter das Fleischgericht mischen. Alles etwa 5 Minuten kochen lassen, bis sich die Flüssigkeit reduziert hat.

7. Zum Schluss das Gericht mit Garam Masala bestreuen.

Tipps *vom Küchenteam*

- *Zu diesem feinen Lammgericht passt am besten Reis oder Brot.*
- *Wenn es besonders fein schmecken soll, verwenden Sie Lammfilet. Es wird sehr zart und saftig.*

Diwali

Das *Fest der Lichter* findet immer an einem Tag nach Neumond statt. Man feiert die Rückkehr von Prinz Rama, der auf Wunsch seiner Mutter seinem Stiefbruder den Thron übergab und 14 Jahre im Dschungel verbrachte. Es ist das fröhlichste und ausgelassenste aller indischen Feste mit großem Feuerwerk und vielen Darbietungen auf den Straßen. Zu Ehren von Laxmi, der Göttin des Reichtums und der Schönheit, werden die Häuser gereinigt und mit vielen Öllampen geschmückt. Außerdem beginnen die indischen Geschäftsleute an diesem Tag das neue Jahr.

*Der **Palast der Winde** in Jaipur. Durch den gleichnamigen Roman von Mary M. Kaye durfte die ganze Welt am prunkvollen Leben der Maharajas und Maharanis teilhaben.*

Doppel-Zwiebel-Lamm

Muttan do Piyaja

Zutaten

1 kg mageres Lammfleisch (ohne Knochen)
150 g Vollmilch-jogurt
5 große Zwiebeln
4–5 cm Ingwer
6 Knoblauch-zehen
5–6 EL Öl
1/2 Zimtstange
5 Körner schwarzer Kardamom
8 Nelken
3 Lorbeerblätter
1 EL gemahlener Koriander
1 EL gemahlener Kreuzkümmel
1 TL Chilipulver
etwas Salz
1 TL Garam Masala (S. 122)

raffiniert · kalorienarm

- Für 4 Personen
- Zubereitungszeit: ca. 1 Std. 20 Min.
- ca. 400 kcal je Portion

1. Das Fleisch waschen, trockentupfen und in mundgerechte Würfel schneiden.

2. Den Jogurt in einer großen Schüssel cremig rühren und die Fleischstücke hineinlegen.

3. Die Zwiebeln schälen. Die Hälfte in feine Ringe schneiden, die andere Hälfte fein hacken. Getrennt beiseite stellen.

4. Ingwer sowie Knoblauchzehen schälen und sehr fein hacken.

5. Das Öl in einem großen Topf erhitzen. Die Zwiebelringe darin braten, dann herausnehmen und beiseite stellen.

6. Nun Zimt, Kardamom, Nelken sowie Lorbeerblätter ebenfalls in den Topf geben und kurz rösten. Die Fleischstücke hinzufügen und solange braten, bis das Fleisch von allen Seiten gebraten ist.

7. Die fein gehackten Zwiebeln, Ingwer, Knoblauch und alle Gewürze, außer dem Garam Masala, hinzufügen. Alles bei mittlerer Hitze etwa 35 Minuten kochen, bis das Fleisch gar ist.

8. Anschließend die bereits gebratenen Zwiebelringe und das Garam Masala darunter mischen und das Gericht noch für einige Zeit zugedeckt durchziehen lassen.

Tipp *vom Küchenteam*

- *Reichen Sie ein indisches Fladenbrot, zum Beispiel ein „Hefefladenbrot“ (Rezept S. 94), zu diesem Lammgericht.*

Der weise Vater

Ein altes *Gleichnis* berichtet, dass ein armer Mann, der nicht mehr lange zu leben hatte, überlegte, was er seinen Söhnen als Erbe hinterlassen könne. Er rief sie also zu sich und bat jeden, ein Stöckchen mit den Händen durchzubrechen. Dies war eine leichte Aufgabe. Nun bat der Vater seine Söhne, alle Stöckchen zuerst aufeinander zu binden und dann durchzubrechen. Voller Verwunderung stellten sie fest, dass dies nicht möglich war. Der Holzstoß war zu stark. „Dies ist das Erbe, das ich Euch mit auf den Weg geben möchte“, sagte der alte Mann, „Wenn Ihr Brüder immer fest zusammen haltet, wird es niemandem gelingen, Euch zu schaden.“

Fischcurry auf bengalische Art

Bengali Machli

Zutaten
800 g Fischfilets (z. B. Seelachs oder Kabeljau)
3 EL Zitronensaft
etwas Salz
3 EL Kichererbsenmehl
2 EL Vollmilchjogurt
1 Zwiebel
2 Knoblauchzehen
4–5 EL Öl
1 TL Kurkuma
1 TL gemahlener Koriander
1 TL gemahlener Kreuzkümmel
1 TL Chilipulver
1 TL gemahlene Bockshornkleesamen (S. 122)
2 EL Tomatenmark

fruchtig-aromatisch · schnell
- Für 4 Personen
- Zubereitungszeit: 30 Min.
- ca. 440 kcal je Portion

1. Die Fischfilets waschen, trockentupfen und in etwa 8 gleich große Stücke schneiden. Den Zitronensaft auf diese Stücke träufeln. Dann das Salz in die Filets einreiben und sie in dem Kichererbsenmehl wenden. Anschließend den Jogurt auf den Filets schön gleichmäßig verteilen.

2. Die Zwiebel und die Knoblauchzehen schälen und fein hacken. Das Öl in einem Topf erhitzen und die Zwiebel sowie den Knoblauch darin goldgelb rösten.

3. Danach alle Gewürze sowie die Filetstücke dazugeben. Den Fisch etwa 5 Minuten auf beiden Seiten braten.

4. Zum Schluss das Tomatenmark mit der gleichen Menge Wasser dazugießen und alles zugedeckt noch für einige Minuten ziehen lassen.

Tipps *vom Küchenteam*

- *Das Fisch-Curry schmeckt zusammen mit dem aromatischen Basmatireis ganz besonders gut.*
- *Wenn es ein Festessen werden soll, können Sie sehr gut einen Viktoriabarsch verwenden.*

Achraya Drona

Im *Gleichnis* vom Lehrmeister Achraya Drona wird erzählt, dass dieser zwei Studenten hatte, die er prüfen wollte. Er schickte den ersten los, innerhalb einer Woche einen guten Menschen zu finden, der zweite sollte einen schlechten Menschen ausfindig machen. Beide Studenten kamen nach Ablauf der Frist erfolglos zu ihrem Lehrmeister zurück, der zu ihnen sagte: „Nun weiß ich, wer ihr seid, denn gute Menschen finden immer nur Gutes und schlechte immer nur Schlechtes.“

Wie in allen Häfen der Welt, nutzen die Fischer jede freie Minute, um ihre Netze auszubessern.

Bombay Fischcurry

Machli ki Sabzi

Zutaten

800 g Kabeljaufilets
2 Zwiebeln
4 Knoblauchzehen
4–5 cm Ingwer
4–5 EL Öl
1 TL Kurkumapulver
1 TL Chilipulver
1 TL gemahlener Kreuzkümmel
1 TL gemahlener Koriander
1 TL Garam Masala (S. 122)
etwas Salz
3 Tomaten
2 frische, grüne Peperoni
1 EL gehackte Korianderblätter zum Bestreuen

schnell · kalorienarm

- Für 4 Personen
- Zubereitungszeit: ca. 35 Min.
- ca. 420 kcal je Portion

Tipps *vom Küchenteam*

- *Als Beilage passt am besten ein aromatischer Reis.*
- *Da die Zutaten für dieses Gericht nicht allzu teuer sind, eignet es sich auch sehr gut für eine Party.*

1. Die Fischfilets waschen, gut abtrocknen und in mundgerechte Stücke schneiden.

2. Zwiebeln, Knoblauchzehen sowie Ingwer schälen und fein hacken.

3. Das Öl in einem großen Topf erhitzen. Zwiebeln, Knoblauch und Ingwer darin goldbraun braten.

4. Danach alle Gewürze hinzufügen und für etwa 1 Minute weiterbraten. Die Fischstücke dazugeben und vorsichtig darunter heben. Bei Bedarf etwas Wasser dazu gießen.

5. Inzwischen die Tomaten und die Peperoni waschen, in kleine Würfel schneiden und unter das Fischcurry mischen. Den Fisch zugedeckt etwa 5 Minuten köcheln lassen.

6. Zum Schluss die Korianderblätter darauf streuen und das Gericht servieren.

Shrimps mit Spinat

Jhinghe Ka Saag

1. Die Shrimps waschen und abtrocknen.

2. Den Spinat gut waschen. In einem Topf wenig Salzwasser zum Kochen bringen. Den Spinat hineingeben und in wenigen Minuten zusammenfallen lassen. Das verbliebene Wasser aus dem Topf gießen und den Spinat beiseite stellen.

3. Zwiebel sowie Knoblauchzehen schälen und sehr fein hacken.

4. Das Öl in einer Pfanne erhitzen. Die Zwiebel- und Knoblauchwürfel darin kurz anbraten.

5. Danach alle Gewürze, außer dem Garam Masala, hinzufügen und alles kurz weiter braten. Nun das Tomatenmark dazugeben und etwa 2 Minuten köcheln lassen.

6. Nun den Spinat sowie die Shrimps hinzufügen, alles gut mischen und für weitere 5 Minuten kochen lassen.

7. Das Gericht zuletzt mit dem Garam Masala bestreuen und zugedeckt noch einige Minuten ziehen lassen.

mal ganz anders · leicht

- Für 4 Personen
- Zubereitungszeit: 30 Min.
- ca. 380 kcal je Portion

Tipps *vom Küchenteam*

- *Am besten passt ein indisches Brot zu diesem Gericht.*
- *Wenn Sie keinen frischen Spinat bekommen, können Sie auch Tiefkühl-Blattspinat verwenden.*

Zutaten

500 g geschälte Shrimps
etwas Salz
700 g frischer Spinat
1 Zwiebel
2 Knoblauchzehen
4–5 EL Öl
1/2 Zimtstange
1 TL gemahlener Kreuzkümmel
1 TL gemahlener Koriander
1/2 TL Kurkumapulver
1 TL Chilipulver
100 g Tomatenmark
Garam Masala (S. 122) zum Bestreuen

Es geht auch ohne Fleisch

Da viele Inder den Genuss von Fleisch aus religiösen Gründen ablehnen, entwickelten sie über die Jahrhunderte hinweg eine außerordentlich große Vielfalt an raffinierten vegetarischen Gerichten, die auf der ganzen Welt unübertroffen ist. Die Hauptzutaten Kartoffeln, Gemüse, Hülsenfrüchte, Reis und Getreide verwandeln sich mit Hilfe von feinst aufeinander abgestimmten Gewürzen, Milch und häufig auch mit süßen Früchten zu köstlichen Gerichten, die das Fleisch nicht vermissen lassen. Sehr beliebt sind beispielsweise die Käsebällchen in Currysauce (Rezept S. 64), die aus dem indischen Frischkäse Paneer hergestellt und mit Sultaninen verfeinert werden. Oder auch die mit grünen Erbsen gefüllten Kartoffeln (Rezept S. 62), die von einer würzigen Sauce aus saurer Sahne, frischem Ingwer, Tomaten, Zwiebeln und vielen aromatischen Gewürzen umhüllt sind. Diese und noch viele weitere verführerische Rezepte für vegetarische Gerichte finden Sie im nun folgenden Kapitel.

Blumenkohl mit Kartoffeln

Peschauri Gobi

Zutaten

1 Blumenkohl
400 g Kartoffeln
Öl zum Fritieren und zum Braten
3 große Zwiebeln
4 EL Öl
10 rote, getrocknete Chilischoten
1 EL gemahlener Koriander
1 1/2 TL Kurkumapulver
1/2 TL Chilipulver
1 TL Garam Masala (S. 122)
1/2 TL Salz
2 EL gehackte Korianderblätter

ganz einfach · scharf

- Für 4 Personen
- Zubereitungszeit: ca. 30 Min.
- ca. 570 kcal je Portion

1. Die Friteuse auf 180 °C vorheizen. Den Blumenkohl waschen und in große Stücke schneiden. Die Kartoffeln schälen, waschen und der Länge nach in Spalten schneiden.

2. Danach diese beiden Zutaten in der Friteuse goldgelb fritieren.

3. Die Zwiebeln schälen und in feine Ringe schneiden. Das Öl in einer Pfanne erhitzen und die Zwiebeln darin leicht anrösten.

4. Anschließend die Chilischoten kurz im heißen Fett rösten, dann nacheinander Koriander, Kurkuma, Chilipulver, Garam Masala sowie Salz hinzufügen und alles gut vermischen.

5. Den fritierten Blumenkohl und die Kartoffeln unter die Gewürzmischung geben. Wenn nötig, etwas Wasser dazugeben und das Ganze noch kurz weiter rösten.

6. Zum Schluss die Korianderblätter auf das Gemüse streuen und das Gericht servieren.

Tipps *vom Küchenteam*

- *Als Beilage eignet sich das typisch indische Fladenbrot, das „Chapati" (Rezept S. 96) sehr gut.*
- *Würzen Sie dieses Gericht zur Abwechslung noch mit 1/2 Teelöffel fein gehackter Petersilie.*

Der Löwe und der Hase

Dieses *Märchen* erzählt von einer Zeit, zu der es im Dschungel eine sonderbare Übereinkunft gab: Damit der große Löwe nicht zu viele Tiere jagte und tötete, wurde ihm jeden Tag eines geopfert. So war einmal ein kleiner Hase an der Reihe, der sich eine List überlegte. Er berichtete dem Löwen, dass er, weil Hasen so klein seien, zusammen mit vier Brüdern als Opfergabe geschickt worden sei, diese habe jedoch ein anderer Löwe bereits aufgefressen, der in einem tiefen Brunnen lebte. Der große Löwe wurde zornig und machte sich auf den Weg, seinem Rivalen das Handwerk zu legen. Als er im Wasser des Brunnens sein Spiegelbild sah, glaubte er, es sei der fremde Löwe, stürzte sich auf ihn und ertrank. Von nun an musste kein Tier des Dschungels mehr geopfert werden.

Zutaten
1 kg kleine Auberginen
2 TL Paprikapulver
1 TL Kurkumapulver
2 TL Mangopulver
2 TL Korianderpulver
1 TL Garam Masala (S. 122)
1/2 TL Chilipulver
etwas Salz
4–5 EL Öl

Gefüllte Auberginen

Bharwey Began

schnell · ganz einfach
- Für 4 Personen
- Zubereitungszeit: ca. 40 Min.
- ca. 200 kcal je Portion

1. Die Auberginen waschen, putzen, trockentupfen und der Länge nach so in Scheiben schneiden, dass sie am Strunk noch zusammenhalten.

2. Alle Gewürze in eine Schüssel geben und gut vermischen.

3. Danach in jede Aubergine etwas Gewürzmischung streichen.

4. Das Öl in einer großen Pfanne erhitzen. Die Auberginen hineinlegen und den Rest der Gewürzmischung darauf streuen.

5. Die Auberginen unter gelegentlichem Wenden etwa 15 Minuten braten, dann sofort servieren.

Tipps *vom Küchenteam*

- *Als Beilage passt am besten ein indisches Brot (Rezepte ab S. 94).*
- *Anstelle der Auberginen können Sie auch Zucchini verwenden.*

Zutaten

200 g Kartoffeln
400 g Auberginen
4–5 EL Öl
4 frische, grüne Peperoni
2 TL gemahlener Koriander
1 TL Kurkumapulver
etwas Salz
200 g Vollmilchjogurt
2 Tomaten
2 EL Zitronensaft

Gebratene Auberginen

Began Alu

schnell · scharf

- Für 4 Personen
- Zubereitungszeit: ca. 25 Min.
- ca. 230 kcal je Portion

Tipps *vom Küchenteam*

- *Als Beilage passt ein indisches Fladenbrot, zum Beispiel ein „Chapati" (Rezept S. 96) oder der „Curryreis" (Rezept S. 105) sehr gut.*
- *Die gebratenen Auberginen eignen sich auch als Vorspeise für 8 Personen.*

1. Die Kartoffeln schälen und in mundgerechte Würfel schneiden. Die Auberginen waschen und ebenfalls in Würfel schneiden.

2. Das Öl in einer Pfanne erhitzen. Die Kartoffeln hinzufügen und 3 bis 5 Minuten anrösten. Danach die Auberginenstücke und die Peperoni hinzufügen.

3. Den gemahlenen Koriander, das Kurkumapulver und das Salz darauf streuen und das Gemüse zugedeckt auf mittlerer Stufe etwa 10 Minuten braten. Dabei gelegentlich umrühren, bis das Gemüse weich wird.

4. Inzwischen die Tomaten waschen, putzen, in Stücke schneiden und zusammen mit dem Jogurt und dem Zitronensaft unter das fertig gekochte Gemüse mischen. Alles noch ein paar Minuten leicht köcheln lassen und dann servieren.

Gemüsecurry

Sabzi Jalfarezi

Zutaten

200 g Blumenkohl
100 g Kartoffeln
100 g grüne TK-Bohnen
100 g Karotten
100 g Auberginen
2 Zwiebeln
3 Tomaten
4 cm Ingwer
2 Knoblauchzehen
2 frische, grüne Peperoni
100 g Vollmilchjogurt
6 EL Öl
1 TL Kreuzkümmel
1 TL Kurkumapulver
1 TL Garam Masala (S. 122)
1 EL gehackte Korianderblätter
etwas Salz

scharf · gelingt leicht

- Für 4 Personen
- Zubereitungszeit: ca. 40 Min.
- ca. 280 kcal je Portion

Tipps *vom Küchenteam*

- *Der aromatisch duftende Basmatireis passt sehr gut zu diesem Gericht.*
- *Für dieses Curry können Sie auch andere Gemüsesorten verwenden.*

1. Das Gemüse waschen, putzen, in mundgerechte Stücke schneiden und zugedeckt beiseite stellen.

2. Den Ingwer und die Knoblauchzehen schälen, zusammen mit den Peperoni und dem Jogurt in einen Mixer geben und so lange pürieren, bis daraus eine Paste entsteht.

3. Das Öl in einem Topf erhitzen. Danach die Gewürzpaste etwa 5 Minuten darin anrösten. Den Kreuzkümmel, das Kurkumapulver und das Garam Masala hinzufügen.

4. Das Gemüse, außer den Tomaten, hinzufügen. Bei Bedarf etwas Wasser beimengen und das Curry weitere 10 Minuten zugedeckt kochen lassen.

5. Wenn das Gemüse gar ist, die Tomaten, die Korianderblätter und das Salz darunter mischen. Den Herd ausschalten und das vegetarische Curry noch für ein paar Minuten ziehen lassen.

Gemüse in Rahmsauce

Alu-Tamatar-Peeaz ki Tarkari

1. Die Zwiebeln sowie die Kartoffeln schälen und vierteln. Die Tomaten waschen, putzen und ebenfalls vierteln.

2. Das Öl in einer Pfanne erhitzen. Zuerst die Zwiebeln darin goldbraun braten, dann die Kartoffeln hinzufügen und das Ganze etwa 20 Minuten weiter braten. Wenn nötig, etwas Wasser hinzufügen.

3. Inzwischen den Ingwer schälen und zusammen mit den Peperoni fein hacken. Nun die Tomaten, die Peperoni, den Ingwer sowie die saure Sahne zum Gemüse in die Pfanne geben und alles weiter braten.

4. Danach Kurkumapulver, Garam Masala, Paprikapulver und Salz hinzufügen. Das Gemüse auf niedriger Stufe kochen lassen, bis die Tomaten und die Kartoffeln weich geworden sind.

5. Anschließend mit den Korianderblättern bestreuen und zugedeckt ziehen lassen.

gelingt leicht · sahnig

- Für 4 Personen
- Zubereitungszeit: ca. 50 Min.
- ca. 340 kcal je Portion

Tipps *vom Küchenteam*

- *Zum Gemüse in Rahmsauce passt indisches Brot am besten (Rezepte ab S. 94).*
- *Ersetzen Sie die Kartoffeln doch zur Abwechslung durch Auberginen oder Zucchini.*

Zutaten

4 Zwiebeln
300 g Kartoffeln
4 Tomaten
5–6 EL Öl
4 cm Ingwer
2 frische, grüne Peperoni
100 g saure Sahne
1 TL Kurkumapulver
1 TL Garam Masala (S. 122)
1 TL Paprikapulver
etwas Salz
1 EL gehackte Korianderblätter

Gefüllte Kartoffeln

Dum Alu

Für die Kartoffeln

8 große Kartoffeln
150 g grüne TK-Erbsen
etwas Salz
8 Nelken

Für die Sauce

2 Zwiebeln
2 Tomaten
3 cm Ingwer
6 EL Öl
1 EL braune Senfkörner
2 Lorbeerblätter
1 TL gemahlener Koriander
1/2 TL Chilipulver
1 TL Kurkumapulver
150 g saure Sahne
2 EL gehackte Korianderblätter

saftig · würzig

- Für 4 Personen
- Zubereitungszeit: ca. 1 Std. 15 Min.
- ca. 410 kcal je Portion

Tipps *vom Küchenteam*

- *Reichen Sie zu den gefüllten Kartoffeln etwas Reis oder Brot.*
- *Mit diesen „Überraschungspäckchen" ernten Sie auf Ihrer Party sicherlich viel Lob.*

1. Die Kartoffeln schälen, der Länge nach halbieren und das Innere herausschneiden.

2. Das Kartoffelinnere zusammen mit den Erbsen in 1/8 Liter Salzwasser geben und in etwa 45 Minuten sehr weich kochen.

3. Das Ganze anschließend abgießen und mit einer Gabel sehr fein zerdrücken. Diese Masse nun in die Kartoffelhälften füllen und jeweils 2 Hälften mit einem Zahnstocher wieder zusammenfügen.

4. Nun in jede Kartoffel jeweils eine Nelke stecken und das Ganze beiseite stellen.

5. Für die Sauce die Zwiebeln sowie den Ingwer schälen und beides fein hacken. Die Tomaten waschen, putzen und in kleine Würfel schneiden.

6. Das Öl in einer Pfanne erhitzen. Die Senfkörner und die Lorbeerblätter darin anrösten. Die Zwiebeln hinzufügen und goldgelb braten. Die Tomaten und den Ingwer mit den restlichen Gewürzen dazugeben und kurz mitbraten. Den Herd ausschalten. Den Backofen auf 200 °C vorheizen.

7. Die saure Sahne mit etwas Wasser glatt rühren und unter die Gemüse-Gewürz-Masse geben.

8. Die Kartoffeln in eine feuerfeste, leicht gefettete Form legen und die Sauerrahmsauce darauf verteilen. Das Ganze dann zugedeckt etwa 1/2 Stunde im Ofen garen.

9. Die Kartoffeln vor dem Servieren mit den Korianderblättern bestreuen.

Holi

Das *Frühlingsfest* wird Ende März gefeiert und ist auch als *Fest der Farben* weltweit berühmt. Der Geschichte nach leugnete Prahlad, der Sohn des Königs, dass sein Vater ein Gott sei. Daraufhin befahl der König, seinen Sohn zu verbrennen. Holika, die Schwester des Königs, hatte die göttliche Gabe, nicht zu verbrennen, die sie zur Rettung ihres Neffen auf diesen übertrug und dabei selbst verbrannte. Zum Gedenken an diese Geschichte werfen die Inder sich gegenseitig verschiedenfarbige Pulver zu, bis jeder Quadratzentimeter Stoff und Straße bunt eingefärbt ist. Sogar Picasso war so begeistert von diesem Fest, dass er es einmal in seiner spanischen Villa nachfeierte.

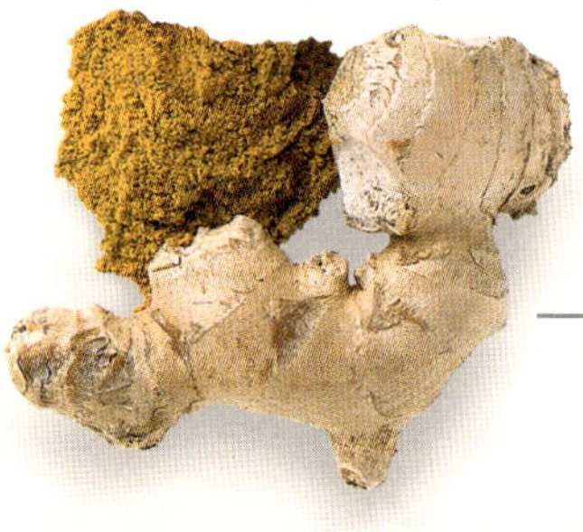

Käsebällchen in Currysauce

Malai Kofta

Für die Käsebällchen

300 g Kartoffeln
etwas Salz
300 g Paneer (S. 123)
20 Sultaninen
1 Ei
Öl zum Fritieren

Für die Sauce

2 Zwiebeln
3 Tomaten
1 EL Öl
100 g gemahlene Cashewkerne
1 TL Kurkumapulver
1 TL Chilipulver
1 TL gemahlener Koriander
etwas Salz
100 g Vollmilchjogurt
1 EL gehackte Korianderblätter

etwas Besonderes

- Für 4 Personen
- Zubereitungszeit: ca. 50 Min.
- ca. 560 kcal je Portion

Tipps *vom Küchenteam*

- *Zu den Käsebällchen passt am besten etwas Brot.*
- *Wer es mag, kann die Korianderblätter durch etwa 1 Teelöffel fein gehackte Petersilie ersetzen.*

1. Die Kartoffeln in reichlich Salzwasser geben und in etwa 25 Minuten gar kochen. Sie schälen und mit der Gabel zerdrücken. Das Paneer fein reiben und mit den Kartoffeln, dem Ei sowie dem Salz vermischen.

2. Das Öl in einer Friteuse erhitzen. Aus der Kartoffelmasse mit den Händen 10 bis 12 Bällchen formen und in jedes dieser Bällchen 2 Sultaninen stopfen.

3. Nun die Bällchen in der Friteuse goldbraun fritieren und dann beiseite stellen.

4. Für die Sauce die Zwiebeln schälen und fein hacken. Die Tomaten waschen, putzen und in kleine Stücke schneiden.

5. Das Öl in einem Topf erhitzen und die Zwiebeln darin goldbraun braten. Dann die Tomaten hinzufügen und alles weiter braten.

6. Inzwischen Cashewkerne, Kurkumapulver, Chilipulver, Koriander sowie Salz mit dem Jogurt verrühren. Diese Masse mit den Zwiebeln und den Tomaten verrühren.

7. Etwa 1/2 Liter Wasser zur Saucenmasse gießen, alles verrühren und etwa 10 Minuten kochen lassen.

8. Anschließend die Bällchen in die Sauce legen und das Ganze mit den Korianderblättern bestreuen.

Lohri

Das *Frühlingfest* wird jedes Jahr am 13. Januar gefeiert. Dabei sammeln die Kinder Holz-, Geld- sowie Süßigkeitenspenden und singen als Dank dafür Lieder vor jeder Haustür. Man lässt farbenfrohe Drachen in die Luft steigen und der Himmel verwandelt sich in ein Meer aus bunten Punkten. Abends wird dann aus dem gesammelten Holz ein großes Lagerfeuer entzündet und die Süßigkeiten werden unter den Feiernden verteilt.

Gewürzte Okraschoten in Jogurtsauce

Masala Bhindi

Für die Okras
800 g frische Okraschoten
5–6 EL Öl

Für die Füllung
2 TL gemahlener Koriander
1 TL Paprikapulver
1 TL Kurkumapulver
2 TL Mangopulver
1 TL Garam Masala (S. 122)
1 TL Chilipulver
etwas Salz
1 EL Kichererbsenmehl
200 g Vollmilchjogurt

schnell · würzig
- Für 4 Personen
- Zubereitungszeit: ca. 50 Min.
- ca. 440 kcal je Portion

Tipp *vom Küchenteam*

- *Zu den Okras passt ein Fladenbrot, beispielsweise ein „Chapati" (Rezept S. 96) am besten.*

1. Die Okras waschen und mit einem Küchentuch abtrocknen. Danach die Enden abschneiden und die Schoten längs etwa 2 cm lang einschneiden.

2. Für die Füllung alle Gewürze zusammen mit dem Kichererbsenmehl in eine Schüssel geben und gut vermischen.

3. Nun alle Okraschoten in einer großen Schüssel mit der Mehl-Gewürz-Mischung vermengen.

4. Das Öl in einer Pfanne erhitzen. Die gewürzten Okras in die Pfanne legen. Bei mittlerer Hitze etwa 15 Minuten braten.

5. Wenn die Okras gar sind, den Jogurt darauf verteilen und das Ganze heiß servieren.

Spinatkäse

Palak Paneer

1. Den Spinat waschen, trockentupfen und die Blätter klein schneiden.

2. Den Spinat zusammen mit dem Salz sowie 4 bis 5 Esslöffeln Wasser in einen Topf geben und auf niedrigster Stufe weich dünsten.

3. Danach die süße Sahne darunter mischen. Den Ingwer schälen und zusammen mit den Peperoni klein schneiden.

4. Das Butterschmalz in einem Topf erhitzen. Das Kurkumasowie das Paprikapulver darin rösten und den gedünsteten Spinat, den Ingwer sowie die Peperoni hinzufügen.

5. Das Paneer in kleine Würfel schneiden und dem Spinat beimengen. Etwa 5 Minuten weiter dünsten und den Spinatkäse heiß servieren.

sahnig · würzig

- Für 4 Personen
- Zubereitungszeit: ca. 40 Min.
- ca. 390 kcal je Portion

Tipps *vom Küchenteam*

- *Zum Spinatkäse passen Reis oder Brot sehr gut.*
- *Wenn Sie den Käse nicht so scharf mögen, lassen Sie einfach die beiden Peperoni weg.*

Zutaten

500 g TK-Blattspinat
etwas Salz
100 g süße Sahne
5 cm Ingwer
2 frische, grüne Peperoni
4–5 EL Butterschmalz
1/2 TL Kurkumapulver
1 TL Paprikapulver
250 g Paneer (S. 123)

Dals – eine runde Sache

Unter einem Dal versteht man in Indien geschälte und halbierte Hülsenfrüchte, wie Linsen und Bohnen. Es gibt etwa 60 verschiedene Sorten, die sich in Farbe, Größe und Form voneinander unterscheiden. Dalgerichte sind im ganzen Land sehr beliebt, denn sie sind preiswert, nahrhaft, lassen sich sehr abwechslungsreich zubereiten und schmecken einfach köstlich. Bei den Armen Indiens besteht der tägliche Speiseplan meist aus einem einfachen Dalgericht zusammen mit gekochtem Reis, die Reichen demonstrieren durch eine große Auswahl verschiedener Sorten und Zubereitungsarten gerne ihren gesellschaftlichen Stand. Lassen Sie sich nicht von den vielen unbekannten Namen der einzelnen Sorten verwirren – am besten ist es, wenn Sie in einem indischen oder asiatischen Laden speziell nach einer Sorte fragen, man wird Ihnen dort sicherlich das richtige Dal empfehlen.

Kichererbsen nach Punjab-Art

Punjabi Chole

Zutaten

300 g Kichererbsen
1/4 TL Backpulver
etwas Salz
2 große Zwiebeln
3 Knoblauchzehen
3–4 EL Öl
2 TL gemahlener Koriander
2 TL Mangopulver
1/2 TL Chilipulver
4 cm Ingwer
2 scharfe, grüne Peperoni
1 TL Garam Masala (S. 122)

gelingt leicht

- Für 4 Personen
- Zubereitungszeit: ca. 35 Min. (plus ca. 10 Std. Einweichzeit)
- ca. 410 kcal je Portion

1. Die Kichererbsen gut mit Wasser bedecken, das Backpulver hineinrühren und das Ganze etwa 10 Stunden einweichen lassen.

2. Die Kichererbsen in diesem Einweichwasser zusammen mit etwas Salz weichkochen.

3. Die Zwiebeln und die Knoblauchzehen schälen. Die Zwiebeln in feine Ringe schneiden und die Knoblauchzehen fein hacken.

4. Das Öl in einem Topf erhitzen und die Zwiebelringe darin anbraten. Den Knoblauch hinzufügen und mitrösten.

5. Nun den Koriander, das Mangopulver und das Chilipulver sowie die Kichererbsen darunter mischen. Das Ganze etwa 5 Minuten unter gelegentlichem Rühren braten. Wenn nötig, noch etwas Wasser hinzufügen.

6. Inzwischen den Ingwer schälen und in feine Streifen schneiden. Die grünen Peperoni waschen, putzen und in feine Ringe schneiden. Den Ingwer sowie die Peperoni unter die Kichererbsen mischen.

7. Zuletzt das Ganze mit dem Garam Masala bestreuen und dann servieren.

Butterlinsen

Makhani Dal

1. Das Dal sowie die Kidneybohnen waschen und in reichlich Wasser 2 bis 3 Stunden lang einweichen.

2. Anschließend die Knoblauchzehen schälen und fein hacken. Die Bohnen und den Knoblauch in einen Topf geben und etwa 1 Liter Wasser hinzufügen. Das Ganze zum Kochen bringen und in etwa 45 Minuten weich kochen. Nach 30 Minuten das Dal hinzufügen und mitkochen lassen.

3. Nun die süße Sahne sowie das Salz darunter rühren.

4. Die Zwiebel sowie den Ingwer schälen und beides fein hacken. Das Butterschmalz in einer Pfanne erhitzen. Den Kreuzkümmel sowie die Nelken hinzufügen und beides im heißen Fett kurz anrösten.

5. Dann die Zwiebel hinzufügen und weitere 5 Minuten mitrösten. Wenn die Zwiebeln weich geworden sind, den Ingwer hinzufügen und das Ganze nochmals etwa 5 Minuten braten.

6. Anschließend alle übrigen Gewürze nacheinander hinzufügen. Zum Schluss die Korianderblätter darauf streuen und gleich danach die Gewürzmasse unter die Hülsenfrüchte mischen.

sahnig · braucht Zeit

- Für 4 Personen
- Zubereitungszeit: ca. 45 Min. (plus ca. 3 Std. Einweichzeit)
- ca. 430 kcal je Portion

Tipps *vom Küchenteam*

- *Als Beilage passt zu den Butterlinsen Reis oder Fladenbrot sehr gut.*
- *Man kann den Koriander in kleinen Blumentöpfen auf dem Wochenmarkt oder im Asienladen kaufen. Wenn Sie keinen bekommen, können Sie den Koriander durch 1/2 Esslöffel gehackte Petersilie austauschen.*

Zutaten

200 g Urad Dal (S. 123)
100 g Kidneybohnen
2 Knoblauchzehen
150 g süße Sahne
1 TL Salz
1 große Zwiebel
5 cm Ingwer
4 EL Butterschmalz
1 TL Kreuzkümmel
6 Nelken
1 TL Paprikapulver
1 TL Garam Masala (S. 122)
1/2 TL Chilipulver
1 EL gehackte Korianderblätter

Die frische Mischung – Chutneys, Raitas und Salate

Zum typisch indischen Essen gehören unbedingt auch Chutneys und Raitas (Jogurtgerichte), denn sie geben dem Ganzen eine erfrischende Säure und gleichen damit die Geschmacksrichtungen der anderen Speisen harmonisch aus. Der Jogurt der Raitas mildert die scharfen Speisen und die süßen Früchte der Chutneys gleichen den herben Geschmack der Gemüse- und Fleischgerichte aus. Denn nach der Lehre des Ayurveda führt eine harmonische Nahrung zu einem gesunden Gleichgewicht von Körper und Geist. Außerdem liefern diese Beilagen viele Vitamine und Mineralstoffe, da sie hauptsächlich aus Gemüse und Obst bestehen, das roh oder gekocht mit großer Sorgfalt gewürzt wird. Chutneys und Raitas werden meist in kleinen Schälchen auf das große Speisetablett, die Thali, gestellt. Doch in der indischen Küche kennt man auch traditionelle Salate, die nur mit Zitronensaft und verschiedenen Gewürzen, niemals aber mit Essig und Öl angemacht werden. Sie verleihen dem perfekten indischen Menü neben der Säure auch eine gewisse Leichtigkeit.

Kokosnusschutney

Narial ki Chutney

Zutaten

50 g Channa Dal (S. 122)
100 g getrocknete, geriebene Kokosnuss
2 frische, grüne Peperoni
etwas Salz
1 EL Öl
1 TL Senfkörner

braucht etwas Zeit

- Für etwa 200 g
- Zubereitungszeit: ca. 15 Min. (plus ca. 1 Std. Einweichzeit)
- ca. 40 kcal je Esslöffel

Tipps *vom Küchenteam*

- *Das Kokosnusschutney passt hervorragend zu den „Reis-Linsen-Fladen" (Rezept S. 100).*
- *Dieses Chutney schmeckt auch sehr gut, wenn Sie zusammen mit der Kokosnuss noch etwa 2 Teelöffel frisch geriebenen Ingwer hinzufügen.*

1. Das Channa Dal in einer Schüssel mit reichlich Wasser etwa 1 Stunde einweichen. Es anschließend abtropfen lassen und zusammen mit der geriebenen Kokosnuss, den Peperoni und dem Salz in einem Mixer pürieren, bis daraus eine feine Paste entsteht.

2. Das Öl in einem Topf erhitzen und die Senfkörner darin anrösten. Wenn die Senfkörner zu springen beginnen, sofort die Paste hinzufügen und alles mit einem Löffel gut durchmischen. Eventuell etwas Wasser darunter mischen. Das Chutney abkühlen lassen und dann servieren.
(auf dem Foto: oben)

Gewürzchutney

Masalo ki Chutney

Zutaten

350 g Vollmilchjogurt
50 ml Wasser
1 EL gemahlene Granatapfelkerne
1/2 TL Chat Masala (S. 122)
1 TL Chilipulver
1 TL Garam Masala (S. 122)
etwas Salz
2 EL Zitronensaft

cremig · sehr schnell

- Für etwa 400 g
- Zubereitungszeit: ca. 10 Min.
- ca. 10 kcal je Esslöffel

Den Jogurt mit dem Wasser glatt rühren. Alle Gewürze sowie den Zitronensaft hinzufügen und alles gut miteinander vermischen.
(auf dem Foto: unten)

Tipp *vom Küchenteam*

- *Dieses Chutney ist eine erfrischende Beilage zu allen indischen Gerichten. Es ist sehr schnell und einfach zuzubereiten.*

Gemischter Salat mit Zitronensauce

Cachumber Salad

Zutaten
- 2 Zwiebeln
- 3 Tomaten
- 1 Salatgurke
- 200 g Gemüsemais (aus der Dose)
- 1 TL Chat Masala (S. 122)
- 1 TL gemahlener Kreuzkümmel
- 1/2 TL gemahlener schwarzer Pfeffer
- etwas Salz
- 3–4 EL Zitronensaft
- 1 EL gehackte Korianderblätter

vitaminreich · schnell
- Für 4 Personen
- Zubereitungszeit: ca. 20 Min. (plus 1 Std. Zeit zum Ziehen)
- ca. 80 kcal je Portion

1. Die Zwiebeln schälen und in kleine Würfel schneiden, die Tomaten und Gurken waschen, putzen und ebenfalls in Würfel schneiden.

2. Den Mais abtropfen lassen. Zwiebeln, Tomaten, Gurken und Mais in eine Schüssel geben. Alle Gewürze nacheinander darauf streuen und mit den Salatzutaten vermengen.

3. Anschließend den Zitronensaft und die Korianderblätter unter den Salat mischen. Für etwa 1 Stunde in den Kühlschrank stellen.

Rettich-Karotten-Salat

Muli-Gajar ki Salad

1. Die Karotten sowie den Rettich putzen, schälen und grob reiben. Beides in eine Schüssel geben und mit etwas Salz vermischen.

2. Schwarzen Pfeffer, Chat Masala, Öl sowie Zitronensaft hinzufügen und den Salat nochmals durchmischen.

3. Den Salat zugedeckt etwa 1 Stunde im Kühlschrank durchziehen lassen. Vor dem Servieren mit Petersilienblättchen dekorieren.

scharf · schnell

- Für 4 Personen
- Zubereitungszeit: ca. 20 Min. (plus ca. 1 Std. Zeit zum Durchziehen)
- ca. 110 kcal je Portion

Zutaten

250 g Karotten
250 g Rettich
etwas Salz
1 TL schwarzer Pfeffer
1/2 TL Chat Masala (S. 122)
2 EL Sonnenblumenöl
3 EL Zitronensaft
Petersilienblättchen zum Dekorieren

Tipps *vom Küchenteam*

- *Der Rettich-Karotten-Salat eignet sich auch sehr gut als Zwischenmahlzeit für den „kleinen Hunger“.*
- *Lassen Sie den Salat nicht zu lange durchziehen, damit die vielen Vitamine erhalten bleiben.*

Königssalat

Maharajha Salad

Zutaten

1 Kopfsalat
1 Salatgurke
4 Tomaten
3 Karotten
1 kleiner Rettich
1 Zwiebel
2 TL Chat Masala (S. 122)
etwas Salz
3 EL Zitronensaft

knackig · schnell

- Für 4 Personen
- Zubereitungszeit: ca. 30 Min. (plus ca. 1 Std. Zeit zum Durchziehen)
- ca. 50 kcal je Portion

1. Die Salatblätter vom Strunk lösen. Die welken Blätter entfernen, die frischen sorgfältig waschen und trockenschütteln. Die Gurke waschen, putzen und in Scheiben schneiden.

2. Die Tomaten waschen, putzen und in Achtel teilen. Die Karotten putzen, schälen und grob reiben. Den Rettich putzen, schälen, in der Mitte halbieren und dann beide Hälften der Länge nach in Spalten schneiden. Die Zwiebel schälen und in feine Ringe schneiden.

3. Auf einer Servierplatte zuerst die Salatblätter verteilen. Die Gurken an den Rand legen und in die Mitte der Platte die geriebenen Karotten aufhäufen. Unterhalb der Gurken die Tomaten anrichten.

Das Tüpfelchen auf dem „i“ – Brot, Reis und Getränke

Brot und Reis bilden den Mittelpunkt der indischen Esskultur, denn die Zutaten sind leicht erhältlich, preiswert und machen satt. Das *Brot* hat immer eine Fladenform, wird aber auf ganz unterschiedliche Weisen zubereitet. So brät man beispielsweise das flache, weiche *Chapati* (Rezept S. 96) in einer Pfanne, das dicke *Naan* (Rezept S. 94) wird im Tandoor-Ofen gebacken und das *Puri* erhält seine großen Blasen durch Fritieren in heißem Öl. Serviert wird das Fladenbrot im Ganzen und man bricht sich am Tisch einfach etwas davon ab. Kleine Stücke Chapati werden meist wie Zangen zwischen Daumen, Zeige- und Mittelfinger gehalten, um so die Speisen vom Teller aufzunehmen. Indien ist aber auch die Heimat des weltberühmten *Basmati-Reis,* der an den Südhängen des Himalaya gedeiht. Ob pur, fein gewürzt oder mit Gemüse und Fleisch – Reis ist vielseitig und schmeckt immer köstlich.

In Indien kennt man keine große Auswahl an verschiedenen *Getränken* und meist wird einfach kaltes Wasser getrunken. Wer es sich leisten kann, gönnt sich an besonders heißen Tagen das schaumige Jogurtgetränk *„Lassi“* (Rezept S. 108). In den Wintermonaten ist *Gewürztee* (Rezept S. 108) sehr beliebt.

Hefefladenbrot

Naan

Zutaten

¼ Würfel Hefe
125 ml Wasser
500 g Weizenmehl, Type 405
etwas Salz
2 Eier
3 EL Vollmilchjogurt
3 EL Öl
50 g Sesamsamen
1 EL Butter

locker · sehr beliebt

- Für ca. 10 Stück
- Zubereitungszeit: ca. 35 Min. (plus ca. 1 Std. Zeit zum Gehen)
- ca. 340 kcal je Portion

1. Die Hefe in wenig Wasser auflösen. Mehl in eine Schüssel sieben, in die Mitte eine Mulde drücken und die Hefe hineingeben. Das Salz auf das Mehl streuen und alles mit den Knethaken des Handrührgerätes gut vermengen.

2. Nun die Eier, den Jogurt, das Öl sowie das restliche Wasser hinzufügen und das Ganze zu einem elastischen Teig kneten.

3. Diesen Teig an einem warmen Ort etwa 1 Stunde gehen lassen. Ihn anschließend auf einer sauberen Arbeitsplatte noch einmal kneten.

4. Den Backofen auf 250 °C vorheizen. Den Teig in 10 Stücke teilen und jedes auf einer bemehlten Arbeitsplatte zu einer etwa 20 cm langen Ovalform ausrollen. Das Brot mit den Sesamsamen besteuen.

5. Die Fladen nun auf der mittleren Einschubleiste im Ofen in 4 bis 5 Minuten goldgelb backen. Anschließend noch die Butter auf jedes Brot streichen und noch warm servieren.

Tipps *vom Küchenteam*

- *Anstelle der Sesamsamen können Sie das Brot auch mit Zwiebelwürfeln bestreuen.*
- *Das Hefefladenbrot passt sehr gut zu den Fleischgerichten aus diesem Buch.*

Die Affen am Fluss

Dies ist das *Gleichnis* von Swami Vivekanand, der beim Spaziergang am Fluss auf eine Horde wilder Affen traf, die ihm hinterher jagten. Voller Angst floh er, wusste aber, dass er dies nicht sehr lange durchhalten würde. Ein weiser Mann, der dieses Schauspiel beobachtete, rief Swami zu, er solle einfach stehen bleiben und sich nicht fürchten. Als Swami daraufhin stehen blieb, hatten die Affen plötzlich keinen Spaß mehr an der Verfolgungsjagd und kehrten um. Swami zog daraus die Lehre, dass es immer besser ist, sich seinen Ängsten zu stellen und sich nicht unterkriegen zu lassen.

Vollkornfladenbrot

Chapati

Zutaten

300 g Vollkornmehl
100 g Weizenmehl, Type 405
250 ml lauwarmes Wasser

sehr beliebt

- Für ca. 10 Stück
- Zubereitungszeit: ca. 30 Min.
- ca. 130 kcal je Portion

1. Das Vollkornmehl sowie das Weizenmehl in eine Schüssel sieben und mit warmem Wasser so lange kneten, bis daraus ein weicher Teig entsteht.

2. Eine antihaftbeschichtete Pfanne ohne Fett auf höchster Stufe stark erhitzen, dann die Hitzezufuhr etwas reduzieren.

3. Währenddessen aus dem Teig 10 Bällchen formen, diese mit wenig Mehl bestäuben und jeweils zu Kreisen von 12 bis 15 cm Durchmesser ausrollen.

4. Die Fladen einzeln in der Pfanne bei schwacher Hitze etwa 2 Minuten backen, bis sie auf der Unterseite braune Flecken haben. Sie dann wenden und auf der anderen Seite etwa 1/2 Minute backen.

Die reiche Ernte wird eingebracht. Ernten, dreschen, mahlen und backen; die indischen Haushalte sind meist autark.

Tipp *vom Küchenteam*

✸ *Die „Chapati" passen zu jedem Gericht. In Indien bricht man kleine Stücke von dem Brot ab und benutzt sie als „Besteck", um die Speisen damit aufzunehmen, denn auch heute noch isst man dort mit der Hand.*

Maisfladen

Makki ki Roti

Zutaten

500 g fein gemahlenes Maismehl
etwas Salz
60 g Butterschmalz

gelingt leicht · schnell

- Für ca. 5 Stück
- Zubereitungszeit: ca. 40 Min.
- ca. 460 kcal je Portion

Tipps *vom Küchenteam*

- *Die Maisfladen passen sehr gut zu einem Spinatgericht.*
- *Bereiten Sie dieses Brot immer frisch zu, denn so schmeckt es am besten.*
- *Der Teig klebt beim Ausrollen nicht an der Arbeitsplatte fest, wenn Sie ihn zwischen 2 Klarsichtfolien legen und dann ausrollen.*

1. Das Maismehl und das Salz in eine Schüssel geben und warmes Wasser mit der Hand darunter rühren, bis ein geschmeidiger Teig entsteht. Die Hände mit Butterschmalz einfetten und den Teig etwa 10 Minuten weiter kneten, bis er weich ist.

2. Ihn dann in 5 gleich große Stücke teilen und diese zu Bällchen formen. Die Arbeitsfläche mit Mehl bestäuben und jedes dieser Bällchen zu einem dünnen Fladen, etwa 15 cm Durchmesser, ausrollen.

3. Das restliche Butterschmalz in einem kleinen Topf zerlassen. Eine gusseiserne Pfanne ohne Fett bei mittlerer Hitze vorheizen, je einen Fladen hineingeben und etwa 1 Minute rösten. Danach etwas Butterschmalz gleichmäßig darauf verteilen und das Brot wenden. Der Fladen ist fertig, wenn die Oberfläche mit braunen Tupfen bedeckt ist. Mit den übrigen Fladen genauso verfahren.

Spinatballonbrot

Rajesthani Puri

1. Den Spinat auftauen lassen. Ihn dann in einem Mixer fein pürieren. Das Vollkornmehl, den Spinat, das Öl sowie das Salz in eine Schüssel geben und das Ganze zu einem geschmeidigen Teig kneten, wenn nötig, noch etwas warmes Wasser darunter kneten.

2. Anschließend aus dem Teig 15 Kugeln formen. Die Kugeln mit Öl einfetten und zu flachen Kreisen, mit einem Durchmesser von 7 bis 8 cm, ausrollen.

3. Das Öl zum Fritieren erhitzen und bevor es beginnt zu rauchen, die Hitzezufuhr reduzieren. Die Teigfladen vorsichtig auf die Oberfläche des Öls legen und sanft mit einer Siebkehle in das Öl drücken. Innerhalb von Sekunden wird es sich aufblähen.

4. Das Brot dann wenden, noch einige Sekunden fritieren und herausnehmen. Auf einem Küchentuch abtropfen lassen.

etwas Besonderes

- Für ca. 15 Stück
- Zubereitungszeit: ca. 30 Min. (plus ca. 2 Std. Zeit zum Auftauen)
- ca. 290 kcal je Portion

Zutaten

200 g TK-Blattspinat
400 g Vollkornmehl
3 EL Öl
etwas Salz
Öl zum Fritieren

Gefüllte Reis-Linsen-Fladen

Masala Dosa

Für die Fladen

200 g Rundkornreis
100 g Urad Dal (S. 123)
etwas Salz

Für die Füllung

400 g Kartoffeln
3 cm Ingwer
2 frische, grüne Peperoni
4–6 EL Öl
1 TL Kreuzkümmel
1 TL Senfkörner
1/2 TL Kurkumapulver
etwas Salz

braucht etwas Zeit

- Für ca. 5 Stück
- Zubereitungszeit: ca. 45 Min. (plus Quellzeit über Nacht und ca. 5 Std. Zeit zum Ruhen)
- ca. 620 kcal je Portion

Tipp *vom Küchenteam*

- *Das Masala Dosa schmeckt am besten zu „sauren Linsen" (Rezept S. 74), es kann aber auch als Zwischenmahlzeit serviert werden.*

1. Den Reis und das Dal getrennt in zwei Schüsseln mit reichlich Wasser über Nacht einweichen. Danach zusammen mit dem Einweichwasser getrennt in einem Mixer zu Brei pürieren.

2. Beide Pürees und etwas Salz in eine große Schüssel geben und gut verrühren. Das Püree zugedeckt an einem warmen Ort etwa 5 Stunden ruhen lassen.

3. Anschließend die Kartoffeln in etwa 25 Minuten weich kochen, schälen und ganz grob zerdrücken. Den Ingwer schälen und die Peperoni putzen. Beides fein hacken.

4. In einem Topf das Öl erhitzen. Kreuzkümmel und Senfkörner darin rösten. Nun Kurkuma, Salz, Kartoffeln, Ingwer, Peperoni und etwas Salz hinzufügen. Das Ganze etwa 5 Minuten braten, dann beiseite stellen.

5. Die Pfanne auf mittlere Hitze vorwärmen. Einen halben Teelöffel Öl darin erhitzen. Inzwischen den Teig noch einmal schlagen. Er sollte zähflüssig sein.

6. Wenn die Pfanne heiß genug ist, jeweils 4 Esslöffel des Teiges in die Pfanne gießen. Mit dem Löffelrücken von der Mitte her kreisförmig und dünn ausstreichen und von beiden Seiten in 2 bis 3 Minuten goldbraun braten.

7. Nun etwa 2 Esslöffel der Füllung auf einen Fladen geben und diesen dann zusammenklappen. Mit dem restlichen Teig ebenso verfahren.

Shivratri

Das *Fest* zu Ehren des höchsten Hindugottes, Shiva, findet jährlich Anfang Februar statt. Während der feierlichen Zeremonien gießen Hindus eine Mischung aus Milch und Wasser auf eine ovale Steinform, die Shiva symbolisiert. Einen ganzen Tag lang wird gefastet und in den Abendstunden finden Festessen mit den Lieblingsspeisen Shivas statt: Datteln, Nüssen und Süßkartoffeln.

Gefülltes Vollkornbrot

Bharwa Paratha

Für den Teig

300 g Vollkornmehl
100 g Weizenmehl, Type 405
150 ml lauwarmes Wasser
100 g Butterschmalz

Für die Füllung

250 g Paneer (S. 123)
1/2 TL Chilipulver
1/2 TL Garam Masala (S. 122)
etwas Salz
1 EL gehackte Korianderblätter

würzig · gelingt leicht

- Für ca. 6 Stück
- Zubereitungszeit: ca. 50 Min.
- ca. 710 kcal je Portion

1. Für den Teig beide Mehlsorten in eine Schüssel geben und zusammen mit dem Wasser so lange kneten, bis ein weicher Teig entsteht.

2. Für die Füllung das Paneer fein reiben. Danach Chilipulver, Garam Masala, Salz und Korianderblätter zusammen mit dem geriebenen Paneer in einer Schüssel vermischen.

3. Eine gusseiserne Pfanne ohne Fett erhitzen, dann die Hitzezufuhr reduzieren. Inzwischen aus dem Teig 6 Kugeln formen.

4. Sie auf einer bemehlten Arbeitsfläche zu flachen Kreisen mit einem Durchmesser von 18 cm ausrollen. Dann je 2 Esslöffel der Füllung in die Mitte der Kreise geben, die Ränder über der Füllung zusammenklappen, und zwar so, dass nichts mehr von der Füllung zu sehen ist.

5. Den gefüllten Teigklumpen flachdrücken, mit Mehl bestäuben und noch einmal ausrollen, dabei beachten, dass die Füllung nicht durchbricht. Jeweils eines dieser Brote in die heiße Pfanne legen und ständig hin und her schieben, damit das Brot gleichmäßig geröstet wird. Beim Wenden 1 Esslöffel Butterschmalz auf beiden Seiten verstreichen.

6. Das Brot ist fertig, sobald beide Seiten goldbraun sind. Mit den restlichen Broten ebenso verfahren.

Tipps *vom Küchenteam*

- *Reichen Sie zu den gefüllten Vollkornfladen etwas gekühlten Jogurt.*
- *Zur Abwechslung können Sie die Fladen auch mit Hackfleisch, Blumenkohl oder Kartoffeln füllen.*

Reis mit Erbsen

Matter Pulao

1. Das Öl in einem Topf erhitzen, dann den Kreuzkümmel darin kurz rösten. Nun die restlichen Ganzgewürze der Reihe nach hinzufügen und mitrösten.

2. Inzwischen die Zwiebel schälen und in feine Ringe schneiden. Sie zu den Gewürzen geben und ebenfalls rösten.

3. Nun die Erbsen in den Topf geben und so lange braten, bis sie weich werden. Dann den Reis waschen und zusammen mit etwas Salz ebenfalls hinzufügen. Etwa 1 Liter Wasser angießen und alles etwa 10 Minuten kochen.

4. Etwa 5 Minuten bevor der Reis fertig ist, den Topf abdecken, den Herd ausschalten und das Gericht gar ziehen lassen.

preiswert · aromatisch

* Für 4 Personen
* Zubereitungszeit: ca. 30 Min.
* ca. 760 kcal je Portion

Tipps *vom Küchenteam*

* *Zu diesem Reisgericht passt gekühlter Jogurt sehr gut.*
* *Auch sehr gut schmeckt der Reis, wenn Sie die Erbsen durch dieselbe Menge Brokkoli austauschen.*

Zutaten

5–6 EL Öl
1 TL Kreuzkümmel
2 Körner Kardamon
6 Nelken
6 Körner schwarzer Pfeffer
1/2 Zimtstange
3 Lorbeerblätter
2 Zwiebeln
500 g TK-Erbsen
500 g Basmatireis
etwas Salz

Geflügelreis

Biryani

Zutaten

- 400 g Basmatireis
- 700 g Hähnchenkeulen
- etwas Salz
- 2 Zwiebeln
- 4 Knoblauchzehen
- 2 cm Ingwer
- 4 EL gemahlene Mandeln
- 300 g Vollmilchjogurt
- 6 Nelken
- 6 Körner schwarzer Pfeffer
- 2 cm Zimtstange
- 1 TL gemahlener Koriander
- 1 TL Kurkumapulver
- 1 TL Chilipulver
- 150 g Öl
- 1/2 TL Safranfäden
- 4 EL warme Vollmilch

ein Klassiker · braucht Zeit

- für 4 Personen
- Zubereitungszeit: ca. 1 1/2 Std.
- ca. 1 300 kcal je Portion

Tipps *vom Küchenteam*

- *Dieses Reisgericht können Sie auch mit einer anderen Fleischsorte, beispielsweise mit Schweine- oder Lammfleisch, zubereiten.*
- *Servieren Sie einen Salat mit Jogurtdressing dazu.*

1. Den Reis waschen und mit einem Teelöffel Salz in einen schweren Topf geben. Etwa 1/2 Liter Wasser hinzufügen und den Reis etwa 10 Minuten kochen.

2. Den Backofen auf 150 °C vorheizen. Die Hähnchenkeulen von der Haut befreien, waschen und in eine Schüssel legen. Die Zwiebeln, die Knoblauchzehen sowie den Ingwer schälen und grob hacken. Danach diese Zutaten zusammen mit 3 Esslöffeln Wasser und den gemahlenen Mandeln in einen Mixer geben und so lange mahlen, bis daraus eine cremige Paste entsteht.

3. Diese Paste mit dem Jogurt sowie mit allen Gewürzen vermischen und die Hähnchenkeulen damit bestreichen. Das Öl in eine Kasserolle geben und die Fleischstücke hineinlegen.

4. Den Reis auf dem Fleisch verteilen. Den Safran mit der warmen Milch verquirlen und diese Mischung auf den Reis gießen. Die Kasserolle mit einem Deckel verschließen. Anschließend das Gericht im Ofen bei 150 °C etwa 1 Stunde garen lassen.

Curryreis

Pile Chawal

1. In einem Topf das Öl erhitzen. Kreuzkümmel und Kurkuma hinzufügen und beides kurz rösten. Danach Nelken, Zimt sowie Lorbeerblätter hinzufügen und mitrösten.

2. Inzwischen den Reis in einem Sieb waschen und dann in reichlich Salzwasser in etwa 20 Minuten gar kochen. Ihn abgießen und abtropfen lassen.

3. Etwa 5 Minuten bevor der Reis gar ist, die Gewürzmischung aus der Pfanne hinzufügen und alles gut vermischen.

schnell · gelingt leicht

- Für 4 Personen
- Zubereitungszeit: ca. 30 Min.
- ca. 550 kcal je Portion

Tipp *vom Küchenteam*

- *Der Curryreis passt gut zu allen indischen Fleischgerichten.*

Zutaten

3 EL Öl
1 TL Kreuzkümmel
1 TL Kurkumapulver
4 Nelken
2 cm Zimtstange
2 Lorbeerblätter
500 g Basmatireis
etwas Salz

Gemüsereis

Sabzi Wala Pulao

Zutaten

400 g Basmatireis
etwas Salz
200 g Karotten
150 g Blumenkohl
200 g TK-Erbsen
3 EL Öl
1 TL Kreuzkümmel
1/2 TL Ajwain
1/2 TL Kurkuma
1/2 TL Garam Masala (S. 122)
1/2 TL gemahlener Koriander
4 Knoblauchzehen
3 cm Ingwer
400 g Jogurt
2 grüne Peperoni

würzig · gelingt leicht

* Für 4 Personen
* Zubereitungszeit: ca. 1 Std.
* ca. 600 kcal je Portion

1. Den Reis in reichlich Salzwasser in etwa 15 Minuten gar kochen.

2. Inzwischen die Karotten putzen, schälen und in 2 cm große Würfel schneiden. Den Blumenkohl waschen und in kleine Röschen schneiden. Die Erbsen auftauen lassen.

3. Das Öl in einer Pfanne erhitzen, die Gewürze nacheinander hinzufügen und im heißen Fett rösten. Alle Gemüsesorten waschen, ebenfalls in die Pfanne geben und das Ganze umrühren. Auf mittlerer Stufe etwa 20 Minuten braten.

4. Währenddessen die Knoblauchzehen sowie den Ingwer schälen und in sehr kleine Würfel schneiden. Beides zusammen mit dem Jogurt und den geputzten Peperoni in einen Mixer geben und fein pürieren, bis daraus eine Paste entsteht. Den Backofen auf 200 °C vorheizen.

5. Nun die Hälfte des Reises in einer Kasserolle verteilen. Dann das Gemüse und schließlich den restlichen Reis in die Form schichten. Den Jogurt darauf geben.

Der Schlangenbeschwörer zeigt einmal mehr: in Indien gehören Mythen, Märchen und Magie zum täglichen Leben.

6. Anschließend die Kasserolle auf der mittleren Einschubleiste in den Backofen stellen und das Reisgericht darin etwa 25 Minuten backen.

Tipp *vom Küchenteam*

✷ *Den Gemüsereis können Sie auch mit anderen Gemüsesorten, beispielsweise mit Brokkoli und Tomaten, zubereiten.*

Zutaten
500 g Magerjogurt
1 TL Rosenwasser
1/4 TL gemahlener Kardamom
4 EL Zucker
1 l Wasser
8–12 Eiswürfel
8–12 Pfefferminzblätter

Schaumiges Jogurtgetränk

Lassi

mild · gelingt leicht
- Für 4 Personen
- Zubereitungszeit: ca. 10 Min.
- ca. 60 kcal je Portion

1. Jogurt, Rosenwasser, Kardamom und Zucker in einen elektrischen Mixer füllen und gut mixen.

2. Nach 2 bis 3 Minuten das Ganze mit 1 Liter Wasser auffüllen und weitere 2 bis 3 Minuten mixen, bis das Getränk schaumig geworden ist.

3. Je 2 bis 3 Eiswürfel in ein Glas füllen, mit dem Jogurtgetränk auffüllen und mit den Pfefferminzblättern garnieren.
(auf dem Foto: rechts)

Zutaten
6 Orangen
1 Mango
1/2 Ananas
1/2 Banane
3 EL Zitronensaft
1/2 TL Chat Masala (S. 122)
einige Eiswürfel

Vitaminstoß

Phalo ka Ras

fruchtig · gelingt leicht
- Für 4 Personen
- Zubereitungszeit: ca. 20 Min.
- ca. 250 kcal je Portion

1. Die Orangen auspressen. Die Mangos schälen, halbieren, die Kerne herauslösen und das Fruchtfleisch in Spalten schneiden.

2. Die Ananas und die Banane schälen. Aus der Ananas den Strunk herausschneiden und das Fruchtfleisch klein schneiden. 4 Ananasstücke zur Dekoration beiseite stellen.

3. Ananas, Banane, Mango sowie Zitronensaft in einen Mixer geben und pürieren. Nun den Orangensaft sowie das Chat Masala hinzufügen und das Ganze noch weitere 1 bis 2 Minuten mixen.

4. Den Saft in Cocktailschalen füllen, Eiswürfel hinzufügen und mit den übrigen Ananasstücken garnieren.
(auf dem Foto: links)

Zutaten
750 ml Wasser
1 Stück Zimtstange
5 Körner Kardamom
5 Nelken
1/2 TL Anis
2 cm Ingwer
5 TL schwarzer Tee
1/4 l Vollmilch
6 TL Kristallzucker

Gewürztee

Masala Tchai

sehr aromatisch · schnell
- Für 4 Personen
- Zubereitungszeit: ca. 15 Min.
- ca. 90 kcal je Portion

1. In einer beschichteten Pfanne etwa 750 ml Wasser mit Zimt, Kardamom, Nelken, Anis und Ingwer zum Kochen bringen.

2. Den schwarzen Tee hinzufügen und das Ganze etwa 2 Minuten weiterkochen lassen.

3. Anschließend Milch und Zucker unter Rühren hinzufügen und den Tee zugedeckt etwa 3 Minuten ziehen lassen.

4. Das Getränk durch ein feines Sieb in hitzebeständige Gläser füllen und sofort servieren.
(auf dem Foto: Mitte)

Zitronengetränk

Nimbu Pani

Zutaten
6 EL Zitronensaft
4 EL Zucker
1 l Wasser
etwas Salz
einige Eiswürfel

erfrischend · schnell
- Für 4 Personen
- Zubereitungszeit: ca. 10 Min.
- ca. 80 kcal je Portion

1. Den Zitronensaft und den Zucker mit dem Wasser verrühren.

2. Etwas Salz hinzufügen und das Getränk in Longdrink-Gläser füllen. Die Gläser mit Eiswürfeln auffüllen und servieren.
(auf dem Foto: Mitte)

Kreuzkümmelwasser

Jaljeera

Zutaten
125 g Tamarinden (S. 123)
1 Bund Pfefferminze
2 EL Zitronensaft
6 EL brauner Zucker
1 TL Ingwerpulver
2 TL Kreuzkümmelpulver
1/2 TL Chilipulver
etwas Salz
1 l eiskaltes Wasser
einige Eiswürfel
4 Scheiben Zitronen

aromatisch · erfrischend
- Für 4 Personen
- Zubereitungszeit: ca. 30 Min.
- ca. 100 kcal je Portion

1. Die Tamarinden grob zerpflücken und etwa 15 Minuten in heißem Wasser kochen. Dann soviel Saft und Fruchtfleisch wie möglich herauspressen.

2. Alle anderen Zutaten, außer dem Eiswasser, mit dem Saft vermischen und alles gut umrühren.

3. Kurz vor dem Servieren das Getränk mit Eiswasser verdünnen. Es in Longdrink-Gläser mit Eiswürfel füllen und mit einer Zitronenscheibe hübsch garnieren.
(auf dem Foto: rechts)

Mangomilch

Aam wala Doodh

Zutaten
2 reife Mangos
600 ml Vollmilch
2 EL Zucker
1 EL Rosenwasser
einige Eiswürfel

mild · süß
- Für 4 Personen
- Zubereitungszeit: ca. 15 Min.
- ca. 180 kcal je Portion

1. Die Mangos schälen, halbieren, die Kerne entfernen und das Fruchtfleisch in Würfel schneiden.

2. Die Würfel zusammen mit der Milch, dem Zucker und dem Rosenwasser in einem Mixer etwa 2 Minuten pürieren.

3. Den Mangoshake dann in Longdrink-Gläser füllen, Eiswürfel hinzufügen und sofort servieren.
(auf dem Foto: links)

Süßes zum Verlieben – Desserts

Nach altindischer Tradition wird nach einem umfangreichen Essen eine süße Nachspeise serviert. Die typischen Desserts kann man, je nach Laune, kalt oder auch warm genießen. Meist werden sie aus gesüßten Milchprodukten, insbesondere aus dem Frischkäse **Paneer** hergestellt und sind mit unseren Sahnepuddings und Cremespeisen zu vergleichen. Andere enthalten vor allem Vollkornmehl, gemahlene Nüsse und natürlich viel Zucker. Sehr bekannt und beliebt sind die Käsebällchen in Zuckersirup (Rezept S. 120), die aus Westbengalen stammen, oder auch die indische Eiscreme (Rezept S. 119), die im ganzen Land sehr bliebt ist.

Die im Folgenden beschriebenen Rezepte geben Ihnen eine kleine Auswahl aus der großen Vielfalt indischer Nachspeisen. Lassen Sie sich von diesen süßen Köstlichkeiten verführen.

Süßer Frischkäse mit Nüssen

Burfi

Zutaten
1 l Vollmilch
2 Scheiben Toastbrot
400 g Paneer (S. 123)
50 g geriebene Kokosnuss
4 EL Zucker
1 EL Butter für die Form
3 EL gehackte Mandeln
3 EL gehackte Pistazien
3 Blätter Varak zum Garnieren (S. 123)

mild · nussig
- Für 4 Personen
- Zubereitungszeit: ca. 30 Min. (plus ca. 1 Std. Kühlzeit)
- ca. 710 kcal je Portion

1. Die Milch in einem Topf erhitzen. Inzwischen von den Toastscheiben die braunen Ränder entfernen, dann in kleine Stücke schneiden und zur Milch geben. Das Ganze bei niedriger Hitze unter ständigem Rühren auf die halbe Flüssigkeitsmenge einköcheln lassen.

2. Das Paneer reiben und zusammen mit der Kokosnuss und dem Zucker hinzufügen. Weiterkochen bis die Masse dick wird. Einen tiefen Teller einfetten und die Milchspeise hineingeben.

3. Die gehackten Mandeln und Pistazien darauf streuen und mit dem Varak garnieren. Das Dessert für etwa 1 Stunde in den Kühlschrank stellen, bis es fest ist. Es dann in Portionsstücke schneiden und servieren.

Tipp *vom Küchenteam*

- *Die Milchspeise können Sie noch mit Ananasstückchen verfeinern. 1 bis 2 Scheiben sind dafür ausreichend.*

Karottenhalwa

Gadjar ka Halwa

1. Die Karotten putzen, schälen und raspeln.

2. Danach in einem schweren Topf die Milch zusammen mit den Karotten bei niedriger Hitze etwa 10 Minuten köcheln lassen und ständig umrühren. Beiseite stellen.

3. Die Pistazien grob hacken, die Mandeln und die Cashewkerne halbieren. Diese Zutaten zusammen mit dem grünen Kardamom zur Karottenmilch geben und das Ganze unter Rühren so lange leicht köcheln lassen, bis fast alle Flüssigkeit verdampft ist. Nun den Zucker darunter rühren.

4. In einer Pfanne das Butterschmalz erhitzen, die fertige Karottenmasse hineingeben und etwa 10 Minuten braten.

5. Die Süßspeise in Dessertschälchen füllen und mit dem Varak garnieren.

Tipp *vom Küchenteam*

- *Das Karottenhalwa können Sie warm oder kalt servieren.*

sehr beliebt · nussig

- Für 4 Personen
- Zubereitungszeit: ca. 70 Min.
- ca. 420 kcal je Portion

Zutaten

1 kg Karotten
1 l Vollmilch
10 Pistazien
10 Mandeln
10 Cashewkerne
4 Körner grüner Kardamom
4 EL Zucker
3 EL Butterschmalz
3 Blätter Varak zum Garnieren

Obstsalat mit Käsesahne

Phalou Ki Mithaei

Zutaten

1 Apfel
1 Birne
1 Banane
1/2 Ananas
400 g Quark
100 g süße Sahne
3 EL Zitronensaft
3 EL geriebene, gemischte Nüsse
3 EL Zucker
2 EL Cognac
1 kleine Dose Mandarinen
einige Cocktailkirschen zum Garnieren

erfrischend · gelingt leicht

- Für 4 Personen
- Zubereitungszeit: ca. 25 Min.
- ca. 440 kcal je Portion

1. Den Apfel sowie die Birne schälen, die Kerne entfernen und das Fruchtfleisch in etwa 1 cm große Würfel schneiden. Die Banane schälen und in dünne Scheiben schneiden. Die Ananas schälen, den Strunk herausschneiden und ebenfalls in mundgerechte Würfel schneiden.

2. Anschließend in einer großen Schüssel den Quark und die süße Sahne mit einem Schneebesen glattrühren.

3. Den Zitronensaft, die geriebenen Nüsse, den Zucker, den Cognac, sowie die Mandarinen hinzufügen und weiter rühren.

4. Anschließend den Obstsalat mit den Cocktail-Kirschen garnieren und bis zum Servieren in den Kühlschrank stellen.

Tipp *vom Küchenteam*

- *Auch andere Früchte, wie zum Beispiel Erdbeeren, Himbeeren oder Kirschen eignen sich sehr gut für einen Obstsalat.*

Indische Eiscreme

Kulfi

1. Die Milch in einem Topf erhitzen, den Safran dazugeben und so lange kochen lassen, bis die Flüssigkeit auf ein Viertel eingekocht ist.

2. Danach die süße Sahne, den Honig sowie den Zucker hinzufügen und mit einem Schneebesen darunter rühren.

3. Die Pistazien sowie die Mandeln fein hacken und ebenfalls hinzufügen. Anschließend diese fertige Masse in kleine Portionsförmchen füllen und einfrieren. Nach etwa 2 Stunden auf Dessertteller stürzen und servieren.

sehr süß · beliebt

- Für 4 Personen
- Zubereitungszeit: ca. 45 Min. (plus ca. 2 Std. Gefrierzeit)
- ca. 470 kcal je Portion

Tipps *vom Küchenteam*

- *Garnieren Sie das Eis mit einigen grünen Pistazienkernen.*
- *Wenn Sie die Unterseite der Förmchen kurz unter warmes Wasser halten, löst sich das Eis besser heraus.*

Zutaten

400 ml Dosenmilch (10 % Fett)
1/2 TL Safranfäden
400 ml süße Sahne
4 EL Honig
2 EL Zucker
10 Pistazien
10 Mandeln

Käsebällchen in Zuckersirup

Rasgulla

Zutaten

300 g Paneer (S. 123)
1 TL Maisstärke
6 Pistazien
6 Mandeln
500 ml Wasser
4 Körner grüner Kardamom
7 TL Zucker
2 EL Rosenwasser

etwas Besonderes · süß

- Für 4 Personen
- Zubereitungszeit: ca. 1 Std.
- ca. 1 120 kcal je Portion

1. Das Paneer in eine große Schüssel geben und die Maisstärke darauf streuen. Beides miteinander vermischen und dann etwa 10 Minuten mit den Händen kneten, bis eine cremige Masse entsteht.

2. Die Pistazien sowie die Mandeln fein hacken und ebenfalls unter das Paneer mischen. Danach aus dieser Masse Bällchen formen.

3. 700 ml Wasser zusammen mit dem Kardamom und dem Zucker in einem Topf zum Kochen bringen.

4. Sobald das Wasser zu kochen beginnt, alle Bällchen langsam in das Wasser gleiten lassen. Sie bei mittlerer Hitze 20 bis 30 Minuten gar ziehen lassen, bis aus dem Zuckerwasser ein Sirup geworden ist.

5. Anschließend das Rosenwasser darunter rühren und das Dessert bis zum Servieren in den Kühlschrank stellen.

*Zum **Dussera Fest** werden Elefanten reich geschmückt, um dann in einer feierlichen Parade durch die Stadt zu schreiten. Die Inder feiern damit den Sieg des Prinzen Rama über Ravan. Er hatte Sita, die Frau des Prinzen, entführt.*

Für Entdecker und Genießer

Ajwain
Samen einer Pflanze, die mit dem Kümmel verwandt ist. Das Aiwain hat einen leicht bitteren Geschmack und erinnert im Geruch an Thymian. Es wird hauptsächlich für Gemüsegerichte und Brot verwendet.

Chilischoten
Sie stammen ursprünglich aus Südamerika. Das Chilipulver, das aus getrockneten roten Schoten hergestellt wird, verleiht vielen indischen Gerichten ihre charakteristische Schärfe.

Bockshornklee
Die Blätter und zarten Stängel dieser Pflanze werden in Indien als Gemüse verwendet. Ihre viereckigen, beige-bräunlichen Samen schmecken bitter, entwickeln jedoch durch das Rösten einen angenehmen Geschmack. Bockshornkleesamen dienen vor allem zum Würzen von Currygerichten.

Channa Dal
Gelbe Linsen (siehe Dal).

Chat Masala
Mischung aus Mangopulver, Chilipulver, schwarzem Salz und Garam Masala. In Indien würzt man damit Salate und Chutneys.

Curry
Sammelbegriff für indische Gerichte mit Gemüse, Fleisch, Fisch und Eiern, die in einer Sauce gegart werden.

Curryblätter
Die Blätter des Currybaumes sind frisch oder getrocknet erhältlich. Sie haben eine beruhigende Wirkung auf den Magen.

Currypulver
Eine typisch indische Gewürzmischung, die immer wieder anders hergestellt wird. Jede Familie hat ihr ganz eigenes Spezialrezept.

Dal
Sammelbegriff für verschiedene Sorten von Hülsenfrüchten, die meist geschält und halbiert verkauft werden.

Garam Masala
Eine Mischung aus vielen verschiedenen Gewürzen (beispielsweise aus Korianderkörnern, Kreuzkümmel, Pfeffer, schwarzem Kardamom, grünem Kardamom, Nelken, Zimt und Muskatblüten).

Ghee
Butterschmalz. Es wird in der indischen Küche als Kochfett verwendet. Ihm werden in der Lehre des Ayurveda gesundheitsfördernde Eigenschaften zugeschrieben.

Ingwer
Eine Wurzelknolle, die gerieben, klein gehackt oder in sehr dünnen Scheiben zum Würzen verwendet wird. Ingwer hat ein scharf-fruchtiges Aroma.

Kardamom
Die Pflanze hat grüne oder schwarze Kapseln, in denen die Gewürzsamen enthalten sind. Kardamom kann sowohl für pikante als auch für süße Speisen verwendet werden.

Kebab Mix
Gewürzmischung für die indischen Seekh Kebabs.

Koriander
Vom Koriander werden sowohl die Samen, meist in gemahlener Form, als auch die frischen, grünen Blätter gegessen. In Indien verwendet man die Korianderblätter so häufig wie bei uns die Petersilie. Im getrockneten Zustand kann man den grünen Koriander auch unter dem Namen „Cilantro“ kaufen.

Kreuzkümmel
Dieses Gewürz wird für sehr viele indische Gewürze verwendet. Der schwarze und der weiße Kreuzkümmel wirken verdauungsfördernd sowie appetitanregend.

Kurkuma
Es wird nur im gemahlenen Zustand verwendet und verleiht den Speisen die charakteristische gelbe Farbe.

Ladoos
Süße Kugeln aus Kichererbsenmehl und Zuckersirup. Sie sind in Asienläden erhältlich.

Mangopulver
Pulver aus unreifen, getrockneten Mangos – wird als Gewürz verwendet.

Muskat
Die abgeriebene Muskatnuss würzt sowohl süße als auch pikante Gerichte. Die Muskatblüte ist die getrocknete Hülle, die die Muskatnuss umgibt. Ihr Aroma ist mild und gibt indischen Süßspeisen einen feinen Geschmack.

Nelken
Getrocknete Blütenknospen des tropischen Nelkenstrauches. Man kann sie im Ganzen oder gemahlen kaufen.

Okra
Grünes, bohnenähnliches Gemüse.

Paneer
Indischer Frischkäse, der in vielen indischen Haushalten noch selbst hergestellt wird. Dazu bringt man etwa 1 Liter Vollmilch in einem hohen Topf zum Kochen und fügt dann etwa 2 Esslöffel Zitronensaft unter Rühren hinzu. Nach kurzer Zeit setzen sich dicke Flocken an der Oberfläche ab, die zuerst in einem feinmaschigen Sieb vom Wasser getrennt und dann durch ein Geschirrtuch gut ausgepresst werden. Das Paneer wird in Würfel geschnitten und für viele indische Gerichte verwendet.

Rosenwasser
Eine stark verdünnte Essenz, die aus frischen Blütenblättern gewonnen wird. In Indien aromatisiert man Süßspeisen und Getränke mit Rosenwasser.

Safran
Der „König der Gewürze" besteht aus den Samenfäden einer bestimmten Krokusart. Es hat ein sehr feines Aroma und verleiht den Speisen eine tiefgelbe Farbe. Safran wird für Süßspeisen, Reisgerichte und Getränke verwendet.

Sago
Gekörntes Stärkemehl aus dem Mark der Maniokpalme.

Tamarinden
Fruchtfleisch des tropischen Tamarindenbaumes. Es kommt meist in getrockneter Form auf den Markt. Um es zu verwenden, überbrüht man die zähe Masse mit kochendem Wasser und lässt sie einige Zeit stehen. Anschließend streicht man sie durch ein Haarsieb. Der gewonnene Saft hat einen markant sauren Geschmack. Man kann ihn durch Zitronensaft ersetzen.

Tandoori Masala
Gewürzmischung für Speisen, die im traditionellen Tandoor (Lehmofen) zubereitet werden.

Toor Dal
Mit einer Ölschicht überzogene Linsen (siehe Dal).

Urad Dal
Eine Linsensorte, die in Indien gerne für Dalgerichte verwendet wird (siehe Dal).

Varak
Hauchdünne Silber- oder Goldfolie, die bei festlichen Gelegenheiten indische Speisen verziert.

Von A bis Z

Kursiver Begriff : Fest, Märchen oder Gleichnis

Für Sie an Feder und Auslöser

Sadhna Dhawan stammt aus dem kleinen Ort Batala, am Fuße des Himalaya, dem „Dach der Welt". Die Geheimnisse der indischen Kochkunst werden dort seit altersher von der Mutter zur Tochter weitergereicht, denn Essen bedeutet mehr als nur Nahrung: Es ist eine Medizin für Körper und Geist. Nach ihrem Englischstudium wanderte Sadhna Dhawan zusammen mit ihrem Mann nach Österreich aus. Doch das Heimweh nach den duftenden Gewürzen und den vertrauten Küchenklängen ließ sie nicht los. So schrieb sie ihr Wissen nieder und begeistert heute in ihren Kochkursen alle, die die Faszination der indischen Esskultur auch in Europa live erleben wollen.

Und auch die nächste Generation, ihr Sohn **Akhil Dhawan,** tritt bereits in ihre Fußstapfen. Bei den Arbeiten für dieses Buch stand er seiner Mutter tatkräftig zur Seite.

Martin Krapohl ist Fotodesigner und Hobbykoch mit viel Gespür für Licht und Farben. In seinem Düsseldorfer Studio zauberte er mit den Rezepten von Sadhna Dhawan Foodfotos der Extraklasse. Unterstützt wurde er von seiner Frau **Petra Dambeck-Krapohl,** die immer wieder neue Accessoires aufstöberte und von **Arno Manthei,** dem Stylisten, der Sie das indische Flair hautnah spüren lässt.

Das Fototeam Krapohl bedankt sich ganz herzlich bei den Familien **Roy-Chowdhury** und **Fornol** aus Zons. Sie halfen aus mit authentischen Requisiten sowie mit Tipps zu indischen Sitten und Gebräuchen.

Gesucht – gefunden!

Ein Fest fürs Sparschwein

Leichtes zum Abheben

Schnelles für eilige Köche

Höllisch scharf und himmlisch gut

Köstliches für Geübte

Ganz einfach zum reinschnuppern

Zartes mit Geflügel

Maritime Genüsse

Deftiges mit Lamm

Dieses Buch wurde auf chlorfrei gebleichtem und säurefreiem Papier gedruckt.

Der Text dieses Buches entspricht den Regeln der neuen deutschen Rechtschreibung.

Der Verlag dankt der Firma Villeroy & Boch, Mettlach für die freundliche Unterstützung.

ISBN 978-3-8094-2073-6

Umschlaggestaltung: Atelier Versen, Bad Aibling
Gestaltung: Horst Bachmann
Redaktion: Barbara Fleig
Mitarbeit im Küchenteam: Mechthild Rohlfing, Hühnstetten-Limbach
Bildredaktion: Marlene Daniel
Herstellung: Harald Kraft
Projektkoordination dieser Ausgabe: Silke Kirsch
Rezeptfotos: Martin Krapohl, Düsseldorf
Weitere Fotos im Innenteil: Bildarchiv Huber, Garmisch-Partenkirchen: S. 8 u. (Damm), 7 u. (R. Schmid); **Bilderberg,** Hamburg: S. 10 o., 15 o., 50/51 und 92/93 (Thomas Ernsting), 39 o., 79 o. (DINODIA); **IFA-Bilderteam,** München: S. 30/31 (Aberham), 94/95 (R. Maier); **Martin Krapohl,** Düsseldorf: S. 125 u.; **Schuster,** Oberursel: S. 58/59 (Harding), 25 o. (Horizon), 9 (ohne Nennung); **Silvestris Fotoservice,** Kastl. Obb.: S. 71 o. (Lughofer), 12/13 (S.B.P. Mc Cullagh), 86/87 (Wolf); **StockFood,** München: S. 68/69 (S.& P. Eising); **Tony Stone,** München: S. 40/41 (Glen Allison), 121 o. (Anthony Cassidy), 7 o. und 8 o. (Paul Harris), 26/27 (Herb Schmitz), 107 o. (Joel Simon), 6 (Hugh Sitton), 44/45 (David Sutherland); alle übrigen Fotos: **FALKEN Archiv**

Das Bild auf Seite 125 o. wurde freundlicherweise von Sadhna Dhawan zur Verfügung gestellt.

Satz-/Lithobearbeitung: DM-SERVICE Mahncke & Pollmeier oHG, Rodgau
Druck: Neografia, Martin

073700198X817 2635 4453 62

P-Einheitsaufnahme

:s *Evangeliums*
ler Schwelle des dritten Jahrtausends
r Riebel (Hrsg.)

ıann, 1999

umann GmbH, Würzburg
ıut: Klaus Ochantel, Würzburg
drik Seubert
r, Paderborn
‹ische Gesellschaftsdruckerei und Verlag GmbH

Die Deutsche Bibliothek - C

Johannes Paul II. - Zeuge
Perspektiven des Papstes an
Stephan Otto Horn/Alexand
Fotos: Josef Albert Slominsk
1. Auflage - Würzburg. Nau
ISBN 3-88567-074-7

1. Auflage 1999

Umschlaggestaltung und Lay
Lektorat und Herstellung: He
Foto auf Seite 177: Gerd Viel
Druck: Echter Würzburg, Frän
Printed in Germany
ISBN 3-88567-074-7

Stephan Otto Horn – Alexander Riebel (Hrsg.)

Johannes Paul II. – Zeuge des Evangeliums

Perspektiven des Papstes an der Schwelle des dritten Jahrtausends

Johannes Paul II.
Zeuge des Evangeliums

Perspektiven des Papstes
an der Schwelle
des dritten Jahrtausends

Stephan Otto Horn SDS · Alexander Riebel (Hrsg.)
Verlag Johann Wilhelm Naumann

Vorwort

Johannes Paul II. ist in einem ganz besonderen Sinn Zeuge des Glaubens geworden und hat Mut gemacht zu einer tiefen Erfahrung des Glaubens. Er hat gezeigt, wie der Mensch sich in seinem persönlichen wie gesellschaftlichen Leben neu verstehen und verwirklichen kann. Das Buch würdigt die weltweite Leistung des Papstes, die weit in das kommende Jahrtausend hineinreichen wird.

Die Beiträge führen aber vor allem in das Denken des Papstes ein und verdeutlichen die tieferen Intentionen, die ihn in dieser Zeit bewegen. Sie lassen damit zugleich nachkonziliare Orientierungen der Kirche in ihrem Sinn und ihrer Tragweite erfassen und nachvollziehen. So fördert das Buch eine echte Rezeption des Zweiten Vatikanums und dient der Einmütigkeit der Kirche im deutschen Sprachraum.

Die Autoren zeichnen die verschiedenen Wirkungsfelder Johannes Pauls II. nach und lassen so auch die Tragweite seiner pastoralen Tätigkeit anschaulich werden. Das Buch ermutigt dazu, an die Zukunft der Kirche zu glauben und sich von der Dynamik des Papstes zur Evangelisierung und zur Neuevangelisierung anstecken zu lassen.

Das Buch will keine Biographie sein. Im ersten Teil freilich wird von verschiedenen Seiten her gezeigt, wie Karol Wojtylas Weg ihn selbst auf die Berufung zum Bischof von Rom an der Schwelle des dritten Jahrtausends hinführte. Die letzten Beiträge dieses Teils zeichnen schon die grundlegenden Konturen des Papstes in seiner frühen Zeit. Während in den übrigen Teilen fast ausschließlich Originalbeiträge geboten werden, finden sich hier Beiträge, die auf das erste Jahrzehnt des Papstes zurückblicken und erstmals dem deutschsprachigen Leser zugänglich gemacht werden.

Der zweite Teil des Buches zeigt in erster Linie die soziale und gesellschaftliche Tätigkeit Johannes Pauls II., läßt aber zugleich erkennen, wie sie aus dem Glauben und dem petrinischen Dienst erwächst.

Der dritte Teil blickt vor allem auf die dialogische Dimension seines Wirkens, die für ihn gewiß besonders bezeichnend ist.

Der vierte Teil wendet sich den Fragen des Glaubens und des christlichen Lebens in der nachkonziliaren Zeit zu. (Hier findet sich mit dem Artikel von Thaddäus Styczen ein Beitrag, der ausnahmsweise nicht direkt das Denken des Papstes untersucht, sondern einen tiefer eindringenden, eigenständigen Versuch zur moralphilosophischen Begründung der bedeutenden Enzyklika *Veritatis splendor* darstellt.)

Der letzte Teil beschreibt, wie Johannes Paul II. die unterschiedlichsten Berufungen in der Kirche sieht und durch sein Wirken ermutigt.

Zu den Autoren gehören enge Mitarbeiter und Weggefährten des Heiligen Vaters, Publizisten, die seinen Weg aus der Nähe verfolgt haben, Frauen und Männer, die von ihren Aufgaben her einen tieferen Zugang zu seinem Denken und seinem Werk gesucht haben.

In der gesamten, nun schon zwanzigjährigen Zeit des Pontifikats war das Leben des Papstes von Zuwendung zu allen relevanten christlichen und gesellschaftlichen Gruppen bestimmt. Die zahlreichen Begegnungen mit den Menschen aller Kontinente kommen auch in einem eigenen Bildteil des Buches zum Ausdruck, den der durch seine Papstfotografien bekannte Josef Albert Slominski übernommen und mit einem eigenen Vorwort versehen hat. Klaus Ochantel hat das gesamte Buch graphisch gestaltet.

Die Herausgeber danken allen, die an dem Buch mitgewirkt haben, für ihre große Bereitschaft und ihr Engagement. Unser Dank gilt dabei neben dem Fotografen und dem Grafik-Designer an erster Stelle den Autoren. Besonderen Dank schulden wir Kardinal Joseph Ratzinger, der das Werk mit seinem Wohlwollen und Rat begleitet hat, sowie Prof. Dr. Thaddäus Styczen SDS, P. Günther Mayer SDS und den Übersetzern. Wir wissen zu schätzen, daß uns Don Tarzia drei wertvolle Beiträge aus dem Buch „Giovanni Paolo II. pellegrino per il Vangelo" überlassen hat. Günter Fuhrmann gilt unser Dank für die freundliche Aufnahme des Buchs in das Verlagsprogramm. Ebenso gebührt Dank auch dem Echter-Verlag für den Druck des Bandes. Die Herausgeber danken allen, die das Buch in mühevoller Arbeit und mit großer Hilfsbereitschaft erstellt und bearbeitet haben, besonders Frau Silvia Suppan, Frau Katharina Frieb, Herrn Rudolf Feurer M.A. und Herrn Hendrik Seubert sowie dem Diplom-Theologen Andreas Kindermann.

Die Herausgeber

Inhaltsverzeichnis

Kardinal Joseph Ratzinger

Einleitung

Alle kennen Johannes Paul II.; sein Gesicht, seine Weise, sich zu bewegen, zu sprechen; sein Versunkensein im Gebet und seine spontane Heiterkeit. Manche Worte von ihm haben sich unvergeßlich eingeprägt, angefangen von dem leidenschaftlichen Ruf, mit dem er sich zu Beginn seines Pontifikats den Menschen vorstellte: Reißt die Türen auf für Christus, habt keine Angst vor ihm! Oder dies andere: Man kann nicht auf Probe leben, man kann nicht auf Probe lieben. In solchen Worten verdichtet sich ein ganzes Pontifikat. Es ist, als ob er überall Türen für Christus aufmachen wollte, den Menschen das Tor öffnen möchte, das der Eingang zum wirklichen Leben, zum wirklichen Lieben ist. Wenn er wie ein Paulus um des Evangeliums willen rastlos auf dem Weg ist „bis an die Grenzen der Erde", wenn er allen nahe sein will und keine Gelegenheit zur Verkündigung ausläßt, dann geht es nicht um Werbung, nicht um Popularität, dann gilt wirklich das Apostelwort: Die Liebe Christi drängt mich (2 Kor 5,14). In seiner Nähe spürt man: Es geht ihm um den Menschen, weil es ihm um Gott geht ...

„Der Weg der Kirche ist der Mensch." Die wahre Bedeutung dieses von manchen mißverstandenen Satzes der Enzyklika über den „Erlöser des Menschen" wird erst dann sichtbar, wenn man sich daran erinnert, daß für den Papst „der Mensch" im Vollsinn Jesus Christus ist. Seine Leidenschaft für den Menschen hat nichts von einer selbstgenügsamen Anthropozentrik an sich. Die Anthropozentrik ist aufgerissen nach oben. Jene Anthropozentrik, die Gott als den Konkurrenten des Menschen ausschalten wollte, ist inzwischen längst in Ekel am Menschen umgeschlagen. Der Mensch mag sich nicht mehr als Mitte der Welt ansehen; er fürchtet sich vor seiner eigenen Macht des Zerstörens. Wo der Mensch auf Kosten Gottes in den Mittelpunkt gerückt wird, sind alle Gewichte gestört; da gilt das Wort des Römerbriefs, daß die Welt in das Stöhnen und in den Schmerz des Menschen hineingerissen wird (Röm 8,22); zertreten von Adam wartet sie auf das Auftreten der Söhne Gottes, auf ihre Befreiung (8,19-21). Weil es dem Papst um den Menschen geht, deswegen möchte er die Türen für Christus aufreißen. Denn nur durch das Hereintreten Christi können die Kinder Adams Kinder Gottes werden und Mensch wie Schöpfung in ihre Freiheit treten. Anthropozentrik ist beim Papst Theozentrik, weil er seine seelsorgliche Berufung vom Gebet her lebt, seine Erfahrung des Menschen in der Gemeinschaft mit Gott macht und von ihr zu deuten gelernt hat.[1]

1 Dieser erste Teil ist dem Buch: Joseph Ratzinger, „Giovanni Paolo II., Venti anni di pontificato" entnommen (Cinisello Balsamo 1998, Edizione San Paolo).

In den letzten Jahren sind neue Züge im Wirken des Papstes und so seiner Gestalt selbst sichtbar geworden. Das einschneidendste Ereignis des vergangenen Jahrzehnts war ohne Zweifel der Fall der Berliner Mauer als sinnfälliger Ausdruck für den Sturz der kommunistischen Regimes in Osteuropa. Dies war nicht nur ein politischer Umbruch von großer Tragweite, sondern ein Ereignis der Geistesgeschichte: Es brach nicht nur ein politisches und wirtschaftliches System zusammen, sondern eine Ideologie, die sich als die eigentliche Gegenmacht gegen den Glauben der Kirche und als der Anfang einer neuen Menschheit etabliert hatte. Das Ereignis von 1989 ist vielschichtig und sicher nicht von einer einzigen Ursache her zu deuten. Aber daß die innere Kraft der Religion, die sich auch durch ausgeklügelte Systeme der Unterdrückung nicht beseitigen ließ, dabei eine gewichtige Rolle spielte, kann niemand bestreiten. Und daß wiederum Papst Johannes Paul II. als großer Exponent für die Kraft und die Zuversicht des Glaubens dem Widerstand gegen die Ideologie und ihre vielfältigen Mechanismen neue Kraft zugeführt hat, ist ganz offenkundig. So hat das schon in seinem ersten Jahrzehnt herausragende Pontifikat Johannes Pauls II. doch erst im zweiten Jahrzehnt seinen Höhepunkt und seine ganze Dramatik erreicht.

Der Papst, der schon zu Beginn des Pontifikats durch das Attentat vom Mai 1981 die Erfahrung der Todesnähe und des physischen Leidens auf sich nehmen mußte, erscheint uns nun immer mehr von der Last des Alters, von Krankheit und Schmerz gezeichnet. Und es ist merkwürdig: Seine Ausstrahlung ist dadurch nicht geringer, sondern eher noch größer geworden. Nicht nur berührt es die Menschen, wie er sich trotz der sehr fühlbar gewordenen physischen Grenzen das Äußerste abfordert und sich immer neu der Größe seines Auftrags unterwirft; vom Leiden selbst geht ein inneres Leuchten aus. Die Würde des Alters, die Würde des Leidens wird sichtbar. Die Menschen, gerade auch die jungen, spüren nun nur um so mehr, daß er nicht Macht ausüben will, daß er nichts für sich selber sucht, sondern im Gegenteil sich verschwendet. Sie spüren die Kraft seines Glaubens und die von Christus herkommende Liebe, die ihn treibt. So kann ich nur mit einem Wort des Dankes an den Herrn schließen, der uns diesen seinen Zeugen im Ausgang des zweiten christlichen Jahrtausends geschenkt hat und uns durch ihn Mut macht, auf der Straße des Glaubens vorwärtszugehen.

I. Teil

Karol Wojtyla – Johannes Paul II.

George Weigel

Skizzen eines Lebens – Zum Leiten vorbereitet

Als am Abend des 16. Oktober 1978 Kardinal Pericle Felici verkündete, daß die Kirche einen polnischen Papst habe, nahm eine erstaunte Welt an, daß es für den eben zum Nachfolger des hl. Petrus Gewählten geraume Zeit brauche, um sein „Handwerk" zu erlernen. Kardinal Karol Wojtyla hatte keine Vorbildung vorzuweisen, die man für gewöhnlich als für einen Papst notwendig erachtete. Seine Studien in Rom hatten zwei kurze Jahre gedauert. Er war nicht im diplomatischen Dienst des Heiligen Stuhls herangebildet worden. Er hatte nie ein Amt in der Römischen Kurie bekleidet. Vor allem war er kein Italiener, nicht in den Techniken geschult, „wie wir hier die Dinge erledigen", wie alte italienische Kurialisten sagen. Mit einem Wort: Er war ein Outsider, ein *straniero*, und man dachte, er müsse in das Papstsein und Wirken als Papst erst eingeführt werden. Gleich das erste Auftreten des neuen Papstes auf der zentralen Loggia des Petersdomes sollte eigentlich gezeigt haben, wie unbegründet diese Annahme war. Schon zwei Stunden nach seiner Erwählung brach Johannes Paul II. mit einer jahrhundertealten Tradition, indem er zu der dichtgedrängten Menge auf dem Petersplatz sprach, während seine Vorgänger einfach *urbi et orbi* vorgestellt worden waren und ihren ersten apostolischen Segen erteilt hatten. Der neue Papst gab das große Thema seines Pontifikates an, indem er den Weg der Geschichte und den Pfad der pilgernden Kirche in eins sah. Und als ein diensteifriger Zeremonienmeister ihm Einhalt zu gebieten versuchte, indem er „Basta!" flüsterte, kümmerte er sich nicht um ihn und sprach weiter.

Als die ersten Wochen seines Pontifikates ein *terremoto*, ein Erdbeben hervorriefen, begann es klarzuwerden: Mochte auch Johannes Paul II. der Vorbereitung, die man einst für einen Papst notwendig hielt, entbehren, mußte man doch diese Reihe von Annahmen drastisch revidieren. Wie sich in der Leichtigkeit, mit der er das Papsttum auf sich genommen hatte und neu belebte, zeigte, hatte seine Lebenserfahrung Johannes Paul II. außerordentlich gut auf seine neuen Verantwortlichkeiten vorbereitet. Er war zu einem tiefen Verständnis der Not, des Dramas und der Verheißung des späten zwanzigsten Jahrhunderts herangereift, nicht auf abstrakte Weise, sondern durch harte persönliche Erfahrung, die in reiflichem Nachdenken und einem intensiven Gebetsleben vergeistigt wurde. Als einer der intellektuellen Architekten von *Gaudium et spes* war er ein dankbarer Erbe des Zweiten Vatikanischen Konzils, dessen Weisungen er in Krakau seriös und beharrlich auszuführen gesucht hatte. Er war einer der schöpferischsten und erfolgreichsten Priester und Diözesanbischöfe seiner Generation gewesen. Er hatte erwiesen, daß Volksfrömmigkeit und Verstandesarbeit einander nicht widersprechen, sondern sich zu einer kraftvollen Synthese zur Erzwingung von Gesellschaftsveränderungen zusammenschweißen lassen. Er hatte gegen die Tyrannei von Politikern, gegen die totalitäre Versuchung im öffentlichen Leben des zwanzigsten Jahrhunderts durch Bezeugung der Wahrheit über den Menschen Einspruch erhoben.

Vor allem war er ein durch und durch überzeugter Christ; in seinem Leben gab es nichts, was nicht unter dem Horizont seiner christlichen und katholischen Überzeugung gestanden wäre.

I. Ein Sohn des freien Polen

Vor zwanzig Jahren hätten sich Kommentatoren gefragt, wieso Johannes Paul II. mit seinem polnischen Hintergrund eine solche universale Gestalt werden konnte, die in Hunderten verschiedener geschichtlicher und kultureller Situationen auf Leben, Herz und Verstand zu wirken vermag. Vielleicht ist es an der Zeit, einzusehen, daß auch diese Frage nicht am Platz ist, und daß die universale Reichweite der Persönlichkeit und Botschaft Johannes Pauls II. das Ergebnis eines besonderen Erbes ist. Er ist gerade deswegen ein universeller Mensch, weil er der Sohn einer besonderen Zeit und Stelle ist.
Karol Józef Wojtyla wurde am 18. Mai 1920 in Wadowice in Westgalizien geboren, gerade einige Monate, nachdem Polen, das während 123 Jahren aus der Europakarte getilgt gewesen war, wieder seine Unabhängigkeit erlangt hatte. Als Nation aber hatte Polen weitergelebt, nachdem der polnische Staat 1795 von den damaligen Großmächten untereinander aufgeteilt und so ausgelöscht worden war. Die Erfahrung, kraft der Kultur – die ihm von seinen Eltern, seinen Lehrern und der polnischen Literatur übermittelt wurde – als Nation zu überleben, sollte sich auf die Bildung der Ansicht, die sich der reife Karol Wojtyla über die Kräfte der Geschichte machte, und seiner Auffassung über die Rolle der Kirche bei der Gestaltung der Geschichte überaus stark auswirken.
Seine Mutter starb, bevor er die erste heilige Kommunion empfing, und der junge Karol wurde von seinem Vater erzogen, einem ehemaligen Offizier der österreichisch-ungarischen Armee, der kurze Zeit im Heer des freien Polen gekämpft hatte. Karol Wojtyla senior war der biblische „gerechte Mann", der seinem Sohn bewies, daß Frömmigkeit und Mannhaftigkeit einander nicht ausschließen. Seine Schulbildung war begrenzt gewesen, doch „der Hauptmann", als der er in Wadowice jedermann bekannt war, war ein Autodidakt und ein Mann von Kultur und Lerneifer. Er lehrte seinen Sohn deutsch, las ihm die Klassiker der polnischen romantischen Literatur vor und gab Karol und dessen Freunden persönlich Lektionen in polnischer Geschichte. Die durch langen Militärdienst in einer multinationalen Institution beeinflußte religiöse Überzeugung hatte den „Hauptmann" auch zu einem Mann ohne religiöse Vorurteile gemacht. Respekt für die religiösen Überzeugungen anderer war somit eine weitere Tugend, die er seinem Sohn übermittelte. Ungefähr ein Fünftel der damaligen Bevölkerung von Wadowice waren Juden, und bevor die verrückten ideologischen Ideen der späten dreißiger Jahre in diese Provinzstadt einzusickern begannen, war Wadowice stolz auf seine Toleranz.
Der Ortsklerus war der Meinung, daß gute Beziehungen mit den jüdischen Nachbarn für katholische Polen eine Christen- und Bürgerpflicht seien. Einige der engsten Freunde des Schülers Karol Wojtyla waren Juden, und er kam schon früh zur Einsicht, daß Antisemitismus etwas Absurdes sei.
Wie konnte man ein Volk verachten, wenn man sich bewußt war, „denselben Gott anzubeten?"[1]
Gebet war ebenfalls etwas, was der junge Karol anhand des Beispiels seines verwitweten Vaters lernen konnte. „Es kam vor, daß ich nachts aufwachte und meinen Vater am Boden kniend vorfand, so wie ich ihn immer

1
Johannes Paul II., „Die Schwelle der Hoffnung überschreiten", Hamburg 1994, S. 124.

in der Pfarrkirche knien sah."[2] Der Hauptmann hielt seinen Sohn dazu an, täglich zum Heiligen Geist zu beten, wodurch der junge Karol auf den Gedanken kam, daß Leben den Charakter einer Berufung hat. Was ein Mensch erlebt, ist nicht eine Reihe zufälliger Geschehnisse; in der Welt liegt ein Ziel. Gott hat für jeden Menschen eine Berufung vorgesehen.[3]

Karol Wojtyla erhielt in Wadowice eine ausgezeichnete Grundausbildung, deren Hauptgewicht auf den klassischen Sprachen, der Literatur und der Geschichte lag. Während seiner Hochschuljahre entdeckte der junge Wojtyla unter dem Einfluß eines avantgardistischen Theatertheoretikers und -direktors, Mieczyslaw Kotlarczyk, in sich eine Passion für das Theater. Als engagierter Christ dachte sich Kotlarczyk das Theater nicht als bloße Unterhaltung, sondern auch als Mittel, Lebenswahrheit zu übermitteln – das Theater als Berufung, als Weg der Vervollkommnung. Er entwickelte den Begriff eines „Theaters des inneren Wortes", das von Requisiten, aufwendigen Kostümen und dem weiteren Drum und Dran der Bühne absieht und worin die Handlung des Dramas im Bewußtsein der Zuschauerschaft vor sich geht. Durch die tadellose Perfektion, womit sie die Worte eines Bühnenautors oder Dichters zum Ausdruck brachten, konnten Kotlarczyks Schauspieler die Wahrheiten des menschlichen Daseins ansichtig machen. Kotlarczyk betonte, die Macht des gesprochenen Wortes vermöge trotz gewaltiger physischer und materieller Behinderungen das Leben und die Geschichte zu verändern. Diese Lehre vergaß Karol Wojtyla nie.

Zusammen mit seinem Vater verließ Karol Wojtyla 1938 Wadowice, um seinen Interessen für Literatur, Sprache und Theater an der ehrwürdigen Jagellonen-Universität von Krakau nachzugehen. Er versenkte sich in seine Studien und in das Studentenleben und schloß sich an verschiedene literarische und schauspielerische Klubs an. Eine Verbindung mit Wadowice und der Vergangenheit wurde durch den Priester Kazimierz Figliewicz hergestellt, der während der Kinderjahre Wojtylas in Wadowice Kaplan war und jetzt Seelsorger an der Wawel-Kathedrale in Krakau. Er wurde Karol Wojtylas Beichtvater. Der junge Mann war zur Kathedrale gegangen, um am ersten Freitag des Monats das Sakrament der Buße zu empfangen und bei der Messe zu dienen, als die Bomben der Luftwaffe auf die Stadt zu fallen begannen. Es war am 1. September 1939, und das Leben Karol Wojtylas nahm damit eine drastische Wende.

II. Leben im Gestapoland

Die brandmarkende Erfahrung der brutalen Besetzung Polens durch die Nazis hinterließ in Karol Wojtyla einen unauslöschlichen Eindruck. Das Leben in völliger Gesetzlosigkeit, beständig der Gefahr bewußt, in ein Konzentrationslager zu kommen, in Unkenntnis, ob man am nächsten Tag noch am Leben sei, ließ einzelne Menschen in Wahnsinn fallen und andere in der Überzeugung, daß das Leben absurd und sinnlos sei, zu Zynikern werden. Die Erfahrung der Okkupation brachte den jungen Karol Wojtyla zur Einsicht, daß die Wirklichkeit durch das Kreuz geprägt sei und daß die einzige Sicherheit darin bestehe, sich vollständig dem Willen des Vaters zu überlassen. Im Generalgouvernement (denjenigen Teilen Polens, die, einschließlich Krakaus, nicht dem Dritten Reich einverleibt oder Stalin überlassen worden waren) ging die Besatzungsstrategie der Nazis darauf aus, die polnische Kultur zu köpfen und damit Widerstand zu entkräften. Im November 1939 wurde die Jagellonen-Universität geschlossen, und einige ihrer angesehensten Professoren wurden

2
Johannes Paul II., „Geschenk und Geheimnis. Zum 50. Jahr meiner Priesterweihe", Graz 1997, S. 30.

3
Johannes Paul II., „Die Schwelle der Hoffnung überschreiten", (Anm. 1), S. 149-150.

ins Konzentrationslager Sachsenhausen geschafft. Bald organisierte sich die Universität wieder im Untergrund, und Karol Wojtyla führte seine Ausbildung unter Lebensgefahr heimlich weiter. Mieczyslaw Kotlarczyk fand den Weg nach Krakau und bildete zusammen mit Wojtyla und drei anderen Jugendlichen (darunter die Schauspielerinnen Danauta Michalowska und Halina Kroliekiewicz, die glänzenden Theaterkarrieren entgegengingen) im Untergrund ein „Rhapsodik-Theater", um seine radikalen Ideen in die Praxis überzuführen. Auch das war ein großes Risiko, denn die Besatzungsmacht verbot jede Form organisierter kultureller Tätigkeit, und Zuwiderhandelnde wurden zur Strafe hingerichtet oder in ein Konzentrationslager deportiert. Während der Okkupation hielt das Rhapsodik-Theater mehr als hundert eigentliche Proben ab und bot zweiundzwanzig Aufführungen von sieben Werken. Eine der denkwürdigsten fand am 28. November 1942 statt.

Karol Wojtyla trat in einer Adaptation des epischen Gedichts „Pan Tadeusz" von Adam Mickiewicz auf, als die Lautsprecher der Nazis draußen auf der Straße schmetternd die Nachricht von einem neuen deutschen Sieg an der Ostfront zu verkünden begannen. Wojtyla schenkte dem keine Beachtung und setzte ruhig seine Rezitation fort – ein Beispiel der Macht der Wahrheit, sich durch die Mauer von Lügen und Propaganda einen Weg zu bahnen.

Die Okkupation führte Wojtyla auch in die Welt harter Handarbeit: zuerst war er als Steinbrucharbeiter tätig, der zerbrochene Kalksteine in Karren schaufelte, später als Wärter der Kläranlage der Chemiefabrik Solvay. Die Erfahrung erschöpfender körperlicher Arbeit bei Wetter unter dem Gefrierpunkt, die menschliche Zusammenarbeit mit Mitarbeitern und das Puzzle der Beziehung zwischen der Welt der Arbeit und der Welt des Intellekts hinterließen im jungen Wojtyla tiefe Eindrücke, über die er im nächsten halben Jahrhundert in Poesie, philosophischen Aufsätzen, Bühnenstücken und einer päpstlichen Enzyklika nachsinnen wird.[4]

Zur gleichen Zeit, wie er die harten Lebensrealitäten im Kalksteinbruch kennenlernte, erhielt Karol Wojtyla seine erste Einführung in die mystische Tradition des Karmels. Als die Salesianerpriester seiner Pfarrei verhaftet und nach Dachau deportiert wurden, war einer von denen, die in der pfarreilichen Jugendseelsorge in die Lücke traten, ein Laie, ein Schneider namens Jan Tyranowski, welcher Jugendgruppen des „Lebendigen Rosenkranzes" formierte und sie in den Anfangsgründen des geistlichen Lebens unterwies. Tyranowski führte Karol Wojtyla, einen Leiter im „Lebendigen Rosenkranz", in die Werke des hl. Johannes vom Kreuz und der hl. Theresa von Avila ein und öffnete dem jungen Mann damit einen neuen Horizont, den der Mystik und der geistlichen Theologie. Tyranowski war ein weiterer Mentor, der betonte, nichts im Leben solle außerhalb der Grenzen des christlichen Engagements geschehen. Für Wojtyla war das eine weitere Lektion im beruflichen Lebensgewebe und in der alles umfassenden Natur des christlichen Lebensentwurfes.

Die Welten der Arbeit und der Spiritualität verschränkten sich im Leben des jungen Wojtyla, als er während seiner nächtlichen Lektüre in der Chemiefabrik sich in die Werke von Louis Grignion de Montfort vertiefte. Bis zu dieser Begegnung war die Marienfrömmigkeit Wojtylas eher konventionell; in reiferen Jahren dachte er, er sollte vielleicht die Dinge seiner Kindheit beiseite legen, um seine Frömmigkeit mehr auf Jesus Christus zu konzentrieren. Montfort lehrte

4 Wojtylas vierteilige Dichtung „Der Steinbruch", geschrieben 1956, geht dem Sinn seiner Erfahrung von Handarbeit und Handarbeitern nach – wie dann 1981 die Enzyklika *Laborem exercens*.

ihn, daß echte Marienfrömmigkeit christozentrisch und trinitarisch ist und daß man damit, daß man zu Maria „totus tuus ego sum" sagt, tiefer in die Mysterien der Menschwerdung und Erlösung eintritt.[5]

Karol Wojtyla sen. starb im Februar 1941 und ließ seinen Sohn vollständig verwaist und ohne ein materielles Erbe in einer Stadt zurück, die unter einer drakonischen fremden Okkupation stand. Das waren Umstände, in denen man sehr rasch heranreift, und die vielfältigen Vektoren dieser Kriegserfahrung vereinten sich, um dem jungen Karol Wojtyla die Frage aufzudrängen, wozu er berufen sei. In seinem intensiven Untergrundengagement in literarischen Studien und im Theater hatte er einen Ruf zum Priestertum wahrzunehmen begonnen. Nach intensivem inneren Ringen präsentierte er sich dem Erzbischof von Krakau, Adam Stefan Sapieha, der ihn in das Geheimseminar aufnahm, das er damals leitete. Während fast zwei Jahren führte Wojtyla ein Doppelleben: Er arbeitete in der Chemiefabrik und setzte dabei seine ersten philosophischen Studien daheim oder im trüben Licht der Nachtschicht im Solvay-Betrieb fort. In den frühen Morgenstunden machte er sich manchmal über die Dlbniki-Brücke davon in die Altstadt Krakaus und zu der Residenz des Erzbischofs, um diesem bei der Messe zu ministrieren. Einer seiner Mitministranten und Untergrundseminaristen erschien eines Morgens nicht: etwas später vernahm Wojtyla, er sei verhaftet worden und solle erschossen werden. Der eine wurde weggenommen, der andere blieb. In den Augen der Welt war das nicht besonders bedeutsam; in den Augen eines Jüngers mußte es irgendwie in einen Vorsehungsplan passen.[6]

Im August 1944, als die Nazis jeden jungen Mann, den sie in Krakau finden konnten, aufgriffen, um eine Wiederholung des Warschauer Aufstands zu verhüten, rief Erzbischof Sapieha seine Untergrundseminaristen zusammen und führte das heimliche Seminar in seiner Residenz weiter. Somit lebte Karol Wojtyla in den nächsten Monaten in täglichem Kontakt mit dem „Fürst-Erzbischof" (so genannt, weil er einer litauischen Adelsfamilie entstammte), der sich zu einer der großen Gestalten des polnischen Widerstandes entwickelt hatte. Die Selbstlosigkeit Sapiehas, seine Freundlichkeit gegenüber den Seminaristen, seine Rolle als *defensor civitatis* während der Okkupation und sein nächtliches Sichzurückziehen in die Kapelle, wo er während einer Stunde allein betete und die täglichen Schwierigkeiten vor den Herrn hintrug, hinterließen in Karol Wojtyla einen tiefen Eindruck.

Der Fürst-Erzbischof weihte ihn am 1. November 1946 zum Priester und sandte ihn dann an das Angelicum in Rom, um in Theologie zu doktorieren. Nach der Theologie der Kirche wurde Karol Wojtyla durch die Handauflegung und die Anrufung des Heiligen Geistes innerlich für immer verändert. Der junge Mann, den Sapieha weihte, hatte auch durch die Erfahrung der Okkupation eine unauslöschliche Prägung erhalten. Er hatte gelernt, daß dem Totalitarismus widerstanden werden kann durch das Rüstzeug der Kultur und daß die Macht des menschlichen Geistes faktisch stärker ist als physische Gewalt. Er hatte von Erzbischof Sapieha, von den in Dachau verlorenen Salesianern und durch das Beispiel von Maximilian Kolbe, dessen Selbstaufopferung in Auschwitz kurz nach dem Krieg in Dachau bekannt wurde, ein ausgeprägt unklerikales, heroisches Modell des Priestertums in sich aufgenommen – Priesterdienst als radikale Selbsthingabe. Er hatte die Würde wie auch die Schufterei der Handarbeit kennengelernt und vor der geraden Ehrlichkeit und Fröm-

5 Vgl. Johannes Paul II., „Die Schwelle der Hoffnung überschreiten", (Anm. 1), S. 237-238.

6 Johannes Paul II., „Geschenk und Geheimnis", (Anm. 2), S. 50.

migkeit ungebildeter Arbeiter Respekt bekommen. Er hatte Hunger, Kälte und die viel schlimmere Pein tiefer Verlassenheit gekannt. Er hatte an der großen Erfahrung seiner Zeitgenossen teilgenommen: Erniedrigung in den Händen von Bösen. Doch statt deswegen erbittert zu werden und zu verzweifeln, führte ihn diese Erniedrigung an den Altar. Selbsthingabe im Dienst, nicht Selbstbehauptung war die christliche Antwort auf die systematische Entwürdigung der menschlichen Person.

III. Der Kaplan

Als er gegen Ende 1948 von seinen römischen Studien zurückkehrte, verbrachte Karol Wojtyla acht Monate in einer Landpfarrei, bevor er in die Pfarrei Sankt Florian in Krakau versetzt wurde, wo er auf dem Höhepunkt des polnischen Stalinismus eine neuartige Seelsorge unter den Universitätsstudenten begann. Der Kampf um die nächste Generation wurde zwischen den polnischen Kommunisten und der Kirche erbittert ausgefochten, und Kardinal Sapieha (der im ersten Nachkriegskonsistorium 1946 den roten Hut erhalten hatte) wünschte, einige seiner intellektuell am besten ausgebildeten Priester im Kampf an vorderster Front einzusetzen. Wojtyla begann sogleich eine jugendliche Gefolgschaft anzuziehen, die in ihm eine unwiderstehliche Alternative zu den durch das kommunistische Regime eingeschüchterten Professoren und dem mehr klerikal gesinnten polnischen Klerus erblickten, den sie kannten.

Neuartige Jugendseelsorge wurde so zu einer der kennzeichnenden Grundausrichtungen von Karol Wojtyla als Priester wie dann als Bischof und Papst. Er begann eine Reihe von Abendgesprächen über das Gottesproblem und die Geistigkeit der menschlichen Seele – „im Umfeld des für das kommunistische Regime typischen militanten Atheismus besonders brennende Themen“[7]. Er führte eine Gruppe von Studenten in den Gregorianischen Gesang und – in der damaligen Zeit in Polen eine erregende liturgische Neuerung – in die *Missa recitata* ein. Er animierte junge Offiziere und Studenten dazu, in der Fastenzeit mittelalterliche Mysterienspiele aufzuführen, und setzte so seine Theatererfahrung für die Seelsorge ein. Und er begann 1950 seine lebenslange Beschäftigung mit Problemen der Ehe und des Familienlebens mit dem ersten Ehevorbereitungskurs in der Geschichte des Erzbistums Krakau.

Das Familienleben war ein weiteres Feld des Kampfes mit dem kommunistischen Regime, das die Unterkünfte, Arbeitspläne und Schulen darauf ausrichtete, die Kinder von den Eltern und die Ehegatten voneinander zu trennen. Wie das Regime sah auch Wojtyla ein, daß ein in der Liebe seiner Familie gesicherter Mensch eine Behinderung des Eingreifens des Kommunismus in jeden Lebensaspekt sei. So wurde die Verteidigung der Ehe und Familie zu dem, was eine spätere Generation von Dissidenten des östlichen Zentraleuropas wie Václav Havel und Adam Michnik dann als Verteidigung der „zivilen Gesellschaft“ bezeichneten[8]. Doch die Vorbereitung junger Paare auf die Ehe war nicht in erster Linie ein politischer Akt. Es war eine priesterliche und religiöse Tat, die Karol Wojtylas Weltanschauung grundlegend prägte: „Als junger Priester lernte ich, die menschliche Liebe zu lieben“[9]. Diese Liebe zur menschlichen Liebe wird zu einem der zentralen Themen seiner Verkündigung, seines Wirkens als Beichtvater, seiner Tätigkeit als Schriftsteller und Berater werden. Nach Jahrzehnten wird sie zu einem der schöpferischsten theologischen Werke seines Pontifikates werden, zu seiner „Theologie des Leibes“.[10]

7 Ebd., S. 70.

8 Vgl. „Does Central Europe Exist?“, in: Timothy Garton Ash, „The Uses of Adversity: Essays on the Fate of Central Europe“, New York 1990, (Vintage Books), S. 193 ff.

9 Johannes Paul II., „Die Schwelle der Hoffnung überschreiten“, (Anm. 1), S. 151.

10 Die „Theologie des Leibes“ Johannes Pauls II. wurde zuerst in 130 katechetischen Ansprachen in den Generalaudienzen zwischen 5. September 1979 und 28. November 1984 formuliert. Die Katechesen wurden in vier Gruppen zusammengestellt: „Original Unity of Man and Woman“, Boston 1981, (St. Paul Books and Media), „Blessed Are the Pure of Heart“ (ebd. 1983), „The Theology of Marriage and Celibacy (ebd. 1986) und „Reflections on ‚Humanae vitae‘“ (ebd. 1984). Die ganze Sammlung ist auch in einem Band veröffentlicht: „The Theology of the Body“ (ebd. 1997).

Manche Studenten, die er in St. Florian traf und bilden half, wurden zu lebenslangen Freunden Karol Wojtylas; sie nannten ihn *Wujek* - „Onkel" und bezeichneten ihn als ihr *rodowisko*, als ihr „Milieu". Karol Wojtyla war ein sich völlig hingebender Priester, und einige seiner engsten Freundschaften waren die mit Laien. Seine pastorale Strategie der „Begleitung" war ebenfalls etwas Neuartiges in einer klerikalen Umgebung, in der während Jahrhunderten der Klerus einfach Unterweisung erteilt hatte und die Laien sie einfach entgegengenommen hatten. Dem entsprach weder die Auffassung Wojtylas über das Priestertum noch die über die Kirche noch sein Seelsorgerleben.

Nach dem Zeugnis seiner früheren Pönitenten war der Priester Wojtyla ein „phantastischer" Beichtvater, für den ein sakramentales Gespräch von einer Stunde oder mehr nichts Seltenes war. Während seiner ersten Priesterjahre entwickelte er eine bemerkenswerte Gabe des Zuhörens, an die sich Angehörige seines *rodowisko* als an eine seiner am meisten beeindruckenden persönlichen Eigenschaften erinnern. Wojtyla sah das Bußsakrament als eine tiefe persönliche Begegnung an, worin der Beichtvater und der Pönitent das einzelne Drama einer christlichen Lebenssituation durch das Prisma des Evangeliums prüften. Er betonte stets die Pflicht, sich zu entscheiden: „Sie müssen sich entscheiden" war für die Art seines Rates bezeichnend. Doch gleichzeitig hob er die Pflicht hervor, sich weise zu entscheiden. Das Ziel war, das Leben als Berufung zu leben und das ganze Leben kraft der Entscheidung zu heiligen. Darum ging die pastorale Strategie der „Begleitung" im Beichtstuhl weiter: Der Beichtvater war weniger ein Richter, der eine Kontrolliste von Verboten durchging, sondern vielmehr ein Gefährte, der dem Pönitenten zu einer vertieften Urteilsfindung über sein geistliches Leben behilflich war.[11]

Während er mit Studenten tätig war und seine akademische Karriere begann (durch die Abfassung seiner Habilitationsschrift über Max Scheler und seine darauf folgende Ernennung zum Professor an der katholischen Universität Lublin) ließ sich Karol Wojtyla in einen weitgespannten Dialog mit den Mitgliedern der Krakauer Intelligenzija ein und begann in „Tygodnik Powszechny", dem Krakauer katholischen Wochenblatt, und in der Monatsschrift „Znak" Aufsätze zu veröffentlichen. Seine wissenschaftlichen Interessen für Moralphilosophie führten zu einer 20teiligen Reihe „Das ABC der Ethik" in „Tygodnik Powszechny" 1957-58. Seine Aufsätze behandelten Themen von der Arbeiterpriester-Bewegung in Frankreich bis zu der christlichen Anthropologie. Er verfaßte weiterhin Gedichte (die pseudonym veröffentlicht wurden) und Schauspiele. „Unseres Gottes Bruder", ein Drama von 1950, basierte auf dem Leben von Adam („Bruder Albert") Chmielowski, einem vorzüglichen Kunstmaler, der sich der Obdachlosen von Krakau annahm und eine Ordensgemeinschaft gründete, um den Allerärmsten zu dienen. Es war eines der Vehikel, mit denen der junge Priester mit der Frage revolutionärer Gewalt rang[12]. „Der Laden des Goldschmieds", ein Jahrzehnt später verfaßt, bezog sich auf die Erfahrungen von Wojtylas *rodowisko* bei der Erforschung der psychologischen, moralischen und geistlichen Kräfte der Liebe und Ehe.[13] Die literarische Tätigkeit des Priesters Wojtyla war nicht ein bloßes Hobby, denn er war zum Schluß gekommen, daß einige Wahrheiten sich nur in Bildern behandeln und ausdrücken ließen. Seine Dichtung und seine Bühnenstücke gingen aus einer fortwährenden Suche nach einer engeren Kommunikation des Erlebens und Denkens hervor und waren ein weiterer Weg des „Mitseins" mit andern.

11
Vgl. „Our God's Brother", in: Karol Wojtyla, „The Collected Plays and Writings on Theater", übersetzt und mit Einführungen versehen von Boleslaw Taborski, Berkeley 1987, (University of California Press).

12
Vgl. „Our God's Brother", in: Karol Wojtyla, „The Collected Plays and Writings on Theater", übersetzt und mit Einleitungen versehenen von Boleslaw Taborski, a.a.O. 1987.

13
„Der Laden des Goldschmieds. Szenische Meditationen über Liebe und Ehe", Freiburg 1979.

Karol Wojtyla lebte in selbstauferlegter Armut. Doch seine asketische Einstellung schnitt ihn nicht von der Welt ab, da sie in seinem Leben deutlich Raum schuf, sich noch voller in die Welt einzubringen. Er war ein unersättlicher Leser und an allem interessiert, außer an etwas: Was im Polen der fünfziger Jahre als Politik galt, war ihm völlig gleichgültig. Er war ein von Klerikalismus freier Priester und ein Zölibatär, der frei und weise über die Berufung des Christen zu sexueller Liebe in der Ehe sprach. Er stellte an seine Freunde und Pönitenten hohe Anforderungen, und sie empfanden dies als Befreiung (falls sie nach Befreiung verlangten), nicht als Last.

Als ein Mensch, der durch seinen Vater und in seiner Beziehung zu Kardinal Sapieha Vaterschaft in bester Form erfahren hatte, offenbarte der Priester Wojtyla im ersten Jahrzehnt seines Priestertums ein bemerkenswertes väterliches Charisma. Auch das prägte ihn für sein ganzes Leben. Darum kam er auf den Gedanken, daß die Vaterschaft die Grundstruktur der Wirklichkeit bilde, wie er es später in „Gedanken über die Vaterschaft" zum Ausdruck brachte: „Alles andere wird sich als unwichtig und unwesentlich erweisen außer: Vater, Kind, Liebe. Und dann werden im Blick auf die einfachsten Dinge alle von uns sagen: Wieso haben wir das nicht schon vor langem gelernt? Lag das nicht schon immer im Grund von allem, was ist?"[14] Daß Vaterschaft – nicht Protonen oder Elektronen – „im Grund von allem, was ist", liegt, war zwar die Sicht eines Dichters auf die Wirklichkeit. Aber sie öffnete einen neuen Blickwinkel für einen Grundgedanken des Neuen Testaments, und aus dieser Weise, den Sinn der Welt wahrzunehmen, könnte sich vielleicht ein neuer Stil des Papsttums ergeben.

IV. Die Erfahrung des Zweiten Vatikanums

Zuerst jedoch hatte Karol Wojtyla sein Gespür für Vaterschaft als ein Ortsbischof auszuüben. Im Juli 1958 zum Auxiliarbischof von Krakau ernannt, wurde er im Juli 1962, gerade vor der Eröffnung des Zweiten Vatikanischen Konzils, zum Kapitelsvikar und de facto – Administrator des Erzbistums gewählt.

Die vorbereitende Kommission, die von Johannes XXIII. eingesetzt worden war, um die Agenda des Konzils zusammenstellen zu helfen, hatte an alle Bischöfe der Welt geschrieben und ihre Ansichten über die vom Konzil zu behandelnden Themen erbeten. Viele Bischöfe sandten Vorschläge zu einer Agenda, in denen kirchenrechtliche und disziplinäre Probleme an erster Stelle standen. Bischof Karol Wojtyla, 39 Jahre alt, unterbreitete einen Aufsatz über die Krise des Humanismus im zwanzigsten Jahrhundert mit dem Vorschlag, daß das Konzil einen zeitgemäßen christlichen Personalismus artikulieren solle als Antwort der Kirche auf die verheerenden Folgen, die der falsche Humanismus im Verein mit der Technologie des Industriezeitalters mit sich gebracht habe.[15] Seines Erachtens war das die Krise, mit der sich das Konzil zu befassen habe. An dieser Überzeugung hielt er durch alle vier Sessionen des Zweiten Vatikanums hindurch fest, an denen allen er sich aktiv beteiligte.

Die Ansicht Wojtylas über das Konzil unterschied sich also total von der Auffassung, es handle sich dabei im wesentlichen um einen zwischen „Progressiven" und „Konservativen" auszufechtenden politischen Kampf um die Macht in der Kirche. Er war kein Naivling,

14
Vgl. „Reflections on Fatherhood", in: „The Collected Plays and Writings on Theater", (Anm. 12), S. 368.

15
Vgl. *Acta et Documenta Concilio Oecumenico Vaticano II Apparando: Series II, Vol. II: Consilia et Vota Episcoporum ac Praelatorum - Pars II: Europa*, S. 673-679.

sondern wußte, daß verschiedene Denkströmungen mit unterschiedlichen Interessen in das Zweite Vatikanum verwickelt waren. Der Gedanke aber, daß das Konzil in erster Linie ein politisches Manöver sei, schien ihm seinen wesentlichen Charakter als ein religiöses Ereignis zu verkennen. Er betonte damals und später, die Kirche sei für den Dienst und nicht für die Macht da; der Heilige Geist und nicht ideologische Cliquen oder kirchliche politische Parteien seien der eigentliche Träger des Zweiten Vatikanischen Konzils.

Das Zweite Vatikanum verschaffte Karol Wojtyla (der zwischen der zweiten und der dritten Konzilssession zum Erzbischof von Krakau ernannt wurde) eine reichere Erfahrung der Universalität der Kirche. Eines seiner rührendsten Gedichte, „Der Schwarze", während des Konzils verfaßt, beschreibt seine Verwunderung über die Erfahrung geistiger und geistlicher Solidarität mit einem afrikanischen Bischof, einem Mann aus einem ganz anderen geschichtlichen und kulturellen Umfeld, der doch in jedem Sinn Bruder in Christus war: „Es macht Freude, diese Gedanken auf *einer* Waage zu wägen, / Gedanken, die in deinen und in meinen Augen anders funkeln, / und doch den gleichen Inhalt haben."[16] Das Konzil schenkte Wojtyla auch eine tiefere Einsicht in den Petrusdienst in der Kirche; in einem anderen Gedicht, „Felsengrund", beschrieb er Petrus als den, „der den Schritten Halt gibt – wie der Fels dem Dahintrotten einer Herde".[17] Wenn das Grundübel, mit dem sich das Konzil befassen sollte, das war, was Wojtyla später (in einem Brief an Henri de Lubac) als „Entwürdigung, ja Zerkrümelung der grundlegenden Einzigartigkeit jeder menschlichen Person"[18] bezeichnete, dann war es falsch, das Ergebnis des Konzils als eine Reihe je für sich dastehender Dokumente aufzufassen, von denen einige mit der Kirche *ad intra* und andere mit der Kirche *ad extra* zu tun hätten. Nach Ansicht Wojtylas sollte das Konzil als zusammenhängendes Ganzes verstanden werden, als ein einziges Gebilde, das auf seinen drei Konstitutionen aufruht: auf der Dogmatischen Konstitution über die Kirche *(Lumen gentium)*, der Dogmatischen Konstitution über die göttliche Offenbarung *(Dei verbum)* und der Pastoralkonstitution über die Kirche in der Welt von heute *(Gaudium et spes)*. Er hatte seinen bedeutsamsten Beitrag zum Konzilswerk durch seine Mithilfe bei der Abfassung des Schemas von *Gaudium et spes* geleistet, das in der vierten Session des Zweiten Vatikanums im Herbst 1965 diskutiert wurde. Und er fand in *Gaudium et spes* zwei „Schlüssel" zum Konzil als einer ganzheitlichen Antwort auf die heutige Humanismuskrise.

Nr. 22 von *Gaudium et spes* war der theologische Angelpunkt des Zweiten Vatikanums: „Tatsächlich klärt sich nur im Geheimnis des menschgewordenen Wortes das Geheimnis des Menschen wahrhaft auf". Weil Christus nicht nur das Antlitz des Vaters, sondern auch die Wahrheit über den Menschen enthüllt, war eine christologisch ausgerichtete Anthropologie das, was die Kirche der „modernen Welt" als die Antwort auf die unzulänglichen oder falschen Ideologien vorlegen sollte, die das zwanzigste Jahrhundert durch so viele Sackgassen und blutige Wege geführt hatten. Nr. 24 von *Gaudium et spes* war der philosophische Angelpunkt des Konzils: „Der Mensch ... kann sich selbst nur durch die aufrichtige Hingabe seiner selbst vollkommen finden". Ein „Gesetz der Hingabe" ist in die menschliche Person eingebaut und bildet die dramatische Grundstruktur des Menschseins – das Ringen, um das von sich selbst eingenommene Ich, das ich bin, dem sich selbst hingebenden Ich auszuliefern, das ich sein sollte.[19] Daß dieses

16
Karol Wojtyla, „Murzyn", in: Wojtyla, „Poezje i dramaty", Krakau 1979, (Znak).

17
Zitiert in Karol Wojtyla, „Geschenk und Geheimnis", (Anm. 2), S. 52.

18
Zitiert in: Henri de Lubac, „Meine Schriften im Rückblick", Einsiedeln, Freiburg 1996, S. 538.

19
Vgl. Kenneth Schmitz, „At the Center of the Human Drama: The Philosophical Anthropology of Karol Wojtyla/Pope John Paul II.", Washington 1993, Catholic University of America Press, S. 86.

Ringen nicht vergeblich oder trügerisch ist, lernen Christen im Blick auf das Kreuz Christi. Wieder wurde die Anthropologie in die Christologie integriert: *Gaudium et spes* ergibt nur dann Sinn, wenn das Dokument durch das Prisma von *Lumen gentium* und *Dei Verbum* gelesen wird.[20]
Zu versuchen, den reichen Gehalt des Zweiten Vatikanums entsprechend den konventionellen Kategorien „progressiv" und „konservativ" der Weltmedien zu systematisieren und zu verstehen, schien Erzbischof Wojtyla das, was zwischen Oktober 1962 und Dezember 1965 in der Aula des Petersdoms geschah, zu entleeren und herabzuwürdigen. Als er das Ergebnis des Konzils seiner Erzdiözese in einer Pastoralsynode vorlegte, nahm Wojtyla – in der ersten Phase dessen, was vielleicht die umfassendste Verwirklichung des Zweiten Vatikanums war, die irgendwo auf der Welt unternommen wurde – den klassischen Begriff des dreifachen Amtes bzw. der Sendung *(munus)* Christi – als Priester, Prophet und König – zum Schema, um die Lehre des Konzils zu thematisieren.[21] Das Weltübel ist die Entartung des Humanismus; die Antwort der Kirche ist eine christologisch ausgerichtete Anthropologie; Christen leben nach dieser Schau des Menschseins in der Welt als Priester (Verehrer Gottes), Propheten (Wahrheitskünder) und Diener.[22]
Erzbischof Wojtyla kehrte im Dezember 1965 vom Konzil zurück, um an Weihnachten die Mitternachtsmesse auf einem Feld von Nowa Huta zu feiern, der „Muster-Arbeiterstadt" in der Nähe von Krakau, die durch das kommunistische Regime Polens ohne Kirche erbaut worden war. Diese Weihnachtsmesse – mit einer anderen Art von Hirt auf einem andersgearteten Feld mit Menschen, die dennoch auf die Stimmen der Engel horchten – war ein passendes Symbol für den Kampf um Religionsfreiheit und die „Wahrheit über den Menschen", der während der nächsten dreizehn Jahre seines Episkopates geführt werden sollte.

V. Der Erzbischof

Karol Wojtyla sprach oft von „meinem geliebten Krakau". Seit der Gegenreformation, in der sein Namenspatron, Karl Borromeo, in Mailand das Konzil von Trient verwirklichte, paßten ein Bischof und sein Bistum wohl selten so gut zusammen wie Wojtyla und die Stadt, die er als sein „Daheim" bezeichnete. Doch weil Krakau eine selbstbewußte europäische Stadt mit kulturellen Verbindungen nach Westen und nach Osten war, hatte das Wirken des Erzbischofs als Ortsbischof nichts von nationalistischer Enge an sich.[23] Gerade wegen seiner Krakauer Praxis wurde Kardinal Wojtyla (der 1967 den roten Hut erhielt) als ein Mann angesehen, der über ein ungewöhnliches Gespür für die Sendung der „Kirche in der Welt von heute" als ganze verfügt.
Sein Wirken in Krakau baute sich rund um sieben Prioritäten auf. Die erste war Religionsfreiheit. Die Kirche brauchte Raum für ihre evangelische Sendung, und der Kampf um diesen „Raum" fand in scharfkantigen Auseinandersetzungen mit dem kommunistischen Regime um Baubewilligungen für neue Kirchen und öffentliche Äußerung des katholischen Glaubens und Betens statt. Für Wojtyla war Religionsfreiheit nicht ein konfessionelles Problem, sondern ein Grundproblem der Menschenrechte. Und bei der

20
Das ist eine Überzeugung, die Wojtyla mit Joseph Ratzinger teilt; vgl. dessen Aufsatz „Kirche und Welt: Zur Frage nach der Rezeption des II. Vatikanischen Konzils: Theologische Prinzipienlehre. Bausteine zur Fundamentaltheologie", München 1982 („On the Status of Church and Theology Today", in: Ratzinger, „Principles of Catholic Theology: Building Stones for a Fundamental Theology", San Francisco 1987, Ignatius Press).

21
Vgl. Karl Wojtyla, „Quellen der Erneuerung. Studie zur Verwirklichung des Zweiten Vatikanischen Konzils" (Herder, Freiburg-Basel-Wien 1981).

22
Karl Wojtyla versuchte, für die Schau des Konzils eine philosophische Grundlage zu legen im Buch „Osoba y czyn" (Die handelnde Person), das er beim Zweiten Vatikanum zu schreiben begann. Sein Platz im Leben und Wirken Wojtylas und sein weiteres philosophisches Projekt wird in diesem Band von anderen erörtert.

23
Vgl. Jersey Turowicz, „Karol Wojtyla", in: „Cracow: Dialogue of Traditions", Krakau 1991, (Znak).

Verteidigung der Religionsfreiheit seines Volkes trat Kardinal Wojtyla als eine charismatische Persönlichkeit hervor, die dem Streben von glaubenden und nichtglaubenden Menschen nach dieser Freiheit als einem wesentlichen Ausdruck der Wahrheit über die menschliche Person Ausdruck zu geben vermochte.

Die zweite Priorität des Kardinals war die wissenschaftliche und pastorale Priesterausbildung. Das Regime hatte 1954 die alte theologische Fakultät der Jagellonen-Universität geschlossen, was nach Wojtylas Auffassung ein Schlag gegen die polnische Kultur wie gegen die polnische Kirche war. Deshalb unterhielt er in Krakau eine unabhängige päpstliche Fakultät, doch suchte er die jungen Seminaristen davon zu überzeugen, daß Heiligkeit und Einsatz in der *cura animarum*, in der Seelsorge, das Geheimnis eines erfolgreichen priesterlichen Wirkens sei.[24] Die Jugendseelsorge war der dritte Grundzug der pastoralen Strategie des Erzbischofs. Hierin zeigte Wojtyla eine unübliche Offenheit für das charismatische Element in der Kirche, indem er untraditionelle Erneuerungsbewegungen wie die Licht-Leben-Bewegung des Paters Franciszek Blachnicki unterstützte.[25]

Jugendseelsorge war eine Vorstufe zu der vierten Priorität in der Erzdiözese, der Familien- und Eheseelsorge. Kardinal Wojtyla schuf ein Institut des Familienlebens, um Priester und Laien in den Dienst an kirchlich engagierten Ehepaaren und ihren Familien einzuführen. Das Ziel war ein Dienst von Paar zu Paar, worin erfahrene Ehepaare und Eltern behilflich waren, junge Menschen in die Pflichten der Ehe und des Familienlebens einzuführen. Dazu gehörten die Vorbereitung auf die sexuelle Liebe, und die Familienseelsorge des Erzbistums nahm die Themen auf, die Wojtyla in seinem ersten größeren Buch, „Liebe und Verantwortung" behandelt hatte, in einer modernen Darlegung der durch die Brille des christlichen Personalismus gelesenen Sexualethik der Kirche. In seiner päpstlichen „Theologie des Leibes" stärker theologisch gedeutet, wurde Wojtylas Darlegung der ehelichen Liebe als eines Abbilds des inneren Lebens der heiligsten Dreifaltigkeit zu einer kraftvollen, wenn auch unterschätzten Antwort auf die Herausforderungen der sexuellen Revolution.[26]

Sich ausstrecken nach den Intellektuellen, die das kommunistische Regime von der religiösen Überzeugung wegzubringen entschlossen war, war die fünfte Priorität des Seelsorgedienstes von Kardinal Wojtyla in Krakau. Im Unterschied zu anderen Bischöfen (in Polen und anderswo), welche die Gebildeten als Bedrohung empfanden, betrachtete Wojtyla die Intellektuellen, ob sie nun katholisch waren oder nicht, als ein Feld seines bischöflichen Apostolats, als Verbündete im Kampf um Freiheit und als Freunde. Der Erzbischof kam regelmäßig mit Gesprächsgruppen von Physikern, Chemikern und Ingenieuren zusammen und andererseits mit Gelehrten der verschiedenen Geisteswissenschaften. Sein beständiger Umgang mit der Kulturwelt unterschied ihn nicht nur von einigen seiner Kollegen im polnischen Episkopat, sondern auch von denjenigen Bischöfen in westlichen Ländern, die für Intellektuelle und Künstler kein Interesse aufbrachten oder sich ihnen gegenüber unsicher fühlten. Als ein in beständigem Gespräch befindlicher Kardinal verteidigte er „Tygodnik Powszechny", „Znak" und andere Instrumente des katholischen intellektuellen und kulturellen Lebens gegenüber dem Regime, während er seine (zunehmend internationale) Tätigkeit als berufstätiger

24
Vgl. Johannes Paul II., „Geschenk und Geheimnis" (Anm. 2), S. 88-90.

25
Vgl. Gralyna Sikorska, „Light and Life: Renewal in Poland", Michigan 1989 (Eerdmans, Grand Rapids).

26
Karol Wojtyla, „Liebe und Verantwortung. Eine ethische Studie", München 1979. Im Februar 1968 unterbreiteten Kardinal Wojtyla und eine Kommission von Krakauer Fachleuten für Ehe und Familienleben Papst Paul VI. eine Denkschrift über die Frage der künstlichen Empfängnisverhütung. Die Denkschrift stellte die Frage in den personalistischen Kontext von „Liebe und Verantwortung" und legte die Grundlagen der Ethik der Kirche in bezug auf die eheliche Keuschheit und die sich daraus ergebenden Folgerungen für die Entwicklung eines echten Humanismus viel ausführlicher dar als dann die Enzyklika „Humanae vitae". Vgl. „Les Fondements de la Doctrine de l'Eglise concernant les Principes de la Vie Conjugale" (die endgültige Form der Denkschrift), in: Analecta Cracoviensia 1 (1969), S. 194-230.

Intellektueller und Professor an der katholischen Universität Lublin fortsetzte.
Die Visitation von Pfarreien war eine sechste Priorität des Erzbischofs, an der er beharrlich arbeitete. Für ihn war eine Pfarrei nicht eine zufällige Menge von Christen, die nun einmal am selben Ort leben, sondern jede Pfarrei galt ihm als Verkörperung der dreifachen Sendung Christi, an der alle Getauften teilhaben. Somit wurden Pfarreivisitationen für Wojtyla Gelegenheiten, seine tiefe Überzeugung zu verkünden, die das Konzil in *Lumen gentium* bestätigt hatte: daß nämlich Heiligkeit die Berufung aller und nicht den Geistlichen vorbehalten sei.
Pfarreivisitationen boten auch Gelegenheit, seine siebte pastorale Priorität zu bekräftigen, den Dienst der Nächstenliebe. Das kommunistische Regime Polens verbot der Kirche, was die Katholiken in anderen Teilen der Welt so umfassend taten: karitative Institutionen zu führen. Doch nach Ansicht Wojtylas gab es keine Kirche ohne tätige Sorge für die Kranken, die Armen, die Ausgegrenzten und die alten Menschen. So unterstützte der Kardinal eine Reihe unabhängiger karitativer Aktivitäten: ein „offenes Pflegeprogramm", das solche aufspürte und betreute, die durch die Maschen der kommunistischen medizinischen Bürokratie gefallen waren, bis hin zu „Tagen der Kranken" der Erzdiözese und Sommerferienprogrammen, um kranke und alte Menschen aus dem Smog von Krakau auf das Land zu bringen.
Das für das bischöfliche Wirken Kardinal Wojtylas Entscheidende war die Verwirklichung des Zweiten Vatikanums. Um das Konzil in jede Pfarrei und Institution des Erzbistums zu bringen, setzte er eine neue Art von Diözesansynode in Gang, eine sieben Jahre dauernde Pastoralsynode, die zum Ziel hatte, die Konzilserfahrung nacherleben zu lassen und dem Volk des Erzbistums Gelegenheit zu bieten, die Konzilsdokumente selbständig zu lesen und zu verarbeiten. Und indem er es so einrichtete, daß die Synode von Krakau im neunhundertsten Jahr nach dem Martyrium des hl. Stanislaus, des ersten Bischofs der Stadt, zu Ende ging, war Kardinal Wojtyla den Priestern und dem Volk behilflich, das Zweite Vatikanum als ein Konzil zu verstehen, das mit dem alten Erbe der Kirche in ununterbrochenem Zusammenhang steht als ein Konzil des *ressourcement* (des neuen Schöpfens aus den Quellen) wie des *aggiornamento* (der Vergegenwärtigung).
Hunderte von Gesprächsgruppen der Synode wurden gebildet, welche Intellektuelle und Arbeiter, Geistliche und Laien in einem gemeinsamen Streben vereinten, das Konzil als ein zusammenhängendes Ganzes aufzufassen, als eine umfassende katholische Antwort auf die Fragen der heutigen Welt nach dem Sinn des menschlichen Daseins und als eine evangeliumsgemäße Antwort auf die Krise des Humanismus im späten zwanzigsten Jahrhundert. Der Synode von Krakau gingen Jahre des Betens und Studierens, der Diskussion und Reflexion der konkreten Programmplanung voraus – eine Umkehrung der in vielen Teilen Westeuropas und Nordamerikas üblichen Verfahrensweise, wo Ausführungspläne oft zusammengestellt wurden, bevor jemand wirklich Gelegenheit gehabt hatte, die konziliare Umwälzung und ihre Beziehung zur Tradition der Kirche durchzudenken. Die Synode von Krakau baute neue Gemeinden auf und erleichterte ein verstärktes Studium der *communio* der Kirche, was nach der Auffassung Wojtylas ein entscheidender erster Schritt zur programmatischen Verwirklichung des Zweiten Vatikanums war.

Dank dieser breitangelegten Initiative, die vielleicht in der katholischen Welt einzig dastand, gab es in Krakau weder Lefebvretum noch die Selbstsäkularisierung, welche die Rezeption des Konzils in vielen westlichen Ländern behinderten.

Der Historiker Norman Davies hat von der „verwirrenden Unwirklichkeit" des Lebens in Polen während der sechziger und siebziger Jahre gesprochen, einer Periode, in der das Regime versuchte, durch eine Art praktischen Materialismus, durch ein Programm des durch Schuldenmachen finanzierten Konsums, das die polnische Wirtschaft schließlich zerstörte, die Absurdität seines Monopols auf die politische Macht und den öffentlichen Raum zu überwinden.[27] In dieser seltsamen Umwelt, die viele der Widersprüche und Spannungen des modernen Lebens in sich schloß, entwickelte Kardinal Karol Wojtyla ein breitangelegtes und hochwirksames Rüstzeug für den kulturellen Widerstand gegen den Kommunismus, derweilen er eine christologisch ausgerichete Alternative zum falschen Humanismus des marxistisch-leninistischen Projekts entwickelte.

Und er tat all dies nicht als Politiker, sondern als ein Hirte und Evangelist in der Überzeugung, daß die Wahrheit, welche die Kirche geschaffen und beherrscht hat, die Wahrheit über die menschliche Person, die menschliche Gemeinschaft, die Menschheitsgeschichte und die menschliche Schicksalsbestimmung ist.

VI. Eine Überraschung?

In den späten Jahren des Papstes Paul VI., der für das Petrusamt so perfekt geschaffen schien, fragten sich viele Katholiken, ob das Papstamt nicht die Fähigkeiten jedes Menschen übersteige. Für die, die ihn kannten, war Kardinal Karol Wojtyla eine lebendige Widerlegung der Behauptung, daß selbstsichere, mitreißende pastorale Führerschaft im späten zwanzigsten Jahrhundert unmöglich sei. Und er widerlegte diese Annahme nicht sosehr durch die Wirkkraft seines Pastoralprogramms in Krakau, sondern durch die Qualität seines Lebens und seiner Person, welche Versammlungen und akademische Zuhörerkreise in Kanada, Australien, den Vereinigten Staaten und Westeuropa sowie im Vatikan selbst beeindruckt hatte.

Er war kein Optimist; Optimismus ist etwas Fragiles, eine Sache der Optik, wie man die Dinge anschaut. Aber er war ein Mann der Hoffnung, einer viel robusteren, theologalen Tugend. 1969, auf dem Höhepunkt der nachkonziliaren Agitation, die eine Kirche schüttelte, welche am Rand des Schismas oder schlichter Auflösung stand, und im Strudel des Kulturumbruchs der sogenannten „Sixties", schrieb er an seinen Freund, den französischen Jesuiten Henri de Lubac, die eindrucksvollen Worte:

„... Auch ich verliere die Hoffnung nicht, daß die große Krise, die uns schmerzlich schüttelt, die Menschheit auf den königlichen Weg führen wird. Dieser wird uns vielleicht noch nicht aufgetan, aber wir haben beharrlich gehofft, wir hoffen weiter und wir sind glücklich und werden es sein."[28]

27
Vgl. Norman Davies, „God's Playground. A History of Poland", Vol. II, New York 1982, (Columbia University Press), S. 625.

28
Zitiert in H. de Lubac, „Meine Schriften im Rückblick", (Anm. 18), S. 538-539.

Dieser gelehrte, pastoral erfahrene, charismatische, zur Mystik geneigte glückhafte Kämpfer war ein zur Führerschaft nicht nur in Krakau und Polen, sondern auf Weltebene fähiger Mann. Er hatte die Krise der Modernität ermittelt und eine intellektuell klug ausgedachte und evangelisch zwingende Antwort darauf gegeben. Und er machte diese Antwort pastoral wirksam unter dem endlosen Druck des Regimes, das sich anmaßte, Polen zu regieren, und das die Kirche im Namen der Geschichte herausforderte.

1878 faßte Kardinal Domenico Bartolini die Gründe, die für die Wahl seines Kandidaten, Kardinal Gioacchino Pecci (des späteren Leo XIII.) sprachen, in einen Satz zusammen: „Er hat seine Diözese Perugia sehr gut geleitet". So auch hatte Karol Wojtyla Krakau geleitet. Darum bestand die eigentliche Überraschung des zweiten Konklave von 1978 nicht darin, daß der polnische Kardinal zum Papst gewählt wurde, sondern daß das Konklave gewillt war, mit der 455jährigen Tradition der italienischen Hegemonie über das Papsttum zu brechen.

Nachdem dieser überraschende Entscheid gefällt war, war die Wahl des Kardinals Wojtyla, dessen Leben seine Überzeugung veranschaulicht hatte, daß es in den Plänen der Vorsehung keine Zufälligkeiten gibt, klar. Niemand war für das Petrusamt besser vorbereitet als der Erzbischof von Krakau. Er sollte der Felsenmann sein, wie gemacht, um die Füße der Herde in das dritte Jahrtausend der Geschichte des Christentums zu lenken, und der Evangelist der Hoffnung am Ende eines Jahrhunderts der Tränen.

(Übersetzung aus dem Amerikanischen: Dr. August Berz)

Rocco Buttiglione

Zur Philosophie von Karol Wojtyla

Im Mittelpunkt der philosophischen Gedanken Karol Wojtylas steht der Begriff der menschlichen Person. Dies gilt sowohl für die von ihm als Ethiker und Anthropologe veröffentlichten Texte wie auch, mit den notwendigen Differenzierungen, für sein Lehramt als Erzbischof von Krakau und Nachfolger Petri in Rom. Es gibt einen Text des hl. Irenäus von Lyon, der von Johannes Paul II. des öfteren zitiert wurde. Dieser Text entstammt dem Buch „Adversus Haereses" und lautet: „Gloria Dei vivens homo". Dies darf wohl als Motto der Philosophie von Karol Wojtyla gelten. Wir werden deshalb unsere Betrachtungen mit diesem Satz beginnen.
Es ist nicht unbedeutend, daß der soeben erwähnte Text ausgerechnet im Buch „Adversus Haereses" (Gegen die Häresien) vorkommt. Unsere Zeit mag den Sinn und Geschmack für die Rechtgläubigkeit verloren haben, worunter auch das richtige Verständnis von Häresie leidet. Der Häretiker ist einer, der eine besondere Seite der Wahrheit so stark hervorhebt, daß das angemessene Verhältnis zu allen anderen Seiten der Wahrheit verlorengeht. Im hegelschen Sprachgebrauch könnte man sagen, daß der Häretiker einer ist, der das Ganze nicht anschaut und deshalb die unterschiedlichen Aspekte des Ganzen einander gegenüberstellt, statt sie miteinander zu verbinden. Die Häretiker unseres Zeitalters sind die Ideologen, welche einen besonderen Wert zum Idol werden lassen, dem man andere, ebenso wichtige Werte opfert.
Wenn aber das Ganze nicht eine leere Formel bleiben soll, die wiederum ihrerseits zum Idol werden kann, dann brauchen wir eine inhaltliche Mitte, auf die hin die Werte hierarchisiert und geordnet werden können. Der hl. Irenäus gibt uns gerade jene Mitte: sie ist Gott im Himmel und die menschliche Person auf Erden. Die Herrlichkeit Gottes ist das Leben des Menschen. Das bedeutet, daß der Mensch nie im Namen Gottes erniedrigt, entmutigt oder geopfert werden darf.[1] Andererseits stellt das Leben des Menschen – so fügt Irenäus hinzu – die Betrachtung der Herrlichkeit Gottes dar, weil die Seele des Menschen unruhig wandert, bis sie sich in Gott versenkt.[2] Die Botschaft des Irenäus meint und betont die Einheit der Sache Gottes und der Sache des Menschen. Dies hat Gott den Menschen geoffenbart, als er das blutige Opfer des Lebens von Isaak abgelehnt hat, und diese Offenbarung bestätigt und vollendet Gott im Geheimnis der Erlösung, indem er sich selbst in der Person des eigenen Sohnes dem Tode aussetzt, um so die Menschen mit dem ewigen Leben zu beschenken.
Die große Häresie oder die große Ideologie unserer Zeit besteht vielleicht gerade darin, daß die Sache Gottes der Sache des Menschen entgegengesetzt wird, so daß es scheint, als ob man, um die Rechte Gottes zu wahren, die Rechte des Menschen beschneiden oder sogar aufheben müsse.[3] Oder der Mensch müsse, um frei zu sein, das Dasein Gottes überhaupt verneinen.
Die Idee des unverträglichen Gegensatzes des Daseins Gottes und der menschlichen Freiheit, was von einigen sogar als der axiologische Kern der Moderne betrachtet wird, erscheint in einer neuen Form in der Postmoderne wieder als die Unverträglichkeit der menschlichen Freiheit mit der ewigen Wahrheit. Während in einer früheren Phase der Geschichte der Philosophie das Dasein Gottes freilich bestritten, die Eigenschaften Gottes, die Transzendentalien, aber bewahrt

1
Vgl. *Redemptor hominis*, Nr. 13; *Centesimus annus*, Nr. 53 ff.

2
S. Thomas, „Summa Theologica" I-II, q.3, a.8.

3
Vgl. M. Jaworski, „Czlowiek a Bóg Zagadnienie relacii znaczeniowey pomiedzy osoba ludzka i Bogiem a problem ateizmu", in: Logos i Ethos, Krakau 1971.

und dem menschlichen Subjekt zugesprochen wurden[4], müssen in der Postmoderne auch diese Eigenschaften, und erst recht die ewige Wahrheit, zugrunde gehen. Entsprechend dem Untergang Gottes folgt jetzt der Untergang des Menschen.[5]
Es ist schwer zu leugnen, daß die Geschichte des religiösen Fanatismus sowie die Geschichte der Kirche mehr als einen Beweisgrund für den Gegensatz der Sache Gottes und jener des Menschen geliefert haben. Deshalb liegt der philosophischen Konzeption Wojtylas eine geistige Haltung der Demut und der Buße für die Sünde der Kirche zugrunde, welche so oft für ihren Herrn ein Gegenzeugnis abgelegt hat. Dieselbe Haltung werden wir später im Lehramt von Johannes Paul II. und in der Idee eines umfassenden Geständnisses der Sünden der Kirche als Reinigung und Vorbereitung für das große Jubiläum der Jahrtausendwende wiederfinden. Das offene Eingeständnis von Fehlern und Unzulänglichkeiten der Kirche bekräftigt aber nicht den Gegensatz der Rechte Gottes und der des Menschen. Im Gegenteil: Die große Sünde der Kirche besteht gerade darin, daß sie die grundsätzliche Einheit der Sache Gottes und der Sache des Menschen verschleiert hat, statt sie deutlich zu machen. Die Kirche als das Werkzeug, das Gott sich auserwählt hat, um sich zu offenbaren, ist manchmal aufgrund der menschlichen Unzulänglichkeit zu einem Hindernis geworden, das die Menschen von der Wahrheit fernhält.[6]
Das von uns skizzierte Thema, das Verhältnis zwischen Freiheit und Wahrheit, steht auch im Mittelpunkt des II. Vatikanischen Konzils. Es ist das Thema des Verhältnisses zwischen einer, eine ewige und geoffenbarte Wahrheit behauptenden Kirche und einer Welt von heute, die die menschliche Freiheit nicht nur hervorhebt, sondern manchmal auch einer reinen Willkür gleichsetzt. Dieses Thema wird in dem Dokument *Dignitatis Humanae* über die Religionsfreiheit mit besonderer Deutlichkeit herausgearbeitet. Die für die moderne Theologie zentrale Frage der Beziehung zwischen Freiheit und Wahrheit[7] ist das Hauptthema der Philosophie Wojtylas. Er nimmt in seinen philosophischen Werken kaum Bezug auf die theologische Auseinandersetzung hinsichtlich der richtigen und angemessenen Auslegung des Konzils. Ich glaube jedoch sagen zu können, daß gerade die Sorge um die wahre Bedeutung des Konzils, über Freiheit und Wahrheit, die Ausgangsfrage des philosophischen Hauptwerks Wojtylas „Person und Tat" und seines ganzen philosophischen Unterfangens ist. Wenn wir seine Werke von dieser Perspektive her betrachten, dann gewinnen sie einen inhaltlichen Zusammenhalt und bringen uns dem wesentlichen Kern schrittweise näher.
Gibt es einen dritten Weg neben Relativismus und Dogmatismus? Ist es möglich, die Rechte der Wahrheit zu bewahren, ohne zugleich die Rechte der Menschen auf Forschungs- und Gewissensfreiheit zu verletzen?
Eine alte Tradition lehrt, daß Rechte eigentlich nur die Wahrheit besitzt. Das Falsche, die Häresie, darf keine Rechte haben. Sie kann wohl manchmal geduldet werden, um ein größeres Übel zu vermeiden; sie darf aber nie der Wahrheit gleichgesetzt, gepredigt und verbreitet werden. Es ist schwer zu leugnen, daß diese alte Tradition einen soliden Grund für sich in Anspruch nehmen kann. Niemand wird wirklich behaupten, daß eine falsche Lehre das Recht hat, als wahre ausgegeben zu werden.
Andererseits steht fest, daß der Mensch nicht nur das Recht, sondern sogar die Pflicht hat, das zu behaupten, was er in seinem Gewissen als wahr erkannt hat. Wir besitzen kein anderes Werkzeug, um über das Wahre und Falsche zu entscheiden,

4 Ein typisches Beispiel dafür liefert L. Feuerbach, „Vorläufige Thesen zur Reformation der Philosophie", in: Werke in sechs Bänden, hg. v. E. Thies, Frankfurt 1975ff., Bd. 3, S. 223ff.

5 Vgl. M. Horkheimer, „Theismus – Atheismus", in: „Zur Kritik der instrumentellen Vernunft", Frankfurt 1974, S. 216ff.

6 Vgl. das Glaubensbekenntnis von Paul VI., Nr. 19. Dies ist eines unter vielen Beispielen der Kontinuität und der geistlichen Verwandtschaft von Montini und Wojtyla.

7 Vgl. A. Szostek, „Natura Rozum Wolnosc", Lublin 1989 (RW KUL).

als unseren Verstand und unser Gewissen. Wenn ein Mensch gezwungen wird, etwas zu behaupten, das er nicht für wahr hält, dann wird er daran gehindert, nach seiner menschlichen Würde zu handeln, und er kann nicht den dieser Würde entsprechenden Akt vollziehen. Diese zweite Lehre besitzt eine ebenso alte und ehrenwerte Tradition in der Geschichte der Theologie und eine ebenso starke Begründung in einer unmittelbaren phänomenologischen und philosophischen Evidenz. Der hl. Thomas von Aquin sagt, daß das falsche Gewissen uns verpflichtet: „conscientia errata obligat"[8]. Wenn wir etwas in unserem Gewissen für richtig halten, dann sollen wir das auch tun, auch für den Fall, daß dieser Sachverhalt an sich falsch ist (was wir freilich im Moment nicht wissen können). In der praktischen Entscheidung haben wir keinen höheren Richter als unser Gewissen.

Berücksichtigen wir einseitig die Rechte des Gewissens, dann fallen wir in einen Relativismus zurück, der die Liebe zur Wahrheit beeinträchtigt. Die objektive Wahrheit verliert dann an Gewicht und Bedeutung; über den moralischen Wert eines Aktes entscheidet nur der subjektive Zustand des Gewissens. Die Echtheit der vom subjektiven Gewissen restlos abhängig gemachten Handlung wird so zum einzigen Maßstab des moralischen Wertes. Es ist leicht, noch einen Schritt weiter zu gehen und zu behaupten, daß das individuelle Gewissen den moralischen Wert der Handlung konstituiert, statt ihn anzuerkennen. Wenn wir keine anderen Mittel zur Erkenntnis der ethischen Wahrheit haben als das subjektive Gewissen, dann kann das Urteil dieses Gewissens von keiner Instanz verurteilt werden und wird souverän: Was ich als gut erachte, ist wirklich gut, gerade weil ich es für gut halte. Dem Gewissen eignet so eine schöpferische Kraft im Bereich der moralischen Werte, und der Mensch mündet in eine Art von moralischem Prometheismus. Der Mensch ersetzt Gott als Schöpfer der moralischen Ordnung der Welt, und zwischen der moralischen und ontischen Ordnung entsteht eine sie völlig voneinander trennende Kluft.

Es ist nicht möglich, diesen Konsequenzen nur durch eine stärkere Betonung der alten Lehre über die Rechte der objektiven Wahrheit zu entgehen. Eine Welt, in der alle objektiv gültigen Normen streng beachtet werden, aber nicht der inneren Freiheit, sondern einem äußeren Zwang entspringen, wäre nicht ein Abbild des Himmels, sondern eher der Hölle. Der Mensch kann nicht zum Guten gezwungen werden, ohne dieses Gute in sein moralisches Gegenteil zu verwandeln.

Dies ist der Stand der Dinge, den der Philosoph Wojtyla vorfindet. Die Vertreter des moralischen Relativismus wollen zugleich die Moderne und die Aufklärung gegen verkrustete Denkgewohnheiten in der Kirche zur Geltung bringen und den neuen Weg des Konzils fortsetzen. Die Vertreter des ethischen Objektivismus hingegen suchen die Tradition der Kirche zu schützen und machen darauf aufmerksam, daß, wenn die objektive Wahrheit zugrunde geht, mit ihr auch der Wahrheitsanspruch der Kirche verschwinden muß. Der Kampf ist somit zugleich auch ein Kampf um die richtige Auslegung des Konzils. Es kommt nicht von ungefähr, daß die beiden dicht aufeinanderfolgenden Hauptwerke Wojtylas der Struktur des menschlichen Aktes[9] und der Interpretation des Konzils gewidmet sind.[10]

Alle Mißverständnisse in der Interpretation des Konzils können auf ein ungenügendes Verständnis der Struktur des menschlichen Aktes zurückgeführt werden. Freiheit und Wahrheit sind nicht voneinander zu trennen, weil sie im Akt des menschlichen Subjektes aufeinander angewiesen sind. Wojtyla richtet die ihm eigene philosophische Schärfe

8
„Summa Theologica" II-II, q.19, a.5f.

9
K. Wojtyla, „Osoba i Czyn oraz inne studia antropologyczne", Lublin 1994 (TN KUL), mit einer Einführung von Rocco Buttiglione und einem Nachwort von T. Styczen, [1]1969.

10
K. Wojtyla, „U Podstaw Odnowy. Studium o realizacji Vaticanum II", Krakau 1988 (deutsche Fassung: „Quellen der Erneuerung. Studie zur Verwirklichung des Zweiten Vatikanischen Konzils", Freiburg 1981).

insbesondere auf die Erklärung der konkreten Zusammengehörigkeit von Freiheit und Wahrheit. Dafür müssen wir einige klärende Unterscheidungen einführen.
Die Wahrheit über einen gewissen Sachverhalt ist uns durch unseren Verstand zugänglich. Diese Erkenntnis der Wahrheit ist anfänglich rein kognitiver Natur und setzt eine gewisse Passivität des menschlichen Subjektes voraus. Ich sehe ein (intelligo), daß dem so und so ist. Die reine Betrachtung der theoretischen Wahrheit reicht aber keineswegs aus, um den Akt zu verstehen, der jene Erkenntnis zur Grundlage der Handlung nimmt. Der Handlung geht nicht eine reine Erkenntnis, sondern eine Entscheidung voraus. In der Entscheidung haben wir eine gewisse Aneignung der Wahrheit, die dann zur Form der Entscheidung wird oder werden soll. In der Handlung gewinnt die objektive Wahrheit irgendwie subjektiven Charakter. Ich *werde* zu der von mir anerkannten Wahrheit, indem ich sie als Form meiner Handlung zugrunde lege.[11] Die theoretische Wahrheit wird durch meine Handlung zur Wirklichkeit, sie wird verwirklicht. Die durch die (Anerkennung der) Wahrheit geprägte Handlung hat einen doppelten Effekt. Einerseits verändert die Handlung eine objektive Sachlage, andererseits verändert die Handlung auch das Subjekt, das sie vollzogen hat, welches sich durch die Handlung in der Wahrheit verwirklicht.
Nehmen wir an, daß ich moralisch verpflichtet bin, eine erhebliche Summe Geld auszugeben, um einem bedürftigen Menschen zu helfen. Ich erkenne die Wahrheit über die Verpflichtung an und lege die Wahrheit meiner Handlung zugrunde. Durch diese Handlung wird einem Menschen geholfen, und zugleich wird in mir der innere Effekt der Handlung gegenwärtig, indem ich ein besserer Mensch werde. In der Entscheidung akzeptiert meine Freiheit die Wahrheit als praktischen Maßstab für den eigenen Akt und schafft dadurch zugleich eine neue äußere und innere Wirklichkeit. Die Freiheit soll die Erkenntnis der Wahrheit als Voraussetzung für das eigene Handeln zugrunde legen. Sie soll es tun, muß aber nicht, sonst wäre der Akt der Freiheit nicht frei. Es ist durchaus möglich, daß ich die moralische Verpflichtung anerkenne, vor den Konsequenzen der Erfüllung meiner Pflicht mich aber fürchte und mich weigere, gemäß der erkannten Wahrheit zu handeln. Oder ich bin von einer glühenden Leidenschaft so sehr besessen, daß ich ihr nicht Widerstand leisten kann, auch wenn ich weiß, daß die entsprechende Tat sittenwidrig ist. Hier taucht der Gegensatz von Wahrheit und Freiheit auf. Ich weiß, was ich soll, will aber nicht. In diesem Fall ist es leicht einzusehen, daß ich nicht wirklich frei bin, weil ich zum Sklaven meiner Leidenschaften wurde. Ich bin innerlich gespalten und nicht imstande, frei zu handeln. Der innere Zwang beraubt mich meiner Freiheit.[12] In solchen Fällen ermahnt mich mein Gewissen, stellt mich vor die Wahrheit der Sache und versucht, meine innere Freiheit zu stärken, damit ich in der Lage bin, das zu tun, was ich tun soll. Hier trifft der alte lateinische Spruch zu: „video meliora proboque, deteriora sequor". Nur selten besitzen die Menschen jenen Ernst und jene Ehrlichkeit in der Sünde, die darin besteht, daß einer offen zugibt, daß das, was er tut, nicht das ihm vom Gewissen empfohlene Gute ist. Viel öfter versucht der Mensch vielmehr sich selbst zu überreden und sich davon zu überzeugen, daß das, was er unter dem Druck der unwiderstehlichen Leidenschaft tut, zugleich das ist, was der Wahrheit der Sache entspricht. Hier finden

11
„Osoba i Czyn" (Anm. 9), S. 144 ff.

12
Ebd., S. 99 ff.

wir das System der Rationalisierungen und Ideologisierungen, das unter verschiedenen Gesichtspunkten von Freud und Marx, aber auch von Pareto vortrefflich beschrieben wurde. Die Leidenschaften bemächtigen sich des Gewissens, und dieses wird unfähig, die Wahrheit anzuerkennen und die Handlung gemäß der Wahrheit zu steuern. Hier entsteht das falsche Bewußtsein und zugleich das falsche Gewissen.[13]

Wenn wir das wahre vom falschen Gewissen nicht klar unterscheiden, dann können wir auch das richtige Verhältnis von Wahrheit und Freiheit nicht begreifen.

Das falsche Gewissen ist ein emotionalisiertes Gewissen, d. h. ein Gewissen, das als Grundnorm nicht die Wahrheit voraussetzt, sondern ein durch die Leidenschaften der Seele hervorgehobenes Interesse. Es ist auffällig, wie gerade jene Richtungen in der neueren Moraltheologie, die mit aller Entschiedenheit die Moderne vertreten wollen, dieses Thema des falschen Bewußtseins grob unterschätzt haben. Es steht jedoch im Mittelpunkt der Moderne und erst recht jener Richtungen der Moderne, die später in die Postmoderne münden. Marx in seiner Ideologienlehre, Freud in seiner Theorie des Unbewußten, Nietzsche in seiner Genealogie der Moral, Pareto in seinem ganzen soziologischen Werk setzen alle die Struktur des falschen Bewußtseins in den Mittelpunkt ihrer Analysen. Sie haben freilich diesen Sachverhalt eher als falsches Bewußtsein und nicht als falsches Gewissen untersucht, weil sie sich mit der sozialen Struktur und nicht so sehr mit der individuellen ethischen Entscheidung befaßten. Falsches Bewußtsein und falsches Gewissen sind eben nicht dasselbe. Ersteres stellt einen objektiven Zustand gesellschaftlicher Natur dar.

Eine ganze Gesellschaft ist so organisiert, daß die allgemein gültige Auffassung von der Wahrheit der Dinge über einige oder mehrere Punkte abweicht. Es gibt eine offizielle (falsche) Wahrheit und eine echte, die mehr oder weniger verborgen bleibt. Stellen wir uns den Stand der Dinge in der Nazidiktatur oder im Kommunismus vor. Alle gesellschaftlichen Institutionen, die Medien usw. verbreiten Nachrichten und Grundsätze, die wesensmäßig falsch sind. Der Mensch aber als soziales Wesen gründet die Entscheidung seines Gewissens auf die ihm zugängliche Information und gestaltet auch seine moralischen Grundsätze in einem Dialog mit gesellschaftlichen Institutionen, die vor dem Einzelnen eine gewisse Autorität besitzen. Die Suche nach der Wahrheit bleibt immer in der Verantwortung jeder menschlichen Person, und auf diese Verantwortung darf sie nicht verzichten. Wo aber das gesellschaftliche Bewußtsein systematisch verfälscht wird, kann diese Suche nach der Wahrheit außerordentlich erschwert werden und der Zustand eines unschuldigen falschen Gewissens entstehen: Ein Mensch verkennt, ohne eigene Schuld, die Wahrheit.

Er handelt auf der Basis einer falschen Überzeugung, ohne an der Entstehung dieser falschen Überzeugung beteiligt gewesen zu sein. Er kann dann unschuldig, aber zugleich zum Schaden werden (innocens sed nocens). Nehmen wir an, daß ein überzeugter Nationalsozialist sich seinem Gewissen verpflichtet fühlt, unschuldige Opfer umzubringen, die er als Verantwortliche des schlimmsten Übels betrachtet. Seine Handlung wird subjektiv unschuldig, objektiv jedoch schlecht sein.

13 Vgl. H. Ey, „La conscience“, Paris 1968, S. 42ff.

Von einem falschen Bewußtsein können wir überhaupt erst sprechen, weil wir ein wahres Bewußtsein voraussetzen. Von einem falschen Gewissen können wir sprechen, weil wir ein wahres Gewissen voraussetzen. Wahr ist das nicht emotionalisierte Gewissen, das durch den Druck äußerer Umstände nicht gezwungen wird, etwas als wahr anzuerkennen, das sich nicht als solches dem Urteilsvermögen darstellt. Es ist schwer zu leugnen, daß der Zusammenhang des gesellschaftlichen Drucks und der inneren Leidenschaften die Menschen häufig in Situationen versetzt, wo ihnen der freie Gebrauch ihres Urteilsvermögens enorm erschwert wird. In diesem Moment ist es nicht leicht, einen wirklich freien, auf die Anerkennung der Wahrheit gründenden Akt zu vollziehen. Ein solcher Akt ist aber im Prinzip möglich und zugleich der einzige, der eigentlich der Natur des Menschen entspricht, sie in sich verwirklicht und zu ihrer Vollendung bringt.[14]

Der freie Akt schließt den äußeren und zugleich den inneren Zwang aus, er wird zum Ort der Begegnung von Freiheit und Wahrheit.

So enthält der kurze Satz des Thomas von Aquin („dieses Genie des Gemeinsinnes") eine unerwartete Tiefe: „conscientia erronea obligat." Die transzendentale und unabdingbare Voraussetzung des falschen Gewissens ist die objektive Wahrheit. Ein falsches Gewissen bedeutet ein unvollständiges, ein leidendes Gewissen, das nicht imstande ist, die eigentliche Funktion zu erfüllen und seiner eigenen Bestimmung gerecht zu werden. Was soll man mit einem gelähmten Gewissen machen? Es mit Gewalt ausschalten, um es durch einen äußeren Zwang zu ersetzen? Dieses Heilmittel wäre schlimmer als das Übel selbst. Wir sollten eher zulassen, daß ein Mensch sich vorübergehend einem falschen Gewissen gemäß verhält, und zugleich alles unternehmen, um ihn dazu zu bewegen, das eigene Gewissen zu verbessern. Der richtig verstandene Begriff des falschen Gewissens bewahrt uns vor der Notwendigkeit, entweder dem Relativismus oder dem Autoritarismus zu verfallen. Das Gewissen erschafft nicht die Wahrheit, es bleibt vielmehr durch und durch von der Wahrheit abhängig. Die Wahrheit jedoch will von der Person entdeckt werden: Niemand kann und darf uns den Akt ersetzen, in welchem wir uns die Wahrheit aneignen und zugleich der Wahrheit hingeben. Jeder von außen dem Gewissen auferlegte Zwang erschwert den angemessenen Gang der feinen Mechanismen, die zur Vollendung des menschlichen Aktes führen. Das einzige, was gemacht werden kann, um dem Menschen in dieser schwierigen Aufgabe zu helfen, ist, ihm die Wahrheit zu sagen. Dies bedeutet keine Verletzung der Rechte des Gewissens, erst recht nicht, wenn dies eine dafür verantwortliche Autorität tut. Zwei Sünden können gegen das Gewissen begangen werden: es zu zwingen oder es nicht aufzuklären und zu belehren, wenn man imstande ist, es zu tun.

Aufgabe der in „Person und Tat" enthaltenen Erörterungen über die Struktur der menschlichen Handlung und über die Emotionalisierung des Gewissens ist es zu erklären, wie Freiheit und Wahrheit im Menschen aufeinander verwiesen sind, so daß die eine ohne die andere sich selbst verleugnen und vernichten muß. Dadurch wird eine Philosophie

14
M. Serretti, „Conoscenza di sé e trascendenza", Bologna 1984.

der menschlichen Freiheit gemäß dem Geist des II. Vatikanischen Konzils begründet. Dies entspricht übrigens der besonderen Art und Weise der Verflechtung von thomistischer Ontologie und phänomenologischer Methode in der Philosophie unseres Autors.[15] Wojtyla setzt irgendwie die Gültigkeit der thomistischen Ontologie voraus und mit dieser Ontologie die Existenz der objektiven Wahrheit. Er will aber eine zusätzliche Frage stellen, welche in der thomistischen Tradition nicht oder nicht so klar herausgestellt wurde: Wie verhält sich die menschliche Subjektivität zur Wahrheit? Wie wird die objektive Wahrheit zugleich eine subjektive? Wie wird die objektive Wahrheit zur Form der menschlichen Subjektivität? Dies ist, auch ontologisch, keine zweitrangige Frage. Die objektive Wahrheit ist uns nur zugänglich, wenn wir sie bejahen und indem sie von uns begriffen und akzeptiert wird. Noch mehr: Wenn die menschliche Person das Höchste im Bereich des Geschaffenen ist, wenn alles andere und die ganze Welt auf den Menschen hin geschaffen wurden, dann hat der Akt der menschlichen Aneignung der Wahrheit eine Bedeutung und einen Wert für die ganze Welt. Im Akt der menschlichen Anerkennung der Wahrheit kommt die Schöpfung zu sich selbst und vollendet den Zweck ihres Daseins. Die Phänomenologie hat in Wojtylas Philosophie gerade die Funktion, die subjektive Seite des menschlichen Daseins zu erklären. Wir können in der Philosophie mit dem Objekt oder mit dem Subjekt beginnen.[16] Wojtyla scheint es angemessener zu sein, mit dem Objekt zu beginnen; er will aber von Anfang an klarstellen, daß die Welt, in der wir leben, zugleich eine Welt von Subjekten ist, und daß, wenn wir die Welt wirklich verstehen wollen, das Dasein der Subjekte wesentlich aufschlußreicher ist als das Dasein der Objekte. Wenn er sich trotzdem zuerst den Objekten zuwendet, dann tut er dies nur, weil die Subjekte letztlich auch Objekte sind. Die menschliche Subjektivität besitzt eine objektive Struktur und die Selbstschöpfung des Menschen, die er durch die eigenen freien Akte vollendet, bedeutet zugleich immer eine Mitschöpfung auf der Basis der ursprünglichen Möglichkeiten, die seiner menschlichen Struktur innewohnen. Dadurch bietet sich uns die Gelegenheit, daß wir uns intensiv mit dem Subjekt beschäftigen und die Fülle seiner Bestimmungen entwickeln, ohne dem philosophischen Subjektivismus zum Opfer zu fallen. Die Wahrheit des Objekts ist von Anfang an da, sie bleibt aber immer unvollendet, bis sie vom Menschen wahrgenommen und zur Form der menschlichen Subjektivität durch die Hingabe des menschlichen Willensaktes wird.

Wojtyla strebt eine Synthese des traditionellen Objektivismus der klassischen und thomistischen Metaphysik und der Philosophie des Subjektes und der Freiheit, welche die Moderne charakterisiert, an. Die Philosophie der Moderne kann in die klassische integriert werden, und letztere gewinnt die Möglichkeit, sich von innen her für das Thema der Subjektivität zu öffnen. Diese Versöhnung ist durch eine erneuerte Einsicht in die schöpferische Tätigkeit des menschlichen Geistes erreichbar geworden. In der Mitte steht hier der Begriff der Mitschöpfung. Es ist wahr, wie die Moderne behauptet, daß der Mensch wesensmäßig ein Schöpfer ist. Er begnügt sich nicht mit einer Existenz innerhalb der von einer vorbestimmten natürlichen Ordnung gesetzten Grenzen. Der Mensch schafft eine eigene Welt und sich selbst zugleich. Der Mensch ist Schöpfer der inneren Ordnung seiner ethischen Welt, welche ihre eigene Existenz seinen freien Akten verdankt. Auf der Basis der eigenen ethischen Stellungnahmen

15
T. Styczen, „O metodzie antropologii filozoficznej. Na marginesie Osoby i Czynu K. Wojtyly oraz ‚Ksiazeczki o czlbwieku' Romana Ingardena", in: Roczniki Filozoficzne, 21 (1973), Nr. 2, S. 105 ff.

16
Vgl. die erste Seite von „Milosc i Odpowiedzialnosc. Studium etyczne", Lublin 1960, [3]1982 (TN KUL).

schafft so der Mensch auch die äußere Ordnung der Gesellschaft und der Zivilisation und sogar jene der Natur, die von der menschlichen Arbeit wesentlich geprägt wird.[17] Es ist ein großer Verdienst der Philosophie der Moderne, die Aufmerksamkeit auf diese schöpferische Tätigkeit des Menschen gelenkt zu haben. Hebt man diese Seite nicht angemessen hervor, so wird der eigentlichen Stellung des Menschen im Kosmos, welche ihn von allen anderen Geschöpfen abhebt, nicht Rechnung getragen. Wird aber diese schöpferische Kraft des Menschen jener Gottes entgegengestellt, so daß wir uns vor der Wahl befinden, entweder Gott oder dem Menschen das schöpferische Vermögen zuzuschreiben, so geht der Mensch verloren, weil ihm jegliche Orientierung, die eigene Kraft zu regeln, fehlt. Gerade aus dieser Orientierungslosigkeit entsteht die „Dialektik der Aufklärung". Der aufgeklärte Mensch fällt dem eigenen Streben nach Macht zum Opfer, vergewaltigt die Natur, indem er imstande ist, diese bloß als Rohstoff für die Befriedigung der eigenen Willkür anzusehen. Der Mensch, der frei die Welt bewältigt, unterliegt aber seinen eigenen ungezügelten Leidenschaften, da er die Natur der Dinge nicht mehr sieht und achtet, die durch seine Tätigkeit zur eigenen Vollendung gebracht werden soll. Noch mehr: Der Mensch vergewaltigt sich selbst, weil er zur eigenen Vollendung nur dadurch gelangen kann, daß er die Wahrheit über sich selbst anerkennt und sich dieser Wahrheit völlig hingibt. Eine Aufklärung, die die Rechte der Wahrheit nicht anerkennt, bleibt einer unvermeidlichen Tendenz zur Barbarei ausgesetzt. Daß dies in der Wirklichkeit der Leidensgeschichte unseres Jahrhunderts nur zu oft stattgefunden hat, steht leider außer Zweifel.[18] Die Philosophie Wojtylas liefert denn auch die Voraussetzungen für eine kritische Interpretation der neueren Kulturgeschichte. Diese wird aber nicht so sehr vom Philosophen Wojtyla als vielmehr von Johannes Paul II. in seinem Lehramt geliefert. Dieses Lehramt kann nur als eine Fortsetzung des konziliaren „Aggiornamento" (Erneuerung) verstanden werden. In seiner Philosophie versucht Wojtyla die Grundbegriffe zu erklären, die den Dialog der Kirche mit der Moderne möglich machen, damit die Kirche der Moderne ihre Hilfe anbietet, um sie vor dem Rückfall in die Barbarei zu bewahren, statt daß die Kirche verspätet ankommt und so an der Krise der Moderne teilnimmt.[19]

17
K. Wojtyla, „Il problema del costituirsi della cultura attraverso la ‚praxis' umana", in: Rivista di Filosofia neoscolastica 69 (1977), Nr. 3, S. 513 ff.

18
Vgl. M. Horkheimer, „Die Sehnsucht nach dem ganz Anderen. Ein Interview mit Kommentar von Helmut Gumnior", Hamburg 1970.

19
Für eine detaillierte Behandlung dieses Themas erlaube ich mir, auf mein Buch „Karol Wojtyla: the thought of the man who became Pope John Paul II.", Grand Rapids, Michigan-Cambridge U.K. 1997 (Eerdmans) hinzuweisen, S. 1 ff. und 177 ff.

Kardinal Jean-Marie Lustiger

Nachfolger von Petrus und Nachahmer von Paulus

I. Petrus, Bischof von Rom

Für die Römer war es schon ein einmaliger Vorgang, als sie den Erzbischof von Krakau, Bischof Karol Wojtyla, empfingen, der dann Papst Johannes Paul II. wurde.
Sie waren daran gewöhnt, daß ihr Bischof, und damit ihr Papst, ein Italiener war, vertraut mit der Stadt und der Diözese Rom. Aber Karol Wojtyla? – kein Römer kannte diesen unaussprechlichen Namen. Hatte das Konsistorium sie etwa als eine jener „Missionsdiözesen" betrachtet, zu deren Evangelisierung man einen Bischof aus einem anderen, oft europäischen Land schicken sollte, und der der einheimischen Bevölkerung fremd war? Doch schon mit den ersten Worten, die Johannes Paul II. in Italienisch sprach, waren die Römer gewonnen: sein Charme begann zu wirken. Dieser Papst machte von den ersten Tagen seines Dienstes an eine andere Schwierigkeit: zum allgemeinen Staunen entschied er sich, einen großen Teil seiner Zeit dem Besuch der einzelnen Kirchen in der ganzen Welt zu widmen. Er wollte also seinen Dienst als Nachfolger des Petrus wie der heilige Paulus, der Völkerapostel, ausüben. Manche Römer und auch manche Beobachter aus anderen Nationen fürchteten, daß dieser Papst der Stadt Rom in Unkenntnis ihrer Probleme die polnische Sicht des christlichen Lebens aufdrängen wolle, und daß er nur ein Phantombischof sein werde, der ständig von seiner Diözese abwesend ist. Widersprüchliche Befürchtungen! Die ganze Art, wie der Papst seinen Dienst als Hirte der Römer leistete, hat diese Bedenken auf Anhieb zerstreut.

1. „Vom polnischen Rom zum ewigen Rom"[1] *(9. November 1978)*

Johannes Paul II. hat die Herzen der Römer gewonnen: sie fühlten sich geliebt. Er hat sich ihnen „angeboten" in dem Bewußtsein, daß er als Fremder kam. Einige Tage nach seiner Wahl wollte er auf der Schwelle von St. Johannes im Lateran, der Kathedrale des Bischofs von Rom, wie er damals sagte, „sich mit den alten Generationen verbinden, die diese Schwelle überschritten: Generationen von Römern, von römischen Bischöfen, von Nachfolgern des hl. Petrus". Und an seine neuen Diözesanen gewandt, fügte er hinzu: „Ich fühle mich verbunden mit diesen Generationen, ich, der neue Bischof von Rom, Johannes Paul II., polnischer Herkunft. Ich bleibe auf der Schwelle dieses Gotteshauses stehen und bitte euch, mich im Namen des Herrn anzunehmen. Ich bitte euch, mich anzunehmen, wie ihr all die Jahrhunderte hindurch meine Vorgänger angenommen habt, wie ihr erst vor wenigen Wochen Johannes Paul I. angenommen habt, der von der ganzen Welt so geliebt wurde! Ich bitte euch, nehmt auch mich an! Der Herr sagt: ‚Nicht ihr habt mich erwählt, sondern ich habe euch erwählt' (Joh 15,16). Das ist alles, worauf ich mich berufen kann: Ich stehe hier nicht aus eigenem Willen. Der Herr hat mich erwählt. Im Namen des Herrn bitte ich euch daher: Nehmt mich an!"[2]
Diese Einfachheit und dieser Realismus des neuen Bischofs von Rom, die sich auf den Glauben an das Wort Jesu gründen, haben das katholische Empfinden der Römer berührt. Der Papst, der aus der Ferne kam, ist ihnen von Gott als ihr Bischof und Hirte gegeben. Damit entstand eine geheime Lebensverbindung zwischen diesen römischen Diözesanen und ihrem Bischof, der weiter Pole blieb, nun aber auch für immer Römer war. Tatsächlich erinnerte Johannes Paul II. oft daran, daß er Pole, Sohn einer großen, fernen Kirche ist, der sein Herz verbunden bleibt. Doch nun ist Rom seine Diözese. Er lebt hier nicht im Exil, Rom ist vielmehr die Stadt, mit deren Kirche er sich verbunden hat: „Ich fühle mich vor allem als

1
Vgl. Ansprache an den Klerus der Diözese Rom am 9. November 1978: „Wort und Weisung" 1979, S. 114 f.

2
Homilie anläßlich der Amtseinführung am 12. November 1978, S. 130.

Bischof von Rom"[3], vertraut er dem römischen Klerus am 21. Februar 1980 an. Johannes Paul II. übt sein Amt vor allem als „Bischof von Rom" aus. Tatsächlich ist er ja Papst, weil er Nachfolger des Petrus, des Bischofs von Rom ist. Johannes Paul II. hat davon ein ausgeprägtes Bewußtsein. Unter den Titeln, die in der katholischen Tradition den obersten Pontifex bezeichnen, liebt er diesen am meisten. Gewöhnlich stellt er sich vor als „der Nachfolger des Petrus und Bischof von Rom". Unter diesem Titel spricht er zu seinen Brüdern im Episkopat.
Da er der Bischof von Rom ist, übt er über das Apostelkollegium und die ganze Kirche jenen Primat aus, der Petrus verliehen war. Und auf welche Weise übt der Papst das aus, was er selber als die erste Pflicht seines pastoralen Amtes betrachtet?

3
OR 1980, Nr. 12, S. 4.

4
„Wort und Weisung" 1979, S. 132f.

2. „Der Dienst des Petrus, ein Dienst der Liebe"

Man müßte all das in sich aufnehmen, was die Römer empfinden, um zu begreifen, wie der Papst es versteht, sich Zeit zu nehmen für ein ermunterndes Wort und eine echte Verkündigung, die Anteil nimmt an den Ereignissen dieser Diözese, seiner Diözese, wie er gerne betont. Doch der Papst selbst antwortet auf unsere Frage mit dem gleichen Glauben wie Petrus: „‚Wie mich der Vater geliebt hat, so habe auch ich euch geliebt' (Joh 15,9). Oh ewige Stadt, oh liebe Brüder und Schwestern, oh Bürger Roms! Euer neuer Bischof möchte vor allem, daß wir in der Liebe zu Christus bleiben und daß diese Liebe immer unsere Schwächen besiege. Sie helfe uns, das geistliche Antlitz unserer Gemeinde zu gestalten, denn vor dieser Liebe verschwindet aller Haß, aller Neid, jede Bosheit und Verkehrtheit in den großen und den kleinen Dingen, in sozialen wie in zwischenmenschlichen Problemen. Die Liebe soll alles übersteigen! Mit welcher Freude und zugleich Dankbarkeit habe ich in den vergangenen Tagen die zahlreichen Begebenheiten verfolgt (das Fernsehen hat sie mir nahegebracht), wo sich wegen des Personalausfalls in den Krankenhäusern so viele, Erwachsene und ganz besonders Jugendliche, freiwillig zum Dienst an den Kranken meldeten. Wenn die Suche nach Gerechtigkeit im Berufsleben Gültigkeit besitzt, um wieviel wachsamer muß die soziale Liebe sein. Ich wünsche daher meiner neuen Diözese Rom diese Liebe, die Christus für seine Jünger gewollt hat."[4]
Wenn Johannes Paul II. sich an seine römischen Diözesanen wendet, will er jedem einzelnen und allen zusammen das Geheimnis seiner Freude und seiner Zuversicht mitteilen: seinen Glauben an Christus und seine Liebe zu Ihm, wie der Apostel Petrus es den ersten Christen sagte: „Ihr habt ihn nicht gesehen, und dennoch liebt ihr ihn; ihr seht ihn auch jetzt nicht, aber ihr glaubt an ihn und jubelt in unsagbarer, von himmlischer Herrlichkeit verklärter Freude" (1 Petr 1,8).
Der Papst besucht die römischen Pfarreien, von den ärmsten bis zu den reichsten. Er lädt die Jugendlichen und die Alten, die Armen, Kranken und Strafgefangenen, die Gläubigen sämtlicher sozialer Schichten und aller Altersstufen zu Freude und Glauben ein. Er möchte, daß die Christen seiner Diözese in diesem Schatz des christlichen Glaubens ganz konkret die Kraft finden, um den realen Schwierigkeiten des Lebens gewachsen zu sein und durch ihre Heiligkeit die oftmals rauhen Verhältnisse des Alltags zu meistern. Er will, daß ihr Glaube alle sozialen Dimensionen des menschlichen Lebens, auch die der Kultur und der Freizeit, durchdringe.
Freilich hat er seinem Kardinalvikar die tägliche Sorge für seine Diözese anvertraut. Es ist aber offenkundig, daß er deshalb nicht verzichtet hat, der Bischof von Rom zu sein, um seinen Dienst als Papst besser zu erfüllen. Mehr noch: indem er seine universale Sendung in Rom ausübt, gibt er uns ein unnachahmliches Beispiel für die Evangelisierung so großer Massen von Besuchern, wie sie heute die europäischen Metropolen überschwemmen.
Das heutige Rom ist eine komplexe Stadt. Es ist eingeschlossen in seine historische Vergangenheit und steht gleichzeitig in einer beachtenswerten modernen Entwicklung. Es bleibt eine der ganz großen

Touristenstädte der Erde. Der römische Tourismus ist jedoch etwas sehr Gemischtes. Wie zweifellos keine andere Stadt der Welt hat Rom nicht nur Kunstwerke vom Altertum bis zur modernen Zeit gesammelt, sondern ist zugleich ein Ziel ununterbrochener Pilgerfahrten. Auch dem Papst ist es ein Anliegen, daß das Geheimnis Christi den unfaßbaren Strom der Touristen berühre.
Er hat dieses unfaßbare Phänomen des Tourismus als einen integralen Teil der Diözese Roms, seiner Diözese, aufgegriffen. Er hat gleichsam das Steuer ergriffen und ihn zum Ort einer Katechese und ständigen Verkündigung gemacht. Da aber der Geist der Pilgerfahrt davon bedroht ist, durch die Ströme des Tourismus überlagert zu werden, lädt der Papst die Touristen ein, als wirkliche Pilger „jene Stadt zu besuchen, die in den Augen der Welt eine besondere Sendung hat". Nicht nur durch seine Worte, sondern durch seine Präsenz, die jedem Einzelnen und allen gemeinsam Aufmerksamkeit schenkt, ist er – manchmal auch außerhalb des Protokolls! – für jedermann verfügbar, der sich ihm nähern möchte. Seit er Papst ist, finden die traditionellen Mittwochsaudienzen außerordentlichen Zuspruch.
Der Umfang der Besuchermassen, die zu Johannes Paul II. kommen, hat gelegentlich, besonders am Mittwochmorgen, in der Umgebung des Petersplatzes und auf den Brücken, die zum Vatikan führen, unglaubliche Verkehrsprobleme verursacht. Ich habe die Stoßseufzer der Taxi- und Busfahrer gehört, die Gott sei Dank ihren römischen Humor dabei nicht verloren haben. Auch wenn sie schimpfen, sind sie am Ende doch stolz auf ihren Papst.

3. *„...dieses so einfache und doch so bedeutungsvolle und reiche Wort: Hirte!"*[5]

Bei dieser ständig wachsenden Zahl von Männern und Frauen aus der ganzen Welt, die kommen, „um den Papst zu sehen", sehen manche nur den Masseneffekt: die Menge, die Masse aus anonymen Menschen. Johannes Paul II. aber schenkt jeder Person eine einzigartige Aufmerksamkeit. Die Menge ist für ihn eine unter seinen Augen vereinte „Versammlung". Das können alle feststellen. Ist hierin nicht die Aufmerksamkeit des Hirten zu spüren, der „jedes Schaf mit Namen kennt"? Und zeigt der außergewöhnliche Zustrom der Menschen zum Papst nicht auch, daß „die Schafe ihren Hirten kennen und auf seine Stimme hören"? Für Johannes Paul II. ist diese Verhaltensweise vor allem eine Weise des Seins. Hier zeigt sich eine Haltung, die in ihm durch Glaube und Gebet tief verankert ist und die man immer wieder spüren kann: auf den Reisen, bei Empfängen und Begegnungen, in Rom und im Ausland.
Um nur die letzten Päpste zu erwähnen: wir konnten spüren, daß Johannes Paul I., Paul VI. und Johannes XXIII. ebenfalls die Seele eines Hirten hatten. Doch Johannes Paul II. hat mit den Gaben, die Natur und Gnade ihm geschenkt haben, und durch einige neue Verhaltensweisen unserer Zeit klargemacht, was ein Hirte ist.
Äußerlich kann man feststellen, daß zahlreiche Protokollvorschriften, die schon zur Zeit des Konzils abzubröckeln begannen, mit der Ankunft Johannes Pauls II. im Vatikan auf einen Schlag verschwunden sind. Es wäre nutzlos, viele Beispiele anzuführen. Ich weise nur auf eines hin: Heute erscheint es als völlig normal, daß man mit Johannes Paul II. unmittelbaren, direkten, familiären Kontakt hat, ohne daß dabei irgend etwas von der Achtung und kindlichen Zuneigung, wie sie der Person des Papstes geschuldet werden, verlorengeht. Er wirkt nicht als Souverän, sondern vielmehr als erster Zeuge des Glaubens der Kirche und als Diener der Liebe. Dieses neue Verhalten erlaubt es, im Papst das zu sehen, was er ist: ein Hirte. Dazu kommt ein erstaunliches Paradox, denn viele Millionen von Gläubigen in aller Welt können dieses Recht beanspruchen, sich ihm zu nähern, was ihn dann aber eigentlich unzugänglich macht! Kurz, dieser protokollarische Wandel in der Begegnung mit dem Papst ist nicht einfach eine Gefühlssache: er entspricht vielmehr einer Grundhaltung.
Gestatten Sie mir, dies mit folgender Begebenheit zu verdeutlichen. Ich hatte erreicht, daß der Papst in Castelgandolfo

5 Predigt bei Eucharistiefeier im Tamiami-Park (USA) am 11. September 1987: DAS 1987, S. 931.

kurz französische Studenten empfangen wollte, die im Juli 1983 von Assisi nach Rom gepilgert waren. Es war das Jahr des Jubiläums. Ich hatte die Bitte nur mit Bedenken gestellt, denn ich wollte die Ruhezeit des Papstes nicht beeinträchtigen. In der Sorge, seine Güte zu mißbrauchen, wünschte ich etwa zehn Minuten, so daß ihn die Studenten begrüßen und seinen Segen empfangen konnten. Zu meinem Staunen zeigte sich Johannes Paul II. sehr familiär und sprach lange mit den Studenten. Er scherzte mit ihnen und ermutigte sie. Die Begegnung dehnte sich weit über die vorgesehene Zeit aus. Der Papst schien daran Freude zu haben, und die Studenten waren so begeistert, daß sie es wagten, den Papst zu ihrem Picknick in den Gärten von Castelgandolfo einzuladen. Johannes Paul II. kam gegen Ende. Er sprach persönlich mit jedem Studenten, obwohl es gegen 150 waren. Er schenkte jedem einen Rosenkranz und ein Bild.
Beiläufig sagte ich zu einem seiner Begleiter: „Ich bin besorgt, daß wir dem Papst zu viel Zeit genommen haben." Der aber entgegnete spontan: „Für den Papst ist jeder kostbar."

4. „Die Liebe zu den Jugendlichen..."[6] *(31. März 1985)*

Die Intimität dieses Sommertages in Castelgandolfo läßt vielleicht spüren, daß Johannes Paul II. – sei es dort oder bei den großen Versammlungen von Jugendlichen in einem von ihm besuchten Land – weder Demagogie betreibt, noch sich in Selbstgefälligkeit verliert, noch einem apostolischen Rezept folgt. Er gibt sich ganz natürlich als Hirte.
Diese Liebe zu den Jugendlichen, die er am Gründonnerstag 1985 zum internationalen Jahr der Jugend allen Priestern der Welt empfiehlt, ist nicht exklusiv: „ ... die Liebe zur Jugend entspricht nur dann dem Evangelium, wenn sie aus der Liebe zu jedem und für alle entspringt ... Denn diese Liebe entspringt, indem man sich besonders zu Herzen nimmt, was die Jugend im Leben des Menschen bedeutet: ... ein Abschnitt besonderer Verantwortung. Die Liebe zu den jungen Menschen ist vor allem das Wissen um diese Verantwortung und die Bereitschaft, sie mit ihnen zu teilen."[7]

Diese Liebe zur Jugend ist nicht einfach eine Aufmerksamkeit des Hirten für eine soziale Gruppe unter vielen anderen. Sie ist ein typisch pastorales Tun, denn die Pflicht, die Frohbotschaft den kommenden Generationen weiterzugeben, ist ein Gebot der apostolischen Sendung. Freilich ist die Sorge um die Jugend mit der gegenwärtigen Situation der Kirche verbunden, die pilgernd unterwegs ist bis zum Kommen des Herrn in Herrlichkeit, denn die Jugend ist in der gegenwärtigen Zeit das Zeichen der Zukunft. Zur Jugend sprechen bedeutet, sie dazu aufzufordern, es anzunehmen, daß es immerfort neue Jugendliche gibt. Es bedeutet die Hoffnung auf den ersten Segen der Fruchtbarkeit, den Gott dem Menschen als seinem Geschöpf geschenkt hat.
Die Jugendlichen ansprechen bedeutet zugleich, für die Schwächsten unter ihnen aufmerksam sein. Die Jugendzeit ist ja zugleich das Alter der ungewöhnlichsten Hochherzigkeit und des kühnsten Suchens nach Heiligkeit. Es ist aber auch das zerbrechlichste Alter, das am meisten die Weisheit und Kraft der Kirche braucht. In unserem Zeitalter, das Alter und Tod fürchtet, wertet man die Jugend aber auch oft auf zum Schaden dessen, was man ihr schuldet: Vertrauen (in dem Sinn, wie ein Bergsteiger einem jüngeren Mitglied der Seilschaft Mut zuspricht) und Sicherheit, ohne die das Abenteuer der Jugend Gefahr läuft, zum Verlust ihrer selbst zu führen.
Der Mut des Papstes, wenn er zur Jugend spricht – ein Mut, den die Jugendlichen zum allgemeinen Staunen annehmen und anerkennen – besteht darin, ihr zu sagen, was ihnen die Gesellschaft insgesamt nicht sagt: der Preis des Lebens und die Größe seiner Bestimmung liegt in dem, der das Leben ist, in Christus. Johannes Paul II. unterläßt es ferner nirgendwo in der Welt, an die Jugend zu appellieren und ihr nachdrücklich das Evangelium zu verkünden. Mutig erinnert er die Jugendlichen vor allem daran, daß sie die Träger eines Lebens sind, das sie von Gott empfangen haben, um es weiterzugeben. Deswegen legt der Papst in der Krise der heutigen Zivilisation auch den Akzent auf

6
Vgl. Apostolisches Schreiben an die Jugendlichen zum Internationalen Jahr der Jugend, 31. März 1985, VApS 63.

7
Schreiben an alle Priester der Kirche zum Gründonnerstag 1985: DAS 1985, S. 1180f.

die Familie und betont die kategorische Pflicht der Menschheit, das Leben zu achten, dessen Nutznießerin sie ist: also Ablehnung der Abtreibung und Nein zur Tötung, Mißachtung oder Schädigung irgendeines menschlichen Lebens. Die Jugend ist Ausdruck der unablässig erneuerten Fruchtbarkeit des Lebens der Menschheit und auch der Kirche. Jede Kirche und die ganze Kirche muß daher unablässig auf die Zukunft ausgerichtet sein in dieser Weitergabe des Reichtums, den sie für jene empfangen hat, die Gott ihr schenkt als neue Kinder und neue Zeugen, bis zum Kommen Christi in Herrlichkeit.

Mir scheint, daß wir diese Sorge des Papstes um die Jugend mit einem Thema in Verbindung bringen müssen, auf das er immer wieder zurückkommt: das Herannahen des dritten Jahrtausends. Dies um so mehr, als die Jugendzeit, wie jeder weiß und doch zu vergessen sucht, schnell dahingeht. So gilt es, diesen Appell an die Jugend in den geschichtlichen Rahmen des Evangelisierungsauftrages einzufügen für die ganze Dauer der Kirche, die weit über das Leben derer hinausreicht, die sie heute umfaßt.

5. Der gute Hirt...

Die pastorale Einstellung Johannes Pauls II. läßt sich nur durch einen Akt des Glaubens an die Hirtenaufgabe erklären und durch die Treue zum Wort Jesu an Petrus: „Weide meine Lämmer, weide meine Schafe, sei der Hirte meiner Lämmer", wobei er seine Apostel zugleich an das Wort des Ezechiel (34) erinnert: „Meine Schafe kennen mich und ich kenne sie" (Joh 10,14; vgl. Ez 34).

Der Gute Hirte, der echte Hirte kennt jedes seiner Schafe mit Namen.

Gewiß kann der Papst nicht alle Katholiken auf der Welt mit Namen kennen. Aber der persönliche Kontakt und die besondere Aufmerksamkeit, die er einer Person schenkt, ist der Akt des Glaubens und der Anerkennung des Hirten für eines seiner Lämmer unter Tausenden. Es geht dabei weder um menschliche Sympathie noch um Gemütswerte oder um Höflichkeiten. Wir befinden uns auf einer ganz anderen Ebene. Im Glauben dient der Diener Christi als Diener des einzigen Hirten unserer Seelen jeder Person, die ihm von Gott anvertraut ist. Denn Christus allein ist der Gute Hirt, der wahre Hirte, weil er allein sein Leben für seine Schafe hingegeben hat.[8]

Diese Aufmerksamkeit ist gleichermaßen ein Wort, das verschenkt werden, eine Botschaft, die übermittelt werden will, wie auch ein Schatz, der anzunehmen ist, ein Geschenk, das wir von diesem uns von Gott gesandten Bruder entgegennehmen dürfen. Bei diesem Kontakt und dieser quasi-sakramentalen Begegnung begegnet der Papst einem einzelnen Glied der Herde Christi, das nicht ihm gehört, sondern für das Christus ihm persönlich eine Sendung anvertraut hat. Er nimmt es auf im Namen Christi.

Diese pastorale Sorge läßt sich im Verhalten Johannes Pauls II. stets feststellen, wenn er seine Auffassung vom Einsatz von Zeit und Arbeit vorlebt, die uns nachdenklich macht. In seinen Augen ist jede Person ebenso kostbar wie einzelne Gruppen oder die gesamte Gemeinschaft. Die Pflichten eines Bischofs, und erst recht des Bischofs von Rom, des Papstes, zwingen ihn, Aufgaben geringeren Ranges denen nachzustellen, die universaler sind, sie hierarchisch zu ordnen, und dabei rechtzeitig jene Entscheidungen zu fällen, die das Wohl der ganzen Gemeinschaft betreffen. Dabei kann für einen Hirten – der ja jeder Bischof ist – die Versuchung groß werden, wie die Großen dieser Welt zu handeln, die aus Staatsräson der organisatorischen Arbeit für das wirtschaftliche und politische Wohl der Nationen den Vorrang vor den Personen geben müssen.

Der Papst selber ist der Auffassung, es sei seine Pflicht, bei jeder Person zu verweilen, weil jede ein Kind Gottes ist, das Christus ihm sendet. Dieser wesentlich geistliche Kontakt zwischen Johannes Paul II. und einer Einzelperson ist mehr als nur eine Begegnung. Er ist ein Gegenüber zwischen dem Diener des einen Hirten unserer Seelen, nämlich Christus, und einem der Schäflein Christi.

8
Vgl. Generalaudienz am 9. Mai 1979: „Wort und Weisung" 1979, S. 86-89.

II. Petrus – der Träger des Charismas des Paulus

1. Papst der ganzen Kirche[9]

Welchen Sinn sollen wir dem „geographischen“ Aspekt dieser Seite von Johannes Paul II. geben? Sollen wir meinen, die Stadt Rom habe irgendwie das „Imperium Romanum“ der Cäsaren zurückgewonnen, als sie die Hauptstadt der Christenheit wurde? Doch das hieße vergessen, daß die Kirche katholisch ist, weil sie apostolisch ist. Das Erste Vatikanische Konzil hat diesen Gedanken wie folgt definiert:

„Die römische Kirche besitzt nach der Anordnung des Herrn den Vorrang der ordentlichen Gewalt über alle anderen Kirchen. Diese Gewalt der Rechtsbefugnis des römischen Bischofs, die wirklich bischöflichen Charakter hat, ist unmittelbar ... Weiter folgt aus dieser obersten Gewalt des römischen Bischofs, die ganze Kirche zu verwalten, daß ihm das Recht zusteht, in Ausübung dieses seines Amts mit den Hirten und Herden der ganzen Kirche frei zu verkehren, so daß sie von ihm auf dem Weg des Heils belehrt und geleitet werden können.“[10] Man mag nun auf den Gedanken kommen, diese universale Autorität des Papstes könne nur an seinem Bischofsitz Rom ausgeübt werden.

Die Ausübung dieser Sendung, die besonders dem Bischof von Rom als Nachfolger des Petrus zukommt, ist zwar nicht an diesen Ort gebunden, er verleiht ihr jedoch den Rechtstitel. Johannes Paul II. erfüllt diese Sendung im Dienst aller Kirchen, die auf der Welt zerstreut sind, tatsächlich oft außerhalb von Rom. So erhält die Definition des Ersten Vatikanischen Konzils in der kirchlichen Praxis von heute ein anderes Gesicht. Um seine Sendung als „oberster Hirte der Kirche“, wie ihn das II. Vatikanische Konzil nennt[11], zu erfüllen, geht der Papst selber seinen Brüdern im Bischofsamt und den Kirchen, die ihnen anvertraut sind, entgegen, um sie im Glauben zu stärken, wie Jesus es dem Petrus aufgetragen hat: „Wenn du dich wieder bekehrt hast, dann stärke deine Brüder“ (Lk 22,32) und ihnen bei der Erfüllung ihrer eigenen Sendung als Hirten zu helfen.

Die technischen Fortschritte unserer Zivilisation gestatten ihrerseits dem Papst, seinen universalen Dienst außerhalb Roms auszuüben, um jeder einzelnen und all den so unterschiedlichen Kirchen nahe zu sein. So weisen die Reisen des Papstes auf einen wichtigen Punkt hin, den viele Gläubige nur mühsam zu entdecken beginnen: der Primat des Petrus steht im Dienst einer jeden Einzelkirche. Der Primat ist weit davon entfernt, ihnen zu schaden. Er ist vielmehr die Voraussetzung dafür, daß die Einzelkirchen als Ortskirchen bestehen können, die zugleich in voller Gemeinschaft mit der universalen Kirche verbunden sind. Die Universalität des Petrusdienstes ist der Garant dafür, daß die Einzelkirchen, die von ihren eigenen geistlichen und kulturellen Reichtümern leben, sich nicht als Nationalreligionen abschotten und von Staaten oder Volksgemeinschaften aufgesogen werden, sondern katholisch bleiben. Durch seinen bischöflichen Dienst zeigt der Papst, daß in den Einzelkirchen „und ausgehend von ihnen diese einträchtige Vielfalt der Ortskirchen in besonders hellem Licht die Katholizität der ungeteilten Kirche zeigen.“[12]

Der Papst besucht keine Ortskirche, wenn er nicht von deren Bischof eingeladen wird. Im übrigen bereitet er mit den Bischöfen, zu denen er kommt, jeden Besuch sorgfältig vor. Obwohl also ein Besuch Johannes Pauls II. bei einer Einzelkirche ein pastoraler Akt des Nachfolgers Petri ist, verwirklicht er in gewisser Weise zugleich die kollegiale Zuneigung, die die Gemeinschaft der Bischöfe in ihrer Kollegialität beseelt. Niemals steht hier der Papst nur einer Einzelkirche gegenüber; es ist der Nachfolger des Petrus, der in Vereinigung mit den Ortsbischöfen einem Teil der Herde das Geheimnis des gestorbenen und auferstandenen Christus verkündet.

2. „Bei diesen Begegnungen mit den Seelen läßt sich, auch im ungeheueren Ansturm der Massen, das Charisma des heutigen Petrusamtes auf den Straßen der Welt erkennen.“[13]

Paul VI. hat das Tor geöffnet, indem er das Beispiel eines Papstes gab, der Rom verläßt. Johannes Paul II. hat wenige Monate nach

9
Vgl. Ansprache an den Klerus der Diözese Rom am 9. November 1978: „Wort und Weisung“ 1987, S. 114.

10
4. Sessio, Kap.3: DH 3060, 3062.

11
Vgl. *Christus Dominus*, Nr. 5; *Ad gentes*, Nr. 5.

12
Lumen gentium, Nr. 23.

13
Ansprache an die Kardinäle und Kurienmitarbeiter am 28. Juni 1980: OR 1980, Nr. 32/33, S. 10.

seiner Wahl seine pastoralen Besuche bei allen Kirchen begonnen.
Handelt es sich hierbei nur um einen praktischen Einsatz der Kommunikationsmittel? Zweifellos wäre dergleichen unmittelbar nach Kriegsende nicht möglich gewesen, und noch weniger zur Zeit der Jahrhundertwende. Die nun vorhandenen, praktischen Möglichkeiten genügen aber nicht, um die Entscheidung Johannes Pauls II. zu begründen. Diese beruht vor allem auf dem Verständnis, das die Kirche von sich selber hat. Die Reisen des Papstes haben ein theologisches Motiv: sie sind verwurzelt in der missionarischen Natur der Kirche und im besonderen Verständnis, das Johannes Paul II. von ihr besitzt. Als er zum Kardinalskollegium und zur Kurie sprach und die Bilanz eines Jahres seines Dienstes vorlegte, sagte er: „Im Mittelpunkt der Selbstverwirklichung der Kirche steht das Bewußtsein von ihrer Sendung. Wir haben teil an der ‚trinitarischen Sendung'. Diese Teilhabe muß sich in der Mission der Kirche selbst ausdrücken (Ecclesia in statu missionis). Die Mission ist die Offenbarung ‚der Kraft Gottes, die jeden rettet, der glaubt, zuerst den Juden, aber ebenso den Griechen' (Röm 1,16), in dem Sinn und der Reichweite der Empfänger, an die sie sich heute wendet. Das Zweite Vatikanische Konzil hat uns gelehrt, diese Kraft Gottes kundzutun (...) In diesem Zusammenhang erhalten alle Pilgerfahrten des Papstes ihre volle Bedeutung sowohl im Hinblick auf den besonderen Charakter der einzelnen Reise wie auch der Gesamtheit der Reisen."[14]
Johannes Paul II. – „der pilgernde Papst, (der) immer er selbst (ist), auch unter Fremden" – verweist ausdrücklich auf die „apostolische Methode" des hl. Paulus: „Wie sollte man sich nicht bewegt fühlen beim Lesen der Missionsreisen des Völkerapostels, wie sie uns die Apostelgeschichte so lebendig vor Augen stellt? Muß man nicht erschüttert sein angesichts jenes Mutes, jener Herausforderung aller Hindernisse und Schwierigkeiten? Die technischen Möglichkeiten, die sich unserer Zeit bieten, erleichtern heute diese Methode und nötigen gewissermaßen dazu, ihr zu folgen."[15]
Diese Methode zeigt nicht nur das persönliche Charisma von Johannes Paul II., sondern eine grundlegende kirchliche Wirklichkeit: die Verbindung des Dienstes von Paulus mit dem von Petrus am Morgen der christlichen Geschichte. Johannes Paul II. betont bei Gelegenheit seines ersten Festes der Apostel Petrus und Paulus in Rom, am 27. Juni 1979: „Der Herr hatte ihn (Paulus) am Ende seines Lebens nach Rom geführt, damit er zum Zeugen des Petrusamtes nicht nur unter den Juden, sondern auch unter den Heiden werde und das lebendige Zeugnis von der Entfaltung der Kirche ‚bis an die Grenzen der Erde' trage (vgl. Apg 1,8), um auf diese Weise die erste Gestalt ihrer Universalität zu umreißen. Der Herr hat es gefügt, daß er, Paulus, der unermüdliche Apostel und Diener dieser Universalität, die letzten Jahre seines Lebens hier, neben Petrus verbrachte, der wie ein Fels an diesem Ort Wurzel gefaßt hatte, um die Stütze und der feste Bezugspunkt für eben diese Universalität zu sein."[16]
Heute, am Vorabend des dritten Jahrtausends, stellt Papst Johannes Paul II. die missionarische Berufung des Paulus, des Völkerapostels, in den Dienst seines Hirtenamtes als Nachfolger des Petrus. Wenn der heilige Paulus zur Erfüllung seiner Sendung, Christus allen Völkern zu verkünden, nach Rom kam und dort „Zeuge für den Dienst des Petrus" wurde, so bricht Johannes Paul II. von Rom auf, um das Geheimnis Christi jeder Nation zu verkünden und ihr aufgrund der Gnade ihrer Taufe zu ermöglichen, ihrerseits „Zeuge des Dienstes Petri" zu sein. Paulus ist wie Petrus als Märtyrer in Rom gestorben. Wenn Petrus das Oberhaupt der Kirche, der Erste der Apostel ist, dem die Worte Jesu bei Cäsarea Philippi gesagt wurden (vgl. Mk 8,29), geschah es nicht ohne einen geheimen Plan der Vorsehung, daß Paulus, die Mißgeburt, dem ursprünglichen Kollegium der Apostel hinzugefügt wurde und das höchste Zeugnis des Martyriums eben dort abgelegt hat, wo Petrus sein „schönes Zeugnis" gab. Daher hat die katholische Überlieferung sie in der eigentlichen Mitte der Kirche vereint, „im Geheimnis ihrer ungewöhnlichen Berufung". Folg-

14
Ebd.

15
Ebd.

16
Ansprache bei der Generalaudienz am 27. Juni 1979: „Wort und Weisung" 1979, S. 109.

lich ist der Nachfolger des Hirten Petrus in gewisser Weise auch der Nachfolger des Apostels Paulus.

Dazu sagte Johannes Paul II. am 20. September 1987 in Fort Simpson zu den Ureinwohnern Kanadas mit Nachdruck: „Vor drei Jahren konnte ich meinen Besuch bei euch nicht zu Ende führen, und so freute ich mich auf den Tag, an dem ich zurückkehren und das nachholen konnte. Heute ist es soweit. Ich komme jetzt wie damals als der Nachfolger des Apostels Petrus, den der Herr zur Sorge für seine Kirche auserwählt hat als ‚immerwährendes und sichtbares Prinzip und Fundament der Glaubenseinheit und der Gemeinschaft' (*Lumen gentium,* Nr. 18). Es ist meine Aufgabe, im Liebesbund den Vorsitz zu führen und berechtigte Verschiedenheit zu schützen, um gleichzeitig darauf zu achten, daß die Vielfalt die Einheit nicht hindert, sondern vielmehr ihr förderlich ist."[17]

17 Ansprache an die Einheimischen in Fort Simpson (Kanada) am 20. September 1987: DAS (1987) 1156 f.

Diese Worte Johannes Pauls II. laden uns ein, im Anfang des Briefes des heiligen Paulus an die Römer, den er zitiert, den Sinn zu erkennen, den er seinen „Reisen des Glaubens, der Liebe und des Gebetes", also seiner Pilgerfahrt zu den Einzelkirchen, gibt.

3. *„Zunächst danke ich meinem Gott durch Jesus Christus für euch alle, weil euer Glaube in der ganzen Welt verkündet wird" (Röm 1,8)*

Wenn sich der Papst zu einer Nation begibt, die aus Ortskirchen oder Diözesen besteht, so trägt er sie mit sich in seinem Gebet. Vor allem aber ist er der privilegierte Zeuge des einzigartigen Gnadengeschenkes, das jede Nation empfangen hat, wo das Evangelium Christi verkündet wurde und wo die Kirche lebt, wie klein auch immer sie sein mag. Dank des gegenwärtigen Zustands der Welt und der Kultur sowie dank der neuen Kommunikationsmittel können die Reichtümer, die einer jeden Kirche eigen sind – Wundertaten Gottes – in der ganzen Kirche bekannt werden. Weit davon entfernt, die außerordentliche Vielfalt der allen Völkern geschenkten Gaben Gottes zu vereinheitlichen, bringt die Ankunft des Papstes der Katholizität Vorteile: seine Initiative und seine Reisen teilen der ganzen Kirche die Gaben Gottes mit, die irgendeine Nation aufgrund ihrer Taufe empfangen hat. Sie zeigen, daß dieses getaufte Volk ein Glied des Leibes Christi ist. Ja, unsere Zeit macht es uns möglich, noch nachdrücklicher jenes andere Wort des heiligen Paulus zu bestätigen: „Ihr seid jetzt nicht mehr Fremde ohne Bürgerrecht, sondern Mitbürger der Heiligen und Hausgenossen Gottes. Ihr seid auf das Fundament der Apostel und Popheten gebaut; der Schlußstein ist Christus Jesus selbst." (Eph 2,19-20)

Die Seligsprechung von Zeugen der Gottes- und Nächstenliebe zeigt dies überdeutlich. Deswegen wollte Johannes Paul II., daß manche dieser Feiern der Gemeinschaft der Heiligen, im Gegensatz zum bisherigen Brauch, nicht in St. Peter in Rom stattfänden, sondern im Land selber, wo die Heiligen den Glauben gelebt und bezeugt haben. Zum Beispiel Schwester Maria Clementine Anwarite, die am 15. August 1985 im Zaire seliggesprochen wurde; Schwester Thérèse des Andes, seliggesprochen am 3. April 1987 in Chile. Es gäbe viele weitere Beispiele, aber die erwähnten sind besonders aussagekräftig, denn einmal sind diese Seligsprechungen die ersten in diesen Ländern, und andererseits ist jede von diesen Seligen eine Tochter des Landes, in welchem sie seliggesprochen wurde. Dieser Akt des Papstes in Zaire wie in Chile läßt uns erkennen, daß die jeweilige Ortskirche „in allem reich geworden ist, an aller Rede und aller Erkenntnis", daß „das Zeugnis für Christus" in dieser Kirche gefestigt wurde, so daß ihr „keine Gnadengabe fehlt" (1 Kor 1,5-6). Der Papst besitzt die Vollmacht, eine Kanonisation vorzunehmen und die Heiligkeit eines Zeugen Christi anzuerkennen. Dieser Akt des universalen Lehramtes gilt der ganzen Kirche, doch Johannes Paul II. zieht es oft vor, ihn anläßlich einer Reise zu einer Ortskirche vorzunehmen, der diese Gnade geschenkt wurde.

Doch auch wenn der apostolische Besuch des Papstes nicht von einer Kanonisation begleitet ist, ist sein Kommen stets ein Akt des Glaubens an das, was Gott in jeder

Einzelkirche wirkt, ist zugleich ein Akt der Gnade (vgl. wiederum den heiligen Paulus im Epheserbrief 1,15-16). Ferner ist dieser Besuch für die betreffende Kirche eine Gelegenheit, die Gaben Gottes anzuerkennen, für sie zu danken und sie Frucht bringen zu lassen, angespornt dazu vom Nachfolger des Ersten der Apostel.

4. *„Denn Gott, den ich im Dienst des Evangeliums von seinem Sohn mit ganzem Herzen ehre, ist mein Zeuge: Unablässig denke ich an euch ..." (Röm 1,9)*

Dieses Gebet drückt in geistlicher Weise das pastorale Wirken des Völkerapostels aus. Der Dienst des Papstes aber, der als oberster Hirte zum Pilger geworden ist, entspricht dem, was Paulus als Kult im Heiligen Geist bezeichnet. Sich selber aufopfern mit allen empfangenen Gaben, in Vereinigung mit Christus, das ist der Akt des Papstes, der die Berufung der ganzen Kirche wie die eines jeden Christen zusammenfaßt. Und Paulus stellt fest, daß dieser geistliche Kult, der dem himmlischen Vater angeboten wird, sich erfüllt „in der Verkündigung des Evangeliums von seinem Sohn".
Diese Sendung zur Evangelisierung, die in der Verschiedenheit der Charismen und Dienste der ganzen Kirche anvertraut ist, wird für den Nachfolger des Petrus, den Bischof von Rom und das Haupt des Apostelkollegiums, zur Priorität. Vom gleichen Verlangen beseelt wie Paulus, sucht Johannes Paul II. die Hirten und die Kirchen aller Nationen auf und ehrt dort das Andenken an ihre Märtyrer und Heiligen. Dies ist, wenn man so sagen darf, die Umkehrung der Bewegung der Pilgerreisen der Gläubigen, die nach Rom kommen, um die Gräber der Apostel Petrus und Paulus zu ehren und ihre Liebe und ihre Treue zum Nachfolger des Petrus zu bezeugen; dies gilt, auch wenn diese Gruppen nur sehr eingeschränkt ihre Kirche und ihr Land vertreten, da sie ja immer nur einige Privilegierte aus einem ganzen Volk sind. Ebenso bilden die Reisen, die unser Papst bevorzugt und immer häufiger unternimmt, um seinen universalen Dienst an der kirchlichen Gemeinschaft besser ausüben zu können, irgendwie ein erstaunliches und unerwartetes Spiegelbild der Besuche ad limina, die Papst Sixtus V. im Jahre 1585, 25 Jahre nach dem Konzil von Trient, zur Institution gemacht hat. Diese Praxis bestand bereits im 7. Jahrhundert bei den Bischöfen von Italien und Sizilien, doch sie reicht in die apostolischen Zeiten zurück: Paulus geht nach Jerusalem, „um Kephas kennenzulernen" (Gal 1,18).

5. *„Gott ist mein Zeuge, daß ich unablässig an euch denke..." (Röm 1,9)*

In diesem beständigen Gebet kommt auf geistliche Weise die pastorale Einstellung des Völkerapostels zum Ausdruck. „An euch denken", dies ruft ja das „Tut dies zu meinem Gedächtnis" des eucharistischen Opfers in Erinnerung, das Johannes Paul II. als den höchsten Akt seines pastoralen Dienstes feiert. Gott verlangt von ihm, aller Nationen zu gedenken, sozusagen ihr geistliches Opfer mit dem Christi zu vereinen, der sich zur Ehre Gottes und zum Heil der Welt hingibt.

6. *„In allen meinen Gebeten bitte ich darum, es möge mir durch Gottes Willen endlich gelingen, zu euch zu kommen" (Röm 1,10)*

Der Besuch des Apostels ist einer Bitte an Gott untergeordnet; er ist Antwort auf eine günstige Gelegenheit, auf die Stunde, die Gott will. So können die apostolischen Reisen Johannes Pauls II. nicht geplant werden wie die des Spitzenmanagers eines multinationalen Konzerns, der sich entscheidet, seine Filialen in der Welt zu besuchen. Der Papst kann keine solche Initiative ergreifen, er muß einen solchen Reiseplan dem „So Gott will" unterwerfen, wie es der heilige Paulus oft erfahren hat. Der Papst stellt es im Gebet Gott anheim, daß er eine günstige Gelegenheit herbeiführe, damit er eine jede Kirche besuchen kann. Er besucht eine Kirche, weil Gott es will. Auch um den Preis seines Lebens. Denn nun, nachdem einmal damit begonnen wurde und eine Gewohnheit entstanden ist, möchte jedes Land und jede Kirche den Papst bei sich sehen, als ob dessen Kräfte unerschöpflich wären. Eben deswegen ist aber eine apostolische Reise oft ungewiß und ein Akt reinen und hingebungsvollen Glaubens von seiten des Papstes.

Eine Reise des Papstes ist nicht immer möglich. Und dafür sind nicht nur atmosphärische Bedingungen verantwortlich, wie bei seiner Reise nach Kanada im September 1984: „Zu gern hätte ich Fort Simpson erreichen wollen, doch der Nebel hat es verhindert."[18]

Der Papst hört nicht auf, immer wieder klar zu sagen, er möchte eine bestimmte Kirche besuchen, aber dann fügt er hinzu, daß es nicht geht, sei es wegen der politischen Verhältnisse, sei es wegen der Spaltungen der Kirche oder aus sonstigen Gründen aller Art.

Ja, der Papst wird gehindert. Aber das stellte auch der heilige Paulus gegenüber den Christen von Rom fest (vgl. Vers 13): „Ihr sollt wissen, Brüder, daß ich mir schon oft vorgenommen habe, zu euch zu kommen, aber bis heute daran gehindert wurde." (Röm 1,13) Ist nun das, was den Apostel Paulus damals hinderte, das Land seines Martyriums zu betreten, lediglich ein Verhängnis, ein Mißgeschick? Oder ist es vielmehr von gleicher Art wie das geistliche Hindernis, das ihm zweimal in Asien widerfuhr, als er nach Mazedonien wollte? (Apg 16,6-7) Dies klärt eine Frage, mit der wir ständig konfrontiert sind. Kann man das pastorale Wirken des Papstes, oder mehr allgemein der Hirten der Kirche, mit den Strategien von Politikern vergleichen? Wenn Johannes Paul II. die Einladung einer Kirche annimmt und entscheidet, diese Gelegenheit wahrzunehmen, dürfen wir dann nicht eine Führung des Heiligen Geistes vermuten, der in denen am Werk ist, in denen er wohnt und die er als Kinder Gottes und als Kirche ins Leben ruft? Die materiellen Hindernisse und Schwierigkeiten offenbaren oft die eigentliche Dimension, die der Papst auf seinen Reisen erreichen möchte: eine Begegnung in der Wahrheit des Evangeliums. Als Träger des Wortes Christi muß er seine Brüder im Glauben stärken und in den Herzen aller Anhänglichkeit und Anerkennung für dieses Wort wecken, und gleichzeitig Schwierigkeiten und Widerstände offenlegen.

Dieses geisterfüllte Vorgehen bei der Organisation des kirchlichen Lebens durch pastorale Besuche zeigt, wie menschliches Verhalten von Gott inspiriert sein kann, oder auch wie ein Verhalten im irdischen Bereich ein geistliches Verhalten ist. Das also unterscheidet die „päpstliche Diplomatie" radikal von der Diplomatie der Großmächte. Um einer Kirche dabei zu helfen, die Reichtümer ihres Glaubens zu entfalten und ihre Konflikte oder Schwächen auszudrücken, erfüllt der Papst, wenn er sich auf schwierige Situationen einläßt oder wenn er im Gegenteil meint, dies im Augenblick vermeiden zu sollen, korrekt seinen pastoralen Dienst im Namen Christi, des Hirten. Er steht ja im Geheimnis Gottes unter Führung des Heiligen Geistes, der der Herr ist und die Welt heiligt. „Wir haben in dieser Welt ... in der Aufrichtigkeit und Lauterkeit, wie Gott sie schenkt, gehandelt, nicht aufgrund menschlicher Weisheit, sondern aufgrund göttlicher Gnade" (2 Kor 1,12).

„Ich sehne mich danach, euch zu sehen; ich möchte euch geistliche Gaben vermitteln ..." (Röm 1,11f.)

Die Formulierung des Paulus scheint mir das pastorale Verhalten des Papstes zu deuten. In seinem Dienst der Evangelisierung bringt er der besuchten Kirche den ganzen Reichtum der katholischen Kirche.

Wenn der Papst einer bestimmten Kirche in ihren Hirten und Gläubigen begegnet, werden durch ihn, wenigstens im Zeichen und in der Hoffnung, alle geistlichen Gaben gegenwärtig, die Gott bereits seiner Kirche in ihrer ganzen Geschichte und Überlieferung geschenkt hat: Gaben der Heiligkeit und Erlösung, lauter Gaben des Heils, das von Gott kommt. Johannes Paul II. sagt es selber: Der Papst geht auf Reisen, „um die Kirche zu trösten..."[19] oder besser, „damit wir, wenn ich bei euch bin, miteinander Zuspruch empfangen durch euren und meinen Glauben" (Röm 1,12).

18
DAS 1984, 183 f.

19
Vgl. Anm. 13.

Damit verdeutlicht der Apostel das Ziel seiner Reisen (wobei der griechische Text noch deutlicher ist, weil er gezielt mit Vorsilben, Präpositionen und Personalpronomen arbeitet). Er wendet keine Höflichkeitsfloskeln an und betreibt keine „captatio benevolentiae". Johannes Paul II. sagte dies auf seine Art, als er am 25. Januar 1979 seine erste Reise nach Mexiko antrat: „Botschafter des Evangeliums für Millionen von Brüdern und Schwestern, die an Christus glauben. Er (der Papst) will sie kennenlernen, umarmen, ihnen – Kindern, Jugendlichen, Männern, Frauen, Arbeitern, Bauern und Akademikern – sagen, daß Gott sie liebt und daß der Papst sie liebt. Und umgekehrt hofft er, von ihnen Ermutigung durch das Beispiel ihrer Güte und ihres Glaubens zu empfangen."[20]

Diesen gemeinsamen Glauben will Johannes Paul II. nicht nur bringen, sondern auch als Beispiel empfangen, als Stärkung und Trost im Heiligen Geist, dem Tröster. Denn das Erlebnis des katholischen Glaubens in der besuchten Kirche ist eine Kraft zur Weiterführung der schweren Aufgabe der Erlösung der Welt, zu der jede Kirche in der Gemeinschaft der ganzen Kirche aufgerufen ist.

Wie festigt Johannes Paul II. auf seinen Reisen nun die Lebenskraft der Kirche? Was geht da vor sich? Hören wir, was er selbst dazu sagt:

„Alle meine Pilgerreisen lassen sich darunter zusammenfassen: In der Unterweisung, die in vollkommener Treue zum Evangelium allen Gruppen des Gottesvolkes erteilt wird. In der umfassenden Verkündigung der Wahrheit. In der Feier der Eucharistie. Das Wort des Evangeliums, das auf jenen Pilgerfahrten mit vollen Händen ausgesät wird, erhält seine wahre Wirksamkeit, weil es sich auf das Wort, Jesus Christus, konzentriert, das auf den Altären jener großen Versammlungen des Gottesvolkes sichtbar wird, die sich meinem Gedächtnis als die erhabenste und ergreifendste Erinnerung meiner Besuche eingeprägt haben."[21]

Zuweilen hört man außenstehende Beobachter diese Massenversammlungen und den gigantischen Aufwand kritisieren, der von den Staaten getrieben wird und für die Kirche hohe finanzielle Kosten mit sich bringt.

Sich weit abhebend von den Meetings mit schnell verblassenden Star-Größen ruft der Besuch des Papstes in einem Land dessen Kirche auf, sich zu versammeln. Und oft geschieht das zum ersten Mal, in der ganzen Vielfalt ihrer Mitglieder, so daß er den verborgenen und zuweilen auch verkannten Reichtum eines von Gott geliebten Volkes schauen kann; dazu kommen noch die Ordensleute und die Kontemplativen, die Kinder und die Alten, die Kranken und die Verlassenen, die Niedrigen und die Armen, die Eingewanderten und viele andere mehr.

Durch die liturgischen Feierlichkeiten können die Einzelkirchen sich selbst darstellen, indem sie sich versammeln und im Licht der Gnade Gottes Gestalt annehmen. Sie erfahren sich als Leib Christi und Tempel des Geistes. Und wenn sie vielleicht auch nur gekommen sind „um Johannes Paul II. zu sehen", so erleben die Gläubigen sich doch als Kirche und sie werden sich der Geschichte ihrer Nation sowie der Geschichte ihrer Taufe bewußt. Der Papst enthüllt also durch sein Kommen diesen Kirchen ihr eigenes Antlitz, damit sie für Gottes Wundertaten in ihnen danken und in der geistlichen Prüfung und in einem wahren Kampf um den Glauben ihre Widerstände und Spannungen, ihre Schattenseiten und Schwächen sichtbar werden lassen.

Auch dann, wenn der Papst die Gläubigen versammelt und bei seinen Predigten vor allem die Zärtlichkeit Christi seinen verstreuten Schäflein gegenüber spüren läßt, und selbst dann, wenn er mit weisem Nachdruck die Forderungen des Evangeliums für das Glück des Menschen in Erinnerung ruft, auch dann weckt sein Kommen eine geistliche Anstrengung in der Tiefe der Kirche und sogar einer ganzen Nation. So schrieb schon der Seher von Patmos in der Geheimen Offenbarung den sieben Kirchen, um sie an ihre „erste Liebe" zu erinnern (Offb 2,4).

20
OR 1978, Nr. 5, S. 11.

21
DAS 1982, S. 1176.

Jede der Reisen von Johannes Paul II. zeichnet in einer Nation oder Kirche einen geistlichen Weg, dessen Abschnitte und Früchte unvorhersehbar sind. Man kann gewiß das Programm einer Reise festlegen, aber nicht ihre Ergebnisse. Man kann allenfalls im voraus eine Ansprache entwerfen, die der Papst halten wird, doch man kann nicht die Wirkung seines Wortes, das Unwägbare, vorhersehen: nämlich das Echo des Heiligen Geistes in den Geistern und Herzen der Gläubigen, die Spuren der Gnade in Menschen, die, obwohl Sünder, zur Heiligkeit berufen sind. Der sichtbare Teil einer jeden Reise ist nur Zeichen und Unterpfand dessen, was unsichtbar bleibt. Dieser letzte Teil, der sich menschlicher Berechnung entzieht, ist gerade der wichtigste und entscheidendste für die Zukunft dieser Kirche und für die ganze Kirche. Es geht um die Verkündigung des Evangeliums, die lange Mühe der Bekehrung, das Werk des Heiligen Geistes im Geheimnis der Herzen. Die beachtliche pastorale Auswirkung dieser Besuche bei den Kirchen ist die Frucht des Dienstes des Ersten der Apostel: Der Nachfolger des Petrus, Johannes Paul II., bestärkt jede Kirche im Glauben und ruft sie zur Heiligkeit auf.

„Maria war – in ihren berühmtesten wie in ihren verschwiegensten Heiligtümern – der Leitstern meines Lebens."[22]

Diese vertrauliche Mitteilung Johannes Pauls II. ist wertvoll für das Verständnis des Hirten. Maria nimmt auf jeder Reise des Papstes einen bevorzugten Platz ein. Sie garantiert gewissermaßen deren pastoralen Charakter. Wenn Johannes Paul II. nämlich eine Einzelkirche besucht, um sie im Glauben zu stärken, geht ihm der Glaube Mariens gleichsam voraus, wie bei den Aposteln im Saal des Pfingstfestes.

„Dieser heroische Glaube geht dem apostolischen Zeugnis der Kirche voran und bleibt im Herzen der Kirche zugegen, verborgen als ein besonderes Erbe der Offenbarung Gottes. Alle, die von Generation zu Generation das apostolische Zeugnis der Kirche annehmen, haben an diesem geheimnisvollen Erbe Anteil und nehmen gewissermaßen teil am Glauben Marias."[23]

In jedem besuchten Land besucht Johannes Paul II. das Marienheiligtum dieser Ortskirche. Der Papst findet dort den Glauben Mariens. Er weiß, daß dieser vollkommene Glaube der Mutter Gottes und der Kirche ihm bei seiner pastoralen Aufgabe „vorausgeht". Die Kirche aber, die seinen Besuch erhält und sein Hirtenwort annimmt, wächst ihrerseits im Glauben Mariens.

„Deshalb wird in gewisser Weise der Glaube Marias auf der Grundlage des apostolischen Zeugnisses der Kirche unaufhörlich zum Glauben des Gottesvolkes auf seinem Pilgerweg".[24]

Dieses Glaubensbekenntnis, das er für die ganze Welt in der Enzyklika *Redemptoris mater* abgelegt hat und das „schon lange in seinem Herzen lebte", erklärt seinen Wagemut als Hirte.

Schon als er am Morgen seiner ersten Reise, drei Monate nach seiner Wahl zum obersten Hirten der Kirche, Rom verließ, erklärte Johannes Paul II. ganz schlicht: „Der Papst reist, um sich vor dem Gnadenbild der Madonna von Guadaloupe in Mexiko auf die Knie zu werfen, um auf sein Pontifikat ihren mütterlichen Beistand und ihren Schutz herabzurufen; um ihr mit einer Kraft, die sich durch die neuen ungeheuren Aufgaben noch verstärkt hat, zu wiederholen: ‚Ich bin ganz Dein', und um in ihre Hände die Zukunft der Evangelisierung ... zu legen."[25]

(Übersetzung aus dem Französischen: Heinrich Drenkelfort SVD)

22
OR 1980, Nr. 2, S. 10.

23
Redemptoris mater, Nr. 27.

24
Ebd., Nr. 28.

25
OR 1979, Nr. 5, S. 11.

Chiara Lubich

Petrinische und marianische Dimension

Seit vielen Jahren werde ich gefragt, worauf ich die fast unerklärliche Verbreitung unserer Bewegung in der ganzen Welt zurückführe. Immer antwortete ich auf diese Frage, indem ich auf zwei Hauptgründe hinwies: die Einheit mit der Hierarchie, in die wir tief eingefügt sind, und zwar kraft der Worte Jesu: „Wer euch hört, der hört mich", und die Gegenwart Jesu unter uns, die er selbst all denen verheißen hat, die in seinem Namen versammelt sind (Mt 18,20). Dieser zweite Grund ist innerlich mit dem ersten verbunden: Die geheimnisvolle Gegenwart Jesu unter den Menschen – als Band ihrer Einheit – ist nämlich nicht in vollem Maß möglich, wenn die Einheit mit seinen ersten Vertretern auf Erden nicht real ist, nicht empfunden und geschichtlich erlebt wird.
Mit dieser Überzeugung lege ich einige Gedanken über Johannes Paul II. vor, so wie ich ihn in seiner Tätigkeit während seines Pontifikats begleiten und wie ich ihn durch Gottes Gnade persönlich kennenlernen durfte.
Die Menschheit von heute, die von der Technisierung erstickt wird, brauchte einen Papst, der den Wert des Menschen betonte. Und die Christen, die in diese Menschheit verwoben sind, brauchten einen Vater, der sie gleichsam mit persönlichen Beziehungen heilte. Die Hingabe, mit der Johannes Paul II. diese Aufgabe erfüllt, macht ihn zu einem echten universalen Hirten; man möchte fast sagen, es gehört zu seiner Seele und zu seinem Stil, immer mehr jedes einzelne Glied der Kirche kennenzulernen. Es genügt, ihn am Sonntag in seinen Gewändern als Bischof von Rom zu betrachten, wie er die einzelnen Pfarreien besucht, um das Licht der Wahrheit und der Hoffnung auszugießen, aber auch um zuzuhören und sich der Probleme der einzelnen sowie von Gruppen anzunehmen.

Den gleichen Eifer zeigt er als Bischof der universalen Kirche. In der Nervi-Aula oder in Castelgandolfo, in Hunderten von öffentlichen und privaten Audienzen macht jeder Teilnehmer die gleiche Erfahrung: Er fühlt sich persönlich von ihm geliebt: für sich, als Mensch und als Christ, und – so muß ich hinzufügen – auch als Angehöriger der Bewegung der Fokolare. Wie oft hat er mir selbst erzählt, er sei unseren Gruppen der Fokolarini oder der Gen in allen Teilen der Welt begegnet! „Man kennt sie" – sagt er mit einem Lächeln.
Diese seine Fähigkeit, in personbezogener Weise zu lieben, alles, was Ausdruck der Kirche ist, als das Seine zu empfinden, haben wir am Sonntag, dem 4. Mai 1986, nachhaltig erfahren: Nach einer Audienz für über 7000 Mitglieder unserer Bewegung richtete der Papst, vielleicht ergriffen von der geistlichen Atmosphäre, die er erlebt hatte, beim Angelus von seinem Fenster am Petersplatz aus noch einen öffentlichen Gruß an sie. Er wandte sich an Maria und nannte sie auch „Maria der Fokolarini, Maria der Fokolarini".
Man weiß, daß der Papst viel von den Bewegungen hält, weil sie sich nach seinen Worten „auf jene ‚charismatischen Gaben' gründen, die zusammen mit den hierarchischen Gaben ... zu jenen Gaben des Heiligen Geistes gehören, mit denen die Kirche, die Braut Christi, geschmückt ist".
Es sind, wie er betont, unterschiedliche Gaben, „doch sie ergänzen sich auch gegenseitig". Und gleichsam aus Angst, sich nicht deutlich genug ausgesprochen zu haben, fügt er hinzu: „In der Kirche sind sowohl der institutionelle als auch der charismatische Aspekt, sowohl die Hierarchie als auch die Vereinigungen und die Bewegungen der Gläubigen ‚gleich wesentlich', und sie tragen alle zum Leben, zur Erneuerung und zur Heiligung bei." Und weil die Bewegungen versuchen, „das Wort Gottes in den konkreten geschichtlichen Verhältnissen zu leben,

werden sie so durch ihr eigenes Zeugnis zum Ansporn für einen immer wieder erneuerten geistlichen Fortschritt. Sie leben die zeitliche Wirklichkeit und die menschlichen Werte dem Evangelium entsprechend und bereichern die Kirche mit einer unendlichen und unerschöpflichen Vielgestaltigkeit von Initiativen auf dem Gebiet der Liebe und der Heiligkeit"[1]. Der Heilige Vater ist überzeugt, daß das Phänomen der Bewegungen „große Bedeutung für die Zukunft der Kirche hat und haben wird", gerade weil er in den „neuen ‚laikalen Charismen' den Schlüssel für die lebendige Eingliederung der Kirche in das geschichtliche Heute"[2] sieht, zugleich „... einen bevorzugten Kanal für die Formung und Förderung eines tätigen Laienstandes, der sich seiner Rolle in der Kirche und in der Welt ... bewußt ist"[3].
Was kann man noch weiter sagen? Gewiß haben uns diese seine theologischen und prophetischen Aussagen persönlich berührt, und das gilt auch für die Gen, die neue Generation unserer Bewegung. Sie fühlten sich durch alle Ansprachen, die an die Jugendlichen gerichtet waren, herausgefordert und ermutigt; denn die Jugendlichen nehmen im Herzen von Johannes Paul II. ganz gewiß einen bevorzugten Platz ein. „Von euch hängt die Zukunft ab", schrieb er im Brief an die Jugendlichen der ganzen Welt anläßlich des Internationalen Jahrs der Jugend, „von euch hängt das Ende dieses Jahrtausends und der Anfang des neuen ab. Seid also nicht passiv; übernehmt eure Verantwortung auf allen Gebieten, die euch in unserer Welt offenstehen!", in einer Welt, die „eine tiefgreifende geistliche Auferstehung" braucht. Unsere Gen hatten intuitiv das feste Vertrauen erfaßt, das der Papst in sie gesetzt hatte, sie hatten erkannt, daß in ihm ein jugendliches Herz schlug, unangreifbar vom Pessimismus, wie er Mode geworden ist, und deswegen haben sie ihn zu ihrem Führer erklärt.

I. Johannes Paul II. ist ein Papst, der dich anhört

Aber wenn dies die Gedanken des Heiligen Vaters über die Bewegungen im allgemeinen sind, so kann ich andere Episoden nicht verschweigen, die direkt uns betreffen. Johannes Paul II. ist ein Papst, der dich anhört, er ist ein aufmerksamer und empfindsamer Papst, der sich nicht mit einem oberflächlichen Kennenlernen begnügt. Vielleicht war es mir deswegen wie vielen anderen geschenkt, mehrfach von ihm zum Mittag- oder Abendessen eingeladen zu werden.
Er stellte Fragen, wollte unsere Spiritualität bis auf den Grund kennenlernen und die Ausbreitung der Bewegung in der Welt erfahren, doch es waren nicht viele Worte notwendig: Es genügte ein Satz, ein Hinweis, und du fühltest dich verstanden, wie niemand sonst in der Welt dich verstehen kann. Du spürtest das Charisma des Petrus auf greifbare, einzigartige Weise, während er dann von deinem Charisma sprach und es eingebettet sah in den Heilsplan Gottes mit der Welt von heute.
Obwohl sich das internationale Zentrum unseres Werkes in Rocca di Papa, in nächster Nähe von Castelgandolfo befindet, hatten wir stets davon Abstand genommen, den Papst zu uns einzuladen, um ihm nicht die spärlichen Arbeitspausen zu stehlen. So lud er sich dann für den 19. August 1984 selber ein. Es war ein Tag, den wir als einen der schönsten für unsere Bewegung betrachten. Wir warteten auf ihn mit dreitausend Mitgliedern, und ich stellte ihm kurz die Spiritualität und die Struktur, die Ziele und die Verbreitung des Werkes durch seine sechsundzwanzig Zweige vor. Am Ende der Begegnung konnte er sagen: „Ich habe gesehen, wie die Bewegung lebt und sich in der ganzen Welt entwickelt, wie sie ihre Sendung, ihr Apostolat erfüllt ... In der Welt von heute, im Leben der Nationen, der Gesellschaften, der verschiedenen Umfelder und der Personen sind der Haß und der Kampf sehr stark und programmatisch. Daher braucht es Liebe, ein Programm der Liebe. ... Dies aber ist euer Glaube, der be-

1
Ansprache beim Treffen der kirchlichen Bewegungen am 2. März 1987: DAS 1987, S. 1248.

2
„Visita al Centro Internazionale Mariapoli a Rocca di Papa. Al movimento dei Focolari: ‚Colmate il vuoto d'amore nel mondo'" (19. August 1984): Insegnamenti 1984 (VII,2), S. 222 ff.

3
Ansprache an die Teilnehmer des Italienischen Kirchentags in Loreto am 11. April 1985: DAS 1985, S. 1256.

geisternde Funke all dessen, was unter dem Namen Fokolare läuft ... Ich wünsche euch, auf demselben Weg fortzufahren. Ihr habt bereits eine sehr klare Richtung, tief ausgeprägte Kennzeichen, ein eigenes Charisma im Reichtum der Liebe, die ihre Quelle in Gott selber, im Heiligen Geist hat ... Es ist der dem Evangelium entsprechende Radikalismus der Liebe, den ihr in das Leben der Menschen von heute auf der ganzen Welt hineinzutragen versucht ..., und ihr gebt Zeugnis für Gott, der die Liebe ist ...

Der Papst hat nicht nur bestätigt, daß die Liebe das besondere „Charisma" unserer Bewegung bildet, er hat uns auch uns selber kundgemacht, vor allem als er bekräftigt hat, daß wir „authentisch" in jene Definition passen, die die Kirche auf dem II. Vatikanischen Konzil von sich selber formuliert hat, und zwar wegen der Kontakte, die wir im ganzen Umfeld der Kirche in ihrer ökumenischen Dimension aufgenommen, und wegen des Dialogs, den wir mit den Nichtchristen und den Nichtglaubenden eingeleitet haben. Ganz spontan haben wir Gott dafür gedankt, daß er dem Papst dieses außergewöhnliche Charisma der Unterscheidung verliehen hat, und für den Dienst der Liebe, den er vollzieht, indem er „seine Brüder stärkt".

Es gibt bei Johannes Paul II. jedoch noch einen besonderen Aspekt, den ich gern beleuchten möchte. Allen ist seine Modernität bekannt, seine Offenheit für die alten und neuen Probleme der Welt, seine persönliche und gründliche Fachkenntnis auf dem Gebiet der Dogmatik und Moraltheologie. Aber die wirkliche Revolution, die er vollbringt, zeigt sich auf dem Gebiet der Ekklesiologie. Es geht nicht so sehr darum, beispielsweise die Notwendigkeit zu betonen, daß die sakramentalen und juridischen Wirklichkeiten der Gemeinschaft verlebendigt werden müssen, wie er es etwa vor zahlreichen Bischöfen, die Freunde der Bewegung sind, geäußert hat. Er forderte sie auf, die effektive (juridische) Kollegialität in eine auch affektive umzuformen, weil die Liebe das Prinzip der trinitarischen Gemeinschaft ist, nach deren Bild die Kirche gestaltet ist.

Die große Neuheit, die der Papst in diesen Jahren seines Pontifikats hervortreten ließ, die sich auf die Schrift gründet und vom II. Vatikanischen Konzil nahegelegt wurde, ist ein neues Selbstverständnis der Kirche, das in ihren beiden sich ergänzenden Dimensionen zu sehen ist: der marianischen und der petrinischen Dimension.

So war ich tief ergriffen, als ich die Ansprache las, die er am 22. Dezember 1987 an die Kardinäle und Prälaten der Römischen Kurie gehalten hat. Ausgehend vom II. Vatikanischen Konzil legte er dar, „daß dieses Konzil eine großartige Synthese zwischen der Mariologie und der Ekklesiologie vollzogen hat". Johannes Paul II. unterstrich das marianische Profil der Kirche, indem er erklärte, es sei „ebenso – wenn nicht noch mehr – grundlegend und charakteristisch wie das apostolische und von Petrus geprägte Profil". Er bekräftigte nämlich, daß „die marianische Dimension der Kirche der Petrusdimension vorausgeht, wenn sie mit dieser auch eng verbunden ist und sie ergänzt", und daß ihr marianisches Profil „sowohl im Heilsplan Gottes wie in der Zeit (dem Petrusprofil) ... vorausgeht, höher ist und den Vorrang hat und reicher ist an persönlichen und gemeinschaftsbezogenen Implikationen ..."[4]. Ich erinnere mich daran, vor einigen Jahren geschrieben zu haben, daß „nur Maria die Kirche versteht, und nur die Kirche Maria versteht". Das „Totus Tuus", das der Papst zu Maria spricht, ist keine bloße Formel: Es ist seine gelebte Wahrheit, jene Wahrheit, die ihm das marianische Siegel aufprägt und imstande ist, ihn so groß und so feinfühlig menschlich werden zu lassen, so hochstehend und zugleich so sehr ein Mensch für alle, ein echter „Diener der Diener Gottes", derart sich seines petrinischen Charismas bewußt und ebenso weit entfernt von jeder Form des Klerikalismus.

4 Vgl. die Weihnachtsansprache an die Kardinäle und alle Mitarbeiter der Römischen Kurie am 22. Dezember 1987: DAS 1987, S. 1768 ff.

II. Er läßt jede Frau sich als Herz der Menschheit empfinden

Ihm gegenüber fühlst du dich als du selber, weil er dich um deiner selbst willen liebt, wegen des Charismas, das du vielleicht hast, wegen des Dienstes, den du der Kirche leistest. Er liebt die vom Charisma erweckte Bewegung um dessentwillen, was sie ist und macht. Er bewirkt, daß du dich – als Frau – als Herz der Menschheit empfindest; als Tochter – gewiß, aber auch als Mitarbeiterin, um zusammen mit der Kirche in der Gemeinschaft zu wachsen.

Dies ist die Erfahrung aus den Kontakten, die ich mit ihm hatte, und auch deswegen ist er aus meiner Sicht groß. Johannes Paul II. unterscheidet nicht zwischen Mann und Frau: er liebt, erkennt und beleuchtet die Charismen beider, und in der Frau sieht er Maria, das Meisterwerk der Schöpfung; er weiß aber auch, daß die Frau ein Meisterwerk ist, wenn sie wirklich Frau ist. Damit möchte ich sagen, daß er das „marianische Profil" der Kirche nicht nur als geistliche oder mystische Wirklichkeit sieht, sondern auch als geschichtliche Wirklichkeit, und das bezeugt er mit den Taten. Er weiß zum Beispiel, daß unsere Bewegung als Werk Mariens approbiert wurde, und er unterläßt es nie, ihre marianische Präsenz in der Kirche hervorzuheben. Am 28. Dezember 1986 traf er sich mit siebenhundert Fokolarini in der Audienzaula in Castelgandolfo. Er hatte uns selber diese Audienz gewährt, denn wir sollten sie im Zentrum Mariapolis umsetzen. Als er erfahren hatte, daß das Fokolare ein Zusammenleben von gottgeweihten Laien ist, das nach dem Vorbild der Familie von Nazareth entstanden war, also ein Zusammenleben von jungfräulichen Menschen mit Jesus, der geistig gegenwärtig ist, sagte er, daß das Haus von Nazareth als erste Mariapolis betrachtet werden könnte, weil „in diesem Haus das Hauptgeheimnis sicher Christus ist, das uns aber vermittelt worden ist durch sie, die Frau: diese Frau, von der bereits das Buch Genesis spricht, und von der die Apokalypse sprechen wird, die Frau, die in der Jungfrau-Mutter eine geschichtliche Person geworden ist ... Und ich denke, daß dies zur eigentlichen Natur dessen gehört, was ihr Mariapolis nennt: Maria präsent machen und ihre Präsenz hervorheben, wie es Gott getan hat in der Nacht von Bethlehem und dann während der dreißig Jahre in Nazareth."

Damit hat die Frau keine Ansprüche mehr nötig, um sie selbst zu sein. Gern bekräftigte er die Aussage des Theologen Hans Urs von Balthasar, nach dem „Maria die ‚Königin der Apostel' ist, ohne für sich die apostolischen Vollmachten zu beanspruchen. Sie besitzt etwas anderes und mehr".

Hier kann ich eine weitere Tatsache von historischer Bedeutung nicht übergehen, die uns direkt betrifft. Johannes Paul II. kennt unser Werk, das aus Laien besteht, die in verschiedener Form Gott geweiht sind, aus jungen Menschen, aus Familien, aus Menschen, die in der Welt engagiert sind, aus Priestern, Ordensleuten und Schwestern; und er hat mehrfach ihre stark marianische Prägung unterstrichen. Und da es nun unsere Absicht ist, daß das Werk auch in Zukunft in seinem marianischen Charakter erscheint, nicht nur wegen seiner inneren geistlichen Natur, sondern auch in seinem äußeren Gewand, um also den Heilsplan zu bewahren, den Gott mit ihm hatte, da er seinen Anfang und seine Entfaltung einer Frau anvertraut hatte, faßte ich eines Tages den Mut, ihn vertraulich zu fragen, ob es möglich wäre, in unseren Statuten festzulegen, daß die Präsidentschaft immer in den Händen einer Frau liegen müsse. Er antwortete mir bewegt: „Warum eigentlich nicht? Ja!"

So habe ich also Johannes Paul II. in den Jahren seines Pontifikats erlebt: als einen Papst, der mit dem Maß Jesu liebt; und weil er liebt, sieht und bestätigt er, und weil er liebt, ist er frei. Frei von Schemen, frei, in Liebe alle Menschen ohne Unterschied zu umarmen, und zugleich frei, – im Auftrag Christi, aber mit dem Herzen der Mutter – sowohl dem einzelnen jungen Menschen, der ihn fragt, als auch den Gruppen und Völkern, jeder Rasse und Religion, den Armen ebenso wie den Reichen mit Beständigkeit den Weg des Evangeliums aufzuzeigen, damit in der ganzen Menschheit die Zivilisation der Liebe auflebt und Wirklichkeit wird. Und es ist eine begeisternde Erfahrung, sich ihm nahe zu fühlen, wenn man ihm eine Hand reicht.

(Übersetzung aus dem Italienischen: Heinrich Drenkelfort SVD)

Roger Schutz

Eine Begegnung mit Johannes Paul II. bleibt in mein Herz eingeprägt

Als ich im September 1978 zu einer Versammlung deutscher Jugendlicher sprach, erklärte ich ihnen: Aus Polen wird ein neuer Frühling der Kirche entstehen. Nichts ließ jedoch zu diesem Zeitpunkt darauf schließen, daß einen Monat später ein polnischer Papst gewählt würde, und daß dieser Papst uns die Gelegenheit geben werde, Dinge zu erleben, die wir nicht zu erhoffen gewagt hatten.

Am ersten Tage seines Pontifikates (am 22. Oktober 1978) rief Johannes Paul II. der Welt zu: „Habt keine Angst! Öffnet, ja reißt die Tore weit auf für Christus! ... Heute weiß der Mensch oft nicht, was er in seinem Innern, in der Tiefe seiner Seele, seines Herzens trägt. Er ist deshalb oft im Ungewissen über den Sinn seines Lebens auf dieser Erde. Er ist vom Zweifel befallen, der dann in Verzweiflung umschlägt. Erlaubt also – ich bitte euch und flehe euch in Demut und Vertrauen an –, erlaubt Christus, zum Menschen zu sprechen!"

Als Erzbischof von Krakau ist Kardinal Wojtyla zweimal nach Taizé gekommen. Später, als Papst, hat uns Johannes Paul II. am 5. Oktober 1986 wieder in Taizé besucht. Seine Botschaft, die er an unsere Gemeinschaft richtete, begann er mit folgenden, ganz unerwarteten Worten: „Ich möchte euch meine Zuneigung und mein Vertrauen mit den einfachen Worten ausdrücken, mit denen Papst Johannes XXIII., der euch so sehr geliebt hat, euch eines Tages grüßte: ‚Ach, Taizé! Dieser kleine Frühling'."

Eine Begegnung mit Johannes Paul II. bleibt in mein Herz eingeprägt. Nach dem Attentat, das auf ihn verübt worden war, durfte ich ihn in der Klinik besuchen. Auf seinem Bett liegend, noch sehr schwach, mit kaum vernehmbarer Stimme, fand der Papst Worte für mich, die mich seither immer wieder bestärkt haben, auf meinem Weg weiterzugehen.

Verzehrt vom Feuer der Liebe zur Kirche und zur Familie der Menschheit, unternimmt Johannes Paul II. alles, um dieses Feuer den neuen Generationen zu vermitteln. Sie können in ihm in aller Durchsichtigkeit das seelsorgerliche Streben eines Papstes erkennen, der geschrieben hat: „Christus hat sich in einer bestimmten Weise mit dem Menschen vereinigt, mit jedem Menschen ohne Ausnahme, auch wenn dieser sich dessen nicht bewußt ist."

Unser geliebter Papst Johannes Paul II. ist auf diese Weise ein echter Hirte der Welt. Beim auferstandenen Christus, im Evangelium schöpft er die Kraft, um sogar Seelsorger jener Menschen zu sein, die ihn gegenwärtig oder seit langer Zeit ablehnen. Auch weiß der Papst sehr gut, daß es bei der Jungfrau Maria eine Katholizität des Herzens gibt. Erhält Johannes Paul II. nicht gerade hier den Elan, um der universalen Kirche auf seinen unersetzbaren Reisen soviel inspirativen Geist einzuflößen? Und kommt heutzutage das Amt eines Pontifex nicht sehr häufig einem Martyrium für Christus und für das Evangelium gleich?

Frère Roger von Taizé

(Übersetzung aus dem Französischen: Dr. Johannes Rütsche)

II. Teil

Im Dienst am Evangelium und an den Menschen

Luitpold A. Dorn

Der Pilger in der Weltkirche – Unermüdlicher Glaubensverkünder und erfolgreicher Verfechter der Menschenrechte

Das Fest Pauli Bekehrung 1998 – Abschluß der zu Jahrhundertbeginn von einem anglikanischen, zur katholischen Kirche übergetretenen Geistlichen angeregten und von den Päpsten gern aufgegriffenen alljährlichen interkonfessionellen Weltgebetswoche für die Einheit der Christen – leitete die Wende im letzten kommunistischen Staat des Westens ein. Am Sonntag, dem 25. Januar, feierte Johannes Paul II. auf der Plaza de la Revolucion in Havanna zum Abschluß seiner fünftägigen Pastoralreise nach Kuba mit 15 Kardinälen und 132 Bischöfen aus aller Welt in Anwesenheit etwa einer Million Gläubiger oder Nichtglaubender die Eucharistie. Der Kommentator des vielen nicht bekannten oder nicht mehr vertrauten liturgischen Geschehens warnte: „Zur Kommunion kann nur gehen, wer vorher gebeichtet hat."

Der Altar-Aufbau bildete eine stilisierte Taube als Symbol des Heiligen Geistes. „Der weht, wo er will", scherzte der Papst tiefsinnig über den aufgekommenen starken Wind. In der ersten Reihe unter dem Altar stand Fidel Castro. Er zeigte sich anläßlich des Papstbesuches im eigenen Land erstmals nicht in seiner olivgrünen Uniform als Revolutionär, sondern als vornehmer älterer Herr im dunkelblauen Zweireiher. Der Platz der Revolution ist nicht nach ihm benannt, sondern nach dem spanischstämmigen Poeten José Marti, dem geistigen Führer der Bewegung für die Unabhängigkeit, der 42jährig im Kampf gegen die Nachfolger der spanischen Conquistadores 1895 gefallen war, seinen politischen Kampf aber im Einklang zu seinen ethischen Überzeugungen geführt hatte. So hat ihn der Papst zwei Tage zuvor beim Besuch der von den Dominikanern, den Erst-Evangelisatoren Kubas, begründeten Universität gewürdigt. In deren Aula Magna befindet sich das Grabmal des einheimischen Dominikaners P. Felix Varela (1788-1853), der Generationen von Kubanern „die schwere Kunst eigenständigen Denkens gelehrt hat", sagte der Papst und erläuterte mit deutlicher Anspielung auf die gegenwärtige Lage: „Die Erziehung zur Freiheit kann nicht ohne transzendente Werte erfolgen" und „die zwischenmenschlichen Beziehungen brauchen in einem Rechtsstaat angemessenen demokratischen Freiraum."

Immerhin stand an der Seite des ‚Palastes der Revolution', in dem der ‚líder máximo' seinen Gast zum üblichen Höflichkeitsbesuch empfing und geradezu rührend auf dessen Gebrechlichkeit achtete, eine Riesenleinwand mit einem Herz-Jesu-Bild und der Aufschrift „Jesus Christus – auf Dich vertraue ich". Dieses Zeugnis konnte das aus Neonröhren stilisierte und im Hintergrund leuchtende, ebenfalls riesige Porträt des castristischen Mitrevolutionärs Ernesto „Che" Guevara, der seine Art von Befreiung nach Bolivien tragen wollte und dort gefallen ist, nicht überstrahlen.

Die Papstworte bei der Abschlußmesse in Havanna waren wie immer deutlich: „Als Diener des Evangeliums bringe ich euch eine Botschaft der Liebe und der Solidarität ... Die Botschaft Christi hat nichts mit Ideologien oder neuen politischen und sozialen Systemen zu tun, sie weist den Weg des Friedens, der Gerechtigkeit und echter Freiheit."

Der Papst wurde fast nach jedem Satz mit Beifallsstürmen und Sprechchören wie „Viva Juan Pablo Secundo" unterbrochen, bis er zuerst sagte: „Ich bin ja nicht gegen Applaus, denn dabei kann ich mich ein bißchen ausruhen"; doch nach dem anhaltenden Beifall (Castro klatschte immer verhalten mit) fügte er hinzu: „Ich habe ein sehr aktives Auditorium, doch noch eine ganze Seite zu lesen." Will heißen: Ich habe euch noch einiges zu sagen, was vielleicht nicht soviel Beifall findet. Etwa die gleichbleibende Auffassung der Kirche zur Sexualmoral und zur Abtreibung in Wahrnehmung des Lehramtes, das gerade in jenen Tagen aufgrund seines Briefes an die deutschen Bischöfe in Sachen Schein-Beratung zu erheblichen Auseinandersetzungen auf der anderen Seite des Globus führte und ihn tief bedrückte.

Das Medienspektakel in Kuba schlug alle Rekorde vorhergehender Papstreisen. Nur die wichtigsten TV-Meinungsmacher der USA reisten überstürzt ab, weil sie glaubten, mit dem „sexygate" um den „mächtigsten Mann der Welt", ihrem Präsidenten Clinton, noch mehr Scoops machen, noch mehr TV-Publikum anziehen zu können. Ihm sprach Castro eine Woche nach dem Papstbesuch in einer vierstündigen TV- und Rundfunk-Show seine „Anteilnahme" aus, erwähnte nicht die päpstlichen Hauptaussagen über Gewissens- und Religionsfreiheit, über demokratische Freiheit, nahm nur die Papstworte gegen den „ungezügelten Kapitalismus" auf – und natürlich gegen das von den USA gegen die Zuckerinsel verhängte Embargo. Und das mit viel Gerede über seine Sorge um die Gesundheit des Papstes.

Doch eine weitere Woche später begann Castro mit der Freilassung von Regimegegnern. Denn während er dem Papst bei dessen Höflichkeitsbesuch seine Familie vorstellte („Meine kleine Schwester möchte Sie gerne umarmen", der Papst: „Dann tun wir es doch!") – präsentierte Kardinalstaatssekretär Angelo Sodano dem kubanischen Außenminister eine Liste von mehr als 300 Häftlingen, die im Vatikan aufgrund von Bitten der Familienangehörigen und Hinweisen internationaler humanitärer Organisationen zusammengestellt worden war, wobei der Begriff „politischer" Gefangener tunlichst vermieden wurde. Die Begnadigungen oder Indulte sprechen demnach nur von humanitären Gründen, betreffen aber fast alle Castro-Dissidenten, die auf der vatikanischen Liste standen. Ausgenommen wurden laut kubanischer Regierung nur einige „gefährliche Konterrevolutionäre".

Die kubanischen Bischöfe sahen in der Freilassung „ein reales Motiv der Hoffnung und des Vertrauens auf eine bessere Zukunft".

Am Karfreitag konnte erstmals wieder die seit 30 Jahren verbotene Via Crucis in Havannas Straßen stattfinden.

Kardinalstaatssekretär Sodano würdigte Castros Entgegenkommen – und ging gleich einen Schritt weiter in Richtung des letzten großen kommunistischen Bollwerks: Er bot der Regierung in Peking die Entsendung eines Päpstlichen Sondergesandten an, nachdem sie kurz zuvor einer katholisch-protestantisch-jüdischen Dreierdelegation aus den USA die Einreise gestattet und so eine zaghafte Öffnung in Richtung Religionsfreiheit signalisiert hatte. Der Pressedienst „Fides" der Kongregation für die Evangelisierung der Völker erstellte eine Liste von 24 in Rotchina inhaftierten romtreuen Katholiken, darunter drei Bischöfe, die der italienische Staatspräsident Scalfaro zu seinen bevorstehenden Wirtschaftsgesprächen nach Peking mitnehmen sollte; doch der mußte diese Reise aus Gesundheitsgründen verschieben.

Zur gleichen Zeit (11. Februar 1998) ist der Papst zum zweiten Mal mit dem russischen Präsidenten Jelzin zusammengetroffen, dem er bereits nach dem von Gorbatschow mit eingeleiteten Zerfall des Sowjetreichs begegnet war, ohne mit ihm über die Spannungen zwischen der russisch-orthodoxen Kirche und der römisch-katholischen zu reden; das überließ er den Fachleuten beider Seiten.
Bei seinem 281. Sonntagsbesuch (15. Februar 1998) einer römischen Pfarrei – 63 standen noch auf seinem Programm als Bischof von Rom – in der neugebauten und den heiligen Slawenaposteln Kyrill und Method geweihten Pfarrkirche in Dragoncello auf dem Weg von Rom nach Ostia deutete der Papst an, was ihm vorschwebt. Begrüßt wurde er vom Läuten einer kleinen Glocke aus dem Kreml, die Gorbatschow ihm bei seinem Vatikanbesuch am 1. Dezember 1989 mitgebracht hatte – und die der Papst an diese neue römische Pfarrei weitergegeben hat. In seiner Homilie würdigte er die beiden Slawenapostel, die er selbst 1980 – neben dem heiligen Benedikt, dem Lehrmeister Westeuropas – als slawische Mitpatrone Europas proklamiert hatte. Und in einem improvisierten Nachhilfe-Unterricht in Geographie fragte er bei seiner üblichen Begegnung mit den Ministranten und anderen Pfarrei-Jugendlichen: „Wo liegt Kuba? Wo liegt Rußland? Wo liegt China? Wo liegt Korea?" Er hätte auch fragen können: „Wo liegt Libyen?"; doch das verbot ihm der diplomatische Takt, denn die Einladung Ghadaffis zu einem Besuch dieses nordafrikanischen Islamreiches wurde von dessen erstem Botschafter im Vatikan erst zwei Tage später offiziell ausgesprochen.
Zur gleichen Zeit widersetzte sich die päpstliche Diplomatie intensiv einem militärischem US-Eingriff im Irak, favorisierte jede nur mögliche diplomatische Lösung.
Fazit des Papstes bei seiner Fensteransprache zum Gebet des Angelus mit den Gläubigen oder Neugierigen oder Hilfesuchenden am Ersten Fastensonntag 1998: „Danken wir Gott ... und dem Generalsekretär der UNO", doch mit dem Hinweis, die drohende Gefahr eines neuen Golfkrieges sei zwar abgewendet, die Lage bleibe „heikel und komplex, doch nicht hoffnungslos" – zumal ihn gerade der nicht zufällig in Rom weilende Patriarch Bidawid zu einem Besuch im Irak eingeladen hatte (er ist Oberhaupt der wenigen, doch sehr aktiven Christen des chaldäischen Ritus im Irak, einem der ältesten, von Rom anerkannten – längst vor jeder römischen Liturgiereform, zu der gerade die östlichen Kirchen aus ihrer Glaubensfreude und Romtreue beigetragen haben).
In der ersten Generalaudienz nach seiner Rückkehr aus Kuba, in der er nach dem Muster Pauls VI. seinen „Reisebericht" gab, hat er diesen Besuch mit seiner ersten Polenreise verglichen und den Wunsch geäußert, sie möge ähnliche Früchte tragen: „Der Papstbesuch hat der christlichen Seele des kubanischen Volkes Stimme gegeben, sie bildet den wertvollsten Schatz und die sicherste Garantie einer integralen Entwicklung im Zeichen von echter Freiheit und von Frieden."
Seine erste Pastoralreise hatte Johannes Paul II. Ende Januar 1979 aus Anlaß einer Konferenz des Lateinamerikanischen Bischofsrates CELAM in die Dominikanische Republik und nach Mexiko geführt. Doch damit löste er vornehmlich ein von seinem Vorgänger Johannes Paul I. gegebenes Versprechen ein. Der hatte gleich nach seiner Wahl in der Sixtinischen Kapelle seinen Wählern gesagt: „Gott verzeihe euch, was ihr mir angetan habt" – und erlag schon nach 33 Tagen unter der Last seines Dienstamtes einem Herzinfarkt. Die Kardinäle verstanden den Wink des Heiligen Geistes und wählten als Nachfolger des „lächelnden Papstes" aus Venetien einen robusten Bergsteiger aus Polen.

Auf diesem ersten Flug bekannte der Nachfolger, tags zuvor habe ihn sein auf russisch geführtes Gespräch mit dem (damaligen) sowjetischen Außenminister Gromyko „ein bißchen angestrengt". Auf dem Flug nach Kuba erinnerte er an den Todestag Lenins, der sich an jenem Tag zum 74. Mal jährte: „Seine Revolution ist nicht unsere; er hat Klassenkampf gesät; Christus dagegen die Bruderliebe."

Diese „fliegenden Pressekonferenzen" werden von den mitreisenden Journalisten sehr geschätzt. Einem deutschen Rundfunkjournalisten war dies mehrere Reisen wert. Ihm ging es um einen von mir als Journalisten-Betreuer besorgten „strategischen" Platz im Flugzeug, um das Mikrophon hinhalten, seinem Sender und dessen Zuhörerschaft ein Exklusiv-Interview mit gezielten Fragen an den Papst präsentieren zu können; der „Rest", das eigentliche Anliegen der jeweiligen Papstreise interessierte ihn nicht so sehr – er hatte seinen „scoop", und die Hörerschaft war damit zufrieden.

Karol Wojtyla hatte kaum Erfahrung im Umgang mit den Medien in sein Dienstamt als oberster Hirte der Weltkirche mitgebracht, doch sehr schnell gelernt. Bei diesen fliegenden Pressekonferenzen antwortet er in allen möglichen Sprachen schlagfertig und klar. Diese für Journalisten einzigartige Möglichkeit, ihn zu befragen oder gar „auszuhören", wird weidlich genutzt. Auf dem Rückflug einer Ostasienreise, in deren Verlauf er von Hongkong aus einen dringenden Appell an die Regierung in Hanoi und an die USA zugunsten der zahllosen aus Vietnam Flüchtenden („boat-people") gerichtet hatte, sprach ihn ein US-Reporter offenbar sehr dumm an. Jedenfalls kam der Papst leicht aufgebracht aus der „Journalisten-Kabine" ins „Gefolge-Abteil" und dekretierte mit einer bis dato im inneren Kreis ungewohnten Deutlichkeit: „Mein Einsatz ist sittlicher, nicht politischer Natur – und die vatikanischen Medien haben das klarzustellen."

Seine erste selbst ersehnte Reise führte Karol Wojtyla im Juni 1979 in seine Heimat. Zu ihrem Abschluß habe ich unter dem unmittelbaren Eindruck in Krakau seinerzeit geschrieben:

„In Polen wird das Unmögliche möglich. Es ist durchaus denkbar, daß der kommunistische Partei- und Landeschef Edward Gierek neun Tage lang Stoßgebete verrichtete und am Dreifaltigkeitssonntag laut Halleluja sang. Alles hat glänzend geklappt. Keinerlei Zwischenfall, keine Versorgungsprobleme, beste Kommunikationsmöglichkeiten, kein Volksaufstand. Und dennoch Menge, unendliche Menge: geordnete, jubelnde, gläubige Menge.

Der Parteichef ist in einer hoffnungslosen Lage. Der Papst, der Primas, die Bischöfe Polens haben eine Truppe, gegen die niemand ankommt, schon gar nicht die kommunistische Ideologie, die Partei – obwohl sie alle Machtmittel in der Hand hat: die Instrumente der Meinungsmache vor allem bis zur Möglichkeit, die Ausgabe der Eintrittskarten für die Begegnung mit dem Papst zu verzögern, um den Gläubigenstrom zu drosseln.

Sie strömen dennoch. Alle Zentren, die der Papst besuchte, waren Stunden vorher in weitem Umkreis für jeden Privatverkehr gesperrt. Erbetene Sonderzüge wurden nicht genehmigt, aber die Leute waren dennoch da: zu Fuß, meist nachts und über viele, viele Kilometer. Und jedesmal, wenn Jan Pawel II. vom eigens geteerten Hubschrauberlandeplatz auf Krakaus Volkswiese Blonie zum Bischofshaus in der Innenstadt fuhr, rannten auch die Kellnerinnen auf die Straße und wunderten sich über den Römer, der sitzenblieb, weil er das alles schon kennt, zu kennen glaubte.

In Polen wird der Römer katholisch. Ein italienischer Kollege protestierte voll Verwirrung: ‚Das ist ja nicht mehr Petrus, sondern Andreas (der Apostel des Ostens); nicht mehr Rom ist der Mittelpunkt, die Kirche verlagert sich an die Peripherie.' Armer Gierek. Arme linkskatholische Schreiberlinge. Arme Kommunisten. Arme Handlanger des Sozialismus. Er kann nur noch auf die Dekadenz des Westens bauen. Doch dazwischen liegt Polen. ‚Habt keine Angst!', waren die ersten Worte des Papstes aus Polen, dieses ersten slawischen Papstes, der aus einem Land kommt, das immer wieder unter dem Druck der benachbarten Großmächte stand. Dieses gläubige Volk hat keine Angst. Es trägt erlittenes Leid und aktuelle Freude zur Schwarzen Madonna von Tschenstochau – und singt überzeugt: Christus vincit, Christus siegt. ‚An keinem Ort der Welt kann man an Christus vorbeigehen', sagt der Papst. Elf Minuten lang Beifall, unterbrochen von dem Aufschrei: ‚Wir wollen Gott!' Dann erst kann der Papst weiterreden: ‚Christus möge die Zukunft Polens, die Zukunft der Welt bestimmen. Sein Geist, der Geist Gottes möge über uns kommen und das Angesicht der Erde erneuern.' Pfingsten in Polen. Politik ist hier Pastoral, oder umgekehrt: von der Ostdiplomatie zur Ostpastoral. Paul VI., so erinnerte Johannes Paul II. an seinen großen Vorgänger, durfte nicht nach Polen reisen. Sein getreuer Casaroli, der heutige Staatssekretär, hat den Weg geöffnet und erfüllt weiter im Auftrag des Heiligen Stuhles eine heikle und weitreichende Aufgabe im Osten. „Religionsfreiheit ist Ausdruck der Souveränität". Die Pilgerfahrt durch Polen ist ein Triumph. Aber gleichzeitig ein Dienst. Eingehen auf den Menschen, auf seine Nöte und Hoffnungen. Keine Indoktrinierung. Nicht Ideologie, sondern Glaube. Nicht Knechtung, sondern Befreiung. Geschichtsbewußtsein und Zukunftsplanung. Gelebte Antritts-Enzyklika: *Redemptor hominis*, der Erlöser des Menschen ist Jesus Christus." – Soweit damals geschrieben.

Die Wende im Osten wurde in Polen eingeleitet – und vom polnischen Papst an erster Stelle. Er schritt dennoch im Juni 1996 neben einem triumphierenden Bundeskanzler Kohl ganz bescheiden durch das sieben Jahre zuvor wieder geöffnete Brandenburger Tor, das vier Jahrzehnte lang Symbol der Spaltung, Inbegriff der Mauer zwischen dem freien Westen und dem sogenanntem Realsozialismus war. Doch bei dieser sich bietenden Gelegenheit sprach der Papst aus Polen weder von den Leiden seines Volkes noch von dessen Errungenschaften, Typ Solidarnosc. Das Erfolgserlebnis überließ er anderen. Er regte nur eine innerdeutsche Solidarität an, sprach von der Kluft zwischen hemmungslosem Kapitalismus und materieller wie geistiger Armut zwischen alten und neuen Bundesländern.

Denken wir noch einmal zurück. Am 15. November 1980 habe ich in Köln geschrieben: „Der Papst redet – vielen ein Ärgernis – deutlich. Viele haben sogar Angst davor. In den USA war ‚Selfishness', also Selbstgenügsamkeit, ein Schlüsselwort. Aber in einem Land mit alter christlicher Tradition faßt der Papst die aktuelle Wirklichkeit sicher besser in den Begriff ‚Wohlstandsgläubigkeit.' Dieses Wort zeigt den Ansatzpunkt: Glaube, den der Papst verkündet. Der Papst aus einem armen Land, der die Menschen in einem reichen Land auf andere Gedanken bringen möchte. Der ihnen wieder den Glauben verkünden möchte, den sie nicht nötig zu haben scheinen. Der Papstbesuch gilt ausdrücklich allen Deutschen. Die Akzentuierung ‚Ost und West' ist bundesrepublikanisch. Ebenso das Gerangel, ob der Papst den Bundeskanzler oder ob der Bundeskanzler den Papst aufsucht.

Johannes Paul II. besucht die Menschen in Deutschland. Nicht staatliche oder kirchliche Größen. Schon gar nicht Medienfürsten, die den Menschen vieles einreden, was diese – oberflächlich, wie es oft dargeboten wird – zwar zunächst hinnehmen, dann aber, nach tieferem Nachdenken, im Gewissen doch ablehnen.
‚Habt keine Angst', hat dieser Papst am Tag seines Dienstantritts den Menschen in aller Welt zugerufen. Das Signum des Papstbesuches in Deutschland, die Hand mit dem Kreuz, ist ein Anruf an das Gewissen einer Nation – jedes einzelnen Menschen in dieser ‚geliebten Nation' zum Nachdenken über die christliche Überlieferung, die auch zutiefst europäische Tradition ist.
Deutsches Denken, weltweit anerkannt, war immer Auseinandersetzung mit dem Evangelium. Das gilt für Karl Marx ebenso wie für Bischof Ketteler. Der eine hat ein System geschaffen, unter dem die halbe Menschheit leidet, der andere hat Wege gewiesen, die den Menschen von Systemen befreien.
In einer Welt, die sich heute ‚frei' nennt, ist das anders geworden. Nicht mehr das Evangelium ist der Kristallisationspunkt des Denkens, sondern der Wohlstand. Selbst so denkwürdige Wortverbindungen der Sprache Goethes wie Wohlstandsgläubigkeit, Wohlstandshörigkeit, Wohlstandsbesessenheit, Wohlstandsverfallenheit, Wohlstandsabhängigkeit, Wohlstandszwang vermögen da nicht aufzuschrecken, selbst nicht die Wohlstandsangst.
Man hat keine Angst im Wohlstand?
Keine Angst um die Jugend oder wegen der Jugend, der man doch ein Paradies auf Erden bereitet hat? Nur: Woher das Drogenproblem, das Ausflippen, die Sekten, die Kriminalität, der Terrorismus? Keine Angst vor den fremden Menschen? Die man sich ins Land geholt hat, damit sie die ‚niedrigen', für die Wohlstandsgesellschaft unerläßlichen Dienste leisten? Nur: Woher die eigene Kinderscheu, die Ausländerfeindlichkeit, der Fremdenhaß?
Keine Angst vor Menschen, die anders sind? Die ein Gebrechen haben? Nur: Warum die Gerichtsurteile, die solche Wirklichkeit aus dem Wohlstands-Gesichtskreis verbannen wollen?
Keine Angst vor der Dritten Welt? Für die man doch so viel tut. Nur: Warum das andauernde Herausstreichen des eigenen Weltbildes, seiner Richtigkeit, des wirtschaftlichen Erfolges?
Keine Angst vor der Leistungsgesellschaft? Nur: Warum versichert sich selbst die Kirche gegen Schäden eines eventuellen ‚Papst-Ausfalls'?
Und keine Angst bei den Medien, insbesondere beim Fernsehen? Nur: Wird man den Papst alles sagen lassen, was er den Deutschen zu sagen hat, oder wird man seine Aussagen kommentierend, korrigierend, interpretierend in die Wohlstands-Landschaft einzuebnen versuchen? - Denn eines wird der Papst mit Sicherheit nicht tun: Er wird den Deutschen kein bequemeres Christentum predigen. Aber vielleicht nimmt er ihnen etwas von ihrer Angst, von ihrer Wohlstandsangst." – So in Vorbereitung des ersten Papstbesuches in Deutschland geschrieben. Ob es bei seinen drei Besuchen in Deutschland gelungen ist? Sein Glaubenszeugnis, seine Aussagen zu allen wichtigen Fragen und Problemen waren wie immer und überall klar und deutlich, gerade weil er auf die lokale Situation eingeht.
Nach dem ersten Deutschlandbesuch würdigte der damalige Vorsitzende der Deutschen Bischofskonferenz, Kardinal Höffner: „Der Papst hat mit seinem persönlichen Charme Wärme in diesen kalten Herbst gebracht ... Ich bin überzeugt, daß er vielen Gläubigen, vor allem jugendlichen, neuen Mut und engagierten Glauben, mehr Liebe zur Kirche gegeben hat. Man soll im Jahr 2000 nicht sagen können: Der Papst war in Deutschland und es geschah etwas sehr Bedeutsames, nämlich nichts. Wir alle müssen

jetzt die Konsequenzen ziehen und uns einsetzen". Der Papst aus Polen hatte schon auf diesem seinem ersten Besuch mehrfach betont, er gelte „allen Deutschen" – der Verfall der Mauer war eingeleitet.
Ein typisches deutsches Phänomen war übrigens die Frage: Wer bezahlt das alles? Sie wurde auch im Zusammenhang mit dem einzigen Besuch in der Schweiz gestellt, während die Österreicher (inzwischen dreimal „papstgeschädigt") zurückhaltender waren. Es ist schon seltsam, daß dieses Thema in Ländern hochgespielt wurde, die sich in ihrem Wohlstand darüber keine Sorgen zu machen bräuchten. Der Präsident des Lokalkomitees der Philippinen, Weihbischof in Manila, der in Deutschland studiert hatte, antwortete auf einer von mir in Rom veranstalteten Pressekonferenz zur Vorbereitung des zweiten Papstbesuches in seiner Heimat auf eine entsprechende Frage eines deutschen Journalisten: „Wir haben nicht soviel Geld wie andere, jammern aber nicht; wir freuen uns einfach, daß der Papst kommt, und tun unser Möglichstes". Ähnlich äußerte sich Kardinal Stephen Kim von Seoul, der auch in Deutschland studiert hatte, vor der ersten Südkorea-Reise: „Wir haben weder das Geld noch das Organisationstalent anderer, doch wir schaffen das schon allein." Auf der Altarinsel in der Hafenstadt Pusan begeisterten den Kardinalstaatssekretär Casaroli die schönen Kirchenlieder („so etwas müßten wir in Rom auch haben"). Der koreanische Kardinal erläuterte: „Das haben uns die deutschen Benediktiner von St. Ottilien gelehrt." Natürlich klang das „Haupt voll Blut und Wunden" auf Koreanisch ein bißchen anders, doch die Melodie war seit der Kindheit vertraut.
Zurück zu den Kosten: Vor Ort sind sie Sache der Ortskirche, die den Papst einlädt. In manchen Ländern beteiligt sich auch der Staat finanziell, nicht nur durch die Bereitstellung von Sicherheits- und Ordnungspersonal und die allgemeine Organisation. Wenn sich örtliche Organisatoren in – aus vatikanischer Sicht – unnötige Unkosten stürzen, ist es deren Sache. Ginge es nach dem Wunsch des Papstes, so würde alles so einfach und schlicht wie nur möglich ablaufen. Höhere Kosten entstehen allerdings nicht selten aufgrund von Verbesserungen der Infrastruktur, die dann aber über den Papstbesuch hinaus von bleibendem Wert für die Allgemeinheit sind.
Aufenthaltskosten für den Papst entstehen nicht. Er wohnt ja fast immer sozusagen im eigenen Haus, der jeweiligen Päpstlichen Vertretung, oder im Haus des Ortsbischofs; sein offizielles Gefolge übernachtet in Ordenshäusern oder nicht allzu teuren Hotels und zahlt meist selbst, gelegentlich steuert die Ortskirche bei. Im Papst-Jet ist er der einzige, der kein bezahltes Ticket hat, er fliegt gratis; alle übrigen müssen berappen. Der Flugpreis für das offizielle Gefolge ermäßigt sich durch die Teilnahme von in der Regel 60 Journalisten, Wort- und Bildberichterstatter. Alitalia als federführende Fluggesellschaft berechnet den Gesamtpreis, es sind ja jeweils Charterflüge, und legt ihn auf die Tickets der Mitreisenden um. Die Flüge sind nicht billig. Deshalb wird ja auch das offizielle Gefolge auf das Nötigste beschränkt, auf ein bis eineinhalb Dutzend Personen, angefangen vom Kardinalstaatssekretär bis zum Fotografen des Osservatore Romano und den Sicherheitsbeamten (auch Schweizer Gardisten, in Zivil natürlich). Das Interesse der Journalisten andererseits ist unverändert stark, nicht immer finden alle, die sich anmelden, auch Platz im Papstflugzeug.

Die apostolischen Reisen als neue Form der Ausübung des universalen Hirtenamtes des Bischofs von Rom sind für Johannes Paul II. eine Form der Verwirklichung des Zweiten Vatikanums: „Das Konzil hat das Bewußtsein der missionarischen Sendung der Kirche neu geweckt; auch der Bischof von Rom ist somit durch das Konzil aufgerufen, hinaus zu den Menschen, zu den Völkern und Nationen zu gehen." Die Lehren des Konzils bilden für ihn auch bei der thematischen Vorbereitung seiner Reisen ein unerläßliches Manuale, sind seine Leitfäden. Die Reisen selbst sind nichts anderes als Verwirklichung der Lehre im Sinne ihrer Anwendung auf das konkrete Leben – „und das Leben der Kirche ist Sendung, in der sich mittels der Geschichte der Nationen und Generationen das ewige Geheimnis der in Christus geoffenbarten Liebe Gottes entwickelt und verwirklicht."

Vor jeder Reise studiert der Papst die Realität des zu besuchenden Landes. Zunächst lange Gespräche mit den berufenen Vertretern der Bischofskonferenz. Dann Aktenstudium der Berichte seiner diplomatischen Vertreter, der Nuntien und Delegaten. Und schließlich Informationen auf Wegen und Kanälen, die den gelegentlichen Vorwurf hinfällig machen, er zeichne sich sein Bild nur aus der einseitigen Sicht kirchlicher Hierarchien.

Grundsätzlich folgt der Papst nur ausdrücklichen Einladungen. Anregen können diese (wie bei Paul VI. geschehen) selbst Privatpersonen, doch die offizielle Einladung ist Sache der Ortskirche – und mit ihr wird auch die Einladung einer Internationalen Organisation wie des Internationalen Arbeitsamtes in Genf und der UNO in New York abgestimmt – beides schon bevorzugte Ziele des ersten pastoral-reisenden Papstes Paul VI. Dessen drittes Ziel war die UNO – und sie war auch das dritte des heutigen Papstes.

Die jeweilige staatliche Autorität ist immer eingeschaltet – und nicht immer mit den Anliegen des Papstes einverstanden. Manche Regierungen haben nur zähneknirschend einen kurzen Zwischenaufenthalt genehmigt, so zum Beispiel in Khartoum, wo die Regierung keinen Besuch der verfolgten Christenheit im Süden des Sudan erlaubte. Doch einige weltliche Herrscher wollten vom geistlichen Oberhaupt profitieren. Insbesondere Diktatoren wie Marcos (Philippinen) und Pinochet (Chile), die jede Gelegenheit nutzten, sich neben dem Gast aus Rom zur Schau zu stellen. Manche afrikanischen Staatsoberhäupter wiederum begrüßten ihn mit Lobreden auf ihre „Revolution", redeten – sie waren in Moskau geschult worden – von Marx und Engels, Lenin und Mao, stellten die Vorkämpfer des Unglaubens übergangslos neben die Verkünder des Glaubens und wollten vom Papstbesuch ebenfalls persönlich profitieren. So etwa jener General in Benin, der (1982) zur Begrüßung des Papstes mit erhobener Faust kam und schrie: „Es lebe Seine Heiligkeit Johannes Paul II. Die Revolution geht weiter! Der Marxismus-Leninismus wird siegen!"

Der damals noch tschechoslowakische Staatspräsident Havel sah das 1990 anders, begrüßte den Papst mit dem Zitat aus einem Gedicht aus dessen poetischer Jugendzeit, in dem es heißt: „Kann denn die Geschichte gegen den Strom des Gewissens fließen?" Er, selber Poet und Widerstandskämpfer, bestätigte: „Sie hatten recht, Heiliger Vater, und gemeinsam mit Ihnen hatten alle recht, die die Hoffnung nicht verloren hatten."

Der Staatspräsident von Nigeria, ein eher dem Erdöl-Kapitalismus verschriebener Putsch-General, legte im März 1998 anläßlich des Papstbesuches nach Castro-Muster ebenfalls seine Uniform ab, erschien in traditionellem Landesgewand und versprach, die vatikanische Bitte um Freilassung von 60 politischen Gefangenen zu prüfen. Und das, obwohl (oder weil) der Papst in der neuen Nationalhauptstadt Abuja und in der ehemals abtrünnigen Ostprovinz Biafra und ihrem Zentrum Onitsha bei der Seligsprechung des ersten einheimischen Vorbilds einer überwiegend katholischen Bevölkerung wiederholt gegen Machtmißbrauch und Korruption gewettert, dagegen die Versöhnung der Menschen und Stämme untereinander und in Christus mit Gott, Demokratie und Achtung der Menschenrechte, Solidarität und Frieden gefordert hat. Und das vor zwei Millionen Menschen, unter einer Hitze von 45 Grad im Schatten bei fast 100prozentiger Luftfeuchtigkeit, dann mit aufkommendem Wind, der den roten Wüstensand aufwirbelte; das veranlaßte den 77jährigen, beileibe nicht gesunden und unter dem Klima sichtlich leidenden Papst wie in Kuba zur Bemerkung: „Der Geist weht, wo er will." In der ersten Generalaudienz nach der Rückkehr faßte er die Ergebnisse seiner 13. Reise auf den Schwarzen Kontinent in die Worte: „Afrika nimmt seine Geschicke immer mehr in eigene Hände und wird in der Weltkirche immer mehr Verantwortung übernehmen." Evangelisierung oder erneute Stärkung im Glauben sind Grundanliegen päpstlicher Pastoralreisen. Dazu kommen die konkreten Probleme des jeweiligen Landes. Das war (und ist) beispielsweise die Not im Dürregebiet der Sahelzone, für die in der Folge die „Stiftung Johannes Paul II." errichtet wurde, die Hilfsgelder sammelt und sie in Abstimmung mit den örtlichen Verantwortlichen alljährlich als Hilfe zur Selbsthilfe verteilt. Das waren auf den Philippinen und anderswo die Verfehlungen eines „imperialistischen Christentums". Das waren gefährliche Strömungen in Mittel- und Südamerika, die Verteidigung des arbeitenden Menschen und die Verpflichtung der internationalen Organisationen in Genf und New York, die Glaubenszweifel in den Benelux-Ländern oder auch die Friedensstiftung in Argentinien. Immer gilt es, der jeweiligen Kultur zu begegnen und sie in die Weltkirche zu integrieren, offen zu sein für Christi Geist (Schweiz), das ökumenische Gespräch weiterzuführen (Deutschland, Großbritannien, Skandinavien), Hoffnung zu leben und Hoffnung zu geben (Österreich) – und schließlich auch der Madonna zu danken (Fatima und Lourdes).

Manche Pastoralreisen erschienen unmöglich, doch der Wunsch des Papstes, gerade leidenden Menschen direkt zu begegnen, war stärker – und nach seiner Überzeugung hat dabei die Madonna ihre schützende Hand über ihn und die zu besuchenden Menschen gehalten. So in Sarajewo (April 1997), mit der unvergeßlichen Eucharistiefeier im Schneetreiben, im Hintergrund der Altarinsel die Massengräber der beim Bruderkrieg Gefallenen. Oder im Libanon (Mai 1997), dem einst blühenden und dann vom Bruderkrieg zerrissenen und zerstörten Land der Zedern.

Die Menschen heißen den Pilger aus Rom überall herzlich willkommen und freuen sich über seinen Besuch, finden Trost und Stärkung. Die Medien nicht immer. Insbesondere in Frankreich, der „ältesten Tochter der Kirche", polemisierten nicht nur betont laizistische Blätter gegen die Papstbesuche – doch schon sechsmal wurden sie eines anderen belehrt: durch die Jugend. Mit ihr konnte es dieser Papst von Anfang an und kann es trotz aller Gebrechlichkeit immer noch. Beim ersten Treffen mit Jugendlichen im Pariser Stadion „Parc-des-Princes" (1. Juni 1980) begann er mit einem stundenlangen Frage- und Antwortspiel über alle nur möglichen, auch seinen eigenen Werdegang betreffenden Fragen. Aus dieser Erfahrung entstand die Idee regelmäßiger Begegnungen mit der Jugend. Der Erfolg übertraf alle Erwartungen, sei es mit den Millionen in Manila oder in Denver.

So wurden diese Weltjugend-Treffen, wie die Familienfeste (das zweite fand Anfang Oktober 1997 in Rio de Janeiro statt), bevorzugtes Ziel päpstlichen Dabei-Seins, päpstlichen Interesses, päpstlicher Lehre und Glaubensbestärkung. Alles andere als Reiselust.

Dennoch ist eine leichte Kritik angebracht. Bei aller Verfügbarkeit und Kollegialität, der – so Johannes Paul II. – „bevorzugten und einmaligen Möglichkeit, Seite an Seite mit den Bischöfen in ihren Ländern in direktem Kontakt deren konkrete Probleme zu erleben und zu besprechen", könnte er eine Einladung auch ausschlagen. Bisher wurden in Abstimmung mit den lokalen Organisatoren die Etappen einer Reise, die nach ihrer Ankündigung immer eine Flut von Sondereinladungen mit sich brachte, aus zeitlichen und organisatorischen Gründen beschränkt. Doch nie so sehr, daß relevante kirchliche oder gesellschaftliche Gruppen von einer Begegnung mit dem Papst ausgeschlossen wurden. Auf einer Afrika-Reise, sechs Länder in zehn Tagen, kommentierte er das so: „Das war nur ein Teil meiner Aufgabe, die ich zu vollbringen habe und mit Gottes Hilfe auch wirklich erfüllen will, weil ich es für meine pastorale Pflicht halte."

Die jeden Bischof alle fünf Jahre bei seinem ad-limina-Besuch in Rom verpflichtende Berichterstattung über den Stand seines Kirchensprengels ist eine sehr bedeutsame Sache. Dem Papst ist noch wichtiger das Hingehen, das heißt: sehen, hören, vor Ort miteinander reden und Zeugnis geben.

Das Standardprogramm sieht vor: Tägliche Eucharistiefeier mit je verschiedener Thematik, immer Familie und Jugend; Begegnungen mit den Bischöfen, dem Klerus, den Ordensleuten, den Seminaristen und engagierten Laien; mit den getrennten Christen und den Juden, den Moslems in islamischen Ländern ohnehin; mit der Welt der Kultur, Kunst und Wissenschaft; doch vor allem mit den Leidenden, Kranken, auch Schwerkranken im Hospital. Diesem marianischen Papst ist jeweils auch das Gebet in einem Marienheiligtum wichtig, und er verbindet seine Besuche gern mit der Seligsprechung eines christlichen Vorkämpfers vor Ort – seine spezifische Art, etwas bleibend Beispielhaftes zu hinterlassen. Die protokollarisch vorgesehenen Begegnungen mit den Staatsoberhäuptern sind eher Routine, wie es die an sie gerichteten Grußtelegramme beim Überfliegen des jeweiligen Staatsgebietes sind. Und der Bodenkuß. Beides Relikte der ersten Papstreise. Als Paul VI. als erster Petrus-Nachfolger Anfang 1964 dorthin zurückkehrte, woher Petrus kam, küßte er den Boden, auf dem Christus gelebt und gelitten hatte. Und das wurde für seinen Nachfolger eine Verpflichtung; so bestand die Slowakei (Juli 1995) auf einem eigenen päpstlichen Bodenkuß, sie hatte ja mit der tschechischen Republik und dem dortigen Bodenkuß nichts mehr zu tun.

Zum 20. Jahrestag seiner Wahl wird Johannes Paul II. 25mal in 470 Tagen die Welt umrundet, 83 Pastoralreisen unternommen, 127 Länder besucht – und vornehmlich zwei Reiseziele vor sich haben: noch einmal in die Heimat und endlich ins Heilige Land.

Heinz-Joachim Fischer

„Öffnet die Grenzen!" – Der Beitrag des Papstes für die Einheit Deutschlands

Grenzen überwinden – das hat Papst Johannes Paul II. selbst am Tag des feierlichen Amtsantritts als Leitlinie seines Pontifikats vorgegeben. Sich öffnen, eine Wende behutsam einleiten und beherzt vollziehen, im Innern und nach außen, eine im biblisch-theologischen Sinn ‚Metanoia' wagen, eine Umkehr des Herzens und der Beziehungen zum Nächsten, das ergab sich bald über das alltägliche Kirchenregiment hinaus als immer wieder erinnerter und befolgter christlicher Imperativ des Papstes aus Polen. Dieser christliche Imperativ war Richtschnur im verminten Feld der Weltpolitik zwischen zwei Machtblöcken, in einem geteilten Europa mit der Nahtstelle in Deutschland, mit dem polnischen Vaterland unter kommunistischem Regime; dazu Anleitung zum christlichen Handeln aus tiefer Überzeugung, wo es um andere ging, um die anderen christlichen Kirchen und Gemeinschaften, um andere Religionen und Kulturen, um Juden, Muslims, Buddhisten; und schließlich treibendes Motiv der Gewissenserforschung und des Schuldbekennens, im Blick zurück in die Geschichte, mit der kompromißlosen Bereitschaft, Täter und Opfer beim Namen zu nennen, Unrecht anzuerkennen, wo Unrecht geschehen war.
Gerade jener Papst, dem auf einigen Gebieten starres Festhalten am Alten vorgeworfen wird, begnügte sich bei unzähligen Themen, auf zahlreichen Gebieten des Geschehens gerade nicht mit dem Status quo. Verändern wollte Johannes Paul II., am Selbstverständlichen rütteln, sich nicht zufriedengeben mit dem, was vielen als letztes Wort der Geschichte galt.

Der folgende Beitrag will keine historische Gesamtwürdigung versuchen, sondern lediglich nachzeichnen, welche Grenzen Johannes Paul II. überwunden, welche Mauern er geschleift hat, damit die Freiheit Europas und die Einheit Deutschlands möglich wurden. Nicht allein von ihm vollbracht. Der Papst hat keine Divisionen und keine Milliarden. Doch von ihm vorbereitet. Dabei soll die Gleichzeitigkeit des Erlebnisses zurückgeholt werden, um die Leistung Johannes Pauls II. zu würdigen. Denn im nachhinein weiß man nur noch ungenügend jene zu schätzen, die vor Grenzen nicht haltmachten, nicht aufgaben, sondern sie überschritten. Deshalb sollen die politischen Stationen dieses Pontifikats für die Wende in Europa und für die Einheit Deutschlands nachgezeichnet werden. Auf dem vorgegebenen knappen Raum kann dies nur unvollständig geschehen. Lediglich die wichtigsten Worte Johannes Pauls II., die entscheidenden Aktionen können herausgehoben werden. Die folgende Chronologie ist in gekürzter Form und im wesentlichen zusammengestellt aus dem Buch des Autors, Heinz-Joachim Fischer, „Die Jahre mit Johannes Paul II. – Rechenschaft über ein politisches Pontifikat", Herder Verlag Freiburg, September 1998:

Am 17. Oktober 1978, einen Tag nach seiner Wahl zum Papst, nach der Messe zum Abschluß des Konklaves, erklärt Johannes Paul II. in einer ersten programmatischen Rede den Kardinälen: „Wir wenden uns auch an alle Menschen, die als Kinder des allmächtigen Gottes unsere Brüder und Schwestern sind: Wir müssen sie lieben und ihnen dienen. Daher möchten wir ihnen ohne Überheblichkeit, vielmehr in echter Demut unseren Willen kundtun, einen wirklichen Beitrag zum immer aktuellen und wichtigen Anliegen des Friedens, des Fortschritts und der Gerechtigkeit unter den Völkern zu leisten.

Wir haben dabei keineswegs die Absicht, uns in politische Angelegenheiten oder in die Regelung weltlicher Dinge einzumischen. Zugleich aber möchten wir auch allen Völkern und jedem einzelnen unsere Hand entgegenstrecken und besonders jenen unsere Sympathie aussprechen, die unter Ungerechtigkeit und Diskriminierung zu leiden haben, ob auf wirtschaftlichem, sozialem oder politischem Gebiet, ob es um die Gewissensfreiheit geht oder auch um die gebührende Religionsfreiheit. Wir müssen mit allen Mitteln danach streben, daß sämtliche Formen der Ungerechtigkeit, die heute vorkommen, gemeinsam erwogen und wirklich beendet werden, so daß alle Menschen ein wahrhaft menschenwürdiges Leben führen können."

In der Predigt bei der offiziellen Amtseinführung auf dem Petersplatz sagt Johannes Paul II. am 22. Oktober 1978 prophetisch: „Brüder und Schwestern! Habt keine Angst, Christus aufzunehmen und seine Herrschergewalt anzuerkennen! Helft dem Papst und allen, die Christus und mit der Gewalt Christi dem Menschen und der ganzen Menschheit dienen wollen!
Habt keine Angst! Öffnet, ja reißt die Tore weit auf für Christus! Seiner rettenden Macht öffnet die Grenzen der Staaten, die wirtschaftlichen und politischen Systeme, die weiten Bereiche der Kultur, der Zivilisation und des Fortschritts.
Einen herzlichen Gruß richte ich an die hier anwesenden Vertreter und alle Menschen aus den Ländern der deutschen Sprache. Verschiedene Male – und erst kürzlich durch meinen Besuch in der Bundesrepublik Deutschland – hatte ich Gelegenheit, das segensreiche Wirken der Kirche und ihrer Gläubigen persönlich kennen und schätzen zu lernen. Lassen Sie Ihren opferbereiten Einsatz für Christus auch weiterhin fruchtbar werden für die großen Anliegen und Nöte der Kirche in aller Welt."

Bei seinem ersten Besuch im polnischen Heimatland vom 2. bis zum 10. Juni 1979, dem die kommunistische Regierung lange Zeit Widerstände in den Weg legte, die jedoch zu einem von Millionen umjubelten Triumphzug wird, sagt der Papst zu den Vertretern des polnischen Staates:
„Wenn der Heilige Stuhl eine Verständigung mit der staatlichen Autorität sucht, dann ist er sich – neben dem Interesse an der Schaffung von Bedingungen für eine umfassende Wirksamkeit der Kirche – dessen bewußt, daß eine Verständigung den geschichtlichen Rechten der Nation entspricht ... Im Licht dieser selbstverständlichen Fakten sehen wir in einer solchen Übereinkunft ein Element ethischer und internationaler Ordnung in Europa und in der heutigen Welt, wie sie der Achtung vor den Rechten der Nation und des Menschen entspringt.
Gestatten Sie mir, meine Herren, das Wohl (Polens) auch weiterhin als das meine zu betrachten und zutiefst daran Anteil zu nehmen, ganz so, als ob ich noch in diesem Land lebte und Bürger dieses Staates wäre.
Für eine Normalisierung der Beziehungen zwischen Kirche und Staat spricht in unserer Epoche die Rücksicht auf die grundlegenden Menschenrechte, unter denen das Recht auf Religionsfreiheit eine unzweifelbare und in gewisser Hinsicht fundamentale und zentrale Bedeutung besitzt. Die Normalisierung der Beziehungen zwischen Staat und Kirche ist der Beweis einer praktischen Hochschätzung dieses Rechts und aller seiner Konsequenzen im Leben einer polnischen Gemeinschaft."
Nach dieser Visite des polnischen Papstes im kommunistischen Machtbereich wußten die Partei- und Regierungschefs in Warschau, Moskau oder Ost-Berlin, daß sich Johannes Paul II. nicht mit dem politischen Status quo in Europa zufriedengeben würde.

Vom 15. bis 19. November 1980 führt Johannes Paul II. die 8. internationale Reise nach Deutschland, in fünf Tagen in sieben deutsche Städte, nach Köln, Bonn, Osnabrück, Mainz, Fulda, Altötting und München, nicht jedoch in Städte der DDR. Sie ist vom Papst ausdrücklich geplant in der Absicht, „die ganze geliebte große deutsche Nation zu ehren", wird von ihm nicht ohne leise

Bangigkeit begonnen, doch dann trotz des widrigen Wetters persönlich von Hunderttausenden, am Fernsehschirm von Millionen mit Sympathie und Begeisterung verfolgt. Johannes Paul II. erntet Zuneigung und Herzlichkeit, läßt Kritiker verstummen, weckt Nachdenken bei Skeptischen und entfacht Jubelstürme bei alten und neuen Anhängern. Die – im Land der Reformation und der getrennten christlichen Konfessionen vielleicht wichtigste – Begegnung zwischen Vertretern der Evangelischen Kirche unter Leitung von Bischof Lohse und dem Papst stellt das Verhältnis von Protestanten und Katholiken auf ein neues Fundament.

Im Dezember 1981 nimmt Johannes Paul II., auf den am 13. Mai jenes Jahres ein Attentat mit offensichtlich politischem Hintergrund verübt wurde, mit Bestürzung, jedoch nicht überrascht die Ausrufung des Kriegsrechts in Polen durch General Jaruzelski zur Kenntnis. Der Papst sucht vor allem den Konflikt zwischen der Staats- und Parteiführung in Warschau mit der Gewerkschaft „Solidarität" zu mindern und durch „gutes Zureden" bei allen Blutvergießen zu vermeiden. Die Freiheit und Würde der Polen klug für die Zukunft zu sichern, ist dabei oberstes Ziel. Mit scharfen Worten tadelt Johannes Paul II. in den kommenden Wochen immer wieder die Maßnahmen der polnischen Militärregierung. Über die Vorgänge in Polen drückt er seine Besorgnis aus, die „in den Völkern Europas und Amerikas geteilt" werde. In Polen sei „die Verletzung der Rechte des Menschen und der Nation" zu beklagen: „Eines der fundamentalsten Rechte des Menschen, das Recht auf Freiheit des Gewissens und der Überzeugung, wird verletzt" – eine deutliche Anspielung auf die Schlußakte von Helsinki, zu deren Unterzeichnern Polen, die Sowjetunion und auch die DDR gehören.

Vor Diplomaten aus aller Welt verurteilt er im Januar 1982 entschieden die Teilung der Welt in zwei Machtblöcke, die „Logik von Jalta": „Die Tatsache der Teilungen in Hegemoniesphären, die ihren Ursprung in besonderen und zufälligen Situationen haben, darf nicht ihre Fortdauer legitimieren, um so mehr, als sie dahin tendieren, die Souveränität anderer zu beschränken." Damit bekräftigt der Papst seine bisherige Haltung, daß in Polen ein Freiheitskampf geführt werde, der nicht nur das polnische Volk betreffe, sondern die ganze Menschheit; diesem Freiheitskampf aller Menschen gebe die Kirche ihre Unterstützung.

Wenige Wochen später (3. April 1982) verurteilt er scharf alle Ideologien, „materialistischer und ökonomistischer" Herkunft; sie hätten nichts anderes als ihr Scheitern bewiesen. Wörtlich erklärt er: „Die Kirche hat nicht die direkte Kompetenz, technische Lösungen ökonomisch-politischer Natur vorzuschlagen; sie lädt jedoch zu einer ständigen Überprüfung aller Systeme nach dem Maßstab der Würde der menschlichen Person ein ... Nur wenn man von diesem Maßstab geleitet wird, kann man die falschen und halbwahren Systeme überwinden, jene materialistischen und bloß wirtschaftlichen Ideologien."

Im Januar 1983 lancieren die sowjetische Nachrichtenagentur Tass und der DDR-Pressedienst ADN Angriffe gegen Religion, Kirche, Vatikan und den Papst. Die Beschuldigungen aus Moskau, Johannes Paul II. lasse „subversive Tätigkeiten in den kommunistischen Ländern ausführen" und die Kirche Polens sei schuld an dem Entstehen der inzwischen verbotenen polnischen Gewerkschaft „Solidarität", werden vom Vatikan zurückgewiesen. Der Verdacht, der bulgarische Geheimdienst stehe im Auftrag des sowjetischen hinter dem Attentat auf den Papst im Mai 1981, wird häufig geäußert.

Am 8. und 9. April 1983 werden Bischöfe aus der Sozialistischen Sowjetrepublik Litauen, deren Bevölkerung mehrheitlich katholisch ist, von Johannes Paul II. in getrennten Audienzen empfangen. Es ist das erste Mal seit 1938, daß Bischöfe aus Litauen im Vatikan über die Lage der Kirche in ihrem kommunistisch regierten Heimatland berichten können.

Vom 16. bis zum 23. Juni 1983 verwirklicht der Papst trotz der schwierigen innenpolitischen Lage in Polen und allen Widerständen, Aufschub-Plänen, Bedenken und Warnungen zum Trotz seinen entschiedenen Willen, in seinem Heimatland zum zweiten Mal nach dem Rechten zu sehen. Der Kirche gehören die Religion und die Nationalität des polnischen Volkes. Beides soll nach dem Willen des Papstes so wachsen und erstarken, daß es eines Tages das gegenwärtige politische Prokrustesbett sprengen kann.

Zum Jahresende 1984 ist allen klar: Der Papst hat das kommunistische Weltsystem deutlich herausgefordert. Die neuerliche Kampfansage war enthalten in der „Instruktion" über die Befreiungstheologie, in der dem Kommunismus „Blendwerk" vorgehalten, seine Ideologie und Praxis als „Schande unserer Zeit" gebrandmarkt wurden. Dazu verdammte der Papst feierlich das Grunddogma des Marxismus-Leninismus, nicht der Mensch bestimme den Lauf der Geschichte und die Form der Gesellschaft, sondern die äußeren Bedingungen beherrschten den Menschen, nicht der einzelne sei für Gerechtigkeit im Gemeinwesen verantwortlich, sondern es gelte, die Verhältnisse zu verändern, damit die Menschen anders würden.
Johannes Paul II. weist diese Auffassung entschieden zurück – ein Frontalangriff auf die marxistische Lehre. Im Feld der geistigen Auseinandersetzungen beansprucht die Kirche gegen den Kommunismus, die Wahrheit auf ihrer Seite zu haben.

In seiner fünften Enzyklika (30. Mai 1986) mit dem Titel *Dominum et vivificantem*, über den „Herrn und Lebensspender", verurteilt der Papst – politisch höchst brisant – Marxismus, Materialismus und Atheismus als Ablehnung des Heiligen Geistes: „Das System, das diese Denkweise, Ideologie und Praxis am meisten entwickelt und zu den äußersten praktischen Konsequenzen geführt hat, ist der dialektische und historische Materialismus, der noch immer als die Lebenssubstanz des Marxismus gilt. Grundsätzlich und de facto schließt der Materialismus die Gegenwart und das Wirken Gottes, der Geist ist, in der Welt und vor allem im Menschen aus; und zwar, weil er dessen Existenz leugnet, da er von seinem Wesen und Programm her ein atheistisches System ist."

Unter das „Zeichen der Zeugenschaft" für die Menschlichkeit und den Glauben, auch in der schrecklichen Zeit des Nationalsozialismus, stellt Johannes Paul II. seinen – nach 1980 zweiten (34. internationalen) – Besuch bei den deutschen Katholiken vom 30. April bis 4. Mai 1987. Für den Papst sind die Seligsprechungen der „Jüdin und katholischen Ordensfrau" Edith Stein in Köln und des Jesuitenpaters Rupert Mayer in München von besonderer Bedeutung, sowie die Ehrung des ehemaligen Bischofs von Münster, des Kardinals von Galen. Auch diesmal können die Katholiken in der DDR nicht besucht werden.

Vom 8. bis 14. Juni 1987 weilt Johannes Paul II. zu einem dritten Besuch in Polen, um aufs neue die Gläubigkeit des polnischen Volkes in dem kommunistisch regierten Staat und dessen ungeschwächte Treue zur Kirche unter Beweis zu stellen. Im 6. Jahr nach der Machtübernahme durch den Militärdiktator Jaruzelski wird der Papst als „Botschafter des Friedens" willkommen geheißen, womit Kirche und Regierung vor allem eine innenpolitische Bedeutung, wenn auch verschiedener Art, verbinden.

Im Frühjahr 1988 ist nicht länger zu übersehen, daß sich etwas bewegt zwischen dem Ersten und dem Dritten Rom. Die Priester im Vatikan und die Parteiherren im Kreml zollen sich mehr als nur höfliche Aufmerksamkeit. Daß es mit Befreiung und Freiheit im Kommunismus nicht weit her sei, hat nun auch Gorbatschow erkannt und zugegeben. Aufmerksam beobachtet man im Vatikan, ob bei dessen Reformbestrebungen auch das Los der gläubigen Christen, der überwiegend orthodoxen und nur in einer bescheidenen Minderheit auch römisch-katholischen, erleichtert würde. Der polnische Papst weiß, daß in Osteuropa Religion und Nationalität stets politschen Zündstoff bergen. In Rom ist man sich bewußt, daß Religion im Sowjetreich zunächst eine Frage der russisch-orthodoxen Kirchen ist, ihres Wiedererstarkens in Eigenständigkeit oder Abhängigkeit vom Staat, des Wiedererwachens des Glaubens in der Bevölkerung, ob mit „weißen" oder mit „roten" Zaren. Wenn Gorbatschow von Religion hört, denkt er daran, ob seinen Zielen fromm-sittliche Gläubigkeit oder militanter Atheismus nützlich sein könne.

In einer Vorwegnahme der deutschen Einheit ernennt der Papst am 20. Dezember 1988 den Berliner Bischof, Kardinal Joachim Meisner, zum Erzbischof von Köln und Nachfolger des im Oktober 1987 gestorbenen Kardinals Joseph Höffner.

Am 11. November 1989, zwei Tage nach der Öffnung der Berliner Mauer, berichtet der seit September neue katholische Bischof von Berlin, Georg Sterzinsky, zu dessen Kirchenbezirk ganz Berlin und Teile der DDR gehören, dem Papst im Vatikan über die jüngsten Ereignisse in Berlin und die politische Entwicklung in der DDR. Beide bekräftigen die Verpflichtung der Kirche, „zur Einheit und nicht zur Teilung" beizutragen. Am 16. November beenden die katholischen deutschen Bischöfe ein Arbeitstreffen mit dem Papst im Vatikan „dankbar und gestärkt", auch im Hinblick auf die neuen Aufgaben angesichts der jüngsten Entwicklungen nach der Öffnung der DDR-Grenze.

1. Dezember 1989: Der Staatspräsident der Union der Sozialistischen Sowjetrepubliken und Generalsekretär der sowjetischen Kommunistischen Partei, Michail Gorbatschow, wird von Johannes Paul II. zur Privataudienz im Vatikan empfangen. Nie zuvor war ein sowjetischer Parteichef, der Herr über Theorie und Praxis des Weltkommunismus, in den Vatikan, das markanteste Zentrum des Christentums, gekommen. Gorbatschow sucht die historische Begegnung mit dem Papst als Reformer, als einer der weiß, daß der Sozialismus der Gegnerschaft zu Religion und Kirche widersagen müsse. Nicht, weil er sich zum Glauben bekehrt hätte, sondern in der Überzeugung, daß auch oder gerade ein kommunistischer Staat die moralische Kraft der Gläubigen, des Volkes, benötigt.
Lange Zeit hatte die Kirche die Feindschaft der Ideologie, die Maßnahmen der Behörden gegen die Christen und die glaubensstarken Kardinäle, die kommunistische Macht in Osteuropa ertragen müssen. Auch Johannes Paul II. mußte warten, bis an die Spitze des Sowjetreiches einer rückte, der seine Sprache von der Öffnung der Systeme verstand, die revolutionären Ideen darin aufgriff und keine Angst hatte, ihre Umsetzung in die Tat zu beginnen.
Nun sitzen sie sich in der Privatbibliothek des Papstes Aug in Aug, nur durch einen Tisch getrennt, gegenüber, Michail Gorbatschow, der von seiner Taufe her orthodoxer Christ ist, und Karol Wojtyla, der als Pole auch Kommunist hätte werden können. Sie verbindet die Überzeugung, daß die Zukunft Osteuropas, unter welcher Herrschaft auch immer, in der Verbindung zum westlichen Teil des Kontinents liegt, im „gemeinsamen Haus Europa", im „christlichen Europa mit seinen jahrhundertealten Wurzeln der Kultur und Religion".

Vor Diplomaten faßt Johannes Paul II. am 13. Januar 1990 die jüngsten weltpolitischen Entwicklungen zusammen: „Die Stunde ist günstig, um die Steine der niedergeworfenen Mauern zu sammeln und daraus zusammen das gemeinsame europäische Haus zu bauen. Warschau, Moskau, Budapest, Berlin, Prag, Sofia und Bukarest sind wie die Stationen eines langen Weges zur Freiheit. Wir müssen jenen Völkern Ehre erweisen, die unter ungeheuren Opfern diesen Weg auf sich genommen, und jenen verantwortlichen Politikern, die ihn begünstigt haben. Der Beginn dieses Weges ist häufig eine Kirche gewesen. Unter unseren Augen scheint ein Europa des Geistes zu entstehen, durchdrungen von den Werten und den Symbolen, die es gebildet haben, von jener christlichen Tradition, welche die Völker verbindet."

Im März 1990 verständigen sich der Vatikan und die Sowjetunion darauf, offizielle Vertreter auszutauschen – ein Erzbischof „mit dem persönlichen Rang eines Apostolischen Nuntius" in Moskau und ein „Sonder-Botschafter" des Kremls in Rom.

In einer neuen Sozial-Enzyklika mit dem Titel *Centesimus Annus. Der 100. Jahrestag* – 100 Jahre nach der ersten von Leo XIII. im Mai 1891 – legt der Papst im Mai 1991 eine Analyse der weltpolitischen Lage vor und zieht eine kühle Bilanz über den Zusammenbruch des realen Sozialismus-Kommunismus in Mittel- und Osteuropa. Er nimmt eine wohlwollende Würdigung jenes Systems vor, das in Deutschland als „Soziale Marktwirtschaft" Erfolg hat, und eröffnet Perspektiven für den Weg der Menschheit ins 3. Jahrtausend. Ein eigenes Kapitel ist dem Jahr 1989 gewidmet. Johannes Paul II. erinnert daran, „daß die entscheidende Krise der Systeme, die vorgeben, Ausdruck der Herrschaft und der Diktatur der Arbeiter zu sein, mit den großen Arbeiterbewegungen beginnt, die in Polen im Namen der Solidarität stattfanden". Die Ursachen der Krise waren die „Untauglichkeit des Wirtschaftssystems", das „die Menschenrechte auf wirtschaftliche Initiative, auf Eigentum und auf Freiheit im Bereich der Wirtschaft" verletzte, und „die vom Atheismus hervorgerufene geistige Leere".

Am 3. März 1992 schreibt der ehemalige sowjetische Staats- und Parteichef Gorbatschow in einem Artikel der Turiner Zeitung „Stampa": „Was in Ost-Europa in den letzten Jahren geschehen ist, wäre nicht möglich gewesen ohne diesen Papst, ohne die große – auch politische – Rolle, die Johannes Paul II. im Weltgeschehen gespielt hat. Ich bleibe überzeugt von der Wichtigkeit des Handelns Papst Johannes Pauls II. in diesen Jahren ... Wir stehen vor einer außergewöhnlichen Persönlichkeit. Ich möchte nicht übertreiben. Aber ich habe einen besonderen Eindruck empfunden, als ob von diesem Mann eine Energie ausgehe, dank der man ein tiefes Gefühl des Vertrauens ihm gegenüber empfindet."

Für 54 Stunden kommt der Papst vom 21. bis 23. Juni 1996 ein drittes Mal nach Deutschland, nun in das vereinte. Im westfälischen Paderborn steht die Ökumene, die Begegnung für die Einheit mit anderen Christen im Vordergrund. In der Hauptstadt Berlin spricht Johannes Paul II. im Olympiastadion zwei katholische Glaubenszeugen im Dritten Reich, den Dompropst Bernhard Lichtenberg und Karl Leisner, selig. Doch die ganze Welt schaut zu, als der Papst – ob seines Alters und der angegriffenen Gesundheit wegen – mit schmerzhaften Schritten durch das Brandenburger Tor geht. Da erfüllt sich ein Herzenswunsch des Polen, der Nationalsozialismus und Kommunismus, die zwei gottlosen Ideologien dieses Jahrhunderts, erlebt hat; der bei seinem Amtsantritt dazu aufrief, ohne Furcht Grenzen zu öffnen; der immer wieder forderte, Europa müsse mit zwei Lungen atmen, Ost und West müßten zusammenkommen; der wie wenige andere dazu beitrug, diese Visionen zu verwirklichen. In Berlin wächst nicht nur Deutschland zusammen, sondern auch Europa – oder gar nicht. Das ist die politische Botschaft des Papstes an die Deutschen.

Walter Brandmüller

Der Papst und die Wende im Osten

Ideen sind es, die die Welt verändern. Politische, militärische, ökonomische Macht, obgleich von den Zeitgenossen viel unmittelbarer erlebt, oft genug erlitten, ist doch nur Instrument im Dienste der Idee. Das gilt auch für die Idee des Sozialismus, die es vermocht hat, sich seit dem Roten Oktober 1917 einen politisch-militärischen Machtapparat zu schaffen, vor dem die Welt erzitterte.
Diesem Vorgang der Verleiblichung der Idee des Sozialismus im Sinne von Marx und Lenin in einem gesellschaftlichen, politischen System wohnt freilich eine besondere Dialektik inne, sagen doch Marx, Engels und Lenin, daß die eigentliche Wirklichkeit sich in den materiellen, ökonomischen Verhältnissen erschöpfe, während alles andere als deren bloßer ideologischer Überbau anzusehen sei.
Da nun aber – und dieser Vorgang ist hinsichtlich seiner Tatsächlichkeit nicht zu bestreiten – es ebendieser Idee im Widerspruch zu sich selbst gelungen war, die halbe Welt in das von ihr geschaffene politisch-militärisch-ökonomische System zu zwingen, hat sich der Marxismus-Leninismus selbst ad absurdum geführt. Damit war der Erfolg der Idee zum Keim ihres Zerfalls geworden.
Welches Ausmaß diese geistige Wende inzwischen angenommen hat, mag die Zeitung des sowjetischen Schriftstellerverbandes Literaturnaja Gazeta vom 16. Januar 1991 zeigen. Da heißt es unter der Überschrift: „Gott, du bist mein Gott", wie folgt: „Heute entscheidet sich unser Schicksal, heute entscheidet es sich, ob wir wahrhaftig im Einklang mit dem Gewissen leben werden, oder ob wir wie stumme Sklaven werden... Ja, wir wählten den Weg der Reinigung, aber es hat sich gezeigt, daß wir ohne Orientierung sind, denn seit langem schon haben wir die Grundlagen der Moral verloren, jene Zehn Gebote, die Gott uns gegeben hat". Mit diesen Sätzen wird eine Artikelserie über die Zehn Gebote angekündigt.

I.

Die Frage, die uns angesichts dessen, was die Welt im vergangenen Jahr erlebt hat, noch immer bewegt, lautet nun so:
Wie konnte es dazu kommen, daß sich aus dem nicht nur ideologischen, sondern auch tatsächlichen politischen, gesellschaftlichen und wirtschaftlichen Scheitern des marxleninschen Sozialismus nun auch der Zusammenbruch des sozialistischen Imperiums ergab, der sich bis heute unter dramatischen Umständen und in gefahrenträchtigen Formen fortsetzt?
Vor kurzem hat Peter Scholl-Latour gemeint, der 1979 einsetzende Widerstand der afghanischen Mudjaheddin habe diesen Zerfallsprozeß eingeleitet. Zweifellos hat die Erfolglosigkeit der Roten Armee in Afghanistan dabei eine Rolle gespielt. Anderes mag hinzugekommen sein, historische Prozesse haben niemals nur eine Ursache.
Unter diesen Ursachen muß – und dies schon aus Gründen der zeitlichen Priorität – aber auch das Konklave genannt werden, aus dem am 16. Oktober 1978 der Erzbischof von Krakau, Kardinal Karol Wojtyla als Johannes Paul II. hervorgegangen ist. Er hatte als Jugendlicher und Student den braunen, als Priester, Universitätsprofessor und Bischof den roten Sozialismus erlebt und erlitten, und in tiefgründender intellektueller wie existenzieller Auseinandersetzung mit dem Marxismus-Leninismus in dieser Ideologie den Widersacher Gottes und des Menschen erkannt. Daß sein philosophisches, theologisches Denken wie auch sein seelsorgerisches Handeln in der Auseinandersetzung mit dem Sozialismus einen wesentlichen Inhalt fand, haben die Umstände seines Lebens im Machtbereich dieser Ideologie erzwungen.

Dies alles war nicht nur den Papstwählern vom Oktober 1978 klar, dies wußte man allenthalben, sobald die Wahl bekanntgemacht war. Ein Papst aus einem kommunistisch regierten Land mußte den Machthabern im Kreml, wie David Seeber in einer ersten Analyse nach der Wahl schrieb, „Kopfzerbrechen" machen. Für die Christen unter kommunistischer Herrschaft wurde er „ein Zeichen der Hoffnung". Diesem Papst brauche man über deren Lage nichts zu sagen, und die Sowjetunion werde dem zweifellos Rechnung tragen, wenn sie international mit dem Vatikan im Gespräch bleiben will. Es werde, meinte Seeber, „für einige Zeit jedenfalls sowjetische Unsicherheiten gegenüber einem Papst polnischer Herkunft geben..." Und: „Mit interessanten Entwicklungen ist hier auf jeden Fall zu rechnen"[1].
Solche Entwicklungen, wenn schon nicht auszulösen, so doch zu fördern, war zweifellos von vornherein die Absicht des Papstes aus Polen. Er vermochte sich dabei auf seinen Vorgänger Paul VI. zu berufen, der die Idee der ersten KSZE-Konferenz in Helsinki entschieden aufgegriffen und seither konsequenterweise, zwar keine Privilegien, wohl aber volle Freiheit des Handelns für die Kirche (und alle Religionsgemeinschaften) gefordert hatte.
Schon knappe zwei Monate nach seiner Wahl betonte Johannes Paul II, den Gedanken seines Vorgängers vertiefend, er wolle einer säkular denkenden Gesellschaft klarmachen, daß die Religionsfreiheit Grundlage aller Menschenrechte sei, und er zögerte nicht, diese seine Position, die, wie schon seine Weihnachtsansprache von 1978 zeigt, nicht einer engen Kirchlichkeit entsprungen war, sondern in einer tief erlebten menschlichen Erfahrung wurzelte, auch „ostpolitisch umzumünzen". Beim darauffolgenden Neujahrsempfang hat er die Wünsche östlicher Diplomaten, gerade dieser Pontifikat möge dem Frieden und der Annäherung der Völker dienen, aufgegriffen, und sie mit der nachdrücklichen Forderung nach Wahrung der Menschenrechte beantwortet. Das Angebot, diplomatische Beziehungen mit den Ostblockländern aufzunehmen, signalisierte Offenheit und Gesprächsbereitschaft[2].
Inzwischen hatte der Papst bereits den später zum Kardinal erhobenen Erzbischof Luigi Poggi als Sondernuntius nach Ungarn entsandt[3].
Indes sollte nicht Ungarn, sondern das Heimatland Karol Wojtylas zum Ansatzpunkt für die weitere Entwicklung werden. Da sich das Martyrium des hl. Stanislaus, einst Bischof von Krakau, zum 900. Male jährte, wurde in Polen die Frage eines Papstbesuches aus diesem Anlaß bald lebhaft erörtert.
Es ist klar, daß dies eine Frage war, die keinesfalls zwischen dem Vatikan und Polen allein entschieden werden konnte, hier waren vitale Interessen der Führungsmacht des Ostblocks berührt, konnte man doch absehen, daß ein solcher Besuch ganz Polen in Bewegung setzen und der hier ohnehin schon starken inneren Verbindung von Nationalgefühl und Katholizismus neue Virulenz verleihen würde. Dies war um so mehr zu erwarten, als die Wahl eines Polen zum Papst die Zugehörigkeit seines Heimatlandes zum europäischen Kulturkreis erneut bewußt gemacht hatte – Polen war auf einmal ins Zentrum des Weltinteresses gerückt.
So verwundert es nicht, daß der sowjetische Außenminister Gromyko alsbald nach Rom aufbrach, wo er am Abend des 24. Januar 1979 von Johannes Paul II. zum ersten Mal empfangen wurde. Allgemein wurde die ungewöhnliche Dauer dieser Begegnung registriert, die nahezu zwei Stunden in Anspruch nahm, wobei kein Dolmetscher das Tête-à-tête störte. Erst gegen Schluß der Unterredung wurden der sowjetische Botschafter und der Pro-Staatssekretär Erzbischof Casaroli hinzugezogen.
Wiewohl darüber nichts verlautete, war der geplante Papstbesuch in Polen wohl ebenso Gesprächsgegenstand gewesen wie die Lage der Kirche im sowjetischen Machtbereich, wobei Litauen, Weißrußland und die Ukraine

1
Herder Korrespondenz 78, 549.

2
Cfr. Herder Korrespondenz 79, 77.

3
Cfr. Herder Korrespondenz 79, 108.

im Vordergrund gestanden haben dürften. Nach wochenlangen Verhandlungen stand am 4. März fest, daß der Besuch vom 2.-10. Juni 1979 – also nicht zum Tag des Stanislausfestes – stattfinden würde.
Kardinal König äußerte die Vermutung, der Papstbesuch könne ein „psychologisches Erdbeben" auslösen[4].
Diese bevorstehende Reise war aber nicht nur ein polnisches Problem, sie war Präzedenzfall und Experiment zugleich für die kommunistische Welt.
Dessen war sich niemand besser bewußt als Johannes Paul II. selbst, der infolgedessen schon in seiner vorbereitenden Korrespondenz eine Linie behutsamer diplomatischer Höflichkeit und Zurückhaltung verfolgte, die auch der Pro-Staatssekretär Casaroli einhielt, als er zu letzten Absprachen in Polen weilte.
Am gleichen 4. März 1979, an dem die Entscheidung über den Besuch in Polen bekanntgegeben wurde, veröffentlichte Johannes Paul II. seine Antrittsenzyklika *Redemptor hominis*, die auch für das Verhältnis der Kirche zu den kommunistischen Staaten von grundsätzlicher Bedeutung war. Hier sei darüber nur so viel gesagt, daß der Papst in dieser ersten Enzyklika seines Pontifikats einen unterschiedslos an alle politischen Systeme gerichteten Appell zugunsten der Freiheit richtete, und erkennen ließ, daß Achtung oder Mißachtung der Menschenrechte für ihn den Maßstab für die Legitimität politischer Institutionen und Entwicklungen darstellte. Im Blick auf diese Ereignisse schrieb ein kompetenter Beobachter:
„Wenn man eine erste sehr vorläufige Bilanz zieht, so ist das größere persönliche Engagement dieses Papstes in der stets in erster Linie pastoral geprägten vatikanischen Ostpolitik unverkennbar. Als recht nützlich erweist sich jetzt die jahrzehntelange Umgangserfahrung des Papstes mit kommunistischen Funktionären und die genaue Kenntnis von der Psychologie und der Mentalität derselben. In die vatikanische Ostpolitik scheint etwas frischer Wind hineingekommen zu sein; unverkennbar ist auch, daß sich unter dem neuen Pontifikat der Stellenwert der katholischen Kirche auch in Ländern unter kommunistischen Machthabern erhöht hat. Es könnte sein, daß unter seinem Pontifikat die Aufnahme diplomatischer Beziehungen mit verschiedenen kommunistischen Staaten realisiert wird. Ein Wesenszug dieses Papstes scheint jedoch zu sein, nichts zu übereilen und sich auf das Wesentliche zu konzentrieren. Unverkennbar sind jedoch auf beiden Seiten neue Akzente, die eher auf Momente einer Entkrampfung der Beziehungen von Kirche und Staat hinzielen als auf verschärfte Konfrontation".
Der Papstbesuch in Polen, der dann in der Pfingstwoche 1979 stattfand, wurde zunächst zu einer Bestärkung und Ermutigung des polnischen Volkes im katholischen Glauben und in der Hoffnung auf Freiheit, was die Millionen, die den Papst umjubelten, sichtbar machten. Dabei blieb es aber nicht, wie schon die zahlreichen Gruppen aus der Tschechoslowakei und der damaligen DDR zeigten, die sich mit Transparenten einfanden, vom Papst sehr wohl zur Kenntnis genommen und auch besonders begrüßt wurden. Daß er das Ziel seines Besuches weit über Polen hinaus gesteckt hatte, ließ der Papst erkennen, als er am Pfingstsonntag in Gnesen einen ausdrücklichen Appell an die slawischen Völker insgesamt richtete. Er beschwor die geistige Einheit des christlichen Europa, dessen Kultur und Glaube von beiden großen Traditionsströmen, des Westens und des Ostens, gespeist werde.
Die Völker und Grenzen übergreifende Gemeinschaft des christlichen Europa war ein weiteres Motiv, das der Papst immer wieder anklingen ließ. Der stürmische Beifall, der solchen Ausführungen jeweils folgte, bezeugte ihre besondere Aktualität.
In noch eindringlicherer Weise variierte Johannes Paul II. jedoch das Thema der Menschenrechte. Besonders bewegend war dies vor dem Hintergrund der Wachttürme und Stacheldrahtverhaue, der Ruinen von Gaskammern und Krematorien von Auschwitz, wobei der Papst ganz von den damit verbundenen historischen Erinnerungen abstrahierte und, sich ins Allgemeingültige erhebend, Auschwitz ein „Zeugnis des Krieges" schlechthin nannte, und aufzeigte, wie leicht die Würde des Menschen durch den Menschen mit Füßen getreten werde.

4
Cfr. Herder Korrespondenz 79, 200.

Keine Frage ist es also, daß der Polenbesuch des Papstes ein eminent geistliches Ereignis war. Ebenso unzweifelhaft ist es aber auch, daß der Papstbesuch, gerade, weil die Botschaft Antwort auf die tiefsten Sehnsüchte des Menschen gab, auch politische Folgen von großer Tragweite nach sich zog.

Vor allem kann kein Zweifel daran bestehen, daß die offizielle Gründung von „Solidarnosc" im August 1980 eine Frucht jener durch die Wahl eines polnischen Papstes und dessen Besuch in der Heimat ausgelösten Bewegung darstellt. Allein schon die Wahl des Namens „Solidarität" war nicht nur ein Bekenntnis zu einem Schlüsselbegriff der katholischen Soziallehre, Solidarität war auch ein wichtiges Thema der Antrittsenzyklika und zahlreicher späterer Ansprachen des Papstes.

In der einschlägigen Literatur wird dieser denn auch als der „eigentliche Ziehvater der Solidarnosc" bezeichnet. Selbst TASS zögert nicht mit dem Urteil: „Die Solidarnosc wurde nicht aus den Unruhen des Sommers 1980 geboren, sondern aus dem Schoß der Kirche".

Wie war das vor sich gegangen?

Die Ereignisse des Sommers 1980 hatten ihre Wurzeln in den Feiern der Danziger Werftarbeiter vom Dezember 1979, in denen diese jener 50 Arbeiter gedachten, die 1970 bei der Niederschlagung einer Streikbewegung getötet worden waren. Als es im Anschluß an diese Feiern zu Verhaftungen gekommen war, hatten die Werftarbeiter ein fünfköpfiges Komitee gebildet, das für die Interessen der Verhafteten eintreten und Hilfe für sie organisieren sollte. Zum Komitee hatte auch ein unbekannter junger Elektriker namens Lech Walesa gehört. Von hier aus nahm dann auch jene neuerliche Streikbewegung ihren Ausgang, die im Sommer 1980 ganz Polen erfaßte und die gesamte industrielle Produktion zum Stillstand brachte. Die Forderungen der Streikenden hatten Freiheit der Meinungsäußerung, der Presse, Versammlungsfreiheit, eine freie Gewerkschaft und Freiheit für die Kirche zum Inhalt.

Während aber zu diesen Vorgängen düstere Warnungen aus Moskau nach Polen drangen, waren aus Rom Worte der Ermutigung zu hören. Doch damit nicht genug. Als die Anzeichen einer bevorstehenden Intervention der Roten Armee sich mehrten und die Angst der Polen vor militärischer Gewalt wuchs, da richtete der Papst eine persönliche Botschaft an Leonid Breschnew, des Inhalts, daß er, Johannes Paul II., im Falle eines russischen Einfalls in Polen sich unverzüglich dorthin begeben werde, um seinem Volke beizustehen.

So hielt Moskau, so hielt Warschau still, und am 31. August 1980 wurde zu Danzig ein Vertrag zwischen Solidarnosc und Regierung geschlossen, in dem die erste freie Gewerkschaft innerhalb des kommunistischen Blocks anerkannt wurde. Damit aber war die eigentliche Sprengladung an das noch immer mächtige und drohende sowjetische System gelegt.

Es verwundert nicht, daß die Kommentare der russischen Presse alsbald eine bisher kaum gekannte Schärfe annahmen, und im März 1981 die Moskauer Zeitschrift „Polimya" von Johannes Paul II. schrieb, er sei „ein schlauer und gefährlicher ideologischer Feind, ein militanter Antikommunist, ein bösartiger, gemeiner, hinterlistiger und rückständiger Lakai der amerikanischen Militaristen". Angriffe in dieser Tonart häuften sich nun, bis sie, nachdem ein geplantes Attentat auf Walesa während seines Besuchs in Italien im Januar 1981 sich als undurchführbar erwiesen hatte, am 13. Mai 1981 in den Schüssen des Mehmet Ali Agca auf dem Petersplatz ihren Höhepunkt erreichten.

Daß das Attentat auf den Papst in Moskau befohlen, in Sofia geplant und durch den als fanatischen Moslem getarnten Ali Agca ausgeführt worden ist, unterliegt nach eindringlichen Untersuchungen heute keinem Zweifel mehr.

Die Ereignisse in Polen, das der Papst noch zweimal besucht hat, nämlich 1983 während des Ausnahmezustandes und dann noch einmal 1986, entfalteten eine immer stärkere Dynamik und gaben dem Freiheitsverlangen, insbesondere der Forderung nach Gewissens- und Religionsfreiheit in den übrigen Ländern des Ostblocks beständig neue Nahrung. Wenden wir unseren Blick deshalb nun ihnen zu, zumal Johannes Paul II. sie über den besonderen Problemen seines Heimatlandes keineswegs vergaß. Einen Überblick über seine diesbezüglichen Initiativen liefert Alex Alexeiev in seiner Studie „The Kremlin and the Pope", die er 1983 für die Rand-Corporation angefertigt hat. Diesem Bericht zufolge hatte der Papst sogleich nach Regierungsantritt dafür gesorgt, daß die Sendezeiten von Radio Vatikan für Sendungen in den osteuropäischen Sprachen erheblich verlängert wurden. Auch in der vatikanischen Personalpolitik wurde es sichtbar, daß man Osteuropa nunmehr besondere Aufmerksamkeit widmete.

Als dann der Papst selbst, der erste Slawe auf der Cathedra Petri, bei seinen drei Besuchen in Polen sich in seinen Predigten immer wieder an alle slawischen Völker wandte, löste er damit unter diesen eine religiöse Wiederbelebung aus, wie man sie nach dem Oktober 1917 nicht mehr erlebt hatte.

Von dieser Bewegung wurden die Tschechoslowakei, Litauen und Lettland, besonders aber die Ukraine erfaßt. In Litauen wurde, kaum, daß Johannes Paul II. gewählt war, ein Komitee zur Verteidigung der Rechte der Gläubigen gegründet, das eine katholische Massenbewegung in Gang brachte und sogleich in Rußland Nachahmung fand.

Nun auf einmal strömten die bislang eingeschüchterten Gläubigen wieder zu den kirchlichen Prozessionen. Man wagte Demonstrationen für die Rechte der Kirche, organisierte massenhafte Unterschriftensammlungen zugunsten der religiösen Freiheit, und im Untergrund erlebten Samizdat-Publikationen, geheime Ordensgemeinschaften und ein geheimes Priesterseminar eine erstaunliche Blüte.

Im Januar 1983 konnte der Papst den Letten Julian Vaivods nach zähen Verhandlungen zum ersten Kardinal im sowjetischen Machtbereich ernennen.

Nun aber standen 1986 und 1987 bedeutende religiöse Jubiläen für die baltischen Völker an, die vor sechs- bzw. achthundert Jahren das Christentum angenommen hatten. Der Papst wollte diese Anlässe zu einem Besuch im Baltikum benutzen, was jedoch am sowjetischen Widerstand scheiterte. Im August 1984 beklagte sich Johannes Paul II. in einer öffentlichen Ansprache über diese Behinderung. Gerade deshalb sollten diese Jubiläen mit möglichster Feierlichkeit begangen werden. Auf diese Weise konnte man sowohl die Weltöffentlichkeit auf die andauernde Unterdrückung der baltischen Katholiken aufmerksam machen, als auch vor allem diese selbst auf ihre religiösen, kulturellen Wurzeln hinweisen, aus denen sie Kraft zur Selbstbehauptung zu schöpfen vermochten. Diesen Zielen dienten jeweils sowohl feierliche Papstgottesdienste als auch kirchenhistorische Kongresse in Rom, mit deren wissenschaftlicher Planung und Durchführung der Papst sein geschichtswissenschaftliches Komitee beauftragte. Durch den Hinweis auf die Bedeutung von Geschichte und Überlieferung wurde außerdem die ihrem Wesen nach geschichtsfeindliche marxistische Ideologie getroffen.

Gleiche Überlegungen waren sowohl in Rom als vor allem in der Tschechoslowakei im Hinblick auf den 1100. Todestag des hl. Methodius angestellt worden, der wie sein Bruder, der hl. Kyrill als Apostel der Slawen gilt. Methodius war im Jahre 885 gestorben.

Da beide nicht nur das nach Kyrill benannte Alphabet für die slawischen Sprachen schufen, sondern auch Bibel, Liturgie und kirchliche Rechtsquellen in das Slawische übersetzten, konnte ihre überragende Bedeutung für das Slawentum auch von den kommunistischen Machthabern nicht bestritten werden.

Die Wirkung dieser Jubiläumsfeier auf die Kirche – und natürlich auch auf die ganze Gesellschaft in der Tschechoslowakei – ist indes nur vor dem Hintergrund der unmittelbar vergangenen Jahre zu ermessen. Nachdem im Januar 1980 der flüchtige Anschein einer Gesprächsbereitschaft seitens der Prager Regierung erweckt, aber schon im März darauf als Illusion entlarvt worden war, erhob Johannes Paul II. im Mai 1980 vor einer auf dem Petersplatz versammelten Menge, also nunmehr in aller Öffentlichkeit, die Forderungen der Kirche an die Machthaber in Prag: Volle Religionsfreiheit und freien Zugang zum Priester- und Ordensberuf. Damit war auch römischerseits eine harte Gangart eingeschlagen. Dem entsprach die wachsende Aktivität zahlreicher katholischer Gruppen, die sich zu Gebet, Gottesdienst und Exerzitien um kirchlich-treue Priester, sehr oft im geheimen, scharten.

Ein besonderes Indiz für die von Johannes Paul II. inaugurierte religiöse Neubelebung auf dem Gebiet der ČSSR ist auch das Schicksal der Organisation „Pacem in terris". Dabei handelte es sich um den Versuch der Prager Kommunisten, den katholischen Klerus dem Regime hörig zu machen. Die Wahl der Anfangsworte einer Enzyklika Johannes XXIII. zum Namen dieser Organisation sollte den Eindruck von Papst- und Kirchentreue erwecken. Etwa ein Drittel der Priester war seinerzeit den Pressionen der Kommunisten erlegen und beigetreten. Sie wurden alsbald durch einflußreiche Stellungen und manche Privilegien dafür belohnt. Als deren Kontrolle über die Aufnahme und die Ausbildung des Priesternachwuchses immer deutlicher zu Tage trat, protestierten die Studenten des Preßburger Priesterseminars zu Beginn des Wintersemesters 1980/81 mit einem zweitägigen Hungerstreik gegen „Pacem in terris". Dem Aufsehen, das sie damit erregten, entsprachen die scharfen Reaktionen der Regierung.

Als nun die noch im Amt befindlichen fünf tschechoslowakischen Bischöfe im März 1982 zu ihrem Ad-limina-Besuch in Rom weilten, beklagte der Papst mit Nachdruck den Umstand, daß nur fünf von vierzehn Bistümern besetzt waren. Wenige Tage zuvor, am 8. März hatte der Papst durch die Kleruskongregation einen Erlaß veröffentlichen lassen, der das zwar nicht ausdrückliche, wohl aber tatsächliche Verbot der Mitgliedschaft bei „Pacem in terris" enthielt. Die Reaktion der Prager Regierung bestand nun darin, daß man die Bischöfe bei ihrer Rückkunft – man hatte das Flugzeug von Prag nach Preßburg umdirigiert – im dortigen Priesterseminar festhielt und sie zu einer Unterdrückung des römischen Erlasses zu zwingen suchte. Der Erlaß des Papstes bewirkte dennoch das Ende von „Pacem in terris", da die Bischöfe ihn ungeachtet aller Pressionen veröffentlichten, und die betroffenen Priester mit verschwindend geringen Ausnahmen „Pacem in terris" verließen.

Daß sich solchermaßen die Spannungen zwischen Prag und Rom erhöhten, verwundert nicht. Es verwundert darum auch nicht, daß Prag dem Papst, der von Kardinal Tomásek zu den erwähnten Jubiläumsfeiern von 1985 eingeladen worden war, die Einreise verweigerte. Gleiches widerfuhr den übrigen eingeladenen auswärtigen Bischöfen. Nur Kardinalstaatssekretär Casaroli durfte teilnehmen. Johannes Paul II. hingegen veröffentlichte die Enzyklika *Slavorum apostoli*, in welcher er die Bedeutung des heiligen Brüderpaares für die Slawenvölker und für ganz Europa hervorhob. Die Feiern, die dann im Sommer 1985 am Grab des hl. Methodius stattfanden, und an denen ca. 150.000 Gläubige teilnahmen, brachen nach der Ansicht kompetenter Beobachter den Bann, der bisher die Katholiken der ČSSR an dem Hervortreten in die Öffentlichkeit gehindert hatte.

Am virulentesten zeigte sich jedoch der religiöse Aufbruch in der Ukraine, wo seit 1946 fünf Millionen Katholiken des byzantinischen Ritus durch Stalin unterdrückt und in den Untergrund gedrängt worden waren. Das parteihörige orthodoxe Patriarchat Moskau hatte bereitwillig die Hand zu einer Zwangseingliederung der Katholiken in das orthodoxe Patriarchat geliehen.

Nun forderte eine ständig anwachsende Bürgerinitiative der katholischen Ukrainer mit zunehmendem Nachdruck religiöse Freiheit sowie Rückgabe ihrer Kirchen und des entfremdeten kirchlichen Eigentums.

Auch diesmal war es ein religiöses Jubiläum, das hierzu entscheidende Anstöße bot: 1988 waren es tausend Jahre, daß der Herrscher der Kiewer Rus, Wladimir, die Taufe empfing, womit das Christentum Eingang ins heutige Rußland fand.
Von Anfang an hatte Johannes Paul II. mit Entschiedenheit die Forderungen der ukrainischen Katholiken unterstützt, die von Paul VI. eher als ein Hindernis für die Verständigung mit Moskau betrachtet worden waren.
Bereits 1985 hatten sie sich aus dem Untergrund wieder hervorgewagt und öffentliche Gottesdienste aufgenommen. Unter den Vorzeichen von Perestrojka und Glasnost glaubte man, nun auch Freiheit für die Religion zu erlangen. Nun bot das Millennium der christlichen Ukraine – das von ganz Rußland in Anspruch genommen wurde – neuen Anlaß zu intensiven Kontakten zwischen dem Ersten und dem Dritten Rom, wobei die enge Verschlingung von politischen und ökumenischen Elementen das Problem eher komplizierte.
Wenn auch ein Papstbesuch aus diesem Anlaß in Rußland nicht möglich war, so konnte doch im Juni 1988 eine hochrangige römische Delegation nach Moskau reisen – bezeichnenderweise nicht jedoch nach Kiew. Diese komplizierte Situation erforderte es, daß der Papst sich in zwei getrennten Jubiläums-Schreiben an das orthodoxe Rußland und die Katholiken der Ukraine wandte.
Nichtsdestoweniger wurden solchermaßen die Kontakte mit Regierung und Patriarchat von Moskau – die ja beide seit Stalin engstens zusammenarbeiten – intensiviert.
Ergebnisse waren, wenn auch nicht in der Ukraine, so doch in Litauen bald zu erkennen.
Im Dezember 1988 konnte nach langer Amtsbehinderung Bischof Steponavicius endlich als Erzbischof von Wilna eingesetzt werden. Im Februar wurde die Kathedrale von Wilna ihrer Bestimmung zurückgegeben, und im März hatten fast alle litauischen Diözesen wieder ihren Bischof.
Diese Entwicklung setzte sich fort, bis Johannes Paul II. im Juli 1989 nach sechzig Jahren wieder einen Bischof für die Katholiken in Weißrußland ernennen und alle vakanten tschechischen Bistümer besetzen konnte, wobei kein einziger der von Prag gewünschten Kandidaten zum Zuge kam.
Daß der Papst nach zwei Besuchen Gorbatschows im Vatikan nun auch Besuche in Rußland und in der Ukraine für 1992 ankündigen konnte, kennzeichnet die damalige Situation, an deren Offenheit für eine weitere Entwicklung damals nicht gezweifelt wurde, obgleich späterhin sich solche Hoffnungen als unbegründet erweisen sollten. So jedenfalls stellte sich die damalige Entwicklung dar, die hier nur grob skizziert wurde, wobei die Balkanländer außer Betracht bleiben mußten. Soweit in knappen Andeutungen die Tatsachen.

II.

Der Papst und die Wende im Osten: Es war also gefragt, wie, in welcher Weise, in welchem Maße – und ob überhaupt Johannes Paul II. ursächlich, mitursächlich an der säkularen Wende im Osten beteiligt war.
Damit steht natürlich die berühmte Frage an: Wieviele Divisionen hat der Papst? – oder mit anderen Worten: Hat ein Papst überhaupt politische Möglichkeiten? Es stehen ihm weder ökonomische noch militärische Mittel, nicht einmal ein Territorium als Instrumente politischen Handelns zur Verfügung. Indes ist ein wichtiger Umstand hier von Bedeutung: Unabhängig von der Existenz des Vatikanstaates ist der Hl. Stuhl Völkerrechtssubjekt, und als solches Teilnehmer an internationalen Konferenzen.
Es war eine weitblickende Entscheidung Pauls VI. gewesen, sich an dem 1975 zu Helsinki begonnenen KSZE-Prozeß zu beteiligen. Hierbei war es von Anfang an sein Bestreben gewesen, das Thema der Menschenrechte, darunter die Religionsfreiheit, stets neu und mit Nachdruck zur Sprache zu bringen. Das KSZE-Folgetreffen zu Wien im Jahre 1986 brachte dann den entscheidenden Erfolg, als die Vatikanischen Forde-

rungen im Schlußdokument der Konferenz weitestgehende Berücksichtigung erfuhren. Natürlich stand dem Hl. Stuhl dabei nie ein anderes Mittel zur Verfügung als der Appell an die Einsicht der Mächtigen.

War es also doch nur Gorbatschows Perestrojka, auf deren Wogen der Papst sich hat tragen lassen?

Selbst wenn dies so gewesen wäre, müßten wir aber fragen, wieso denn diese Strömung in die Richtung auf Religionsfreiheit und christlichen Aufbruch geführt hat! Fragen wir aber so, dann kann nicht verborgen bleiben, daß die sogenannte „Ostpolitik" des Vatikans durch die Wahl des Kardinals Wojtyla zum Papst eine geradezu dramatische Wende erfahren hat. Der erste slawische Papst in der zweitausendjährigen Geschichte der Kirche hat nicht nur eine überraschende Beschleunigung dieser „Ostpolitik" mit sich gebracht, sondern einen vollkommenen Neuentwurf.

Durch diesen Papst aus Polen rückten auf einmal die Völker und die Kulturen des Ostens in den Blickpunkt des Weltinteresses, auch des kirchlichen Interesses. Er selbst verstand es als seine Aufgabe, die Existenz und die Bedeutung der oft vergessenen Völker des Ostens der Welt bewußt zu machen. So war Johannes Paul II. auch nicht bereit, die künstliche, willkürliche Teilung Europas, wie sie in Jalta vorgenommen worden war, als unabänderlich hinzunehmen. Das war für ihn kein politisches, das war für ihn ein eminent kulturelles, historisches und moralisches Problem. Die Integration des Ostens in ein neues Europa erblickte der Papst in erster Linie als eine ethische, humane Aufgabe von historischer und religiöser Bedeutung. Auf seiner ersten Reise nach Polen betonte er in Warschau, daß der Mensch ohne Christus weder sich selbst noch seine endgültige Bestimmung verstehen könne, und fuhr fort: „Daher kann man Christus nirgendwo auf Erden aus der Geschichte des Menschen ausschließen, gleich um welchen Längen- und Breitengrad es sich handelt. Der Ausschluß Christi aus der Geschichte des Menschen ist ein gegen den Menschen selbst gerichteter Akt!"

Hiermit hat der Papst das geistige Fundament seiner „Ostpolitik" formuliert, die er weder von taktischen noch von Opportunitätsüberlegungen bestimmen ließ. Dabei ging es ihm auch um die spezifische Identität der Völker des Ostens. Mit ihrer Kultur, ihren Sprachen, ihrer Dichtung und Geschichte intim vertraut, ist er davon überzeugt, daß das christliche Europa der Zukunft mit zwei Lungen atmen müsse. Womit er die lateinische und die byzantinische Tradition meint. Dabei stellte dieser Papst aus Polen in seiner Person ein lebendiges Bindeglied zwischen Ost und West, auch zwischen kommunistischer und demokratisch-freier Welt dar.

Dieser Umstand, und die Tatsache, daß die orthodoxen Hierarchien der Ostblock-Länder in alter zaristischer Tradition aufs engste mit den Herrschenden liiert und damit in den Augen der Gläubigen kompromittiert waren und sind, hat dazu geführt, daß die einfachen Priester und Gläubigen sich in bisher nie erlebtem Ausmaß für Rom, für den Papst öffnete.

Nur zwei Tatsachen seien zum Beleg hierfür angeführt.

Im August 1990 polemisierte der Schriftsteller Ambarzumow in den Moskauer Nachrichten gegen den radikalen Kommunisten Poloskow, der kurz zuvor zum Parteichef der KP von Rußland gewählt worden war. Er sei, sagt er, für sein Amt „gelinde gesagt, mangelhaft vorbereitet", und nun die Begründung: er kenne weder die päpstliche Soziallehre noch die Bibel! Dem entsprach es, daß während des Internationalen Historikerkongresses zu Madrid im gleichen August 1990 der Leiter der sowjetischen Delegation sich offiziell an die Delegation des Hl. Stuhls wandte und diese für 1992 um die Organisation eines Symposions in Moskau bat, auf dem katholische Historiker Fragen der Religion im 20. Jahrhundert behandeln sollte.

Es kann also kein Zweifel daran bestehen, daß die Wahl Johannes Pauls II. von großer, wenn nicht ausschlaggebender Bedeutung für die geistig-religiöse Wiederbelebung im kommunistischen Machtbereich war. Wichtig war dabei seine persönliche Erfahrung des Kommunismus. Wo Paul VI. in der Überzeugung, der Kommunismus sei ein unabwendbares Verhängnis, durch Kompromisse bis an die Grenze des theologisch Möglichen ein Minimum an religiösem Lebensraum für die „schweigende Kirche des Ostens" zu erreichen gehofft hatte, da nahm sein Nachfolger eine kompromißlos harte Haltung ein, deren Konsequenz schließlich zum Ziel führte. Je härter der Papst verfuhr, desto mehr ermutigte er dadurch die Gläubigen zum Widerstand gegen die herrschende Ideologie.
Mit dieser konsequenten Haltung stand Johannes Paul II. im übrigen in der ungebrochenen Tradition der Kirche, die den Kommunismus von Anfang an verurteilt hat, wie schon Pius IX. unmittelbar nach seiner Wahl im Jahre 1846 – noch vor Karl Marxens kommunistischen Manifest – zum erstenmal, und dann noch mehrfach, etwa in dem so oft geschmähten *Syllabus errorum* von 1864. Ihm folgte darin Leo XIII. in zwei großen Enzykliken. Vor dem Hintergrund des inzwischen erstarkten Sowjet-Staates ist die erneute Verurteilung des Kommunismus durch Pius XI. in mehreren Enzykliken, darunter besonders *Divini redemptoris* von 1937 zu sehen. Schließlich hat Pius XII. 1949 die sog. Kommunistendekrete erlassen, durch die er die Mitglieder der Kommunistischen Parteien sowie alle Propagandisten der kommunistischen Ideologie aus der Kirche ausschloß. Daß die Maßnahmen, zu ihrer Zeit oftmals heftig kritisiert, heute diesen Päpsten zur Ehre gereichen, sollte nicht unerwähnt bleiben.
Die eindeutige Haltung der Obersten Hirten der Kirche über eineinhalb Jahrhunderte hin stellt also den Hintergrund für die kompromißlose Ablehnung der kommunistischen Ideologie auch durch Johannes Paul II. dar.

Dieses absolute „Nein" der Kirche zu Marx und Lenin, das ihr lange Zeit den Vorwurf, sie schüre damit den Kalten Krieg, eingetragen hat, hat seinen Grund im grundsätzlichen Atheismus und in der daraus resultierenden Menschenfeindlichkeit der kommunistischen Ideologie.
Damit ist eine Aussage gemacht, die in unseren Augen, weil philosophisch-theologischer Natur, zunächst durchaus unpolitisch, für den sowjetischen Betrachter hingegen als ein Politikum ersten Ranges erscheinen muß. Seine Ideologie gründet ja ganz und gar auf dem von Marx, Engels und Lenin errichteten Fundament, auf dem dann auch das Gebäude von Wirtschaft, Gesellschaft, ja auch konkreter Alltagspolitik Sowjet-Rußlands und seiner Satelliten errichtet wurde. Ohne seine materialistisch-atheistischen Elemente zerbricht aber der Marxismus-Leninismus, und mit ihm alles, was an gesellschaftlich-politischer Realität auf ihm beruhte. Es ist klar, daß ein philosophisch-theologischer Angriff auf das Gedankengebäude von Marx und Lenin einen Angriff auf die Grundlagen des gesamten sowjetischen Machtblocks bedeuten und als solcher aufgefaßt werden mußte.
Anders dagegen die Sicht der Betroffenen, der vom Sowjetsystem beherrschten Menschen. Es war Václav Havel, der die grauenvollen Erfahrungen mit der Herrschaft des Kommunismus in einem Brief aus dem Gefängnis an seine Frau am 4. September 1982 so ausdrückte: „...daß alle die kurzschlußartigen Versuche des Fanatismus, das ‚Paradies auf Erden' zu organisieren, unausweichlich nur in einer irdischen Hölle münden...".
Damit hatte er die Erkenntnis Ungezählter ausgesprochen, und Ungezählte dürften seine weiteren Worte als die ihren betrachten, wenn er fortfährt: „Wirklich: ein relativ erträgliches Leben auf dieser Welt kann nur ein Menschsein sicherstellen, das ‚hinter' diese Welt orientiert ist, ein Menschsein, das sich in jedem seinem ‚Hier' und jedem seinem ‚Jetzt' – auf das Unendliche bezieht, das Absolute und die Ewigkeit. Die vorbehaltlose Orientierung auf das ‚Jetzt' und

'Hier' verwandelt jedes erträgliche 'Jetzt' und 'Hier' in eine hoffnungslos leere Wüste und färbt sie zuletzt mit Blut".
Diese Erfahrungen aber machten die Menschen im Ostblock in zunehmendem Maße bereit für die Botschaft eines Papstes, der ihre Sprache sprach, ihr leidvolles Erleben teilte, und in ihrer ursprünglichen kulturellen Überlieferung wurzelte und ihnen durch die Verkündigung der dem Menschen von Gott verliehenen Würde neue befreiende Perspektiven eröffnete. Wiederum dürfte der Präsident der Tschechischen Republik vielen aus der Seele gesprochen haben, als er den Papst auf dem Hradschin unter anderem mit folgenden Worten begrüßte:
„Möglicherweise haben Sie auch deswegen, weil Sie am eigenen Leib die Unmenschlichkeit eines totalitären Systems kennengelernt haben, Ihr Pontifikat mit der Idee der Menschenrechte verbunden. Auch unser Kampf für die Freiheit entsprang dieser großen Idee, auch unsere Politik bekennt sich zu ihr. Ich begrüße Sie hier also zugleich als unseren Lehrer und Mitkämpfer, der gut weiß, welchen Wert Friede, Toleranz, Freiheit und die Achtung des Menschen vor dem Menschen hat...".
Damit hat Václav Havel in der Tat ein zentrales Motiv der Verkündigung des Papstes erfaßt und hervorgehoben. Seine Botschaft setzt beim Menschen, seiner Würde und seinen Rechten an, die er als Ebenbild seines Schöpfers besitzt. Aus dieser Bestimmung des Menschen resultiert dann zwangsläufig ein Entwurf der menschlichen Gesellschaft, der ebenso wie das ihm zugrundeliegende Menschenbild der sozialistischen Ideologie diametral entgegengesetzt ist.
Angefangen von seiner Antrittsenzyklika *Redemptor hominis* hat Johannes Paul II. unermüdlich das christliche Bild vom Menschen gepredigt und die Konsequenzen aufgewiesen, die sich daraus für das Individuum, die Familie und die Gesellschaft ergeben. Es war der Gedanke, daß die Freiheit des Glaubens und des Gewissens das Herzstück der Freiheit überhaupt ist, ein Gedanke, der für viele der führenden Köpfe der Freiheitsbewegung zum leitenden Motiv ihres Kampfes und somit zum Hebel wurde, der den Sowjetblock aus den Angeln hob.
War es also doch der Papst, der die Wende im Osten ermöglicht, eingeleitet, oder gar bewirkt hat? Die Frage einfach mit einem Ja zu beantworten, hieße zuviel behaupten. Monokausale Erklärungen historischer Vorgänge setzen sich von vornherein selbst ins Unrecht. Überdies ist das Geschehen im Osten noch im vollen Fluß und niemand weiß heute, welche Wendung es morgen nehmen wird. Vieles mahnte schon zur Zeit der Wende zu großer Skepsis, ja Sorge.
So dürfte, auch wenn man angesichts neuester politischer Entwicklungen nicht mehr sagen kann, Václav Havel zuzustimmen sein, wenn er den Papst als Lehrer und Mitkämpfer der Freiheitsbewegung begrüßt hat. Es sind die Ideen, die die Welt verändern: Die falschen zerstören, die Wahrheit macht frei.

Überarbeiteter Ausdruck aus: Annales Theologici, Rivista della Facoltà di Teologia dell' Ateneo Romano della Santa Croce (1992), vol. 6, fasc. 1, S. 75–91.

Kardinal Fiorenzo Angelini

Johannes Paul II. und die Leidenden

Als ich vor einigen Jahren einmal gebeten wurde, eine Reihe von Überlegungen zum Thema „Die Theologie des Leidens im Denken von Johannes Paul II." zusammenzustellen, habe ich geschrieben: „Vielleicht wäre genauer zu sagen: Die Theologie des Leidens ist das Denken von Johannes Paul II., und zwar in dem Sinn, daß die Aufmerksamkeit auf den physischen, psychischen, moralischen und geistigen Schmerz der Schlüssel zum Verständnis von Lehre und Dienst des Heiligen Vaters ist. Sein Denken über das Leiden und insbesondere seine Erfahrung und seine pastorale Praxis bilden tatsächlich eine eigene Theologie, d.h. eine organische und systematische Sicht des Geheimnisses des Leidens im Licht der menschlichen Vernunft und der Offenbarung."[1]

Der besondere und zugleich einzigartige Aspekt des Pontifikates von Johannes Paul II. im Hinblick auf seine Beziehung zu den Leidenden besteht, wie ich glaube, in dessen starker und untrennbarer Verschmelzung von Theorie und Praxis mit einer besonderen Eigenschaft, die ich ohne Zögern auch als menschlich bewegend bezeichnen möchte, nämlich mit der ständigen Überprüfung seiner Lehre über das Leiden durch die persönliche Erfahrung des Schmerzes und des ständigen Kontakts mit denen, die leiden.

Deshalb käme es einer Reduzierung gleich, wollte man das Thema „Johannes Paul II. und die Leidenden" nur als einen vereinzelten Gesichtspunkt der Lehre und des Dienstes von Johannes Paul II. betrachten. Es ist viel mehr: Es ist der Rahmen seines Pontifikates, das Umfeld seiner Tätigkeit, der Schlüssel zum Verständnis des natürlichen und übernatürlichen menschlichen Lebens eines Papstes, der ohne Zweifel mehr bewundert als verstanden und sicherlich viel mehr geliebt als nachgeahmt wird. Ich sage das auch, weil ich an seiner Seite, besonders in den Jahren, in denen ich die Verantwortung für den Päpstlichen Rat für das Krankenapostolat hatte, das Fundament und die „evangelisierende" Wirksamkeit einer nicht immer genügend verstandenen Wahrheit mit Händen greifen konnte, nämlich daß die Aufmerksamkeit für die Leidenden und Kranken ein vorrangiger, gemeinsamer Berührungspunkt aller Menschen ist, und zwar ungeachtet ihrer kulturellen Herkunft sowie aller ethnischen, ideologischen, sozialen und sogar religiösen Unterschiede.

Das, was Johannes Paul II. „das Evangelium vom Leiden"[2] nennt, bildet das ABC der Zivilisation, die tragende Achse, auf welche sich die menschliche Vernunft und die befreiende Verkündigung Christi stützen, der Glaubende ebenso wie der angebliche Atheist oder der wirkliche Ungläubige, da es sich um den beständigen und unverzichtbaren Faktor in der Entwicklung der Völker handelt. Heute spricht man viel vom „Ökumenismus der Werke"[3]: Dieser ist tatsächlich möglich und wird sogar von allen Menschen gewünscht, unabhängig von den ideologischen, kulturellen, politischen und gewohnheitsbedingten Verschiedenheiten; als durchführbar aber erweist er sich vor allem im Bereich des Gesundheitswesens.

1
F. Angelini, „Quel soffio sulla creta", Rom 1990 (Pontificio Consiglio della Pastorale per gli Operatori Sanitari), S. 154.

2
Salvifici doloris, Nr. 25-27: DAS 1984, S. 984-990.

3
Evangelium vitae, Nr. 91: VApS 120.

Von den Werken der Gerechtigkeit steht der Dienst an den Leidenden an erster Stelle, weil er der dringlichste Dienst ist und jener, der auf die größte Zahl von Menschen ausgerichtet ist.[4]

Die pastorale Sensibilität von Johannes Paul II. hat ihren gemeinsamen Nenner, ihren roten Faden – sei es auf der Ebene der Theorie oder der Praxis – in einer besonderen, ununterbrochenen Aufmerksamkeit für den leidenden Menschen.

I. Eine Lehre, die offen ist für die Leidenden

In seiner ersten Enzyklika *Redemptor hominis* (4. März 1979) beruft sich Johannes Paul II. auf die konziliare Pastoralkonstitution *Gaudium et spes*[5], die vom innersten Leiden des Menschen spricht, der in beständigem Kampf liegt zwischen der Neigung zum Bösen und dem Verlangen nach dem Guten. Der Papst betont, daß der leidende Mensch „der Weg der Kirche"[6] ist.

Im Apostolischen Schreiben *Salvifici doloris* kommt er wieder auf dieses Thema zurück. Darin bekräftigt er diesen Begriff des Leidens und präzisiert, daß der Mensch in besonderer Weise zum „Weg der Kirche" wird, wenn „in sein Leben das Leiden eintritt". „Wenn also der Mensch" – fährt der Heilige Vater fort – „während seines irdischen Lebens in der einen oder anderen Weise auf dem Weg des Leidens geht, müßte die Kirche zu allen Zeiten ... dem Menschen gerade auf diesem Weg begegnen." Und er schließt: „Die Kirche, die aus dem Geheimnis der Erlösung im Kreuz Christi geboren wird, muß die Begegnung mit den Menschen vor allem auf dem Weg des Leidens suchen."[7]

Der konsequente Einsatz von Johannes Paul II. zur Förderung und Verteidigung des Lebens von der Empfängnis bis zu seinem natürlichen Ende entspringt vor allem – wie in der Enzyklika *Evangelium vitae* (25. März 1995) zu lesen ist – dem Bewußtsein, daß „die Aufgabe, das Leben anzunehmen und ihm zu dienen ... sich vor allem gegenüber dem im Zustand größter Schwachheit befindlichen Leben erweisen (muß)"[8], bis zu dem Punkt, daß „in der liebevollen und hochherzigen Annahme jeden menschlichen Lebens, vor allem des schwachen oder kranken, die Kirche heute ein besonders entscheidendes Moment ihrer Sendung (erlebt), die um so notwendiger ist, als eine ‚Kultur des Todes' mehr und mehr beherrschend wird"[9].

Der Gedanke von Johannes Paul II. über die vorrangige Sorgepflicht der Kirche für die Leidenden erweist sich in programmatischen Äußerungen als ein Leitgedanke von großer Bedeutung. Dies zeigt sich etwa im Dokument zur Errichtung der Päpstlichen Kommission für das Krankenapostolat, in dem betont wird, daß diese Sorge als ein „wesentlicher Teil" des Auftrags der Kirche betrachtet werden muß.[10]

Johannes Paul II. erinnert anläßlich einer Darlegung über das christliche Liebesgebot daran, daß Jesus auf die Frage: „Wer ist mein Nächster? (Lk 10,29)" „mit dem Gleichnis vom barmherzigen Samariter, dem Schlüsselgleichnis für das volle Verständnis des Gebotes der Nächstenliebe"[11] geantwortet hat.

4 Innerhalb der Weltbevölkerung von 5,5 Milliarden Menschen sind über eine Milliarde krank und eine Milliarde geisteskrank; außerdem gehören zum Bereich des Gesundheitswesens und der Vorsorgemedizin 750 Millionen Unterernährte, ohne zu erwähnen, daß täglich 30 000 Kinder an mangelnder Ernährung oder Krankheit sterben.

5 *Gaudium et spes*, Nr. 10.

6 *Redemptor hominis*, Nr. 14: VApS 6.

7 *Salvifici doloris*, Nr. 3: DAS 1984, S. 959.

8 *Evangelium vitae*, Nr. 43: VApS 120.

9 *Christifideles laici*, Nr. 38: DAS 1988, S. 1051 ff.

10 *Dolentium hominum*, Nr. 1: DAS 1985, S. 1093.

11 *Veritatis splendor*, Nr. 14: VApS 111.

In diesem Zusammenhang verdanken wir Johannes Paul II.
- das erste ausführliche Päpstliche Dokument über die christliche Bedeutung des menschlichen Leidens, das Apostolische Schreiben *Salvifici doloris* (1984),
- die Bildung der Päpstlichen Kommission für das Krankenapostolat (11. Februar 1985),
- die Einführung des Welttages der Kranken (13. Mai 1992),
- die Errichtung der Päpstlichen Akademie für das Leben (11. Februar 1994).

Innerhalb dieser reichen Lehrtätigkeit kommt - neben den Aussagen über die christliche Bedeutung des menschlichen Leidens - den Orientierungen von Johannes Paul II. bezüglich des Dienstes an den Leidenden große Bedeutung zu. Unerschöpflich ist der pastorale Reichtum, der vom gezielten Hinweis Johannes Pauls II. auf das Gleichnis vom barmherzigen Samariter ausgeht. Dabei geht es nicht um eine einfache erbauliche Reflexion des Papstes über die Gestalt des barmherzigen Samariters, sondern um die lebensnahe und kirchlich-pastorale Umsetzung einer Lehre, deren Anwendung alle Bereiche der Welt des Leidens abdeckt und ausschöpft.

Im pastoralen Umfeld ist der Dienst am leidenden Menschen die Zusammenfassung des vollkommensten Dienstes; dies ist der Plan Gottes, der in Christus, der bis zum Tod gelitten hat, seine Liebe offenbaren wollte. Die Nachfolge Christi führt zur Nachahmung dieser Liebe, die auf der pastoralen Ebene in Liebe zu den Leidenden übersetzt werden muß.[12]

In seiner Lehre über das Leiden war es die hauptsächliche Sorge von Johannes Paul II., eindeutige und klare Richtlinien zu geben hinsichtlich der Pflicht, die evangelisierende Tätigkeit mit dem Dienst an den Leidenden zu verbinden, und zwar getreu der Anweisung des Evangeliums, „das Reich Gottes zu verkünden und Kranke zu heilen (Lk 9,1-2)".

Gerne erinnere ich daran, daß in der Vorbereitungsphase zur Errichtung der Kommission für das Krankenapostolat auch daran gedacht worden war, diese Kommission ausdrücklich „... für die Pastoral an den Kranken und an den im Gesundheitswesen Tätigen" zu nennen. Aber dann bekam doch die jetzige Bezeichnung den Vorzug, bei der auch ein anderer historischer Aspekt für die Errichtung dieser neuen Kommission zu erkennen ist. In der Tat, das Krankenapostolat, das Johannes Paul II. in *Salvifici doloris* durch eine vertiefte Auslegung der Parabel vom barmherzigen Samariter beschrieben hat, zielt darauf ab, das Leiden durch den Dienst am Leiden verstehbar zu machen. Das Leiden und die Kranken sind stets eine Gegebenheit, eine objektive Realität, während die spezielle und auf die Leidenden ausgerichtete Pflege fehlen oder unzureichend sein kann, insbesondere angesichts der Instanzen, die der Fortschritt der medizinischen Wissenschaft geschaffen hat, und der sozialen Probleme, die solcher Fortschritt mit sich bringt. Und gerade hier will die Kirche wirken, weil hier das Krankenapostolat zur Sendung wird.

Zusätzlich zu den vielen Ansprachen von Johannes Paul II. an die im Gesundheitswesen Tätigen - Ansprachen, die im Bereich der katholischen Kirche die Abfassung und Veröffentlichung der ersten Charta für die im Gesundheitswesen Tätigen[13] ermöglicht haben - muß daran erinnert werden, daß man ihm auch die erste klare Definition der im Gesundheitswesen Tätigen in einem maßgeblichen Dokument verdankt.[14]

12
„Bei seinem messianischen Wirken in Israel hat Christus sich fortwährend der Welt des menschlichen Leidens zugewandt... Er heilte die Kranken, tröstete die Trauernden, sättigte die Hungernden, befreite die Menschen von Taubheit und Blindheit, vom Aussatz, vom bösen Geist und von verschiedenen körperlichen Gebrechen; dreimal gab er Toten das Leben zurück. Er war empfänglich für jedes menschliche Leiden, für das des Leibes ebenso wie für das der Seele. Zur gleichen Zeit lehrte er, und im Mittelpunkt seiner Unterweisung stehen die acht Seligpreisungen, die sich an Menschen richten, welche im irdischen Leben von verschiedenen Leiden heimgesucht werden." *Salvifici doloris*, Nr. 16: DAS 1984, S. 971.

13
„Päpstlicher Rat für das Krankenapostolat, Carta degli Operatori Sanitari", Rom 1994.

14
„Von besonderer Art ist die den im Gesundheitswesen Tätigen anvertraute Verantwortung: der Ärzte, Apotheker, Krankenschwestern und Krankenpfleger, der Seelsorger, Ordensleute, Verwalter und der frei-

II. Ein Dienst, der die Leidenden privilegiert

Auf dem Hintergrund dieser Lehre und in strenger Übereinstimmung mit ihr versteht man die große Aufmerksamkeit gegenüber den Leidenden im Wirken von Papst Johannes Paul II. Durch Gottes geheimen Plan war er berufen, den ungeschützten Wagen, auf dem er das Opfer des sehr schweren Attentats vom 13. Mai 1981 wurde, und das Krankenbett während seiner häufigen Krankenhausaufenthalte anzunehmen und in eine Kanzel für die Seelsorge umzuwandeln. Er hat diese Krankenhausaufenthalte angenommen und sie mit dem Mut und der christlichen Zähigkeit eines Menschen durchgestanden, der, ohne etwas zu unterlassen um den Schmerz zu überwinden, ihn gleichzeitig als eine hervorragende Schule des Lebens zu deuten weiß. Mit anderen Worten, dadurch daß er sich mit dem Schmerz der Menschen identifizierte, wurde Johannes Paul II. der maßgeblichste und glaubwürdigste Deuter jener Bitte um das Leben, die aus Millionen von Menschen emporsteigt, welche dahingerafft werden durch Hunger, Krankheit, Bruderkrieg, Zerstörung ihrer Umwelt und durch einen technologischen Fortschritt, der sich losgelöst hat von der natürlichen und von der christlichen Ethik.

Als im Auftrag des Päpstlichen Rates für das Krankenapostolat der Band „Johannes Paul II. und das Leiden" vorbereitet wurde, wollte ich einen umfangreichen Artikel mit dem Titel „Die Stunde von Getsemani und Johannes Paul II."[15] einfügen. Ich habe damals beobachtet, daß man angesichts der Leiden, die das Leben von so vielen Menschen kennzeichnen, besonders gerne darauf achtet, wie diese Menschen die Prüfungen, denen sie ins Auge sehen mußten, bestanden haben, besonders wenn es sich um angesehene Persönlichkeiten handelt. Selten aber denkt man an jenes innere Leiden, das in den schwersten Augenblicken dazu veranlaßt, wie Jesus auszurufen: „Vater, wenn du willst, nimm diesen Kelch von mir! Aber nicht mein, sondern dein Wille soll geschehen" (Lk 22,42). Vorrangige Intention des Gebetes Jesu war nicht die Befreiung vom Schmerz, sondern daß der Wille des Vaters erfüllt werde!

Zweifellos wird Johannes Paul II. in die Geschichte eingehen, weil er in entscheidender Weise beigetragen hat, die Geschicke der Welt zu verändern; er wird in die Geschichte eingehen als der Papst der fundamentalen Menschenrechte, als mutiger Verteidiger des Rechts auf Leben und auf Lebensqualität für alle Menschen, besonders für die Schwachen und Wehrlosen; als der Papst der unermüdlichen apostolischen Reisen, als der Nachfolger Petri und Stellvertreter Christi, der am meisten in den Medien präsent war. Jedenfalls legt er durch diese reiche Vielseitigkeit eine inspirierende Quelle offen, welche von ihm selbst in wunderbarer Weise mit Worten beschrieben worden ist, die zugleich auch die tiefste Erklärung des Geheimnisses der Getsemanistunde sind. So hat er in *Salvifici doloris* geschrieben: „Christus hat zugleich den Menschen gelehrt, durch das Leiden Gutes zu wirken und dem Gutes zu tun, der leidet", und „in diesem doppelten Aspekt hat er den Sinn des Leidens bis zum letzten enthüllt"[16].

willigen Helfer. Ihr Beruf macht sie zu Hütern und Dienern des menschlichen Lebens." *Evangelium vitae,* Nr. 89: VApS 129.

15 Verschiedene Autoren, „Giovanni Paolo II. e la sofferenza", Bergamo 1995 (Editrice Velar, Gorla), S. 85-94.

16 *Salvifici doloris,* Nr. 30: DAS 1984, S. 995.

Angefangen von seiner ersten päpstlichen Botschaft am Tag seiner Wahl, als er die Kranken und Leidenden bat, ihm dadurch Stütze zu sein, daß sie ihren Schmerz Gott aufopfern und richtig bewerten[17], bis hin zu den jüngsten Initiativen bildet die erwähnte Aussage die erschöpfendste Erklärung seiner Sendung als Stellvertreter Christi. Diese Erklärung ist von Johannes Paul II. eindeutig bekräftigt worden, als er am 21. Dezember 1980 das römische Krankenhaus San Giacomo in Augusta besuchte. Bei dieser Gelegenheit sagte er: „Als ich am 17. Oktober 1978, dem Tag nach meiner unerwarteten Erhebung zum Papstamt, mich in die Polyklinik Agostino Gemelli begab, da gehorchte ich nicht nur einem Impuls meines Herzens, um dort oben, am Monte Mario, einige liebe Menschen zu besuchen. Ich wollte damals – und ich kann es zwei Jahre danach bestätigen – einen deutlichen Hinweis geben auf die Art und Weise, wie ich das hohe Dienstamt des Nachfolgers Petri verstanden habe und verstehe. Bei dieser Gelegenheit sagte ich den Kranken, daß ich sehr, sehr auf sie zähle; dadurch, daß sie für mich beteten und vor allem dadurch, daß sie ihre Leiden für mich aufopferten, konnte eine besondere Kraft auf mich herabkommen, die ich brauchte, um meine schweren Pflichten im Schoß der Kirche Christi weniger unwürdig zu erfüllen ... Deshalb wiederhole ich es euch, daß ich stets auf euch zähle, und ich danke euch für diese eure Hilfe."[18]

Um diese Sendung durch die unmittelbare und persönliche Erfahrung des Schmerzes erfüllen zu können, wurde Johannes Paul II. zuerst durch seine leidgeprüfte Kindheit[19], dann durch seine Jugendzeit berufen, die von sehr harten Prüfungen seines Volkes und vom Einsatz für die Verteidigung des Glaubens gezeichnet war.

Um jedoch die Beziehung von Johannes Paul II. zur Welt des Leidens voll und ganz zu verstehen, darf sein wegweisender Einsatz im Bereich des Krankenapostolats während der Jahre, als er Erzbischof von Krakau war, nicht vergessen werden. Davon geben die Akten der Diözesansynode und die von dieser gebilligten Dokumente über die Betreuung der Kranken Zeugnis. Die damals vom Erzbischof Karol Wojtyla auf Diözesanebene ergriffenen Initiativen sind Vorbilder für den Impuls, den er als Papst dem Krankenapostolat gegeben hat.[20]

Sicher trifft die Behauptung zu, daß ein erschöpfender Überblick – soweit menschenmöglich – über die zwanzig Jahre des Pontifikates von Johannes Paul II. nicht möglich wäre, wollte man von seiner Beziehung zum Problem des Leidens und des vorrangigen Einsatzes der Kirche für die Leidenden absehen.

Es bleibt die Frage, abzuschätzen, in welchem Maße innerhalb der Kirche diesem Impuls von Johannes Paul II. treu genug entsprochen worden ist. Mit seiner Lehre und seinem Dienst hat er alle Voraussetzungen geschaffen. Die Errichtung des

17
Vgl. L' Osservatore Romano vom 18. Oktober 1978. Am selben 17. Oktober begab er sich in das Poliklinikum Agostino Gemelli und sagte in einer freien Unterhaltung zu den Kranken: „... Ich beabsichtige, mein päpstliches Dienstamt besonders auf jene zu stützen, die leiden und mit ihren Leiden und Schmerzen das Gebet verbinden ... Liebe Brüder und Schwestern, ich möchte mich euren Gebeten anvertrauen, weil ihr sehr mächtig seid; sehr mächtig, wie Jesus Christus, der Gekreuzigte, mächtig ist." Ebd., S. 1-2 (vgl. OR 1978, Nr. 43, S. 12).

18
L' Osservatore Romano vom 22. Dezember 1980.

19
„Ich hatte noch nicht das Alter für die erste Kommunion, als ich meine Mutter verlor, die deshalb nicht mehr die Freude hatte, diesen Tag, den sie als einen großen Tag erwartet hatte, zu erleben." Zitiert nach A. Frossard, „André Frossard dialoga con Giovanni Paolo II – ‚Non abbiate paura!'", Mailand 1982 (Rusconi), S. 12.

20
Vgl. „Il Sinodo Pastorale dell' Arcidiocesi di Cracovia 1972-1979", Oktober 1985 (Libreria Editrice Vaticana).

Päpstlichen Rates für das Krankenapostolat ermöglichte die von diesem selbst besorgte Veröffentlichung des ersten Verzeichnisses oder Kataloges der katholischen Institutionen des Gesundheitswesens auf der ganzen Welt[21] in fünf Sprachen; sie führte innerhalb der Bischofskonferenzen zur Nominierung eines Bischofs für die Krankenpastoral; sie förderte innerhalb der theologischen und medizinischen Fakultäten die Schaffung von Instituten und Lehrstühlen für das Krankenapostolat und für Bioethik; sie hat die Kirche in den nationalen und internationalen Gremien der Gesundheitspolitik auf höchster Ebene präsent gemacht; sie hat – durch die Koordination von Initiativen – dazu beigetragen, daß den im Gesundheitswesen tätigen Katholiken ein lebendigeres Gefühl ihrer Stärke und der Bedeutung ihrer Präsenz im Bereich der Hygiene und der Gesundheit gegeben wurde.

21 „Pontificia commissio de apostolatu pro valetudinis administris, Ecclesiae Instituta valetudini fovendae toto orbe terrarum. Index". Rom 1987, (²1991).

An der Schwelle zum dritten Jahrtausend ist die vom Heiligen Vater Johannes Paul II. geförderte Aufwertung des Krankenapostolats ein klares „Zeichen der Zeit", und es wäre unverantwortlich, dieses nicht aufzugreifen und zu würdigen.

(Übersetzung aus dem Italienischen:
Dr. Bernhard Eisele SDS)

Anton Rauscher

Johannes Paul II. und die weltweite soziale Frage

In den zwanzig Jahren von 1978 bis 1998, in denen Papst Johannes Paul II. das Petrusamt ausübt, haben sich die politischen, sozialen, wirtschaftlichen und kulturellen Verhältnisse und Strukturen in Europa und in der Welt tiefgreifend verändert. In diese Periode fällt der Niedergang der kommunistischen Herrschaft in Mittel- und Osteuropa. Die Wahl des Krakauer Erzbischofs zum Oberhaupt der katholischen Kirche stärkte nicht nur die Kräfte des Widerstandes im polnischen Volk gegen das totalitäre Machtsystem, sondern weckte auch Hoffnungen in der von der Sowjetunion beherrschten Staatenwelt. Was niemand mehr für das ausgehende 20. Jahrhundert erwartet hatte, trat ein: Der Eiserne Vorhang mitten durch Deutschland und Europa zerbrach. Die Menschen und die Völker atmeten auf und erhielten die Freiheit zurück, die ihnen so lange vorenthalten worden war. Die historische Wende führte zum Zerfall der Sowjetunion und zur Auflösung der Machtblöcke in Ost und West.

Der Wandel der sozio-kulturellen und politischen Strukturen wirkt sich immer auch auf die Kirche und ihre Präsenz in der Gesellschaft aus. Die Kirche lebt inmitten der Gesellschaft; sie wird, ob sie dies will oder nicht, von den Entwicklungen und Verschiebungen der gesellschaftlichen Verhältnisse beeinflußt, so wie sie auch selbst auf diese zurückwirkt und religiös-sittliche Orientierungen und Impulse freisetzt.

Es war das erklärte Ziel der kommunistischen Machthaber, das Christentum in der Sowjetunion auszurotten. Die orthodoxe Kirche wurde mit allen Mitteln verfolgt. Erst als Stalin das Volk für den „vaterländischen Krieg" zu gewinnen trachtete, war er zu kleinen Konzessionen bereit. Nach dem Sieg über Hitler-Deutschland konnte der Kommunismus seinen Herrschaftsbereich über die osteuropäischen Staaten bis nach Mitteleuropa hinein ausdehnen. Dabei kam es zur Konfrontation mit der katholischen Kirche, die vor allem in Polen, in der Slowakei, auch in Ungarn im Volk stark verwurzelt war. Im Unterschied zur orthodoxen Kirche, die keine Soziallehre entwickelt hatte, war sich die katholische Kirche bewußt, daß ihre Sendung nicht nur darin besteht, die Menschen zum ewigen Heil zu führen, daß sie vielmehr auch eine Verantwortung für die Gestaltung und Ordnung der Gesellschaft im Sinne der Schöpfungsordnung Gottes trägt.

In der Moderne hat die katholische Kirche in der Auseinandersetzung mit der „sozialen Frage" ihre Soziallehre entwickelt und eine christlich-soziale Bewegung inspiriert. Die Fragen nach humanen Arbeitsbedingungen, nach dem gerechten Lohn und gerechter Vermögens- und Eigentumsverteilung, nach der Zuordnung der Sozialpartner, nach dem Verhältnis von Wirtschaft und Staat, nach der Sozialpolitik zugunsten der Arbeiter und ihrer Integration in die Industriegesellschaft mit Rechten und Pflichten im wirtschaftlichen und gesellschaftlichen Leben, diese Fragen standen im Vordergrund der Bemühungen um die Lösung der sozialen Frage von seiten der Kirche und der Katholiken.

Die Sozialverkündigung der Kirche mußte auch Stellung beziehen zu den großen sozialen Ideologien des individualistischen Liberalismus und des kollektivistischen Kommunismus und argumentativ aufzeigen, daß die von ihnen vertretenen Lösungen der sozialen Frage weder der Würde des arbeitenden Menschen und seiner Freiheit noch der sozialen Gerechtigkeit entsprechen. Die katholische Kirche wandte sich vor allem gegen den Wirtschaftsliberalismus, der die Wirtschaft nicht als menschlich-gesellschaftlichen Handlungszusammenhang, sondern als Gütergeschehen betrachtete und nur auf Wettbewerb und auf die Marktgesetze von Angebot und Nachfrage pochte.

1 Dieses Anliegen durchzieht die Veröffentlichungen von Johannes Paul II. vor und nach seiner Papstwahl. Vgl. hierzu auch das von Vittorio Messori herausgegebene Buch: „Johannes Paul II., Die Schwelle der Hoffnung überschreiten", Hamburg 1994. Noch stärker finden sich diese Ansätze in dem zuletzt erschienenen Buch des Papstes: „Wir fürchten die Wahrheit nicht. Der Papst über die Schuld der Kirche und der Menschen", Graz, Wien, Köln 1997.

Ebenso lehnte die Kirche den revolutionären Sozialismus, seine Eigentumsfeindlichkeit und den Klassenkampf ab. Kein Wunder, daß die Kommunisten in der Wahl des Krakauer Erzbischofs zum Papst 1978 eine Herausforderung sondergleichen ihres Systems und ihres Herrschaftsanspruchs erblickten.

I. Die christliche Anthropologie als Fundament der Sozialverkündigung der Kirche

Karol Wojtyla war gut auf den Dienst an der Sozialverkündigung der Kirche vorbereitet. Sein persönliches Interesse galt immer schon den Fragen der Anthropologie[1]. Die Auseinandersetzung mit den philosophischen und soziologischen Entwürfen der Neuzeit haben die Suche nach tragfähigen christlichen Ansätzen verstärkt. Vor allem aber haben die Erfahrungen mit der marxistischen Ideologie und den sich darauf stützenden totalitären Machtstrukturen die Frage: Was ist der Mensch? in den Mittelpunkt gerückt. Frühzeitig entwickelte der Theologe, Priester und zum Bischof berufene Wojtyla ein Sensorium für die Bedeutung, die die sozialen und wirtschaftlichen, kulturellen und politischen Verhältnisse und Strukturen für das Leben der Menschen, auch für ihren Glauben und für das Wirken der Kirche haben. In der katholischen Soziallehre fand Wojtyla eine verläßliche Orientierung. Polen war das einzige Land im Ostblock, in dem sich seit den dreißiger Jahren die katholische Soziallehre an der Katholischen Universität in Lublin sowie an anderen Hochschulen in Lehre und Forschung entwickelte und die schlimmen Jahre der deutschen Besatzung überdauert hatte. Auch in den Jahrzehnten der kommunistischen Diktatur war sie in der theologischen Ausbildung und bei intellektuellen Gruppen lebendig geblieben[2].
Was Wojtyla in besonderer Weise interessierte, war die Klärung des Verhältnisses von Mensch und Gesellschaft, wie es in der Sozialverkündigung, angefangen von Leo XIII. über Pius XI. und Pius XII. bis hin zu Johannes XXIII. und Paul VI., immer überzeugender herausgearbeitet worden war. Der Mensch ist nicht ein „Individuum", ebensowenig wie Gesellschaft sich auf eine Summe von Individuen reduzieren läßt. Entscheidend für das christlich-soziale Denken ist die Einsicht, daß die menschliche Person Ursprung, Träger und Ziel allen gesellschaftlichen Lebens ist[3]. Diese Grundorientierung erleichtert die Unterscheidung der Geister und die Klärung der sich vielfach überschneidenden und auch entgegengesetzten Vorstellungen über den Menschen und die Gesellschaft. Auf dem Zweiten Vatikanischen Konzil konnte der Erzbischof von Krakau seine Erkenntnisse und Erfahrungen einbringen. Bei den Beratungen über die Pastoralkonstitution *Gaudium et spes* gab es gewichtige Stimmen, die zwar nicht die moderne Sozialverkündigung der Kirche in Frage stellten, ihr aber doch im Verhältnis zur „eigentlichen" Aufgabe der Kirche, nämlich der Glaubensverkündigung, einen geringen Stellenwert zuweisen wollten. Dies löste eine erhebliche Diskussion unter den Konzilsvätern aus mit dem Ergebnis, daß die Soziallehre neben und zusammen mit der Verkündigung des Glaubens zum wesentlichen Auftrag der Kirche gehört. Sie setze ihre Hoffnung nicht auf Privilegien und könne sogar auf die Ausübung von legitim erworbenen Rechten verzichten. „Immer und überall aber nimmt sie das Recht in Anspruch, in wahrer Freiheit den Glauben zu verkünden, ihre Soziallehre kundzumachen, ihren Auftrag unter den Menschen unbehindert zu erfüllen und auch politische Angelegenheiten einer sittlichen Beurteilung zu unterstellen, wenn die Grundrechte der menschlichen Person oder das Heil der Seelen es verlangen".[4] Die Soziallehre der Kirche, die in den Enzykliken und in den Ansprachen der Päpste ihre Bezugsbasis hat, besitzt mit der Pastoralkonstitution nunmehr auch eine konziliare Grundlage.
Gleich zu Beginn seines Pontifikats wurde Johannes Paul II. mit einer Lebensfrage für die Kirche konfrontiert. Das Konzil selbst und die wenig später erschienene Sozialenzyklika *Populorum progressio* (1967) hatten dazu beigetragen, daß der Einsatz für soziale Gerechtigkeit und die Bekämpfung von Armut und Not, von Unterdrückung und Ausbeutung der Menschen in aller Welt

2
Dazu: Czeslaw Strzeszewski, „Entwicklung der christlichen Soziallehre in Polen", in: Jb. f. Christliche Sozialwissenschaften, 22 (1981), S. 65-74. – „Christliche Soziallehre unter verschiedenen Gesellschaftssystemen", hg. v. Anton Rauscher, Köln 1980, (Reihe: Mönchengladbacher Gespräche 1). – Jan Siedlarz, „Kirche und Staat im kommunistischen Polen 1945-1989", Paderborn, München, Wien, Zürich 1996.

3
Diese Formulierung des Grundverhältnisses von Einzelmensch und Gemeinschaft geht auf Gustav Gundlach SJ zurück, der dadurch die personale Begründung des Solidarismus aufwies. Pius XII. hat diese Einsicht in seine Sozialverkündigung übernommen: Rundfunkbotschaft vom 24. Dezember 1942 (Utz-Groner, Nr. 227), ebenso Johannes XXIII.: Enzyklika *Mater et Magistra*, Nr. 219 f.). Sie bildet auch die Leitlinie in den Aussagen der Pastoralkonstitution *Gaudium et spes*, Nr. 12 ff., Nr. 23 ff., bes. S. 25.

4
II. Vatikanisches Konzil, Pastoralkonstitution *Gaudium et spes*, Nr. 76.

gleichsam mit neuen Augen gesehen wurde. Gleichzeitig setzte jedoch, zunächst in Deutschland und in Europa, dann in den lateinamerikanischen Ländern eine Entwicklung ein, die in eine ganz andere Richtung führte. Es kam zu einer massiven Reideologisierung nach links, von der auch Theologen erfaßt wurden.[5] Nur die Wirklichkeit des kommunistischen Totalitarismus verhinderte ein weiteres Umsichgreifen des Neomarxismus in Europa. Anders in Lateinamerika, wo sich radikale Strömungen der „Theologie der Befreiung" bemächtigten und die Kirche zu einem Vehikel des „Fortschritts" auf dem Weg in eine sozialistische Gesellschaft machen wollten.[6] Das Evangelium war für diese Gruppierungen bestenfalls ein Impuls zu kritisch-revolutionärer Praxis der Christen und der Kirche, deren Inhalte und Richtung von der sogenannten marxistischen Analyse von Wirtschaft und Gesellschaft bestimmt wurden. Der reale Kommunismus war, von Lateinamerika aus gesehen, weit weg. Die Situation in der Kirche spitzte sich zu. Man kann sich heute kaum noch vorstellen, mit welchem revolutionären Impetus damals die Verfechter radikaler Richtungen vorgingen. Auch zahlreiche Bischöfe sympathisierten, weil sie soziale Gerechtigkeit für die Armen und Unterdrückten praktizieren wollten, mit den Vorstellungen der Theologie der Befreiung. Andere, die von der Sozialverkündigung der Kirche her dachten, waren nicht weniger besorgt, wie die verbreitete Armut und das Elend großer Teile der Bevölkerung überwunden werden könnten. Sie sahen jedoch in den sozialistischen Bestrebungen nicht nur eine Herausforderung für Wirtschaft und Gesellschaft, sondern zugleich eine Gefährdung für das Christentum und die Grundwertorientierungen, wie sie die katholische Soziallehre erarbeitet und begründet hatte.

1. Eine Weichenstellung

Die Dritte Generalversammlung der lateinamerikanischen Bischofskonferenz im Januar 1979 in Pueblo/Mexiko wurde zur Zäsur. Der Papst spürte die Verantwortung, die in dieser Stunde auf ihm lastete. Würde es ihm gelingen, einen Bruch zu vermeiden und die Bischöfe für den Weg der Sozialverkündigung der Kirche und ihrer Problemlösungskapazität für die gewaltigen sozialen Fragen Lateinamerikas zu gewinnen?

In einer denkwürdigen Ansprache auf der 3. Generalversammlung der Lateinamerikanischen Bischöfe ging Johannes Paul II. zunächst auf die Grundlagen des Verhältnisses von Glaube und Welt, von Kirche und Gesellschaft ein.[7] Grundstein ist die Wahrheit, die von Gott kommt und in Jesus Christus und seinem Evangelium gegenwärtig ist. Der Papst beklagte, daß es an vielen Orten heute „Neuinterpretationen" des Evangeliums gebe, die Verwirrung verursachten und die zentralen Kriterien für den Glauben der Kirche außer Acht ließen. Dies sei vor allem dann der Fall, wenn man die Gottheit Christi verschweigt und Christus als Politiker, Revolutionär und Umstürzler von Nazareth interpretieren möchte. Desgleichen wandte sich der Papst gegen ein alternatives Denken: hier die „institutionelle" Amtskirche, die Entfremdung bewirke, da die Volkskirche, die sich in den Armen konkretisiere.

Schließlich sprach er von „der Wahrheit über den Menschen". Er verwies mehrmals auf die Pastoralkonstitution *Gaudium et spes*: „Das Geheimnis des Menschen erhellt sich nur im Geheimnis des menschgewordenen Wortes Gottes (*G. S.* 22)". „Die Kirche besitzt dank der Frohen Botschaft die Wahrheit über den Menschen. Sie findet sie in der ihr eigenen Anthropologie, die die Kirche nicht müde wird, zu vertiefen und zu verkünden. Die Grundlehre dieser Anthropologie besteht in der Lehre vom Menschen als Bild Gottes, der als solches nicht zu einem Teilchen der Natur reduziert werden kann oder zu einer anonymen Nummer der Menschengesellschaft (*G. S.* 12,3 und 14,2)".

Im dritten Teil seiner Ansprache betonte der Papst, daß die Förderung und Verteidigung der Menschenwürde und der -rechte, die den Kernbereich der christlichen Anthropologie ausmachen, zur Sendung der Kirche gehören. „Sie hat es folglich nicht nötig, zu Systemen und Ideologien ihre Zuflucht

5
In der zweiten Hälfte der 1960er Jahre kam es in einer Reihe von Ländern Europas zu einer Reideologisierung nach links. Dies schlägt sich im Aufkommen des Neomarxismus an Universitäten („Frankfurter Schule") und an den 68er Studentenrevolutionen nieder. Diese Entwicklung machte sich auch in den Kirchen bemerkbar. Als Johann Baptist Metz 1968 seine „Politische Theologie" veröffentlichte, berief er sich nicht auf die Sozialverkündigung der Kirche, die er nicht kannte, sondern auf J. Habermas und die Frankfurter Schule. Es ging ihm um eine Politisierung des Glaubens und um die gesellschaftskritische Funktion der Kirche. Auf evangelischer Seite entwickelte Jürgen Moltmann die „Theologie der Revolution". In Frankreich sprach man von der „relecture marxiste" der Bibel; in Belgien wurde der Begriff „option" für die Bewegung der „Christen für den Sozialismus" von Fr. Houtart propagiert: vgl. François Houtart/André Rousseau, „Ist die Kirche eine antirevolutionäre Kraft?", München, Mainz 1973, bes. S. 232 ff.

6
Gustavo Gutiérrez, „Theologie der Befreiung". Aus dem Spanischen von Horst Goldstein. Mit einem Vorwort von Johann Baptist Metz. Reihe: Gesellschaft und Theologie/Systematische Beiträge 11, München und Mainz 1973. – Enrique Dussel, „Herrschaft und Befreiung –

zu nehmen, um die Befreiung des Menschen zu lieben, zu verteidigen und mitzuverwirklichen: Im Zentrum der Botschaft, deren Hüter und öffentlicher Verkünder die Kirche ist, findet sie die Motivierung, um einzutreten für die Brüderlichkeit, die Gerechtigkeit, den Frieden und gegen alle Beherrschungssysteme, Versklavungen, Diskriminierungen, Gewalttaten, Anschläge auf die Religionsfreiheit, Angriffe gegen den Menschen und gegen das Leben (*G. S.* 26, 27, 29)".

Diese Ansprache Johannes Pauls II. erregte weltweit Aufsehen. Marxistisch orientierte Theologen und linke Gruppierungen in der Kirche sahen sich in die Defensive gedrängt. Vor allem aber war es dem Papst gelungen, die große Mehrheit der Bischöfe des Subkontinents für die Sozialverkündigung der Kirche und für das christliche Menschen- und Gesellschaftsverständnis zu mobilisieren und die Lösung der sozialen Herausforderungen, insbesondere die Bekämpfung der Armut und der Unterdrückung nicht mehr über die marxistische Analyse von Wirtschaft und Gesellschaft zu suchen. Die radikalen Befreiungstheologen verloren in der Folgezeit zusehends an Einfluß.

2. Der Einsatz für die Soziallehre der Kirche

Noch bedeutsamer war die Tatsache, daß Johannes Paul II. nicht müde wurde, die Wahrheiten und die Wertorientierungen der katholischen Soziallehre für die Gestaltung und Ordnung der wirtschaftlichen und sozialen, kulturellen und politischen Verhältnisse zur Geltung zu bringen. Auf seinen vielen Reisen zu den Völkern in allen Kontinenten war er bemüht, die Verletzungen der unantastbaren Würde des Menschen und seiner Grundrechte anzuprangern und die sozialen Fragen und Aufgaben beim Namen zu nennen.

Gerade in einer Zeit, in der das Bewußtsein um das Lebensrecht des Menschen in all seinen Lebensphasen schwächer wird und die Abtreibung der ungeborenen Kinder in vielen Ländern praktiziert wird, geißelt der Papst diese Unmenschlichkeit als Ausfluß einer „Kultur des Todes" und setzt sich für das Leben ein.[8] Auch erinnert er die Europäer ständig an die christlichen Wurzeln ihrer Kultur, die in der Überzeugung vom Menschen als „Bild Gottes" ihre Grundlage besitzt.[9]

In den Ländern mit christlicher Tradition bemüht sich der Papst, die christlich-soziale Verantwortung zu erneuern und zu stärken. In den Ländern, in denen die Christen eine Minderheit sind, macht er sich zum Boten der Grundwerte der Freiheit, der Gerechtigkeit, der Solidarität, der Subsidiarität, des Gemeinwohls, und weckt das soziale Gewissen der Menschen und der Verantwortlichen. Es ist der Verdienst des Papstes, daß die Sozialverkündigung der Päpste allmählich wie ein Sauerteig wirkt. Immer mehr Bischöfe und Bischofskonferenzen befassen sich mit den sozialen Problemen. Sie bemühen sich um die christliche Menschen- und Gesellschaftsauffassung, üben Kritik an ungerechten Zuständen und Verhaltensweisen, fordern Initiativen zum Schutz der Menschenrechte und zur wirksamen Bekämpfung der Armut und der Not. Dem Wirken des Papstes ist es auch zuzuschreiben, daß die katholische Soziallehre in die Theologie an den Universitäten, Hochschulen und diözesanen Seminaren stärker integriert wird.[10] Falsche Vorstellungen, als ob die katholische Soziallehre ein Verschnitt von Soziologie, Ökonomie und Politikwissenschaft mit einer Brise Ethik wäre, sind überall in der Welt zurückgegangen; man hat die christliche Anthropologie und die in ihr wurzelnden sozialen Prinzipien wieder entdeckt. Die früheren Abgrenzungen gegenüber individualistischen und kollektivistischen Systemen und Denkansätzen werden neu bedacht. Allerdings sind die Widerstände in vielen europäischen Ländern, in denen die Soziallehre der Kirche zuerst wirksam wurde, nach wie vor erheblich, so wie auch die Verankerung der nachgewachsenen Generation in den Grundwertorientierungen, die nicht nur den wirtschaftlichen, sondern auch den sozialen und

Ansatz, Stationen und Themen einer lateinamerikanischen Theologie der Befreiung". Übersetzung aus dem Spanischen, Freiburg/Schweiz 1985. – Zur kritischen Auseinandersetzung: „Kirche und Befreiung", Aschaffenburg 1975, (Reihe: Veröffentlichungen des Studienkreises Kirche und Befreiung, hrsg. von Franz Hengsbach und Alfonso López Trujillo); Bonaventura Kloppenburg, „Die neue Volkskirche". Aus dem Spanischen von Wilfried Weber, Aschaffenburg 1981. – G. Gutiérrez hat sich später freilich kirchlichen Positionen angenähert, wie seine positive Rezeption der Kritik von Kardinal J. Ratzinger erkennen läßt. Vgl. die Einführung zur Theologie des Politischen von V. Twomey (unter Berufung auf M. Sievernich), in: Joseph Kardinal Ratzinger, Vom Wiederauffinden der Mitte, hrsg. vom Schülerkreis, Freiburg ²1998, S. 229, Anm. 29.

7
Die Ansprache, auf die sich auch die folgenden Hinweise beziehen, ist abgedruckt in: VApS 5. Die in Klammern beigefügten Hinweise auf *Gaudium et spes* sind im Originaltext enthalten.

8
Besonders wichtig ist die Enzyklika *Evangelium vitae* vom 25. März 1995: VApS 120.

9
Vgl. die Zusammenstellung von Dokumenten bei: Jürgen Schwarz (Hg.), „Die

kulturellen Wiederaufbau nach dem Zweiten Weltkrieg inspiriert haben, schwächer geworden ist. Den stärksten Aufschwung hat das christlich-soziale Denken und Handeln in zahlreichen Ländern Osteuropas, Lateinamerikas, Asiens, Afrikas genommen.

II. Neue Brennpunkte sozialer Verantwortung

Von dem sicheren Fundament, das die christliche Anthropologie und die darin verankerten sozialen Grundwerte der Freiheit und Gerechtigkeit, der Solidarität und der Subsidiarität, des Gemeinwohls und des Dienstcharakters allen gesellschaftlichen Lebens und der öffentlichen Gewalt zum Schutz der menschlichen Person und ihrer allseitigen Entfaltung ermöglichen, kann die Kirche ihren spezifischen Beitrag zur Analyse der gesellschaftlichen Verhältnisse und Entwicklungen, der vielfältigen Probleme und Herausforderungen und des konstruktiven Mitdenkens und Mithandelns in der Welt von heute leisten. Johannes Paul II. hat wie keiner seiner Vorgänger drei große Sozialenzykliken veröffentlicht, in denen er sich den neuen Brennpunkten der sozialen Verantwortung zuwendet.[11] Dies ist Zeichen dafür, wie sehr sich dieser Papst der Bedeutung des Verhältnisses von Kirche und Gesellschaft und der Sendung der Kirche bewußt ist, zusammen mit allen Menschen guten Willens die Problemlösungskapazität der christlichen Menschen- und Gesellschaftsauffassung einzubringen.

1. Laborem exercens

Zum 90. Jahrestag von *Rerum novarum* und eineinhalb Jahre, nachdem er den Stuhl Petri bestiegen hatte, schrieb Johannes Paul II. 1981 die Sozialenzyklika *Laborem exercens*. Er wollte sie am 15. Mai auf dem Petersplatz veröffentlichen, als ihn das Attentat niederstreckte. Erst vier Monate später, als er mit Gottes Hilfe genesen war, konnte dies am 14. September erfolgen. Während die vorausgegangenen Sozialenzykliken durch Arbeitsgruppen vorbereitet wurden, trägt dieses Rundschreiben in sehr markanter Weise die unverwechselbare Handschrift des Papstes. Dies wird nicht nur an der eigenwilligen Gliederung und am Sprachstil deutlich, sondern auch an dem Umstand, daß die Enzyklika nicht dem in den bisher erschienenen Rundschreiben entwickelten Aufbau folgt. Sie hat nicht so sehr die wirtschaftlichen und sozialen Strukturen im Blickfeld, sondern befaßt sich thematisch mit der Arbeit oder, besser gesagt, mit dem arbeitenden Menschen.

Der Text der Enzyklika ist entworfen zu einer Zeit, als in der kommunistischen Welt der Glaube bzw. die Vertröstung der Arbeiter auf ein Leben in Wohlstand und Gerechtigkeit immer brüchiger wurde, wohingegen in den freiheitlichen Gesellschaften der Wohlstand und die erreichte soziale Sicherheit zu neuen Fehlhaltungen führten. Unberührt von der falsch gestellten Frage, ob der modernen Gesellschaft die Arbeit ausgehe, erinnert Johannes Paul II. daran, daß Arbeit das tägliche Leben der Menschen bestimme und aus der Arbeit dem Menschen seine eigentümliche Würde erwachse. Die Feststellung, daß die Arbeit sich als der entscheidende Dreh- und Angelpunkt der gesamten sozialen Frage erweist, weitet den Blick, der sich bisher zu sehr auf die Arbeiterfrage des 19. Jahrhunderts konzentriert hatte, auf die weltweite Dimension der sozialen Frage. Wo immer eine Gesellschaft in Unordnung gerät und der Ungerechtigkeit anheimfällt, sind es die Arbeitsstrukturen, die der Reform bedürfen. Was die „Soziale Frage" im Industriezeitalter betrifft, so wendet sich der Papst gegen den „Irrtum des primitiven Kapitalismus", der im Gefolge der „materialistischen und ökonomistischen Strömungen" im 19. Jahrhundert die Arbeit nur danach bewertete, was sie an Gütern hervorbringt, jedoch keine Ahnung hatte von der „Würde und dem Wert der Arbeit" in ihrer „subjektiven Dimension".

Es ist immer nur der Mensch, der als Person arbeitet, der deshalb auch Anspruch darauf hat, daß im Arbeits- und Produktionsprozeß menschenwürdige Bedingungen gegeben sind und gerechte Löhne gezahlt werden. Von diesem Ansatz her bekennt sich die Enzyklika erneut zu dem von der katholischen Soziallehre herausgearbeiteten Vor-

katholische Kirche und das neue Europa. Dokumente 1980-1995", Teil 1 und 2, Mainz 1996.

10
„Kongregation für das katholische Bildungswesen: Leitlinien für das Studium und den Unterricht der Soziallehre der Kirche in der Priesterausbildung": VApS 91.

11
Die Enzykliken sind abgedruckt in: „Texte zur katholischen Soziallehre", hrsg. vom Bundesverband der Katholischen Arbeitnehmer-Bewegung Deutschlands – KAB, 8. erweiterte Auflage, Bornheim 1992. – Vgl. die jeweiligen Kommentare von Lothar Roos: „Laborem exercens. Sinn und Sozialgestalt der menschlichen Arbeit", in: Kirche und Gesellschaft Nr. 86, hrsg. von der Katholischen Sozialwissenschaftlichen Zentralstelle Mönchengladbach, Köln 1982; „Freiheit und Solidarität. Zur Ordnungsethik in Sollicitudo rei socialis", ebd. Nr. 1 149, Köln 1988; „Centesimus annus. Botschaft und Echo", ebd. Nr. 1 182, Köln 1991.

rang der Arbeit gegenüber dem Kapital, zum „Primat des Menschen gegenüber den Dingen". Zugleich aber schärft der Papst ein, daß es keinen „strukturellen Gegensatz zwischen Arbeit und Kapital" gebe, zwischen denen, die ihre Arbeit einbringen, und den Eigentümern der Produktionsmittel. Dies war wichtig in einer Zeit, in der in den kommunistisch beherrschten Staaten die Ideologie von Karl Marx immer noch die Grundlage bildete, in der aber auch im freiheitlichen Westen die Elemente der marxistischen Analyse von Wirtschaft und Gesellschaft von verschiedenen Gruppierungen „rezipiert" wurden. Demgegenüber bekräftigte Johannes Paul II. die Prinzipien der katholischen Soziallehre hinsichtlich der Privateigentumsordnung und forderte erneut – ganz auf der Linie, die schon Leo XIII. in *Rerum novarum* eingeschlagen hatte – die Beteiligung der Arbeitnehmer am Eigentum an den Produktionsmitteln. Nicht Sozialisierung des Privateigentums, sondern seine breite Streuung ist eine der zentralen Aufgaben der arbeitsteiligen Industriegesellschaft.

2. *Sollicitudo rei socialis*

Die umfassende Entwicklung des Menschen und der Aufbau gerechter Gesellschaften bildet weitere Schwerpunkte im Denken und Verkündigen von Johannes Paul II. Auf seinen Pastoralreisen, die ihn in die ganze Welt führten, wurde er immer neu mit den wirtschaftlichen, sozialen, kulturellen und politischen Verhältnissen konfrontiert, unter denen die Menschen und Völker leben. Er hatte einen Blick für die vielen Armen und Notleidenden in den Entwicklungsländern, auch für alle die Menschen, denen ihre Rechte vorenthalten werden und die nicht selten unter menschenunwürdigen Zuständen leben und arbeiten müssen, vor allem auch für die prekäre Lage von Familien, in denen die Mütter, oft genug auf sich allein gestellt, für ihre Kinder sorgen müssen. Der Papst mahnte die reichen Völker an ihre Verantwortung zu wirksamer Hilfeleistung. Zugleich setzt er sich für tiefgreifende Reformen der sozialen Strukturen in den Entwicklungsländern ein.

Zum 20. Jahrestag der Enzyklika *Populorum progressio*, die Paul VI. am 26. März 1967 unter dem Motto „Weltweite Ausmaße der sozialen Frage" veröffentlicht hatte, sollte erneut die Thematik der solidarischen Entwicklung der Menschen und Völker ins öffentliche Bewußtsein gerückt werden.

Die Enzyklika *Sollicitudo rei socialis*, die das Datum vom 30. Dezember 1987 trägt[12], führt die bereits gezogenen Linien weiter und versucht, die in den beiden Jahrzehnten seit dem Erscheinen von *Populorum progressio* eingetretenen Veränderungen zu berücksichtigen. Besonders will der Papst einer Engführung des Begriffs der Entwicklung entgegenwirken, als ob es sich dabei im wesentlichen um die wirtschaftliche, soziale und politische Entwicklung handele. Im Hinblick auf manche einseitigen Positionen heißt es: „Eine rein wirtschaftliche Entwicklung vermag den Menschen nicht zu befreien; im Gegenteil, sie versklavt ihn schließlich nur noch mehr. Eine Entwicklung, die nicht die kulturelle, transzendente und religiöse Dimension des Menschen und der Gesellschaft umfaßt, trägt in dem Maße, wie sie die Existenz solcher Dimensionen nicht anerkennt und die eigenen Ziele und Prioritäten nicht an ihnen ausrichtet, noch weniger zu einer echten Befreiung bei".[13]

Was den „gegenwärtigen Entwicklungsstand" in der Welt betrifft, so beklagt der Papst den „Graben zwischen Reichtum und Armut sowohl zwischen den Ländern des Nordens und des Südens als auch innerhalb vieler Entwicklungsländer und Industriestaaten".[14] Als Haupthindernis wird der politische Gegensatz der „Blöcke" und ihrer ideologischen Wurzeln gesehen, die sich in den „Prinzipien des liberalistischen Kapitalismus" und des „marxistischen Kollektivismus" finden[15]. Mit diesen Aussagen verbleibt der Papst im Rahmen der traditionellen Abgrenzungen, wie sie die Sozialverkündigung der Kirche seit *Rerum novarum* und *Quadragesimo anno* gezogen hat. Allerdings setzte er neue Akzente, wenn er forderte, das „Recht auf wirtschaftliche Initiative" dürfe nicht unterdrückt werden.[16] Die Erfahrung lehre, daß die Leugnung eines solchen Rechtes oder seine Einschränkung im Namen einer

12 Die Enzyklika konnte erst am 20. Februar 1988 erscheinen und wurde, um dem Untertitel „Zwanzig Jahre nach der Enzyklika Populorum progressio" gerecht zu werden, zurückdatiert. Die Gründe hierfür dürften in Abstimmungsschwierigkeiten gelegen haben. Auch der jetzt vorliegende Text macht nicht den Eindruck, als ob er aus einem Guß wäre.

13 *Sollicitudo rei socialis*, Nr. 46,4.

14 Ebd., Nr. 14.

15 Ebd., Nr. 20,3-5.

16 Ebd., Nr. 15,2.

angeblichen „Gleichheit" aller in der Gesellschaft tatsächlich den Unternehmungsgeist, das heißt die Kreativität des Bürgers als eines aktiven Subjektes lähmt oder gar zerstört. Die Folge sei nicht so sehr eine echte Gleichheit als vielmehr eine „Nivellierung nach unten". Schließlich entwarf der Papst das Leitbild einer „solidarischen Gesellschaft"[17].

3. *Centesimus annus*

Von besonderem Rang ist die dritte Sozialenzyklika, die Johannes Paul II. aus Anlaß des hundertsten Jahrestages von *Rerum novarum* 1991 veröffentlichte. Dieses Jubiläum steht im Zeichen der „Ereignisse" des Jahres 1989. Die entscheidende Ursache für den Zusammenbruch des Marxismus, der im Gefolge der „ökonomistischen und materialistischen Theorien des entstehenden Kapitalismus" die Vorherrschaft erlangen konnte, erblickte der Papst in der „Verletzung der Rechte der arbeitenden Menschen"[18].

Die historische Erfahrung der sozialistischen Länder habe auf traurige Weise gezeigt, daß der Kollektivismus die Entfremdung nicht beseitigt, sondern noch steigert, weil der Mangel am Notwendigsten und das wirtschaftliche Versagen hinzukommen.[19] In dieser Situation seien die Arbeiter – hier erfolgt ein Hinweis auf sein Heimatland Polen – auf die Aussagen und Grundsätze der Soziallehre der Kirche gestoßen, die für sie eine Neuentdeckung bedeute.[20] Die Analyse in *Rerum novarum* setze nicht bei der Arbeit als einer Ware an, sondern bei der Würde des Arbeiters und den damit gegebenen Rechten und Pflichten.[21]

Die „zweite Ursache der Krise", die zum Zusammenbruch der sozialistischen Systeme führte, ist „zweifellos die Untauglichkeit des Wirtschaftssystems. Hier geht es nicht bloß um ein technisches Problem, sondern vielmehr um die Folgen der Verletzung der menschlichen Rechte auf wirtschaftliche Initiative, auf Eigentum und auf Freiheit im Bereich der Wirtschaft"[22]. Zum ersten Mal wird die „freie Marktwirtschaft" gewürdigt, die nach dem Zweiten Weltkrieg in einigen Ländern aufgebaut wurde und die sich von sozialer Gerechtigkeit leiten läßt und dem Kommunismus sein revolutionäres Potential entzieht".[23]

Wie steht es aber mit der Frage, ob nach dem Scheitern des Kommunismus der Kapitalismus das siegreiche Gesellschaftssystem sei und er das Ziel der Anstrengungen der Länder ist, die ihre Wirtschaft und ihre Gesellschaft neu aufzubauen versuchen? Ist er das Modell, das den Ländern der Dritten Welt vorgeschlagen werden soll, die nach dem Weg für den wahren wirtschaftlichen und gesellschaftlichen Fortschritt suchen?[24] Die Antwort fällt differenziert aus: „Wird mit ‚Kapitalismus' ein Wirtschaftssystem bezeichnet, das die grundlegende und positive Rolle des Unternehmens, des Marktes, des Privateigentums und der daraus folgenden Verantwortung für die Produktionsmittel, der freien Kreativität des Menschen im Bereich der Wirtschaft anerkennt, ist die Antwort sicher positiv ... Wird aber unter ‚Kapitalismus' ein System verstanden, in dem die wirtschaftliche Freiheit nicht in eine feste Rechtsordnung eingebunden ist, die sie in den Dienst der vollen menschlichen Freiheit stellt und sie als eine besondere Dimension dieser Freiheit mit ihrem ethischen und religiösen Mittelpunkt ansieht, dann ist die Antwort ebenso entschieden negativ"[25]. Mit dieser Klarstellung hat die Enzyklika die langwierigen innerkirchlichen Auseinandersetzungen über den „Kapitalismus" beendet und die anthropologischen und sozialen Grundlagen einer menschenwürdigen und gerechten Wirtschaftsordnung aufgewiesen.

Allerdings gibt sich Johannes Paul II. keinen trügerischen Hoffnungen hin, als ob mit dem Niedergang des Kommunismus in aller Welt der Weg frei wäre für den Aufbau von leistungsfähigen Marktwirtschaften und gerechten Sozialordnungen. Er weist auf die geistige Leere hin, die der atheistische Marxismus hinterlassen hat. Es bedarf größter Anstrengungen, um den Menschen einen Zugang zum Verständnis der Grundwerte zu erschließen. Umgekehrt sieht der

17 Ebd., Nr. 39.

18 *Centesimus annus*, Nr. 23 und 26,2.

19 Ebd., Nr. 41,1.

20 Ebd., Nr. 23,1.

21 Ebd., Nr. 4 und 6.

22 Ebd., Nr. 24,1.

23 Ebd., Nr. 19,2.

24 Ebd., Nr. 42,1.

25 Ebd., Nr. 42,2.

Papst in den westlichen Gesellschaften eine „konsumistische Entfremdung“, die den Verlust des wahren Lebenssinnes heraufbeschwöre.[26] Die Illusion einer wertfreien Gesellschaft, die zu einem erneuten Totalitarismus führen könne, ist nicht von der Hand zu weisen.[27] Hier liegen die Gefahren für den Rechtsstaat und für die Demokratie, denen die Soziallehre der Kirche mit allem Nachdruck entgegentreten müsse.

4. Im Dienst am Frieden in der Welt

Zu den Schwerpunkten der Sozialverkündigung der Kirche gehört der Dienst am Frieden in der Welt. Johannes Paul II. steht hier ganz in einer Linie mit Benedikt XV., Pius XII., Johannes XXIII., der die Enzyklika *Pacem in terris* als sein Vermächtnis hinterließ, und Paul VI.[28] Friede ist ein Grundwert, ohne den es keine Entfaltung der Menschen und Völker gibt, den auch die Menschen ersehnen, der trotzdem ständig gefährdet ist. Auch wenn der „Kalte Krieg“ zwischen Ost und West nach 1989 verschwunden ist und damit auch die Waffenexporte zurückgegangen sind, so gab es auch in den letzten zwei Jahrzehnten immer neue Krisenherde, Konflikte, Streitigkeiten, kleine und größere Kriege. Die Friedensbewegung in Europa und Nordamerika war lange Zeit davon überzeugt, daß man nur die Bedingungen im wirtschaftlichen, sozialen, religiös-kulturellen, politischen und internationalen Bereich verändern und günstig gestalten müsse, dann sei Friede sozusagen herstellbar. Demgegenüber war Johannes Paul II. nicht der Auffassung, als ob der Friede irgendwie „machbar“ wäre; er war zutiefst davon durchdrungen, daß der Friede nur dann wiedergewonnen, erhalten und gesichert werden könne, wenn die Menschen selbst jede Art von Diskriminierung und Haß meiden und die Würde jedes Menschen sowie seine Grundrechte zu achten und zu fördern bereit sind; wenn auch die Verantwortlichen nicht nur die Waffenproduktion einschränken, sondern die Zusammenarbeit auf der Grundlage der Gerechtigkeit praktizieren und fördern, wenn die Regierenden und die Völker zur Versöhnung bereit sind und den Teufelskreis der Vergeltung durchbrechen. Letzten Endes hängt der Friede auf Erden davon ab, ob in den Herzen der Menschen und auch bei denen, die für die Verhältnisse und Strukturen die Verantwortung tragen, der Friede Gottes präsent ist.

Der Papst war ständig bemüht, an diese geistig-sittlichen Grundlagen des Friedens und der echten Friedenshaltung zu erinnern und sie einzufordern. Zu dem jedes Jahr stattfindenden Friedenstag richtete der Papst eindringliche Worte und Mahnungen an die Verantwortlichen, ebenso an die Gläubigen, den Frieden zu sichern. Besonders engagierte sich der Papst für den Frieden in seinen großen Ansprachen an die Vereinten Nationen und an den Europarat. Hier sind auch die Ansprachen zu nennen, wenn er Staatschefs empfing oder seine Verkündigung an Festtagen der Erhaltung und Sicherung des Friedens widmete. Unvergessen sind seine Reisen in die Krisengebiete des Libanon, nach Uganda, nach Sarajewo, seine „Pilgerreise des Friedens“ nach Argentinien. Er setzte alle Hebel in Bewegung, um die großen und kleinen Barrieren abzubauen, die dem Frieden zwischen den Völkern, zwischen Minderheiten, zwischen Religionen und Kulturen im Wege stehen. Er war und ist der Bote des Friedens, der viel bewegt hat. Die Welt schuldet ihm für sein Beten und Arbeiten um den Frieden tiefen Dank.

26 Ebd., Nr. 24 und 41.

27 Ebd., Nr. 44,2.

28 Vgl. „Dienst am Frieden. Stellungnahmen der Päpste, des II. Vatikanischen Konzils und der Bischofssynode von 1963 bis 1982“: VApS 23, zweite aktualisierte Auflage.

III. Teil

In Glaubenszeugnis und Dialog

Paul J. Cordes

Papst Johannes Paul II. und die jungen Menschen

Das Centre d'Etude et de Recherche international, Paris, veröffentlichte 1990 eine soziologische Studie über „Die Reisen von Johannes Paul II."; es zog eine soziale und politische Bilanz der ersten zehn Jahre des Pontifikats unseres Papstes. Beim Durchgehen der verschiedenen kirchlichen Stände und Altersgruppen schreibt die Verfasserin: „Da gibt es eine Kategorie, der der Papst bekanntermaßen besonders verbunden ist: die der Jugend"[1].

I. Erstaunliche Resonanz

Schon ein statistischer Überblick bestätigt diese Affinität zwischen unserem Papst und der Jugend. In den Sammelbänden, die jährlich alle päpstlichen Predigten, Ansprachen, Botschaften und Verlautbarungen dokumentieren, finden sich etwa für die Jahre 1985 und 1986 jeweils über 100 Seiten bzw. Nennungen im Stichwortverzeichnis unter dem Begriff „Jugend"[2]; d.h., daß der Papst in den beiden genannten Jahren jeweils über einhundertmal zur Jugend sprach oder Stellung zu ihr nahm. Allein die Anzahl macht deutlich, daß es sich bei solchen Äußerungen um mehr als um bloße Pflichtübungen handelt. Der Papst ist der Jugend besonders verbunden. Diese Beobachtung kann jeder machen, der Dienst und Verhaltensweise dieses Papstes aufmerksam begleitet: Das Programm und die Thematik seiner Ansprachen bei den Pastoralbesuchen in Italien und in allen Kontinenten der Erde, das Flair der Audienzen und Pfarrvisitationen in Rom, die individuellen Kontaktnahmen bei seinen Einzelbegegnungen vor und nach Großveranstaltungen oder wenn ihn kleine Gruppen während der Sommerferien in Castelgandolfo besuchen.

Das Treffen der beiden Partner – des Papstes und der Jugend – erscheint wie ein langersehntes Wiedersehen, das endlich das gegenseitige Wohlwollen zum Ausdruck bringen kann, das man füreinander hegt, das darum eine Atmosphäre der Freude schafft und den Eindruck persönlicher Nähe jedes Besuchers mit dem Papst vermittelt. Solche Übereinstimmung im gegenseitigen Wohlwollen entsteht seltsamerweise nicht nur dann, wenn die Jugendlichen ihre Fragen direkt an den Papst richten, sondern auch wenn sie ihn – unabhängig von eigenen Artikulationen – als Katechisten und Hirten einfach nur anhören. Und auch wenn sich junge Menschen – wie in Österreich 1983 oder in Belgien 1985 – mit vorbereiteten kritischen Fragen an den Gast wenden oder wenn sie beim Weltjugendtreffen in Santiago 1989 gegen eine Musical-Mischung von linker Gesellschaftskritik und plakativem Moralin protestierten durch mehrfaches vernehmliches Rufen: „Wir wollen den Papst hören!" Daß die jungen Leute zum Papst drängen, beweist besonders die Geschichte der Internationalen Jugendtage; sie fanden ein solches Echo, daß sie zu einer guten Einrichtung der Weltkirche geworden sind: 1987 in Buenos Aires (Argentinien) waren es mehr als eine Million; 1989 in Santiago de Compostela (Spanien) kamen 600000 zusammen; 1991 folgten 1500000 dem Ruf des Papstes nach Tschenstochau (Polen), circa 4 Millionen versammelten sich 1993 in Manila, 500000 zwei Jahre später in Denver (USA) und 1000000 vergangenes Jahr in Paris. Welcher andere geistliche oder weltliche Führer hätte für seine Einladung, die in Freiheit befolgt oder auch nicht befolgt werden kann, eine solche Resonanz?

1
Chr. de Montelos, „Les Voyages de Jean-Paul II., Dimensions sociales et politiques", Paris 1990, S. 236.

2
DAS 1985 bzw. 1986.

II. Auf der Suche nach den Gründen

Was fördert die Ruf-Kraft des Papstes gegenüber den jungen Menschen? Woher rührt seine Faszination, die ein spürbares, oft knisternd magnetisches Spannungsfeld erzeugt? Natürlich können solche Fragen nur mit Vermutungen beantwortet werden. Da ist einmal bei den Jugendlichen der Wunsch nach verläßlicher Orientierung. Sie suchen den Weg zu einer Erfüllung, die von Dauer ist. Sie sehnen sich nach einem Vertrauen weckenden Führer. Mag sein, daß manche enttäuscht sind von selbsternannten Weisen oder von Gurus, die die jugendliche Begeisterungsfähigkeit ausbeuten, um ihren eigenen politischen Einfluß zu mehren oder um Ruhm und Reichtum zu gewinnen. Im Papst hingegen gewahren die Enttäuschten und so auf sich Zurückgeworfenen etwas vom „guten Hirten". Das drücken jedenfalls ihre eigenen Kommentare aus – etwa nach dem Jugendtag in Santiago: „Die Jugendlichen lernen, den Papst als Bruder zu sehen, aber auch als ein Vater, der alle Jugendlichen der Welt im Herzen trägt" (Deutsche, 24 Jahre), „Der Papst ist so voller Glauben, daß er einen, wenn man ihn sieht, verwandelt, auch wenn man keinen sehr tiefen Glauben hat" (Französin, 17 Jahre); „Jede Begegnung mit dem Papst erfüllt uns mit besonderer Freude. Der Heilige Vater ist für mich Meister und Vorbild für Konsequenz" (Polin, 19 Jahre). Oder wie es jemand bei der Reise des Papstes nach Deutschland bezeugte: Auf die überraschte Frage: „Du hier, auf dem Weg zum Treffen mit dem Papst? Wieso das? Du bist doch Protestant?" – kam die Antwort: „Ich will diesen Mann sehen. Er liebt die Menschen. Das höre ich an seiner Stimme." Und auf Seiten des Papstes? Welche Momente begründen bei ihm das starke Echo, das er bei der Jugend hat? Gewiß kann hier noch weniger eine sicher zutreffende Antwort gegeben werden. Vielmehr sollen lediglich Gründe für dieses Echo in seiner Einstellung und in seinem Leben zur Sprache kommen.

Da sind zunächst Hinweise aus seinem Verständnis des Laienapostolats[3]. Bald nach der Gründung des Laiendikasteriums der römischen Kurie 1967 wurde Kardinal Wojtyla zum Berater berufen. Als solcher nahm er regelmäßig an den Vollversammlungen in Rom teil, reflektierte in seinen Beiträgen das Laienengagement in der besonderen Situation Polens, befaßte sich mit Strukturfragen, akzentuierte das Familienapostolat und sprach von der Notwendigkeit der „Nachbarschaft" und der „Gruppe" (des „Kreises"). Er setzte in seinen Beiträgen nachdrücklich auf die Einbeziehung aller Christen in die kirchliche Sendung. So sieht er sich keineswegs als Amtsträger „mit fertigen Rezepten" .

Im Frühjahr 1972 gab er das Projekt einer Synode der Krakauer Kirchenprovinz bekannt. Sie sollte entsprechend den Notwendigkeiten der Zeit auf der Basis des Zweiten Vaticanums das Glaubensleben bereichern und vertiefen. Er betonte, die Synode müsse die Angelegenheit des ganzen Volkes Gottes sein. Er versteht sich als hörender Hirte.

III. Aufmerksam auf den Wink der Vorsehung

Wojtyla suchte sogar Gottes Weisung für seinen eigenen Lebensweg niemals in isolierter Versenkung, sondern wußte sich als Glied am Leibe Christi durch eine spezifische Situation und ein konkretes kirchliches Umfeld herausgefordert und geführt. In wacher Aufmerksamkeit gegenüber Menschen und Ereignissen schaute er aus nach dem Wink der Vorsehung für Beruf und Auftrag. Das bestätigt wieder die Lektüre seiner jüngsten biographischen Aufzeichnungen „Die Schwelle der Hoffnung überschreiten" und „Geschenk und Geheimnis".

3 Vgl. P. J. Cordes, „Karol Kardinal Wojtyla als Inspirator des Laienapostolats. Eine Besinnung auf den Auftrag des ‚Päpstlichen Rates für die Laien'" in: NÖ. Pressehaus (Hrsg.) Festschrift V. Wallner, Wien 1982, S. 32-42.

Beim Rückblick auf sein Leben spricht er an, wie sein Wunsch entstand, Priester zu werden. Als er 1940 im Steinbruch von Solvay arbeitete, wurde er dem Polier zugeteilt. Dieser, F. Labus mit Namen, wandte sich öfter an ihn mit den Worten: „Karol, du solltest Priester werden"[4]. Engagiert fordert er auch im Interview zur „Hoffnung", die Geistesgaben des Volkes Gottes müßten hochgeschätzt werden. Der vom Vaticanum II vorgegebene Neuansatz sei zu beachten. Die Unterscheidung „lehrende Kirche" und „lernende Kirche" dürfe nicht übersehen, daß jeder Getaufte auf der ihm zukommenden Ebene am dreifachen Priestertum Christi teilhabe. Man dürfe darum nicht nur Begriffe verändern, sondern müsse neue Einstellungen schaffen[5].

Diese Haltung des lernbereiten Hörens gilt selbstverständlich auch für den Umgang mit jungen Menschen. In dem letztgenannten Werk kommt Johannes Paul II. mehrfach auf den Einfluß zu sprechen, den die Begegnung mit diesen auf ihn hatte. Er wendet sich dem Interesse des hier vorliegenden Beitrags somit spezifischer zu. Die ersten Jahre seines priesterlichen Dienstes schafften die Grundlage für seine Einstellung. Es war die Nachkriegszeit, während der er sich betont auf die Jugend einließ. Ihre Fragen nach der Existenz Gottes und der Form rechten Lebens gaben ihm den Anstoß für Studium und Lehre. Er sieht sich von dieser Jugend geführt: „In einem gewissen Sinn haben sie mir auch den Weg gewiesen"[6]. Darum gilt bis in die Gegenwart, was an den Pastoralbesuchen in seiner Diözese Rom und an seinen apostolischen Reisen und nicht zuletzt an den Weltjugendtagen abzulesen ist: „Wohin sich der Papst begibt, sucht er die Jugendlichen, und überall suchen die Jugendlichen den Papst. Das heißt, in Wahrheit ist es nicht er, der gesucht wird. Wer gesucht wird, ist Christus"[7].

IV. Der internationale Jugendtag

Beim Beschreiben des Hirtendienstes, den Papst Johannes Paul II. den jungen Menschen tut, hat der Zeitzeuge eine Chronistenpflicht. Es gilt die Anfänge einer Praxis festzuhalten, die inzwischen Kirchengeschichte gemacht hat: des großen Welttreffens junger Menschen. Mitglieder des römischen Jugendzentrums San Lorenzo[8] bereiteten ihm den Weg. Sie hatten angeregt, anläßlich des Außerordentlichen Heiligen Jahres 1983/84 die Jugend aller Kontinente in die Ewige Stadt einzuladen. Das viertägige Programm sollte am Mittwoch in der Passionswoche beginnen und mit der Eucharistiefeier am Palmsonntag (15. April 1984) seinen Abschluß finden. Bei diesem Ereignis füllten dann etwa 300 000 Pilger den Petersplatz. Deren Begeisterung und die geistliche Dichte des Festes machten die Hindernisse vergessen, die zeitweise unüberwindbar erschienen waren und das Scheitern der Pläne hatten vermuten lassen: Im „Rat für die Laien", der verantwortlichen vatikanischen Abteilung, gab es bislang keinerlei Kenntnis, wie man solche Großveranstaltungen organisiert; kirchliche Kreise in Rom winkten wegen der schlechten Erfahrungen beim Jugendtreffen während des Heiligen Jahres 1975 ab, der (kommunistische) Bürgermeister verweigerte alle Zusammenarbeit und blockierte im letzten Augenblick den Bau einer Zeltstadt, römische Stadtviertel machten mobil gegen die angebliche Invasion randalierender Jugendlicher.

Der Weltjugendtag wurde also unter Schmerzen geboren. Und seine Geburtshelfer waren die Geistlichen Bewegungen und Neuen Gemeinschaften. Bei diesen fand die Idee sofort begeisterte Aufnahme. Vor allem sie engagierten sich bei Planung und Durchführung der ersten Versuche. Nur dank ihrer Flexibilität und weltweiten Verbindungen ergab sich ein Echo, das alle Erwartungen übertraf.

4
„Dono e Mistero", Vatikan 1996, S. 15 („Geschenk und Geheimnis", Graz 1997, S. 19).

5
„Die Schwelle der Hoffnung überschreiten", Hamburg 1994, S. 201.

6
Ebd., S. 225.

7
Ebd., S. 152.

8
Es handelt sich um die kleine antike Kirche „San Lorenzo in Piscibus" (Via della Conziliazione/Via Pfeiffer) mit sich anschließenden Versammlungsräumen. Das Zentrum wurde Anfang der 80er Jahre vom „Päpstlichen Rat für die Laien" als Plattform der Begegnung von jugendlichen Rompilgern und in Rom ansässigen Geistlichen Bewegungen geschaffen und von Papst Johannes Paul II. selbst im März 1983 eröffnet. Es war der erste praktische Beweis, daß die unterschiedlichsten neuen Gemeinschaften ein pastorales Projekt tragen können.

Und natürlich, weil der Jugend-Seel-Sorger Karol Wojtyla sofort die enorme pastorale Chance erkannte, die in ihnen liegt – im Gegensatz zu vielen Priestern und Bischöfen, die zunächst skeptisch oder überrascht auf die Einladungen zu diesen „Festivals" reagierten: „ein katholisches Woodstock"?
Der Papst nahm den anschwellenden Strom freudig als Fingerzeig Gottes. Er ließ sich von den Fakten belehren und machte in seiner Osterhomilie 1985 diesen Tag zu einer ständigen Einrichtung der Universalkirche. Dennoch kann er – auch als *Stifter* dieser jüngsten weltkirchlichen pastoralen Initiative – formulieren: „Niemand hat die Weltjugendtage erfunden. Die Jugendlichen selbst haben sie geschaffen"[9]. Er nimmt seinen eigenen Anteil! an dieser Einrichtung total zurück, weil er selbst und sein gläubiges Lesen der Geschichte im Ereignis gleichsam verschwindet.

V. Der Ethiker

Gewiß kann nur Gott selbst dem eine gültige Antwort geben, der nach der Resonanz des Papstes bei den Jugendlichen fragt. Doch der Papst hilft dem Interessierten noch über die Spuren seines Seelsorgedienstes hinaus.
Als Philosoph hat er sich zwar nicht mit sich selbst befaßt. Aber andererseits ist doch zu vermuten, daß sein Interesse als Phänomenologe von seinen Erfahrungen als Seelsorger stimuliert wurde[10]. Max Scheler war ihm Anstoß für die Untersuchung, wie sich menschliche Werte an Führungswillige vermitteln lassen. Näherhin behandelt er in philosophischen Studien Schelers Begriff der „Gefolgschaft" oder – wie Wojtyla sagt – die „ethische Vollkommenheit der Person". Dabei kommt der Forscher zu der Auffassung, daß „nichts so stark zur moralischen Güte einer Person beiträgt wie das unmittelbare Schauen (die emotionale Intuition) einer anderen Person in ihrer moralischen Güte". So vollzieht sich die Wertvermittlung zwischen Meister und Jünger. Damit ist die Meister-Jünger-Beziehung aber nicht nur ein verläßlicher Weg der Wertvermittlung. Sie ist darüber hinaus auch der einzige Weg, der für die Orientierungsweitergabe der Würde des Menschen entspricht. Wojtyla schreibt: „Das alleinige Wirken der allgemeinen ethischen Normen ist eine Bedrohung für das selbständige ethische Erkennen und Wollen von Seiten dessen, an den diese Normen gerichtet sind. Hingegen ist bei dem vorbildlichen Wirken des personalen Ideals die Selbständigkeit des Erkennens und Wirkens von Seiten des Nachfolgers und Jüngers gesichert. Der gesamte Einfluß des Vorbildes stützt sich nämlich auf die Liebe zur Person des Meisters, und diese Liebe ist die grundlegende Quelle des erkennenden Wertempfindens"[11]. Es ist demnach die Integrität des Vorbildes, auf die der Papst setzt. Er weiß, daß er in seinen Begegnungen mit der Jugend stärker das weitergibt, was er geistig und geistlich ist, als das, was er sagt – jeder von uns hat ja schon erfahren, daß die Jugend ein feines Gespür für „Echtheit" hat. Erst diese „Methode" der Wertvermittlung trägt nach dem Urteil Wojtylas der menschlichen Würde der Hörenden und Suchenden Rechnung, d. h., ihre Freiheit als Kinder Gottes, sie ist ja ohne Zwang, sucht vielmehr durch Einsicht und Zeugnis zu gewinnen.

VI. Geistliche Wurzeln

Wer weiter zurückschaut in das Leben unseres Papstes, der stößt auf noch tiefer reichende Wurzeln seiner Faszination auf die Jugendlichen: Johannes Paul II. selbst hat in einem wichtigen Abschnitt seines Lebens solche Ausstrahlung erfahren und ihre Wirkung auf seine eigene Person beobachten können. Er veröffentlichte dies 1949 in einem Artikel der Zeitschrift „Tygodnik powszechny".

9
Ebd., S. 152.

10
Vgl. R. Buttiglione, „La pensée de Karol Wojtyla", Paris 1984, S. 82 ff.

11
Karol Wojtyla, „Primat des Geistes. Philosophische Schriften", Vatikanstadt 1979, S. 276.

Unter dem Titel „Ein Apostel" analysiert er den Einfluß, den der Schneider und Laienkatechet Jan Tyranowski auf den 19jährigen Karol und seine Alterskameraden ausübte. Noch nach zehn Jahren erinnert er sich genau: Die jungen Leute begegnen ihrem Katecheten Jan zunächst mit Skepsis – eine Skepsis, die entsteht, wenn Ansprüche auf den Freiheitsdrang und Stolz Heranwachsender treffen. Dabei sieht Wojtyla den eigentlichen Grund für anfängliche Kommunikationsschwierigkeiten nicht in dem Altersunterschied – Jan hatte schon die ersten grauen Haare –, sondern vor allem in der Art, in der er den wohl 100 Schülern in unterschiedlichen Altersgruppen den Unterrichtsstoff darlegte.
Seine Art war zu fromm, hatte keine Spur von Originalität; der Katechet blieb den jungen Leuten ein Rätsel, denn er trug in sich eine Auffassung von Leben, die ihnen bislang völlig unbekannt war.
So fragten sie sich in einer inneren Auflehnung gegen ihn: „Was will dieser Mann von mir? Was in mir überzeugt ihn nicht?" Denn in der Begegnung mit ihm wurde sofort deutlich, daß er nicht kam, um sie zu bestätigen. Er zielte auf ihre Person als solche, auf die Auffassung, auf die Gefühle, auf das Engagement. So war es nicht einfach, gleich den Grund für seine erzieherische Einwirkung anzunehmen. „Die Wahrheit von einem neuen, von einem inneren Leben, wie sie gerade Jan vorschwebte, war ihnen völlig unbekannt. Es handelte sich nicht um eine Verstandesarbeit, um irgendeine Vermittlung von Kenntnis und Können, es handelte sich vielmehr darum, Leben und Tun zu verändern. Doch war ihnen ihr Leben bislang nicht als wirklich gelungen erschienen, als recht vollkommen, dem äußeren Eindruck nach unverwundbar, unzugänglich für künftige gewalttätige Einbrüche? Ganz gewiß hatten einige von ihnen in gewisser Selbstzufriedenheit diese Überzeugung."
So prüften sie nun um so sorgfältiger alle Worte, die Jan an sie richtete; nur mit Mühe überwanden sie ihre intellektuellen Einwände, klärten sich ihre widerstrebenden Gefühle. Es war ein langer, anstrengender Weg, auf dem die Gnade die jungen Seelen berührte „und in ihnen Gestalt annahm durch die Begegnung mit dem inneren Leben selbst dieses einfachen und guten Menschen. Es war sein inneres Leben, das seinen Worten Gewicht gab; das all sein Verhalten erklärte; das zu ihm hinzog gegen alle Einschränkung und allen Widerstand. Seine Worte haben uns mehr als einmal verletzt, nicht weil sie unangebracht gewesen wären, sondern einfach weil sie nicht originell waren; unsere Selbstliebe litt, denn in ihr ging der Niveauunterschied auf, der sein inneres Leben von dem unseren unterschied. Und dennoch wuchs inmitten all dessen langsam die Erfahrung mit Jan durch die fortwährenden Beziehungen mit seinem inneren Leben. Er zeigte uns Gott viel direkter als Reden und Bücher; er zeigte, daß man über Gott nicht nur ein Wissen haben kann, sondern daß man von Gott auch leben kann"[12].

12
Vgl. Karol Wojtyla, „I miei amici", Bologna 1980, S. 27-44, hier S. 30 (CSEO-biblioteca 13).

VII. Ein Apostolisches Schreiben

1985 wurde von den Vereinten Nationen als „Jahr der Jugend" proklamiert. Johannes Paul II. nahm diese Tatsache zum Anlaß, um an die „Jugendlichen der Welt" ein Apostolisches Schreiben zu richten (31. März 1985). Die behandelten Themen befassen sich mit den Chancen und Problemen der Heranwachsenden, mit den Gefahren und Hoffnungen des jugendlichen Lebens heute.

Auffällig ist zunächst der Ton des Briefes: Er bekundet die väterliche Nähe des Papstes zu seinen Adressaten. Sein Wohlwollen für sie ist auf jeder Seite neu zu entnehmen. Wirklich spezifisch an dem Schreiben ist jedoch die gewählte Perspektive: Der Autor eröffnet dem Jugendlichen die biblische Szene vom Reichen Jüngling (Mk 10,17–22); er lädt so zu einer direkten Begegnung zwischen dem Herrn und dem jeweiligen Leser ein. Der Brief kreist folglich weder um ein Gesetz, das Ansprüche stellt, noch um seinen Autor, der mit seiner Weisheit beeindruckt. Er vermeidet alle Versachlichung der Weisungen, konfrontiert vielmehr immer neu mit der Person Jesu Christi, der für sich gewinnen will. Unnötig zu sagen, daß dies in einer Zeit besonders hervorsticht, die Christus oft genug mißbraucht: die öffentlichen Appelle als Instanz für soziale oder politische Forderungen; ein säkularer Humanismus für gesellschaftliches Wohlverhalten; die aufsässigen Glieder der Kirche als Argument für ihre Kritik.
Der Papst versteht den Brief hingegen als Anleitung zum Dialog mit dem Herrn: „Vielleicht wird es so einfacher für euch sein, ein eigenes Gespräch mit Christus zu führen – ein Gespräch, das von grundlegender Bedeutung für einen jungen Menschen ist". Er möchte mit dem Text – ähnlich wie sein Lehrer Jan Tyranowski – nicht das „Wissen über" Jesus Christus erweitern,
sondern in die „Begegnung mit ihm" einführen. So vermittelt der Brief nicht nur das „Wie" des Weges zu Gott, sondern gleichzeitig auch den, der den Weg gelingen lassen kann. Er wird allen Katecheten und Pädagogen zum Prüfstein.

Kardinal Jozef Tomko

Johannes Paul II. und seine Sorge um die Kirche als missionarische Kirche

Dem aufmerksamen Geist begegnen immer wieder Situationen und Worte, die er nicht anders als prophetisch verstehen kann. Mag der volle Sinn im Augenblick sich auch noch nicht erschließen, wird die Tragweite nachträglich doch immer deutlicher.

Man liebt es, bestimmte Gedenktage zum Anlaß bedeutender Äußerungen und zum Ausgangspunkt groß angelegter Aktionsprogramme zu machen. Daß Johannes Paul II. sein Amt als Nachfolger Petri, Bischof von Rom und Oberhirte der gesamten Kirche, gerade am 22. Oktober 1978 antreten sollte, war nicht vorauszusehen gewesen. Es war von prophetischer Bedeutung, daß an diesem Sonntag die Gesamtkirche den Weltmissionssonntag feierte. Der nur wenige Tage zuvor gewählte Papst schien etwas zu ahnen vom Zusammenhang dieses Sonntags und seines gerade beginnenden Pontifikates, wie es ein Wort seiner Ansprache zum Ausdruck brachte: „Gerade heute feiert die ganze Kirche den Weltmissionssonntag.
Sie betet, betrachtet, handelt, damit Christi Worte des Lebens alle Menschen erreichen, und sie von ihnen aufgenommen werden als Botschaft der Hoffnung, des Heils, der totalen Befreiung."[1] Es war kein ausgeklügeltes Aktionsprogramm, das er hier proklamierte. Im nachhinein jedoch läßt sich erkennen, daß die einfachen Worte, mit denen er den Sinn des Weltmissionssonntags umschrieb, die wesentlichen Punkte des Programms seines ganzen Pontifikates enthielten. Es wäre sicher verfehlt, wollte man im Pontifikat Johannes Pauls II. einseitig Akzente setzen. Die Themen der einzelnen Beiträge zum vorliegenden Band zeigen deutlich genug, daß er der ganzen Kirche in allen ihren Bereichen und Aspekten seine Aufmerksamkeit gewidmet hat und daß er allen etwas zu sagen hat. Wenn in diesem Beitrag der Dienst Johannes Pauls II. an der Kirche als missionarischer Kirche im Mittelpunkt stehen soll, wird dabei nicht übersehen, daß es ihm darum geht, der ganzen Kirche zu helfen, aus der Mitte und Fülle des göttlichen Geheimnisses zu leben. Das bedeutet einerseits Erneuerung und Vertiefung des Glaubens und des christlichen Lebens in der herkömmlichen Seelsorge; es bedeutet andererseits einen völligen Neuanfang der Evangelisierung – eine Neu-Evangelisierung – bei Gruppen und Ländern, die ehemals christlich waren und im Laufe der modernen Entwicklung den Glauben praktisch verloren haben. Es bedeutet schließlich die Weitergabe des empfangenen Glaubens an die Menschen, die noch nie davon gehört haben, also Evangelisierung im eigentlichen Sinn, missio ad gentes.

Die Kirche steht nach wie vor unter dem Auftrag des Herrn: „Darum geht zu allen Völkern" (Mt 28,19; vgl. Mk 16,15). Johannes Paul II. wird nicht müde zu betonen, daß dieser Auftrag Christi an seine Kirche vielleicht noch nie einen solchen Umfang und solche Dringlichkeit erreicht habe wie heute. „Mehr als je zuvor muß die Kirche sich die Worte des Apostels zu eigen machen: Weh mir, wenn ich nicht das Evangelium verkünde!" (1 Kor 9,16)[2]

I. Die apostolischen Reisen

Rein von außen her gesehen, sind die apostolischen Reisen Johannes Pauls II. – seine Pilgerfahrten zum Heiligtum Gottes in den Menschen – ein herausragendes Kennzeichen seines Pontifikates. In diesem Punkt darf gesagt werden, daß er alle Apostel zusammengenommen übertroffen hat, sowohl was die Weite der Wege angeht, wie auch den Umfang der Katechesen (zumeist zwanzig bis vierzig an der Zahl), die er bei diesen Gelegenheiten vorgetragen hat. Als Motivation dieser Reisen reichen rein menschliche Gründe nicht aus: Auch der unterneh-

1
„Wort und Weisung", 1978, S. 77; AAS 70 (1978), S. 947.

2
Botschaft zum Weltmissionssonntag 1981: „Wort und Weisung", 1981, S. 566; AAS 73 (1981); „Enchiridion della Chiesa Missionaria", hg. von Pontificie Opere Missionarie, Direzione Nazionale Italiana, Bologna 1997 (Ediz. Dehoniane), Bd. II, Nr. 3534-3554.

mungslustigste Tourist würde sich kaum den Strapazen unterziehen, die jede dieser Reisen bedeutet und die sie alle zusammen darstellen. Einen Schlüssel zum Verständnis seiner apostolischen Reisen finden wir in der umfassenden Ansprache an die Kurie vom 28. Juni 1980, in der Johannes Paul II. eine betont theologisch-pastorale Rechtfertigung gibt: „Diese Reisen sind Besuche bei den einzelnen Ortskirchen und dienen dazu, den Platz aufzuzeigen, den diese im Gesamtraum der Kirche innehaben, und die besondere Rolle zu unterstreichen, die diese beim Aufbau der Universalität der Kirche besitzen. Wie ich bei anderer Gelegenheit gesagt habe, ist jede Reise des Papstes ‚eine echte Pilgerfahrt zum lebendigen Heiligtum des Volkes Gottes' (Generalaudienz vom 18. Oktober 1979).
So gesehen reist der Papst, unterstützt vom Gebet der ganzen Kirche, wie Petrus (vgl. Apg 12,5), um das Evangelium zu verkündigen, um ‚die Brüder im Glauben zu stärken', um der Kirche Trost zu spenden, um mit dem Menschen zusammenzutreffen. ... Darüber hinaus sind sie Gelegenheiten zu einer Art Wanderkatechese, zur Verkündigung der Frohbotschaft in der allseitigen Fortsetzung des Evangeliums und des apostolischen Lehramtes, das die heutigen planetarischen Sphären einbezieht. Es sind Reisen der Liebe, des Friedens, der universalen Brüderlichkeit. ... Bei diesen Begegnungen mit den Seelen läßt sich, auch im ungeheuren Ansturm der Massen, das Charisma des heutigen Petrusamtes auf den Straßen der Welt erkennen. ... Unter den verschiedenen Möglichkeiten der Verwirklichung des Zweiten Vatikanischen Konzils erscheint diese als grundlegend und besonders bedeutsam und wichtig. Es ist die apostolische Methode: es ist die Methode des Petrus und, noch mehr, die des Paulus."[3]
Die Motive seiner „Pilgerfahrt zum Heiligtum Gottes, den Menschen" sind immer vor allem die Verkündigung Jesu Christi und die integrale Förderung des Menschen: „... jeder Mensch ohne jede Ausnahme ist von Christus erlöst worden. Christus ist mit jedem Menschen, ohne Ausnahme, in irgendeiner Weise verbunden, auch wenn sich der Mensch dessen nicht bewußt ist: ‚Christus, der für alle gestorben und auferstanden ist, schenkt dem Menschen' – jedem einzelnen und allen zusammen – ‚fortwährend Licht und Kraft durch seinen Geist, damit er seiner höchsten Berufung entsprechen kann'."[4]
Johannes Paul II. spürt das Gewicht, der Erstverantwortliche für die Evangelisierung der Völker zu sein und leidet im Innersten an den Übeln, die die Gesellschaft heimsuchen. So kann er von sich sagen: „Ich komme zu euch als Missionar, der durch den Vater und durch Jesus beauftragt ist fortzufahren, das Reich Gottes zu verkünden, das in dieser Welt beginnt, aber sich erst in der Ewigkeit verwirklicht ..."[5] ‚Apostel' im vollen Sinn des Wortes, hat er den missionarischen Auftrag, den Christus der ganzen Kirche anvertraut hat (vgl. *Ad gentes,* 2), an erster Stelle übernommen, und besonders den Auftrag, den er der Person des Petrus und seinen Nachfolgern gegeben hat: „Stärke die Brüder ..." (Lk 22,32; Joh 21,15-17).

Wie jeder echte Missionar, der sein Volk liebt, leidet Johannes Paul II. die „Passion" der Unterdrückten und macht sich zur Stimme der Schwachen. Er hat seine päpstliche Autorität, sein moralisches Ansehen, in den Dienst der „Letzten" wie der „Großen" gestellt und damit eine echte weltweite Solidarität geschaffen. Das Gesetz der Liebe und der Gerechtigkeit, des schwierigen Weges der Förderung des Menschen, bleibt bei ihm nicht im Allgemeinen, sondern verleiblicht sich in ihm, wird in ihm konkret. Persönlich geht er auf die Völker und die Regierenden zu und sagt ihnen mit Respekt und Liebe das „non licet" oder ermuntert sie zum Guten. Er geht auf die Menschen in ihren Baracken zu, auf die Landarbeiter, auf die Menschen, die wegen ihrer Rasse oder ihrer Religion an den Rand gedrückt sind, verteidigt ihre Rechte und bringt seine eigene Solidarität zum Ausdruck, zeigt ihnen seine Liebe, sagt ihnen ein Wort der Hoffnung. Alle Armen der Welt drängen sich um ihn – eine inzwischen geschichtlich unleugbare Tatsache.

3 Vgl. OR 1980, Nr. 32-33, S. 10; AAS 72 (1980), S. 644-665, bes. Nr. 10, S. 651; Schreiben an Kardinal Tomko (14. Oktober 1988): OR 1988, Nr. 50, S. 9.

4 *Redemptor hominis,* Nr. 14; AAS 72 (1989), S. 257-324.

5 Ansprache in der Kolonie der Leprakranken in Belém/Brasilien (8. Juni 1980): OR 1980, Nr. 30, S. 11.

Die Reisen Johannes Pauls II. sind für ihn ein Imperativ des Gewissens. Sie sind Teil der apostolischen Strategie seines Pontifikates und die moderne Form des petrinischen Amtes. In dieser Weise ist der Papst auch sichtbar – sogar für die Augen der Einfachsten – der „erste Missionar" und der „erste Hirte" geworden.

Mit seinen Reisen und seinem Wort hat Johannes Paul II. der Welt eine Kirche gezeigt, die das Evangelium frei von Rücksicht auf konkrete politische Bedingtheiten verkündet. Er hat eine Kirche vorgestellt, die sich nicht „gegen" irgend jemand stellt, sondern eine Kirche, die die Initiative ergreift, um allen zu Hilfe zu kommen. Und darum erlaubt er sich klare und starke Worte zur Verteidigung der Armen. Groß ist der Wert der päpstlichen Reisen in geistiger, moralischer, sozialer und menschlicher Hinsicht. Die Leute erwarten ihn wie ein Geschenk Gottes, sie jubeln ihm zu als dem „Großen Vater", dem „Heiligen Mann", dem „Meister der Menschheit", dem „Verteidiger der Menschenrechte" – Kategorien, die für verschiedene Kulturen immer noch Gültigkeit und reale Bedeutung haben. Wer zum Beispiel die jubelnden Mengen von Bergbewohnern verschiedener Stämme gesehen hat, die 1986 eine Woche zu Fuß unterwegs waren, um den Papst in Shillong in Nordindien zu sehen und zu hören, oder die über zwei Millionen Menschen, die im März 1998 in Nigeria zusammengeströmt sind, weil sie in ihm und seiner Botschaft, wie eine Lokalzeitung schrieb, ihre „letzte Hoffnung" sahen, wird schließlich intuitiv den wahren und oft unsichtbaren Wert dieser Reisen, die „keinen Preis haben" erkennen, wie diese Völker ihn erkennen.[6]

Vor der ganzen Kirche spricht der Papst von der Auffassung seines Dienstes an der Kirche als missionarischer Kirche in seinem Schreiben zum Weltmissionssonntag 1981, wo er unter anderem sagt: „Es ist die Aufgabe des Papstes, alle seine Brüder und Schwestern in Christus an diese missionarische Verpflichtung zu erinnern. Als oberster Hirte einer insgesamt missionarischen Kirche muß er selbst der erste Missionar sein, muß sich bemühen, das Beispiel Christi, des ‚ersten und größten Künders des Evangeliums' (*Evangelii nuntiandi*, Nr. 7) nachzuahmen und sich der Führung des Heiligen Geistes, der ‚Hauptantriebskraft der Evangelisation' (ebd., Nr. 75), zu unterstellen." „Vom Beginn meines Pontifikats an habe ich über die Worte des Zweiten Vatikanischen Konzils nachgedacht, daß dem Nachfolger Petri ‚das hohe Amt, den christlichen Namen auszubreiten, in besonderer Weise übertragen ist' (*Lumen gentium*, Nr. 23; vgl. *Evangelii nuntiandi*, Nr. 67). Dem Beispiel meines Vorgängers Paul VI. folgend, habe ich mich auf Reisen begeben, um zahlreiche Länder zu besuchen, darunter einige, in denen Christus kaum bekannt oder die missionarische Verkündigung des Evangeliums noch nicht vollendet ist. Meine Reisen nach Lateinamerika, Afrika und Asien hatten ‚eine eminent religiöse und missionarische Zielsetzung'. ... Ich wollte selbst das Evangelium verkünden und in gewisser Weise zum reisenden Katecheten werden. Und ich wollte alle ermutigen, die im Dienst des Evangeliums stehen, ob sie nun aus den betreffenden Ländern selbst kommen oder aus anderen, um sich in den Dienst einer Ortskirche zu stellen. Allen wollte ich meine Hochachtung erweisen und ihnen im Namen der Universalkirche Anerkennung ausdrücken. Diese Reisen haben mir gestattet, den Glauben, den geistlichen Reichtum und die Lebenskraft der jungen Kirchen zu bewundern, ihre Freuden, ihre Nöte und ihre Leiden zu teilen und ihre Bemühungen um eine Einwurzelung des christlichen Glaubens in ihre eigene Kultur zu ermutigen. Der Kontakt mit diesen Massen von Menschen, die Christus noch nicht kennen, hat mich noch mehr als zuvor von der Dringlichkeit der Verkündigung des Evangeliums überzeugt. Die Welt braucht Christus so sehr! Und die auf den Vorposten dieser Evangelisierungsaufgabe stehen, wissen das besser als jeder andere. Die Zusammenarbeit aller Kirchen in der Evangelisierung der Welt darf nicht schwächer werden."[7]

Hand in Hand mit seinen apostolischen Reisen, bei denen er allenthalben das missionarische Bewußtsein wachruft und auch die jungen Kirchen auffordert, trotz der eigenen

6
Vgl. OR 1986, Nr. 7, S. 2; OR 1998, Nr. 13.

7
Botschaft zum Weltmissionssonntag 1981; „Wort und Weisung", 1981, S. 567 f.; „Enchiridion della Chiesa Missionaria", Nr. 3539 f.

Wachstumsprobleme sich an der Evangelisierung der übrigen Welt zu beteiligen, gehen internationale Missionskongresse wie die in Lateinamerika (COMLA: Congresso Missionario Latino Americano), die Begegnungen mit den Bischofskonferenzen der ganzen Weltkirche, mit Persönlichkeiten aus allen Bereichen des kirchlichen und gesellschaftlichen Lebens und den Scharen von Pilgern aus aller Welt – Gelegenheiten, die Johannes Paul II. wahrnimmt, um alle Gläubigen zur aktiven Mitverantwortung an der Verwirklichung des Missionsauftrags Christi zu motivieren. Von ganz besonderer Bedeutung für die missionarische Kirche war die Feier der Synoden für Afrika 1994, für Amerika 1998 und für Asien 1998 mit ihren tiefgehenden Impulsen für die Ortskirchen und für die Kirche insgesamt.

II. Redemptoris missio

Der auf lange Sicht wohl bedeutendste Dienst Johannes Pauls II. an der Kirche als missionarischer Kirche ist sicher seine 1990 erschienene Enzyklika *Redemptoris missio*[8], in der er eine organische Vision der Mission entwickelt. Sie soll hier etwas ausführlicher vorgestellt werden.

1. Grund für eine neue Missionsenzyklika

Johannes Paul II. mußte eine Missionsenzyklika schreiben. Sie lag in der Logik seines Pontifikates, das zu diesem Zeitpunkt (1990) gekennzeichnet war von etwa fünfzig Reisen um die Welt, geprägt von missionarischem Geist und missionarischer Erfahrung.
„Im Namen der ganzen Kirche fühle ich die Verpflichtung, diesen Ruf des Apostels Paulus erneut aufzugreifen. Seit dem Beginn meines Pontifikates habe ich mich entschlossen, bis an die äußersten Enden der Erde zu reisen, um dieser missionarischen Verantwortung Ausdruck zu verleihen. Gerade der unmittelbare Kontakt mit den Völkern, die Christus nicht kennen, hat mich von der Dringlichkeit einer solchen Aktivität, der diese Enzyklika gelten soll, noch mehr überzeugt."[9]

Der Anlaß war gegeben mit der 25. Wiederkehr des Jahres der Veröffentlichung eines der wichtigsten Dekrete des II. Vatikanischen Konzils, des Dekretes *Ad gentes.* Hinzu kam der 15. Jahrestag des nachsynodalen Apostolischen Schreibens Pauls VI. *Evangelii nuntiandi.* Bestand nun aber nicht die Gefahr einer Wiederholung? Mit der beschleunigten Dynamik der Situationen, denen wir ausgesetzt sind, bietet ein Vierteljahrhundert oder auch eine kürzere Zeitspanne genügend Raum für rasche Veränderungen. Und so hat es sich denn auch in der missionarischen Welt zugetragen. Neue Situationen und neue Chancen haben sich für die Mission in diesem Vierteljahrhundert und besonders in den letzten Jahren ergeben.

Nach Johannes Paul II. eröffnet unsere Zeit der Kirche neue Möglichkeiten: „Der Zusammenbruch von Ideologien und oppressiven politischen Systemen; die Öffnung der Grenzen und das Entstehen einer dank der wachsenden Informationsangebote sich einenden Welt; die Durchsetzung bei den Völkern jener evangelischen Werte, die Jesus in seinem Leben verkörpert hat (Friede, Gerechtigkeit, Brüderlichkeit, Sorge für die Kleinen); eine fortschreitende Seelenlosigkeit in Wirtschaft und Technik läßt die Suche nach der Wahrheit über Gott, über den Menschen, über den Sinn des Lebens besonders dringlich erscheinen. Gott öffnet der Kirche die Horizonte einer Menschheit, die für den Samen des Wortes der Frohbotschaft leichter empfänglich ist."[10] Neue Situationen und neue Fragen haben sich auch innerhalb der Kirche ergeben. Die Enzyklika gibt selber zu:
„Die eigentliche Sendung ad gentes scheint nachzulassen ... Innere und äußere Schwierigkeiten haben den missionarischen Schwung im Hinblick auf die Nicht-Christen erlahmen lassen. Diese Tatsache muß allen, die an Christus glauben, zu denken geben."[11]
Letzten Endes bezieht die Enzyklika zwei sich widersprechenden Extremen gegenüber Stellung: ‚Genug der Mission!' und ‚Alles ist missionarisch'.
Das Bewußtsein vom missionarischen Auftrag, der die ganze Kirche zur Mission verpflichtet – ein durchaus positives Phänomen

8
Enzyklika Redemptoris missio Seiner Heiligkeit Papst Johannes Paul II. über die fortdauernde Gültigkeit des missionarischen Auftrags (VApS 100); Ioannes Paulus PP. II, *Litterae encyclicae Redemptoris missio de perenni vi mandati missionalis,* 7. Dez. 1990: AAS 83 (1991), S. 249-340; „Enchiridion", Bd. I, Nr. 1671-1939; Jozef Cardinal Tomko, „La Missione verso il terzo millennio: attualità, fondamenti, prospettive", Rom-Bologna 1998 (Urbaniana University Press - Edit. Dehoniane), 2. Teil: „*Redemptoris missio:* una visione organica della missione", S. 171-187.

9
Redemptoris missio, Nr. 1.

10
Ebd., Nr. 3.

11
Ebd., Nr. 2.

der letzten 40 Jahre und besonders nach dem II. Vatikanischen Konzil –, hat einen gewissen Zweifel aufkommen lassen: Sind denn nun die Missionsinstitute, die früher die Mission gleichsam mit Vollmacht und Auftrag vorangetrieben haben, nicht mehr notwendig? Braucht es nun keine Missionare mehr? Bedeutet das Ende des Kolonialzeitalters mit der politischen und kulturellen Unabhängigkeit der Nationen nicht auch das Ende der Mission? Der Papst selber macht die jungen Kirchen auf die Gefahr einer solchen Verwirrung aufmerksam: Sie „fühlen das Problem der eigenen Identität, der Inkulturation, der Freiheit eines Wachsens ohne Einflüsse von außen, was die Konsequenz nach sich ziehen kann, den Missionaren die Türen zu verschließen"[12].

Die Einbeziehung der spezifischen Mission ad gentes in den Bereich der einzigen umfassenden Mission der Kirche hat dazu geführt, daß der Begriff Mission selber an Bedeutung eingebüßt hat und manche Gläubige die spezifisch missionarische Kraft und die missionarische Prägung verloren haben: „Inzwischen fragen sich nicht wenige, ob man noch von spezifischer Missionstätigkeit oder von abgrenzbaren Bereichen sprechen könne, oder ob man nicht zugeben müsse, daß es nur eine einheitliche Missionssituation und folglich auch eine einheitliche, überall gleiche Sendung gebe."[13] Kraftvoll ist die Klarstellung gegenüber jedem, der die Mission ad gentes mit einer allgemeinen Gemeinschaft der Kirchen verwechseln will: „Die Sendung der Kirche ist umfassender als die ‚Communio zwischen den Kirchen': sie muß sich über die Hilfe für die Neuevangelisierung hinaus auch und vor allem von ihrem ausgesprochenen Missionscharakter bestimmen lassen."[14]

Die sehr komplexe und reiche Erweiterung des Begriffes der Evangelisierung, wie er in *Evangelii nuntiandi* verwendet wird, hat über Verkündigung und Kerygma hinaus verschiedene andere Aspekte zum Vorschein kommen lassen: Einerseits kam es zu Unklarheiten über das eigentliche und vorrangige Element und andererseits zu Tendenzen, die Mission auf einige sekundäre Aspekte zu reduzieren.

Die Zielrichtung, die Johannes Paul II. mit seiner Enzyklika verfolgt, wird von ihm selber in der Einleitung vorgestellt:

- den Glauben und das christliche Leben erneuern: „Der Glaube wird stark durch Weitergabe";
- neu betonen, daß die missionarische Glaubensverkündigung „vorrangig den Dienst ausmacht, den die Kirche jedem Menschen und der ganzen Menschheit von heute erweisen kann";
- all die vielen Anfragen beantworten, die Zweifel und Zweideutigkeiten hinsichtlich der Mission ad gentes beseitigen, die Missionare bestärken und die Zusammenarbeit anregen; die Theologen ermuntern, die Nicht-Christen und die Autoritäten versichern, daß das einzige Ziel der Mission darin besteht, „dem Menschen zu dienen, indem man ihm die in Jesus Christus erschienene Liebe Gottes aufzeigt"[15].

Fragestellungen, neue Ideen und sogar Unwahrheiten, die korrigiert werden müssen, sind in Nr. 4 aufgelistet und vor allem in den drei ersten Kapiteln klargestellt. Die intensive und weite missiologische Diskussion, die derzeit im Gange ist, hat den Papst vor die Aufgabe gestellt, sich den theologischen Grundlagen der Mission wieder zuzuwenden, sie umzuschmelzen und in gewissem Sinne neu zu begründen. In einem positiven Ton werden in den ersten drei Kapiteln nova et vetera aufgegriffen, mit manchen – zuweilen ausdrücklichen und zuweilen impliziten – Akzentsetzungen, deren voller Wert vor allem jenen bewußt ist, die die Ideen kennen, die im theoretischen und praktischen Feld der Mission im Umlauf sind. Aber die Lektüre dieser drei Kapitel hilft auch einem einfachen Gläubigen (der mit den theologischen Arbeiten nicht vertraut ist), seinen missionarischen Elan an den Quellen des Glaubens wieder neu beleben. Hier nun erreicht die Enzyklika in ihrer pastoralen Einfachheit entscheidende Bedeutsamkeit, so daß man von einer wahren und eigentlichen, dem heutigen Stand angepaßten theologischen Neubegründung der Mission sprechen kann.

Schon hier legt es sich nahe, auf die terminologische Klärung im Blick auf die Mission als Prämisse hinzuweisen, die sich in Nr. 33

12 Ebd., Nr. 85.

13 Ebd., Nr. 32; vgl. Nr. 85.

14 Ebd., Nr. 64.

15 Ebd., Nr. 2.

der Enzyklika findet. Die (allgemeine) Mission der Kirche ist eine einzige, aber sie unterscheidet sich entsprechend den Situationen, in denen sie sich entfaltet, in drei Typen von Aktivitäten:

– die (spezielle) Mission ad gentes: sie wendet sich „an Völker, Menschengruppen, sozio-kulturelle Zusammenhänge, in denen Christus und sein Evangelium nicht bekannt ist oder in denen es an genügend reifen christlichen Gemeinden fehlt, um den Glauben in ihrer eigenen Umgebung Fuß fassen zu lassen und anderen Menschengruppen verkündigen zu können"[16];

– die Seelsorgetätigkeit: in den christlichen Gemeinden mit soliden und angemessenen kirchlichen Strukturen, mit Glaubensleben und missionarischem Einsatz;

– die „neue Evangelisierung" oder „Re-Evangelisierung": „wo ganze Gruppen von Getauften den lebendigen Sinn des Glaubens verloren haben oder sich gar nicht mehr als Mitglieder der Kirche erkennen, da sie sich in ihrem Leben von Christus und vom Evangelium entfernt haben"[17].

Wichtig ist die Präzisierung: Man wird „die Situation eines Volkes, das Christus nie kennengelernt hat, nicht gleichsetzen können mit jener eines anderen Volkes, das ihn kennengelernt, angenommen und dann abgelehnt hat und das dennoch in einer Kultur mit zum großen Teil evangelischen Prinzipien und Werten weiterlebt. Es sind dies in bezug auf den Glauben zwei grundverschiedene Ausgangsbedingungen"[18].

2. *Lehrhafte Begründung der Mission ad gentes*

Für die Begründung der Mission ad gentes wird nicht das soziologische Argument benutzt (wenn es auch erwähnt wird), daß nämlich zwei Drittel der Erdbevölkerung Jesus Christus nicht kennen und darum zu evangelisieren sind. Die Grundlage bildet vielmehr der Glaube: „Allein im Glauben kann die Sendung verstanden werden, auf ihn hin ist sie gegründet"[19]. So wird in der Enzyklika die trinitarische Begründung des Zweiten Vatikanischen Konzils[20] wieder aufgegriffen, mit starker soteriologischer Betonung in der Linie der Heilsgeschichte. Es handelt sich um eine dreifache Begründung: die christologische (Kapitel I) · die ekklesiologische und theologische (Kapitel II) · die pneumatologische (Kapitel III).

Der Heilsplan oder das umfassende Ziel des Vaters wird folgendermaßen beschrieben: „Das Heil besteht darin, an das Geheimnis des Vaters und seiner Liebe zu glauben und es anzunehmen. Diese Liebe zeigt sich und wird Gabe in Jesus durch den Geist. So vollendet sich das Reich Gottes."[21]

Jesus Christus als einziger Erlöser ist das christologische Fundament der Mission. Die Inkarnation und die Erlösung sind missionarische Grundgeheimnisse. „Die weltweite Sendung der Kirche kommt aus dem Glauben an Jesus Christus."[22] „Die Mission kann nur dann verstanden und gelebt werden, wenn wir uns auf Christus als den berufen, der gesandt worden ist, das Evangelium zu verkünden."[23] Die Enzyklika beruft sich auch auf das nizäno-konstantinopolitanische Glaubensbekenntnis, um die Person und Sendung Jesu Christi ins Gedächtnis zu rufen, er ist „eingeborener Sohn Gottes, aus dem Vater geboren vor aller Zeit ..., (der) für uns Menschen und um unseres Heiles willen vom Himmel herabgestiegen ist ..., Fleisch angenommen hat ... und Mensch geworden ist."[24]

Jesus Christus ist also Erlöser und Mittler mit drei charakteristischen Merkmalen:

– Er ist absolut einzigartig, eben weil er das fleischgewordene Wort ist – „hier aber ist mehr als ein Prophet [...], hier aber ist mehr als Salomon" (Mt 12,41-42) –, und darum mehr als ein menschlicher Religionsstifter!

– Er ist einziger und universaler Erlöser und Mittler: „Niemand kommt zum Vater außer durch mich" (Joh 14,6); „... in keinem anderen ist das Heil zu finden. Denn es ist uns Menschen kein anderer Name gegeben ...", wird Petrus dem Sanhedrin sagen (Apg 4,12) – dies ist von einem Theologen sogar im Titel seines Buches bestritten worden: „No other name?".[25] „Denn: Einer ist Gott, Einer auch Mittler zwischen Gott und den Menschen; der Mensch Jesus Christus ..." (1 Tim 2,5-7; vgl. Hebr 4,14-16).

16 Ebd., Nr. 33.

17 Ebd.

18 Ebd., Nr. 37.

19 Ebd., Nr. 4.

20 Vgl. *Lumen gentium*, *Ad gentes*.

21 *Redemptoris missio*, Nr. 12.

22 Ebd., Nr. 4.

23 Ebd., Nr. 88.

24 Ebd., Nr. 4.

25 P. Knitter, „No Other Name? A Critical Survey of Christian Attitudes Towards the World Religions", Maryknoll-N.Y. 1985; deutsch (in gekürzter Fassung): „Ein Gott – viele Religionen. Gegen den Absolutheitsanspruch des Christentums", München 1988.

– Er ist endgültiger und absoluter Erlöser und Mittler: er ist die „endgültige Selbstoffenbarung Gottes"[26]. „Gerade diese Einzigartigkeit Christi ist es, die ihm eine absolute und universale Bedeutung verleiht, durch die er, obwohl selbst Teil der Geschichte, Mitte und Ziel der Geschichte selbst ist."[27]

Die theologisch-praktische Schlußfolgerung aus diesen dichten Betrachtungen läßt sich leicht auf die neuen Theorien des sogenannten theologisch-religiösen Pluralismus anwenden: „Die Menschen können demnach mit Gott nicht in Verbindung kommen, wenn es nicht durch Jesus Christus unter Mitwirkung des Geistes geschieht. Durch seine einzigartige und universale Mittlertätigkeit, weit entfernt davon, Hindernis auf dem Weg zu Gott zu sein, ist er der von Gott selbst bestimmte Weg. Er ist sich dessen voll bewußt. Andere Mittlertätigkeiten verschiedener Art und Ordnung, die an seiner Mittlerschaft teilhaben, werden nicht ausgeschlossen, aber sie haben doch nur Bedeutung und Wert allein in Verbindung mit der Mittlerschaft Christi und können nicht als gleichrangig und notwendiger Zusatz betrachtet werden."[28]
Der Papst stellt hier einige theologische Irrtümer richtig, von denen zwei bezüglich des Glaubens besonders evident sind:
– die „Trennung zwischen dem Wort und Jesus Christus"[29], wonach das Wort (der Logos) nicht nur im historischen Jesus, sondern auch in irgendeinem anderen Religionsstifter oder in einer anderen „Kirche" oder „Religion" in Erscheinung treten könnte, in dem Sinne, daß vielleicht andere Offenbarer und Erlöser ebenso bedeutend sein könnten wie Jesus von Nazareth[30], und daß es „the unknown Christ of Hinduism"[31] gebe.
– die Theorie der vielen Wege und „parallelen und komplementären" Vermittlungen, wonach die Religionen gemäß dem hinduistischen Verständnis viele Flüsse wären, die im Meer des Absoluten zusammenfließen.
Aus diesen Überlegungen, die sich auf den Glauben an Jesus Christus stützen, ergibt sich ganz klar die Notwendigkeit und Dringlichkeit, Jesus Christus „von den Dächern" „allen Nationen" zu verkünden.

„Die Dringlichkeit missionarischer Tätigkeit geht aus der von Christus gebrachten und von seinen Jüngern gelebten grundlegenden Erneuerung des Lebens hervor."[32] Dieses Argument ist nur angedeutet, bietet dem Papst aber Gelegenheit, den absolut freien Charakter des Glaubens herauszustellen, der angeboten, jedoch nicht aufgedrängt wird. In vollem Respekt der Gewissensfreiheit gegenüber unterstreicht der Heilige Vater jedoch die dreifache moralische Verpflichtung des Menschen, die Wahrheit zu suchen, ihr anzuhängen, wenn sie einmal erkannt ist, und das Leben nach der Wahrheit auszurichten. Darum gilt: „Verkündigung und Zeugnis für Christus verletzen die Freiheit nicht ... Der Glaube verlangt die freie Zustimmung des Menschen. Aber er muß angeboten werden, weil ‚alle Menschen das Recht haben, den Reichtum des Geheimnisses Christi kennenzulernen'."[33]
Christus erfüllt seine Sendung durch die Kirche, die er als Zeichen und „Werkzeug der Erlösung"[34] gestiftet hat und der er auch einen formalen Auftrag, die Sendung übertragen hat: „Mir ist alle Gewalt gegeben im Himmel und auf der Erde. Darum geht und lehrt alle Völker ... Seid gewiß, ich bin bei euch alle Tage bis zum Ende der Welt" (Mt 28,18-20; vgl. Mk 16,15-18; Lk 24,46-49; Joh 20,21-23).
„Über den äußeren Auftrag des Herrn hinaus steht zugunsten der Mission auch das tiefe Bedürfnis des Lebens Gottes in uns. ... Eingedenk dessen, daß wir verpflichtet sind, den Glauben und das christliche Leben zu bezeugen als Dienst an den Brüdern und schuldige Antwort an Gott"[35], werden wir besonders streng gerichtet werden[36].

Das ekklesiologische Fundament im Hinblick auf das Reich wird im zweiten Kapitel „Das Reich Gottes" behandelt. Die Kirche ist der Same des Reiches, der weitergegeben werden und sich entwickeln muß. Das ganze Kapitel ist eine schöne, positive bibeltheologische Darlegung, aber einige ausdrückliche Anspielungen lassen verstehen, daß gelegentlich auf irrtümliche Vorstellungen geantwortet wird: „Heute spricht man viel vom Reich, aber nicht immer im Gleichklang

26
Redemptoris missio, Nr. 5.

27
Ebd., Nr. 6.

28
Ebd., Nr. 5.

29
Ebd., Nr. 6.

30
Vgl. P. Knitter, „La teologia cattolica delle religione a un crocevia", in: Concilium 12 (1986), S. 133 f.; deutsch: „Katholische Religionstheologie am Scheideweg", in: Concilium 12 (1986), S. 63-69.

31
R. Pannikkar, „The Unknown Christ of Hinduism", Maryknoll-N. Y. 1981; deutsch: „Der unbekannte Christus im Hinduismus", Mainz 1986.

32
Redemptoris missio, Nr. 7.

33
Ebd., Nr. 8; *Evangelii nuntiandi*, Nr. 53.

34
Ebd., Nr. 9.

35
Ebd., Nr. 11.

36
Vgl. *Lumen gentium*, Nr. 14.

mit kirchlichem Denken."[37] Konkret erwähnt die Enzyklika die reich-zentrierte oder theozentrische und jene anthropozentrische Vorstellung[38], die als Reaktion auf einen angeblich ekklesiozentrischen Aspekt der Vergangenheit oder – so füge ich hinzu – gegen den christologischen Monismus entstanden sind. Solche Vorstellungen stellen das Reich dar, ohne Jesus Christus zu erwähnen (weil er trenne und den Dialog mit den Nicht-Christen erschwere!) und noch weniger die Kirche (die weder das Ziel der Mission noch mit dem Reich identisch ist); oder sie beschränken das Reich auf die sogenannten Werte des Reiches, die dann letzten Endes auf der horizontalen Ebene liegen: Friede, Gerechtigkeit, Freiheit ...
Zu diesen Irrtümern kommt die gefährliche Gegenüberstellung vom Kerygma Jesu und dem der Kirche hinzu. Darauf reagiert die Enzyklika wie folgt: „Wie damals, so gilt es auch heute, die Verkündigung über das Reich Gottes (Inhalt des ‚Kerygmas' Jesu) und die Verkündigung des Ereignisses Jesus Christus (‚Kerygma' der Apostel) zu verbinden. Beide ergänzen sich und beleuchten einander."[39]
Folgendes sind nähere Beschreibungen des Reiches Gottes.
– Es ist ein eschatologisches Reich: Es ist „schon und noch nicht" da; es erfüllt sich schrittweise. Es ist ein Reich, „das schon im Alten Bund vorbereitet, durch Christus und in Christus verwirklicht und von der Kirche allen Nationen verkündet wurde. Diese wirkt und betet darum, daß es sich in vollkommener und endgültiger Weise verwirklichen möge"[40].
– Jesus Christus proklamiert und errichtet das Reich: „Das Reich ist in der Person Jesu schon anwesend und wird im Menschen und in der Welt mittels einer geheimnisvollen Verbindung mit ihm nach und nach eingerichtet."[41]
– Die Inhalte des Reiches sind vor allem geistiger Art: Vaterschaft Gottes, Glaube, neues Leben, Bekehrung, Verzeihung, Gemeinschaft ...
– Es ist „das Reich Christi und Gottes" (Eph 5,5; Offb 11,15; 12,10) oder „das ewige Reich unseres Herrn und Retters Jesus Christus" (2 Petr 1,11) und kann darum nicht von Christus abgetrennt werden. Darum besteht die beste Weise, das Reich zu verkünden, darin, Jesus Christus zu verkünden, der die Frohe Botschaft vom Reich ist.
– Die Kirche ist Same, Werkzeug, Zeichen des Reiches: weder abgetrennt vom Reich noch vollständig mit ihm identisch. Sie „dient dem Reich"[42] vor allem mit der Verkündigung, die zur Bekehrung aufruft, ferner indem sie Partikularkirchen gründet und errichtet. Mit anderen Worten: Sie muß den Samen durch die Missionstätigkeit weiterreichen, zum Wachsen und zum Reifen bringen.

Das pneumatologische Fundament wird im dritten Kapitel „Der Heilige Geist als Vorkämpfer für die Mission" entfaltet. Die Tätigkeit des Geistes wird in seinen verschiedenen Aspekten beschrieben: Der Heilige Geist sendet die Apostel (hier findet sich eine schöne Exegese des Sendungsauftrags des Herrn); der Heilige Geist leitet die Mission, er gründet und formt die Einzelkirchen im Geist der Gemeinschaft und der Mission; er ist tätig zu jeder Zeit und an allen Orten, auch außerhalb der sichtbaren Grenzen der Kirche, aber er ist keine Alternative zu Christus: er ist der Geist Christi.

Die Bedeutsamkeit dieser drei ersten lehrhaften Kapitel der Enzyklika zeigt sich auch in ihrer Länge: zusammen mit der Einleitung bilden sie ein Drittel des ganzen Textes.

Die allgemeine Sendung der Kirche ist eine einzige und fortdauernde: allen das Evangelium zu bringen, alle zu evangelisieren. Aber die Situationen sind, wie schon erwähnt, dreifacher Art: Mission ad gentes, Pastoralarbeit, Neue Evangelisierung oder Re-Evangelisierung. Johannes Paul II. betont ausdrücklich, sich vor der Gefahr zu hüten, „die sehr verschiedenen Situationen auf die gleiche Stufe zu stellen und die Mission sowie die Missionare ad gentes zu reduzieren, wenn nicht gar verschwinden zu lassen"[43]. Als Adressaten der Mission werden mit den Worten des Konzils beschrieben: „die Völker und Gruppen, die noch nicht an Christus

37 *Redemptoris missio*, Nr. 17.

38 Wir denken an die „anonymen Christen" von K. Rahner und A. Röpke.

39 *Redemptoris missio*, Nr. 16.

40 Ebd., Nr. 12.

41 Ebd., Nr. 16.

42 Ebd., Nr. 20.

43 Ebd., Nr. 32.

glauben", „jene, die fern von Christus sind"[44], unter denen die Kirche noch nicht Wurzeln geschlagen hat, deren Kultur noch nicht vom Evangelium beeinflußt ist.[45] Als kennzeichnendes Merkmal wird demgemäß hervorgehoben „das Fehlen oder das Ungenügen der evangelischen Verkündigung und der kirchlichen Präsenz"[46]. Es sind nicht-christliche Adressaten im Blick.

Eine solche Mission begegnet vielen und großen Schwierigkeiten. Einige kommen von außen: das Verbot oder die Behinderung der Einreise der Missionare, die Behinderung der Evangelisierung, der Bekehrung oder des Kultes und verschiedene kulturelle Bedingtheiten. Andere finden sich innerhalb des Gottesvolkes: Mangel an Eifer, an Hoffnung, an Interesse, die Trennung unter den Christen, die Entchristlichung der christlichen Länder, das Zurückgehen von Berufungen, das Gegenzeugnis von Christen (Touristen, Kolonialherren, Politiker, Wirtschaftler ...), eine Haltung der Gleichgültigkeit und des Relativismus („eine Religion ist so viel wert wie die andere"), ferner eine Reihe problematischer theologischer Auffassungen.

Diesen Schwierigkeiten setzt der Papst entgegen „das Vertrauen, das aus dem Glauben kommt, aus der Überzeugung also, daß nicht wir die Hauptpersonen der Mission sind, sondern Jesus Christus und sein Geist"[47].

3. Bereiche der Mission

Auch hierin bringt die Enzyklika einige Neuheiten. Es gibt vor allem gebietsbezogene Bereiche, für die „das geographische Kriterium weiterhin als eine Richtlinie zur Absteckung der Grenzen, nach der sich – auch wenn nicht sehr genau und immer vorläufig – die Missionstätigkeit richten muß"[48], gilt.

Es gibt an zweiter Stelle neue soziale Welten und Phänomene: Massen, die in die Großstadt und die Megalopolis eintauchen; Jugend, „die in zahlreichen Ländern bereits mehr als die Hälfte der Bevölkerung ausmacht", – für sie braucht es „Vereine und Institutionen, Gruppen und Jugendhäuser, kulturelle und soziale Initiativen" (hier kann sich die Bedeutung der kirchlichen Bewegungen zeigen) –; viele Millionen von Emigranten und Flüchtlingen – welche Bedeutung geben wir zum Beispiel den Gastarbeitern aus der Dritten Welt? –; unterschiedlichste Situationen von Armut.

An dritter Stelle lassen sich Kulturbereiche oder moderne Areopage erkennen: der Bereich der Massenmedien; der Einsatz für Friede, Fortschritt, Befreiung; Menschenrechte und Völkerrechte; der Einsatz für die Frau und für das Kind; Ökologie; der Areopag der Kultur und Wissenschaft; internationale Beziehungen nach Süden und Osten.

4. Wege der Mission

„Missionarische Tätigkeit ist nichts anderes und nichts weniger als ... Epiphanie und Erfüllung des Planes Gottes in der Welt und ihrer Geschichte"[49] auf vielfachen Wegen:

– Zeugnis des christlichen Lebens: „Es ist die erste und unersetzbare Form der Mission", von seiten des Missionars, der christlichen Familie und der kirchlichen Gemeinschaft, um Berufungen zu wecken, die Missionstätigkeit zu unterhalten, die anwesenden Nicht-Christen zu beeinflussen. Die Welt ist dem Zeugnis gegenüber sehr empfindlich, vor allem in zwei Bereichen: im Bereich der Armen, der Kleinen und der Leidenden, im Bereich der Gerechtigkeit und des Friedens, der Menschenrechte und der integralen Förderung des Menschen.

– Verkündigung: „Die Verkündigung hat in der Mission jederzeit Vorrang"[50]; sie stellt „Basis, Zentrum und zugleich Höhepunkt ihrer Dynamik"[51] dar, sie „spielt eine zentrale und unersetzbare Rolle"[52]. Sie hat Christus, den Gekreuzigten, Gestorbenen und Auferstandenen zum Gegenstand; sie wird durchgeführt im Auftrag der Kirche (auch von seiten der Laien!). Sie ist ein Reden mit Freimut und Kühnheit (parresia), mit der geheimnisvollen Mächtigkeit des Wortes Gottes. Sie kann zur martyria führen, zum Zeugnis des Lebens und des Todes.[53]

– Bekehrung und Taufe: Die Bekehrung als volle und ehrliche Zugehörigkeit zu Christus (nicht nur moralische Bekehrung von der Sünde) wird von Jesus Christus verlangt (Mk 1,14-15), von Petrus (Apg 2,37; 3,19) und von der Kirche. Hier folgt nun ein neuer

44 *Ad gentes,* Nr. 6 und Nr. 23.

45 Vgl. *Evangelii nuntiandi,* Nr. 18-20.

46 *Redemptoris missio,* Nr. 34.

47 Ebd., Nr. 36.

48 Ebd., Nr. 37.

49 *Ad gentes,* Nr. 9.

50 *Redemptoris missio,* Nr. 44.

51 *Evangelii nuntiandi,* Nr. 27.

52 *Redemptoris missio,* Nr. 44.

53 Jedes Jahr werden zwischen 15 und 25 Missionare ermordet; vgl. Movimento Giovanile Missionario, „Martirologio 1946-1996", Rom 1997.

Aufruf des Papstes, der in bestimmten Regionen sehr aktuell ist: „Heute steht der Aufruf zur Bekehrung, den die Missionare an Nicht-Christen richten, zur Diskussion oder wird verschwiegen. Man sieht darin einen Akt des ‚Proselytismus' ..."[54] Die Taufe ist aufs engste damit verbunden: Man kann nicht „die Bekehrung zu Christus von der Taufe" trennen und „letztere als nicht notwendig" bezeichnen.[55]

– Formung der Ortskirchen: „Bekehrung und Taufe gliedern in die Kirche ein, wo sie schon besteht, oder erfordern die Bildung neuer Gemeinden, die Jesus als Herrn und Heiland bekennen"[56]. Dazu zitiert die Enzyklika *Ad gentes* (Nr. 2) und *Lumen gentium* (Nr. 9): Gott hat es gefallen, „die Menschen nicht bloß als einzelne ... zu rufen", sondern sie „zu einem Volk zu machen ..." Die plantatio Ecclesiae hat weiterhin ihre Gültigkeit: „Die Mission ad gentes hat das Ziel, christliche Gemeinden zu gründen und Kirchen zu entfalten bis zu ihrer vollendeten Reifung. Dies ist ein Hauptanliegen und bestimmt das missionarische Handeln in dem Maße, daß es nur dann als erfüllt gelten kann, bis es gelingt, neue Ortskirchen zu errichten, die im lokalen Umfeld angemessen ihre Funktion wahrnehmen."[57] Solche Gemeinden müssen „Zeichen der Gegenwart Gottes in der Welt"[58] sein. „Jede Kirche – auch jene, die aus Neubekehrten besteht – ist ihrer Natur nach missionarisch, hat das Evangelium empfangen und trägt es weiter."[59] Die kirchlichen Basisgemeinden werden als gutes Instrument der Evangelisierung bezeichnet.[60]

– Inkulturation: Sie wird beschrieben als „die innere Umwandlung der authentischen kulturellen Werte (also nicht aller Phänomene! – Anm. d. Verfassers) durch deren Einfügung ins Christentum und die Verwurzelung des Christentums in den verschiedenen Kulturen"[61]. Mit dieser Beschreibung wird hervorgehoben, daß die Inkulturation ein Prozeß im doppelten Sinne ist: Die Universalkirche gibt an die Kulturen ihre eigenen Werte weiter und erneuert sie von innen heraus; gleichzeitig bereichert sie ihr eigenes Erbe mit neuen kulturellen Ausdrucksformen, in denen der Glaube gelebt werden kann. Diese Dynamik in zweifacher Richtung erhält in Nr. 52 unserer Enzyklika neue tiefe Akzente. Grundlegend sind die beiden Prinzipien der Inkulturation, die bei der Bischofssynode von 1980 durch die Bischöfe der Dritten Welt formuliert worden sind: „die Kompatibilität mit dem Evangelium und die Gemeinschaft mit der Universalkirche" (vgl. *Familiaris consortio,* Nr. 10). In pastoraler Hinsicht wird betont, es gehe um einen Prozeß, der unterscheidende Beurteilung erfordert, der Zeit braucht, der das ganze Volk Gottes und nicht nur einige Experten einbeziehen soll, der schließlich Ausdruck des gemeinschaftlichen Lebens und nicht nur die Frucht von gelehrten Untersuchungen sein muß.

– Interreligiöser Dialog: Er wird zum einen Teil anerkannt als „Teil der Sendung der Kirche zur Verkündigung des Evangeliums"[62] und zum andern Teil in seinem Wert und seinen Absichten präzisiert: Der Dialog entpflichtet nicht von der Evangelisierung, und das heißt, von der Verkündigung. Es gilt bei Dialog und Verkündigung ihre enge Verbindung wie auch ihre Unterscheidung zu wahren. Der Dialog mit anderen Religionen „muß geführt und realisiert werden in der Überzeugung, daß die Kirche der eigentliche Weg des Heiles ist und daß sie allein im Besitz der Fülle der Heilsmittel ist"[63]. Auch hier wird auf die katholische Position in der Diskussion um das Heil angespielt. Der Dialog muß realistisch sein: Er muß versuchen, in den anderen Religionen die „Saatkörner des Wortes"[64] zu entdecken und „die Strahlen der Wahrheit, die alle Menschen erleuchtet"[65]. Gleichzeitig aber muß er sich dessen bewußt bleiben, daß diese Religionen Lücken, Unzulänglichkeiten und Irrtümer enthalten. Der Dialog muß loyal sein, auf die innere Läuterung und Umkehr abzielen. „Dabei darf es keine Verzichtserklärungen und keine falsche Friedfertigkeit geben. Es braucht das gegenseitige Zeugnis für einen gemeinsamen Fortschritt auf dem Weg der religiösen Suche und Erfahrung. Dies dient zugleich der Überwindung von Vorurteilen, Mißverständnissen und Intoleranz."[66]

– Die Förderung der Entwicklung: Sie erhält in der Enzyklika einige wichtige Präzisierungen.

54 *Redemptoris missio,* Nr. 46.

55 Ebd., Nr. 47.

56 Ebd., Nr. 48.

57 Ebd.

58 Ebd., Nr. 49.

59 Ebd.

60 Ebd., Nr. 51.

61 Ebd., Nr. 52.

62 Ebd., Nr. 55.

63 Ebd.

64 *Ad gentes,* Nr. 11, 15.

65 *Nostra aetate,* Nr. 2.

66 *Redemptoris missio,* Nr. 56.

a) „... der beste Dienst am Mitmenschen (ist) die Verkündigung des Evangeliums". Die Kirche hat keine technischen Lösungen für die Unterentwicklung als solche anzubieten, sie leistet „den ersten Beitrag ..., wenn sie die Wahrheit über Christus, über sich selbst und über den Menschen verkündet und sie auf die konkrete Situation anwendet".[67]
b) „Doch ereignet sich die Entwicklung eines Volkes in erster Linie weder durch Geld, noch durch materielle Hilfe und auch nicht durch technische Strukturen, sondern vielmehr durch die Formung der Gewissen, durch das Reifen der Einstellungen ... Der Mensch ist Hauptfigur der Entwicklung."[68]
c) Die Kirche leistet ihren Beitrag, indem sie die Unterentwicklung im Süden ebenso bekämpft wie das moralische und geistige Elend, das durch die „Überentwicklung" des Nordens verursacht wird. „Gegen den Hunger: das Leben ändern"[69] ist das Motto für den Norden!
Das fünfte Kapitel schließt mit dem Hinweis auf die „Seele jeglicher missionarischer Aktivität": Die Liebe ist und bleibt Quelle und Kriterium der Mission.[70]

5. Verantwortliche und Mitarbeiter

„Die Kirche ist ihrer Natur nach missionarisch, da der Auftrag Christi nicht bedingt und äußerlich ist, sondern das Herz der Kirche betrifft. Daraus folgt, daß die gesamte und jede einzelne Kirche zu den Völkern gesandt ist."[71]
– Der Papst ist ein effektiver und effizienter „erster Missionar". Die Bischöfe haben „nicht nur für die bestimmte Diözese, sondern für das Heil der ganzen Welt die Weihe empfangen"[72]. Dies ist eine lehrhafte Aussage von enormer Wichtigkeit, die zur praktischen Anwendung kommen muß. Hier spielt das schwere Problem der Verteilung des Klerus in der Welt hinein. Sogar aus unserer Armut geben! Das gilt für die materiellen Unterstützungen, aber auch hinsichtlich des Personals. Der Papst begründet dies mit einem wichtigen Hinweis: „Die Sendung der Kirche ist umfassender als die ‚Communio zwischen den Kirchen'; sie muß sich über die Hilfe für die Neuevangelisierung hinaus auch und vor allem von ihrem ausgesprochenen Missionscharakter bestimmen lassen"[73].
– Was die Missionare und die Institute ad gentes betrifft, so handelt es sich um eine besondere Berufung, welche die ganze Person ein ganzes Leben lang im ausschließlichen Dienst an den Nicht-Christen in Anspruch nimmt. Diese Berufung „behält ihre volle Gültigkeit, und die Missionsinstitute sind noch immer" absolut notwendig[74].
– Ferner müssen die Diözesanpriester genannt werden. Das neue missionarische Bewußtsein der Mitverantwortung jeder Teilkirche zeigt sich vor allem in der Ausweitung des direkten Engagements des Diözesanklerus in der, wenigstens zeitweiligen, Tätigkeit der Evangelisierung. Es handelt sich um die ‚Fidei-Donum-Priester', so genannt nach der Enzyklika Pius' XII., welche diese Idee geboren hat. In der Synode von 1990 über die Priesterbildung (vgl. *Pastores dabo vobis*) und auch in *Redemptoris missio* ist die lehrhafte Grundlage der neuen Haltung neu hervorgehoben worden; sie ist jedoch noch weit davon entfernt, in der Mentalität und in der Praxis zu herrschen: Die Priester werden aufgerufen, kraft des Weihesakramentes die Sorge um die spezifische Mission mitzutragen. Das Dekret *Presbyterorum ordinis* läßt keinen Zweifel bestehen: „Die Geistesgabe, die den Priestern in ihrer Weihe verliehen wurde, rüstet sie nicht für irgendeine begrenzte und eingeschränkte Sendung, sondern für die alles umfassende und universale Heilssendung ‚bis an die Grenzen der Erde' (Apg 1,8) ..."[75] Diese Wirklichkeit, die also sakramental und darum göttlich ist, sprengt jede geistige Verschlossenheit auf eine einzige Diözese, mag sie auch noch so gewohnt sein. Die Priester werden an erster Stelle für die Mission geweiht, und erst dann für eine Diözese. Darum lädt der Papst die Diözesanpriester ein, sich verfügbar zu machen, um in den Missionsdienst entsandt zu werden. Solche Priester müssen aus den Besten ausgewählt werden, sie müssen geeignet und genügend vorbereitet sein. Normalerweise handelt es sich dabei um eine Übereinkunft zwischen den beiden Bischöfen, a quo und ad quem,

67
Ebd., Nr. 58; *Sollicitudo rei socialis* (1997), Nr. 41; vgl. auch *Redemptoris missio*, Anm. 109.

68
Ebd., Nr. 58.

69
Ebd., Nr. 59.

70
Vgl. ebd., Nr. 60.

71
Ebd., Nr. 62.

72
Ad gentes, Nr. 38; *Redemptoris missio*, Nr. 63.

73
Ebd., Nr. 64.

74
Vgl. ebd., Nr. 66; *Ad gentes*, Nr. 27.

75
Presbyterorum ordinis, Nr. 10.

für einen Dienst von einigen Jahren. Eine solche Missionserfahrung bereichert den Priester und seine Diözese. Es ist die Form der Kooperation, die Zukunft hat.
Die Institute des geweihten Lebens jedoch „sind verpflichtet, sich, je nach der Eigenart ihres Institutes, in besonderer Weise in der Missionsarbeit einzusetzen"[76].
Notwendig sind die Institute des kontemplativen und des aktiven Lebens von Männern und Frauen. Die Ordensfrauen mit ihrem deutlichen Gespür für geistige Mutterschaft und ihrer Fähigkeit sich zu schenken, vollbringen ein staunenswertes Werk in den Missionen!

– Daß die Laien sich an der Mission beteiligen, „ist eine Pflicht und ein Recht, das in der Taufwürde gründet ... Die Mission ist die Sendung des ganzen Volkes Gottes".[77] Die Bereiche ihrer missionarischen Präsenz sind sehr weit: Handel, Arbeit, Studien, Politik, Tourismus. Die kirchlichen Bewegungen bilden „ein wahres Gottesgeschenk für die Neuevangelisierung und die Missionsarbeit im eigentlichen Sinn des Wortes"[78], während die 360.000 Katechisten, die in der ganzen Welt arbeiten, einen unersetzlichen Beitrag für die Verbreitung des Evangeliums leisten. Der ganze missionarische Einsatz – auch der Bischöfe und der Bischofskonferenzen[79] – muß sich im Geist der Gemeinschaft und der Koordinierung vollziehen, wofür das Petrinische Amt durch die Kongregation für die Evangelisierung der Völker Sorge trägt.[80]
Die missionarische Zusammenarbeit vollzieht sich vor allem in der Gestalt der geistlichen Zusammenarbeit: durch das Gebet, das Zeugnis des christlichen Lebens und die Förderung der Missionsberufe. Sie verwirklicht sich ebenso durch die Sendung von Personal. Dabei entwickeln sich neue Formen, die für die Initiativen der einzelnen Diözesen offen sind, wie Partnerschaften oder die Entsendung einzelner Gruppen von Missionaren (ein Priester, zwei oder drei Schwestern, einige Laien), die Verantwortung für ein Gebiet oder für eine Missionsstation übernehmen.
Es gibt ferner die Aufgabe der Zusammenarbeit im Bereich materieller Unterstützung. Sie zeigt sich am deutlichsten im Weltmissionssonntag. Hier kommen auch Möglichkeiten und Formen missionarischer Zusammenarbeit in den Blick, die sich aus neuen Situationen ergeben. Es können nur Stichworte genannt werden: Tourismus, Migration, Arbeit, Studium, Sorge um die nicht-christlichen Immigranten; Einflußnahme auf Politiker, Wirtschaftler, Journalisten und Experten.
Missionarische Bewußtseinsbildung und -formung sollen „ganz zentral das christliche Leben bestimmen".[81] Die Missionspresse, aber auch die religiöse Presse im allgemeinen, muß informieren und formen. Der theologische Unterricht in den Seminaren und in der permanenten Weiterbildung des Klerus muß die Missiologie einschließen. Die Päpstlichen Missionswerke schließlich sind in der Kirche durch Laien entstanden und haben sich zu einem providentiellen und privilegierten Werkzeug entwickelt, um in den Diözesen die missionarische Zusammenarbeit und Bewußtseinsbildung zu organisieren.

Die Kraft des Glaubens treibt den Papst dazu, mit prägnanten Worten die Dringlichkeit der Mission, die Zuversicht und die Hoffnung für die Mission zum Ausdruck zu bringen. Diese Zuversicht ist jedoch an eine Bedingung, an ein „Wenn" gebunden. Im Endabschnitt der Enzyklika formuliert es der Papst mit prophetischem Ton: „Noch nie hatte die Kirche so wie heute die Möglichkeit, das Evangelium durch das Zeugnis und das Wort allen Menschen und allen Völkern zukommen zu lassen. Ich sehe ein neues Missionszeitalter heraufdämmern, das zu einem hellen Tag, reich an Früchten, werden wird, wenn alle Christen, besonders die Missionare und die jungen Kirchen, mit Hochherzigkeit und Heiligkeit auf die Appelle und Herausforderungen unserer Zeit antworten."[82] Dieses „Wenn" geht uns alle an. Und dann wird Gott seinen Plan durchführen.

76
CIC 783.

77
Redemptoris missio, Nr. 71.

78
Ebd., Nr. 72.

79
Vgl. ebd., Nr. 76.

80
Vgl. ebd., Nr. 75.

81
Vgl. ebd., Nr. 83.

82
Ebd., Nr. 92.

Kardinal Paul Poupard

Johannes Paul II. und das kulturelle Leben

„In der Person des Menschen selber liegt es begründet, daß sie nur durch Kultur ... zur wahren und vollen Verwirklichung des menschlichen Wesens gelangt."[1] Und mit klarem Blick sagt Papst Johannes Paul II. zu Beginn seines Pontifikates am 22. Oktober 1978 in der Homilie während der Heiligen Messe: „Öffnet, ja reißt die Tore weit auf für Christus. Öffnet die Grenzen der Staaten, die wirtschaftlichen und politischen Systeme, die weiten Bereiche der Kultur, der Zivilisation und des Fortschritts seiner rettenden Macht! Habt keine Angst!"[2] Diese Worte bezeichnen den Anfang einer neuen Phase im Verhältnis zwischen Kirche und Kultur, das bereits vom II. Vatikanischen Konzil und Papst Paul VI. tief geprägt war.
„Es entgeht Euch nicht, wieviel ich persönlich und mit der Hilfe meiner Mitarbeiter mich dem Problem der Kultur, der Wissenschaft und der Kunst widmen möchte. Es ist ein vitaler Bereich, in dem das Schicksal der Kirche und der Welt am Ende dieses Jahrhunderts auf dem Spiel steht", sagt Johannes Paul II. den in Rom am 5. November 1979 versammelten Kardinälen.[3] Schon zu Beginn seines Pontifikates betrachtete er die Kultur als einen privilegierten Bereich, als einen neuen Raum der Kirche. Dies wird zu einem zentralen und dauernden Anliegen von Johannes Paul II.

I. Mensch und Kultur

Bereits am Beginn des Programms von Johannes Paul II. wird der eigenständige Ansatz dieses Papstes deutlich. In den Spuren des II. Vatikanischen Konzils verknüpft er den Begriff der Kultur mit dem Menschen, der sich seiner selbst bewußt ist: „Kultur" bedeutet all das, womit der Mensch seine Gaben entwickelt und entfaltet. So soll die Kultur die integrale Vervollkommnung des Menschen in den Blick nehmen. Und die erste kulturelle Neuheit in der Botschaft des Heiligen Vaters liegt gerade hier: in der radikalen Entscheidung, den Menschen als Ausgangspunkt zu nehmen. Ebendies hat die Welt überrascht: vom ersten Moment seines Lehramtes an hat er den Menschen als Leitmotiv für sein Pontifikat gewählt – den konkreten, realen Menschen in seiner Ganzheit. Johannes Paul II. ist bei keiner Definition des Menschen stehengeblieben, wie sie von verschiedenen Ideologien konstruiert und dem Menschen aufgezwungen werden. Dieser Mensch, der Fundament der Kultur ist, steht in einer unüberwindlichen Spannung, sich zu verwirklichen – in seiner Suche nach der Wahrheit, in seiner Sehnsucht nach dem Guten, in seinem Hunger nach Freiheit, in der Ahnung des Schönen, in der Stimme des Gewissens.
„Der Mensch lebt nur dank der Kultur ein wahrhaft menschliches Leben. Das menschliche Leben ist auch in dem Sinne Kultur, daß sich der Mensch durch sie von allem unterscheidet, was in der übrigen sichtbaren Welt existiert: Der Mensch kann auf Kultur nicht verzichten", sagt der Heilige Vater in seiner grundlegenden Ansprache an die UNESCO.[4] Die wesenhafte Bedeutung der Kultur besteht darin, daß sie charakteristisch ist für das Leben des Menschen, wie er ist: Die Kultur ist die spezifische Form des ‚Daseins' und des ‚Seins' des Menschen. „Die Kultur ist Kultur des Menschen, und der Mensch schafft sie für den Menschen."[5]
Der Mensch ist das einzige Subjekt, das einzige Objekt und das Endziel der Kultur: „Er ist Subjekt und Baumeister der Kultur in einem." Er ist „das wesentliche und fundamentale Faktum der Kultur."[6] Hier zeigt sich uns das Fundament der Vision von Johannes Paul II.: die Kultur vom Menschen her zu verstehen, vom vollständigen Men-

1
Gaudium et spes, Nr. 53.

2
„Wort und Weisung", 1978, S. 76.

3
(Anm. der Hrsg.: Diese Worte gehören nicht zur Ansprache an das Kardinalskollegium in ihrer offiziellen Fassung (5. November 1979): „Wort und Weisung", 1979, S. 273-283; vgl. OR 1979, Nr. 46, S. 1-2; 6-7).

4
Ansprache an den Exekutivrat der UNESCO in Paris am 2. Juni 1980: „Wort und Weisung", 1980, S. 224f.

5
Ansprache an den Päpstlichen Rat für Kultur am 10. Januar 1992: DAS 1992, S. 530.

6
„Wort und Weisung", 1980, S. 225f.

schen in der ganzen Wirklichkeit seiner geistigen und körperlichen Subjektivität. Der Mensch, der von seinem Schöpfer berufen ist, sich zu verwirklichen, empfängt die konstitutiven Fragen seines Seins in der Dimension der Kultur. In dieser Sicht existiert die Kultur als Frage des menschlichen Schicksals: Wahre Kultur bedeutet Vermenschlichung im Gegensatz zu Verfälschungen der Kultur, die den Menschen entmenschlichen. In der Sicht des Heiligen Vaters hat die Kultur evident ethischen Charakter: Die fundamentale und entscheidende Dimension der Kultur ist die authentische Sittlichkeit, da sich „in der Wahl der Kultur das Geschick des Menschen" entscheidet.[7]

Hier hat nun eine schlechthin fundamentale Bedingung für die Existenz der Kultur ihren Ursprung: Ihre humanisierende Wirkung kann sie nur in Freiheit entfalten, ohne jeden Zwang. „Ohne Freiheit kann keine Kultur existieren ... Die Kultur darf keine Machtzwänge erleiden."[8] Deshalb müssen die Bedingungen für die Förderung des kulturellen Lebens auch für die ethnischen Minoritäten gesichert sein, weil eine mit Zwang durchgesetzte Kultur nicht nur im Gegensatz zur menschlichen Freiheit steht, sondern weil so der Bildungsprozeß der Kultur selbst verhindert wird. Es fehlt an sozialer Liebe, wenn aus mangelnder Hochachtung vor den anderen die legitime Pluralität der Kulturen nicht geachtet wird, wo im Gegenteil versucht wird, mit Zwang die eigene Kultur durchzusetzen. In Wirklichkeit ist die eigene Kultur nicht die einzige und allein berechtigte Wirklichkeit.

II. Kirche, Glaube und Kultur

In der Vision von Johannes Paul II. wird immer wieder vorgeschlagen, den Menschen als einzigartigen, vollständigen und unteilbaren zu sehen. Diese integrale Bewertung des Menschen führt aber unvermeidlich zum Nachdenken über sein Verhältnis zu Gott. Die fundamentale Dimension des Menschen ist die religiöse: Der Mensch ist absoluter Wert, insofern er dem Schöpfer gehört. Er ist einzigartig und unwiederholbar. „Nun kann der Mensch aber nicht voll das sein, was er ist, er kann nicht voll Mensch werden, wenn er die Transzendenz seines Seins gegenüber der Welt und sein Verhältnis zu Gott nicht anerkennt und lebt."[9] Kultur zu schaffen ist nichts anderes, als jedem Menschen seine zugleich menschliche und göttliche Dimension zu geben, weil Gott selber zum Schöpfer der Kultur für die Entwicklung des Menschen geworden ist, indem Er seinen Bund mit dem Menschen geschlossen hat. In dem Bund, der zwischen Gott und Mensch zustande gekommen ist, soll der Mensch Gott in seiner unendlichen Liebe folgen. Das Werk der Kultur ist Werk der Liebe.

Diese Lehre des Papstes macht klar, daß der von Atheismus und Marxismus-Leninismus proklamierte künstliche Widerspruch zwischen Religion und Kultur das Zustandekommen einer authentischen menschlichen Kultur unmöglich macht. Um Kultur zu schaffen, darf der ‚homo religiosus' nicht außer acht gelassen werden, da ein fundamentaler Zusammenhang zwischen der Botschaft Christi und der Kirche und dem Menschen in seiner Menschlichkeit besteht: „Die volle Bejahung des Menschen gehört zum Wesen der christlichen Botschaft und der Sendung der Kirche selbst trotz allem, was kritische Geister in dieser Sache erklärt haben, und allem, was die verschiedenen, der Religion im allgemeinen und dem Christentum im besonderen feindlichen Strömungen unternehmen konnten."[10] Die Verteidigung der religiösen Dimension ist also ein kultureller Faktor von großer Bedeutung, und der Papst hat dies mehrmals betont.

Der Zusammenhang zwischen Glaube und Kultur wird verstehbar, wenn gesehen wird, daß das Streben des Menschen nach der Wahrheit seine eigene vollkommene Verwirklichung ist: „Die Synthese zwischen Kultur und Glaube ist nicht nur ein Erfordernis der Kultur, sondern auch des Glaubens."[11] Wenn es stimmt – und es ist so –, daß der Glaube sich mit keiner Kultur identifiziert und von allen Kulturen unabhängig ist, so ist es dennoch ebenso wahr, daß gerade deswegen der Glaube dazu berufen ist,

7
Ansprache in Rio de Janeiro am 1. Juli 1980: OR 1980, Nr. 29, S. 4.

8
Ebd.

9
Ebd.

10
„Wort und Weisung", 1980, S. 228.

11
Schreiben an den Kardinalstaatssekretär, 20. Mai 1982: DAS 1982, S. 1106f.

alle Kulturen zu inspirieren und zu prägen. Ein Glaube, der nicht Kultur wird, ist ein nicht zur Gänze angenommener und gelebter Glaube; ein Glaube, der keine Kultur hervorbringt, ist noch kein reifer Glaube.[12]
Mit Festigkeit macht Papst Johannes Paul II. auf die Sünde der zeitgenössischen Kultur aufmerksam, die gerade im Bruch des Menschen mit der religiösen Dimension liegt, in der Ablehnung des Christentums. Diese Situation ist ein Drama auch für die Kultur, die infolge dieses Bruchs mit dem Glauben sich in einer tiefen Krise befindet. Die Kultur ist durch die intellektuellen, kulturellen, wissenschaftlichen Entwicklungen geradezu „programmatisch vom Christentum und vom Glauben getrennt"[13].
Daher ergibt sich am Ende dieses Jahrhunderts die Notwendigkeit, „die Fruchtbarkeit des Glaubens hinsichtlich der Entwicklung der Kultur zu unterstreichen. Nur ein Glaube, der Quelle radikaler geistlicher Entscheidungen wird, ist fähig, auf die Kultur einer Epoche einzuwirken."[14] Schmerzlich betroffen vom tragischen Bruch zwischen Kirche und Kultur, wird Johannes Paul II. niemals müde, die vitale Bedeutung des Dialogs zwischen Kirche und Kultur zu unterstreichen. Er ruft unermüdlich dazu auf, dem modernen Menschen zuzuhören, um ihn verstehen und die richtige Art des Dialogs finden zu können.

III. Evangelisierung der Kultur

Für Johannes Paul II. ist der Dialog zwischen der Kirche und den zeitgenössischen Kulturen von grundlegender Bedeutung für die Zukunft der Kirche und der Welt. Er vertieft die theologisch-kulturellen Perspektiven des II. Vatikanischen Konzils und die Lehre von Paul VI. und verleiht diesem Dialog entscheidendes Gewicht – einem Dialog, der für die Kirche schlechthin unentbehrlich ist, weil es sich um eine von Christus der Kirche anvertraute Aufgabe handelt, nämlich alle Völker zu evangelisieren. Die Kultur ist ein echtes Feld der Evangelisierung. Diese geschieht konkret im Bereich der eigenen Kultur jedes Menschen, an den sie gerichtet ist.
Und Johannes Paul II. ruft unermüdlich zur Evangelisierung der Kulturen auf. Auch am Ende des 20. Jahrhunderts muß die Kirche allen alles sein, um mit Sympathie die Kulturen von heute erreichen zu können. Es braucht einen langen und mutigen Prozeß der Evangelisierung, damit das Evangelium in die Seele der Kulturen eingehen kann. „Zur wirksamen Verkündigung des Evangeliums kommt es darauf an, entschlossen eine Haltung des Austausches und des Verständnisses anzunehmen, um mit der kulturellen Identität der Völker, der ethnischen Gruppen und der verschiedenen Bereiche der modernen Gesellschaft zu sympathisieren."[15]
Die Evangelisierung der Völker soll gleichzeitig auch Evangelisierung der Kulturen sein: sie soll die eigentümlichen kulturellen Identitäten durchdringen, aber auch den Austausch zwischen den Kulturen begünstigen. Die Evangelisierung bedeutet jedoch auf keinen Fall das Neuschaffen einer Kultur oder einer Zivilisation. Es wäre falsch, sich vorzustellen, daß die Kirche die Kultur zu evangelisieren suche, um eine kulturelle Herrschaft zu errichten. Die Evangelisierung wirkt als innerer Sauerteig in allen Kulturen; die Kraft des Evangeliums kann den Menschen selbst umwandeln. Das ist ein wichtiger Punkt: in diesem weiten Sinn bedeutet Evangelisierung Einsatz für die Verteidigung des Menschen und für die Förderung seiner Entwicklung.
Andererseits aber bedeutet Evangelisierung auch, all das zu kritisieren und anzuprangern, was in einer Kultur dem Evangelium widerspricht. Johannes Paul II. hat mehrmals klar und deutlich bestimmte falsche Werte kritisiert, die die Kulturen gefährden. Dies betrifft vor allem die materialistische und konsumistische Gesellschaft, die Säkularisierung und das systematische Ausschließen der Präsenz und des Wirkens Gottes aus der Welt von seiten verschiedener Staaten, Gruppen oder einzelner Menschen. Der Papst wird nie müde, die Aufmerksamkeit auf die Zeichen des Todes der zeitgenössischen Kultur zu richten, die eine neue Evangelisierung dringend nötig hat. Gleichzeitig – doch immer mit Hinweis auf die falschen Werte – müssen die verborgenen Sehnsüchte in der

12 Vgl. ebd.

13 Vgl. DAS 1988, S. 557f.

14 OR 1997, Nr. 16, S. 9.

15 Ansprache an den Päpstlichen Rat für die Kultur, 18. Januar 1983: DAS 1983, S. 729.

Seele des heutigen Menschen angesprochen werden. In der Welt von heute wird – paradoxerweise – die Verkündigung des Evangeliums in seiner ganzen Neuheit deutlich werden.

Die Evangelisierung der Kulturen ist eine komplexe, aber entscheidende Aufgabe: „Wir müssen evangelisieren: so viele Gegenden, so viele Kulturbereiche stehen der Frohbotschaft von Jesus Christus noch gleichgültig gegenüber."[16] Die Sorge des Papstes gilt aber nicht nur den Kulturen jener Regionen der Welt, die sich am Rande des christlichen Glaubens befinden, sondern auch den weiten kulturellen Sektoren der Länder mit christlicher Tradition, die heute indifferent gegenüber dem Evangelium – wenn nicht in Widerspruch zu ihm – erscheinen. „Es legt sich eine doppelte Feststellung nahe: Die meisten Länder christlicher Tradition erfahren den schwerwiegenden Bruch zwischen dem Evangelium und weiten Bereichen der Kultur, während sich in den jungen Kirchen nachdrücklich das Problem der Begegnung des Evangeliums mit den einheimischen Kulturen stellt."[17]

Diese Realität macht eine Orientierung in doppelter Richtung erforderlich: Über die erste – oder gleichsam die erste – Evangelisierung der autochthonen Kulturen hinaus (wobei die Anknüpfungspunkte der Botschaft des Evangeliums und der traditionellen Kultur gefunden werden müssen) gibt es das Problem der neuen Evangelisierung jener Kulturen, die schon von christlichen Elementen geprägt sind. Und dieses Problem der neuen Evangelisierung schließt auch das Problem einer neuen Inkulturation ein: Neue Evangelisierung bedeutet neue Inkulturation des Glaubens.[18]

IV. Inkulturation des Glaubens

Eine der erstrangigen pastoralen Sorgen von Johannes Paul II. ist das Phänomen des Unglaubens mit all seinen praktischen Folgen: der Säkularisation des gesellschaftlichen und privaten Lebens, der religiösen Indifferenz oder sogar der Verweigerung jeder Religion. Von daher ist die dringende Aufforderung zur Inkulturation des Glaubens zu verstehen. Der Begriff Inkulturation wird von Papst Johannes Paul II. zum ersten Mal in der offiziellen Sprache der Kirche gebraucht; er bezeichnet das Bestreben, die Botschaft Christi in ein historisch-gesellschaftliches Milieu einzubringen. Die Inkulturation ist keine Aufgabe, die nur einige Experten angeht, sie betrifft vielmehr das ganze Volk Gottes, und zwar insofern es über den eigentlichen Sinn des Glaubens nachdenkt.

In ihrer Begegnung mit den verschiedenen Kulturen wird die Kirche unvermeidbar in den Prozeß der Inkulturation hineingezogen, ein Erfordernis, das heute besonders wichtig und dringlich ist. Inkulturation „bedeutet die innere Umwandlung der authentischen kulturellen Werte durch deren Einfügung ins Christentum und die Verwurzelung des Christentums in den verschiedenen Kulturen".[19] Durch die Inkulturation macht die Kirche das Evangelium in den verschiedenen Kulturen lebendig und führt zugleich die Völker mit ihren Kulturen in ihre eigene Gemeinschaft ein. Dieser Prozeß der Einfügung der Kirche in die verschiedenen Kulturen benötigt viel Zeit, weil es sich ja nicht um eine bloß äußere Anpassung handelt. Dabei darf selbstverständlich die Eigenart und die Integrität des christlichen Glaubens auf keine Weise geschmälert werden. Die Bewahrung der traditionellen Werte ist gerade die Leistung eines gereiften Glaubens. Die Inkulturation ist ein Schritt für Schritt zu verwirklichendes Geschehen, ein langer, tiefgreifender und umfassender Prozeß, in der „vom implizit Gelebten zum explizit Gekannten fortgeschritten wird".[20]

Ziel der Inkulturation soll die „Einbürgerung" der Kirche in alle Länder sein, unter expliziter Anerkennung aller Kulturen. Die Botschaft des Evangeliums identifiziert sich zwar mit keiner Kultur; sie beruht jedoch auf dem Fundament der Inkarnation, und die Inkulturation führt diese in einem bestimmten Sinn in der Geschichte der Völker fort: „Der Begriff ‚Akkulturation' oder ‚Inkulturation' mag zwar ein Neologismus sein, aber er drückt in vollendeter Weise eines der Elemente des großen Geheimnisses der Inkarnatio aus"[21]. Die Inkulturation „wird

16
Ansprache an den Päpstlichen Rat für die Kultur:
DAS 1985, S. 1074.

17
OR 1994, Nr. 13/14, S. 13.

18
Incontro con gli universitari nella piazza di san Petronio – Bologna (Martedì 7 Giugno 1988). (Anm. der Hrsg.: Der Text in DAS 1988, S. 554-558 enthält diesen Hinweis, der in freier Rede der Ansprache hinzugefügt wurde, nicht.)

19
VApS 100, S. 54;
vgl. DAS 1985, S. 1879.

20
Ansprache an den Päpstlichen Rat für die Kultur, 18. März 1994:
OR 1994, Nr. 13/14, S. 13.

21
Ansprache an die Päpstliche Bibelkommission (26. April 1979):
Insegnamenti 1979 (II), S. 981.

in der Tat die Fleischwerdung des Wortes widerspiegeln, wenn eine vom Evangelium umgestaltete und erneuerte Kultur aus ihren eigenen lebendigen Überlieferungen echte Ausdrucksformen christlichen Lebens, Feierns und Denkens hervorbringt"[22]. Die Inkulturation soll alle Kulturen erreichen und so der Kirche ermöglichen, sich in ihnen allen zu entwickeln. Zugleich aber erfordert die Inkulturation Respekt und Anerkennung aller Kulturen, an die die Heilsbotschaft gerichtet ist, selbstverständlich mit kritischer Unterscheidung falscher Werte, die eventuell in der Kultur präsent sind. Die Inkulturation soll sich auf die Zukunft der Kulturen beziehen und neu entstehende Werte, die auf ihre mögliche Bereicherung durch das Evangelium warten, aufnehmen und entfalten.

V. Der Päpstliche Rat für die Kultur

Um der ganzen Kirche einen Anstoß für die Begegnung des Evangeliums mit den Kulturen zu geben, hat Johannes Paul II. den Beschluß gefaßt, eine eigens dazu bestimmte Einrichtung ins Leben zu rufen. Der Päpstliche Rat für die Kultur, am 20. Mai 1982 gegründet, bezeugt die Sorge des Heiligen Vaters im Bereich der Kultur. Die dieser Institution zur Verwirklichung anvertrauten Zielsetzungen bezeugen die Fürsorge des Papstes hinsichtlich der Förderung der Kultur. Die dem Päpstlichen Rat anvertraute Mission ist gleichsam eine Zusammenfassung des kulturellen Programms und Projektes des Pontifikates von Johannes Paul II. und zeigt die Richtung, die der Papst dem Dialog zwischen Kirche und Kultur geben möchte.
Vor allem aber bezeugt sie, vor der Kirche und vor der Welt, das große Interesse des Papstes und des Heiligen Stuhls an der Entwicklung der Kultur, am fruchtbaren Dialog zwischen den Kulturen und an ihrer Begegnung mit dem Evangelium. Zu gleicher Zeit soll der Päpstliche Rat für die Kultur die Evangelisierung der Kulturen erleichtern und die Kooperation der kulturellen Institutionen des Heiligen Stuhls sichern.

Die Förderung der Kultur, betont der Heilige Vater, soll in der Kirche selbst beginnen durch den Dialog mit den Bischofskonferenzen; so soll für die Teilkirchen eine aktive Präsenz in den eigenen kulturellen Bereichen ermöglicht und durch die Zusammenarbeit mit den internationalen katholischen universitären, historischen, philosophischen, theologischen, wissenschaftlichen, künstlerischen und intellektuellen Organisationen die gesamtkirchliche Kooperation in diesem Bereich gefördert werden.
In Wahrnehmung ihres Auftrags zur Evangelisierung soll die Kirche mit den Kulturen einen Dialog führen. Der Päpstliche Rat wird sich auf allen Ebenen mit diesem Anliegen befassen: Er verfolgt die Aktivität der internationalen Einrichtungen, die an der Kultur, der Philosophie, an den Naturwissenschaften oder den Humanwissenschaften interessiert sind; er sichert die effiziente Präsenz des Heiligen Stuhls an internationalen Kongressen im Bereich der Wissenschaft, der Kultur und der Bildung; er verfolgt die Politik und das kulturelle Wirken der verschiedenen Regierungen der Welt mit dem legitimen Bemühen, der Förderung der Kultur ihre volle humane Dimension zu verleihen; er erleichtert den Dialog zwischen Kirche und Kulturen auf der Ebene der Universitäten und Forschungszentren, der Organisationen der Künstler, der Spezialisten, der Forscher und der Gelehrten. Ebenso fördert er wissenschaftliche Tagungen zu kulturellen Themen und empfängt in Rom Repräsentanten aus der Welt der Kultur, die daran interessiert sind, die Aktivitäten der Kirche in diesem Bereich besser kennenzulernen, und die bereit sind, dem Heiligen Stuhl ihre Erfahrung zur Verfügung zu stellen.
In seiner Bemühung, den Dialog der Kirche mit der zeitgenössischen Welt zu fördern, sucht Johannes Paul II. vor allem die Begegnung mit den Nichtglaubenden auf dem dazu besonders geeigneten Feld der Kultur. Dazu hat er den Päpstlichen Rat für die Kultur und den Päpstlichen Rat für den Dialog mit den Nichtglaubenden vereinigt und den neuen Päpstlichen Rat für die Kultur damit beauftragt, den Dialog auch

22 Ansprache an die Bischöfe von Kenia, 7. Mai 1980: OR 1980, Nr. 21, S. 8.

mit denen zu suchen, die nicht an Gott glauben oder sich zu keiner Religion bekennen, mit dem Versuch, eine kulturelle Verbindung mit allen Menschen guten Willens zu schaffen.[23]

Das Apostolische Schreiben *Inde a Pontificatus* spiegelt das kulturelle Programm des Papstes wider, das er bereits zu Beginn seines Pontifikates aufgenommen und während der folgenden Jahre entwickelt und bereichert hat. Seiner Vision entsprechend fördert dieser Päpstliche Rat „die Begegnung der Heilsbotschaft des Evangeliums mit den Kulturen unserer Zeit, die oft von Nichtglauben und religiöser Gleichgültigkeit gekennzeichnet sind, damit sie sich mehr und mehr dem christlichen Glauben öffnen mögen, der Kultur schafft und eine Quelle der Inspiration für die Wissenschaften, Literatur und Künste ist"[24].

Der Heilige Vater drückt seine tiefe Sorge gegenüber den schwerwiegenden Spaltungserscheinungen zwischen dem Evangelium und den Kulturen aus und beauftragt den Päpstlichen Rat für die Kultur mit dem Studium des Problems des Nichtglaubens und der religiösen Gleichgültigkeit, die in den verschiedenen kulturellen Bereichen präsent sind, mit dem Ziel, geeignete Hilfen für die pastorale Tätigkeit der Kirche zur Evangelisation der Kulturen und der Inkulturation des Evangeliums bereitzustellen. Um den Dialog der Kirche und des Heiligen Stuhls mit der Welt der Kultur zu unterstützen, bittet der Papst um entsprechende Initiativen hinsichtlich des Dialogs zwischen Glaube und Kulturen und im Bereich des interkulturellen Dialogs, was auch jene Menschen einschließt, die nicht an Gott glauben oder sich zu keiner Religion bekennen, sofern sie zu einer aufrichtigen Zusammenarbeit bereit sind.[25]

23
Apostolisches Schreiben *Motu Proprio Inde a Pontificatus* vom 25. März 1993: OR 1993, Nr. 19, S. 7, Einleitung.

24
Vgl. ebd., Art. 1.

25
Vgl. ebd., Art. 2-4.

Wenn Giovanni Battista Montini der erste „moderne Mensch" ist, der Papst wurde, so ist Karol Wojtyla der erste moderne Intellektuelle, Philosoph, Theologe und Dichter auf dem Stuhl Petri. Papst Paul VI. versuchte, die reichhaltigen Hinweise des II. Vatikanischen Konzils aufgreifend, das Fundament eines neuen Verhältnisses zwischen der Kirche und der modernen Kultur zu legen. Johannes Paul II. greift diese Erbschaft auf fruchtbare Weise auf und hat eine tiefe kulturelle Reform der Kirche begonnen.

Die Kultur als spezifische Art des Menschen, ‚dazusein' und ‚zu sein', wird zu einem entscheidenden Schwerpunkt seines Pontifikates. Seine Ansprachen, die apostolischen Reisen, die tägliche Ausübung seines Petrusamtes sind grundlegend von der Kultur durchdrungen. Die Botschaft seines Pontifikats ist untrennbar an die Herausforderung der Kultur gebunden. Es ist eine mutige und positive Botschaft, eine prophetische Intuition, und für viele Menschen unserer Zeit sehr schwer zu verstehen oder sogar unbequem. Es ist eine kritische Konfrontation, ausgerichtet auf Transformation. Es ist das einzige wirklich gültige Projekt für die vollständige Verwirklichung des Menschen.

Die Kultur ist der vitale Bereich, in dem sich das Schicksal der Kirche und der Welt am Ende dieses Jahrhunderts entscheiden wird.

Kardinal Miloslav Vlk

Johannes Paul II. und die Kirche in Europa

I. Mein Blickwinkel

Sie haben mich in meiner Eigenschaft als Präsident des Rates der Europäischen Bischofskonferenzen (CCEE) eingeladen, über Papst Johannes Paul II. und die Kirche in Europa an der Schwelle des dritten Jahrtausends zu schreiben.

Als tschechischer Christ und Erzbischof von Prag, einer europäischen Metropole in der geographischen Mitte Europas, die, aus dem Blickwinkel Westeuropas gesehen, aber am Rande liegt, empfinde ich eine große Freude und Dankbarkeit darüber, daß das Kardinalskollegium des Jahres 1978 den Mut hatte, zum ersten Mal seit dem Jahre 1522 einen Nichtitaliener, nämlich den polnischen Erzbischof von Krakau, Kardinal Wojtyla, zum Papst der Römisch-Katholischen Kirche zu wählen. Damit kam nicht nur jener Teil Europas in den Blick, der von der übrigen Welt durch einen „Eisernen Vorhang" getrennt war, sondern auch jene Ortskirchen, die in den letzten Jahrzehnten und darüber hinaus im Bewußtsein der Weltkirche kaum eine zentrale Rolle gespielt hatten.

II. Der zeitgeschichtliche Kontext: Wendezeit zur Zeitenwende

Wenn wir diese zwanzig Jahre im Zusammenhang überblicken, erkennen wir, wie sehr sich Europa seit 1978 schon rein äußerlich verändert hat. Und es befindet sich mitten in einem Wandel, der noch längst nicht an sein Ende gekommen ist. Diese Veränderungen und Wandlungen haben die europäischen Grenzen und Dimensionen weit überschritten und einen globalen Umbruch mit einer ungeheuren und noch nicht absehbaren Dynamik in Gang gesetzt. Innerhalb dieses Geschehens spielt Johannes Paul II. eine wichtige Rolle. Und mit ihm, dem der Dienst des Petrus übertragen wurde, scheint auch die Bedeutung der Kirchen in diesem Prozeß des Wandels auf.

III. Das ganze Europa und die ganze Kirche in West und Ost im Blick

Es war sicher kein „Zufall", daß Johannes Paul II. ausgerechnet am 16. Oktober, dem Gedenktag der heiligen Hedwig/Jadwiga gewählt wurde, die heute als „Brücken-Heilige" zwischen Deutschland und Polen verehrt wird und aus dem Geschlecht der Herzöge von Andechs-Meranien stammte. Von Anfang an hatte unser derzeitiger Papst im Blick, daß bestimmte Heilige die Kirche in Europa über alle Grenzen hin prägen. Dabei denke ich zum Beispiel auch an die beiden Nichten der heiligen Hedwig, nämlich Elisabeth von Thüringen, die aus Ungarn stammte, und Agnes von Böhmen, die im Briefwechsel mit Klara von Assisi stand – oder auch an Adalbert/Vojtech, der vor allem in Polen und in Böhmen verehrt wird. Deshalb war es dem Papst ein großes Anliegen, neben dem heiligen Benedikt von Nursia die heiligen Kyrill und Methodius aus dem östlichen Europa als Patrone Europas zu proklamieren. In seinem Apostolischen Schreiben *Egregiae virtutis* vom 31. Dezember 1980, in dem er im Zusammenhang der 1500-Jahrfeier der Geburt des hl. Benedikt die beiden Brüder zu Mitpatronen Europas erklärte, weist er auf die Bedeutung ihres Wirkens für die europäische Völkergemeinschaft hin: „Denn die evangelische Botschaft war der Weg und der Grund dafür, daß die verschiedenen Völker des entstehenden Europa sich gegenseitig anerkannten und zusammenwuchsen."[1]

1 *Egregiae virtutis*, Nr. 3: OR 1981, Nr. 4, S. 6.

Und in seinem Rundschreiben *Slavorum Apostoli* vom 2. Juni 1985 verweist Johannes Paul II. auf die Bedeutung ihres Wirkens für die Einheit Europas:
„Ihr Werk bildet einen hervorragenden Beitrag für die Bildung der gemeinsamen christlichen Wurzeln Europas; jener Wurzeln, die wegen ihrer Festigkeit und Lebenskraft einen der solidesten Bezugspunkte bilden, von denen kein ernsthafter Versuch, die Einheit des Kontinents auf neue und heutige Weise wiederherzustellen, absehen kann."[2]
An einer anderen Stelle dieses Schreibens stellt er die beiden Brüder, deren Wirken ja auch weitreichende kulturelle Folgen hatte, in eine Reihe mit den Aposteln Petrus und Paulus, den Heiligen Benedikt, Augustinus und Bonifatius und allen anderen Missionaren Europas, die unseren Vorfahren das Heil und den Frieden Gottes verkündet und dadurch die Errichtung einer Zivilisation der Liebe begonnen haben.[3]
Damit unterstreicht der Papst, wie sehr Europa durch den persönlichen Einsatz der Glaubenszeugen über die Jahrhunderte hinweg entstanden ist und geprägt wird. Und es ist nicht von ungefähr, daß dieser Papst wie kein anderer so viele christliche Zeugen durch die Selig- und Heiligsprechung ins Bewußtsein der Kirche und der Öffentlichkeit gerückt hat. Ihr Leben ist ein großes evangelisches Gleichnis. Die Reihe dieser Zeugen reicht bis in die Gegenwart. Ja der Papst hat sogar angeregt, ein ökumenisches „Martyrologium des 20. Jahrhunderts" anzulegen, weil er der Überzeugung ist, daß kein anderes Jahrhundert so viele Märtyrer in allen Kirchen und kirchlichen Gemeinschaften hervorgebracht hat wie das unsere.
Diese Glaubenszeugen und damit auch das Zeugnis der Kirche in Europa stehen für Johannes Paul II. in enger Verbindung mit bestimmten Orten, die er im Verlauf seiner vielen Pastoralreisen persönlich aufgesucht oder zu denen er sich wegen der entsprechenden politischen Verhältnisse im Geiste begeben hat. Als Beispiele aus einer großen Zahl solcher lokaler und geographischer Schnittstellen und Manifestationen kirchlichen Zeugnisses nenne ich beispielhaft Vilnius in Litauen, Velehrad in Mähren, Tschenstochau in Polen, Sarajewo in Bosnien, Fatima in Portugal, Lisieux in Frankreich und Altötting in der Diözese Passau, die ja für die Ausbreitung des Christentums im Osten Europas eine wichtige Brückenfunktion gespielt hat.
Und daß die Kirche in Europa aus „beiden Lungen" – der des Westens und der des Ostens – atmen muß, hat er in eindrucksvoller Weise in seiner Enzyklika *Orientale Lumen* aus dem Jahre 1995 herausgestellt.[4]

IV. Reaktion auf die Wende von 1989/90

1. Neujahrsansprache 1990

In seiner Neujahrsansprache vor dem am Heiligen Stuhl akkreditierten Diplomatischen Corps am 13. Januar 1990 nahm der Papst ausführlich Stellung zu den sich in Mittel- und Osteuropa vollziehenden Ereignissen.[5]
Dabei wurde sein Gesamtkonzept zum Thema Europa in konsequenter Fortsetzung seiner Äußerungen in den vorangegangenen Jahren sichtbar:
So wies er darauf hin, daß vielfach die Kirchen Ausgangs- oder Treffpunkt für die Freiheitsbewegungen in den einzelnen Ländern gewesen seien, die wesentlich zu dieser politischen Wende beigetragen haben.
Die Menschen in Mittel- und Osteuropa hätten unerschöpfliche Ressourcen der Würde, des Mutes und der Freiheit, die sie in sich trügen, unter Beweis gestellt. Und es sei unmöglich, die grundlegenden Freiheiten zu ersticken, die dem Leben des Menschen Sinn verleihen, nämlich die Freiheit des Denkens, des Gewissens, der Religion, der Meinungsäußerung und des politischen und kulturellen Pluralismus.[6]
Damit hat der Papst in diesem historischen Augenblick in Fortführung seiner schon früher geäußerten Gedanken in beeindruckender Weise herausgestellt, daß diese Grundwerte der neuzeitlichen Freiheitsgeschichte, die oft gegen den Widerstand und trotz der Verurteilung durch die kirchliche Hierarchie durchgesetzt wurden, zur unverzichtbaren

2 *Slavorum Apostoli,* Nr. 25: DAS 1985, S. 1386.

3 *Slavorum Apostoli,* Nr. 32: DAS 1985, S. 1392.

4 *Orientale lumen:* VApS 121.

5 DAS 1990, S. 779-787.

6 Vgl. DAS 1990, S. 781.

christlichen Tradition Europas gehören und ihren Ursprung im Evangelium haben. Sie sind für den Aufbau des „Gemeinsamen Hauses Europa" grundlegend.
Damit beschwor Johannes Paul II. die Wiedergeburt eines „Europas des Geistes", die sich durch die Entfaltung der Werte und Symbole, die diesen Kontinent geformt haben, und der christlichen Tradition, die alle seine Völker vereint, vollziehen müsse. Angesichts dieser allen „Menschen guten Willens" gemeinsamen Grundüberzeugungen wies er aber auch mit aller Deutlichkeit darauf hin, daß sich ausgerechnet im Westen Europas „Gegen-Werte" entwickelt haben, die alles zerstören können, nämlich: Egoismus, Hedonismus, Rassismus und praktischer Materialismus. Und er unterstrich seine Mahnungen mit den Worten:
„Es darf nicht sein, daß diejenigen, die Freiheit und Demokratie neu errungen haben, von denen enttäuscht werden, die in dieser Hinsicht gewissermaßen ‚Veteranen' sind". Und in einer – leider – prophetischen Vision, sagte er, es könnten jederzeit „jahrhundertealte Rivalitäten wiedererstehen, sich Konflikte zwischen ethnischen Minoritäten neu entzünden, Nationalismus zum Ausbruch kommen".[7]

2. Bischofssynode für Europa

Im selben Jahr 1990, bei seinem ersten Besuch in einem Land Ost- und Mitteleuropas nach der politischen Wende, am 21. und 22. April in Velehrad in Mähren, wo der heilige Methodius gelebt hat und besonders verehrt wird, kündigte der Papst eine Sonderversammlung der Bischofssynode für Europa an mit der Zielsetzung, in kollegialem Geist „aufmerksamer über die Tragweite dieser für Europa und für die Kirche geschichtlichen Stunde nachzudenken".[8]
Diese Bischofssynode, die vom 28. November bis zum 14. Dezember 1991 in Rom stattfand und auf der sich zum ersten Mal die Vertreter der Episkopate eines Kontinents versammelten, erstellte eine Analyse der veränderten Situation in Europa nach dem Fall der politisch-ideologischen Grenze und zog die Konsequenzen aus dieser neuen Lage für das Wirken der katholischen Kirche in Europa.
Im Vorwort zur Erklärung der Sonderversammlung haben die Synodenväter ihre Bemühungen mit diesen Worten beschrieben: „Wir sind uns der ungeheuren Herausforderung der gegenwärtigen Stunde bewußt, aber auch ihrer großen Chance, und wir wollen im Dialog und in herzlicher Zusammenarbeit mit unseren Schwestern und Brüdern in Europa und in der Welt unseren Beitrag zum Aufbau eines neuen Europas leisten."[9]

3. Neu-Evangelisierung

Der von Johannes Paul II. so einschlägig benutzte und weiter entfaltete Begriff der „Evangelisierung" bzw. „Neu-Evangelisierung" darf nicht mißverstanden werden: Es geht keineswegs darum, daß die katholische Kirche neues oder auch verlorenes Terrain „erobern" möchte durch ein verstärktes missionarisches Bemühen, es geht vielmehr, wie es die europäische Bischofssynode in diesem Zusammenhang formuliert hat, „um die Besinnung auf die christlichen Wurzeln Europas, um eine tiefere Zivilisation zu begründen, die zugleich christlicher und so auch menschlich reicher ist". Und sie weisen auf die „Früchte des Evangeliums" hin, die das höchste, älteste und dauerhafteste Verlangen des europäischen Humanismus darstellen: Wahrheit, Freiheit und Gemeinschaft. Die Neuevangelisierung reinigt und kräftigt diesen Humanismus, da er in Gefahr steht, „seine Identität und seine Zukunftshoffnung infolge irrationaler Einflüsse und eines Neuheidentums" zu verlieren.[10]

In seinem Apostolischen Schreiben zum 50. Jahrestag des Beginns des Zweiten Weltkrieges vom 27. August 1989 spricht der Papst in seiner Botschaft an die Katholiken davon, daß der Zweite Weltkrieg einer „der mörderischsten Kriege der Geschichte" ist, „der auf diesem Kontinent mit christlicher Tradition entstanden ist". Und in diesem Zusammenhang spornt der Papst zu einer Gewissensprüfung über die Qualität der Evangelisierung Europas an und fährt fort:

7
Vgl. OR 1990, Nr. 5, S. 7.

8
Regina Caeli in Velehrad am 22. April: DAS 1990, S. 402.

9
Erklärung der Sonderversammlung der Bischofssynode für Europa vom 28. November bis 14. Dezember 1991, Vorwort: VApS 103, S. 10.

10
Die Neu-Evangelisierung ist kein Programm zu einer sogenannten „Restauration" einer vergangenen Zeit Europas, sondern sie verhilft dazu, die eigenen christlichen Wurzeln zu entdecken und eine tiefere Zivilisation zu begründen, die zugleich christlicher und so auch menschlich reicher ist: Erklärung der Sonderversammlung der Bischofssynode für Europa vom 28. November bis 14. Dezember 1991, Nr. 3: VApS 103, S. 14.

„Der Verfall der christlichen Werte, der die Irrtümer von gestern begünstigt hat, muß uns dafür wachsam machen, wie das Evangelium heute verkündet und gelebt wird. ... Zusammen mit den anderen christlichen Kirchen wollen wir, trotz unserer noch unvollkommenen Einheit, der Menschheit von heute erneut verkünden, daß der Mensch nur dann ‚wahr' ist, wenn er sich als Kreatur von Gott her empfängt; daß der Mensch nur dann seiner Würde bewußt ist, wenn er in sich selbst und in den anderen das Siegel Gottes erkennt, der ihn nach seinem Bild erschaffen hat; daß er nur in dem Maße ‚groß' ist, wie er aus seinem Leben eine Antwort auf die Liebe Gottes macht und sich dem Dienst an seinen Brüdern widmet."[11]

Ich möchte die in diesen Worten als notwendig beschriebene ökumenische Gemeinsamkeit beim Werk der „Neu-Evangelisierung" besonders unterstreichen und auch auf den dabei zu praktizierenden ökumenischen Respekt der Kirchen voreinander und vor jeglicher Weltanschauung hinweisen. Darum liegt dem Papst gerade auch in Europa sehr am ökumenischen Gespräch, an einer eindeutigen Beziehung zum Judentum und nicht zuletzt auch zum Islam. Angesichts dieser Dimensionen im Denken von Johannes Paul II. verwundert es mich nicht, daß sein Besuchsprogramm ganz besonders auch Kontakte mit Ländern evangelisch-lutherischer Tradition wie Norwegen oder auch islamischer Tradition wie Marokko enthält, das zwar nicht in Europa liegt, aber ein Anrainerstaat des Mittelmeeres ist.

11
Apostolisches Schreiben zum 50. Jahrestag des Beginns des Zweiten Weltkrieges, Nr. 13: DAS 1989, S. 1038f.

12
Ebd., S. 1038.

13
Vgl. OR 1990, Nr. 5, S. 7f.

V. Offenheit auf Transzendenz hin

Im Kontakt mit den anderen christlichen Konfessionen und den beiden großen monotheistischen Religionen Judentum und Islam wird aber auch eine wichtige Dimension sichtbar, die wesentlich ist für den Fortbestand der Menschheit und bei deren Entfaltung Europa und seine Geistesgeschichte eine entscheidende Rolle gespielt haben: die Offenheit auf Transzendenz hin.

In dem bereits erwähnten Apostolischen Schreiben zum 50. Jahrestag des Beginns des Zweiten Weltkrieges hat Johannes Paul II. das oftmalige Fehlen dieser Dimension so beschrieben:
„Wir müssen leider beobachten, daß der moderne Mensch in vielen Bereichen seiner Existenz denkt, lebt und wirkt, als ob es Gott nicht gebe. Dort liegt die selbe Gefahr wie gestern: der Mensch, der Macht des Menschen ausgeliefert."[12]
Und bei seiner Neujahrsansprache am 13. Januar 1990 vor dem Diplomatischen Corps hat er sehr nachdrücklich auf „das absichtliche Fehlen jeden transzendentalen moralischen Bezugs" in der Lebensgestaltung der westlichen Gesellschaften hingewiesen und diesen Mangel beklagt. Denn ein Staat und eine Gesellschaft ohne transzendentes Fundament müßten letztlich an ihren eigenen inneren Widersprüchen zerbrechen[13]. Das ist ja beim Zusammenbruch des real existierenden Sozialismus sichtbar geworden.
Deshalb müssen alle Kräfte eingesetzt werden, um eine auf die Transzendenz hin offene Orientierung der Menschheit zu erreichen. Das hat der Papst sehr eindringlich bei seiner vielbeachteten Ansprache vor Studenten und Wissenschaftlern im Kölner Dom am 15. November 1980 unterstrichen:
„Eine tragfähige Lösung für die drängenden Fragen nach dem Sinn der menschlichen Existenz, nach den Maßstäben des Handelns und nach den Perspektiven einer weiterreichenden Hoffnung ist nur in der erneuerten Verbindung des wissenschaftlichen Denkens mit der wahrheitssuchenden Glaubenskraft des Menschen möglich. Das Ringen um einen neuen Humanismus, auf den die Entwicklung des dritten Jahrtausends gegründet werden kann, wird nur zum Erfolg führen, wenn in ihm die wissenschaftliche Erkenntnis wieder in lebendige Beziehung tritt mit der Wahrheit, die dem Menschen als Geschenk Gottes offenbart ist. Die Vernunft des Menschen ist ein großartiges Instrument für die

Erkenntnis und Gestaltung der Welt. Sie bedarf aber, um die ganze Fülle der menschlichen Möglichkeiten zur Verwirklichung zu bringen, einer Öffnung für das Wort der ewigen Wahrheit, das in Christus Mensch geworden ist."[14]

VI. Offenheit auf Dialog hin – Überwindung und Heilung des Dilemmas der Moderne

Wenn der Papst in so großer Offenheit und mit solchem Nachdruck für einen fruchtbaren und geradezu unabdingbaren Dialog zwischen Glaube und Wissenschaft eintritt, dann ist gerade er sich der tiefen Brüche bzw. des geistigen Dilemmas bewußt, daß die Moderne, so wie sie sich in Europa entfaltet und gestaltet hat, kennzeichnet. In seiner bereits erwähnten Ansprache im Kölner Dom hat Johannes Paul auf dieses Dilemma hingewiesen und einc klare Stellungnahme abgegeben:
„Viele sehen den Kern dieser Fragen im Verhältnis von Kirche und moderner Naturwissenschaft, und sie empfinden noch die Belastung durch jene berühmten Konflikte, die aus dem Eingriff kirchlicher Instanzen in den Prozeß wissenschaftlichen Erkenntnisfortschritts entstanden sind. Die Kirche erinnert sich daran mit Bedauern, denn wir wissen heute um die Irrtümer und Mängel dieser Verfahren. Wir können heute sagen, daß sie überwunden sind: Dank der Überzeugungskraft der Wissenschaft, dank vor allem der Arbeit einer wissenschaftlichen Theologie, welche das Glaubensverständnis vertieft und von Zeitgebundenem befreit hat."[15]
Der Gipfelpunkt dieser Konflikte war die Verurteilung von Galileo Galilei, der gezwungen worden war, seine das ptolemäische Weltbild zerstörenden empirischen Erkenntnisse zu widerrufen. Der Papst hat diesen Konflikt auch öffentlich beigelegt, indem er Galilei in seiner Ansprache vor der päpstlichen Akademie der Wissenschaften am 31. Oktober 1992 rehabilitierte. Angesichts dieser Rehabilitierung eröffnen die folgenden Äußerungen des Papstes in seiner Ansprache im Kölner Dom eine neue Dimension des Dialogs, der Kommunikation und der Kooperation zwischen Glaube und Wissenschaft:
„Denn zwischen einer Vernunft, welche durch ihre gottgegebene Natur auf Wahrheit angelegt und zur Erkenntnis der Wahrheit befähigt ist, und dem Glauben, der sich der gleichen göttlichen Quelle aller Wahrheit verdankt, kann es keinen grundsätzlichen Konflikt geben. Der Glaube bestätigt gerade das Eigenrecht der natürlichen Vernunft. Er setzt es voraus; denn seine Annahme setzt jene Freiheit voraus, die nur dem Vernunftwesen eigen ist. Damit zeigt sich zugleich, daß Glaube und Wissenschaft verschiedenen Erkenntnisordnungen zugehören, die nicht ineinander überführbar sind."[16]
Und die Umkehrung der bisherigen Situation hat er folgendermaßen beschrieben:
„In einer vergangenen Epoche haben Vorkämpfer der neuzeitlichen Wissenschaft gegen die Kirche mit den Schlagworten Vernunft, Freiheit und Fortschritt gekämpft. Heute, angesichts der Sinnkrise der Wissenschaft, der vielfältigen Bedrohung ihrer Freiheit und des Zweifels am Fortschritt, haben sich die Kampfesfronten geradezu vertauscht.
Heute ist es die Kirche, die eintritt für die Vernunft und die Wissenschaft, der sie die Fähigkeit zur Wahrheit zutraut, welche sie als humanen Vollzug legitimiert.
Heute ist es die Kirche, die eintritt für die Freiheit der Wissenschaft, durch die sie ihre Würde als menschliches, personales Gut hat.
Heute ist es die Kirche, die eintritt für den Fortschritt im Dienste einer Menschheit, die seiner zur Sicherung ihres Lebens und ihrer Würde bedarf.
Mit dieser Aufgabe steht die Kirche und stehen alle Christen im Zentrum der Auseinandersetzungen unserer heutigen Zeit."[17]

Damit hat dieser Papst am Ende des zu Ende gehenden zweiten christlichen Jahrtausends, in dem Europa mehr oder weniger der Schauplatz oder das Zentrum des weltgeschichtlichen Geschehens war, Wege aufgezeigt, die in ein neues Jahrtausend und eine neue Epoche führen.

14 OR 1980, Nr. 47, S. 8.

15 OR 1980, Nr. 47, S. 6.

16 OR 1980, Nr. 47, S. 6.

17 OR 1980, Nr. 47, S. 7f.

VII. Offenheit für die gesamte Menschheit: Ein aus seinen Wurzeln lebendes Europa in einer sich einigenden Welt

1. Immer das Ganze im Blick: Eine Zivilisation der Liebe

In dieser neuen Ära wird Europa nicht mehr im Mittelpunkt stehen. Aber es kann aufgrund seiner im Laufe der Jahrtausende vollzogenen Geschichte und der darin sichtbar werdenden geistigen Reichtümer und Erkenntnisse einen nicht zu ersetzenden Beitrag leisten für eine Menschheit, die immer mehr zusammenwächst und immer mehr aufeinander angewiesen ist. In seinem Rundschreiben *Slavorum Apostoli* vom 2. Juni 1985 hat Johannes Paul II. diese Rolle Europas in einem Gebet umschrieben:

„Gewähre, ... o Heiligste Dreifaltigkeit, dem ganzen Europa, daß es ... immer mehr die Notwendigkeit einer religiös-christlichen Einheit und der brüderlichen Gemeinschaft aller seiner Völker verspürt, damit es, nachdem das Unverständnis und das gegenseitige Mißtrauen überwunden und die ideologischen Konflikte im gemeinsamen Bewußtsein der Wahrheit beigelegt sind, für die ganze Welt Beispiel für ein gerechtes und friedliches Zusammenleben in gegenseitiger Achtung und in unverletzlicher Freiheit sein kann."[18]

2. Zuversicht

Von dieser Hoffnung und Zuversicht spricht der Papst auch in seinem „Appell an Europa" in seinem Apostolischen Schreiben zum 50. Jahrestag des Beginns des Zweiten Weltkriegs:

„Gestern hat dieser Kontinent den Krieg exportiert; heute kommt es ihm zu, ‚Baumeister des Friedens' zu sein. Ich habe das Vertrauen, daß die Botschaft von Humanismus und Befreiung, ein Erbe seiner christlichen Geschichte, die Völker noch immer zu befruchten vermag und auch weiterhin in der Welt aufleuchten wird.

Ja, Europa, alle schauen auf dich, weil sie sich bewußt sind, daß du immer noch eine Botschaft zu verkünden hast, nach dem Schiffbruch jener Jahre des Feuers: daß wahre Zivilisation nicht in der Gewalt liegt; daß sie vielmehr die Frucht des Sieges über sich selbst darstellt, über die Mächte von Ungerechtigkeit, Egoismus und Haß, die den Menschen sogar ganz und gar entstellen können."[19]

Dieser Zuversicht schließe ich mich an, und ich wünsche unserem Papst, daß seine Anstöße und Anregungen weiterhin Frucht tragen und mit dazu beitragen, daß die Vision von einer „Zivilisation der Liebe", die sein Vorgänger, Papst Paul VI., zum ersten Mal entworfen hat, mit der Gnade Gottes voll und ganz Wirklichkeit wird. Möge die Jungfrau und Gottesmutter Maria, der ich mich mit unserem Heiligen Vater besonders verbunden weiß, uns auf diesem Weg in eine neue Epoche der Menschheit hilfreich und zielstrebig voranschreiten!

18 *Slavorum apostoli*, Nr. 30: DAS 1985, S. 1389 f.

19 *Slavorum apostoli*, Nr. 12: DAS 1989, S. 1038.

Kardinal Camillo Ruini

Johannes Paul II. als Bischof der Stadt Rom

I. Der Weg vom Vatikanischen Konzil zum Jubiläumsjahr des dritten christlichen Jahrtausends

Die bisherigen zwanzig Jahre des Pontifikats von Johannes Paul II. verwirklichen und entfalten das II. Vatikanische Konzil und sind auf das Ende des zweiten Jahrtausends christlicher Zeitrechnung und den Beginn des dritten Jahrtausends ausgerichtet. Auch die zweite Diözesansynode der Kirche Roms verstand sich als eine Form der Verwirklichung des Konzils und als Vorbereitung auf das Jubiläum des dritten Jahrtausends. Damit völlig übereinstimmend ist auch die Zielsetzung, die Johannes Paul II. der „Stadtmission" gab, die seit den letzten Jahren im Gange ist.

In der Lehrtätigkeit, in der Leitung der Kirche und im gesamten Wirken dieses Papstes läßt sich die pastorale Sorge für die ihm anvertraute Ortskirche nie von der universalen Tragweite seines Bemühens und von seinem ausgeprägten Bewußtsein von der historischen Sendung der Kirche in unserer Zeit trennen. Wenn das Konzil seine Aufmerksamkeit auf die Präsenz der Kirche in der modernen Welt gerichtet hatte und von Papst Johannes XXIII. als ein „pastorales" Konzil angekündigt worden war, dann hat Johannes Paul II. in diesen zwanzig Jahren seines Pontifikats die Kirche in der Geschichte der Völker, der Städte und der Menschen noch stärker präsent gemacht, und dies gerade in seiner Eigenschaft als Verkünder des Evangeliums, als Zeuge für Jesus Christus und als Hirte der Kirche, und somit als höchster Förderer und Verteidiger der Würde, der Wahrheit und der Freiheit des Menschen.

Den ganzen, noch nicht abgeschlossenen Umfang seiner Tätigkeit und seiner Unterweisung zu würdigen, ist uns nur möglich, wenn wir Theologie und Geschichte, Wort und persönliches Zeugnis gleichzeitig im Blick behalten. Als Bischof von Rom hat Johannes Paul II. das Wort ununterbrochen an seine Stadt gerichtet: auf seinen Besuchen in den feinsten Verzweigungen der Pfarreien und kirchlichen Einrichtungen, durch ihre Einberufung erst zur Synode, dann zur Stadtmission, durch ihre jährliche Einladung zu Begegnungen, die inzwischen längst zur Tradition geworden sind (z. B. die Messe für die Universitätsangehörigen), sowie durch sein häufiges Beten an den Stätten christlicher Erinnerung. Aber sein Wort läßt sich nicht loslösen von seinem Zeugnis „bis zum Blutvergießen" – *„usque ad effusionem sanguinis"* –, das er am 13. Mai 1981 auf jenem Platz und auf jenem Boden gegeben hat, die bereits das Opfer des Petrus gesehen hatten. Damals wiederholte sich das einzigartige Privileg Roms, vom Blut der Christen getränkt zu sein. So erkennt die Stadt Rom durch die Geschichte hindurch in der Anwesenheit des Nachfolgers Petri ihre eigentliche Bedeutung.

Man darf ruhig behaupten, daß in diesen zwanzig Jahren des Pontifikats der Stuhl Petri eine außerordentliche Strahlkraft gewonnen hat. Die „Stadt" wurde gleichsam auf den „Berg" erhoben, der sie für alle Völker sichtbar machte. Das II. Vatikanische Konzil forderte entschieden die Notwendigkeit einer wirksameren Präsenz der Kirche in der modernen Welt. Das Pontifikat Johannes Pauls II. hat diese Forderung in dramatischer Weise auf der Bühne der Geschichte interpretiert bis zu dem Punkt, daß es uns nicht möglich ist, über ihn zu sprechen, es sei denn in theologiegeschichtlichen Begriffen.

Die erste Botschaft dieses Mannes, „der aus der Ferne kam", ist also der Kirche Roms anvertraut gerade durch die Art und Weise, wie er in dieser Stadt gelebt hat, wie er als Zeuge in der Stadt heimisch geworden ist. Eines der größten Übel unserer Zeit und auch unserer Stadt liegt in der Trennung zwischen dem, woran man glaubt, und den Kriterien, die tatsächlich die Entscheidungen und das tägliche Verhalten bestimmen. Johannes Paul II. hat gezeigt, daß die Übereinstimmung von Wort und Leben noch möglich ist, daß die Wahrheit einen Glanz besitzt, der ihr nicht genommen werden darf und der aus sich heraus strahlt, solange man in ihr steht.

In einer Ansprache an die römischen Geistlichen bezeichnete der Papst das II. Vatikanische Konzil als „das Schlüsselereignis unserer Zeit bzw. unseres Jahrhunderts"[1]. Dieses Ereignis klingt immer wieder in seiner Sicht der Kirche als Gemeinschaft auf, wie auch in seinem tiefen christlichen Humanismus, bis hin zu den vielfältigen Äußerungen zur Sozialethik und zur Ehemoral. Die Kraft und Überzeugungsfähigkeit dieses Pontifikates liegt auch darin, daß der Glaube in die Dimension der Begegnung und des Ereignisses eingebunden bleibt. Die Geradlinigkeit, die der Papst konsequent beibehalten hat, bestand darin, die Begegnung mit den Menschen, mit den Familien, mit der Stadt und mit der Nation als einen bevorzugten Ort für das Glaubenszeugnis und für echte Mitmenschlichkeit zu wählen. Es geschieht tatsächlich etwas, wenn Menschen sich begegnen. Es geschieht etwas, wenn die Religionen sich begegnen. Es geschieht etwas, wenn Gegner sich begegnen. Dieses Geschehen wird zur Voraussetzung für eine tiefere Bindung und für ein tieferes Verständnis. Der Papst ist in diesen Jahren auf die Stadt zugegangen, er ist auf die Menschen, die Kulturen, die Religionen, die Jugend zugegangen. Er hat es verstanden, die Begegnung zu einem Glaubensereignis werden zu lassen in der Kraft der Liebe Christi, die ihn dazu antrieb.
Gerade der Begriff der „Begegnung" war es, unter den er den Weg der Kirche Roms ins dritte Jahrtausend gestellt hat, als er sie dazu einlud, ihr Antlitz zu erneuern und zu reinigen, „damit es besser jenes Licht widerspiegelt, das Christus ist". Dadurch schafft die Kirche von Rom tatsächlich „die Grundlage dafür, daß das große Jubiläum sein Ziel erreicht und seine wahre Bedeutung manifestiert, die darin besteht, eine neue Begegnung der pilgernden Menschheit mit demjenigen zu fördern, der ihr einziger Erlöser ist".[2]

Am 8. Dezember 1995 hat Johannes Paul II. als besondere Vorbereitung der Diözese Rom auf das Jubiläum des Jahres 2000 die große „Stadtmission" angesagt, die sich an alle Familien Roms und an alle Bereiche der Arbeit, der Wissenschaft, des Lebens und der sozialen Verwirklichung wendet. Ihre wesentliche Besonderheit liegt darin, daß es sich bei ihr nicht einfach um eine „Mission an das Volk Gottes" handelt, wie gewöhnlich bei den „Volksmissionen", sondern um „das Volk Gottes in Mission"[3], d.h. wo es konkret die Priester, Ordensleute und vor allem die gläubigen Laien der verschiedenen Pfarreien, Gemeinschaften, Verbände und Bewegungen sind, die zu Missionaren werden, um von Haus zu Haus, von Milieu zu Milieu das persönliche Wort und Glaubenszeugnis an Jesus Christus unseren einzigen Heiland zu tragen.

II. Die zweite Evangelisierung: Stadt der Menschen und Stadt Gottes

Der Papst weiß, daß die Kirche gleichzeitig zur Mitte ihrer Identität hinzuführen ist, um sie zu einer Begegnung mit den Menschen zu bringen, und er fragt deshalb: „Wie könnte die christliche Gemeinschaft ‚Zeichen und Werkzeug für die innigste Vereinigung mit Gott und für die Einheit der ganzen Menschheit' sein (LG 1), wenn sie nicht in Christus lebte, damit sie versöhnte Kirche, ja ‚Erstversöhnte der Welt' (vgl. Augustinus; Sermo 96,8) ist? ... Darum sind die christlichen Gemeinschaften aufgerufen, Orte zu sein, wo die Liebe Gottes zu den Menschen gewissermaßen erfahren und gleichsam mit Händen gegriffen werden kann." Derartige christliche Gemeinschaften „haben Vorbildcharakter, um unser Volk wie-

1
Ansprache an die römischen Geistlichen (14. Februar 1991): DAS 1991, S. 936.

2
Predigt zur Eröffnung der römischen Diözesansynode (3. Oktober 1992): DAS 1992, S. 918.

3
OR 1995, Nr. 50, S. 1.

der zur ungeschmälerten Annahme der Glaubenswahrheiten zu führen".[4] Unsere Gemeinschaften bilden tatsächlich jenen Samen der Menschlichkeit und des neuen Gemeinsinns, der ganz offenkundig als eine Ausstrahlung aus der Umkehr zu Christus erscheint, als „Glanz der Herrlichkeit Christi, der Gottes Ebenbild ist" (2 Kor 4,6).

Dieser inneren Evangelisierung entspricht der Antrieb zu einer neuen Begegnung mit den Menschen unserer Zeit und mit allen Menschen.[5] „... die Kirche von Rom muß aus sich herausgehen" , muß den Menschen dort suchen, wo er sich befindet, dort, wo seine Wahrheit, seine Freiheit und seine Würde auf dem Spiel stehen. „Im Apostolat der Kirche sucht man nach immer größerer Gemeinschaft, Gemeinschaft auch mit denen, die abseits stehen – abseits im formellen Sinn, weil sie nicht getauft oder nicht katholisch sind, oder abseits, weil sie nicht glauben, weil sie gleichgültig oder der Kirche feindlich gesinnt sind."[6] Deshalb gilt: „Der Sohn Gottes hat sich in seiner Menschwerdung gewissermaßen mit jedem Menschen vereinigt."[7] Er ist auch zum Weg geworden, der zu jedem Menschen hinführt, und „auf diesem Weg, der von Christus aus zum Menschen hinführt, kann die Kirche von niemandem angehalten werde"[8]: so lesen wir in einem wichtigen Abschnitt der ersten Enzyklika. Auf diese Weise nähern wir uns dem Leitgedanken der Lehre und des Zeugnisses dieser zwanzig Pontifikatsjahre, der dort klar ausgesprochen ist, wo Johannes Paul II. schreibt: „Je mehr sich die Sendung der Kirche auf den Menschen konzentriert, je mehr sie sozusagen anthropozentrisch ist, desto mehr muß sie sich als theozentrisch erweisen und es in Wirklichkeit sein, sich also in Jesus Christus auf den Vater ausrichten. Während verschiedene Geistesströmungen in der Vergangenheit und Gegenwart dazu neigten und neigen, Theozentrik und Anthropozentrik voneinander zu trennen und sogar in Gegensatz zueinander zu bringen, bemüht sich die Kirche, darin Christus folgend, deren tiefe organische Verbindung in die Geschichte des Menschen einzubringen. Das ist auch der Grundgedanke, und vielleicht der wichtigste, in der Lehre des letzen Konzils."[9]

Die Einheit von Anthropozentrik und Theozentrik ist das Geheimnis der inneren Einheit des Menschen, aber es ist auch das Geheimnis der Einheit der Menschen untereinander, und deshalb auch der Stadt, ganz besonders der Stadt Rom, deren Bischof auch der universale Hirte der Kirche ist. Zudem ist Rom während einer zweitausendjährigen Geschichte wie keine andere Stadt mit dem Weg der Kirche in der Welt verbunden und identifiziert sich gleichsam mit ihm. Eine Stadt jedoch, die ihre Einheit ohne Gott zu verwirklichen suchte, kann aber nur ein zweites Babel werden. Die Begründung nämlich, weshalb der Mensch ohne Christus sich selbst unverständlich bleibt, ist dieselbe auch dafür, weshalb der Mensch für einen anderen Menschen unverständlich und auch unerträglich sein kann. So wird verständlich, wie die Verbundenheit der Christen untereinander ein festes Band für die Einheit der Stadt der Menschen darstellt, selbst wenn viele sich dessen nicht bewußt sind. Auf diesem Weg führt Johannes Paul II. die diözesane Gemeinschaft von Rom dem dritten Jahrtausend entgegen.

III. Prophetische Dimension

In der Person, der Anwesenheit und der Sendung des Nachfolgers Petri findet die Stadt Rom also immer wieder den tiefen Sinn ihrer Berufung, der ihr anderenfalls entgeht oder sich auf unwesentlichere Bereiche beschränkt, die weniger echt und weniger geeignet sind für jene universale Ausstrahlung, deren sie sich früher oder später vergewissern muß oder von denen sie auch manchmal schmerzlich und tragisch Abstand nehmen mußte. Der Bischof von Rom ruft seine Stadt ununterbrochen in die Nachfolge jener Wahrheit, die frei macht. Wie am Beginn des geschichtlichen Weges, der Johannes Paul II. von Krakau nach Rom führte, so folgen auch heute viele Männer

4 An die Versammlung von Loreto (11. April 1985): DAS 1985, S. 1253 ff.

5 Ansprache an den römischen Klerus (18. Februar 1988): DAS 1988, S. 1000.

6 Ebd.

7 *Gaudium et spes*, Nr. 22.

8 *Redemptor hominis*, Nr. 13.

9 *Dives in misericordia*, Nr. 1.

und Frauen seiner Einladung, ohne Furcht alle Türen und alle Schranken für Christus weit zu öffnen; andere dagegen scheinen diesen Ruf nicht zu hören, aber im stillen sind sich alle gleichermaßen bewußt,
daß die Christen für die Stadt das darstellen, was die Seele für den Leib ist, und daß diese Präsenz einen mächtigen Schutzwall bedeutet gegen die immer lauernde Gefahr des Zerfalls, gegen die Auslieferung der Stadt an Strömungen der Zersetzung, die zwangsläufig mit der Aufrechterhaltung von Lügen verbunden sind.

Johannes Paul II. verkörpert nicht nur den öffentlichen und institutionellen Gipfel dieser christlichen Präsenz, sondern noch viel mehr die lebendige und dynamische Mitte, die im Glauben, im Gebet, in der Liebe und in der pastoralen Sorge zutiefst mit dem gesamten Leib seiner Kirche in Rom verbunden ist. Tatsächlich liegt die erste und grundlegende Leistung, die er in diesen zwanzig Jahren seines römischen Pontifikats vollbracht hat, in seiner Anwesenheit, seinem Gebet, seinem Zeugnis und in seiner Liebe zu dieser Stadt, die er gerne in umgekehrter Buchstabenfolge „AMOR" nennt.

So hat sich verwirklicht und verwirklicht sich täglich neu das schlichte Bewußtsein, das von ihm am Tag nach Antritt seines Petrusdienstes ausgesprochen wurde, als er sagte: „Ich bin mir zutiefst bewußt, daß ich nur als Bischof von Rom Papst der Weltkirche geworden bin. Das Dienstamt (munus) des Bischofs von Rom, der der Nachfolger des Petrus ist, ist die Wurzel der Universalität."[10]

Schließlich ist uns auch bekannt, daß er acht Tage vor seiner Wahl in jener Kapelle an der Via Cassia betete, in welcher der hl. Ignatius in einer Vision die Stimme hörte: „Romae ero vobis propitius" (In Rom werde ich euch gewogen sein). Auch Kardinal Karol Wojtyla mag wohl jene Zusage vernommen haben, und heute sei es uns gestattet festzustellen, daß der Herr sich nicht nur ihm in der Stadt Rom gewogen erwiesen hat, sondern auch der Stadt Rom durch ihn.

(Übersetzung aus dem Italienischen: Günther Mayer SDS)

10 Antrittsansprache an die römischen Geistlichen (9. November 1978): „Wort und Weisung", 1978, S. 114f.

Jean-Claude Périsset

Johannes Paul II. – Kein Zurück auf dem Weg zur Einheit der Christen

Entgegen der Behauptung, wie ich sie unlängst wieder hörte, daß nämlich unter dem derzeitigen Pontifikat der Ökumenismus zunehmend ins Stocken geraten sei, trifft in Wirklichkeit das Gegenteil zu: Johannes Paul II. ist – man kann das ruhig sagen –, was die Förderung der Einheit der Christen angeht, in der katholischen Kirche, auf Grund seines Amtes als Nachfolger Petri, wohl der Erste und der am meisten Engagierte: „Ich selbst möchte jeden nützlichen Schritt fördern, damit das Zeugnis der gesamten katholischen Gemeinschaft in seiner vollen Reinheit und Konsequenz verstanden werden kann, vor allem im Hinblick auf jenes Ziel, das die Kirche an der Schwelle des neuen Jahrtausends erwartet, eines außerordentlichen Augenblicks, angesichts dessen sie den Herrn bittet, daß die Einheit zwischen allen Christen bis hin zur Erlangung der vollen Gemeinschaft wachsen möge."[1]

Das deutlichste Zeugnis dafür ist die am 25. Mai 1995 veröffentlichte Enzyklika *Ut unum sint,* welche die Kirche dazu ansporn, auf dem vom Zweiten Vatikanischen Konzil vorgezeichneten Weg der Einheit voranzuschreiten; gleichsam als Wegzehrung dienen ihr dabei die Früchte des Dialogs der letzten Jahre.[2] Unter den während des Pontifikats Johannes Pauls II. bisher veröffentlichten wichtigen ökumenischen Dokumenten sind außerdem zu erwähnen: das *Direktorium zur Ausführung der Prinzipien und Normen über den Ökumenismus* (25. März 1993), die Apostolischen Schreiben *Tertio millennio adveniente* zur Vorbereitung auf das Jubiliäumsjahr 2000 (10. November 1994) und *Orientale lumen* (2. Mai 1995).

Dem engagierten Einsatz der ganzen Kirche für die Einheit der Christen kommt derartige Bedeutung zu, daß Johannes Paul II. ihn in das Kirchenrecht aufgenommen haben wollte – bisher die einzige Kirche, die den Ökumenismus zu einem unverzichtbaren Element ihrer Sendung, zu einer Verpflichtung, gemacht hat. In der Apostolischen Konstitution *Sacrae disciplinae leges* zur Promulgation des Codex des kanonischen Rechtes *(Codex Iuris Canonici [CIC])* der lateinischen Kirche, am 25. Januar 1983, ordnet der Papst dieses Engagement in die kanonische Lehre ein, welche die Kirche als *communio* ausweist. Der lateinische Codex formuliert das so: „Aufgabe des ganzen Bischofskollegiums und besonders des Apostolischen Stuhles ist es, die ökumenische Bewegung bei den Katholiken zu pflegen und zu leiten; Ziel der ökumenischen Bewegung ist die Wiederherstellung der Einheit unter allen Christen; sie zu fördern, ist die Kirche kraft des Willens Christi gehalten."[3]
Das Gesetzbuch der katholischen Ostkirchen *(Codex Canonum Ecclesiarum Orientalium [CCEO])* enthält seinerseits einen eigenen Abschnitt, Titel 18 (can. 902-908), über den „Ökumenismus oder die Förderung der Einheit der Christen", in dem dieses Engagement in den verschiedenen Bereichen und auf den verschiedenen Ebenen näher ausgeführt wird.
Die ökumenische Dimension der Kirchengesetzgebung findet ihren Niederschlag in zahlreichen Normen, die in erfreulicher Weise die im Ökumenismusdekret des Zweiten Vatikanischen Konzils ausgesprochene grundlegende Aussage berücksichtigen: „Wer an Christus glaubt und in der rechten Weise die Taufe empfangen hat, steht dadurch in einer gewissen, wenn auch nicht vollkommenen Gemeinschaft mit der katholischen Kirche."[4]

1 *Ut unum sint,* Nr. 3.

2 Vgl. ebd., Nr. 41-76.

3 CIC, can. 755, § 1.

4 *Unitatis redintegratio,* Nr. 3; vgl. „Aspects oecuméniques du nouveau Code de droit canon", in: Service d'Information [SI], Nr. 60, 1986, S. 58-77.

I. Christus, einziger Retter, Fundament der Einheit

Papst Johannes Paul II. hat vom ersten Tag seines Pontifikats an – zum Abschluß der Eucharistiefeier auf dem Petersplatz – zu erkennen gegeben, wie sehr seine eigene Sendung ganz und gar vom Kreuz Christi, unseres Herrn und alleinigen Erlösers, abhängig ist, als er seinen Bischofsstab mit beiden Händen hochhob und über die Menge hielt. Seine ersten Enzykliken *Redemptor hominis* (4. März 1979) und *Dives in misericordia* (30. November 1980) haben dann sogleich die Richtlinien für seinen Dienst an der Einheit im *Aggiornamento* der Kirche festgelegt, dessen Umsetzung in dem umfassenden Programm zur „Neuevangelisierung" der Welt erfolgt. Derselbe leidenschaftliche Eifer ist aus dem Schlußwort des Papstes nach dem Karfreitag-Kreuzweg im Kolosseum (1. April 1994) – zu dem der Ökumenische Patriarch Bartholomäus I. die Betrachtungen geschrieben hatte – herauszuhören: „Meine Lieben, wir haben gemeinsam diese Aufgabe, wir müssen zusammen, im Osten wie im Westen, sagen: *Ne evacuetur Crux!* (vgl. 1 Kor 1,17). Das Kreuz Christi darf nicht entleert werden, denn wenn das Kreuz Christi entleert wird, hat der Mensch keine Wurzeln und keine Aussicht mehr: er ist zugrunde gerichtet! Das ist der Aufschrei am Ende des zwanzigsten Jahrhunderts. Der Schrei Roms, der Schrei Konstantinopels, der Schrei Moskaus. Es ist der Aufschrei der ganzen Christenheit: Nord- und Südamerikas, Afrikas, Asiens, der Schrei aller. Es ist der Ruf nach Neuevangelisierung."[5] Das ist genau die Haltung des Apostels Paulus, der sich im Kreuz Christi rühmte (vgl. 1 Kor 1, 18-25), weil das Kreuz, für die Menschen eine Torheit, Gottes Weisheit ist und die Menschheit allein in Christus ihr Heil findet.
Daher der Vorschlag Johannes Pauls II., im Blick auf den „Ökumenismus der Heiligen" ein „gemeinsames Martyrologium" zu erarbeiten, das die Namen all derer enthält, die im 20. Jahrhundert ihre Treue zu Christus mit ihrem Blut bezeugt haben.[6]

II. Die „Zeichen der Zeit" richtig lesen

Wer den Informationsdienst (Service d'Information – Information Service [SI]) des Päpstlichen Rates zur Förderung der Einheit der Christen von Nummer 38, d.h. von Ende 1978, bis zu der im Frühjahr 1998 erschienenen Nummer 97 – über fünfzig Nummern in zwanzig Jahren! – durchblättert, kann feststellen: Wie sie es für das Zweite Vatikanische Konzil war, so ist die Einheit der Christen auch für die Amtszeit Johannes Pauls II. eine der wichtigsten Zielrichtungen, die unser zu Recht als „ökumenisch" bezeichnetes Zeitalter wie ein „Zeichen der Zeit" geprägt hat.[7] Die vom Ökumenischen Rat der Kirchen anläßlich der Wahl dieses Papstes auf den Stuhl Petri geäußerte Hoffnung, „daß die Tradition des Zweiten Vatikanischen Konzils, insbesondere die ökumenische Zusammenarbeit zwischen der römisch-katholischen Kirche und den Mitgliedskirchen des Ökumenischen Rates fortgesetzt werde"[8], ist nicht enttäuscht worden. In der Audienz für die Delegationen der nicht-katholischen Kirchen und Gemeinschaften nach der Übernahme seines Pontifikats am 22. Oktober 1978 brachte Johannes Paul II. seinen festen Willen zum Ausdruck, „auf dem Weg zur Einheit im Geiste des Zweiten Vatikanischen Konzils und nach dem Beispiel unserer Vorgänger weiter voranzuschreiten". Und er fügte gleich hinzu: „Ein gutes Wegstück ist bereits zurückgelegt, aber wir dürfen nicht stehenbleiben, bevor wir am Ziel angelangt sind, bevor wir die Einheit verwirklicht haben, die Christus für seine Kirche gewollt und für die er gebetet hat."[9] Bereits in dieser ersten ökumenischen Ansprache sagte Johannes Paul II., daß das Engagement der katholischen Kirche in der ökumenischen Bewegung „nicht mehr rückgängig zu machen ist", und er scheute sich nicht, auf die

5
AAS 87 (1995), S. 88, zitiert in *Orientale lumen*, Nr. 3; vgl. auch SI, Nr. 85, S. 129.

6
Karfreitags-Kreuzweg, 1. April 1994: OR 1994, Nr. 15, S. 8; vgl. SI, Nr. 86, S. 129; *Tertio millennio adveniente*, Nr. 3; *Ut unum sint*, Nr. 84.

7
Vgl. *Unitatis redintegratio*, Nr. 4.

8
Vgl. „Wort und Weisung" 1978, S. 80; vgl. SI, Nr. 38, S. 54.

9
Ebd.; vgl. SI, Nr. 38, S. 56.

Jungfrau Maria als Beispiel „für diese Fügsamkeit gegenüber dem Heiligen Geist, die den innersten Kern ökumenischer Haltung bilden muß"[10], hinzuweisen. Man darf wohl behaupten, daß der Papst diese Fügsamkeit in seinem Amt gelebt hat, wobei er jede Begegnung, in Rom oder auf seinen Pastoralreisen, jedes historische Gedenken und selbst bestimmte Geschehnisse, wie den Zusammenbruch der kommunistischen Systeme in Osteuropa, wahrnahm, um Bischöfe und Gläubige der katholischen Kirche eben in diese Fügsamkeit mit hineinzuziehen. Sein „Brief an die Bischöfe des europäischen Kontinents über die Beziehungen zwischen Katholiken und Orthodoxen in der neuen Lage Mittel- und Osteuropas" vom 31. Mai 1991[11] ist ein Beispiel dafür. Darin appelliert er an die Bischöfe, „mit Eifer darüber zu wachen, damit der Dialog zur Inspirierung der Neuorganisation und des Lebens der katholischen Ostkirchen in Liebe und Wahrheit geführt werde, in Übereinstimmung mit den genauen Orientierungspunkten des Zweiten Vatikanischen Konzils"[12]; er lädt sie auch ein, in Anbetracht all dessen, was uns gemeinsam ist, insbesondere die Feier der Eucharistie, zu den orthodoxen Kirchen Beziehungen „wie zwischen Schwesterkirchen"[13] zu unterhalten. Daraus ergeben sich für ihn als pastorale Leitlinien die gegenseitige Achtung, die Zurückweisung jeder Form von Proselytismus, ein entschiedenes Engagement im Dialog der Liebe. Gegen Ende seines Briefes schreibt der Papst: „Treue Zeugen Jesu Christi zu sein, der uns befreit hat, müßte die größte Sorge unserer Zeit sein, die gekennzeichnet ist durch kulturelle, soziale und politische Veränderungen, gemeinsam und glaubwürdig die eine Frohe Botschaft vom Heil verkünden zu können, sowie Baumeister des Friedens und der Versöhnung in einer Welt zu sein, die zunehmend von Konflikten und Kriegen bedroht wird."[14]

Ein am 1. Juni 1992 von der damaligen Kommission „Pro Russia" – heute Ständige Kommission für die Kirche in Osteuropa – veröffentlichtes Dokument, das leider viel zu wenig bekannt ist, hat Vorschläge für die Durchführung dieser Richtlinien vorgelegt.[15] Die Lektüre der Nummer 81 des Informationsdienstes, mit dem Titel „Ökumenische Erklärungen und Vereinbarungen, Interventionen des Heiligen Stuhls im Anschluß an die Veränderungen in Mittel- und Osteuropa, Januar 1989-Oktober 1992", läßt uns erkennen, wie sehr das Amt des Papstes vom ökumenischen Geist durchdrungen ist. Ein Beweis dafür ist die Sondersynode der Bischöfe für Europa, vom 28. November bis 24. Dezember 1991, an der zehn brüderliche Delegierte teilnahmen. Im übrigen will deren Bezeichnung als „brüderliche Delegierte" (statt wie bisher als „Beobachter") besagen, daß ihre Teilnahme an der ganzen Versammlung als ein Teilen derselben kirchlichen Sorgen angesehen wurde. Johannes Paul II. selbst spricht lieber von „wiedergefundenen Brüdern" als von „getrennten Brüdern", um zu unterstreichen, daß das, was uns eint, tiefer ist als das, was uns trennt.

III. Der Austausch von Gaben als Weg der Demut und der Bekehrung

Die Einladung brüderlicher Delegierter aus den verschiedenen christlichen Kirchen und Gemeinschaften zur Bischofssynode ist ein weiteres Zeichen für den Willen Papst Johannes Pauls II., beim Teilen der vorgeschlagenen Mittel und Möglichkeiten den „Austausch von Gaben und Geschenken"[16] zu einem echten Faktor der Einheit zu machen, damit die Sendung der Kirche immer mehr dem Willen Christi entspreche.
Ein weiterer Aspekt des „Austausches von Gaben" ist die Begegnung mit den Verantwortlichen der christlichen Gemeinschaften während der Pastoralreisen und der Empfang der Oberhäupter bzw. Leiter der verschiedenen Kirchen und Gemeinschaften in Rom.

10
Ebd., S. 81; vgl. SI, Nr. 38, S. 56.

11
DAS 1991, S. 1174 ff.; vgl. SI, Nr. 77, S. 38-41.

12
Vgl. SI, Nr. 77, S. 39. Der Text in DAS 1991, S. 1176, spricht fälschlicherweise von „Ortskirchen" statt von „Ostkirchen".

13
DAS 1991, S. 1177; vgl. SI, Nr. 77, S. 40.

14
Ebd., S. 1179; vgl. SI, Nr. 77, S. 40 f.

15
Vgl. SI, Nr. 81, S. 104-108.

16
Ut unum sint, Nr. 28.

Diese Begegnungen haben eine besondere Bedeutung sowohl für den Dialog wie für das gemeinsame Gebet für die Einheit der Christen, das vom Zweiten Vaticanum „als die Seele der ganzen ökumenischen Bewegung"[17] angesehen wird. „Diese regelmäßigen Kontakte erlauben unter anderem einen direkten Informations- und Meinungsaustausch für eine brüderliche Abstimmung aufeinander. Andererseits macht es uns unsere gegenseitige Teilnahme am Gebet wieder zur vertrauten Gewohnheit, Seite an Seite zu leben, hält uns dazu an, den Willen des Herrn für seine Kirche miteinander anzunehmen und somit in die Tat umzusetzen."[18] Johannes Paul II. legte Wert darauf, in der Enzyklika *Ut unum sint* diese Begegnungen besonders hervorzuheben. So berichtet er zum Beispiel von seinem Besuch beim Ökumenischen Patriarchen Dimitrios I. im Phanar am 29. November 1979, wo „die Aufnahme des theologischen Dialogs zwischen der katholischen Kirche und allen kirchenrechtlich in Gemeinschaft mit dem Stuhl von Konstantinopel stehenden orthodoxen Kirchen" beschlossen wurde.[19] Unter Hinweis auf die damals bereits angelaufenen Vorbereitungen für die Einberufung des Konzils der orthodoxen Kirchen spricht der Papst seine Freude darüber aus, denn „die Suche nach ihrer Eintracht ist ein Beitrag zum Leben und zur Lebendigkeit jener Schwesterkirchen, und das auch im Hinblick auf die Funktion, die zu erfüllen sie auf dem Weg zur Einheit berufen sind"[20].
Welche Bedeutung Johannes Paul II. den Beziehungen mit dem Orient beimißt, bringt er in seiner Formulierung „die Kirche muß mit ihren beiden Lungen atmen"[21] zum Ausdruck, um dann zu präzisieren, „daß die Perspektive, gemäß der nach der vollen Einheit gesucht wird, jene der Einheit in der legitimen Verschiedenheit sein soll"[22].

In seinem Apostolischen Schreiben *Orientale lumen* erinnert er an geeignete Möglichkeiten, um die Zusammenarbeit und wechselseitige Bereicherung zu fördern, wie die Intensivierung des Dienstes der Diakonie (Nr. 23), das gegenseitige Kennenlernen der jeder Gemeinschaft eigenen geistlichen Güter (Nr. 24), gegenseitige Besuche, besonders zwischen Ordensleuten der verschiedenen Traditionen (Nr. 25).
Ebenso spricht sich Johannes Paul II. ermunternd zu den Beziehungen mit den aus der Reformation hervorgegangenen Kirchen und Gemeinschaften aus, in denen die ökumenische Bewegung ihren Ausgang genommen hat[23], indem er feststellt, daß in den verschiedenen bilateralen Gesprächen „über viele Streitfragen ..., wie die Taufe, die Eucharistie, das Weiheamt, den sakramentalen Charakter und die Autorität der Kirche und die apostolische Sukzession, ... unverhoffte Aussichten auf eine Lösung entworfen (wurden) und man zugleich begriffen hat, wie notwendig die tiefere Ergründung mancher Themen wäre"[24].
Was den Bereich der Lehre betrifft, sind die von Johannes Paul II. und den Oberhäuptern der altorientalischen Kirchen unterzeichneten Erklärungen über die Christologie festzuhalten: mit dem syrisch-orthodoxen Patriarchen Mar Ignatius Zakka I. Iwas am 21. Juni 1984; mit dem koptischen Patriarchen von Alexandrien, Papst Shenouda III., am 30. Mai 1988; mit dem Katholikos und Patriarchen der syrischen Ostkirche, Mar Dunkha IV., am 11. November 1994; dieselbe Thematik ist auch in der gemeinsamen Erklärung enthalten, die mit dem Patriarchen und Katholikos aller Armenier, Karekin I., am 13. Dezember 1996 unterzeichnet wurde.
Die zahlreichen bilateralen Gespräche – mit zwölf Kirchen, Gemeinschaften oder Kirchenverbänden[25] –, die im Laufe dieser fünfundzwanzig Jahre geführt wurden, erlaubten einen bedeutsamen „Austausch von Gaben und Geschenken"[26]. Johannes Paul II. sagt zu Recht, daß der Dialog die Funktion einer

17
Unitatis redintegratio, Nr. 8; vgl. *Ut unum sint*, Nr. 21.

18
Ut unum sint, Nr. 53.

19
Ebd., Nr. 52.

20
Ebd.

21
Ebd., Nr. 54.

22
Ebd.

23
Vgl. ebd., Nr. 65.

24
Ebd., Nr. 69.

25
Vgl. SI, Nr. 82, S. 41-48; Nr. 89, S. 97-99.

26
Ut unum sint, Nr. 28.

Gewissensprüfung erfüllt, weil er uns zunächst dazu nötigt, die zwischen uns bestehenden Unstimmigkeiten zu erkennen: „Auch nach den so vielen Sünden, die zu den historischen Spaltungen beigetragen haben, *ist die Einheit der Christen möglich*, vorausgesetzt, wir sind uns demütig bewußt, gegen die Einheit gesündigt zu haben, und von der Notwendigkeit unserer Bekehrung überzeugt."[27]

Aber der Dialog als Ausdruck einer brüderlichen Suche nach der Treue zu Christus bleibt nicht bei sich selbst stehen. Der Papst fordert dazu auf, bis ans Ende des Dialogs zu gehen, das heißt seine Früchte in das Leben der Kirche einzubringen: „Wir haben eine neue Aufgabe zu lösen: wie nämlich die bisher erzielten Ergebnisse angenommen werden sollen. Sie dürfen nicht Aussagen der bilateralen Kommission bleiben, sondern müssen Gemeingut werden ... und das Volk Gottes als ganzes einbeziehen ... (Denn) es ist derselbe Geist, der dem Lehramt beisteht und den *sensus fidei* weckt."[28] Mit dieser Annahme durch die Gemeinschaft der Gläubigen befaßt sich das vor kurzem (am 8. März 1998) vom Päpstlichen Rat für die Einheit der Christen veröffentlichte Dokument, das zwar nicht umfangreich, aber wichtig ist: *Die ökumenische Dimension in der Ausbildung derer, die in der Seelsorge arbeiten.*

IV. Wir dürfen nicht Gefangene der Geschichte sein

Erwähnt werden muß auch die für die Wiedererlangung der Einheit der Christen unerläßliche „Reinigung des Gedächtnisses" als Mittel der Umkehr. Das bedeutet weder, daß wir die Vergangenheit vergessen, noch Anlässe und Vorkommnisse, die zu unseren Spaltungen geführt haben, verharmlosen sollen; wir müssen sie vielmehr mit neuen Augen sehen, gemeinsam getragen von einem Klima des Glaubens, des Gebets und der Brüderlichkeit.[29] Gerade diese Anlässe und Vorkommnisse – denken wir an Beispiele wie den vierten Kreuzzug mit der Eroberung und Plünderung Konstantinopels oder die Bartholomäusnacht – werden dann in dem miteinander geteilten Leid, im gegenseitigen Vergeben und in dem Wunsch nach Versöhnung anders gesehen.[30] Aber die Geschichte ist nicht nur Erinnerung, sie ist auch Prophezeiung: „Diese Geschichte – sagte Johannes Paul II. bei seinem Besuch des Ökumenischen Rates der Kirchen in Genf am 12. Juni 1984 – wird nun zur Geschichte der Wiederentdeckung der unvollständigen, aber tatsächlich zwischen uns bestehenden Gemeinschaft; alle Elemente, die diese Gemeinschaft ausmachen oder ausmachen sollten, werden allmählich in ihre richtigen Perspektiven eingeordnet – mit allen Konsequenzen, die dieses neue Verständnis für unsere gegenseitige Zusammenarbeit und das gemeinsame Zeugnis mit sich bringt."[31] Tatsächlich beginnt der Ökumenische Rat der Kirchen kurz nach diesem Besuch mit einem Programm zur Zusammenarbeit zwischen Historikern verschiedener Konfessionen, darunter auch Katholiken, um die gemeinsame Geschichte der getrennten Christen zu untersuchen.

27
Ebd., Nr. 34.

28
Ebd., Nr. 80.

29
Vgl. ebd., Nr. 23.

30
Vgl. *Tertio millennio adveniente*, Nr. 33-35.

31
DAS 1984, S. 430;
vgl. SI, Nr. 55, S. 43-44.

Johannes Paul II. hat diese Richtschnur selber in die Tat umgesetzt, als er anläßlich der Heiligsprechung von Jan Sarkander in Olmütz am 21. Mai 1995 in seinem Brief an den Synodalsenior der evangelischen Kirche der Böhmischen Brüder schrieb: „Ich möchte Ihnen versichern, daß ich mich zu diesem Schritt (nämlich der Heiligsprechung, die bei den tschechischen Protestanten Widerspruch hervorgerufen hat) nicht nur auf Einladung der Bischöfe aus der Tschechischen Republik hin entschlossen habe, sondern auch, weil ich darin eine providentielle Gelegenheit sehe, mich an einem durch große Bedeutung ausgezeichneten Ort in einer kritischen Beurteilung über die Religionskriege zu äußern, die im siebzehnten Jahrhundert so zahlreiche Opfer, sowohl bei Protestanten wie bei Katholiken, gekostet haben."[32]

V. Auf dem Weg in ein drittes Jahrtausend der Versöhnung

Auf dem vom Zweiten Vatikanischen Konzil – das in dem Dekret über den Ökumenismus die gesamte Kirche zu dieser Umkehr auffordert – vorgezeichneten Weg wirft Johannes Paul II. „für die Einheit der Christen das ganze Gewicht" seines Amtes in die Waagschale, indem er zu Begegnungen anregt und seinerseits Begegnungen annimmt, auf seinen Pastoralreisen die nötige Zeit für die Begrüßung der Brüder und Schwestern der anderen Kirchen und kirchlichen Gemeinschaften findet, Brüder und Schwestern einlädt, die Meditationen für den Karfreitag-Kreuzweg am Kolosseum vorzubereiten. Er macht auch den Vorschlag, die Feiern zum zweitausendjährigen Bestehen des Christentums, beginnend auf Pfarreiebene, gemeinsam vorzubereiten, weil das Jubiläumsjahr „uns alle zu einer Gewissensprüfung und zu passenden ökumenischen Initiativen anspornt, so daß man im Großen Jubeljahr, wenn schon nicht in völliger Einheit, so wenigstens in der Zuversicht auftreten kann, *der Überwindung der Spaltungen des zweiten Jahrtausends sehr nahe zu sein*"[33]. Das Jahr 2000 ist also kein Schicksalsdatum, sondern ein „kairós", ein Gnadenjahr, das wie das Jubeljahr in der großen biblischen Tradition eine Zeit der Umkehr, der Vergebung und der Wiedererlangung des Zustandes vor unserem Abgleiten in die Sünde ist.[34]

In den Zeitmaßen der Geschichte sind zwanzig Jahre recht wenig. Aber am Ende des zweiten Jahrtausends, das durch die Einbrüche im 11. und 16. Jahrhundert die Spaltung der Kirche erlebt hat, herrscht seit dem Zweiten Vatikanischen Konzil eine Zeit der Reflexion, der Umkehr, ein Advent, der „uns auf die Begegnung mit dem vorbereitet, der war, der ist und der ständig kommt (vgl. Offb 4,8)"[35]. Als Erbe der Sendung des Petrus in der vom Blut der Apostelfürsten befruchteten Kirche „übt der Bischof von Rom ein Amt aus, das seinen Ursprung in der vielgestaltigen Barmherzigkeit Gottes hat", und dazu gehört insbesondere die Aufgabe, die Gemeinschaft aller Kirchen zu gewährleisten. Zu Recht muß daher Johannes Paul II. als Bischof von Rom der Erste unter den Dienern an der Einheit sein[36] – und er ist es tatsächlich!

(Übersetzung aus dem Französischen: Sigrid Spath)

32 OR 1995, Nr. 21, S. 7; vgl. SI, Nr. 89, S. 69.

33 *Tertio millennio adveniente*, Nr. 34.

34 Vgl. ebd., Nr. 10-15 und 32.

35 Ebd., Nr. 20.

36 Vgl. *Ut unum sint*, Nr. 92 und 94.

Remi Hoeckman

Papst Johannes Paul II. und die Beziehungen zwischen den Christen und den Juden

1.

In seiner Einleitung zum Band „Pope John Paul II on Jews and Judaism"[1] erwähnt Eugene J. Fisher, daß Papst Johannes Paul II. in seinem Überblick über die wichtigsten Ereignisse des Jahres 1986 in der Diözese Rom seinen Besuch bei denen, die er als „unsere älteren Brüder im Glauben Abrahams" bezeichnete, in ihrer römischen Synagoge als seine bedeutsamste Handlung in diesem Jahr hervorhob. Er sagte voraus: „Ihrer wird in der Geschichte dieser Stadt und dieser Kirche jahrhunderte-, ja jahrtausendelang gedacht werden. Ich danke der göttlichen Vorsehung, daß sie mir diese Aufgabe übertragen hat".

An Papst Johannes Paul II. wird in der Geschichte auch deswegen gedacht werden, weil er sich die Aufgabe, die Erklärung *Nostra aetate* (Nr. 4) des II. Vatikanischen Konzils in die Tat umzusetzen, so sehr zu Herzen genommen hat. Dieser kurze Abschnitt der Lehre des Zweiten Vatikanums kündigte in den Beziehungen zwischen der Kirche und dem Judentum eine neue Ära an. Wenn man von den Beziehungen zwischen den Christen und den Juden nach dem Zweiten Weltkrieg, also in der Periode nach dem Holocaust, redet, ist „Änderung" das Schlüsselwort. Und mit seinen fünfzehn langen lateinischen Sätzen in *Nostra aetate* führte das Zweite Vatikanische Konzil diese Änderung durch, indem es sich zu Problemen äußerte, welche die Juden jahrhundertelang gequält hatten: „Man kann die Ereignisse seines (Christi) Leidens weder allen damals lebenden Juden ohne Unterschied noch den heutigen Juden zur Last legen ... Man darf die Juden nicht als von Gott verworfen oder verflucht darstellen, als wäre dies aus der Heiligen Schrift zu folgern."[2] Und die Kirche „verwirft alle Haßausbrüche, Verfolgungen und Manifestationen des Antisemitismus, die sich zu irgendeiner Zeit und von irgend jemand gegen die Juden gerichtet haben".

„Auf diesen Überzeugungen ruhen unsere jetzigen Beziehungen", sagte der Papst zu den Juden von Rom. „Anläßlich dieses Besuchs in eurer Synagoge möchte ich sie mit ihrem bleibenden Wert neu bekräftigen und herausstellen. Das ist in der Tat die Bedeutung, die man meinem Besuch bei euch, den Juden von Rom beimessen muß."[3]

Diese Überzeugungen waren denn auch die Wurzel zu einer ganz neuen Beziehung, welche Katholiken zu den Juden haben konnten und haben. Papst Johannes Paul II. brachte sich persönlich in diese neue Beziehung ein und gab so allen Katholiken, ja allen Christen ein zu befolgendes Beispiel. Viele tun das, aber andere leider nicht, denn voreingenommene Herzen sind nicht ohne weiteres zu lieben bereit, und schmerzliche Erinnerungen brauchen Zeit, um zu heilen. Das Zweite Vatikanum erfaßte den ganzen Strom der geschichtlichen Ereignisse, deren Opfer die Juden waren, samt seinen Quellgründen, und kehrte seinen Lauf gänzlich um. Der auf der Linie des Konzils am 13. April 1986 erfolgte Besuch des Papstes in der Synagoge von Rom wollte zum Abschluß bringen, was der Papst als „eine lange Periode" bezeichnete, „über die man immer wieder nachdenken muß, um daraus die angemessenen Lehren zu ziehen"[4].

Dabei dachte er natürlich an „die lange Geschichte des Antisemitismus, die in der ‚Shoah' gipfelte"[5], an den „während des letzten Krieges über das jüdische Volk beschlossenen Genozid, der zum Holocaust von Millionen unschuldiger Opfer geführt hat"[6]. Doch „ihr Opfer war nicht vergebens"[7], lehrt uns der Papst, denn „die schrecklichen Verfolgungen, die die Juden in den verschiedenen Geschichtsperioden erlitten haben, haben endlich die Augen geöffnet"[8].

„Auschwitz" und all die anderen Namen von Todeslagern, welche die Erinnerung an die von den Nazis an Millionen von Juden und Nichtjuden verübten Greueltaten laut zu Gehör bringen und von einzigartiger Bedeutung sind für die Juden, die „zur totalen Ausrottung bestimmt waren"[9] und zwar „aus dem bloßen Grund, daß sie Juden" waren[10] hat die Augen der Katholiken endgültig geöffnet, und es ist der ehrliche Wunsch der katholischen Kirche, („durch mich"[11], wie der Papst sich ausdrückte) die Erinnerung daran am Leben zu erhalten, damit sie die Augen aller und eines jeden allüberall öffne, um „sicherzustellen, daß das Schlechte nicht wieder über das Gute obsiegt".[12] Hierin liegt die Bedeutung des Dokumentes „Wir erinnern uns: Nachdenken über die Shoah", das die Vatikanische „Kommission für religiöse Beziehungen mit den Juden" vor kurzem (16. März 1998) auf das Ersuchen des Papstes Johannes Pauls II. hin veröffentlicht hat. Dieser schrieb an den Leiter der Kommission, Kardinal Edward Idris Cassidy: „Möge es dabei helfen, daß die Erinnerung ihren unerläßlichen Teil zum Aufbau einer Zukunft beiträgt, in der die unsagbare Schandtat der Shoah niemals mehr möglich sein wird"[13].

2.

„Es gibt keine Zukunft ohne Erinnerung", stellte der Heilige Vater beim Angelusgebet vom 11. Juni 1995 fest.[14] In der Tat sind im Bereich der jüdisch-christlichen Beziehungen das Gedächtnis und Erinnerungen entscheidend wichtig, und man muß taktvoll und feinfühlig auf sie zu sprechen kommen, sehr auf die Wahrheit, die frühere und jetzige, bedacht und auf die Absicht, sie bei der Gestaltung der Zukunft ihre richtige Rolle spielen zu lassen. Das ist bestimmt das Vorgehen, das Papst Johannes Paul II. gewählt hat.

Anläßlich eines Konzerts, das am 7. April 1994 zum Gedenken an die Shoah stattfand, richtete der Papst an die Zuhörer, unter denen sich auch Juden befanden, welche die Vernichtungslager der Nazis überlebt haben, die Worte:

„Das Konzert heute abend ist ein Gedächtnis an diese entsetzlichen Ereignisse. Die Kerzen, die leuchten, während wir der Musik lauschen, werden uns die lange Geschichte des Antisemitismus vor Augen halten, die in der ‚Shoah' gipfelte. Aber es genügt nicht, daß wir Erinnerungen wachwerden lassen, denn in unseren eigenen Tagen gibt es bedauernswerte neue Erscheinungen des Antisemitismus, der Fremdenfeindlichkeit und des Rassenhasses, welche die Saat dieser unaussprechlichen Verbrechen waren. Die Menschheit darf nicht wieder zulassen, daß das alles wieder geschieht. ... Angesichts der Gefahren, welche die Söhne und Töchter dieser Generation bedrohen, haben Christen und Juden zusammen einer Welt, die darum kämpft, das Gute vom Bösen zu unterscheiden, viel anzubieten, einer Welt, die vom Schöpfer berufen ist, das Leben zu verteidigen und zu schützen, die aber Stimmen gegenüber, die nur tod- und verderbenbringend sind, so verletzlich ist. ... Wir haben eine Verpflichtung, die einzige vielleicht, die jeder Träne, die der Mensch des Menschen wegen vergossen hat, Sinn zu geben und sie zu rechtfertigen vermag. Wir haben mit eigenen Augen gesehen, wir waren und sind Zeugen der Gewalttaten und des Hasses, die sich nur zu oft in der Welt entzünden und sie in Flammen setzen. Wir haben gesehen und sehen noch, wie der Friede verhöhnt und die Brüderlichkeit verspottet wird, wie Eintracht geringgeschätzt und Barmherzigkeit verächtlich gemacht wird. ... Das nun ist unsere Verpflichtung. Wir würden Gefahr laufen, aufs neue Opfer grausamster Tode sterben zu lassen, wenn wir nicht leidenschaftlich nach der Gerechtigkeit verlangen und wenn wir uns nicht dafür einsetzen würden, jeder nach seinen eigenen Fähigkeiten, daß nicht das Böse die Vorherrschaft gewinne über das Gute, wie es Millionen von Söhnen und Töchtern des jüdischen Volkes gegenüber geschehen ist."[15]

Diese Worte geben eine Überlegung wieder, die er im Jahr zuvor in seiner Botschaft vom 6. April 1993 an die Koordinierungskommission der jüdischen Organisationen in Polen geäußert hatte: „Wir erinnern uns, und wir müssen uns daran erinnern, aber wir müssen uns erinnern in neuem Vertrauen auf Gott und auf seinen allheilenden Segen."[16]

3.

Das Engagement, mit dem Papst Johannes Paul II. spricht und mit dem er bestrebt ist, die Gesellschaft von Übeln wie Diskriminierung, Voreingenommenheit, Rassismus, Ausgrenzung, Gleichgültigkeit, Opposition und Intoleranz zu befreien, reicht über diese Übel hinaus. Es will ihre Ursachen ermitteln. „Solche Tatbestände auszumachen und anzuprangern und gemeinsam Front gegen sie zu machen, ist eine edle Tat und ein Beweis für unsere gegenseitige brüderliche Verpflichtung", sagte er am 6. Juli 1984 zum Exekutivkomitee des Internationalen Rates von Christen und Juden (ICCJ), „man muß aber durch Erziehung, besonders durch Erziehung zum Dialog, solchem Übel an die Wurzel gehen"[17]. Er betonte die diesbezüglich entscheidend wichtige Rolle der Erziehung. „Der letzte Quellgrund der Gewalt ist dieVerderbnis des menschlichen Herzens", sagte er zu der Young Leadership Section des ICCJ, die er am 2. Juli 1993 im Vatikan empfing.

Beim Empfang einer Delegation der Teilnehmer an einem theologischen katholisch-jüdischen Gespräch, das an der Universität Angelicum in Rom stattfand, kam der Papst am 19. April 1985 auf die „Katastrophe" zu sprechen, „die das jüdische Volk vor und während des Krieges besonders in den Todeslagern so grausam dezimierte", und bezeichnete als die Hauptursache dieses „Triumphes des Bösen" den „Mangel des Glaubens an Gott und die Verachtung für den nach seinem Ebenbild geschaffenen Menschen"[18]. Der Papst hat das wiederholt ausgesprochen, zum Beispiel auch in seinem Brief vom 8. August 1987 an den Erzbischof John L. May, den damaligen Vorsitzenden der Katholischen nationalen Bischofskonferenz in den Vereinigten Staaten: „Die Betrachtung der Shoah zeigt uns die fürchterlichen Konsequenzen ..., die sich aus der Leugnung Gottes und aus kollektivem Rassenhaß immer wieder ergeben können."[19]

Und bei einem anderen Anlaß schlug er eine Reaktion darauf vor: „Laßt uns miteinander darum beten, daß das nie wieder vorkommt und daß alles, was wir tun, um einander besser zu kennen, miteinander zusammenzuarbeiten und Zeugnis abzulegen für den einen Gott und seinen Willen, wie er sich im Dekalog äußert, dazu dient, der Menschheit bewußter zu machen, in welchen Abgrund sie stürzen kann, wenn wir die anderen Menschen nicht als Geschwister, als Söhne und Töchter des gleichen himmlischen Vaters anerkennen."[20]

„In unseren Tagen kann man mitunter den traurigen Eindruck einer Abwesenheit Gottes und seines Willens vom privaten und öffentlichen Leben der Männer und Frauen haben. Wenn wir über eine derartige Situation (‚den gegenwärtigen säkularistischen Kontext') und ihre tragischen Folgen für die Menschheit nachdenken, die ihrer Wurzeln in Gott und damit ihrer grundlegenden moralischen Ausrichtung beraubt ist, können wir dem Herrn nur dafür dankbar sein, daß wir als Juden und Christen an ihn glauben, und wir beide können mit den Worten des Deuteronomiums sagen: ‚Höre, Israel! Jahwe, unser Gott, Jahwe ist einzig' (Dtn 6,4)."[21]

Die von Papst Johannes Paul II. bedachten „fürchterlichen Konsequenzen (für die Menschheit), die sich aus der Leugnung Gottes und aus kollektivem Rassenhaß immer wieder ergeben können"[22], lassen sich wie folgt bündeln: Antisemitismus („eine Sünde gegen Gott und die Menschheit") und seine schändlichen Äußerungen; Rassenhaß und Genozid; die Schaffung einer Kultur des Todes; die Verletzung und sogar Leugnung der Menschenrechte und der „Rechte Gottes"[23]; die Zerstörung der Menschenwürde und der Heiligkeit des Lebens; der Aufbau „einer irrsinnigen Ideologie", die „ein ganzes System der Verachtung und des Hasses gegenüber anderen Menschen in Bewegung gesetzt hat", Menschen „die Gebeine bricht"[24], „in Todeslager sendet"[25]; mörderischer Wahnsinn gegenüber Menschen, deren „Verbrechen darin besteht, anders zu sein"[26]; „ein neues Heidentum: die Vergötterung der

Nation"[27]. All das läßt sich zusammenfassend bezeichnen als „Verbrechen gegen Gott und die Menschheit"[28], „Verbrechen gegen den Menschen und die Menschheit"[29].
In seiner Enzyklika *Centesimus annus* (1991) bezeichnete Papst Johannes Paul II. diese Verbrechen als „die Konsequenzen eines Irrtums von größter Tragweite. Dieser Irrtum besteht ... in einem Verständnis der menschlichen Freiheit, die sie vom Gehorsam gegenüber der Wahrheit und damit auch von der Pflicht, die Rechte der Menschen zu respektieren, entbindet. Inhalt der Freiheit wird dann die Selbstliebe, die bis zur Verachtung Gottes und des Nächsten führt, die in der Verfolgung der eigenen Interessen keine Grenzen kennt und die auf die Forderungen der Gerechtigkeit keine Rücksicht nimmt".
Der Papst blickt dann auf die volle Auswirkung dieses Irrtums „in der tragischen Abfolge von Kriegen, die zwischen 1914 und 1945 Europa und die ganze Welt erschütterten": „Ohne die schreckliche Last von Haß und Rachsucht, die sich wegen derart zahlreicher Ungerechtigkeiten sowohl auf internationaler Ebene als auch auf jener im Inneren der einzelnen Staaten anhäufte, wäre ein Krieg von solch totaler Grausamkeit, in dem alle Kräfte großer Nationen eingesetzt wurden, in dem man vor Verletzung heiligster Menschenrechte nicht zurückschreckte, in dem die Ausrottung ganzer Völker und gesellschaftlicher Gruppen geplant und ausgeführt wurde, nicht möglich gewesen. Wir denken hier besonders an das jüdische Volk, dessen schreckliches Schicksal zum Symbol für jene Verirrungen wurde, zu denen der Mensch kommen kann, wenn er sich gegen Gott wendet."
Und er erläßt einen Aufruf: „Möchte die Erinnerung an jene schrecklichen Ereignisse das Handeln aller Menschen beeinflussen, insbesondere das der Verantwortlichen der Völker unserer Zeit. Einer Zeit, in der neues Unrecht neuen Haß nährt und neue Ideologien am Horizont auftauchen, die die Gewalt verherrlichen."[30]

4.

Ein weiterer Aufruf oder eher eine Erklärung, die Papst Johannes Paul II. bei verschiedenen Anlässen an die Juden und die Christen richtete, bringt treffend seine Sicht zum Ausdruck, die eine gläubige Sicht ist.[31] In einer Botschaft an das Volk seines Heimatlandes Polen anläßlich des fünfzigsten Jahrestages des Aufstands des Warschauer Gettos sagte er: „Als Christen und Juden sind wir nach dem Beispiel des Glaubens Abrahams berufen, ein Segen für die Welt zu sein (vgl. Gen 12,2 f.). Das ist die gemeinsame Aufgabe, die auf uns wartet. Deshalb ist es für uns, Christen und Juden, notwendig, zuerst ein Segen füreinander zu sein."[32]
Die Erklärung *Nostra aetate* des Zweiten Vatikanischen Konzils hat es dem obersten Hirten der katholischen Kirche ermöglicht, eine solche Aussage zu machen, und den Juden, die in ihr geäußerte Wahrheit anzuerkennen. Ein jüdischer Rabbi hat das öffentlich gesagt: „Wir alle sind Kinder des Zweiten Vatikanums."[33] In der Tat war es das Zweite Vatikanum, das bei seinem Eindringen in das Mysterium der Kirche an „das Band" erinnerte, „wodurch das Volk des Neuen Bundes mit dem Stamme Abrahams geistlich verbunden ist". Es machte uns Christen darauf aufmerksam, daß, wie der Apostel Paulus sagt, „die Juden ... immer noch von Gott geliebt (sind) ...; sind doch seine Gnadengaben und seine Berufung unwiderruflich". Und es erklärte: „Da also das Christen und Juden gemeinsame geistliche Erbe so reich ist, will die Heilige Synode die gegenseitige Kenntnis und Achtung fördern, die vor allem die Frucht biblischer und theologischer Studien und des brüderlichen Gespräches ist."[34] Am 9. Oktober 1988 sagte der Papst zu den Leitern der jüdischen Gemeinde von Straßburg: „Ja, durch meine Worte anerkennt die katholische Kirche, in Treue zu den Erklärungen des II. Vatikanischen Konzils, den Wert des religiösen Zeugnisses Ihres von Gott auserwählten Volkes."[35]
Der Auftrag an das Konzil, die Beziehung der Kirche zu den nichtchristlichen Religionen

und insbesondere ihre Beziehung zum Judentum gründlich zu studieren, erging von Papst Johannes XXIII. Darin lag mehr als eine Geste des guten Willens und der Sympathie. Papst Johannes brachte eine theologische Auffassung zum Ausdruck, als er im Oktober 1960 bei einem Empfang einer Gruppe amerikanischer Juden sie mit den biblischen Worten begrüßte: „Ich bin Josef, euer Bruder." Papst Johannes wiederholte damit gewissermaßen, was Papst Pius XI. am 6. September 1938 zu einer Gruppe belgischer Pilger gesagt hatte: daß die Christen geistig Semiten seien; und er nahm voraus, was Papst Johannes Paul II. 1986 beim Besuch ihrer Synagoge an die Juden Roms sagte: „Ihr seid unsere bevorzugten Brüder und, so könnte man gewissermaßen sagen, unsere älteren Brüder." Der Papst gründete diese bedeutsamen Worte auf die Auffassung: „Die jüdische Religion ist (für uns) nicht etwas ‚Äußerliches', sondern gehört in gewisser Weise zum ‚Inneren' unserer Religion", was hinwiederum erkläre, weshalb wir zum Judentum „Beziehungen wie zu keiner anderen Religion" haben.[36]

Einige eminente jüdische Denker bedienten sich in bezug auf Jesus einer ähnlichen Sprache, obwohl ihre Grundlage dazu sich von unserer sehr unterscheidet und sie vielen Juden gänzlich abgeht. Martin Buber zum Beispiel sprach von Jesus als „meinem großen Bruder"[37]. In einem Gespräch mit seinem katholischen Freund und Kollegen P. Marcel Dubois O.P. nannte David Flusser Jesus „meinen Meister und euren Gott"[38]. Und unlängst wagte Rabbi Byron L. Sherwin zu sagen: „Für die Christen ist es Zeit, Jesus als Juden anzunehmen. Und für die Juden ist es Zeit, ihn als ein legitimes und ehrenvolles Glied des jüdischen Volkes – als einen Bruder – zu beanspruchen."[39]

Der Gedanke der Brüderlichkeit ist in den jüdisch-christlichen Beziehungen wichtig. Erstens einmal haben wir einen wichtigen Teil der Großen Geschichte gemeinsam. In unseren beiden Traditionen gehören „Sohnschaft" und „Brüderschaft" zusammen. Das hängt mit der Lehre der gemeinsamen Bibel, der Hebräischen Bibel, zusammen, daß Gott den Menschen nach seinem Bild schuf (Gen 1,26). Zudem verstehen sich die Christen als „Söhne Abrahams dem Glauben nach"[40]. Der Papst sagt: „Daher ist das Verhältnis zwischen Kirche und Judentum für die beiden Religionen keine Äußerlichkeit: es gründet vielmehr auf der besonderen religiösen Erbschaft beider."[41] Das Ziel der „engen Zusammenarbeit, zu der uns unser gemeinsames Erbe anhält ..., ist versöhnte wahre Brüderschaft".[42] Papst Johannes Paul II. sagte am 17. November 1980 zu der jüdischen Gemeinde von Mainz: „Wenn Christen sich als Geschwister aller Menschen betrachten und sich entsprechend verhalten sollen, gilt diese heilige Verpflichtung erst recht gegenüber Gliedern des jüdischen Volkes."[43]

Somit ist die Beziehung zwischen Juden und Christen nicht etwas Nebensächliches. Das Band, das uns Christen mit den Juden geistlich verbindet, wird vom Papst als „heilig" empfunden, „da es dem geheimnisvollen Willen Gottes entstammt"[44]. In Mainz verband er es am 17. November 1980 sogar mit der Beziehung zwischen „dem ersten und dem zweiten Teil" der christlichen Bibel, zwischen den hebräischen Schriften und dem Neuen Testament, und sprach die jüdische Gemeinde an als „das Gottesvolk des Alten Bundes, der von Gott nie aufgekündigt worden ist" (vgl. Röm 11,29). Und er betonte den „bleibenden Wert" der hebräischen Schriften und der jüdischen Gemeinde, die diese Schriften als heilige Texte bezeugt. Gemäß Papst Johannes Paul II. gründen die Zusammenhänge zwischen der Kirche und dem jüdischen Volk auf dem „Plan des Bundesgottes".[45]

5.

So geschichtlich bedeutsam diese Wiederentdeckungen und Aufklärungen auch sind, wissen ironischer- und traurigerweise zu wenige Menschen auf beiden Seiten um sie. Viele Christen gehen an ihr tägliches Leben immer noch mit den alten Vorurteilen gegenüber den Juden heran, welche die Kirche aufgegeben hat. Und viele Juden gehen an ihr tägliches Leben immer noch in Unkenntnis dessen heran, was in der Kirche vorgeht. „Wir sind uns des Abgrunds der Unkenntnis übereinander in unseren beiden Gemeinschaften klar bewußt", räumte der jüdische Gelehrte Geoffrey Wigoder in seiner Ansprache an das Internationale Katholisch-Jüdische Verbindungskomitee ein, das im Mai 1994 in Jerusalem zusammenkam, und fügte hinzu: „Einer der großen Fortschritte in unserer Beziehung seit dem Zweiten Weltkrieg ist der, daß die katholische Kirche in bezug auf die Frage (des Antisemitismus und seiner Verbreitung) statt zum Problem zu gehören, nun zur Antwort gehört, und das hat während des Pontifikats Johannes Pauls II. einen besonderen Schwung erhalten."

Ein anderer führender Jude, David H. Strassler, der Nationalpräsident der Anti-Verleumdungsliga in den Vereinigten Staaten, richtete am 29. September 1994 in der Päpstlichen Sommerresidenz von Castel Gandolfo an den Heiligen Vater die Worte: „Sie haben einen bemerkenswerten Rekord von Aufklärung geleistet ... Wir glauben, daß Ihre Umarmung des jüdischen Volkes und Ihr Sich-Ausstrecken nach der ganzen Menschheit dem Bestreben aller Gutgesinnten, gegen die Raserei der Selbstzerstörung der menschlichen Rasse anzukämpfen, noch stärkeren Auftrieb geben wird. Wir danken Ihnen."

Papst Johannes Paul II., der kühne Prediger des „Wagnisses der Brüderlichkeit"[46], ist sich wohl bewußt, daß seine Umarmung des jüdischen Volkes und „das Bewußtsein der Brüderlichkeit unter allen Menschen"[47] auf alle Glieder der Kirche übergreifen soll.

Er weiß auch, daß dies nicht ein „Einbahn-Anliegen" bleiben darf, sondern daß „der Prozeß der vollständigen Versöhnung zwischen Juden und Christen auf allen Ebenen der Beziehungen zwischen unseren Gemeinschaften mit aller Kraft weitergeführt werden"[48] muß. „Beide Seiten müssen ihre eifrigen Bemühungen fortsetzen, um die Schwierigkeiten der Vergangenheit zu überwinden sowie Gottes Liebesgebot zu erfüllen, um einen wirklich fruchtbaren brüderlichen Dialog zu fördern, der zum Wohl beider beteiligten Seiten und zu unserem besseren Dienst an der Menschheit beiträgt"[49]. Der Papst betont deshalb die Notwendigkeit einer „Erziehung zum Dialog": „Ja, das ‚reiche gemeinsame geistliche Erbe' (*Nostra aetate*, 4), das zuerst allen Christen und allen Juden zur Kenntnis gebracht werden sollte ... Darum sind Sie so sehr an religiöser Erziehung auf beiden Seiten interessiert, damit die Bilder und Vorstellungen, die jeder von uns vom anderen entwirft, wirklich frei sind von Klischees und Vorurteilen, so daß sie die Identität des anderen respektieren und tatsächlich die Leute auf ... Begegnungen der Herzen und Seelen vorbereiten."[50] Und in diesem Zusammenhang hebt er die Wichtigkeit des Arbeitens mit der Jugend hervor zur Schaffung „einer neuen Generation von Männern und Frauen, die sich füreinander und für alle interessieren und sorgen, die darauf vorbereitet werden, anderen, die der Hilfe bedürfen, unabhängig von ihrem Religionsbekenntnis, ihrer Volkszugehörigkeit oder ihrer Hautfarbe zu dienen"[51]. „Das gemeinsame Studium unserer religiösen Quellen ist ebenfalls ein Punkt auf Ihrem Arbeitsprogramm."[52] „Die Erziehung zum Dialog, zu Liebe und Achtung anderer und zur Offenheit gegenüber allen Menschen sind in unseren pluralistischen Gesellschaften, in denen jeder Nachbar von jedem ist, dringend notwendig."[53]

6.

Zum Schluß könnte man eine Frage in bezug auf die Zukunft stellen: „Worin besteht die neue Aufgabenliste in den katholisch-jüdischen Beziehungen?"

Sicherlich ist für uns, Juden und Christen, die Zeit gekommen, über den Dialog in der Vergangenheit hinauszugehen zu einer gemeinsamen Bezeugung der religiösen Werte, die wir miteinander teilen, der sittlichen Grundsätze, die von dem, der diese Welt erschuf, uns in die Hände gegeben und in heiligen Schriften, die Juden wie Christen verehren, niedergelegt sind. Darin besteht die neue Aufgabenliste für die katholisch-jüdischen Beziehungen.

(Übersetzung aus dem Englischen: Dr. August Berz)

Anmerkungen

1
Dieses von Eugene J. Fisher (Katholik) und Leon Klenicki (Jude) 1987 bei Crossroads/NY herausgegebene Buch sowie eine spätere Veröffentlichung „Pope John Paul II, Spiritual Pilgrimage – Texts on Jews and Judaism 1979-1995", 1995 von den gleichen Autoren ebenfalls bei Crossroads/NY herausgegeben, enthalten die meisten Ansprachen und Schriften, die in diesem Beitrag zitiert werden. „L'Osservatore Romano" sowie der „Informationsdienst" des Päpstlichen Rates zur Förderung der christlichen Einheit bilden weitere Quellen. (Anmerkung des Übersetzers: Für den deutschen Sprachbereich kann beigezogen werden: „Freiburger Rundbrief. Zeitschrift für christlich-jüdische Begegnung").

2
Nostra aetate, Nr. 4.

3
Vgl. die Ansprache des Papstes vom 13. April 1986 an die römische Judengemeinde in der Synagoge von Rom: DAS 1986, S. 1245.

4
Vgl. seine Ansprache vom 13. April 1986 in der Synagoge von Rom: ebd., S. 1243.

5
Vgl. seine Ansprache anläßlich eines Konzertes, das am 7. April 1994 zum Gedenken an die Shoah im Vatikan stattfand: OR 1994, Nr. 17, S. 15.

6
Vgl. seine Ansprache in der Synagoge von Rom: DAS 1986, S. 1244.

7
Vgl. seine Ansprache an die Vertreter der jüdischen Gemeinde in Frankreich am 1. Juni 1980 (Paris). Der Papst gedachte ehrend der jüdischen Opfer der Nazis in Frankreich und gab an, was er mit seinen Worten meinte: „Von da ging dank des Mutes und der Entschlüsse einiger Pioniere wie Jules Isaac eigentlich die Bewegung aus, die zur jetzigen Zwiesprache und Zusammenarbeit führte, von der Erklärung *Nostra aetate* des Zweiten Vatikanischen Konzils inspiriert und gefördert": OR 1980, Nr. 25, S. 13.

8
Ansprache an eine Zusammenkunft von Vertretern von Bischofskonferenzen und Experten der katholisch-jüdischen Beziehungen vom 6. März 1982 im Vatikan: DAS 1982, S. 940.

9
Homilie des Papstes in Auschwitz am 7. Juni 1979: OR 1979, Nr. 25, S. 11.

10
Ansprache vor dem Konzert vom 7. April 1994; vgl. Anm. 5.

11
Ansprache in der Synagoge von Rom. Vgl. auch seine Ansprache an maßgebende Juden im Miami, USA, vom 11. September 1987: DAS 1987, S. 924-929.

12
Ansprache nach dem Konzert vom 7. April 1994: OR 1994, Nr. 17, S. 15.

13
OR 1988, Nr. 14, S. 9.

14
OR 1995, Nr. 24, S. 1.

15
OR 1994, Nr. 17, S. 15.

16
OR 1993, Nr. 16, S. 3.

17
DAS 1984, S. 1318.

18
DAS 1985, S. 1285.

19
DAS 1987, S. 1531

20
Ansprache an die Teilnehmer des Symposions zum 20. Jahrestag der Konzilserklärung *Nostra Aetate:* DAS 1985, S. 1285.

21
DAS 1985, S. 1284.

22
Ansprache vom 1. Mai 1987 an die Mitglieder des jüdischen Zentralrates in Köln und Brief an den Erzbischof John L. May: DAS 1987, S. 627 bzw. S. 1531.

23
Ansprache an maßgebende Juden in Miami: ebd., S. 925

24
Ansprache im Konzentrationslager Mauthausen am 24. Juni 1988: DAS 1988, S. 607.

25
Ansprache an die jüdische Gemeinde von Wien am 24. Juni 1988: ebd., S. 597.

26
Botschaft des Papstes an die polnische Bischofskonferenz anläßlich des 50. Jahrestages des Ausbruchs des Zweiten Weltkriegs, 26. August 1989: DAS 1989, S. 1026-1030. Vgl. auch seine Homilie während einer Messe in Wloclawek am 7. Juni 1991: „Es war in diesem Jahrhundert, daß die Philosophie geschaffen wurde, in deren Name ein Mensch einen anderen Menschen töten kann, weil dieser anders ist, weil er einer

gewissen ethnischen Gruppe angehört, weil er ein Jude, weil er ein Sinti, weil er ein Pole ist. Eine von Herren gegenüber Sklaven verübte Diskriminierung.": DAS 1991, S. 474.

27
Ansprache vom 15. Januar 1994 an das beim Heiligen Stuhl akkreditierte Diplomatische Korps: OR 1994, Nr. 4, S. 9.

28
Der Papst in einer Überlegung, die dem Gebet „Regina Coeli" am 18. April 1993 vorausging. Darin erinnerte er an den 50. Jahrestag des Aufstandes im jüdischen Getto von Warschau: OR 1993, Nr. 16, S. 3. Vgl. auch seine Ansprache bei der Generalaudienz vom 28. Oktober 1992: „Angesichts der kürzlichen Episoden des Fremdenhasses, der Rassenspannung und des äußerst fanatischen Nationalismus fühle ich mich verpflichtet, zu betonen, daß jede Form des Rassismus eine Sünde gegen Gott und die Menschheit ist, da jeder Mensch den Stempel des Bildes Gottes trägt.": DAS 1992, S. 161.

29
Enzyklika *Centesimus annus*, Nr. 17.

30
Ebd.

31
Vgl. seine Ansprache vom 9. Juni 1991 an die jüdische Gemeinschaft von Polen: DAS 1991, S. 511.

32
OR 1993, Nr. 16, S. 3.

33
Rabbi James Rudin in „The New York Times" vom 23. Februar 1985.

34
Nostra aetate, Nr. 4.

35
DAS 1988, S. 835.

36
DAS 1986, S. 1245. Aus diesem Grund verband Papst Paul VI. 1974 die damals neu errichtete Kommission des Heiligen Stuhls für die religiösen Beziehungen zu den Juden mit dem Sekretariat zur Förderung der Einheit der Christen und nicht mit dem Sekretariat für die Nichtchristen.

37
Vgl. das Vorwort zu seiner 1950 verfaßten Studie über die Beziehung zwischen Judentum und Christentum „Zwei Glaubensweisen": Werke I, München-Heidelberg 1962, S. 657.

38
Vgl. Marçel Dubois, Règlement de comptes avec le Dieu de Jésus Christ, in: Les Oliviers de Saint Isaïe, Nr. 2, 1995, S. 41.

39
„Who Do You Say That I Am?" (Mark 8,29): A New Jewish View of Jesus, in: Journal of Ecumenical Studies, 31:3-4, Summer-Fall 1994, S. 259-260.

40
Gal 3,7; vgl. *Nostra aetate*, Nr. 4.

41
Ansprachen an die Juden am 12. März 1979 im Vatikan und am 3. Juli 1980 in São Paolo, Brasilien: OR 1979, Nr. 13, S. 4; OR 1980, Nr. 28, S. 4.

42
Ansprache vom 6. April 1982 im Vatikan an die Delegierten der Versammlung von Vertretern von Bischofskonferenzen und anderen Experten in bezug auf die Beziehungen zwischen Katholiken und Juden.

43
OR 1980, Nr. 47, S. 17.

44
Vgl. seine Ansprache an die internationale Kommission für die Beziehungen zwischen der katholichen Kirche und dem Judentum (zum 20. Jahrestag von „Nostra aetate"), 28. Oktober 1985: DAS 1985, S. 1592-1595.

45
Vgl. seine Zusammenkunft mit Vertretern von Bischofskonferenzen am 6. März 1992.

46
Ansprache vom 15. Januar 1994 an das beim Heiligen Stuhl akkreditierte Diplomatische Korps: OR 1994, Nr. 4, S. 9.

47
Ansprache vom 15. Oktober 1991 an die maßgebenden Juden in Brasilien: DAS 1991, S. 761.

48
Ansprache vom 24. Juni 1988 an die jüdische Gemeinde von Wien: DAS 1988, S. 598.

49
Ansprache vom 12. März 1979 an die Vertreter jüdischer Organisationen: OR 1979, Nr. 15, S. 4.

50
Ansprache vom 6. Juli 1984 an das Exekutivkomitee des ICCJ: DAS 1984, S. 1317; vgl. Remi Hoeckman, The Teaching on Jews and Judaism in Catholic Education: Seminarium Nr. 2 (1992), S. 346-359.

51
Ebd., S. 1318.

52
Ebd., S. 1318.

53
Ansprache vom 15. Februar 1985 an das Amerikanische jüdische Komitee: DAS 1985, S. 1108.

Horst Bürkle

Johannes Paul II. und der Dialog der Religionen

I. Der bleibende Auftrag

Papst Johannes Paul II. sieht sich auch in bezug auf die Aufgabe des Dialogs mit Menschen aus nichtchristlichen Religionen als Sachwalter dessen, was das Zweite Vatikanische Konzil wie auch seine Vorgänger verlauten ließen.
In fünf Artikeln hatte Papst Paul VI. „der Diener der Diener Gottes zusammen mit den Vätern des heiligen Konzils zur fortwährenden Erinnerung" Gründe und Ziele zur Bestimmung des Verhältnisses der Kirche zu den nichtchristlichen Religionen benannt. Ausgehend von der gegenwärtigen Situation, in der sich die Menschheit heute *(Nostra aetate)* befindet, besteht die Aufgabe der Kirche darin, „Einheit und Liebe unter den Menschen und damit auch unter den Völkern zu fördern". In der Ursprungs- und Schicksalgemeinschaft der einen Menschheit sind die verschiedenen Religionen Ausdruck der Suche nach der gemeinsamen Bestimmung der Menschen. Indem die Menschen „Antwort auf die ungelösten Rätsel des menschlichen Daseins" von ihren Religionen erwarten, haben sie es mit den grundlegenden und letzten Fragen menschlicher Existenz zu tun. Das verbindet die Religionen bei aller Unterschiedenheit und Gegensätzlichkeit. Es ist eine „gewisse Wahrnehmung jener verborgenen Macht" (arcanae virtutis ...), die sich in den nichtchristlichen Religionen in den verschiedensten Erfahrungen, Vorstellungen, Lehren und Praktiken niedergeschlagen hat.

In dreifacher Weise wird in bezug darauf das Verhältnis der Kirche bestimmt:
1. Was „wahr und heilig" (vera et sancta) ist, wird von der katholischen Kirche nicht abgelehnt. Es wird vielmehr mit „aufrichtigem Ernst betrachtet" (sincera cum observantia considerat).
2. Ohne davon abzulassen (indesinenter) hat sie Christus bekannt zu machen. In ihm erst finden die Menschen die „Fülle (plenitudo) des religiösen Lebens".
3. Daraus folgt die Verpflichtung zum Glaubensdialog mit den Menschen dieser Religionen. Er besteht aus Gesprächen(colloquia) und aus Zusammenarbeit(collaboratio), sowie im Bezeugen des Glaubens und durch ein christliches Leben.[1]

Auf diese dreifache, vom Konzil vorgegebene Bestimmung des Verhältnisses zu den Menschen anderer Religionen beziehen sich die Äußerungen von Johannes Paul II. zu Themen des interreligiösen Dialogs in Lehrschreiben und bei zahlreichen Gelegenheiten. Sie setzen im Verlauf der Zeit die Akzente in diesem Dreiklang unterschiedlich – je nach Notwendigkeit und auf Grund des aktuellen Diskussionsstandes in der Kirche. Immer aber erfolgen sie im Zusammenhang und in der Einheit dieser dreifachen Konzilsaussage. Stets geht es darum, das, was bei diesem einen dreifach gegliederten Auftrag in den Hintergrund getreten ist, neu ins Bewußtsein zu rücken und in den unaufgebbaren Gesamtzusammenhang zu stellen.

Was er in seiner Ansprache an die Provinzobern der Gesellschaft Jesu am 27. Februar 1982 über die verpflichtende Einlösung der Weisungen des Konzils sagte, zeigt, in welcher Pflicht er sich selber in dieser Frage

1 *Nostra aetate*, Nr. 2.

dem Konzil gegenüber sieht. So wie die Gesellschaft Jesu zur Zeit des hl. Ignatius und später alle Anstrengungen unternahm, um die Beschlüsse des Konzils von Trient bekannt zu machen und in Anwendung zu bringen, und den römischen Pontifices in besonderer Weise half, ihr höchstes Lehramt auszuüben, so erwartet die Kirche heute von der Gesellschaft Jesu, daß sie wirkungsvoll beiträgt zur Umsetzung des Zweiten Vatikanischen Konzils.[2]

Immer wieder verweist der Papst deshalb in diesem Zusammenhang auf die Verlautbarungen des Konzils, die sich ihrerseits als Aktualisierung einer in der Heiligen Schrift und in der Geschichte der Kirche von Anfang an vorgegebenen Aufgabe verstehen. Diese Aufgabe gründet für ihn in der Offenbarung des Vaters durch den Sohn im Heiligen Geist[3], dem, wie es das apostolische Zeugnis sagt, die Menschen in ihren Religionen, „ohne es zu wissen, Verehrung erweisen" (Apg 17,23).

„Für die Kirche, die berufen ist, mit ihren Methoden der Präsenz, der Achtung und der Liebe gegenüber allen Menschen am Heilsplan Gottes mitzuwirken, ist der Dialog von grundlegender Bedeutung ... Daher habe ich seit meiner ersten Enzyklika und dann bei verschiedenen Begegnungen mit einzelnen Persönlichkeiten und vor allem bei meinen Reisen nicht aufgehört, die Bedeutung, die Motivierungen und die Zielsetzungen dieses Dialogs zu unterstreichen."[4]

Weil der Geist Gottes die Menschen überhaupt erst ‚dialogfähig' füreinander macht[5], speist sich der Dialog des Glaubens wesentlich aus der Gabe der Liebe zu den Menschen. Deshalb ist er immer schon eine Frucht, die sich der Neuwerdung des Menschen in Christus verdankt. Er „entsteht aus der Achtung und der Liebe zum anderen", die „das Herz der anderen zu verstehen sucht". Solches Verständnis aber bedeutet nichts anderes, als „sich in den Dienst der ganzen Menschheit und des einen Gottes zu stellen".[6] Weil solche Zuwendung zu den Menschen der Gabe der Liebe durch Jesus Christus entspringt, ist sie immer zugleich lebendiges Zeugnis von ihm. Hier liegt der innerste und tiefste Grund der Einheit von beiden.

Johannes Paul II. hat niemals einen Zweifel daran gelassen, daß – wie immer die Methodologie eines solchen interreligiösen Dialogs aussehen mag – er nie ohne diese christologische Verankerung verstanden werden kann. Daß Gott sich im Sohn aller Menschen angenommen hat, ist die Voraussetzung dafür, daß der Christ in den Menschen auch der anderen Religionen die zu erkennen vermag, denen dieses Heilswerk ebenso gilt wie ihm selber. Im Dialog antizipiert er, was für ihn selber im Glauben und in einem diesem Glauben entsprechenden Leben reale Wirklichkeit und gültige Erfahrung geworden ist. In der Fremdheit der religiösen Welt der Anhänger einer anderen Religion erscheinen ihm diese schon im Lichte ihrer Bestimmung als die in Christus ihm Nahen und Verwandten.

„ ... der Mensch – und zwar jeder Mensch ohne jede Ausnahme – ist von Christus erlöst worden. Christus ist jedem Menschen, ohne Ausnahme, in irgendeiner Weise verbunden, auch wenn sich der Mensch dessen nicht bewußt ist: ‚Christus, der für alle gestorben und auferstanden ist, schenkt dem Menschen' – jedem einzelnen und allen zusammen – ‚fortwährend Licht und Kraft durch seinen Geist, damit er seiner höchsten Berufung entsprechen kann'."[7]

So verstanden vollzieht sich in solchen dialogos die Teilhabe und die Teilgabe an Ihm, der in seiner Person der fleischgewordene Logos ist (Joh 1,14). „Der Dialog gehört in den Heilsauftrag der Kirche; er ist darum ein

2 Vgl. DAS 1982, S. 931.

3 DAS 1984, S. 1042.

4 Ebd. – Für die grundlegende Bedeutung des Dialogs bezieht sich der Papst hier auf *Ad gentes*, Nr. 10-12; *Ecclesiam suam*, Nr. 41-42 und *Redemptor hominis*, Nr. 1-12.

5 Vgl. *Redemptor hominis*, Nr. 13.

6 DAS 1984, S. 1042, 1044.

7 *Redemptor hominis*, Nr. 14.

Dialog des Heils. Der echte Dialog wird zum Zeugnis."[8] Hier liegt die Kontinuität zu den Aussagen des Konzils, wie es sie in *Ad gentes* (Nr.12) für die Jünger Christi durch die enge Verbindung ihres Lebens und Arbeitens mit den anderen Menschen als „wahres Zeugnis" und als Beitrag zu deren Heil gegeben sieht.

II. Die Einheit von Dialog und Verkündigung gründet in der Mission.

Am 28. April 1987 nimmt Johannes Paul II. die Vollversammlung des Sekretariats für die Nichtchristen zum Anlaß, um die innere Einheit von Dialog und Verkündigung näher zu bestimmen. Unter Hinweis auf die Aussagen des Zweiten Vatikanischen Konzils und auf seine eigenen Aussagen zu dieser Frage anläßlich seiner Pastoralbesuche in den verschiedenen Teilen der Welt fordert er ein Doppeltes: Die Vollversammlung muß „nochmals die Verpflichtung der katholischen Kirche sowohl zum Dialog als auch zur Verkündigung des Evangeliums bekräftigen. Es darf keine Alternative zwischen dem einen oder dem anderen geben".[9]
Wie aber sind beide – Dialog und Verkündigung – miteinander verknüpft, und worin gründet ihre Einheit? Sie liegt für die Kirche eindeutig im Auftrag und in der Wahrnehmung ihrer missionarischen Sendung. Ihr sind beide als integrale Bestandteile zuzuordnen. Beide stehen sie im Dienst derselben Sache. Die im Dialog zum Ausdruck kommende Zuwendung zu anderen, die Aufgeschlossenheit und das wache Interesse an ihrer außer- und vorchristlichen Religion, ist keine bloß religionskundliche Neugier seitens des Christen. Nicht um ein l'art pour l'art kann es sich dabei handeln. Die anderen in ihrer religiösen Andersartigkeit erscheinen im Lichte der auch ihnen geltenden Bestimmung in Christus. Was gegenwärtig an ihnen wahrnehmbar ist und was von ihren spirituellen und moralischen Werthaltungen höchste Bewunderung verdienen vermag, behält Verweisfunktion und hat Vorbereitungscharakter auf das Christusgeheimnis, das ihnen noch verborgen ist. Es bleibt in dieser Perspektive gerade nicht bei dem zwischen Menschen allein möglichen Gegenüber unterschiedlicher Weltanschauungen und geschichtlich bedingter kultureller Verschiedenheiten. Die ursprüngliche, vom Schöpfer gewollte „Einheit des Menschengeschlechts" erscheint dabei jenseits ihrer geschichtlichen Einbußen und Zerstörung im Lichte ihrer Wiederherstellung als neue Schöpfung (creatio nova). Aufgrund dessen ist der Christ im Dialog davon frei, sich dem nichtchristlichen Partner gegenüber um seiner selbst willen behaupten und darstellen zu müssen. Er weiß, daß es in solchem Sich-Einlassen auf den anderen nicht auf die eigene Überzeugungskraft oder bloß auf die argumentative Überlegenheit ankommt. Gott selber ist dabei gegenwärtig. Er läßt solches Sich-Begegnen und Aufeinander-Hören schon im voraus bestimmt sein von der in Jesus Christus gestifteten neuen Gemeinschaft zwischen Menschen. Mit großem Nachdruck hat Johannes Paul II. darum von dem „inneren Dialog" gesprochen, der den „äußeren Dialog", also das Gespräch, das gegenseitige Kennenlernen und Sich-zur-Kenntnis-Nehmen begleitet. Die Einbindung in die missio Dei erst läßt den Dialog zu der Glaubensbegegnung werden, auf die der andere einen Anspruch hat.

8
DAS 1984, S. 1044.

9
DAS 1987, S. 1427.

Vor Vertretern verschiedener Religionen stellt Johannes Paul am 16. September 1987 in Los Angeles diesen Gedanken nochmals deutlich heraus. Im Geiste von *Nostra Aetate* soll jede Gelegenheit genutzt werden, um einander Liebe und Achtung zu zollen. Teil dieser Liebe und Achtung aber ist für den Christen die ihn dazu ermächtigende und befähigende Voraussetzung: Die katholische Kirche „bleibt der Verkündigung des Evangeliums Christi fest verpflichtet ..., denn, so stellt *Nostra Aetate* fest: ‚Unablässig verkündigt sie und muß sie verkündigen Christus, der ist der Weg, die Wahrheit und das Leben (Joh 14,16), in dem die Menschen die Fülle des religiösen Lebens finden, in dem Gott alles mit sich versöhnt hat (2 Kor 5,18-19).'"[10]
Dadurch wird der Dialog zu einem alle Ebenen einschließenden „Komplex menschlicher Tätigkeiten". Einbeschlossen darin sind der tägliche Umgang miteinander in Frieden und in gegenseitiger Hilfe. Nicht vorenthalten werden darf dabei, was solchem Umgang miteinander zugrunde liegt. Ein jeder soll Zeugnis ablegen „für die Werte, die er durch die Erfahrung des Glaubens kennengelernt hat. Erst in solchen Teilen von geistlichen Erfahrungen und Einsichten" gewinnt der Dialog die Qualität des Glaubensdialoges und damit die Tiefe, deren es um der Wahrheit willen bedarf. Diese Tiefe wird dort erreicht, wo es möglich wird, bei Wahrung der Einzigartigkeit der eigenen religiösen Tradition die Ebene des Betens miteinzubeziehen.[11]

Was Johannes Paul II. bei verschiedenen Gelegenheiten über Wesen und Ziel des interreligiösen Dialoges richtungsweisend gesagt hat, fand in einer vom Päpstlichen Rat für den Interreligiösen Dialog und von der Kongregation für die Evangelisierung der Völker gemeinsam erarbeiteten Instruktion im Mai 1991 seinen Niederschlag. In ihr wird eine ausdrückliche Ortsbestimmung für den interreligiösen Dialog vorgenommen: „Der Ort des interreligiösen Dialogs ist die Kirche."[12] Daraus folgt, daß solcher Dialog ein „integraler Bestandteil des Evangeliumsauftrages der Kirche ist". Johannes Paul II. hatte ihn als Teil jenes Mitwirkens „am Heilsplan Gottes" verstanden, zu dem die Kirche berufen ist; denn der (interreligiöse) Dialog ist für die Kirche „von grundlegender Bedeutung" ... Der Dialog gehört in den Heilsauftrag der Kirche; er ist darum ein Dialog des Heils ..."[13]
Diese Zuordnung zum Heilsauftrag der Kirche liegt ganz in der Linie dessen, was der Papst wenige Monate zuvor in der für das heutige Missionsverständnis wegweisenden Enzyklika *Redemptoris missio* herausgestellt hatte. Im Lichte der Heilsökonomie weiß die Kirche um die Notwendigkeit, „beide" – die Verkündigung Jesu Christi und den interreligiösen Dialog – „im Bereich der Mission *ad gentes* aneinander zu fügen".[14]
Fragt man nach dem Grund dieses In- und Miteinanders beider Elemente, so wird man auf den Zusammenhang von Schöpfungswirklichkeit und Heilswirklichkeit zu verweisen haben. Die nichtchristlichen Religionen haben hier ihre ambivalente Bedeutung. Sie liegt in jener dem Menschen vor und außer Christus eigenen Gottessuche – in der Weise, in der sich seine auf Gott hin geschaffene Kreatürlichkeit auf vielfältigen Wegen zum Ausdruck bringt. In den tiefen Frömmigkeitsweisen und Werthaltungen der unterschiedlichen Religionen vermag der christliche Glaube durchaus Niederschläge und Vorgaben jener ganzen, durch Christus erfüllten Gotteskindschaft zu erkennen. Sie haben ihre Bedeutung in ihrer geschichtlich vorbereitenden Funktion in bezug auf die allen Menschen bestimmte neue Kreatürlichkeit, verwirklicht im göttlichen Inkarnationsereignis und der in ihm begründeten vollen Gotteskindschaft.

10 DAS 1987, S. 1055 f.

11 Ebd., S. 1056.

12 „Dialog und Verkündigung", VApS 102, S. 19 f.

13 Ansprache an die Vollversammlung des Sekretariats für die Nichtchristen am 3. März 1984: DAS S. 1042, 1044.

14 *Redemptoris missio*, Nr. 55.

Beide Ebenen – die des Dialogs mit den Menschen in ihren verschiedenen Religionen und die missionarische Vermittlung ihrer endgültigen Bestimmung in Jesus Christus – liegen ineinander und sind doch zugleich zu unterscheiden.

In bezug auf dieses In- und Miteinander der beiden Ebenen könnte man deshalb, obwohl dies vom Papst hier nicht angesprochen wird, an Einheit und Unterschiedenheit der göttlichen und menschlichen Natur im Geheimnis der Person Jesu Christi selber denken. Sie sind ungemischt und ungetrennt. Das Geheimnis der Religionen liegt in ihrer nur dem Glauben einsichtigen Zuordnung zu ihrer Bestimmung, die ihnen selber verborgen bleibt. Wie die Verheißungen des Alten Testamentes sich im Christusereignis erfüllen und ohne dasselbe wie „unter einer Decke" verhüllt bleiben (2 Kor 3, 14), so enthüllen die Religionen ihre Werte und hohen Ideale, die Tiefe ihrer spirituellen Inhalte und Reichtümer für den christlichen Glauben erst im Lichte ihrer bestimmungsgemäßen Zuordnung zum Christusereignis. Dieser innere Wesensbezug macht die Aussagen über die Religionen spannungsvoll und läßt sie selber ambivalent erscheinen.

Dem Glauben der Kirche verdankt sich die Tiefenschärfe, mit der der Mensch in der Lage ist, die wahren Werte und den Reichtum einer anderen Religion auszumachen und dann auch zu würdigen. Durch ihn vermag er zu erkennen, daß es in ihnen nicht nur um Faktoren geht, die das Zusammenleben der Menschen prägen und bestimmen. Der christliche Glaube entdeckt in den anderen Religionen nicht nur die Besonderheiten und Reichtümer der verschiedenen Kulturen. Er vermag, indem er sie würdigt, durch sie hindurchzuschauen auf ihren Wurzelboden, der ein zutiefst religiöser ist. Es geht um alles das, „was der Geist, der weht, wo er will, im Menschen bewirkt hat. In ihm beabsichtigt die Kirche, ‚die Saatkörner des Wortes' und die ‚Strahlen der Wahrheit, die alle Menschen erleuchtet', zu entdecken – Saatkörner und Strahlen, die sich in den Personen und in den religiösen Traditionen der Menschheit finden".[15]

Weil es Geist vom Geiste Jesu Christi ist, der, in welcher verborgenen Gestalt und Ausprägung auch immer, unter diesen Menschen begegnet, darum hat er den Christen etwas durch diese Menschen zu sagen. Darin liegt die andere Verheißung, die solche Begegnung in der Sicht des Glaubenden und zu seinen eigenen Gunsten begleitet. In der ihm fremden Gestalt einer nichtchristlichen Religiosität vermag er Impulse aufzunehmen. Er empfängt Anstöße und wird in neuer Weise aufmerksam auf defizitäre Bereiche seines eigenen katholischen Christseins. Ist es gelungen, der Fülle Christi, dem pleroma Christi, in einer ihm entsprechenden Katholizität der Kirche Ausdruck und Gestalt zu verleihen? Inwieweit ist das Ganze zugunsten seiner Teile im allzu Zeitbedingten und Regionalen zurückgetreten? Welche Verflachung des Mysteriums sind der Preis für die von einer jeweiligen zeitgenössischen Gesellschaft aufgedrängten Deutungsmuster dessen, was das „Christentum" noch akzeptabel erscheinen läßt? Man kann in diesem Zusammenhang an die Überlastigkeit eines nur noch kritisch-rationalen Umgangs mit dem Phänomen Kirche denken. Die Folgen einer nicht mehr in der familia Christi und in seiner Gegenwart mitvollzogenen und gelebten Teilhabe treten in einer abgehobenen Distanziertheit gerade angesichts dessen hervor, was für Menschen in anderen Religionen ganz selbstverständlich im Glauben und im Leben in eins fällt und dazugehört. Der zum Zeugnis Jesu Christi in der Begegnung und im Dialog mit Menschen anderen Glaubens Berufene erfährt auf diese Weise selber die ihm notwendige Bereicherung und Vertiefung seines Zeugnisses. Sein Zeugnis wird dadurch zuallererst

15
Ebd., Nr. 56, mit Bezug auf *Ad gentes*, Nrn. 11, 15 und *Nostra aetate*, Nr. 2.

ein lebendiges Zeugnis. Es ist nicht schon vor dieser missionarischen Begegnung als ein Fertigprodukt präformiert. Vielmehr gewinnt es im Eingehen und in der Wahrnehmung des anderen seinen Zeugnischarakter. In dieser Weise gilt, daß die Kirche aus dem Vollzug ihrer Sendung lebt. Der Dialog ist Teil dieser Sendung. An der Verlebendigung des Glaubens, die ihm mit seiner Bezeugung verheißen ist, hat der Partner im Dialog seinen Anteil. Was an „Saatkörnern und Strahlen" im dialogischen Glaubenszeugnis ansichtig wird, ist bereits Frucht desselben Geistes Gottes, in dessen Vollmacht und Auftrag solche Begegnung stattfindet. Ich möchte sie die „meta-dialogische" Dimension nennen, auf die Johannes Paul II. uns aufmerksam gemacht hat. Das Zueinander und Miteinander der Beteiligten wird zu einem Teil der diesen Dialog umgreifenden Gegenwart des Geistes Gottes. Er entbindet das Ihm immer schon Eigene aus seiner religionsgeschichtlich noch vorläufigen Gestalt, nimmt es auf und läßt es dem noch unvollkommenen Zeugnis seiner Boten zugute kommen.

Nostra aetate hatte auf einzelne Phänomene hingewiesen, die die katholische Kirche in den „Handlungs- und Lebensweisen" unter Menschen anderer Religionen „mit aufrichtigem Ernst betrachtet". Vom „tiefen religiösen Sinn" war dort die Rede. In bezug auf den Hinduismus wurde vom Erforschen des „göttlichen Geheimnisses", vom „unerschöpflichen Reichtum von Mythen", von „aszetischen Lebensformen", „tiefer Meditation", „liebend-vertrauender Zuflucht zu Gott" gesprochen. Bei den Buddhisten wurde „der Zustand vollkommener Befreiung" und „höchster Erleuchtung" hervorgehoben, zu der sie zu gelangen trachten. Im Blick auf die Religionen insgesamt wurde auf ihre „Lehren und Lebensregeln sowie auch heilige Riten" verwiesen, durch die sie bemüht sind, „der Unruhe des menschlichen Herzens auf verschiedene Weise zu begegnen".[16] Diese Aussagen des Konzils finden bei Johannes Paul II. ihre ausführliche Berücksichtigung im Zusammenhang von Dialog und missionarischem Zeugnis. Sie sind nicht allein Anknüpfungspunkte oder Referenzphänomene, auf die sich beide zu beziehen haben. Vielmehr gewinnen die konziliaren Aussagen indem sie nun in den Zusammenhang von Dialog und missionarischem Zeugnis gestellt sind, eine Bedeutung, die diesen Vorgang mitbestimmt und über ihn hinausführt: seine Finalität wird mitbedacht und theologisch bestimmt. Die Metapher von den „Saatkörnern des Wortes" wird in der Weise aufgenommen und weitergeführt, daß sie dazu bestimmt sind, im Zusammenhang von Dialog und Zeugnis sich als solche zu erweisen und fruchtbar zu werden. Auf die Frage nach dem Grund des Dialogs kann darum jetzt von „Hoffnung" und „Liebe" die Rede sein. Sie greifen in das noch Zukünftige hinaus. Sie überschreiten die Begrenzungen des gegenwärtig Wahrnehmbaren. Sie stellen das Vorläufige des Dialogs und das Unvollkommene seines Zeugnisses in die Weite des Verheißenen: sie sehen ihn „im Geist Frucht bringen". Zu den Früchten können bestimmte einzelne Zugewinne und Vertiefungen des Glaubenszeugnisses zählen. Sie werden hier im einzelnen nicht benannt. Die Kirche als ganze bleibt im Blick. „Die anderen Religionen stellen eine positive Herausforderung" für sie dar. Worin besteht diese Herausforderung, die Aufgabe und Chance in einem ist? Sie liegt darin, daß die Kirche auf diesem Wege und eben nur auf diesem Wege immer tiefer in ihr eigenes Wesen findet, ihre Bestimmung entdeckt, so daß das Geheimnis ihres Kircheseins wahrnehmbarer wird. Die Ausführungen Johannes Pauls II. lassen uns so einen theologischen Blick auf die verwirrende und rätselhafte Vielfalt der religiösen Karte der Menschheit zu ihrer Sinndeutung werfen.

16 *Nostra aetate*, Nr. 2.

Entgegen zeitgenössischen pluralistischen Theorieentwürfen wird hier auf die im Geiste Gottes sich entschlüsselnde Finalität dieser Vielfalt verwiesen. Die Kirche, die sich mit dem – durch den Geist bevollmächtigten und von ihm geleiteten – Dialog auf die Menschen einläßt, vermag wahrzunehmen, daß Gott an ihr selber handelt. „Die anderen Religionen regen sie sowohl dazu an, die Zeichen der Gegenwart Christi und des Wirkens des Geistes zu entdecken und anzuerkennen, als auch dazu, die eigene Identität zu vertiefen und die Gesamtheit der Offenbarung zu bezeugen, dessen Wahrerin sie zum Wohl aller ist."[17]

III. Der Dialog „vor Ort"

Auf seinen zahlreichen Pastoralreisen hat der Heilige Vater immer wieder die Gelegenheit ergriffen, auf die besonderen Möglichkeiten und Erwartungen hinzuweisen, die sich in einer bestimmten kulturellen und fremdreligiösen Situation für den Dialog ergeben. Auch bei den ad-limina-Besuchen der Bischöfe aus Ländern mit fremdreligiöser Nachbarschaft, bei Empfängen nichtchristlicher Delegationen und einzelner Besucher in Rom und bei zahlreichen anderen Anlässen wurde das Thema in bezug auf eine andere Religion oder auf eine einzelne Kultur im Blick auf bestimmte Gegebenheiten und Chancen des Dialogs aufgegriffen.

So hat Johannes Paul II. selber immer wieder Beispiele jenes lebendigen Gespräches mit Menschen aus diesen Religionen gegeben, das die Mühe nicht scheut, sich den Weg vom Allgemeinen zum Besonderen, von der Theorie zur Praxis einer gelebten Religion zuzumuten. Es sind Beispiele für die Art des Dialoges, die über den „theologischen Austausch" von „Spezialisten" hinausführt zum „Dialog der religiösen Erfahrung, in dem Menschen, die in ihrer religiösen Tradition verwurzelt sind, ihren spirituellen Reichtum teilen, z.B. was Gebet und Betrachtung, Glaube und Suche nach Gott oder dem Absoluten angeht". Es ist „der Dialog des Lebens, in dem Menschen in einer offenen und nachbarschaftlichen Atmosphäre zusammenwohnen". Er wiederum schließt den „Dialog des Handelns" ein, „in dem Christen und Nichtchristen für eine umfassende Entwicklung und Befreiung des Menschen zusammenarbeiten".[18] Es ist jener „Dialog des Herzens", der dem Partner das Heilsame der eigenen christlichen Heilserfahrung nicht vorenthält. Er ist das Gegenteil einer „Denkweise der Gleichgültigkeit, die leider auch unter Christen weit verbreitet ist und die ihre Wurzeln in theologisch nicht richtigen Vorstellungen hat. Diese Denkweise ist durchdrungen von einem religiösen Relativismus, der zur Annahme führt, daß ‚eine Religion gleich viel gilt wie die andere'".[19] So steht auch die Behandlung des Themas „Dialog" jeweils im Kontext einer Pastoral, die auch die Fremden und Fernen mit den Augen dessen sieht, dem die Sorge um das Leib und Seele umschließende ganze Heil aufgetragen ist.

Es ist immer ein Dialog im Vergriff, ein „proleptischer" Dialog, geführt im Lichte der Verheißung, die über den Dissens im religiösen status quo hinausweist. Darum stehen auch die Menschen, die an ihm beteiligt sind, bereits im Lichte seiner erhofften und geglaubten zukünftigen Erfüllung. Das wird deutlich, wenn wir außer den offiziellen Lehrdokumenten und Verlautbarungen des römischen Stuhles auf den „Originalton" Johannes Pauls II. in seinen Ansprachen „vor Ort", sozusagen im Dialog face to face mit den Beteiligten, hören.

17 *Redemptoris missio*, Nr. 56.

18 „Dialog und Verkündigung", Nr .42.

19 *Redemptoris missio*, Nr. 36. Johannes Paul II. fügt ein Wort Pauls VI. über Alibis hinzu, die von der Evangelisierung ablenken. „Am gefährlichsten sind sicher jene, von denen man sich einbildet, sie fänden in dieser oder jener Lehre des Konzils einen Anhaltspunkt." (Paul VI., Apostolisches Schreiben *Evangelii nuntiandi*, Nr. 80).

IV. „Beneidenswerter Reichtum": Afrika

Die Inkulturation ist ein wesentlicher Aspekt des „dynamischen Prozesses der Evangelisation". Den Bischöfen aus Nigeria wird diese Beziehung erläutert. Sie werden auf die Aufgabe angesprochen, aus ihren eigenen ethnischen Traditionen heraus originale Ausdrucksweisen des christlichen Lebens, der gottesdienstlichen Gestaltung und des Denkens zu fördern. Daß die Kirche mit hoher Achtung auf die Kultur jedes Volkes schaut, gilt auch für die in den Gemeinschaften Afrikas beheimateten kulturellen Werte. Sie hat den Menschen Christus zu bringen und nicht die Kultur einer anderen Rasse. Das ist eine klare Absage an einen bloßen Übertragungsmechanismus von Europa oder Amerika in die afrikanischen Gesellschaften. Es bedeutet aber zugleich, daß auch die kulturellen Güter und die Werte in den Traditionen der afrikanischen Gemeinschaften nicht unverändert in die neue Gemeinschaft der Christen eingehen. „Gottes Offenbarung überschreitet das Innerste einer jeden Kultur." Das Evangelium hat die Kraft, das Vorfindliche zu transformieren und zu erneuern. „Wenn diese Kraft in eine Kultur eintritt, dann überrascht es nicht, daß sie viele ihrer Elemente zurecht rückt."[20] Die Kirche „reinigt durch die Kraft des Evangeliums gewisse Elemente des Brauchtums" und macht sie so brauchbar für ihre neue Verwendung im Gottesdienst. „Das Evangelium Christi, des menschgewordenen Wortes, findet seine Heimstatt auf dem Weg der Kultur, und auf diesem Weg bietet es weiterhin seine Botschaft vom Heil und vom ewigen Leben an."[21]

Angesichts der in Afrika anhaltenden Spannungen und Gegensätze zwischen den traditionellen, religiös sanktionierten Geburtsgemeinschaften, der Klanbindungen und der Stämme sind die Christen aufgerufen, die „Gute Botschaft" über diese „Grenzen" hinaus zu tragen zu „anderen Afrikanern".

Die Einstiftung der neuen Gemeinschaft in Christus, durch die Missionare aus fernen Ländern einst begonnen, soll nun mit ihnen in der Kirche in Afrika fortgesetzt werden. Dies ist nun „mehr und mehr die Aufgabe der Menschen, besonders der Priester und der Ordensleute". Die Tatsache, daß Kardinal Gantin nach Rom berufen wurde in die Leitung der Kongregation für die Evangelisation der Völker und später dann zur Förderung von Gerechtigkeit und Friede in der Welt wird vom Papst bei seinem Besuch in Benin als ein Zeichen und als eine Herausforderung für die Kirche in diesem Landes gedeutet, nun ihrerseits immer missionarischer zu werden.[22]

Diese Aufgabe schließt im Blick auf das Erbe der afrikanischen Gemeinschaften ein, daß ihm alles dasjenige entnommen werden muß, was dazu dient, eine Lebensweise zu fördern, die immer mehr dem christlichen Glauben und wahrer Humanität entspricht. Die Hochschätzung des Erbes schließt zugleich die für diese Förderung notwendigen Unterscheidungen ein. Vom Salz ist die Rede, das seine Kraft nicht dadurch verliert, daß es eine Masse durchdringt und würzt.[23]

Wenn Johannes Paul II. von dem „beneidenswerten Reichtum" des afrikanischen Menschen in seinem Sinn für das Mysterium spricht, sieht man sich an die Stimmen des Kontinents verwiesen, die solchen Reichtum in vielfältigen Untersuchungen aufgezeigt und gedeutet haben. Ohne daß sie im einzelnen genannt werden, sind sie in einer Würdigung wie der folgenden eingeschlossen: „Der afrikanische Mensch besitzt darüber hinaus einen tiefen Sinn für das Mysterium, das Heilige, das Absolute".[24] Placide Tempels, der langjährige Missionar und theologische Lehrer im Kongo hat von der „lebensermächtigenden Kraft" (force vital)

20 *Catechesi tradendae*, Nr. 53.

21 Ansprache an die Bischöfe in Nigeria am 15. Februar 1982: DAS 1982, S. 278.

22 Predigt beim Gottesdienst in Cotonou (Benin) am 17. Februar 1982: DAS 1982, S. 305.

23 Ebd., S. 306.

24 Botschaft an Gabun und ganz Afrika am 19. Februar 1982: Ebd., S. 357.

gesprochen, von der das gesamte Dasein afrikanischer Menschen zutiefst durchdrungen ist und die allem Lebensausdruck und aller Lebenspraxis den Stempel eines ganz und gar kreatürlichen, seine Angewiesenheit bezeugenden Menschseins verleiht. Man denkt bei dieser Feststellung auch an die Werte, die der westafrikanische Philosoph, Dichter und Staatsmann Léopold S. Senghor dem afrikanischen Humanismus zuschrieb: „Négritude" als Ausdruck für „die Gesamtheit der kulturellen Welt, wie sie im Leben, in den Einrichtungen und in den Werken der Schwarzen zum Ausdruck kommt". Veredelt durch das Evangelium, vermögen sie ihren Beitrag und ihre Bedeutung für die ganze Menschheit an den Tag zu legen. Sie werden auf diese Weise „der Welt zum Geschenk" gemacht als ein „Eckstein für die Errichtung jener ‚Zivilisation des Universalen', die für Senghor ‚das Gemeinschaftswerk aller Rassen, aller unterschiedlichen Zivilisationen sein wird'".[25]

Welche tiefe Suche verbirgt sich für Johannes Paul II. in dem Sinn für das Mysterium des menschlichen Lebens, das er den Menschen in den Religionen Afrikas zuspricht? Es ist das Verlangen danach, ein Leben in Harmonie führen zu können mit dem, der „Herr der Natur" (Maitre de la Nature) ist. Es geht um ein Leben, das Freiheit bedeutet von allem, was das Leben mit Ängsten erfüllt. Die Religionen dieses Kontinents in ihrem Ritenreichtum und in ihren vielschichtigen kultischen Vollzügen sind ein beredtes Zeugnis für diese Sehnsucht nach Harmonie und innerer Freiheit. Durch sie sind die Menschen hier in besonderer Weise darauf vorbereitet, „in tiefe Gemeinschaft mit dem Gott des Friedens einzutreten". Was bisher als gemeinschaftsbildendes Ferment auf der Ebene des Dorfes und des Stammes ausschließlich der eigenen Abstammungsgemeinschaft diente, soll nun „seine wahrhaft menschliche Lösung in den viel weiteren Beziehungen auf nationaler oder sogar internationaler Ebene finden".[26]

Beim Besuch des Präsidenten von Ghana wird noch einmal das kulturelle Erbe der afrikanischen Gemeinschaften insgesamt und im Blick auf bestimmte Beiträge für die Menschheit gewürdigt. Unter den vielen Dingen, die Afrika der Welt anzubieten hat, ist es insbesondere „die alles umschließende spirituelle Dimension", die seine Kultur durchdringt. Zu ihr gehört „die enge Verbindung zwischen dem Schöpfer und der Natur, die große Achtung allen Lebens, sowie der Familien- und Gemeinschaftssinn, der sich in einer offenen und freudigen Gastfreundschaft auswirkt."[27] Erwähnt werden auch die besondere Art der afrikanischen Menschen, im Miteinander gegensätzliche Meinungen und Konflikte auszutragen und auf diese Weise einander an einem unterschiedlichen Erkenntnisstand teilhaben zu lassen. In diesem Zusammenhang fällt das Wort von der „Achtung des Dialogs", die auf die traditionelle Eigenart zurückgeht, unterschiedliche Ansichten im wechselseitigen Meinungsaustausch solange auszutragen, bis eine gemeinsame Urteilsbildung möglich wird. Am Beispiel dieser und anderer Bezugnahmen auf die in Afrika beheimateten und in seinen Traditionen wurzelnden Verhaltensweisen zeigt es sich, wie das Verhältnis der Kulturen zum Evangelium nach Ansicht des Papstes zu bestimmen ist. Im Lichte der Botschaft Jesu Christi werden die echten und wahren Werte erkennbar. Sie werden unterscheidbar von allem, was keinen Bestand haben kann. Zugleich aber werden sie über die ihnen bislang zukommende Geltung in den Grenzen dieser Ge-

25
Léopold Senghor, „Négritude und Humanismus", Düsseldorf 1967, S. 7.

26
DAS 1982, S. 357; vgl. Insegnamenti 1982 (VI/1), S. 644.

27
Ansprache im Verlauf des Besuches beim Präsidenten von Ghana am 8. Mai 1982: BSC (XVII/1) 1982, S. 22.

meinschaften hinausgehoben. Indem sie aufgenommen werden in den universalen Geltungsbereich der durch Christus gestifteten Liebe für alle, erhalten sie einen Rang und eine Veredelung, die sie vorher nicht kannten.

V. „Samen des Wortes": Indien

Was am Beispiel der Bezugnahme auf die afrikanischen Traditionen gesagt werden konnte, gewinnt anhand der Aussagen über das religiöse und kulturelle Erbe Indiens noch einmal seine eigenen Profile. Auch hier ist es das Bemühen Johannes Pauls II., die Brückenköpfe zu benennen, die für das Verständnis der christlichen Botschaft in Indien auszumachen sind. Diese Verweise sind ihrerseits wieder Modelle für den vom Papst geforderten und von ihm selber aufgenommenen Dialog.

Dabei findet er Bestätigung und Unterstützung bei denjenigen Vertretern indischer Religiosität und Geisteshaltung, die ihrerseits den Dialog mit dem Westen und insbesondere mit dem Christentum gesucht haben. Auf das Schrifttum von Männern wie Gandhi, Nehru, Tagore, Radhakrishnan, Swami Vivekananda u.a., aber auch auf die Verfassung des heutigen indischen Staates und auf die im Volke beheimatete Spruchweisheit wird verwiesen. Diese Männer „haben zu einer religiösen und kulturellen Veredelung beigetragen, die das Leben des Landes bereichert hat. Die Kirche achtet sie zusammen mit den Religionen, die sie vertreten, hoch."[28]

Über die verschiedenen Wege und Richtungen hinaus, die sich mit dem Sammelbegriff des Hindutums verbinden, wird das für den Dialog des christlichen Glaubens mit ihnen Gemeinsame hervorgehoben. Auch dabei kommt es wieder auf den wechselseitigen Ertrag dieser Begegnung an: „In diesem Prozeß schenkt die christliche Tradition Bereicherung, und andererseits wird sie selbst bereichert durch den Kontakt mit der Vielfalt der Werte, die die Herzen der Menschen, die diese Hügel und Ebenen bewohnen, bewahren."[29]

Johannes Paul II. erinnert an Papst Paul VI., der über die nichtchristlichen Religionen sagte: „In ihnen finden sich unzählbar viele ‚Samenkörner des Wortes Gottes'. Sie sind ... eine echte ‚Vorbereitung auf das Evangelium' (EN 53)."[30]

Die Reziprozität gegenseitiger Anreicherung bleibt dennoch kein bloßer Ausgleich auf gleicher Ebene. Sie wird verstanden als ein Prozeß, der in der Erfüllung der Verheißungen Christi vom noch Vorläufigen zu dem in Ihm und durch Ihn Endgültigen führt. Diesem Prozeß hat der Dialog zu dienen. Ohne ihn wäre er ziellos und würde seinen wahren Sinn verlieren. Darum bleibt „die Kirche von der Notwendigkeit der Erfüllung ihrer Aufgabe überzeugt, der Welt die Fülle der offenbarten Wahrheit der Erlösung in Jesus Christus, anzubieten."[31]

Der Hinduismus stellt besonders bei seinen neuzeitlichen Vertretern und Auslegern ein Pantheon in sich unterschiedlicher Heilswege dar. Sie weisen aus ihrer hinduistischen Gesamtschau heraus auch dem Christentum im verzweigten Netzwerk dieser religiösen Gruppierungen und Heilsangebote eine integrierte Rolle zu. Solche Einbeziehung jedoch geschieht nicht selten um den Preis einer hinduistischen Umdeutung zentraler christlicher Glaubensinhalte im Sinne einer Harmonisierung unter bestimmten, dem Hinduismus eigenen Universalkategorien. Die Vorstellung eines allumfassenden unpersönlichen Absoluten, das sich in den

28
Ansprache im Park des Brigade-Paradeplatzes in Kalkutta 1986, zit. in BSC (XXI/62,2) 1986, S. 158.

29
Predigt bei der Messe in Shillong am 4. Februar 1986: DAS 1986, S. 366.

30
Predigt in Kalkutta am 4. Februar 1986: DAS 1986, S. 370.

31
Ebd., S. 370 f.

in Indien beheimateten Götterkulten und Kulttraditionen nur widerspiegelt, wird dabei auf andere Religionen einschließlich des Christentums übertragen. Bei aller Hochschätzung von Leben und Lehre Jesu bleibt er, auf solche Weise integriert, eine der zahlreichen Manifestationen des auf allen Stufen des Seins gegenwärtigen absoluten Brahman. Solchen vom Selbstverständnis der christlichen Wahrheit auszuschließenden inklusiven Deutungen gegenüber gilt daher die Feststellung: „Es geht nicht um einen Dialog in Richtung eines oberflächlichen Synkretismus ... Der Papst legt Wert darauf, die katholische Identität der Kirche zu stärken."[32]

Unter dieser Voraussetzung kann dem heiligen Schrifttum Indiens und den Menschen dieses Subkontinents in ihren von ihren religiösen Überlieferungen tief durchdrungenen Lebensweisen höchste Anerkennung gezollt werden. Das Leben des indischen Menschen selber ist eine einzige Erfahrung der „Impulse, der Gefühle, der Fragen, der Sehnsüchte und der inneren Eingebungen, die Zeugnis ablegen von den größten aller menschlichen Fragen: von der Frage nach dem Absoluten, von der Frage nach Gott ... Die katholische Kirche erkennt die Wahrheiten an, die in den religiösen Überlieferungen Indiens enthalten sind. Solche Anerkenntnis macht den echten Dialog möglich."[33]

Die Frage nach Frieden und nach menschlicher Solidarität und nach einem humanen Lebensschicksal macht Johannes Paul II. zu einem Verbündeten indischer spiritueller Wegbereiter. Als „Pilger des Friedens" will er dem „Helden der Humanität", Mahatma Gandhi, seine Huldigung erweisen. „Die Macht der Wahrheit führt uns dahin, daß wir mit Mahatma Gandhi die Würde, Gleichheit und brüderliche Solidarität aller Menschen anerkennen ..."[34] Mit dem Religionsphilosophen und früheren Staatspräsidenten Sarvepalli Radhakrishnan tritt er ein für die neue Dringlichkeit einer Zusammenarbeit für die Wiedergeburt eines genuinen Humanismus. Er gibt Radhakrishnan recht, wenn dieser sagt: „Nur eine moralische und spirituelle Revolution im Namen der menschlichen Würde kann den Menschen über die Götzen der wirtschaftlichen Produktion, der technischen Organisation, der rassischen Diskriminierung und des nationalen Eigendünkels stellen."[35] Solche höchste Anerkennung und Bewunderung aber – und darin liegt der echte dialogische Charakter dieser Zuwendung zu den Weisheiten und Lebensvorbildern Indiens - sind Weiterverweis auf die Quelle alles dessen, was hier genannt und worauf verwiesen werden kann. Dialog und Zeugnis liegen für Johannes Paul II. ineinander. Sie sind die zwei Seiten des einen, ihn verpflichtenden Auftrages. Sein Lob für die großen Geister und Vorbilder Indiens geht über den Lobpreis an Gott.

Anerkennung und Huldigung (homage) vollenden sich im Segensspruch, der über ihnen gesprochen wird: „Die vornehmen Anstrengungen dieser großen Männer und Frauen Indiens, die auf soziale Befreiung und auf eine den Menschen einbeziehende Entwicklung zielen, sind in Einklang mit dem Geiste des Evangeliums. Alle diejenigen, die die Würde und die Freiheit ihrer Brüder und Schwestern befördert haben, sind in den Augen Christi, des Königs der Herrlichkeit, Gesegnete."

32
Ansprache im Park des Brigade-Paradeplatzes in Kalkutta 1986, zit. in BSC (XXI/62,2) 1986, S. 157.

33
Ansprache bei der Begegnung mit den Führern nichtchristlicher Religionen in Madras am 5. Februar 1986: DAS 1986, S. 374.

34
Ansprache bei der Kranzniederlegung am Grabmahl Mahatma Gandhis in Neu-Delhi am 1. Februar 1986: DAS 1986, S. 320.

35
Ansprache im Indira-Gandhi-Stadion in Neu-Delhi am 2. Februar 1986: DAS 1986, S. 347.

VI. Zusammenfassung

Wie niemand vor und außer ihm hat Johannes Paul II. das Vermächtnis des Zweiten Vatikanischen Konzils im Blick auf den Dialog mit den Menschen in anderen Religionen und Kulturen zu seiner Sache gemacht. Seine zahlreichen Pastoralreisen waren für ihn immer wieder Anlaß, zu solchem Dialog mit diesen Menschen einzuladen und ihn selber aufzunehmen. Er selber hat diese Aufgabe nach ihren verschiedenen Seiten hin wahrgenommen und sie entfaltet: als theologischen Dialog der beziehungsvollen, argumentativ faßbaren Themen, als Dialog des Lebens und des gelebten Miteinanders von Menschen und als „inneren" Dialog des Herzens. Immer aber blieb der Dialog für ihn integraler Bestandteil des Gesamtauftrages der Kirche, die die Botschaft von Jesus Christus und das neue Leben in ihm der ganzen Menschheit schuldet. Nachträglichen widersprüchlichen und mißverständlichen Dialogauffassungen, die die Einheit in Frage stellen, bleibt von daher der Boden entzogen. Im Lichte dieses Auftrages und seiner Einheit ist darum auch das Treffen mit Vertretern verschiedener Religionen am 27. Oktober 1986 vor der Basilika des heiligen Franz von Assisi zu sehen.[36] Bei eindeutiger Wahrung der Verschiedenheit der religiösen Grundlagen derer, die der Einladung gefolgt waren, lag das Gemeinsame in den Zeugnissen der dort unterschiedlich Betenden und Meditierenden darin: Die Zukunft der Menschheit und ihre friedliche Koexistenz ist göttliche Gabe, die der Mensch zu empfangen hat. Der zu diesem Zeugnis aufgefordert und eingeladen hatte, tat dies im Namen dessen, der von sich sagt: „ ... damit ihr in Mir Frieden habt".[37]

36
Im einzelnen dazu: Horst Bürkle: Das Modell „Assisi 1986" und der Interreligiöse Dialog, in: Forum Katholische Theologie, 5 (1989), S. 117-127.

37
Joh 16,33.

IV. Teil

In der petrinischen Verantwortung für den Glauben

Stephan Otto Horn SDS

Petrinischer Dienst für die Verwirklichung des Konzils

Als die Kardinäle am 16. Oktober 1978 den Erzbischof von Krakau, Karol Wojtyla, zum Bischof der Kirche von Rom wählten, wußten sie ohne Zweifel, wie sehr er das Zweite Vatikanische Konzil bejahte und wie sehr er davon überzeugt war, daß die Kirche neue Kraft und Dynamik finden konnte, wenn es in das Denken und Tun aufgenommen wurde. Es war ihnen nicht verborgen geblieben, wie er dies in der Kirche von Krakau zu realisieren versucht hatte. In der Tat betonte er schon am Tag nach der Wahl – als er ganz unerwartet den Kardinälen ein Programm für sein Pontifikat vorlegte –, daß er es als seine wichtigste Aufgabe ansah, das Konzil für die Kirche fruchtbar zu machen. Das Konzil ist ein „Ereignis von höchster Bedeutung".[1] Besonders die Dogmatische Konstitution über die Kirche *Lumen gentium* bietet der Kirche nach seiner Überzeugung „einen sicheren Weg" in die Zukunft.[2] Am 25. Januar 1985 wird er in St. Paul vor den Mauern eine Bischofssynode einberufen, die das Konzil 20 Jahre nach seinem Abschluß neu vergegenwärtigen soll. Hier hebt er die Bedeutung des Konzils besonders klar hervor: „Das Zweite Vatikanische Konzil bleibt das grundlegende Ereignis im Leben der Kirche unserer Zeit: grundlegend durch die Vertiefung der ihr von Christus anvertrauten Reichtümer; grundlegend durch den fruchtbaren Kontakt mit der heutigen Welt zum Zweck der Evangelisierung und des Dialogs auf sämtlichen Ebenen und mit allen Menschen rechten Gewissens. Für mich ist das Zweite Vatikanum – an dem teilzunehmen und an dessen Fortgang aktiv mitzuarbeiten ich die besondere Gnade hatte – danach und besonders in den Jahren meines Pontifikats der feste Bezugspunkt für mein ganzes pastorales Tun gewesen in dem bewußten Bemühen, seine Weisungen auf der Ebene jeder Kirche und der ganzen Kirche in konkrete und getreue Anwendung umzusetzen. Es gilt unablässig auf jene Quelle zurückzugreifen."[3]

I. Die Konzeption des Papstes

Um tiefer zu verstehen, warum er von all dem so tief überzeugt war, ist es hilfreich, auf den Konzilskommentar zurückzugreifen, den er schrieb, um der Krakauer Diözesansynode einen Schlüssel an die Hand zu geben, um das Konzil tiefer zu verstehen und mit der Realität des Lebens in Polen zu verbinden.[4] In ihm verweist er gleich zu Anfang auf einen Text des Konzils, von dem her sich ihm der tiefere Sinn seiner Dokumente erschlossen hatte: „Die Kirche strebt im Gang der Jahrhunderte ständig der Fülle der göttlichen Wahrheit entgegen, bis an ihr sich Gottes Worte erfüllen."[5] Der Glaube der Kirche kann also eine Bereicherung erfahren: er kann im Verstehen tiefer angeeignet und im Leben neu fruchtbar gemacht werden. Für die Gegenwart hat sich dies für den Erzbischof in einzigartiger Weise im Konzil ereignet und kann sich von ihm her in der Kirche verwirklichen. Daß das Konzil fast durchweg keine Lehrentscheidungen treffen wollte, sondern sich als ein pastorales Konzil verstanden hat, steht dem nicht entgegen. Denn beides läßt sich nicht trennen. Vielmehr hat das Konzil gerade wegen seiner pastoralen Ausrichtung die Glaubenslehre weiter entfaltet.[6] Diese Sicht hat für den Erzbischof von Krakau unmittelbare existentielle Bedeutung. Denn so kann der Glaubende sich selbst tiefer verstehen und den Lebensstil finden, der den Herausforderungen der Zeit angemessen ist.[7] In seinem Kommentar wird er dabei den Auftrag des Christen hervorheben, den Glauben im Dialog zu bewähren, ja ihn auf diese Weise

1 „Wort und Weisung", 1978, S. 54.

2 Ebd., S. 55.

3 DAS 1985, S. 1077-1079, bes. 1078.

4 Karol Wojtyla, „Quellen der Erneuerung. Studie zur Verwirklichung des Zweiten Vatikanischen Konzils", Freiburg 1981.

5 *Dei verbum*, Nr. 8; vgl. „Quellen der Erneuerung", S. 19ff.

6 Vgl. „Quellen der Erneuerung", S. 20f.

7 Ebd., S. 21.

geradezu zur vollen Reife zu bringen. Das alles ist für Erzbischof Wojtyla ein Geschehen, das sich innerhalb des Glaubens ereignet, auch wenn es für ihn zugleich eine Prüfung der Reife des Glaubens ist: es fordert vom Christen Treue zum Glauben und seiner Wahrheit und es fordert seine Liebe zu den Menschen. Im Zusammenhang mit einem Text aus der Pastoralkonstitution *Gaudium et spes* stellt er die Frage, „was der Dialog für den Glauben werden kann und soll" und antwortet: „Er ist der Weg zur Bereicherung. Auf diesem Weg reift der Glaube, der den extremsten Kontrasten gewissermaßen ins Auge schaut und von sich selbst volle Folgerichtigkeit verlangt. Namentlich dem Unglauben und dem Atheismus gegenüber ist das schwierigste Examen das in bezug auf die Liebe zum Menschen."[8] Hier blitzt die Furchtlosigkeit und Kühnheit auf, die später im Pontifikat Johannes Pauls II. von den ersten Tagen an aufleuchten wird, gleichzeitig aber auch die Bereitschaft, die ganze Spannung auszuhalten, die in der vollen Bejahung des Glaubens mit dem dialogischen Lebensstil gegeben ist, statt einen Weg zu suchen, der entweder am Glauben oder aber an der Hinwendung zum anderen Abstriche macht und so kraftlos bliebe oder sogar kompromittierend wäre.

Diese dynamische Konzeption nimmt der neugewählte Papst ohne jedes Zögern auf, als er – noch in der Sixtina, dem Ort seiner Wahl – vor den Kardinälen das Programm seines Pontifikats umreißt. Es gelte, das, was in den Konzilstexten keimhaft enthalten ist, aufgrund der Erfahrungen und Herausforderungen der Gegenwart im Leben der Kirche zur Reife zu bringen.[9] Was er damit meint, zeigt er ein gutes Jahr später am Beispiel des ökumenischen Dialogs, der auf eine „echte Erneuerung" abzielt, die „nach der Lehre des Zweiten Vatikanischen Konzils ‚wesentlich im Wachstum der Treue der Kirche gegenüber ihrer eigenen Berufung' besteht *(Unitatis redintegratio*, Nr. 6)." Das Konzil bietet in seiner Erfahrung und in seinen Texten eine „stets aktuelle Quelle der Inspiration: sie sind reich an Weisungen und Forderungen, die erst noch sichtbar gemacht und im konkreten Leben des Gottesvolkes verwirklicht werden müssen. Das habe ich in diesen Monaten oft gesagt ..."[10]. Das Konzil hat mit seinen Orientierungen Samen in die Erde der Kirche gelegt, die in der Gegenwart und in der Zukunft erst noch zur Reife kommen müssen.

Um wirklich vorwärts führen zu können, muß das Konzil aber gleichzeitig im Licht der Überlieferung gelesen werden. Johannes Paul II. betont dies von Anfang an. So wendet er sich auch gegen die Tendenz, das Konzil nicht in seiner Gänze, sondern nur partiell anzunehmen. Das Konzil enthält „ein großartiges Ganzes von Lehren ...", die „alle Aspekte des christlichen und kirchlichen Lebens irgendwie berühren und neues Licht auf die ewigen Wahrheiten des christlichen Mysteriums werfen".[11]
Der Papst erinnert besonders die Bischöfe an die Worte Johannes XXIII., mit denen er das Ziel des Zweiten Vatikanums umriß: „Das größte und wichtigste Ziel des Ökumenischen Konzils ist, daß das geheiligte Erbe christlicher Lehre wirkungsvoller beachtet und gelehrt wird." Hierin sieht auch er seine „eigene große Erwartung". Das Erbe des Gotteswortes „ist die Freude und Kraft im Leben unseres Volkes. Es ist die einzige pastorale Lösung für die vielen Probleme unserer Zeit", sagt er den Bischöfen aus USA bei ihrem Besuch ad limina.[12] Das Wort Gottes ist von grundlegender existentieller Bedeutung für den Menschen in der ganzen Fülle der Wahrheit, die es eröffnet und in der der Mensch sich selbst ganz verstehen kann. Das Wort Gottes ist in Person gekommen, „um uns als unermeßliches Geschenk die Erkenntnis der Wahrheit zu bringen: die Wahrheit über ihn, die Wahrheit über uns und über unsere transzendente Bestimmung. Nur auf dem Fundament dieser Wahrheit kann der Mensch sich selbst und seine Freiheit aufbauen. Sie ist wirklich ein äußerst kostbares Geschenk, das es zu hüten und zu verteidigen gilt. Wenn auch nur ein Teil der ganzen Wahrheit verloren ginge ..., so würde das für den Menschen eine mehr oder weniger große Beeinträchtigung seiner vollen Selbstverwirklichung bedeuten."[13]

8
Ebd., S. 35.

9
„Wort und Weisung", 1978, S. 55.

10
DAS 1980, S. 165 f.

11
DAS 1987, S. 1638.

12
DAS 1978, S. 112.

13
DAS 1984, S. 1611.

In einem Wort der Pastoralkonstitution des Konzils *Gaudium et spes* sieht Johannes Paul II. die Kurzformel für das gesamte Werk der Verwirklichung des Konzils gegeben: „Einheit in Wahrheit und Liebe."[14] Dieses Werk kann als Erneuerung im Leben des Christen Gestalt gewinnen, wenn er vor allem zwei Kriterien beachtet, die das rechte Verständnis von Freiheit betreffen. Das erste: Es gilt, die Freiheit im Sinn Jesu Christi zu leben – eine Freiheit, die getragen ist vom Heiligen Geist, dem Geist der Wahrheit und der Liebe. Auch diese Sicht hat *Gaudium et spes* hervorgehoben. Der Mensch kann sich nur „durch die aufrichtige Hingabe seiner selbst vollkommen finden".[15] Wenn die immer vorbehaltlosere Hingabe an Gott die erste Bedingung für eine echte Erneuerung ist, so bildet die Solidarität mit den Menschen ein zweites grundlegendes Kriterium – die Solidarität besonders mit den Menschen in Not, den Armen und Unterdrückten, und damit verbunden die Bereitschaft, den Glauben miteinander zu teilen, das Christsein missionarisch zu leben.[16]

Auf dieser Glaubensbasis kann die Kirche aus den Orientierungen und Inspirationen des Konzils die Herausforderungen der Zeit annehmen. Anders gewendet: Es gilt das Konzil sich so zu eigen zu machen, daß es für die Bewältigung der Aufgaben, die sich in der nachkonziliaren Zeit stellen, eine echte, tiefgreifende Fruchtbarkeit entfalten kann. Hier denkt Johannes Paul II. vor allem an die Bischofssynoden, welche die großen Fragen der Kirche aufgreifen. In ihnen sieht er die „Schlüssel", durch die sich für die Gläubigen das Konzil für die Gegenwart aufschließen läßt. So hebt er auf der Pastoralsynode der Diözese Rom hervor, das Konzil stehe nicht neben dem Leben einer Gemeinde, sondern es gehöre mitten in sie hinein. „Sicherlich muß sich heute jede Synode in das Konzil vertiefen und es zur Anwendung bringen mit Hilfe der verschiedenen Synoden und nachsynodalen Dokumente, die auf das Zweite Vatikanische Konzil folgten. Aber vor einem muß man sich immer hüten und es vermeiden: daß das Konzil und auch die Synode wie etwas Äußerliches behandelt werden, wie etwas Zusätzliches zu unserem Leben, zum Leben der Ortskirche, der Pfarrei, wie etwas, wenn wir so sagen dürfen, Ausgefallenes im Leben der Kirche. Ich meine also, daß, um das Wesentliche zu sagen, die Synode dann ihren eigentlichen Punkt erreicht, wenn ihre Thematik – wie auch die Thematik des Zweiten Vatikanischen Konzils – eben nicht mehr als Thematik, als zu behandelnder Stoff und als äußeres Ereignis gesehen wird ...". Um es für die Aufgabe der neuen Evangelisierung fruchtbar zu machen, könne als Schlüssel das große nachkonziliare Dokument Pauls VI., Frucht einer Bischofssynode, dienen, das dieses Thema behandelt: *Evangelii nuntiandi*.[17]

Um das Konzil im Leben der Kirche Frucht bringen zu lassen, handelt der Papst nicht nur durch die römischen Bischofssynoden, deren Ergebnisse er als der Letztverantwortliche der Kirche vorlegt. Er zeigt seine Verantwortung für das Konzil ebenso in eigenen Rundschreiben. Von besonderer Bedeutung ist dabei gewiß die Enzyklika *Redemptoris missio*. Der Papst sieht die Kirche im missionarischen Engagement derzeit in einer merkwürdig unsicheren, unentschiedenen Haltung. Auf der einen Seite ist mit dem Konzil und seinem Dekret über die Missionstätigkeit *Ad gentes*, mit dem eine Neubelebung des missionarischen Bewußtseins gegeben ist. Andererseits gibt es im missionarischen Eifer tiefe Einbrüche, besonders in den Kirchen des Westens. So geht Johannes Paul II. daran, die Notwendigkeit der Mission neu zu erschließen und Anstöße für eine neue missionarische Spiritualität zu geben.[18]

In ähnlicher Weise sucht er die ökumenische Aufgabe nicht bloß durch das eigene Beispiel zu fördern. Vielmehr beschenkt er die Kirche mit zwei wichtigen Rundschreiben. Die Enzyklika *Ut unum sint* über den Einsatz für die Ökumene bietet eine großartige spirituelle Deutung des Ökumenismusdekrets des Konzils und so zugleich einen einzigartigen Versuch, eine Grundintention des Konzils und einen konziliaren Text tiefer im

14
„Wort und Weisung", 1979, S. 276.

15
Gaudium et spes, Nr. 25.

16
„Wort und Weisung", 1979, S. 276 ff., bes. 279-281.

17
DAS 1989, S. 779.

18
Redemptoris missio, Nr. 2.

Leben der Kirche zu verwurzeln und neue Anstöße und Orientierungen für den weiteren Weg, vor allem im Blick auf das Große Jubiläum zu geben. Wie die ökumenische Ausrichtung besonders in der Gestalt eines geistlichen Ökumenismus das Leben der Gläubigen ganz persönlich prägen kann, zeigt er 1983 durch die Seligsprechung einer jungen Trappistin, Maria Gabriella Sagheddú. Er nennt sie Maria Gabriella von der Einheit. „Aufgrund ihrer Berufung zu einem Leben in Abgeschiedenheit von der Welt hat Schwester Maria Gabriella ihr Dasein der Meditation und dem Gebet mit dem Schwerpunkt auf dem 17. Kapitel des Johannesevangeliums gewidmet und es für die Einheit der Christen dargebracht ... Das Beispiel von Schwester Maria Gabriella lehrt uns und läßt uns begreifen, daß es keine besonderen Zeiten, Situationen oder Orte gibt, um für die Einheit zu beten. Das Gebet Christi zum Vater ist Modell für alle, immer und an jedem Ort."[19]

Zwei große Enzykliken schließlich stehen für die Aufgabe – die der Papst sich vom Konzil her stellt –, die „geistlichen Grundlagen der menschlichen Gesellschaft"[20] zu festigen. Da ist zunächst das Rundschreiben über die Grundlagen der Moraltheologie *Veritatis splendor*, die Kardinal Joseph Ratzinger einen Jahrhunderttext nennt, „einen Markstein in der Vergegenwärtigung der moralischen Botschaft des Christentums, der weit über den Kreis der Gläubigen hinaus zum Gewissen der Menschen spricht". Neben ihm steht die Enzyklika *Evangelium vitae*, ein gewaltiges prophetisches Wort, „gleichsam ein Hymnus auf das Leben im Kontext einer Unkultur des Todes, in der eine krankgewordene Lebensgier den Tod zu ihrem Gehilfen macht, das Geschäft des Tötens in Abtreibung und Euthanasie zu Wohltaten am Leben umstilisiert" (Kard. J. Ratzinger).[21]

19
Ut unum sint, Nr. 27.

20
„Wort und Weisung", 1978, S. 59.

21
Die Zitate sind dem soeben erschienenen Buch von Kardinal Joseph Ratzinger „Giovanni Paolo II., Venti anni di pontificato" entnommen (Cinisello Balsamo 1998, Edizione San Paolo).

22
DAS 1984, S. 1610-1621.

23
Lumen gentium, Nr. 13; DAS 1984, S. 1611 f.

II. In der Verantwortung für die Einheit der Kirche

Eine der großen Perspektiven des Zweiten Vatikanischen Konzils liegt darin, die Zuordnung der Ortskirchen zueinander und besonders zur Kirche von Rom neu zu beleuchten. Es ist hier nicht möglich, dieses große Thema breit zu behandeln, um das Wirken und die Konzeption des Papstes in diesem Bereich darzustellen. Aber eine Dimension dieser Frage und der Communio-Theologie des Papstes soll doch in den Blick genommen werden: die Verantwortung des Bischofs von Rom für die Einheit in der Pluralität der Teilkirchen. Johannes Paul II. hat dazu besonders Stellung genommen in einer wichtigen Ansprache an die Kardinäle vom 21. Dezember 1984.[22]
Er geht aus von einem Text aus *Lumen gentium* (Nr.13), der die Kulturen der Völker in den Blick nimmt und von den Geschenken, die sie in die Kirche einbringen, und schreitet fort zur Beschreibung der Universalität und Katholizität der Kirche, kraft derer die einzelnen Teile ihre eigenen Gaben den übrigen Teilen und der ganzen Kirche hinzubringen, „sodaß das Ganze und die einzelnen Teile zunehmen aus allen, die Gemeinschaft miteinander halten und zur Fülle in Einheit zusammenwirken".[23] Der Papst sieht dabei nicht bloß die horizontale Dimension einer Gemeinschaft von Teilkirchen und – indirekt – von Völkern, Sprachen und Kulturen, die einander bereichern, sondern – zunächst im Blick auf die Zivilisation und Kultur – auch die geschichtliche Dimension von Generationen und Epochen, die das Ihre zum Ganzen beitragen. Dann nimmt er die Frage auf, ob es in den unterschiedlichen Kulturräumen nicht auch neue christliche Erfahrungen geben könne. Er bejaht dies, da er in den Kulturen Möglichkeiten sieht, „die unendlichen Reichtümer des neuen Lebens, das Christus gebracht hat, wahrzunehmen und sich zu eigen zu machen. Aber diese christlichen Lebenserfahrungen dürfen nicht isoliert voneinander stehen, unabhängig von anderen Erfahrungen in der Kirche. Unerläßliche Bedingung

ist vielmehr, daß sie miteinander in Einklang zu bringen sind. Die Teilkirchen stehen ja nicht einfach nebeneinander, sondern sind seinshaft in der Kirche miteinander verbunden, und dies muß sich dann auch im konkreten Leben zum Ausdruck bringen. Der Papst sagt geradezu: „... jede Kirche ist in allen präsent."

Seine eigene Aufgabe sieht er in der Linie von *Lumen gentium* (Nr.13) nicht nur darin, die legitime Pluralität der Teilkirchen zu schützen, sondern der Einheit der universalen Gemeinschaft der Kirche dadurch zu dienen, daß er dafür Sorge trägt, daß die Pluralität zum Aufbau der Einheit beiträgt und so zur Bereicherung der ganzen Kirche wird.[24] Dabei sieht er ebenfalls zunächst die horizontale Dimension: „Den Nachfolgern des Petrus obliegt es ja, dafür zu sorgen, daß jene ‚Gaben', von denen der angeführte Konzilstext spricht, zum Zentrum hin zusammenströmen, und sie müssen ebenso dafür sorgen, daß eben diese Gaben, bereichert in wechselseitiger Begegnung, wieder in die verschiedenen Glieder des mystischen Leibes Christi hineinfließen und ihnen neue Lebensimpulse und neuen Eifer vermitteln."[25] Dann aber betont er ebenso die geschichtliche Dimension, die ebenfalls die Verantwortung des Heiligen Stuhles erfordert, der ein „dichtes Netz von Kontakten mit allen Teilkirchen" aufrechterhält „in der ständigen Sorge, daß keine der ‚Gaben von oben' (vgl. Joh 1,17) verlorengehe und zugleich der unermeßliche Schatz der Wahrheit Gottes geschützt werde zusammen mit allem, was sie an ewig Gültigem im fruchtbaren Erdreich der christlichen Generationen im Laufe der Jahrhunderte hat keimen lassen."[26] Diese Sicht ist gewiß von außerordentlicher Bedeutung.

So zeigt sich denn im Pontifikat Johannes Pauls II. ein Aufblühen des synodalen Lebens in der Kirche, das die Einheit des Bischofskollegiums und so die Einheit der Kirchen in der Pluralität von Teilkirchen stärkt. Da kommen zunächst die regelmäßigen Bischofssynoden in Rom in den Blick, deren Früchte in Gestalt nachsynodaler Apostolischer Schreiben vom Papst der Kirche vorgelegt werden: *Familiaris consortio* über die Aufgaben der christlichen Familie in der Welt von heute (1981), *Reconciliatio et poenitentia* über Versöhnung und Buße in der Sendung der Kirche heute (1984), *Christifideles laici* über die Berufung und Sendung der Laien in Kirche und Welt (1989), *Pastores dabo vobis* über die Priesterbildung im Kontext der Gegenwart (1992), *Vita consecrata* über das geweihte Leben und seine Sendung in Kirche und Welt (1996). Von Anfang seines Pontifikates an betont der Papst auch die Bedeutung kontinentaler Synoden.[27] So nimmt er sogleich an der lateinamerikanischen Synode von Puebla teil; nach dem Fall der Mauer beruft er eine Bischofssynode für Europa ein; später folgt die große Synode des afrikanischen Kontinents, dann eine panamerikanische Synode, die die Kirchen von Lateinamerika und Nordamerika vereint; geplant ist ferner eine asiatische Synode. Im Rückblick auf das Jahr 1992 kann er sagen: „Wir danken dieses Jahr auch für die 4. Vollversammlung des Lateinamerikanischen Episkopats; wir danken für die Arbeit der Synoden Afrikas, Europas, des Libanon und Armeniens und für die bereits begonnenen Vorarbeiten für die nächste Synode über das Ordensleben."[28]

Von Anfang an betont er seine Absicht, „das kollegiale Band gründlicher zu berücksichtigen"[29]. Dies wird den petrinischen Dienst des Papstes ebenso stärken wie das Bischofskollegium. Die Dienstvollmacht in der Kirche wird von den Bischöfen in kollegialer Einheit mit dem Bischof von Rom ausgeübt. „Man kann also sagen, daß das Bischofsamt, zumal in seiner kollegialen Dimension, und das Petrusamt sich gegenseitig durchdringen und in der Tiefe miteinander verbunden sind."[30] Anläßlich der Römischen Diözesansynode beschreibt Johannes Paul II. am 27. Juni 1992 selbst die Vertiefung des synodalen Lebens der Kirche: „In der Zeit nach dem Konzil wurde die kollegiale Dimension des Bischofsamtes erheblich verstärkt. Abgesehen von der bedeutsamen Institution auf diesem Gebiet, nämlich der Bischofssynode in ihrer verschiedenen Gestaltung, ist an viele andere Formen

24 Ebd., S. 1612.

25 Ebd., S. 1614.

26 Ebd., S. 1615; vgl. dazu hierzu die schönen Ausführungen von Kard. J.-M. Lustiger in diesem Band.

27 „Wort und Weisung", 1978, S. 55.

28 DAS 1992, S. 1041.

29 „Wort und Weisung", 1978, S. 56.

30 DAS 1992, S. 874.

der Verbindung zwischen dem Heiligen Stuhl und dem Weltepiskopat zu erinnern, zum Beispiel die umfangreiche und ins einzelne gehende Befragung, die bei der Vorbereitung des neuen Kodex des Kirchenrechtes und des Katechismus der Katholischen Kirche durchgeführt wurde, die außerordentlichen Einberufungen des Kardinalskollegiums oder der Bischöfe bestimmter Nationen zum Studium der Probleme von allgemeinem Interesse, die Begegnungen mit den Bischöfen der verschiedenen Länder bei Gelegenheit der apostolischen Reisen, über die gewöhnlichen ,Ad-limina'-Besuche hinaus, und die Zusammenarbeit einiger von ihnen als Konsultoren mit den veschiedenen Ämtern der Römischen Kurie. All dem liegt das Bewußtsein zugrunde, daß der Nachfolger des Petrus die Pflicht hat, ständig zu hören, ,was der Geist den Kirchen sagt' (vgl. Offb 3,6) und mit seinen Brüdern im Bischofsamt und für sie so tätig zu werden, daß er eine immer intensivere Gemeinschaft beim Werk der Evangelisierung der heutigen Welt fördert."[31]

III. Wegweisung in petrinischer Vollmacht

Der gewaltige Einsatz Johannes Pauls II. ruft die Erinnerung an das Wirken der Päpste des ersten Jahrtausends im Dienst der großen trinitarischen und christologischen Konzilsentscheidungen wach. Schon die frühe Nachgeschichte des ersten und grundlegenden Konzils von Nicäa, aber auch das jahrhundertelange Ringen um das Konzil von Chalcedon zeigt die Kirche von Rom mit ihrem Bischof – erfüllt vom Bewußtsein der petrinischen Sendung und Verantwortung – in einem äußersten Einsatz für die Gültigkeit und Fortgeltung der Ökumenischen, von der Kirche von Rom besiegelten Konzilien, und dies gerade auch in Zeiten kirchenpolitischer Machtlosigkeit. Man kann sagen, daß der petrinische Dienst des römischen Bischofs die Konzilien davor bewahrt hat, von ständig neuen konziliaren Entscheidungen faktisch wieder außer Kraft gesetzt zu werden oder umgekehrt traditionalistisch interpretiert zu werden. Statt dessen hielten die Päpste an der unbedingten Gültigkeit solcher Glaubensdeutungen fest, bewahrten aber die Glaubenstradition zugleich vor einer Versteinerung, in der sie für ein tieferes Eindringen in den Glauben nicht mehr offen wären.
In dieser historischen Perspektive zeigt sich auch das Wirken Johannes Pauls II. erst in seiner vollen Bedeutung, wenn er mit äußerster Kraft dafür eintritt, das Zweite Vatikanische Konzil in der Kontinuität der Glaubensüberlieferung zu deuten, zugleich aber von ihm her neue Herausforderungen und Fragen aufzunehmen.

Nicht eine Zurücknahme petrinischer Autorität, sondern ihr Einsatz für die Glaubenstradition der Kirche und ihrer großen lehramtlichen Entscheidungen entspricht der Sendung des Bischofs von Rom und dem Wohl der Kirche. Von dieser Überzeugung weiß sich Johannes Paul II. getragen. Jede Berufung in der Kirche muß ganz gelebt werden, und gerade so dient sie am besten allen anderen. Jede von ihnen bedeutet eine Verantwortung von Gott und steht also nicht im Belieben des Berufenen, sondern muß im Angesicht Gottes, der Rechenschaft verlangen wird, verwirklicht werden.[32]

Zugleich weiß sich der Papst freilich vor die Frage gestellt – die sich auch aus der ökumenischen Verantwortung ergibt –, ob die sehr unterschiedliche Art und Weise, wie das petrinische Amt durch die Geschichte hindurch ausgeübt wurde, nicht doch auch neue Möglichkeiten der Ausübung des petrinischen Dienstes ermöglicht. In der Tat bejaht der Papst die Untersuchung dieser Frage und gibt im Rundschreiben *Ut unum sint* zugleich die theologische Begründung in der Unterscheidung von bleibender Wahrheit und ihren Ausdrucksformen.[33]
So sieht er seine Verantwortung angesichts der „ökumenischen Sehnsucht" und der Bitte, „eine Form der Primatsausübung zu finden, die zwar keineswegs auf das Wesentliche ihrer Sendung verzichtet, sich aber einer neuen Situation öffnet". Und er zitiert aus einem Schreiben an den ökumenischen Patriarchen Dimitrios I.: „Der Heilige Geist schenke uns sein Licht und erleuchte alle

31
Ebd.

32
Vgl. z.B. ebd., S. 1614.

33
Ut unum sint,
Nr. 95 f. und Nr. 18 f.

Bischöfe und Theologen unserer Kirchen, damit wir ganz offensichtlich miteinander die Formen finden können, in denen dieser Dienst einen von den einen und anderen anerkannten Dienst der Liebe zu verwirklichen vermag. Eine ungeheure Aufgabe, die wir nicht zurückweisen können und die ich allein nicht zu Ende bringen kann."[34]

Auf der anderen Seite sieht Johannes Paul II. die Kirche vor einer Situation des Umbruchs und einer beispiellosen Herausforderung, die aus der Begegnung mit Kulturen und Religionen entsteht und zugleich aus dem Dialog und der Konfrontation mit einer säkularen Welt. Dies ist für das petrinische Amt gewiß eine Herausforderung, die in der Geschichte der Kirche fast beispiellos ist, und die eine ungeheure Verantwortung birgt, das Gespräch mit Religionen und Kulturen so zu führen, daß der Glaube der Kirche nicht durch eine unverantwortliche Anpassung angetastet wird und daß die legitime Pluralität des Lebens der Teilkirchen nicht zum Zerfall der Einheit führt. So spürt der Papst den Anruf, seine Autorität um der Einheit des Glaubens willen in die Waagschale zu werfen. Er weiß um die Frage, ob dies nicht zu einer die legitime Vielfalt beengenden Zentralisierung der Leitung der Kirche führen könne. Er betrachtet die profanen Begriffe „Zentralisierung" und „Dezentralisierung" nicht als angemessen, da die Kirche "von spezifisch anderer Art" ist. Innerhalb der hierarchischen Struktur der Kirche wird – so antwortet er zunächst – die Dienstvollmacht „von den Bischöfen in kollegialer Einheit mit dem Bischof von Rom als Nachfolger des Apostels Petrus ausgeübt. Man kann also sagen, daß das Bischofsamt, zumal in seiner kollegialen Dimension, und das Petrusamt sich gegenseitig durchdringen und in der Tiefe miteinander verbunden sind."[35]

Das päpstliche Amt hat dabei aber einen einzigartigen Auftrag, den es in petrinischer Vollmacht ausübt. Dies kann in dramatischen Situationen um der Einheit der Kirche willen besonders deutlich hervortreten. Vom ersten Tag seines Pontifikats an hat Johannes Paul II. deshalb betont, daß er am Vatikanum I festhalten werde und das Zweite Vatikanische Konzil in Übereinstimmung und Kontinuität mit ihm verstehe und ausüben werde.[36] Seine Haltung ist für viele in manchem wohl schwer verstehbar, weil sich vielfach die Auffassung verbreitet hat, das Erste Vatikanische Konzil mit seiner Überzeugung von der Unfehlbarkeit des Papstes in höchsten Äußerungen seines Lehramts – unter ganz bestimmten Bedingungen - sei nicht mehr haltbar und das Zweite Vatikanische Konzil müsse – trotz seiner ganz entschiedenen Bejahung des Vaticanum I gerade in dieser Frage – als Beginn eines neuen Weges der Kirche verstanden werden. Für andere wiederum ist seine Haltung schwer verstehbar, weil auch eine gemäßigtere Auffassung vertreten wird, nach der das petrinische Amt nur dann in endgültiger und unfehlbarer Weise sprechen dürfe, wenn es sich auf den Konsens der Bischöfe stützen könne. Dies freilich ist eine weder dem Ersten noch dem Zweiten Vatikanischen Konzil, ja auch nicht der Gesamterfahrung der Kirche schon im ersten Jahrtausend entsprechende Auffassung. Das petrinische Amt ist mit seiner Autorität gerade dann gefordert, wenn die Bischöfe nur schwer einen Konsens finden können und wenn die Einheit der Kirche im Glauben zu zerbrechen oder schweren Schaden zu leiden droht.

So haben schon Päpste des ersten Jahrtausends gerade angesichts von ökumenischen Synoden und angesichts eines gespaltenen Episkopats Entscheidungen in der Deutung des Glaubens getroffen, an denen sie – gerade auch vor den Konzilsvätern – als nicht revidierbare (wohl aber als angesichts der Glaubenstradition in der synodalen Meinungsbildung sich bewährende und ergänzungsfähige) Entscheidungen kraft ihrer petrinischen Autorität festhielten. Für die Zeit der Alten Kirche kann man nicht Unterscheidungen und Differenzierungen erwarten, die in den

34
Ebd., Nr. 95.

35
DAS 1992, S. 874.

36
Vgl. z.B. „Wort und Weisung", 1978, S. 55.

beiden Vatikanischen Konzilien oder neuerdings im Apostolischen Schreiben *Ad tuendam fidem* gegeben sind. Aber grundlegende geschichtliche Erfahrungen und besonders Handlungsweisen der Kirche von Rom und ihres Bischofs, die mit den Konzilien unlöslich verbunden sind, bilden doch Voraussetzungen für die späten formellen lehramtlichen Aussagen. Schon für das erste Jahrtausend gilt, was Kard. J. Ratzinger als Präfekt der Kongregation für die Glaubenslehre im „Lehrmäßigen Kommentar zur Schlußformel der *Professio fidei*" schreibt: „Der Primat des Nachfolgers Petri wurde stets als zum Offenbarungsgut gehörig gehalten, auch wenn bis zum I. Vatikanum die Diskussion offen geblieben ist, ob die begriffliche Fassung von ‚Jurisdiktion' und ‚Unfehlbarkeit' als innerer Bestandteil der Offenbarung oder lediglich als rationale Folgerung zu betrachten ist. Auch wenn die Lehre von der Unfehlbarkeit und dem Jurisdiktionsprimat des Papstes erst auf dem I. Vatikanischen Konzil als von Gott geoffenbarte Wahrheit definiert worden ist, war sie doch schon in der dem Konzil vorausliegenden Phase als endgültig anerkannt. Die Geschichte zeigt klar, daß das, was in das Bewußtsein der Kirche aufgenommen wurde, seit den Anfängen als eine wahre Lehre betrachtet, später als endgültig zu halten, aber erst im letzten Schritt durch das I. Vatikanum auch als von Gott geoffenbarte Wahrheit definiert wurde."[37]

Die vom Ersten und Zweiten Vatikanischen Konzil aufgenommene Überzeugung, die schon für die ökumenischen Konzilien seit Leo dem Großen und dem Konzil von Chalcedon (451)[38] bis hin zum zweiten Konzil von Nicäa (787) grundlegend ist, hat Johannes Paul II. sich zu eigen gemacht und in Anspruch genommen, als er, um einer Spaltung der Kirche vorzubeugen, in einer endgültigen Weise zum Ausdruck brachte, er wisse die Kirche durch die Entscheidung Jesu Christi, das apostolische Amt nur Männern anzuvertrauen, gebunden. Solche Entscheidungen sind Anrufe, die petrinische Autorität des Papstes zu achten, aber gleichermaßen eine Herausforderung, seine Entscheidung aufgrund eines erneuten Befragens des Evangeliums und der Glaubenstradition zu bejahen. Das Wirken des Heiligen Geistes, das bei Konzilien und beim römischen Bischof in ihren höchsten Lehräußerungen als gegenwärtig geglaubt wird, wird auch die Annahme solcher Entscheidungen durch die Gläubigen, – in ihrem „Glaubenssinn" – tragen.[39]

Die Bedeutung Johannes Pauls II. für die Verwirklichung des Zweiten Vatikanischen Konzils wird man kaum überschätzen können. Er hat sein eigenes Leben als Bischof und Papst von ihm sehr tief formen lassen. Er selbst ist auf diese Weise ein Anruf, sich in die Konzilstexte mehr und mehr zu vertiefen und sich von ihm prägen und inspirieren zu lassen. Er hat der Erneuerung, der apostolischen und missionarischen Dynamik und der Einheit der Kirche gedient, indem er alles ihm Mögliche tat, um das Konzil im Herzen und im Leben der Gläubigen und der Ortskirchen zu verwurzeln. Seine Größe liegt wohl besonders darin, daß er das Konzil gleichermaßen in seiner Kontinuität mit der Glaubenstradition wie im Blick auf neue Herausforderungen und Erfahrungen zu lesen lehrte. Er selbst erinnerte eines Tages ganz schlicht daran, wie er sich als Erzbischof am Beispiel seines Namenspatrons orientierte: „Ich habe versucht, ihn nachzuahmen, indem ich die Lehre des Zweiten Vatikanischen Konzils in das Leben der Diözese Krakau einbrachte".[40] Man mag eines Tages sagen können, daß Papst Johannes Paul II. eine ähnliche Bedeutung für die fruchtbare Realisierung des Zweiten Vatikanischen Konzils gewonnen hat wie Karl Borromäus für die Verwirklichung des Konzils von Trient.

37
OR 1998, Nr. 29, S. 8. Ich darf dafür auf meinen Beitrag „Das Verhältnis von Primat und Episkopat im ersten Jahrtausend. Eine geschichtlich-theologische Synthese" verweisen, erschienen in: Il primato del successore di Pietro. Atti del simposio teologico, Roma, dicembre 1996, S. 194-213, Città del Vaticano 1998 (Libreria Editrice Vaticana).

38
Vgl. das Werk des Verfassers „Petrou Kathedra", Paderborn 1982.

39
Zur Einordnung und zu Grenzen des Glaubenssinns hat sich Johannes Paul II. in *Familiaris consortio*, Nr. 5 geäußert; vgl. die Generalaudienz vom 13. Mai 1992: DAS 1992, S. 83-86, bes. S. 85f.

40
„Wort und Weisung", 1981, S. 74.

Johannes Paul II.

Stationen und Momente

Bilddokumente
aus zwanzig Jahren

festgehalten von Josef Albert Slominski

„Habemus Papam" verkündete der Kardinal-Diakon am Abend des 16. Oktober 1978 von der mittleren Loggia des Petersdomes. Das Konklave hatte Karol Wojtyla aus Krakau zum neuen Papst gewählt, und es fiel ihm sichtlich schwer, den Namen richtig auszusprechen. Zum vierten Mal konnte ich Fotos eines neuen Papstes auf der Loggia machen und Karol Wojtyla, jetzt Johannes Paul II., war der fünfte Papst, den ich fotografierte mit dem Anspruch, seiner Persönlichkeit mit der bildlichen Darstellung gerecht zu werden.

Es war bei jedem Papst anders. Dieser, mit 59 Jahren seit langem der jüngste Papst, strahlte einen jugendlichen Elan aus, wie man dies in diesem Amt noch nicht kannte. Das merkte man schon bei seiner ersten Audienz für die Journalisten, die er schon fast zu einer Pressekonferenz umfunktionierte, indem er auf einzelne zuging, sie umarmte, bereitwillig Fragen beantwortete. Er war der erste Papst, der auch freimütig Interviews in die Mikrofone sprach.

Bei seinen Reisen kam er im Flugzeug in die Kabine der mitreisenden Journalisten und hatte für jeden ein persönliches freundliches Wort, ging auf Fragen ein und setzte sich lässig auf die Armlehne eines Flugzeugsessels.

Weltweit wurde der Papst in den Medien gefeiert, weil er offen und zeitgemäß auftrat, um nach dem Vorbild des hl. Paulus die christliche Lehre in die Welt zu bringen. Dabei verkannten viele, daß der Papst sich zwar der Form der Zeit anpaßte, nicht aber das, was er zu verkünden hatte, dem Zeitgeist opfern wollte.

Wenn man sich die Bilder von Kardinal Karol Wojtyla bei der Heilig-Geist-Messe, unmittelbar vor Beginn des Konklaves ansieht, glaubt man zu sehen, daß er ahnte, welchen Kreuzweg er für die Kirche antreten würde. Das Attentat am 13. Mai 1981 auf dem Petersplatz veränderte die Szenerie vollkommen: Während nach seiner Wahl die Arbeit der Medienvertreter erfreulich erleichtert war, griffen jetzt die Sicherheitsmaßnahmen, und Journalisten wie Fotografen wurden auf Distanz gehalten. Dabei hätte man sich vielleicht dieser akribischen Beobachter, die sie von ihrem Beruf her sind, bedienen sollen, um die Sicherheit des Papstes zu erhöhen. Den Journalisten und Fotografen entgeht nichts, auch wenn jemand den Papst bedroht.

Und trotzdem erlaubt es sich der Papst auch heute noch, auf diesen und jenen zuzugehen, den er kennt.

Wenn man Päpste fotografiert, gibt es oft Situationen – beispielsweise während einer Messe –, bei denen man entscheiden muß, ob man die Kamera sinken läßt oder das dokumentarisch festhält, was man stellvertretend für Millionen sieht und ihnen vermitteln will. Hierzu gehört nicht nur Fingerspitzengefühl, sondern beispielsweise auch eine genaue Kenntnis der Liturgie, sodaß man weiß, wann man mit Taktgefühl fotografiert oder sich besser zurückhält.

Und immer wieder hört man den Vorwurf der immensen Reisekosten. Warum muß der Papst soviel reisen und Millionen an Kosten verursachen? Die Antwort ist ganz einfach: „Gehet hin in alle Welt" – diesen Auftrag an die Apostel nimmt dieser Papst wörtlich, denn er weiß, daß rund eine Milliarde Katholiken nicht die Möglichkeit haben, einmal nach Rom zu kommen, und deshalb geht er zu seinen Gemeinden. Dazu wird ein Charter-Flugzeug der Alitalia für den Hinflug bereitgestellt (den Rückflug macht fast immer die Fluggesellschaft des besuchten Landes). Etwa fünfzig Medienvertreter von Presse, Funk und Fernsehen weltweit werden auf die Reise eingeladen und zahlen einen Linienflug. So fallen für die Reisegruppe des Papstes auch nur Kosten an, die in etwa diese Höhe haben. Ein Verfahren, wie es beispielsweise seit Jahrzehnten auch von der Bundesregierung in Bonn praktiziert wird. Und die Plätze in der Papstmaschine auf seinen Auslandsreisen sind nach wie vor begehrt.

Die Kritiker des Papstes sagen, er wird alt. Wer sieht so etwas deutlicher als Fotografen, die ihn in zwanzig Jahren seines Pontifikates begleitet haben. Nur: Wer das sagt, sollte selbst einmal in den Spiegel sehen oder sich seine Jugendbilder anschauen und fragen, ob er für sein Amt in den letzten zwanzig Jahren die Strapazen auf sich genommen hat wie dieser Papst. Und sein Erfolg? Nie in zweitausend Jahren gab es so viele katholische Christen wie heute, und man kann fast sagen, in jedem der zwanzig Jahre seines Pontifikates ein Prozent Steigerung, allerdings nicht bei den Europäern, die sich die Kirche anpassungsfähig machen wollen.

Soviel zu den Beobachtungen eines Fotografen, der seit der ersten Begegnung mit Papst Pius XII. 1955 die Pontifikate von 5 Päpsten engagiert beobachtet hat.

Josef Albert Slominski

▶ Johannes Paul II. und Josef Albert Slominski vor dem Gottesdienst in Paderborn, 1996. Foto: Gerd Vieler.

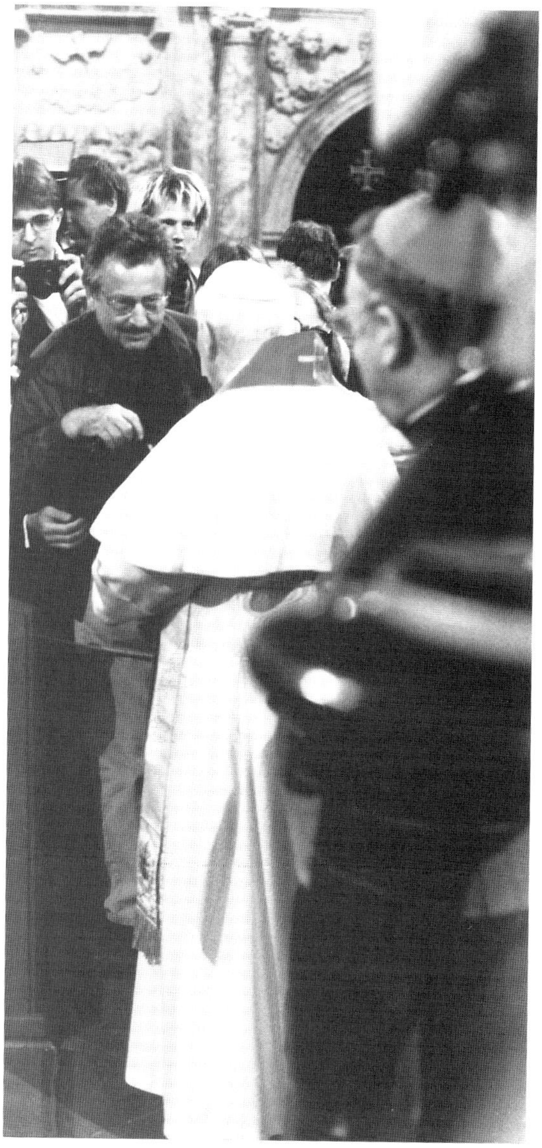

▶ Vor dem Einzug ins Konklave zur Papstwahl

Kardinal Karol Wojtyla, Erzbischof von Krakau, beim Gottesdienst in St. Peter
vor Beginn der Wahl am 14. Oktober 1978

▶▶ Der neugewählte Papst auf der Loggia von St. Peter

Johannes Paul II. stellt sich am Abend des 16. Oktober, dem Tag seiner Wahl,
den Gläubigen mit einer Ansprache vor
An seiner Seite (von links): Kard. Jean Villot, Kard. Stefan Wyszynski, Kard. Pericle Felici;
an der anderen Seite: Zeremonienmeister Virgilio Noè, Kard. Antonio Samoré,
Kard. Sebastiano Baggio, Kard. Stephanos I. Sidarouss, Patriarch von Alexandrien

Feierliche Messe zum Amtsantritt

Die Kardinäle bekunden bei der Übernahme des obersten Hirtenamtes am 22. Oktober 1978 dem Papst ihre Ergebenheit

OST PAVLVS V BVRGHESIVS ROMANVS PONT MAX

Feierliche Messe zum Amtsantritt

Ansprache des Papstes. Brüderliche Begrüßung und Umarmung
von Kard. Joseph Höffner von Köln (links unten), Kard. Alfred Bengsch von Berlin (rechts oben),
Großerzbischof Kard. Josyf Slipyj, Metropolit der Ukrainer (rechts unten)

Österliche Bußzeit

Beichtdienst des Papstes in St. Peter

Johannes Paul II., begleitet von Msgr. Dino Monduzzi

Gründonnerstag

Johannes Paul II. inmitten der Gemeinschaft der Priester seiner Diözese Rom: Chrisammesse in St. Peter mit der Weihe der heiligen Öle und mit Erneuerung der mit dem Priesterberuf verbundenen Versprechen

Gründonnerstag: Abendmahlsmesse in St. Johannes im Lateran mit der vom Papst vollzogenen Fußwaschung

Karfreitag: Kreuzweg am Kolosseum

▶ Osternacht: Beginn der Liturgie im Dunkel der Nacht

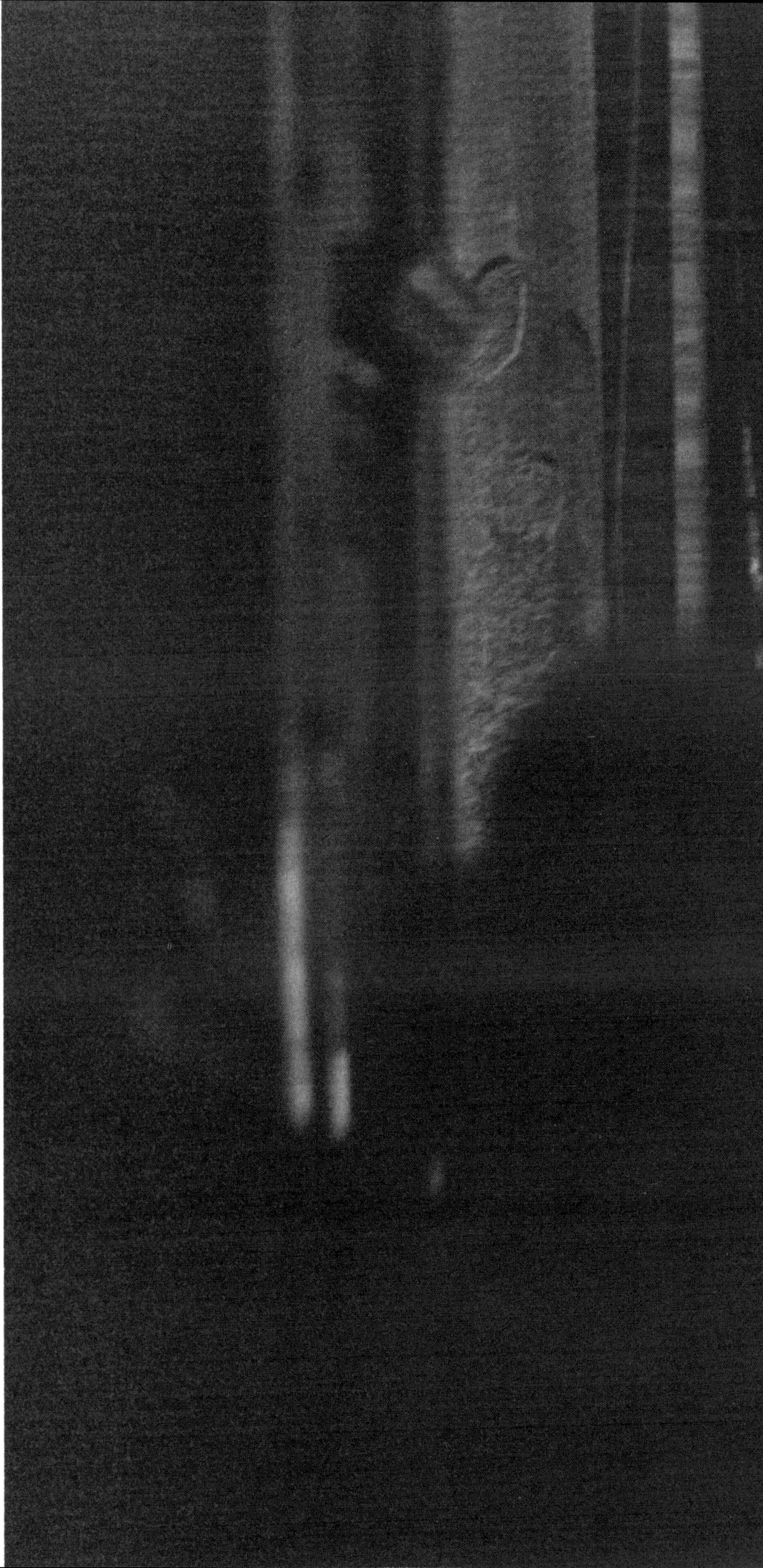

Osternacht

Das Licht der Osterkerze – Symbol des Lichtes Christi

Ostern

Ansprache des Papstes und Segen „Urbi et Orbi"

VRGHESIVS·ROMANVS·PONT·MAX·AN·MD XII·PONT VII

In der Gemeinschaft der Heiligen

Seligsprechung von Adolph Kolping am 27. Oktober 1991 (linke Seite);
Gebet zu Maria, der „Lieben Frau von Einsiedeln" am 15. Juni 1984 beim Besuch in der Schweiz (rechts)

Johannes Paul II. in Afrika

Landung in Kinshasa (Zaire/Kongo) am 2. Mai 1980 beim ersten Besuch

Besuch in Afrika

SKOL

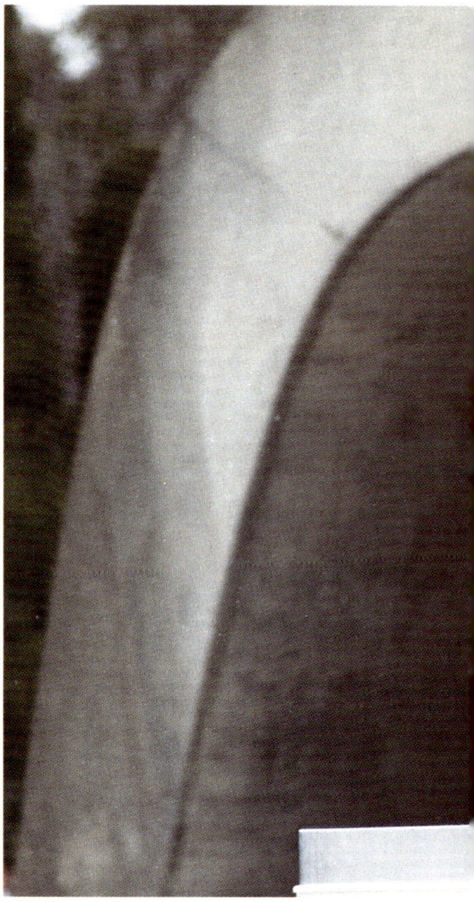

Besuch des Papstes in Japan

Ansprache vor dem Mahnmal für den atomaren Angriff auf Hiroshima

Feier der Eucharistie

„Das Zentrum meines Lebens“

Besuch Johannes Pauls II. in seinem Heimatland Polen

Besuche des Papstes in Deutschland:

Eucharistiefeier auf dem Flugplatz Senne/Paderborn am 22. Juni 1996;
Begüßung des Papstes in Paderborn

Landung im Grugastadion in Essen;
Empfang und Begrüßung
durch Bischof Dr. Franz Hengsbach am 2. Mai 1987

Der Papst auf Schalke ▶
Begegnung mit Bergleuten
im Gelsenkirchener Parkstadion
am 2. Mai 1987

Im Gelsenkirchener Parkstadion

Der Papst – versunken im Rosenkranzgebet
und im Gottesdienst

Ökumenischer Gottesdienst
im Hohen Dom zu Paderborn am 22. Juni 1996

Neben dem Papst (von links):

Erzbischof Dr. Johannes Joachim Degenhardt von Paderborn

Pastor Uwe Kühne, Bund Evangelisch-Freikirchlicher Gemeinden in Deutschland

Metropolit Augoustinos Lambardakis der Griechisch-Orthodoxen Metropolie von Deutschland und Exarch von Zentraleuropa

Rechts vom Papst:

Landesbischof Dr. Horst Hirschler der Evangelisch-Lutherischen Landeskirche Hannovers, Leitender Bischof der Vereinigten Evangelisch-Lutherischen Kirche Deutschlands (VELKD), Vizepräsident des Lutherischen Weltbundes und Mitglied des Rates der Evangelischen Kirche in Deutschland

Landessuperintendent Walter Herrenbrück der Evangelisch-reformierten Kirche

Bischof Dr. Karl Lehmann von Mainz, Vorsitzender der Deutschen Bischofskonferenz

◄

Begegnung mit den Mitgliedern der Deutschen Bischofskonferenz
in Paderborn am 22. Juni 1996

Eine Gruppe von Bischöfen mit dem Papst
vor dem Priesterseminar „Collegium Leoninum"

Im Vordergrund (von links):

Kardinal Joachim Meisner, Erzbischof von Köln
Kardinal Joseph Ratzinger, Präfekt der Glaubenskongregation
Erzbischof Johannes Joachim Degenhardt von Paderborn
Kardinal Angelo Sodano, Kardinalstaatssekretär

Rechts neben dem Papst:

Weihbischof Helmut Bauer von Würzburg
Weihbischof Vinzenz Guggenberger von Regensburg
Erzbischof Johannes Dyba von Fulda
Kardinal Friedrich Wetter, Erzbischof von München-Freising

Kardinal Christoph Schönborn

Johannes Paul II. und der Katechismus der katholischen Kirche

Am 25. Juni 1992 empfing der Heilige Vater in seiner Privatbibliothek in einer ganz einfachen Zeremonie einige Mitglieder der Katechismuskommission und der Redaktionskommission, um in einer kurzen Rede das Wort auszusprechen, das seit dem Beginn dieses Werks als seine Krönung erwartet wurde: „Ich approbiere den Katechismus der katholischen Kirche".

Dieses Wort hat dem Katechismus, der durch die vom Papst ernannte Kommission erarbeitet wurde, den Charakter eines Dokuments des obersten Lehramtes verliehen. In ihm spricht die Gesamtkirche ihren Glauben aus. Es wurde schon gesagt, die Veröffentlichung des Katechismus der katholischen Kirche sei einer der wichtigsten Akte des Pontifikates Johannes Pauls II., und er selbst hat dem nicht widersprochen.

Der Papst hat bei diesem Katechismuswerk eine ausschlaggebende Rolle gespielt – eine Rolle der geistlichen Vaterschaft und, möchte ich sagen, auch Mutterschaft. Und er hat ihm durch die Approbation vom 25. Juni 1992 sein Siegel aufgedrückt.

Gewiß bleibt im Mysterium der Kirche das meiste verborgen, und wir wissen nicht alles über die unsichtbaren Fäden, das Gebet, das Leiden, die Opfer, die Hingabe, die Liebe des Heiligen Vaters, welcher der Gruppe der Bischöfe, die für die Ausarbeitung verantwortlich waren, ermöglicht hat, dieses große Unternehmen zum Abschluß zu bringen. Zunächst möchte ich ein Wort über das Vertrauen des Heiligen Vaters sagen. Die Arbeit am Katechismus hat es mir als dem Sekretär des Redaktionskomitees gestattet, zahlreichen Audienzen des Papstes beizuwohnen – jedesmal, wenn er die Katechismuskommission empfing – und das tiefe väterliche, brüderliche Vertrauen Johannes Pauls II. zu seinen Mitbrüdern im Bischofsamt zu verspüren. Auch darin liegt ein Geheimnis der Gemeinschaft, der Kollegialität, wie das Zweite Vatikanische Konzil es nennt, aber stets untrennbar damit verbunden ein zugleich objektives und persönliches Geheimnis.

Wenn er Kardinal Ratzinger zum Präsidenten und damit zu dem im Namen des Papstes für die Ausarbeitung des Katechismus Verantwortlichen ernannt hat, war das wiederum Ausdruck des tiefen Vertrauens, das sich in sehr nüchterner Form, ohne sentimentale Gefühlsäußerungen, in der Beziehung Johannes Pauls II. zu seinen bischöflichen Mitbrüdern, zumal zu Kardinal Ratzinger, wahrnehmen läßt. Ich denke an gewisse Fotos der Audienzen; sie täuschen nicht, wenn man sieht, wie die beiden Hirten einander vertrauensvoll anblicken.

Ich sage das, weil natürlich eine Arbeit wie die am Katechismus Alltäglichkeitscharakter hat wie die Arbeit im Haushalt, die Bereitung des Essens für die Familie, die Abfassung einer Dissertation oder das Pflücken von Kirschen, kurz wie alles, was man im täglichen Leben zu tun hat. Sie ist eine ganz alltägliche, manchmal schwere, oft sehr anspruchsvolle Arbeit. Sie wäre nicht zustande gekommen, wenn sie nicht getragen worden wäre durch die vertrauende, gläubige, liebende Gemeinschaft, die Johannes Paul II. mit seinen bischöflichen Mitbrüdern, insbesondere mit Kardinal Ratzinger, verbindet. In dieser Gemeinschaft ist wirklich etwas vom Mysterium der Evangelisation und der Katechese, der Glaubensübermittlung zu verspüren. Wenn die Bischöfe der Synode von 1985 nach einem Katechismus verlangt haben, dann nicht deswegen, weil ihnen vor der Zukunft bangte oder weil sie der

Meinung waren, man müsse (wie man gelegentlich sagte) „sich wieder in die sichernden Bastionen des vorkonziliaren Katholizismus zurückziehen". Vielmehr waren sie vom tief verspürten und als dringlich empfundenen Verlangen getrieben, den Glauben untrennbar von der Gabe des Lebens vorzulegen. Bekanntlich ist das erste Wort des Katechismus der Satz aus dem Johannesevangelium, den schon der Katechismus des Konzils von Trient als Motto vorangestellt hatte, wie dann auch der neue Katechismus:

„VATER,... das ist das ewige Leben,
daß sie dich, den einzigen wahren
Gott erkennen und Jesus Christus,
den du gesandt hast" (Joh 17,3).

Das Leben haben durch die Erkenntnis, aber durch die Erkenntnis im kernigen, biblischen Sinn: Erkenntnis als Verbindung und Lebensgemeinschaft mit dem einzigen Gott und seinem Sohn Jesus Christus.

Dieses Verlangen, dieser Wunsch, Leben zu geben, ein väterliches und mütterliches Verlangen, hat den Bischöfen der Synode von 1985 den Gedanken eingegeben, um einen solchen Katechismus zu bitten. Wie schmerzlich ist es ja zu sehen, daß dieses Leben nicht hinreichend übermittelt wird! Wie nachdrücklich ist die Aufforderung der christlichen Liebe, dieses Leben zu schenken, es zu übermitteln! Wer 1984 dem Besuch des Heiligen Vaters in der Schweiz beigewohnt hat, wird sich an seine Rede erinnern, die er am Dreifaltigkeitssonntag auf dem Flugplatz von Sitten improvisiert hat. Man vernahm die zwischen den Bergen widerhallende Stimme Johannes Pauls II., der von der „allerheiligsten Dreifaltigkeit" sprach und die Walliser und alle anwesenden Gläubigen bat: „Der Glaube eurer Väter bleibe auf immer der Glaube eurer Kinder". Das ist die tiefe Inspiration dieses Katechismus.

Wozu ein Katechismus?

„Ein wirklich segensreiches Buch, der Katechismus!" Das sagte ein gewisser Albino Luciani, ein großer Katechet – selbst während der dreiunddreißig Tage, da er auf dem Stuhl Petri saß – in seinem 1949 veröffentlichten Buch „Catechesi in briciole"[1]. Darin preist er den Katechismus mit dem Herzen eines Vaters, der den Glauben und somit das Leben übermitteln will, und sagt: „Ein wirklich segensreiches Buch, der Katechismus! Pius XI. nannte ihn die ‚Königin der Bücher', und Pius XII. sagte von ihm: ‚Dieses winzige Buch ist mehr wert als eine ganze Enzyklopädie; es enthält die Wahrheiten, die man glauben muß, die Pflichten, die man zu erfüllen hat, die Hilfsmittel für die eigene Heiligung. Was gibt es Wichtigeres auf Erden? Es ist das Buch der Weisheit, die Kunst, recht zu leben, es bringt der Seele Frieden und bietet in Prüfungen Sicherheit. Es lehrt uns, wie man Gott gefällt."[2]

Man wird einwerfen, dieses „winzige Buch" sei ein wenig groß geraten! Warum also ein so großer Katechismus?

Ich möchte zunächst einige Worte über die Bedeutung des Katechismus im Leben der Kirche sagen, sodann einige Merkmale dieses Katechismus nennen, und am Ende werden wir uns ein wenig seinen Plan ansehen.

I. Der Katechismus im Organismus des christlichen Lebens

Die Kirche übt ihre Mutterschaft auf vielen Wegen aus, insbesondere aber im Katechismus. Auf diesem Gedanken insistiert der neue Katechismus sehr: auf der Mutterschaft der Kirche. Der hl. Cyprian sagt einmal, und der Text wird (in Nr. 181) zitiert:

„Niemand kann Gott zum Vater haben, der die Kirche nicht zur Mutter hat."

1
In deutscher Übersetzung: „Unseren Kindern zuliebe", Graz 1992.

2
Ebd., S. 117-118.

Man kann nicht Kind sein ohne Mutter, und man kann keinen Vater haben, ohne eine Mutter zu haben. Wir alle sind auf die Mutterschaft der Kirche angewiesen.

Die Sprache des Glaubens

Diese Mutterschaft äußert sich zuerst in der Übermittlung des Lebens. Diese Übermittlung geschieht durch die Sakramente, aber auch durch die Sprache. Die Glaubenssprache ist für das Glaubensleben überaus wichtig. Es gab einen berühmten Kaiser, Friedrich II., der durch ein Experiment herausfinden wollte, welches die Ursprache der Menschheit sei. Er glaubte, das Hebräische, weil Gott zu seinem Volk hebräisch gesprochen habe. Er machte nun das ziemlich grausame Experiment: Er ließ neugeborene Kinder ohne jeden Kontakt mit einer Sprache aufziehen. Sie hatten zwar Ammen, denen es aber streng verboten war, mit diesen Säuglingen zu sprechen: Alle Kinder starben ...

Der Mensch kann nicht leben ohne das Wort seiner Mutter, das Wort seiner Eltern. Das Wort verschafft Zugang zum Leben, zur Welt, zur Wirklichkeit. Nun aber muß diese Sprache eine gemeinsame Sprache sein: Wenn die Mutter eine absolut isolierte, einzigartige Sprache hätte, könnte sie ein Kind nicht zum menschlichen Leben aufziehen; es fände keinen Zugang zur Menschengemeinschaft. Man benötigt eine gemeinsame Sprache, die ganz persönlich ist – das Wort *dieser* Mutter zu ihrem Kind –, aber doch allgemein gesprochen wird und von anderen verstanden werden kann und die es so ermöglicht, Zugang zur Kommunikation, also zur Gemeinschaft der Menschen zu haben.

Diesen *Gemeinschafts*aspekt der Glaubenssprache hat man jedoch in den letzten Jahren zu sehr vernachlässigt. Der Katechismus hingegen lebt aus der Überzeugung, daß eine allen Gläubigen gemeinsame Glaubenssprache nötig ist.

Diese gemeinsame Sprache ist natürlich zunächst die Sprache der Bibel, die Sprache, in der uns das Wort Gottes übermittelt worden ist. Aber wir benötigen die Übertragung dieser Sprache des Gotteswortes in eine Sprache der Kirche. Die *Übertragung* der Sprache des Glaubens läßt sich vom Glauben selbst nicht trennen; wir können in der Kirche nicht als „Nominalisten" leben. Sprache und Wirklichkeit sind zwar voneinander verschieden, dürfen aber nicht voneinander geschieden werden.

Wie spricht unsere Mutter, die Kirche, zu uns? Erstens dadurch, daß sie uns das Wort Gottes übermittelt. In bezug auf diese Glaubensübermittlung ist als erstes der Sachverhalt festzuhalten, daß wir die Heilige Schrift nicht außerhalb der Mutterschaft der Kirche finden. Die Heilige Schrift steht nicht über der Kirche; sie ist in der Kirche, wurde der Kirche anvertraut, und die Kirche hat zu Beginn ihrer Geschichte festgestellt, welches die Schriften sind, die uns das Wort Gottes übermitteln. Die Kirche hat den Schriftkanon zusammengestellt, bestimmt. Und wenn wir heute die apokryphen Evangelien von den echten unterscheiden können, hat uns das ein Akt der Kirche ermöglicht. Somit ermöglicht uns die Kirche, das Wort Gottes zu vernehmen. Der heilige Augustinus machte die im Katechismus (Nr. 119) zitierte Aussage: „Ich würde selbst dem Evangelium keinen Glauben schenken, wenn mich nicht die Autorität der katholischen Kirche dazu bewöge".

Das ist entscheidend wichtig.

Die Rolle des Gotteswortes

Im Zusammenhang mit der Mutterschaft, welche die Kirche in der Katechese ausübt, komme ich auf die Rolle des Gotteswortes im Katechismus zu sprechen.

Das Register der Zitate der Heiligen Schrift ist sehr beeindruckend: In diesem Katechismus finden sich Tausende von Bibelzitaten.

Freilich besagt das noch nicht viel; Zitate allein genügen nicht. Aber man kann sagen: Die erste Grundlage dieses Katechismus ist wirklich das Gotteswort, die Entgegennahme des Wortes Gottes. Die Katechese war schon immer in erster Linie Übermittlung des Gotteswortes, Darbietung und Entgegennehmen des Wortes Gottes. Sie weiß sich im Dienst eines echten Hörens, eines für das Gotteswort offenen, horchsamen und „gehorch-samen" Hörens.

Meines Erachtens ist es eine Katastrophe, die Kinder in der Katechese des Zugangs zum Wort Gottes zu berauben. Es läßt sich keinesfalls behaupten, die Kinder seien noch nicht imstande, es aufzunehmen. Wenn ich den von *Notre-Dame de Vie* erarbeiteten Aufbau der Katechese so sehr liebe, dann eben deshalb, weil er ganz von der Schrift inspiriert, ganz von ihr durchtränkt ist.[3] Welche Freude, wenn die Kinder das Wort Gottes, zumal das Evangelium, entdecken!

Der Katechismus will also erstens treues Hören auf das Wort Gottes sein; darum stützt er sich in erster Linie auf das, was uns das Wort Gottes sagt. Aber wie soll man dieses lesen? Wie soll man heute in der Katechese das Wort Gottes lesen?

Wir haben eine aufregende, schmerzliche Prüfung durchgemacht, die sich aber mit der Zeit als fruchtbar erweisen kann, obwohl sie auch viele Verheerungen angerichtet hat: es handelt sich um das ganze Problem der richtigen Verwendung der historisch-kritischen Exegese. Wie viele andere habe auch ich Perioden erlebt, wo man in der Katechese die Schrift nicht mehr zu verwenden wagte aus Angst, man stehe nicht auf der Höhe der kritischen Exegese. In der Konstitution *Dei Verbum* hat uns das Zweite Vatikanum eine gültige Antwort auf die Frage gegeben, wie in der Katechese die Schrift zu lesen ist. Gewiß muß man der Aussageabsicht der Autoren, dem wörtlichen Sinn und auch den Zeitverhältnissen sowie den jeweils üblichen literarischen Formen große Aufmerksamkeit schenken. Alle diese Aspekte hat die historisch-kritische Exegese erstaunlich erhellt, und es geht nicht darum, ihre Einsichten zurückzuweisen. Dank diesem Beachten der Geschichte, des konkreten Wortlauts ist die Inkarnation gewissermaßen spürbarer, greifbarer geworden; der inkarnierte Logos hat sich eine Erde, eine Sprache, eine Kultur, Sprech- und Ausdrucksweisen wie beispielsweise die Gleichnisse zu eigen gemacht. Das gehört zur Inkarnation, und das zu berücksichtigen ist für die Katechese wertvoll.

Aber in *Dei Verbum*, worin uns dieser Schlüssel für die Katechese in die Hand gelegt wird, sagt das Zweite Vatikanum, daß das nicht hinreicht, sondern daß „die Heilige Schrift in dem Geist gelesen und ausgelegt werden muß, in dem sie geschrieben wurde" (Nr. 12). Das heißt: Ohne den Heiligen Geist bleibt der Buchstabe toter Buchstabe, aber mit dem Heiligen Geist kann selbst ein kleines Staubkorn des Heiligen Landes, ein auf einem Stein des Heiligen Landes entdeckter Buchstabe zu einem feuersprühenden, glühenden Wort werden, denn wir werden im Geäder des Buchstabens das Feuer des Geistes entdecken.

Das Zweite Vatikanum gibt uns drei Richtlinien zur Lesung der Heiligen Schrift in der Kirche, in der Mutterschaft der Kirche.

Die erste ist die *Einheit* der Schrift. Im Katechismus finden sich, höchst einfach zitiert, sowohl Stellen aus dem Johannesevangelium wie aus den Evangelien von Markus, Matthäus und Lukas. Man weist den heiligen Johannes keineswegs zurück unter dem Vorwand, es sei ein neuerer oder weniger authentischer Text.[4] Führende Exegeten haben stark dazu ermuntert, nicht den

3
Die genannte Katechetische Reihe erscheint im Verlag Le Micocoulier, Notre Dame de Vie, F - 84210 Venasque.

4
Klaus Berger tritt in „Im Anfang war Johannes", Stuttgart 1997, sogar für die zeitliche Priorität des Johannesevangeliums ein!

exegetischen Moden zu erliegen, die bald Markus, bald Matthäus bevorzugen ... Nein: Alle vier Evangelien sprechen uns gleichwertig von Jesus, wie auch die vier Evangelien zusammengenommen. Die Einheit der Schrift ist auch die des Alten und des Neuen Testaments: beide erhellen einander. Es finden sich oft Worte des Alten Testaments, die durch das Neue erhellt werden, und umgekehrt.

Die zweite Richtlinie: die Einheit der *Überlieferung* der Kirche. Es ist die Mutterschaft *in actu* der kirchlichen Überlieferung, die uns ermöglicht, die Schrift zu lesen. Wie könnten wir, wir intelligenten Menschen des zwanzigsten Jahrhunderts, die sosehr belesen und gelehrt sind, uns bei der Schriftlesung für intelligenter halten als ein heiliger Augustinus? Gewiß, wir verfügen über ein überaus gutes technisches Rüstzeug: über archäologische Funde, Sprachkenntnisse usw., die dem heiligen Augustinus nicht zu Gebote standen. Sich aber einem heiligen Franziskus, der heiligen Klara und der heiligen Agnes und allen Heiligen in der Schriftlesung für überlegen halten, hieße wenig Verstand zeigen. Die Schrift in der Einheit der Überlieferung zu lesen ist also eine echte Vorbedingung der Exegese und somit der Katechese.

Deswegen legt der Katechismus mit der Schrift stets auch das Zeugnis der Kirchenväter, der großen Kirchenlehrer und vor allem der heiligen Männer und Frauen vor, welche die Theologen schlechthin sind.

Das Zweite Vatikanum hat uns noch eine dritte Richtlinie gegeben: die Analogie des Glaubens. Die Schrift ist in der *Analogie des Glaubens* zu lesen. Auch wieder die Heiligen geben uns dafür ein vortreffliches Beispiel. Letzte Woche hatte ich die große Freude, mit einer österreichischen Pilgerschar in Lourdes zu weilen, und während dieser vier Tage habe ich einzig das ansprechende Buch des bekannten Mariologen René Laurentin „Bernadette par elle-même" gelesen. Welche Kraft der Glaubensanalogie, um das Wort Gottes zu verstehen, liegt in den Worten Bernadettes! Man müßte unbedingt eine Symboltheologie der heiligen Bernadette schreiben: Alles, was die Geschehnisse an der Grotte umgibt, ist von solch symbolischer Dichte, daß diese uns durch die Analogie des Glaubens Zugang zur biblischen Symbolik verschafft.

Die Grundlage dieser katechetischen Mutterschaft der Kirche ist also die Heilige Schrift in ihrer Einheit, in der Einheit der Überlieferung und in der Analogie des Glaubens gelesen, das heißt im Heiligen Geist, der sie inspiriert hat.

Der Reichtum der Liturgie

Doch es gibt noch einen andern Ort, an dem die Kirche ihre katechetische Mutterschaft ausübt: die Liturgie. Wie der Katechismus sagt, ist die Liturgie der Hauptraum der Katechese der Kirche. Diese Wahrheit wird in der lateinischen Tradition vielleicht etwas übersehen; die ostkirchliche Tradition ist sich der Wichtigkeit der liturgischen Katechese viel bewußter.

Im Katechismus ist eine kurze Katechese über das liturgische Handeln zu finden. Der zweite Teil „Die Feier des christlichen Mysteriums" enthält einen ersten Abschnitt „Die sakramentale Heilsordnung", der eine Belehrung über die Bedeutung der Liturgie in der Kirche darstellt. Zuerst wird allgemein vorgelegt, was die Liturgie ist: „Werk der heiligsten Dreifaltigkeit" (Artikel 1). In einem zweiten Kapitel fragt Artikel 3 („Die Liturgie der Kirche feiern") in Untertiteln, von wem, wie, wo und wann die Liturgie gefeiert wird. Das bildet eine ganze Typologie der Liturgiefeier als Ort der katechetischen Mutterschaft der Kirche und sagt uns, wie die Kirche uns durch den Vollzug der Liturgie den Glauben übermittelt.

Die Liturgie hat den Vorzug, daß sie uns den Glauben so übermittelt, wie eine gute Mutter: mehr durch das, was sie lebt, als durch das, was sie lehrt. In der Liturgie hat nicht das didaktische Anliegen den Vorrang, sondern die Absicht, Gott zu loben, Gottesdienst zu feiern, also die darbringende, betende Haltung. Die Kirche, die sich selbst vergißt und ganz Hingabe zum Lob der Herrlichkeit Gottes ist, lehrt ihre Kinder, worin der Glaube besteht, indem sie den Gottesdienst feiert. Erst im Anschluß daran übt sie durch das Wort, die Predigt und die Worte der Liturgie auch eine direkte didaktische Rolle aus.

Die Wichtigkeit des Lehramtes

Der dritte Ort der katechetischen Mutterschaft der Kirche ist das Lehramt. In einem Katechismus spielt selbstverständlich das Lehramt der Kirche eine sehr gewichtige Rolle.

Zunächst das Lehramt der Konzilien. Natürlich ist das Zweite Vatikanum das Konzil, das in diesem Katechismus am meisten angeführt wird, weil er dessen Lehre übermittelt, aber das Zweite Vatikanum im Gesamtzusammenhang der Überlieferung und der Konzilien verstanden. Deshalb sind im Katechismus oft auch das Erste Vatikanum, das Tridentinum und alle großen Konzilien der alten Kirche zu finden, zuweilen selbst eines der kleinen Provinzialkonzilien mit ihrem oft so leuchtenden Glaubenszeugnis.

Auch das Lehramt der Päpste. Das von Johannes Paul II. ist in diesem Katechismus allgegenwärtig. Wer Dissertationen über den Katechismus verfassen will, muß Detektivarbeiten leisten, um die impliziten Zitate Johannes Pauls II. zu ermitteln: es sind Hunderte. Man hat sich nämlich an folgendes Prinzip gehalten, das ein guter Grundsatz in bezug auf lehramtliche Texte ist: Man führt nur die großen Dokumente ausdrücklich an: die Enzykliken, die Apostolischen Mahnschreiben, nicht aber das, was der Heilige Vater sonst sagt. Allerdings werden die, die mit seiner gewöhnlichen Unterweisung vertraut sind, leicht Stellen aus den Mittwochskatechesen und manche anderen Texte erkennen: Briefe, Predigten, Ansprachen ... Johannes Pauls II.

Neben dem Lehramt des Konzils und des Papstes ist unbedingt das Lehramt der mit dem Papst verbundenen Bischöfe zu nennen. Seit dem Konzil wurde an keinem anderen Dokument so intensiv vom gesamten Episkopat der Weltkirche mitgewirkt wie an diesem Katechismus. Das Projekt des Textes ist allen Bischöfen zugegangen. Zahlreiche Verbesserungen, Änderungen, Ergänzungen sind aus den über 1000 Eingaben und den etwa 25000 konkreten „modi" (Änderungswünschen) in den endgültigen Text eingeflossen. Die bischöfliche Kollegialität ist hier voll zum Tragen gekommen.

Das Lehramt ... daß man doch durch diesen Katechismus wieder den mütterlichen Charakter des Lehramtes entdecken würde! Wie sehr leidet man unter den Karikaturen des Lehramtes, die man allseits erblicken kann! ... Darin wird das Lehramt sehr oft als knechtend hingestellt, während es doch eine zärtliche Geste der Kirche ist, uns den Glauben zu lehren und uns vor Verirrungen zu bewahren wie eine Mutter, die zu ihren Kindern ohne Arroganz mit viel Geduld sagt: „Paßt auf, wenn ihr in diese Richtung geht; das ist nicht der richtige Weg". Mit welcher Geduld handelt die Kirche oft selbst in den Fällen, wo Ungestüm sie eigentlich hätte drängen müssen, sehr heftig und kraftvoll zu reagieren ... Die Kirche ist geduldig, selbst wenn sie nein sagen oder bestrafen muß.

Das Zeugnis der Heiligen

Ein vierter vorzüglicher Ort der katechetischen Mutterschaft der Kirche sind natürlich die heiligen Männer und Frauen. In diesem Katechismus haben sie einen vorrangigen Platz: In fast jedem Artikel, in fast jeder Texteinheit haben die Heiligen das letzte Wort. Was das Lehramt uns durch den Katechismus sagt, die darin dargelegte Lehre wird in einem Ausspruch eines Heiligen, einer Heiligen gewissermaßen zusammengefaßt. Das entspricht der Verbindung zwischen Katechese und Leben, von der man mit Recht viel gesprochen hat, denn man muß zwischen der Lehre und dem Leben eine Brücke schlagen, und dies tun vor allem die Heiligen.
Das also waren einige Worte über den mütterlichen Charakter der Katechese.

II. Nova et vetera
Der Inhalt des Katechismus

Was ist in diesem Katechismus alt und was neu? Sicher sind in ihm ja einige neue Elemente zu finden und andere, die der großen Tradition der Katechese angehören.
Es gibt darin, glaube ich, erstens etwas Neues in folgender Hinsicht: Man wollte den Großen und den Kleinen Katechismus miteinander vereinen. In diesem Katechismus ist das zu finden, was Albino Luciani vom Kleinen Katechismus gefordert hat: „Sagt es kurz!": Kurztexte, die jeden Artikel abschließen. Wenn man sie zusammennimmt, macht das einen Kleinen Katechismus von fünfzig Seiten aus. Man sollte das zwar nicht tun, es geschieht aber bereits. Und diese Texte geben wirklich in kurzen, zusammenfassenden Sätzen, die oft der Schrift oder den Worten eines Heiligen, der Liturgie oder des Lehramts entnommen sind, den Kerngehalt der betreffenden Lehre wieder. Es sind gutgeprägte und, wir hoffen es, einprägsame Formulierungen.
Einen Großen und einen Kleinen Katechismus miteinander verbinden heißt das Buch des Katecheten und das des Katechumenen, das des Glaubenslehrers und das des Glaubensschülers in einem einzigen Band vereinen. Indem man am Ende des langen Textes, der Darlegung, diese Kurztexte vorlegte, wollte man das, was sich sonst in zwei getrennten Bänden findet, in eine Synthese bringen.
Leben und Lehre miteinander verbinden: Oft kann der Katechismus das entsprechende Leben leider nicht übermitteln, aber er kann es stützen, es nähren. Mit den vielen Zeugnissen der Kirchenväter, der Bibel, der Heiligen, der Liturgie gibt dieser Katechismus ein ganzes Geäder des Lebens der Kirche wieder, was ermöglicht, das, was Lehraussage ist, mit einem ganzen erklärenden und auch dem Leben entnommenen Kontext zu bereichern.
Und zu den *nova et vetera* gehört auch das Bemühen, das Zweite Vatikanum und die große Tradition der Kirche miteinander zu verbinden. Das war ja eines der Anliegen der Synode von 1985: aufzuzeigen, daß das Zweite Vatikanum nicht von der Überlieferung zu trennen ist. Es gibt nicht ein „Vor-dem-Konzil" und ein „Nach-dem-Konzil", was eine ganz falsche Unterscheidung ist; chronologisch stimmt sie zwar, trifft aber nicht zu auf das Leben der Kirche. Es gibt nämlich nur eine Kirche, die Kirche Christi, und diese ist die gleiche, vor und nach dem Zweiten Vatikanum. Eine der Entdeckungen anhand dieses Katechismus ist für viele Gläubige die, den außerordentlich engen Zusammenhang der Überlieferung der Kirche zu sehen, wenn man das Zweite Vatikanum im Licht der früheren Konzilien, der Lehre der Päpste und der Kirchenväter liest.

III. Kurzer Blick auf den Aufbau

Der Katechismus hat vier Teile, vier Pfeiler der Katechese. Welch schöne Symbolik: Es gibt die vier Evangelien, die vier Kirchenväter, und die vier Pfeiler der Katechese: das Glaubensbekenntnis, die Sakramente, die Gebote und das Vaterunser.

Der Katechismus hält sich an einen sehr strengen Plan, der beim ganzen Werk durchgehalten wurde. Jeder Teil hat einen ersten und zweiten Abschnitt, wobei der erste die grundlegende Theologie des betreffenden Teils und der zweite die besondere Theologie, die besondere Darlegung bildet.

Besehen wir uns kurz den *ersten Teil: „Das Glaubensbekenntnis".*

Der erste Abschnitt ist mit „Ich glaube – Wir glauben" betitelt. Was heißt „glauben"? Man legt hier dar, was den Glaubensakt ausmacht, und spricht zuerst vom Träger des Glaubensaktes, dem Menschen, der ein „gottfähiges", für Gott offenes Wesen ist. Nach langen Diskussionen blieb man bei der Aussage: Der Mensch ist von Wesen aus ein religiöses Wesen; selbst wenn er es nicht weiß, selbst wenn er völlig säkularisiert erscheint, ist er doch stets „gottfähig" (Kap. 1), und alles in ihm ist von Gott und auf Gott hin gemacht.

Gott geht somit dem Menschen entgegen (Kap. 2), und der Mensch ist aufgerufen, Gott eine Antwort zu geben (Kap. 3) – Offenbarung und Glaube. Hier ist der Kerngehalt von „Dei Verbum", der Lehre des Konzils über die göttliche Offenbarung zu finden.

Darauf folgt „Das christliche Glaubensbekenntnis" (zweiter Abschnitt), das der trinitarischen Struktur des Credo entsprechend dreiteilig ist: „Ich glaube an Gott, den Vater" (Kap. 1), „Ich glaube an Jesus Christus, Gottes eingeborenen Sohn" (Kap. 2)[5] , und „Ich glaube an den Heiligen Geist" (Kap. 3).

Man hält sich an das Credo und beginnt folglich mit dem Glauben an den einen Gott: Ich glaube an Gott, den Vater, die Trinität, den Schöpfer, und an die ganze Lehre von der Schöpfung, die im Sündenfall endet: Die Lehre von der Erbsünde und vom Fall der Engel, was zu Jesus Christus überleitet, der „für uns Menschen und zu unserem Heil vom Himmel gekommen ist". Erbsünde und Erlösung sind also einander an die Seite gestellt.

Darauf folgen die christologischen und dann die pneumatologischen Artikel, zusammen mit der Lehre von der Kirche.

Vom *zweiten Teil, „Die Feier des christlichen Mysteriums"* war schon kurz die Rede. Er besteht aus: „Die sakramentale Heilsordnung" (erster Abschnitt) – was die Liturgie ist; „Die sieben Sakramente der Kirche" (zweiter Abschnitt), in drei Kapitel unterteilt: die Initiationssakramente (Kap. 1), die Sakramente der Heilung (Kap. 2) und die Sakramente des Dienstes für die Gemeinschaft (Kap. 3). Ich wünschte mir, daß alle Theologiestudenten diese hundert Seiten über die Liturgie und die Sakramente gut kennen. Eines der Anliegen dieses Katechismus ist eben die Grundausbildung der Seminaristen, der Katecheten und Katechetinnen, der Diakone und aller Laien, die eine theologische Grundausbildung erhalten wollen. Das neue Apostolische Mahnschreiben *Pastores dabo vobis* Johannes Pauls II. sagt (Nr. 62), daß das propädeutische Jahr für die Seminaristen und für alle, die eine theologische Ausbildung erhalten, sich dieses Katechismus bedienen könnte. Man verfügt hier über eine sehr synthetische Darlegung der Glaubenslehre als ganzer.

Darauf folgt der *dritte Teil: „Das Leben in Christus",* das, was man die christliche Moral, das christliche Handeln nennen könnte. Hier ist der erste Abschnitt, der längste aller vier Teile, denn es handelt sich um die ganze Darlegung dessen, was man die „Fundamentalmoral" nennt. Es ist eine meines Erachtens sehr ansprechende, sehr gehaltvolle, sehr

5
Der christologische Teil ist im Apostolischen Glaubensbekenntnis, das hier zur Grundlage genommen wird, wie erst recht auch in dem von Nizäa-Konstantinopel der längste des Credo.

theologale Darlegung, eine Katechese des christlichen Handelns, die keineswegs pelagianisch ist, sondern wirklich das Zusammenwirken unseres Willens und des Wirkens der Gnade betont.

Das kommt sehr klar darin zum Ausdruck, daß sich im Plan des ersten Abschnitts ein erstes Kapitel über die Würde des Menschen findet; die Berufung zur Seligkeit (Art. 2), zum Endziel des Menschen. Wir alle sind zu einem glückseligen Leben in Gott berufen; und wir sind auf dem Weg dazu als freie, nach dem Bilde Gottes geschaffene Geschöpfe (Art. 3). Gute Taten führen uns zum Leben, schlechte zum Tod (Art. 4). Aber auch die ebenfalls guten oder schlechten Leidenschaften spielen mit (Art. 5). Ist es verwunderlich, daß in der Katechese von Leidenschaften die Rede ist? Man muß leidenschaftlich sein, um ein Heiliger zu werden, und wir sollen alle heilig, folglich auch alle leidenschaftlich sein.

Damit aber eine Leidenschaft gut ist, muß sie voll integriert, in die Liebe des Guten und Wahren engagiert sein. Das macht ein Handeln gemäß dem Gewissen aus (Art. 6), was zu Tugenden führt (Art. 7), das heißt dazu, daß man gleichsam „im Guten verhärtet" ist: Man hat sich sosehr daran gewöhnt, das Gute zu tun, daß man sich dessen nicht mehr bewußt ist, es sogar vergißt. Das ist das Stadium, zu dem man gelangen soll. Denn man ist nicht schon dann tugendhaft, wenn man jedesmal daran denkt. Tugend ist, wenn das Gute wie von selbst erfolgt.

Die Sünde (Art. 8) besteht eben in der fehlerhaften Tat bzw. Haltung, die uns vom Weg zur Glückseligkeit abbringt.

Ein recht neues zweites Kapitel ist von *Gaudium et spes* inspiriert: „Die menschliche Gemeinschaft". Wir wandern nicht isoliert der Seligkeit entgegen, sondern sind für eine Gemeinschaft mit Gott und miteinander geschaffen. Die ganze so schöne und reichhaltige Lehre des Zweiten Vatikanums über die Person und die Gemeinschaft ist, zusammen mit dem Aspekt der sozialen Gerechtigkeit, hier zusammengefaßt.

Das dritte Kapitel sodann, „Das Heil Gottes", liegt ganz in der Linie des heiligen Thomas von Aquin: Die Würde des Menschen, unser Verlangen nach der Glückseligkeit führt zur Überlegung: Gehen wir ihr entgegen, und wie wird Gott uns auf diesem Weg beistehen? Er hilft uns äußerlich, indem er uns durch das alte Gesetz belehrt, und innerlich durch den Heiligen Geist, durch das neue Gesetz, und in unserem Gewissen durch das Naturgesetz. Er hilft uns auch durch die Gnade und die Rechtfertigung (Art. 2), und hier werden diesbezügliche glühende Worte der heiligen Theresia vom Kinde Jesu (die dem Hingabeakt an die barmherzige Liebe entnommen sind) angeführt. In dieser Hilfe, die Gott uns durch das Gesetz und die Gnade schenkt, finden wir ein weiteres Mal die Rolle der Mutter Kirche, die uns zum menschlichen und christlichen Handeln erzieht (Art. 3). Darauf folgen die zehn Gebote, die entsprechend dem Doppelgebot „Du sollst den Herrn lieben" (Kap. 1) und „Du sollst deinen Nächsten lieben" (Kap. 2) ausgefaltet werden.

Der *vierte Teil* endlich betrifft *„Das christliche Gebet".* Vom christlichen Handeln, der christlichen Moral ist nach den Sakramenten und dem Glaubensbekenntnis die Rede, um den Primat der Gnade zu betonen: Nicht indem man zuerst gut handelt, „verdient" man die Sakramente, sondern durch die Sakramente, die uns wiedergeboren werden lassen und wieder ins Leben versetzen, wenn wir es durch die Sünde verloren haben, können wir christlich handeln und der Glückseligkeit entgegengehen. Sodann wird die Frage gestellt: „Was ist Gebet?" Hier ist eine Art Definition des Gebets zu finden, welche die

kleine heilige Theresia von Lisieux großartig formuliert hat: „Das Gebet ist ein Aufschwung des Herzens, ein schlichter Blick zum Himmel, ein Ausruf der Dankbarkeit und Liebe ..." (Nr. 2558). Ein schlichter Blick, ein Aufschwung der Liebe – mit diesem Wort als Motto beginnt der Teil über das Gebet. Er enthält zwei Abschnitte. Erstens „Die Offenbarung des Gebetes. Die allgemeine Berufung zum Beten" (Kap. 1), ein sehr schönes Kapitel, das zeigt, wie sehr das Gebet dem Herzen des Menschen eingepflanzt ist. Der *homo capax Dei*, der gottfähige Mensch, ist, könnte man sagen, gebetsfähig. Zuerst ist die Rede vom Gebet „im Alten Bund" (Art. 1) mit den großen Betern. Der Erfahrungsaspekt steht wirklich im Vordergrund, die Erfahrung der großen Heiligen des Alten Bundes: das Gebet des Mose, Jakobs, Elijas – das die Karmeliten bezaubern wird und alle, die sie lieben. Dann vom Gebet „in der Fülle der Zeit" (Art. 2): vom Gebet Jesu, vom Gebet Marias. Schließlich vom Gebet „in der Zeit der Kirche" (Art. 2): Wie die Kirche betet und uns beten lehrt. Im zweiten Kapitel „Die Überlieferung des Gebetes" ist insbesondere ein Artikel über „Führer zum Gebet" zu finden (Art. 6); sodann folgt in Kapitel 3 „Das Gebetsleben" ein sehr schöner Text über „das Hohepriesterliche Gebet", der davon spricht, wie Jesus in seiner „Stunde" betet und sich dem Vater unterwirft.
Dieser Teil schließt ab mit einem Kommentar zum „Vater unser", zu dessen sieben Bitten.
Ich selber schließe diesen kleinen „Rundgang" durch den Katechismus mit einem Zitat nicht aus dem neuen Katechismus, sondern aus dem des Konzils von Trient, das aber im neuen Katechismus zitiert wird, zum Schluß der allgemeinen Einleitung über Katechismus und Katechese (KKK 25). Es bringt herrlich zum Ausdruck, was alle Heiligen gelehrt haben: Die Katechese muß zur Herzensumkehr, zur Tür des neuen Lebens führen, und diese Umkehr kann nur durch die Liebe hervorgerufen werden. Somit wird das große Geheimnis der Katechese stets die Liebe sein. Ich bin von Johannes Paul II. ausgegangen und glaube sagen zu können, daß alle, die am Katechismus gearbeitet haben, die Liebe des Petrus zu Jesus erlebt haben, die den Auftrag erhielt: „Weide meine Schafe!" Diese Liebe Johannes Pauls II. zu Jesus, die sich konkret umsetzt in seine Liebe zu den Schafen Jesu, für die er sein Leben hingeben soll und denen er das Leben schenken soll durch den Glauben, den er übermitteln will.
Und hier nun abschließend die Aussage des Katechismus von Trient:
„Die ganze Belehrung und Unterweisung muß auf die Liebe ausgerichtet sein, die kein Ende hat. Mag man also etwas vorlegen, was zu glauben, zu erhoffen oder zu tun ist – immer ist dabei vor allem die Liebe zu unsrem Herrn zu empfehlen, damit jeder einsieht, daß alle Werke vollkommener christlicher Tugend einzig und allein in der Liebe entspringen und auf kein anderes Ziel ausgerichtet werden können als auf die Liebe."[6]

(Übersetzung aus dem Französischen: Dr. August Berz)

6 Zitiert nach dem Katechismus der Katholischen Kirche, Prolog, Nr. 25.

Jerzy Bajda/Jaroslaw Merecki SDS

Die theologische Vision Johannes Pauls II.

I. Grundlagen

1. Der theologische und ekklesiale Kontext

Weil die Theologie Johannes Pauls II. Ausdruck der Lehre der Kirche überhaupt ist, bildet nicht das Denken des Philosophen und Theologen K. Wojtyla den unmittelbaren Kontext der Äußerungen des Papstes, sondern die Lehre der Kirche als Ganzes in ihrer historischen Entwicklung. Johannes Paul II. ist als Theologe, aber zugleich Lehrer der Weltkirche, er identifiziert sich mit der Lehre der Kirche und ist ihr bevollmächtigter Hüter und Verkünder. Das nächstliegende Glied in der Kette der Glaubenstradition bildet die Lehre des Zweiten Vatikanischen Konzils, dessen Festlegungen für Johannes Paul II. die Norm des Glaubens und der Lehre bilden.[1] Zugleich aber erwächst das theologische Denken des Papstes aus seiner persönlichen intellektuellen Bildung und seiner geschichtlichen Erfahrung, durch die es charakteristisch geprägt wird, so daß wir durchaus von spezifischen Zügen der Theologie Johannes Pauls II. auf dem Hintergrund der bisherigen Lehre der Kirche sprechen können.

2. Zur Methode

Die Methode des Philosophen K. Wojtyla in seinen anthropologischen und ethischen Untersuchungen beruht (in Anknüpfung an das scholastische Prinzip „agere sequitur esse") darin, daß der Mensch durch das Medium seiner Tat betrachtet wird. Die Tat stellt für Wojtyla den Akt dar, der die Subjektstruktur des Menschen am vollständigsten enthüllt. Eine solche Anthropologie entfaltet Karol Wojtyla etwa in seinem philosophischen Hauptwerk Osoba i czyn.[2] Von der philosophischen Anthropologie her überträgt Johannes Paul II. diese Methode dann auch auf das Gebiet der Theologie. Theologie ist in erster Linie das Wort Gottes über sich selbst (Bohoslowie), allerdings ein Wort, das um des Menschen willen und für den Menschen gesprochen wird. Die Theologie ist eine Explikation und Interpretation des Wortes des lebendigen Gottes. Dieses Wort ist vor allem Christus – der Erlöser des Menschen. Gott-Vater offenbart sich durch die Liebe, d.h. die Tat, daß er den Menschen seinen Sohn – das Wort – schenkt. Gottes Tat für den Menschen ist die Tat der Menschwerdung und der Erlösung, durch die Gott sich selbst offenbart (Christus offenbart den Vater im Heiligen Geist) und dem Menschen gleichzeitig die Wahrheit über ihn (den Menschen) selbst offenbart.[3] Wenn zahlreiche Richtungen des menschlichen Denkens geneigt waren, Theozentrik und Anthropozentrik einander gegenüberzustellen, so zeigt Johannes Paul II., daß dieser Gegensatz in Christus aufgehoben wurde. Die spezifische Anthropozentrik Gottes selbst, der zur Erlösung des Menschen seinen Sohn zum Kreuzestod hingibt, nimmt im theologischen Denken von Johannes Paul II. die Form einer theologischen Christozentrik an. Dies ist einerseits eine methodologische Christozentrik. Da in Christus, in der Tat des Gott-Menschen, die Wahrheit über Gott und über den Menschen ihren vollständigen Ausdruck gefunden hat, kann die göttliche Selbstoffenbarung sowie das Verhältnis Gottes zum Menschen und des Menschen zu Gott nicht anders erfaßt werden als nur durch das Prisma des Mysteriums Christi. Andererseits ist dies eine gegenständliche Christozentrik, weil das Christusgeheimnis im Mittelpunkt des Glaubens der Kirche steht, die „nicht aufhört, das Geheimnis Christi in seiner Gesamtheit zu betrachten".[4] Weil Christus von Anfang an im Zentrum des Glaubens und Lebens der Kirche steht, befindet er sich auch im Mittelpunkt der Unterweisung des Lehramtes der Kirche und der Theologie.

1 Vgl. z.B. *Christifideles laici*, Nr. 19.

2 Karol Wojtyla, Krakau 1969 (Person und Tat, Freiburg 1981).

3 *Redemptor hominis*, besonders Nr. 8-10.

4 Ebd., Nr. 10.

3. Glaube und Theologie

Der Glaube stellt für den Menschen die Antwort auf die Tat Gottes dar; er äußert sich als volle, vertrauensvolle Hingabe an Gott. Seine personalistische Sicht des Glaubens hat Johannes Paul II. im Dialog mit der mystischen Theologie erarbeitet, vor allem mit der Theologie des hl. Johannes vom Kreuz. In dieser Sicht bildet die Mystik die tiefste Strömung der christlichen Tradition. Unter Glauben versteht diese die Begegnung mit dem lebendigen Gott, mit einem Gott, der die Liebe ist, und dieser Glaube öffnet den Weg zur Teilnahme am Leben der Allerheiligsten Dreifaltigkeit. Wahre Theologie kommt immer vom Glauben an das Wort Gottes und will zu diesem Glauben hinführen.[5] Weil der Glaube ein unbedingtes ‚Ja' zu Jesus Christus bedeutet – zu dem Wort, in dem Gott sich vollständig und endgültig mitgeteilt hat –, ist die Theologie für Johannes Paul II. nicht nur eine philosophische Interpretation der Offenbarung, sondern bedeutet vor allem eine persönliche Bindung an Christus. Diese personale Verbindung zwischen dem Gläubigen und Jesus Christus verleiht der Theologie eine zugleich christologische und kirchliche Dimension.[6]

Für die Theologie ist das Bemühen um das Verständnis des Glaubens wesentlich. Die göttliche Wahrheit hat aber den Vorrang jeder Art von Wissenschaft gegenüber, da für letztere der Bezug zur Wirklichkeit in der Wahrheit grundlegend ist. Die Theologie ist – als ein an Gottes Wissen teilhabendes Wissen – das rechte Verständnis „dieser Wirklichkeit, die ohne endgültige Klarheit, das heißt die Fülle der beseligenden Anschauung Gottes, nur als endgültige Frucht des Glaubens erreichen kann".[7]

4. Theologie als Zeugnis

In Jesus Christus wird der Mensch zum Zeugen und Propheten Gottes. Das Bekenntnis, das Jesus vor Pilatus abgelegt hat, bildet für Johannes Paul II. das Prinzip und Programm für diejenigen, die das Wort der Wahrheit angenommen haben. Die Annahme dieses Wortes und der dadurch begonnene „Umgang im Glauben mit dem Geheimnis Gottes" macht den Menschen zum Zeugen der Wahrheit. Johannes Pauls II. Konzeption des Zeugnisses liegt die Theorie des Wechselverständnisses von Person und Tat zugrunde. Die Stärke und Wahrheit des Zeugnisses hängen vom Grad der Übereinstimmung von Subjekt und Tat ab. Eine absolute Identität von Subjekt (Person) und Tat gibt es allein in Gott: die ganze Wahrheit Gottes ist in seiner Tat enthalten (Gott ist die Liebe). Der menschlichen Person ist diese Identität als Erfordernis der Übereinstimmung mit der Wahrheit des eigenen Seins als „Abbild Gottes" sittlich aufgegeben. Darauf gründet sich die Möglichkeit und zugleich die Notwendigkeit – also die Berufung –, die dem Menschen in Christus offenbarte göttliche Wahrheit zu bezeugen. Aus diesem Zeugnis wird die Theologie geboren: sie stellt vor allem ein Zeugnis dar, und zwar durch Teilnahme am Zeugnis Christi. Die Kraft dieses Zeugnisses stammt vom Heiligen Geist, der der Kirche verliehen wurde. Er bringt den „Glanz der Wahrheit" Christi in die Herzen der Gläubigen. Das Zeugnis enthüllt voll und ganz die innere Dynamik des Glaubens, die zur völligen Selbsthingabe an Gott als Antwort auf sein unermeßliches Geschenk strebt. Deshalb ist das Zeugnis Johannes Paul II. zufolge die Seele der Theologie und nimmt manchmal sogar die Form des Martyriums an.[8]

II. Hauptthemen der Theologie Johannes Pauls II.

1. Der dreieinige Gott

Das Geheimnis der Heiligen Dreifaltigkeit stellt die offenbarte Wirklichkeit par excellence dar. Die Lehre Johannes Pauls II. über dieses Geheimnis ist vor allem in der Trilogie der den einzelnen Personen der Heiligen Dreifaltigkeit gewidmeten Enzykliken *Redemptor hominis, Dives in misericordia* und *Dominum et vivificantem* sowie in der Serie der Mittwochskatechesen enthalten.

5
Vgl. *Pastores dabo vobis*, Nr. 53.

6
Vgl. *Veritatis splendor*, Nr. 109.

7
Ansprache an den Ostmitteleuropäischen Theologenkongreß an der katholischen Universität Lublin 11.-15. August 1991: DAS 1991, S. 587.

8
Veritatis splendor, Nr. 90-94; vgl. DAS 1991, S. 589-591.

a) Menschwerdung

Dadurch, daß Gott seinen Willen offenbart, den Menschen zu erlösen, enthüllt er seine personale Natur; indem er in Christus dem Menschen begegnet, offenbart sich Gott auch als trinitarische Personengemeinschaft. So zeigt der Papst durch das Mysterium Christi den dreieinigen Gott als die Liebe, die den Menschen aufnimmt und das menschliche Leben in allen seinen Dimensionen durchdringt. Gott offenbart in Christus nicht nur sich selbst (d.h. er kommuniziert nicht nur die Wahrheit), sondern vor allem teilt er sich selbst mit (er kommuniziert die Liebe). In Christus ist die Synthese der Offenbarung gegenwärtig: Die Offenbarung der Wahrheit über Gott und die Offenbarung der Wahrheit über den Menschen geschieht durch denselben Akt, dasselbe Wort, dasselbe Geschenk: „in der Offenbarung des Geheimnisses des Vaters und seiner Liebe".[9] In Jesus Christus offenbart sich die Wahrheit über die Kommunion der Personen: des Vaters und des Sohnes im Heiligen Geist. Das Geheimnis der Menschwerdung bedeutet zugleich ein Zusammentreffen der tiefsten Absichten Gottes mit denen des Menschen: Gott will die Erlösung des Menschen, und der Mensch will Befreiung aus der Knechtschaft der Sünde und des Bösen (Ich glaube an Gott den Schöpfer). Indem Christus den Menschen von der Sünde befreit, überwindet dieser zugleich seine von der Sünde verursachte Entfremdung und führt ihn in die Wahrheit und Güte ein, d.h. in die Sphäre Gottes.[10] In Jesus Christus verwirklicht sich die ganze Wahrheit der Religion: die Initiative Gottes, der den Menschen sucht, um ihn zu erlösen, sowie die Antwort des Glaubens und der völligen, vertrauensvollen Hingabe an den sich offenbarenden Gott. Auf diese Weise stellt Jesus Christus einen Neuanfang dar; er ist die Erfüllung des Verlangens aller Weltreligionen und deshalb ihr „einziger und endgültiger Hafen".[11]

Der Sinn der Menschwerdung und der durch dieses Ereignis konstituierten Religion wird erst im Geheimnis des Pascha (Passah) und in dem „wunderbaren Tausch", der in ihm stattfand, vollständig erkennbar. Gerade hier hat sich Gott „auf wunderbare Weise dem Menschen mitgeteilt" und gleichzeitig den Ruf an den Menschen gerichtet, er möge – indem er sich selbst und mit sich zugleich die gesamte sichtbare Welt Gott hingibt – am göttlichen Leben partizipieren, um als sein adoptiertes Kind an dieser Wahrheit und Liebe teilzuhaben, die in Gott ist und die Gott ist.[12]

b) Der barmherzige Vater

Im Akt der Menschwerdung offenbart sich Gott, der Schöpfer des Weltalls, als ein Vater, der reich an Barmherzigkeit ist.[13] In der Theologie Johannes Pauls II. ist Christus die Inkarnation und Epiphanie der göttlichen Barmherzigkeit. Die Erlösung zeigt uns die Tiefe dieser Liebe, die nicht einmal vor dem „erschütternden Opfer des Sohnes"[14] zurückscheut. Wenn Johannes Paul II. die Barmherzigkeit als das „höchste" Attribut Gottes bezeichnet, dann will er damit keineswegs die Bedeutung der anderen Attribute schmälern. Aber die Barmherzigkeit bildet das Attribut von Gott-Vater, durch das sich Gott dem Menschen in der gesamten Heilsgeschichte offenbart. Zum vollständigen Zeichen der göttlichen Barmherzigkeit ist Jesus Christus in seinem Pascha-Mysterium geworden[15]. Im Kreuz Christi erkennen wir die tiefste Herabneigung Gottes voller Barmherzigkeit über das Schicksal des Menschen. Das Kreuz Christi spricht zu uns von einem Gott-Vater, der seiner urewigen Liebe zum Menschen unbedingt treu ist. An den gekreuzigten Sohn zu glauben, bedeutet für Johannes Paul II., die Barmherzigkeit des Vaters zu erkennen, das heißt zu glauben, daß es in der Welt eine Liebe gibt, die mächtiger ist als das Böse.

9
Gaudium et spes, Nr. 22; vgl. *Dives in misericordia*, Nr. 1.

10
Vgl. die Katechesen: Ich glaube an den Erlöser. Ich glaube an den Heiligen Geist.

11
Tertio millenio adveniente, Nr. 6.

12
Vgl. *Dives in misericordia*, Nr. 7.

13
Ebd., Nr. 3.

14
Ebd., Nr. 7.

15
Ebd., Nr. 7-8.

c) Der Tröster-Geist

Johannes Paul II. versteht alles göttliche Wirken als „Anfang der heilbringenden Selbstmitteilung Gottes", d.h. als „Gegenwart des Geistes"[16]. In der pneumatologischen Theologie des Papstes ist der Heilige Geist vor allem derjenige, der „die Welt überführen (und aufdecken) (wird), was Sünde, Gerechtigkeit und Gericht ist" (Joh 16,7 f.). Derselbe Heilige Geist überzeugt die Welt von der Notwendigkeit der Erlösung und gleichzeitig von der in Christus geschehenen Vergebung. Der Heilige Geist ist somit ein Geist, der belehrt, tröstet und belebt. Durch den Heiligen Geist wird die Kirche befähigt, Zeugnis abzulegen, und damit wird auch die Theologie möglich.[17] Durch das Wirken des Heiligen Geistes ist die Wahrheit von der göttlichen Liebestat in Kirche und Geschichte ununterbrochen präsent; sie stärkt den „inneren Menschen"und bereitet die definitive Gestalt des Reiches Gottes vor.[19]

2. Der Mensch

Die theologische Anthropologie Johannes Pauls II. besitzt zwei Pole: einen menschlichen und einen göttlichen. Zu einem organischen Ganzen verbindet sie Jesus Christus, dieses „Auge der Einsicht" in den Menschen und in Gott zugleich: der Gott-Mensch, die Verwirklichung der Liebe Gottes zum Menschen. Johannes Pauls II. theologische Anthropologie stellt eine Weiterführung und definitive Erfüllung der auf natürliche Erkenntnis gegründeten Anthropologie dar, und ihre Mitte bildet die Feststellung: Der Mensch kann sich ohne Christus nicht vollständig verstehen.[20] Die durch ein theologisches Verständnis vom Menschen ergänzte philosophische Anthropologie bezeichnet Johannes Paul II. als „adäquate Anthropologie". Der Mensch wurde durch die Liebe Gottes des Vaters erschaffen: Die „Genealogie der Person" hat ihren Ursprung im göttlichen „Ich will", durch das Gott die menschliche Person „nach seinem Bild und ihm ähnlich" erschafft, durch die sich in Christus offenbarende barmherzige Liebe erlöst und durch die Heiligung im Heiligen Geist auf das Niveau einer „neuen Schöpfung" hebt. In Christus enthüllt Gott dem Menschen seine transzendente Würde: In den Augen des Schöpfers muß der Mensch doch überaus wertvoll sein, wenn er einen so mächtigen Erlöser verdient hat, d.h. wenn Gott gerade für ihn „seinen eingeborenen Sohn hingegeben hat, damit er, der Mensch, nicht verlorengeht, sondern das ewige Leben hat" (Joh 3,16).[22] Gleichzeitig zeigt die Tat des Gott-Menschen dem Menschen das ganze Ausmaß seiner Sünde, wegen der Gottes Intervention in die menschliche Geschichte notwendig wurde – eine Intervention, die im Pascha-Geheimnis ihren Höhepunkt erreichte.

Die Interpretation des Menschen als Abbild Gottes, der urewigen Communio von Personen, veranlaßt Johannes Paul II. zu der These, daß der Mensch kraft seiner Seinskonstitution aufgerufen ist, sich selbst als uneigennütziges Geschenk an die andere Person hinzugeben sowie die andere Person auch als Geschenk anzunehmen sowie sich durch einen Akt des gegenseitigen Beschenkens zu einem unwiderruflichen Bund von Personen – zu einer communio personarum – zu konstituieren.[23] Die erste und grundlegende Gemeinschaft des unwiderruflichen Selbstgeschenks ist die Ehe und Familie.

Die Wahrheit über die Familie erkennt Johannes Paul II. im Lichte der Berufung Christi „auf den Anfang", der die ursprüngliche Absicht des Schöpfers mit dem Menschen zum Ausdruck bringt. Die Ehe ist eine Begegnung und ein Bund von Mann und Frau – der Dritte in diesem Bunde ist der personale Schöpfer, der ihn dazu bestimmt hat, neue menschliche Personen ins Leben zu rufen. In der Theologie Johannes Pauls II. bekommt die Ehe daher den Stellenwert eines Ur-Zeichens des schöpferischen Handelns Gottes in der Welt, und die Eheleute werden in den Rang von Teilnehmern an der schöpferischen Liebe Gottes erhoben[24].

In seiner Morallehre verweist Johannes Paul II. auf das volle Ausmaß des Ethos des Menschen als „Zeugen der Wahrheit" (vgl. weiter oben). Nur eine Freiheit, die sich von der

16 *Dominum et vivificantem,* Nr. 12.

17 Ebd., Nr. 127; vgl. die Katechesen: Ich glaube an den Erlöser.

18 Ebd., Nr. 58.

19 Ebd., Nr. 65.

20 Vgl. *Redemptor hominis,* Nr. 10.

21 *Brief an die Familien,* Nr. 9.

22 *Redemptor hominis,* Nr. 10.

23 *Brief an die Familien,* Nr. 7.

24 *Familiaris consortio,* Nr. 28; vgl. den Katechesenzyklus: Als Mann und Frau schuf er sie.

Wahrheit (von der einen Wahrheit) leiten läßt, kann der menschlichen Person zu ihrer authentischen Erfüllung verhelfen[25]. In seinem Gehorsam gegenüber dem Vater bis zum Tod am Kreuz offenbart Christus dem Menschen den wahren Sinn der Freiheit, die sich erst im uneigennützigen Geschenk seiner selbst vollständig verwirklicht.[26] Gott ruft den Menschen durch die Stimme des Gewissens und durch die Offenbarung dazu auf, die Wahrheit zu wählen; gleichzeitig wissen wir aus Erfahrung von der Möglichkeit freiwilliger Untreue des Menschen gegenüber der Wahrheit (Veruntreuung, Sünde). Dieses dramatische Geschehen des Untreu-Werdens des Menschen gegenüber der Wahrheit durch seine Freiheit verursacht das Drama des Gott-Menschen, Christus, des „Befreiers der menschlichen Freiheit" aus der Knechtschaft der Sünde.[27]

In der Enzyklika *Veritatis splendor* bekräftigt Johannes Paul II. mit dem ganzen Ernst seines Amtes die Existenz allgemeiner und unveränderlicher sittlicher Normen, die über die unantastbare Würde der menschlichen Person wachen. Ganz wesentlich zur Morallehre von Johannes Paul II. gehört die Proklamierung der Heiligkeit des menschlichen Lebens, das an der Würde und transzendenten Bestimmung der Person partizipiert. Im Lichte Christi, der das Leben ist, gewinnen alle Aspekte und Momente des menschlichen Lebens ihre volle Bedeutung und werden durch ihre übernatürliche Dimension vervollständigt.[28] Zum ersten Mal wurde in einem Dokument vom Rang einer Enzyklika die gesamte Wirklichkeit des Lebens unter dem Gesichtspunkt der Heiligkeit aufgezeigt und in den Mittelpunkt der Verkündigung des Evangeliums gestellt; gleichzeitig wurde die direkte Tötung einer unschuldigen menschlichen Person[29], die direkte Schwangerschaftsunterbrechung[30] und die Euthanasie[31] kraft der Petrus und seinen Nachfolgern erteilten Vollmacht Christi und in Gemeinschaft mit den Bischöfen der katholischen Kirche zum ersten Mal als „immer zutiefst unmoralisch" definiert. Johannes Paul II. verkündet damit die Wahrheit über den unvergleichlichen Wert der menschlichen Person, der in dem „Evangelium vom Leben" bekräftigt wurde, die mit Christus selbst identisch ist[32].

Christus steht auch im Mittelpunkt der Geschichtstheologie von Johannes Paul II. Eigentlicher Träger und Subjekt der Geschichte ist die Person, die das Unsterbliche festhält und entwickelt und die Dimension des Vergänglichen transzendiert. Den Leitfaden der menschlichen Geschichte bildet der Dialog Gottes mit dem Menschen, wodurch sie zugleich eine heilsgeschichtliche Dimension erhält; dieser Dialog hat schon im Augenblick der Erschaffung des Menschen begonnen, wird aber erst durch den im Leben der Kirche sakramental erneuerten radikalen Gehorsam Christi gegenüber dem Willen des Vaters adäquat deutlich. Christus ist der Herr der Zeit. In der Geschichtstheologie Johannes Pauls II. ist Christus der Anfang und die Erfüllung der Geschichte; jeder Augenblick wird von seiner Menschwerdung und Auferstehung erfaßt, um sich auf diese Weise in der „Fülle der Zeit" wiederzufinden.[33] Deshalb ist die Geschichtstheologie des Papstes in gewissem Sinne die umfassendste Theologie, weil sie eine Theologie aller Begegnungen zwischen Gott und der Welt darstellt.

3. Die Kirche

In der Ekklesiologie Johannes Pauls II. nimmt die Mutter des Erlösers einen ganz besonderen Raum ein. Als diejenige, die „als erste glaubte"[34] und alle seine Worte in ihrem Herzen bewahrte, ist Maria das Urbild der Kirche und begleitet diese auf ihrem Pilgerweg des Glaubens.[35] Johannes Paul II. betont, daß wahre Marienverehrung immer christozentrisch ist. Als Mutter des neuen Adam ist Maria die neue Eva, als Mutter des Erlösers ist sie die Mutter der Kirche.

25 Vgl. *Veritatis splendor.*

26 Vgl. *Gaudium et spes,* Nr. 24.

27 *Veritatis splendor,* Nr. 86.

28 *Evangelium vitae,* Nr. 1.

29 Ebd., Nr. 57.

30 Ebd., Nr. 62.

31 Ebd., Nr. 65.

32 Ebd., Nr. 80-81.

33 *Tertio millenio adveniente,* Nr. 11: VApS 119.

34 *Redemptoris mater,* Nr. 26.

35 Ebd., Nr. 25.

Die Wurzeln der Gemeinschaft der Kirche erblickt Johannes Paul II. in dem auf Kommunion angelegten Charakter der Person. Johannes Pauls II. Ekklesiologie ist eine Ekklesiologie der Communio: der Kommunion Gottes mit den Menschen und der zwischenmenschlichen Kommunion in Gott. In ihrer „senkrechten" Dimension stellt die Kirche eine Radikalisierung des von Gott selbst begonnenen Dialogs des Menschen mit Gott dar – eine Radikalisierung, die durch die innere Annahme des Wortes Gottes und des dem Menschen in den Sakramenten mitgeteilten göttlichen Lebens möglich wird.[36] Zugleich betont Johannes Paul II. deutlich die „waagrechte" Dimension der Kirche: Als Leib Christi bildet die Kirche eine Kommunion aller Gläubigen. Weil die Kirche in der Nachfolge Christi, des Erlösers des Menschen, steht, ist der Mensch der erste und grundlegende Weg der Kirche.[37] Je mehr die Sendung, die die Kirche zu erfüllen hat, auf den Menschen konzentriert ist, je „anthropozentrischer" sie also ist, desto theozentrischer muß sie gleichzeitig werden, d.h. in Jesus Christus auf den Vater hin ausgerichtet sein.[38]

Die Kirche fügt sich aus unterschiedlichen Berufungen und Ständen zusammen, die einander gegenseitig ergänzen. Die Priester erfüllen die Funktion der Hirten, und so vergegenwärtigen sie zeichenhaft den absoluten Vorrang der Gnade. Durch sie erkennt die Kirche, daß sie ihr Sein der Gnade Christi verdankt.[39] Und die Laien zeichnen sich nicht etwa durch „passiven Glaubensbesitz" aus, sondern sie partizipieren kraft ihrer Taufe ebenfalls am priesterlichen, prophetischen und königlichen Amt Christi. Ihr besonderes Charisma, alle menschlichen Unternehmungen auf die Wahrheit hin auszurichten, die Christus ist, schließt einen aktiven und apostolischen Glauben ein, der zur Gestaltung der irdischen Realitäten im Geiste der evangelischen Werte führt.[40]

Die Ekklesiologie Johannes Pauls II. wird unablässig von dem Bewußtsein begleitet, daß Christus die Einheit der Kirche will. Ökumenismus bedeutet vor allem ein gemeinsames Streben nach einer Rückkehr zu den Quellen des Glaubens. Der Lehre von Johannes Paul II. entsprechend kann die Einheit nur eine Frucht authentischer Umkehr und Treue zur Wahrheit sein, denn jeder Kompromiß in Glaubensdingen befindet sich im Widerspruch zu Gott, der die Wahrheit ist[41]. Gleichzeitig betont Johannes Paul II. die Notwendigkeit, das in anderen christlichen Gemeinschaften vorhandene Gute anzuerkennen und deren manchmal „bis zum Vergießen des Blutes" reichendes Zeugnis für den Glauben zu würdigen.[42] Die Verschiedenheit der Formen, in denen die Wahrheit des Glaubens ihren Ausdruck findet und die den Reichtum des Glaubens der Kirche darstellen, bedeutet jedoch keine Gefahr für die Einheit. Die Verkündigung des Evangeliums muß eine für die Menschen einer konkreten Zeit und Kultur verständliche Form annehmen (Inkulturation des Evangeliums) und durch die Durchdringung dieser Kultur mit den Werten des Evangeliums gleichzeitig zu ihrer Veränderung beitragen (Evangelisation der Kultur). Die zeugnishafte Verkündigung des Evangeliums kommt dem menschlichen Bewußtsein, dem Brauchtum und der jeweiligen Kultur entgegen und strebt einen Dialog auf der Ebene von Personen unter voller Achtung ihrer Freiheit an. Das Zeugnis der Kirche (die Evangelisierung) ahmt das „Modell" der Menschwerdung nach und steht in ihrer Fortsetzung. So wie sich Gott das wahre Menschsein „angeeignet" hat, um sich durch dieses mitzuteilen und zu offenbaren, eignet sich auch die Kirche den Inhalt und die Sprache der Kultur (bzw. der Kulturen) an, um den Inhalt des Evangeliums in dieser Form auszudrücken.[44]

(Übersetzung aus dem Polnischen: Herbert Ulrich)

36 *Christifideles laici*, Nr. 19.

37 Redemptor hominis, Nr. 14.

38 *Dives in misericordia*, Nr. 1.

39 Vgl. *Pastores dabo vobis*, Nr. 16: VApS 105.

40 *Christifideles laici*, Nr. 23.

41 Vgl. *Ut unum sint*, Nr. 18.

42 Ebd., Nr. 48.

43 Vgl. *Slavorum apostoli*.

44 Ansprache an den Theologenkongreß in Tschenstochau, Nr. 3: DAS 1991, S. 588.

Vincent Twomey S.V.D.

Der Beitrag von Johannes Paul II. zur Moraltheologie

Eine Würdigung des Beitrags des Papstes zur Moraltheologie ist ein gewagtes Unternehmen und zwar aus zwei gegenseitig bedingten Gründen. Zum einen gibt es eine fast uferlose Fülle von Quellen, ausgehend von seinen philosophischen Schriften aus seiner Lehrtätigkeit als Ethiker in Lublin, über seine unzähligen Predigten und öffentlichen Stellungnahmen zur moralischen und politischen Lage in der Welt von heute und in einzelnen Staaten, bis hin zu seinen zahlreichen Enzykliken, apostolischen Briefen, Homilien zur Mittwochsaudienz und dergleichen.[1] Es handelt sich nicht nur um die Schwierigkeit, sich mit einer solchen Stofffülle bekannt zu machen, sondern vor allem um die Tiefe und Originalität seiner Gedanken zum Wesen des Menschen und seiner durch Sünde und Gnade bedingten Handlungen zu erfassen und zur Sprache zu bringen.

I. Herausforderungen für die Moraltheologie

Warum die Fragen der Moraltheologie eine solche zentrale Stellung in der literarischen, katechetischen und pastoralen Tätigkeit des heutigen Papstes einnehmen, liegt auf der Hand: die Krise unserer heutigen Zivilisation, einschließlich der der Kirche, ist hauptsächlich moralischer Art. „Wer kann leugnen, daß unsere Zeit eine Zeit großer Krisen ist, die sich an erster Stelle als eine tiefe ‚Krise der Wahrheit' darstellt?"[2] – und zwar die Wahrheit über die menschlichen Grundwerte und Grundrechte. Gerade dies ist der tiefere Grund, warum eine Würdigung des Beitrags von Johannes Paul II. zur Moraltheologie ein gewagtes Unternehmen ist: er ist kontrovers im höchsten Maß, sowohl außerhalb als auch innerhalb der Kirche.

Papst Johannes Paul II. ist durch seine öffentlichen Stellungnahmen zur Politik und Moral im Laufe seines ereignisreichen, geschichtsträchtigen Pontifikats zur moralischen Hauptinstanz in unserer Welt geworden, die nicht einfach beiseite geschoben werden kann. Dies bedeutet nicht, daß alle Leute seinen Worten zustimmen können oder wollen. Und doch kann seine Stimme, vor allem im Namen der Schwächsten und Unterdrückten, nicht überhört werden. Er schafft Respekt, nicht zuletzt weil sein Leben seine Lehre deckt, obwohl seine Botschaft auf taube Ohren stößt. Wenn diese Anerkennung trotz praktischer Ablehnung seitens vieler Gesetzgeber, Medien und allerlei „emanzipatorischer" Bewegungen oft mehr außerhalb als innerhalb der Kirche zu finden ist, wird man die Ursache hauptsächlich der seit dreißig Jahren dauernden Auseinandersetzung unter katholischen Moraltheologen zuschreiben, welche seine moraltheologischen Lehrschreiben ursprünglich veranlaßt hat.

Als Konsequenz seines unermüdlichen Einsatzes für die Erneuerung der Moral und die Verteidigung der Menschenrechte werden in jüngster Zeit Stimmen laut, die den Papst sogar des „Fundamentalismus" beschuldigen. Es ist ein Schimpfwort, das als Ausredemechanismus dient, aber m.E. einer Verleumdung gleichkommt. Denn es gibt wohl

1
Alle seine Enzykliken und Apostolischen Schreiben, vor allem aber seine frühe, der Heiligen Trinität gewidmete Trilogie (*Redemptor hominis, Dives in misericordia, Dominum et vivificantem*) sind von Belang hinsichtlich seiner Moraltheologie, da sie seine theologische, genauer gesagt, theologisch-anthropologische Grundausrichtung beleuchten, die zum Verständnis seiner Morallehre unentbehrlich ist. Seine Doktorarbeit („Die Lehre über den Glauben bei Johannes vom Kreuz", Rom 1948) gehört auch zu einer ernsthaften, kritischen Untersuchung seiner Morallehre, sowie auch seine Gedichte, Theaterstücke und die Fastenexerzitien, die er für Papst Paul VI. und seine Mitarbeiter 1976 gehalten hat.

2
Brief Papst Johannes Pauls II. an die Familien: VApS 112, S. 31.

keinen Papst der Kirchengeschichte, einschließlich Gregors des Großen, der die philosophische und theologische Begründung nicht nur einzelner Fragen der Moral, sondern der Moraltheologie als solcher sorgfältiger erforscht und sie in die Sprache der modernen Welt umzusetzen sucht. Seine Beschäftigung mit der Moral wird durch seine Verteidigung der Vernunft gekennzeichnet, genauer gesagt seine Verteidigung der Fähigkeit der Vernunft, die Wahrheit in Sachen Moral zu entdecken. Gerade dadurch legt er die eigentliche Wurzel der heutigen Krise bloß. Seine Lehre ist aber auch gerade das genaue Gegenteil des Fundamentalismus, der im wesentlichen die Vernunft verleugnet. Die noch in der Vorbereitung befindliche Enzyklika wird sich u.a. gerade der Verteidigung der richtig verstandenen Vernunft widmen, d.h. unserer Fähigkeit, die Wahrheit, einschließlich der Wahrheit schlechthin, den unbegreiflichen Gott, zu erkennen, der die Bedingung aller Wahrheit ist.

II. Politik und Gesellschaft – der heutige Relativismus

In seinen für die Moraltheologie wichtigen lehramtlichen Dokumenten pflegt der Papst u.a. eine tiefgehende Analyse der heutigen Zeit und Kultur hinsichtlich des jeweiligen Fragenkomplexes zu machen. Hier möchte ich exemplarisch die Analyse skizzieren, die er, ausgehend von dem Bibeltext Gen 4,2-16 über Kain und Abel, im 1. Kapitel von *Evangelium vitae* unternimmt.

Die Struktur der Sünde hinter der heutigen „Kultur des Todes" wird in *Evangelium vitae* unter die Lupe genommen, jene Struktur, die von der Durchsetzung einer Anti-Solidaritätskultur gekennzeichnet ist, die hinter der weit verbreiteten Praxis und Befürwortung der Abtreibung und künstlichen Fortpflanzung steht, die auch in der Bedrohung der unheilbar Kranken und Sterbenden, sowie in sonstigen Angriffen auf das Leben zum Ausdruck kommen *(Evangelium vitae*, Nr.12-17). Die Gründe dieser Entwicklung werden eingehend eruiert. Die schwierige Lage des persönlichen Schicksals, die die Schuld oft mindert, wird zunächst anerkannt. Doch liege das heutige Problem noch tiefer, nämlich in der immer weiter um sich greifenden Tendenz, jene Taten, die als Verbrechen zu bezeichnen sind, als „legitime Äußerungen der individuellen Freiheit auszulegen, die als wahre und eigene Rechte anerkannt und geschützt werden müssen".[3] Infolgedessen stellen diese Angriffe auf das Leben „eine frontale Bedrohung der gesamten Kultur der Menschenrechte dar", eine Bedrohung, die das demokratische Zusammenleben aufs Spiel setzt und die Unterdrückung der Einzelnen in einer entfremdeten Gesellschaft zur Folge hat. Dies geschieht trotz der lautstarken, feierlichen Beteuerung der Rechte der Personen und der Völker.

Die eigentlichen Wurzeln solcher paradoxer Widersprüche liegen in jener Mentalität, „die unter Verschärfung und sogar Entstellung des Subjektivitätsbegriffs nur den als Inhaber von Rechten anerkennt, der mit voller oder zumindest mit ersten Anzeichen von Autonomie auftritt ..."[4] Der Mensch wird nicht mehr als unverfügbar betrachtet, was historisch als Fundament des Rechtsstaats galt und weiterhin gelten soll. Andere Wurzeln liegen in einer Auffassung von Freiheit, „die das einzelne Individuum zum Absoluten erhebt und es nicht zur Solidarität, zur vollen Annahme des anderen und zum Dienst an ihm veranlaßt."[5] Freiheit besitzt aber eine wesentliche Beziehungsdimension und, darüber hinaus, eine grundlegende Verbindung mit der Wahrheit, die auch heute weder anerkannt noch respektiert wird. Die dadurch entstandene, tiefgreifende Entstellung des sozialen Zusammenlebens in aneinander vorbeilebenden, ihren eigenen Vorteil suchenden

3
Evangelium vitae, Nr. 18: VApS 120, S. 24-25.

4
Ebd., Nr. 19; in *Centesimus annus*, Nr. 17: VApS 101 sagt er: „Dieser Irrtum besteht ... in einem Verständnis der menschlichen Freiheit, die sie vom Gehorsam gegenüber der Wahrheit und damit auch von der Pflicht, die Rechte der Menschen zu respektieren, entbindet. Inhalt der Freiheit wird dann die Selbstliebe, die bis zur Verachtung Gottes und des Nächsten führt, die in der Verfolgung der eigenen Interessen keine Grenzen kennt und die auf die Forderungen der Gerechtigkeit keine Rücksicht nimmt." Quelle dieser Einsicht ist der hl. Augustinus. Die Konsequenzen dieses Irrtums im 20. Jahrhundert beschreibt er im Text.

5
Ebd.

Individuen fordere, vor gleichartigen Interessen anderer nachzugeben und eine Art Kompromiß im gesellschaftlichen Verkehr zu suchen, die jedem die größtmögliche Freiheit garantiere. „So schwindet jeder Bezug zu gemeinsamen Werten und zu einer für alle geltenden absoluten Wahrheit: das gesellschaftliche Leben läuft Gefahr, in einen vollkommenen Relativismus abzudriften. Da läßt sich alles vereinbaren, über alles verhandeln: auch über das erste Grundrecht, das Recht auf Leben."[6] Diese Willkür wird auch in die Gesetzgebung vieler Staaten umgesetzt.

Den Relativismus zu überwinden, ist ein Hauptanliegen des Papstes in fast allen seinen moralphilosophischen bzw. theologischen Schriften, vor allem in seiner Soziallehre,[7] indem er die negativen Auswirkungen des Relativismus und des mit ihm eng verwandten Subjektivismus schildert (sowohl im Blick auf das persönliche Glück bzw. Heil als auch auf das friedliche Zusammenleben und Recht in der Gesellschaft). Trotz seiner Bejahung der Demokratie warnt der Papst: „... wenn es keine letzte Wahrheit gibt, die das politische Handeln leitet und ihm Orientierung gibt, die Ideen und Überzeugungen leicht für Machtzwecke mißbraucht werden können. Eine Demokratie ohne Werte verwandelt sich, wie die Geschichte beweist, leicht in einen offenen oder hinterhältigen Totalitarismus."[8] Dies hat er in *Veritatis splendor* noch ausführlicher entfaltet.[9] Diese Warnung hat Empörung unter jenen westlichen Kommentatoren hervorgerufen, die den liberal-pluralistischen, demokratischen Strukuren einen unkritischen, wenn nicht sogar blinden Glauben schenken. Doch gibt es auch zeitgenössische Denker, die anfangen einzusehen, daß Strukturen allein kein Heil in der Gesellschaft schaffen,[10] und die sachlich mit den Einsichten des Papstes übereinstimmen.

Doch die tiefsten Wurzeln des heutigen Kulturkampfes gegen das Leben, wenn ich es so ausdrücken darf, ist nach der Meinung des Papstes „die Verfinsterung des Sinnes für Gott und den Menschen, wie sie für das vom Säkularismus beherrschte soziale und kulturelle Umfeld typisch ist".[11] Im 19. Jahrhundert hat Dostojewski, und schon vor ihm der hl. Alfons di Liguori, der Patron der Moraltheologie, festgestellt: wenn es keinen Gott gebe, sei alles erlaubt.[12] Wenn es keinen Gott gebe, gebe es auch keine verbindliche Wahrheit – und es könnte keine menschliche Natur geben, wie Sartre es treffend einsah.

Im Aufbau seiner vom Geist der evangelischen Hoffnung durchwehten Moraltheologie nimmt der Papst als Ausgangspunkt das Wort Gottes, um erst dann in die philosophische und praktische Auseinandersetzung einzusteigen. Die Krise unserer Zivilisation kann nur aus dieser theologischen Perspektive, d.h. aus der Sicht Gottes, überwunden werden. Denn es geht letzten Endes um jene Wahrheit, die allein frei macht und Heilung bringt, eine Heilung, die unsere gebrochene Welt dringend braucht, die aber von der Theologie nur selten angeboten wird. Warum?

III. Die Auseinandersetzung in der heutigen Moraltheologie

Das II. Vatikanum hat vor allem die bis dahin wesentlich vom Kirchenrecht bestimmte Moraltheologie herausgefordert, sich zu erneuern, eine Erneuerung, die sie dringend brauchte. Rückblickend können wir heute feststellen, daß die ersten Versuche zwar lobenswert waren und von der Enge der vorkonziliarischen Moral befreiend wirkten, sich

6
Ebd., Nr. 20.

7
Vgl. den Beitrag von Anton Rauscher in diesem Band.

8
Centesimus annus, Nr. 46.

9
Veritatis splendor, Nr. 98-101.

10
So, zum Beispiel, Vaclav Havel. Zur Frage des Relativismus vgl. die Bemerkungen von Francis Fukuyama: „Das moderne Denken errichtet keine Barrieren für einen zukünftigen Krieg des Nihilismus gegen die liberale Demokratie seitens derer, die in ihrem Schoß erzogen wurden. Der Relativismus – die Lehre, die behauptet, alle Werte seien bloß relativ, und die alle ‚festen Standpunkte' (privileged perspectives) angreift – untergräbt schließlich auch solche Werte wie Demokratie und Toleranz. Relativismus ist keine Waffe, die man gezielt auf einen bestimmten Feind richten kann. Sie feuert blind drauflos und schießt nicht nur allen ‚absoluten Werten', Dogmen und Gewißheiten der – Tradition die Beine weg, sondern auch dem, was jene Tradition so stolz hochhielt: Toleranz, Vielfalt und Gedankenfreiheit. Wenn nichts absolut wahr sein kann, wenn alle Werte kulturell determiniert sind, dann bleiben auch hoch

aber doch philosophisch und, vor allem, theologisch mehr und mehr als fragwürdig entpuppt haben. In der Suche nach neueren Ansätzen hat man sich im Geist der nachkonziliarischen Öffnung zur (modernen) Welt der zeitgenössischen Philosophie bedient, die umgekehrt von den der älteren Tradition zugeneigten Moraltheologen abgelehnt wurde. So entstanden zwei Hauptrichtungen innerhalb der katholischen Morallehre, die liberalen Vertreter der „autonomen" bzw. „teleologischen" Moral und die konservativen Vertreter der „theonomen" bzw. „deontologischen" Moral.

Die „Teleologen" (vom griechischen Wort „telos" = Ziel) haben sowohl die Motivation als auch, noch wichtiger, die Folgen bzw. Konsequenzen einer menschlichen Handlung hervorgehoben, um durch ein Kalkül die moralische Wertung einer Tat festzustellen. Dabei wird der Akzent auf die autonom entscheidende Person (deshalb „Personalismus"!) gelegt, da letzten Endes nur das Individuum nach Abwägen der ihm eigenen Bündel von negativen und positiven Umständen seiner partikulären Situation allein entscheiden könnte, was gut und recht für den Einzelnen wäre. So wird das Gewissen zur letzten Instanz erhoben.

Die Gegner dagegen hoben die Prinzipien und Bestimmungen der neuzeitlichen Tradition der Moraltheologie hervor, um die uns von Natur und Kirche auferlegte Pflicht neu zu verteidigen (das griechische Verbum *dein* – sollen – liegt hinter dem Begriff „deontologisch"). Dabei wird besonderer Wert auf die sittliche Qualität einer menschlichen Handlung unabhängig von ihren Umständen und Folgen gelegt, und es werden die absoluten, durch keine Umstände außer Kraft zu setzenden, moralischen Normen verteidigt.

Bald jedoch stellte man fest, daß beide Richtungen mindestens ungenügend sind und in ihren extremen Äußerungen einfach irreführend waren und sind. Die Auseinandersetzungen kreisten um zwei Hauptpole: die Frage nach dem Naturrecht (und damit die Frage nach dem Wesen des Menschen), und die Frage nach dem Anspruch des Lehramtes, in Sachen Moral letztverbindliche Entscheidungen zu treffen.

Die liberale Deutung des Naturrechts, und damit der Moral, leugnet, daß es menschliche Handlungen geben könnte, die immer und unter allen Umständen verboten bzw. in sich schlecht sind. Dahinter steht die wenn auch selten zugegebene Leugnung der von Gott her vorgegebenen und so unveränderbaren menschlichen Natur. Die entgegengesetzte Richtung in der katholischen Moraltheologie läuft Gefahr, die absoluten Normen legalistisch und moralistisch so zu betonen, daß die Komplexität jeder menschlichen Handlung, die ja zum Teil auch historisch und kulturell bedingt ist, oft verkannt wird; darüber hinaus ist jede menschliche Tat immer partikulär und so subjektiv schwer zu beurteilen. Es scheint mir, daß die sogenannten „konservativen" Moraltheologen manchmal die geschichtlich und kulturell bestimmte Tradition der katholischen Moraltheologie, d.h. die menschliche Reflexion über das menschliche Handeln, nicht genug in den Blick nehmen. Die traditionelle Lehre kann heute nicht sozusagen unverändert angewandt werden. Die Schultradition, vor allem die unmittelbar vor dem Konzil herrschende Auffassung, war doch reformbedürftig. Die Weisheit der Tradition wurde oft verkannt oder mißverstanden und mußte von neueren Generationen wieder entdeckt werden in Auseinandersetzung mit der Welt, in der sie sich vorfinden.

geschätzte Prinzipien wie die Gleichheit aller Menschen auf der Strecke." („The End of History and the Last Man", London 1992, S. 332).

11
Evangelium vitae, Nr. 21

12
Die Auswirkung der theoretischen und praktischen Leugnung der Existenz Gottes im politischen Bereich hat Johannes Paul II. in Centesimus annus gezeigt, sozusagen in den Trümmern des Einsturzes der auf dem Atheismus aufgebauten Sowjetunion, vgl. *Centesimus annus,* Nr. 13.

Die Rezeption von *Humanae vitae* oder genauer gesagt, ihre Ablehnung seitens führender Vertreter der „liberalen" Richung, hat u.a. die Auseinandersetzung verschärft. Papst Paul VI. hat nicht nur eine nicht-natürliche Empfängnisverhütung abgelehnt, sondern auch die zentralen Prinzipien der damals noch im Anfangsstadium ihrer Entwicklung sich befindenden autonomen Moraltheologie. Die Lage wurde verschärft durch die Art und Weise, wie die Enzyklika seitens der „Konservativen" bzw. Traditionalisten einfach übernommen wurde, um ihre oft enge und legalistische Fassung von Moral zu unterstützen.
Papst Johannes Paul II. mußte sich intensiv mit all den dazugehörenden Diskussionen auf akademischen und auf öffentlichen Ebenen auseinandersetzen. Dazu war er auf außergewöhnliche Weise vorbereitet durch seine Lehrtätigkeit als Professor der Ethik an der Universität Lublin und durch seine Erfahrung als Erzbischof von Krakau und in der Konzilsaula des II. Vatikanums; später wurde er zum Mitglied der Kommission ernannt, die der Papst zur Beratung über die neu entbrannte Frage der Empfängnisverhütung einberufen hatte. In seinen zwei philosophischen Hauptwerken – seiner bahnbrechenden phänomenologischen Untersuchung über Sexualethik, Liebe und Verantortung (1960, ^{3}1978) und seiner philosophischen Anthropologie, „Person und Tat" (1981) – hat er das Fundament gelegt, auf dem er als Papst theologisch aufbauen konnte, indem er dieses Fundament von der Offenbarung Gottes her durchleuchtete und vertiefte.

Veritatis splendor (1993) ist eines der Hauptergebnisse dieses langen Ringens um die Wahrheit hinsichtlich der jüngsten Auseinandersetzungen über das Wesen der Moral. Diese eigens der Moraltheologie gewidmete Enzyklika ist seine autoritative lehramtliche Anwort auf die Krise in der Moraltheologie. Im ersten Kapitel versucht der Papst, die in der Neuzeit abgekoppelte Verbindung zwischen Moral und Gott wiederherzustellen. Einige Strömungen der neueren Moraltheologie haben die innere Tendenz, sich diese Abkoppelung zu eigen zu machen, und zwar paradoxerweise durch das Hervorheben der Bedeutung der diesseitigen Welt (Stichwort: Öffnung zur Welt) und eine neue Deutung des Verhältnisses von Natur und Gnade. Das 2. Kapitel, wohl das schwierigste, ist eine Art Wahrnehmungsübung, um die neueren Entwicklungen in der philosophischen Ethik und in der Moraltheologie kritisch zu durchsichten, ihre Werte hervorzuheben und ihre Unwerte abzuweisen. Es ist ein dichter Essay über die Verbindung zwischen Wahrheit und Freiheit, zwischen Gesetz und Gewissen[13], in dem einige zentrale Fragen der Fundamentalmoral behandelt werden. (Das Wesentliche wird im folgenden Beitrag eigens behandelt.) Im 3. und letzten Kapitel werden die ernsthaften Folgen dieser Untersuchung für den Einzelnen und die Gesellschaft dargestellt, und zwar ausdrücklich unter dem Zeichen des Kreuzes. Wenn das Modernitätsprojekt das Ziel hat, die Welt vom Leiden zu befreien bzw. zu heilen, erinnert uns der Papst daran, daß der Mensch, und durch ihn die Politik, erst durch Leiden befreit und geheilt wird, daß die Treue zum Guten, zu Prinzipien und Werten, zur „objektiven" Moral uns etwas kostet, manchmal sogar das Leben. Es gibt moralische Wahrheiten, für die wir sterben müssen. Das Leiden gehört zum Moralischen und zum Politischen, wie schon die Alten wußten (er zitiert Juvenal).

13
Über das Gewissen, ein Thema, das zum Kern der Moralphilosophie und Moraltheologie gehört, vgl. die Beiträge von Rocco Buttiglione und Thaddäus Styczen.

Das amtliche Schreiben ist nicht das letzte Wort. Das gibt es nicht und kann es nicht geben, da die Diskussion über die Moral eine fortlaufende sowohl persönliche als auch akademische und öffentliche Debatte ist und bleiben wird. Es gehört zum Wesen des Menschen, des „politischen Lebewesens" (Aristoteles), über sein Verhalten nachzudenken. Nur der Gnostiker bzw. der Ideologe oder Fanatiker hat „das letzte Wort". Die Enzyklika ist sowohl autoritative Lehre und so mit einem bestimmten Grad der Verbindlichkeit versehen, die in der theologischen Auseinandersetzung zu eruieren ist, und zugleich eine Anregung zum Studium und zu Diskussionen, die die Lehre entfalten, präzisieren und deuten werden. Die Wahrheit ist das eigentliche Thema von *Veritatis splendor:* sie lädt ein zu gemeinsamer Forschung, Debatte und Entdeckung, aber in einem Rahmen, den wir nicht setzen, sondern der uns vorgegeben ist: der in der Schöpfung gegründeten moralischen Ordnung.

IV. Der Beitrag zur Spezialmoral

Was die Fragen der Spezialmoral betrifft, ist die Stellung des Papstes hinsichtlich Geburtenkontrolle, Abtreibung, Euthanasic, Bioethik und Gerechtigkeit zwar bekannt, wenn auch manchmal nur in recht groben Umrissen, sie wird aber selten von Theologen der jetzt alternden Generation ernst genommen. Wie viele machen sich die Mühe, ein eingehendes Studium seiner vielen persönlichen oder amtlichen Schreiben zu unternehmen? Die Anzeichen dafür sind nicht überwältigend. Diejenigen, die es taten, sind selten ganz frei von einem gewissen anti-römischen Affekt, mit dem Ergebnis, daß der Einfluß des Papstes auf die Moraltheologie bis vor circa zehn Jahren gering gewesen ist. Erst in jüngster Zeit finden wir eine neue Generation von Theologen, eine Generation, die nicht vor dem Konzil oder in den turbulenten, die ganze Welt umwerfenden sechziger Jahren aufgewachsen sind. Sie sind nicht selten dem Beitrag des Papstes aufgeschlossen. Mit persönlichem und intellektuellem Gewinn entdecken sie seine im Schatten der Modernität durchgeführte, tiefgreifende Analyse der komplexen Fragen der Politik und Gerechtigkeit sowie seine Beiträge zur durch die neuere Technologie uns alle zutiefst herausfordernden Bioethik.[14] In diesem Jahr ist ein neues Apostolisches Schreiben zum Dritten Gebot, *Dies domini,* erschienen, das angesichts der Tendenz, den ersten Tag der Woche in ein „Wochenende" umzuwandeln, eine frische und erfrischende Sicht der „Sonntagspflicht" entfaltet durch eine in der Schrift und Tradition fundierte Theologie des Tages des Herrn. Das Schreiben hat ein pastorales Ziel, ist aber vom Inhalt her für die Moraltheologie von Bedeutung, die ja auch lezten Endes das gleiche Ziel hat.

Die jüngere Generation überrascht aber durch ihre neu begonnene Auseinandersetzung mit der in den Medien und unter den schon alternden, „liberalen" Moraltheologen verschrienen Sexualmoral des Papstes am meisten. Angefangen von seinen frühen philosophischen Schriften, entdecken sie eine echt befreiende Vision des Geheimnisses von Mann und Frau, eine neue Sicht, welche die vielschichtigen, sich gegenseitig ergänzenden, erotischen Beziehungen der beiden zu einander durchleuchten. Die gegenseitige Bejahung der anderen Person, die aus dem geschlechtlichen Wesen des Menschen steigt, um es in der hingebenden Liebe zu übersteigen, wird zur ethischen Norm unseres Verhaltens im Bereich der Sexualität und Ehe erhoben. Die Schönheit und Würde der Ehe

14 Ich verweise hier hauptsächlich auf *Evangelium vitae;* vgl. auch die vielen Zitate in dem wohl wichtigsten lehramtlichen Schreiben in Sachen der Bioethik, das von der Kongregation für den Glauben mit Billigung des Papstes herausgegeben wurde: *Donum vitae,* wo die Quellen seiner sonstigen, wichtigen Reden zu finden sind.

wird neu entdeckt, die sich vom Wesen der geschlechtlichen Natur und der aus ihr strömenden, gegenseitigen, sich selbsthingebenden Liebe gedanklich bestimmen läßt, und eine ihr eigene Institution aufgrund der Gerechtigkeit, nicht zuletzt Gott gegenüber, schafft. Zentral für diese Abhandlung ist eine Wiederentdeckung der Tugend der Keuschheit als unbedingte Bedingung der Liebe. Als Anhang hat der damalige Karol Wojtyla eine positive Würdigung der Sexualforschung und Hinweise zur Erziehung im Bereich der Sexualität geboten.

In *Familiaris consortio* wird diese Sicht theologisch durchdacht. Der Ausgangspunkt ist hier das Geheimnis Gottes, der Liebe ist und uns zur Liebe berufen hat. Die der Schöpfungsordung angehörende Institution der Ehe wird vom Wesen der menschlichen Person als Leib und Seele her abgeleitet, um dann durch die Heilsordnung der Gnade von innen her in das Sakrament der Ehe umgewandelt und in die göttliche Liebe aufgenommen zu werden.[15] Im Licht dieser Theologie kann man die tieferen Gründe für die kirchliche Lehre über schwierige moralische und pastorale Themen wie Ehescheidung und Geburtenkontrolle besser verstehen, die u.a. im Schreiben aus einer neuen Perspektive und auf anregende Weise behandelt werden.[16] Es geht um mehr als einfache kirchliche bzw. kirchenrechtliche Regeln, es geht eigentlich um den Plan Gottes für die Menschen, der durch die Erfahrung des Menschen bestätigt wird.

Die Mittwochskatechesen vom September 1979 bis November 1984[17] wurden der Theologie des Leibes gewidmet ausgehend von einer Betrachung der biblischen Berichte über die Schöpfung (Genesis 1-3), die er im Stil und im Geist der ihn beeinflussenden großen Kirchenväter souverän durchführt, ein Stil, der ihm viel Kritik seitens der Schulexegeten gebracht hat.[18] In seinem Brief an die Familien hat der Papst von einem „neuen Manichäismus" der zeitgenössischen Kultur gesprochen, „in dem der Körper und der Geist radikal einander entgegengesetzt werden."[19] Man könnte sogar von einem Haß gegen das Leben und den Leib sprechen. Die Haltung der Sexualität bzw. dem Leib gegenüber ist tatsächlich dualistisch. Die Sexualität, abgesondert von der ehelichen, hingebenden Liebe und abgekoppelt von der Fruchtbarkeit, wird trivialisiert und mehr oder weniger zum Zweck des Genießens und des Gewinns benutzt: eine Freizeitbeschäftigung, die die Sexualität eigentlich belanglos macht. Der Leib wird darüber hinaus mehr oder weniger als Rohstoff betrachtet, der durch die (technische) Vernunft beliebig umgeformt werden kann. Der Papst versucht demgegenüber die tiefe, theologische Bedeutung des menschlichen, geschlechtlichen Leibes wiederzuentdecken, um dabei die Moraltheologie anzuregen, diese Entdeckungsreise weiterzuführen.

Der Manichäismus hat aber auch eine andere Seite, die oft übersehen wird, seinen Rationalismus, der sich in großartigen, aber irreführenden Spekulationen ausdrückte. Augustinus berichtet, daß die Manichäer lehrten, nur das zu glauben, was man zunächst verstanden hat, bzw. von dem man eingesehen hat, was es bedeute. Die von der Autorität der Schrift und Tradition abgekoppelte Vernunft wurde zum Maß der Wahrheit erhoben. Schon der hl. Irenäus hat die auf der apostolischen Sukzession gebaute Institution der Kirche gegenüber den damaligen Gnostikern, Vorgängern der Manichäer, verteidigt. Augustinus mußte schmerzhaft lernen, sich zunächst der Autorität der Kirche

15
Familiaris consortio, Nr. 11-16.

16
In diesem Schreiben, Frucht der Bischofssynode 1980 über die Familie, spürt man wohl auch die Erfahrung der dort versammelten Weltkirche.

17
Johannes Paul II., „Die menschliche Liebe im göttlichen Heilsplan", (Katechesen 1979-1981) und: „Die Erlösung des Leibes und die Sakramentalität der Ehe", (Katechesen 1981-1984), hg. v. Norbert und Renate Martin, Vallendar-Schönstatt 1985.

18
Diese Art und Weise, die Schrift zu deuten, charakterisiert fast alle seine lehramtlichen Werke. Die Deutungen sind von einer Frische und Originalität, die ungewöhnlich stimulierend wirken. Seine Freiheit der oft sterilen Exegese gegenüber schafft Raum für den Geist und für jene Wahrheit, die nicht in der Wissenschaft zu finden ist, wenn sie auch ohne Wissenschaft, deren er sich ebenso bedient, nicht zu denken ist.

19
Brief an die Familien, Nr. 19. Der Papst fährt fort: „Weder lebt der Körper vom Geist, noch belebt der Geist den Körper. Der Mensch hört so auf, als Person und Subjekt zu leben. Trotz der Absichten und

zu beugen, bevor die Wahrheit sich seiner Vernunft offenbarte. Ob die gleiche manichäistische Mentalität hinter der heutigen Ablehnung des kirchlichen Lehramts in Fragen der Moral steht und die vielen Zeitgenossen für die Botschaft des Papstes taub macht, ist eine Frage, die man dem Leser überlassen kann. Nur wissen wir, daß man ein Kind an innerer Lauterkeit werden muß, um in das Reich der Wahrheit einzugehen. Man muß dem von Gott her geschenkten Lehramt in allen seinen Äußerungen Offenheit und Gehorsam schenken, entsprechend den verschiedenen Graden der Verbindlichkeit, die sie besitzen, und sich nicht auf die „unfehlbaren" Äußerungen beschränken. Sein in diesem Jahr veröffentlichtes Motu Proprio, *Ad tuendam fidem*, das eine neue Klausel in das Kirchenrecht eingefügt hat, und die dazu gehörende Erklärung des Präfekten der Kongregation für die Glaubenslehre, haben alle Zweifel über die Zugehörigkeit der Moral zur Kompetenz des Magisteriums ausgeräumt, eine Kompetenz, die praktisch und theoretisch von manchen Moraltheologen abgelehnt wurde.

Alasdair MacIntyre, wohl der bedeutendste Moralphilosoph unserer Tage, mindestens in der englischsprachigen Welt, schließt seine nachdenklich stimmende Beurteilung der den fundamentalen Fragen der Moraltheologie gewidmeten Enzyklika mit einer Bemerkung, die man auf die der Moraltheologie des Papstes Johannes Paul II. als ganze beziehen möchte: „Ganz abgesehen von irgendwelchen Irrtümern, welche sie (die Moraltheologen) begangen haben mögen, ist und bleibt *Veritatis splendor* ein bemerkenswerter christlicher Beitrag zu Grundsatzfragen der Moral. Diese Enzyklika ist gleichzeitig autoritative Lehre und eine Stimme in jenem ständigen Zwiegespräch zwischen Christentum und moderner Welt, zu dem Männer wie Pascal und Kierkegaard, Newman, Barth und von Balthasar ihren Beitrag geliefert haben. *Veritatis splendor* führt dieses selbe Gespräch zwischen Evangelium und Philosophie auf der einen und dem profanen modernen Denken auf der anderen Seite fort. Die angemessene Reaktion eines jeden von uns auf diese Enzyklika sollte unsere eigenen Mängel und Fehler in Vergangenheit und Gegenwart berücksichtigen, mehr noch als die der andern. Da bleibt noch viel zu tun."[20]

gegenteiligen Erklärungen wird er ausschließlich zu einem Objekt. Auf solche Weise hat diese neomanichäische Zivilisation zum Beispiel dazu geführt, daß man in der menschlichen Sexualität mehr ein Terrain der Manipulation und der Ausbeutung sieht als die Wirklichkeit jenes anfänglichen Staunens, das Adam am Morgen der Schöpfung vor Eva sagen ließ: ‚Das ist Fleisch von meinem Fleisch und Bein von meinem Gebein' (vgl. Gen 2,23)."

20
Alasdair MacIntyre, „How can we learn what *Veritatis Splendor* has to teach?", in: The Thomist 58 (1994), 195.

Thaddäus Styczen SDS

Freiheit im Horizont der Wahrheit

*Zu den philosophischen Grundlagen der Moraltheologie in der Enzyklika Johannes Pauls II. Veritatis splendor**

I. Status Quaestionis

1. Freiheit und Identität des Menschen

Fragen wir uns selbst: Was bedeutet es, frei zu sein?
Heißt das nicht soviel wie: man selbst zu sein? Denn wenn ich sage: „Ich war nicht ich selbst" bzw. „Das war nicht mehr ich selbst", dann bekenne ich, daß ich etwas oder jemandem erlaubt habe, mich zu versklaven. Und das sage ich nicht ohne Vorwurf an meine eigene Adresse. Es hätte nicht so sein müssen, wie es gekommen ist. Ich hatte durchaus die Möglichkeit, es nicht dazu kommen zu lassen. Ich mußte es nicht dazu kommen lassen. Aber ich habe es zugelassen. Wenn ich jetzt bekenne, daß ich nicht mehr ich selbst war, dann bin ich daran schuld. Ich bin selbst daran schuld, daß ich nicht getan habe, was ich hätte tun sollen. So bin ich mir selbst untreu geworden. Ich habe mich selbst versklavt. Dies ist das Wesen des Vorwurfs und des Einwandes, den ich jetzt an meine eigene Adresse richte: ich war nicht ich selbst. Aber steht dies in irgendeinem Zusammenhang mit der Wahrheit?
Ja. Und zwar in einem ganz wesentlichen. Dies ist die Frage und zugleich ein kleiner Test in eben dieser Angelegenheit:
Bin ich ich selbst, wenn ich in einem Akt der freien Wahl genau diese Wahrheit negiere, die ich – als ihr Augenzeuge – selbst erkannt und als Wahrheit anerkannt habe? Wird Petrus, wenn er erklärt „Ich kenne diesen Menschen nicht" (Mt 26,72), nur der Wahrheit untreu? Wird er nicht auch sich selbst untreu? Verrät er, wenn er Christus verrät, nicht auch sich selbst? Würde er nicht nur dann er selbst bleiben, wenn er auf seiten der Wahrheit stünde, wenn er sie wählte – indem er Zeugnis gäbe von ihr –, wenn er sich selbst gleichsam „auf sie hin überschreiten (transzendieren)" würde? Man selbst sein bedeutet also, sich von der Wahrheit abhängig zu machen, es bedeutet ganz einfach den unbedingten Gehorsam ihr gegenüber. Dies scheint eine ganz selbstverständliche Feststellung zu sein.
Dazu scheint jedoch eine andere, die genauso offensichtlich ist, im Widerspruch zu stehen, der zufolge ‚man selbst sein' bedeutet, nur und allein von sich selbst abhängig zu sein, d. h. sowohl über den Akt (die Tatsache) der Handlungsaufnahme als auch über ihre Richtung ganz allein zu entscheiden. ‚Man selbst sein' bedeutet hier: „Ich kann x tun, aber ich muß x nicht tun, ich kann auch ~x tun". Es mag scheinen, daß jeder Gehorsam, gleich gegenüber wem, insbesondere aber jeder unbedingte Gehorsam, auch der Wahrheit gegenüber, diese Selbst-Abhängigkeit und damit das Man-selbst-Sein negiert. Daher scheint schon allein der Versuch, die Freiheit durch Gehorsam zu definieren, die Wahrheit über die Freiheit zu verfehlen. Die auf diese Weise verstandene wahrhaftige Freiheit scheint keine wirkliche, keine echte Freiheit mehr zu sein.
Ist es deshalb nicht so, daß wir auf der Suche nach einer Antwort auf die Frage: „Was bedeutet es, man selbst zu sein?" auf eine unüberwindbare Schwierigkeit stoßen? Sind „von der Wahrheit abhängig sein" und „von sich selbst abhängig sein" nicht Inhalte, die einander gegenseitig ausschließen? So trifft sich also die Frage, was es bedeutet, man selbst zu sein, mit derjenigen, was es bedeutet, frei zu sein, um dann die Form der Frage nach dem Verhältnis der Freiheit zur Wahrheit oder – genauer gesagt – der Frage nach dem Verhältnis der Freiheit als Akt der Selbst-Abhängigkeit des Menschen zu seiner Freiheit als Akt des Abhängigwerdens von

der Wahrheit anzunehmen. Sollte zwischen dem einen und dem anderen Gesichtspunkt wirklich eine unüberwindbare Aporie bestehen?

Manche Stimmen scheinen diese Meinung zu bestätigen. Man darf keine davon leichtnehmen, nicht einmal die Stimme dessen, der im Zusammenhang mit der Bemerkung des Papstes, seine Enzyklika *Veritatis splendor* sei eine Ode an die Freiheit, ironisch fragte: *„veritatis splendor"* oder *„veritatis horror"?* Schwierigkeiten meldete auch der weltbekannte Philosoph Leszek Kolakowski an, als er fragte, ob jemand, der eine Unterscheidung zwischen wahrer und unwahrer Freiheit überhaupt zuläßt, überhaupt wisse, was Freiheit wirklich ist, und ob er nicht schon allein dadurch, daß er eine solche Frage stellt, eine Gefahr für sie darstelle[1]. Und die polnische Publizistin Ewa Bielkowska hat sogar der Meinung Ausdruck gegeben, diese Gefahr sei in der Enzyklika *Veritatis splendor* selbst zu einer Tatsache geworden, zu einer für die Freiheit des Menschen um so gefährlicheren und beunruhigenderen Tatsache, als der Papst in ihr eine eigenartige Definitionsoperation vollziehe: er verhülle nämlich mit dem Wort „Wahrheit" (prawda) die Bedeutung des Wortes „Gesetz" (prawo), dessen Sinn die Freiheit definitiv negiere[2].

Tatsächlich: Es läßt sich nicht leugnen, daß die Wahrheit, sobald sie nur von jemandem erkannt worden ist, seiner Freiheit unüberwindbare Grenzen setzt. Gleichzeitig wird sie dazu noch zur wachsamen und kompromißlosen Bewacherin dieser Grenzen. Sie enthüllt vor dem sie erkennenden Subjekt ihre bindende, d.h. seiner Freiheit gegenüber normative Macht. Sie enthüllt sie – mit anderen Worten – als ein Gesetz, dem er unbedingt verpflichtet ist. Selbst die Feststellung einer so einfachen und banalen Wahrheit wie $2+2=4$ verlangt von demjenigen, der sie konstatiert, daß er sie sowohl theoretisch als auch praktisch bedingungslos anerkennt. Müßte man deshalb nicht eher sagen, daß die Wahrheit den Menschen versklavt, statt ihn zu befreien?

Die Besorgnis um die Freiheit des Menschen scheint also nicht völlig unbegründet zu sein – insbesondere wenn er vor die Anforderungen der sittlichen Normen gestellt wird, da ihm diese Normen doch als unbedingte Anforderungen der objektiven Wahrheit über ihn selbst erscheinen müssen – oder ihm von anderen als solche präsentiert werden. Was wird dann – so fragen manche Philosophen und Theologen besorgt – aus der Autonomie des Gewissens des Menschen und der Autonomie seiner selbst als Träger des Gewissens, die doch einen konstitutiven Bestandteil seiner sittlichen Subjektivität ausmacht? Läßt sich das Gesetz, das in all seinen Formen Ausdruck und Symbol der Hetero-nomie zu sein scheint, denn irgendwie vereinbaren mit der Auto-nomie des Menschen, seiner Selbst-Abhängigkeit, deren Ausdruck und Symbol eben die Autonomie seines Gewissens ist? Wird diese Autonomie nicht von einer solchen Ethik negiert, die beansprucht, in ihrem Urteil inhaltlich „voll und ganz abgeschlossene" und deshalb ausnahmslos geltende sittliche Normen zu formulieren, wie dies beim unbedingten Verbot der direkten, unmittelbaren Tötung der Fall ist?[3]

Bleibt dem Menschen als einem zu unbedingtem Gehorsam gegenüber den so verstandenen sittlichen Normen aufgeforderten Subjekt noch irgendein Freiheitsraum, ist er da überhaupt noch er selbst?

Wie also ist es zu verstehen, daß der Papst eben im Zusammenhang mit gewissen Versuchen einer Aufwertung der menschlichen Freiheit in der Moraltheologie, wie sie hauptsächlich in dem Vorschlag zum Ausdruck kommen, die oben erwähnten sittlichen Normen als „offene" Normen zu betrachten, d.h. als Normen, die dem Akt der freien Gewissensentscheidung die Möglichkeit ihrer letztendlichen „Abschließung" überlassen („Das Gewissen muß entscheiden!"[4]), von einer Krise dieser Theologie spricht, die darauf beruht, daß der Mensch versucht, die Wahrheit der Macht seiner Freiheit zu unterwerfen[5], und ein Dokument vom Rang einer Enzyklika veröffentlicht, um diese Versuche einer kritischen Beurteilung zu unterziehen?

2. Zur Methode

Verweisen die oben dargelegten Schwierigkeiten nicht darauf, daß wir vor einem unlösbaren Problem stehen? Ich meine, daß das nicht der Fall ist. Im Gegenteil, ich hege eher die optimistische Überzeugung, daß der Weg zu seiner Lösung einfach ist und sich allein schon durch das Aufzeigen seines richtigen Ausgangspunktes eröffnet. Deshalb möchte ich damit beginnen, auf die wesentliche Rolle zu verweisen, die die Tatsache eines jedweden konkreten menschlichen Erkenntnisaktes selbst für das hier berührte Problem spielt. Im Licht der Tatsache dieses Aktes schlage ich folgendes vor:

1) den Menschen als Subjekt der Freiheit dann zu betrachten, wenn dieser als Subjekt seines konkreten Erkenntnisaktes die Wahrheit von irgend etwas konstatiert;

2) den Menschen als Subjekt der Freiheit dann zu betrachten, wenn dieser sich als Subjekt des Erkenntnisaktes während des Entdeckens der Wahrheit über sich selbst betrachtet;

3) den Versuch zu unternehmen, den Sinn und Charakter des Begriffs des sittlichen Gesetzes dann zu erkennen, wenn dieses Gesetz in Form der obersten sittlichen Norm in Erscheinung tritt (a), sowie dann, wenn es die Form einer ausnahmslose Gültigkeit beanspruchenden sittlichen Einzelnorm annimmt (b).

Ich bin der Ansicht, daß die von uns erwartete Antwort auf die Frage nach dem gegenseitigen Verhältnis von Freiheit und Wahrheit sowie nach dem Verhältnis der Freiheit zum sittlichen Gesetz in der Beantwortung der Frage enthalten ist, ob die von der Wahrheit „blockierte" Freiheit des Menschen (‚blockiert' von der – infolge des eigenen Erkenntnisaktes – erfaßten bzw. erfaßbaren Wahrheit) tatsächlich eine von der Wahrheit (allein schon durch den Akt [die Tatsache] ihrer Erkenntnis) dazu ‚verurteilte' Freiheit ist, sich selbst aufzuheben, oder aber eine Freiheit ist, für die der Respekt vor der erkannten Wahrheit der für sie einzig mögliche Weg ist, sich selbst zu retten und zu bestätigen, und der für den Menschen einzig mögliche Weg ist, sein Selbstsein, d.h. seine Identität, zu retten und zu bestätigen.

Eine sachlich zutreffende und methodologisch korrekte Antwort auf unsere Frage kann – im Bereich der natürlichen Erkenntnis – nur einer Quelle des Wissens entströmen und gleichzeitig – in demselben Bereich des natürlichen Wissens – nur auf ein Fundament ihrer epistemologischen Gültigkeit gegründet sein. Diese Quelle und dieses Fundament ist – und kann sein – nur die Erfahrung des Menschen.

Ich schlage die einfachste und uns allen am nächsten liegende Form dieser Erfahrung vor. Wir wollen die Aufmerksamkeit unserer Erkenntnis auf den Menschen richten, der ein jeder von uns ist, und zwar in dem Augenblick, wo er als Subjekt der Erkenntnis über das, was er persönlich konstatiert, ein Urteil fällt in der Art von „So ist das" oder „Dies da ist da". Mit anderen Worten, ich schlage vor, einen Versuch der Selbsterkenntnis zu unternehmen, indem wir uns durch das Fenster unseres eigenen Erkenntnisaktes (als medium quo) selber betrachten und so einen Einblick in uns selbst gewinnen – und auf diesem Wege auch in jeden anderen als das *universale in concreto.*

II. Ist die Freiheit von der Wahrheit versklavt oder befreit die Wahrheit die Freiheit?

Es ist wohl notwendig und hinreichend, daß wir zum Erreichen des von uns gesetzten Ziels – den oben gemachten Bemerkungen entsprechend – jetzt das Verhältnis der Freiheit zur Wahrheit in folgenden drei wesentlichen Punkten näher betrachten:

(1) das Verhältnis der Freiheit zur normativen Kraft der Wahrheitserkenntnis;

(2) das Verhältnis der Freiheit zur normativen Kraft der Erkenntnis der Wahrheit über den Menschen, d.h. über sein Wesen als Person und seine personale Würde;

(3) das Verhältnis der Freiheit zur normativen Macht der Erkenntnis der Wahrheit über den personalen Wert der Existenz (des Lebens) des Menschen.

1. Die Freiheit und die normative Kraft der Wahrheitserkenntnis

Der Leser werfe freundlicherweise einen Blick auf die Farbe des Papiers, auf dem dieser Text gedruckt ist – sie ist weiß, nicht wahr? Diese einfache Feststellung, dieser unser persönlicher Akt der Erkenntnis der Farbe dieses Stücks Papier ist – allem Anschein entgegen – eine ganz außerordentliche Sache. Vielleicht sind wir uns selbst noch gar nicht völlig dessen bewußt, was für eine große Selbst-Falle für unsere Freiheit und zugleich was für eine große Chance sowohl für sie als auch für uns selbst jeder unserer Erkenntnisakte, jede noch so banale persönliche Information, d. h. jede Auto-information darstellt.

Wenn wir feststellen, daß die Farbe dieses Papiers weiß ist, konstatieren wir nicht nur eine Tatsache, sondern wir bestätigen durch unseren eigenen Erkenntnisakt die Wahrheit dieser Tatsache. In der Erkenntnistheorie ist es üblich, das hier hervorgehobene Moment des Erkenntnisaktes als Assertion (Bejahung) zu bezeichnen, d. h. das betreffende Urteil wird als richtig (als persönlicher Einblick in die Wahrheit der festgestellten Tatsache) anerkannt.

Durch die Assertion werden wir zu engagierten Zeugen der Wahrheit dieser Tatsache. Mehr noch, wir werden von nun ab zu Treuhändern dieser Wahrheit, und zwar unter Androhung des Verlustes unserer Identität, d. h. unserer Selbstabhängigkeit (der Abhängigkeit von uns selbst), falls wir diese von uns schon erkannte und anerkannte Wahrheit negieren würden. Was wir als real gegeben festgestellt und wahrgenommen haben, das hält uns fest. Eine Veruntreuung an der festgestellten Wahrheit wird notwendigerweise zur Veruntreuung an dem, der sie festgestellt hat, wird zur Selbstveruntreuung.

Ist das nicht übertrieben?

Stellen wir uns die zweifellos dramatische Situation vor, daß jemand, der sich überhaupt nicht um die Wahrheit kümmert oder sie geradezu mißachtet, uns unter Druck setzt und fordert, wir sollen leugnen, was wir selbst festgestellt haben – wobei er droht, uns etwas Wertvolles wegzunehmen, falls wir das nicht tun. Dann werden wir blitzschnell begreifen, daß unsere Freiheit eine gleichsam in der Falle der Wahrheit, in der Schlinge ihrer normativen Kraft gefangene Freiheit ist. Aber werden wir uns dann nicht auch – vielleicht zum ersten Mal – der Tatsache bewußt, daß wir uns – durch unseren eigenen Akt ihrer Erkenntnis – selbst in diese Falle hineinmanövriert haben?

Eben infolge dieses Aktes präsentiert sich uns die von uns erkannte Wahrheit von nun ab als eine von uns als Wahrheit anerkannte Wahrheit. Eben deshalb spricht sie von diesem Augenblick an mit unserer eigenen Stimme zu uns. Die Auto-information erweist sich unerwarteterweise als ein offensichtlicher Auto-imperativ. Ja, ich kann negieren, aber ich darf nicht negieren, was ich selbst wahrgenommen habe. Was ich festgestellt habe, das hält mich fest!

Dies ist immer so, auch wenn es nicht immer sofort zum Vorschein kommt. Besonders sichtbar wird es erst dann, wenn es infolge der Erkenntnis dieser Wahrheit zu einer Kollision zwischen der geforderten Treue zur erkannten Wahrheit und dem Wert von etwas kommt, das wir im Namen dieser Treue opfern müssen. Die „Antigone" des Sophokles bleibt für alle Zeiten das klassische Beispiel für das Zutagetreten der universalen Gültigkeit dieser Entdeckung. Zu unserer Verwunderung besitzt die geforderte Treue zur Wahrheit absolute Priorität gegenüber allen anderen von uns geschätzten Werten und erweist sich zugleich als untrennbar verbunden mit der geforderten Treue zu uns selbst. Denn die von mir festgestellte Wahrheit spricht von nun ab keinesfalls mit fremder Stimme zu mir: „Du darfst mich nicht leugnen!", sondern sie spricht mit meiner eigenen Stimme zu mir: „Ich darf (du darfst) sie nicht leugnen!" Dies ist kein Appell der Heteronomie, sondern ein Appell der Auto-nomie[6]. Deshalb ist es nicht so, daß die Wahrheit, wenn ich auf sie höre, mich versklavt. Es ist genau umgekehrt: Nur dann höre ich auf mich selbst, wenn ich auf die von mir erkannte Wahrheit höre. Nur dann lenke und regiere ich mich selbst, wenn ich mich von der Wahrheit lenken und regieren lasse.

Ich mache mich nur von mir selbst abhängig, wenn ich mich von der Wahrheit abhängig mache. Nur dann unterwerfe ich mich mir selbst, wenn ich mich der Wahrheit unterwerfe, wenn ich mich als ihr Diener verstehe.

Mehr noch. Nur dann rette, erfülle und befreie ich mich in mir selbst, wenn ich mich auf die Wahrheit hin „überschreite", wenn ich mich „auf ihre Seite schlage". Andernfalls negiere ich selbst meine Abhängigkeit von mir, verzichte auf sie und damit auf mich selbst. Ich höre auf, frei zu sein. Denn dann stelle ich (unterwerfe ich) die ihr eigene Kraft der Herrschaft über sich selbst in den Dienst dessen, was ich doch selbst weiterhin nicht gutheiße oder sogar verurteile. Und so ergehe ich mich selbst frei-willig (will-kürlich) in die Knechtschaft irgendeiner Form von Gewalt. Eben diese Selbst-Belügung bildet den Kern der Selbst-Versklavung, in der die schlimmste Form der Versklavung des Menschen überhaupt zum Ausdruck kommt[7].

Hier genügt es, an die Zeit zu erinnern, als die Polen zur Wahlurne gingen und unterwegs diejenigen vefluchten, denen sie gleich darauf ihre Stimme gaben. Deshalb sagt der heilige Paulus auch nicht: „Wehe dem Evangelium, wenn ich es nicht verkündige!", sondern: „Wehe mir (vae mihi), wenn ich das Evangelium nicht verkündige!" Das ist auch der Kontext, in dem Polen, das von der totalitären Gewalt zu einem Leben in Selbst-Belügung (Verlogenheit) verleitet worden war, den Kern der Freiheit und Selbst-Abhängigkeit in der scheinbar banalen Devise erkannt hat, die am 4. Juni 1989 auf den Plakatwänden des ganzen Landes prangte – als lebendiges Denkmal der sich in den Menschen vollziehenden Selbstentdeckung: „Damit Polen Polen bleiben kann, muß 2+2 immer vier sein!" Ist nicht in diesem konkreten Augenblick die Wahrheit erfahrbar zum Ausdruck gekommen, die ihre Gültigkeit und normative Kraft für den Menschen als Menschen bewahrt, d.h. für die Menschen aller Zeiten, als anthropologisches *universale in concreto:* Damit die Freiheit des Menschen Freiheit sein und der Mensch er selbst bleiben kann, muß (soll!) er unbedingt in einem Akt der freien Wahl die Wahrheit als Wahrheit anerkennen!? Die „Flucht vor der Wahrheit" erweist sich als eine „Flucht vor der Freiheit"[8].

Kann es daher für den Menschen einen anderen Weg zu seiner Identität geben: zur Entdeckung und zur Bestätigung dessen, wodurch der Mensch er selbst ist? Den Beginn dieses Weges bildet, wie wir gesehen haben, zweifellos die Selbst-Abhängigkeit. Wir sehen aber auch, daß sich diese Selbstabhängigkeit nur als eine solche Kraft offenbart und selbst bestätigt, durch die sich der Mensch durch die Abhängigmachung von der von ihm selbst bereits erkannten und anerkannten, von ihm jedoch unabhängigen Wahrheit von sich selbst abhängig macht. Andernfalls unterliegt diese Selbstabhängigkeit schon in ihrem Keim der Selbstzerstörung, der Auto-dekomposition. Sie entartet dann ganz einfach zur Willkür.

2. Die Freiheit und die normative Kraft der Wahrheit der Selbsterkenntnis – Wesen und Würde des Menschen

Viel ist also mit uns geschehen infolge unserer eigenen Feststellung der Tatsache, daß dieses Stück Papier weiß ist. Dabei handelte es sich – wie sich erweist – nicht nur um ein passives Konstatieren der Wahrheit, sondern auch um die aktive Anerkennung dieser Wahrheit als Wahrheit. Jeder von uns, der im Augenblick ihrer Erkenntnis spontan zum Zeugen der Wahrheit wird und zu ihrer Anerkennung als Wahrheit spontan die ganze Dynamik seiner Freiheit in die Waagschale wirft, hat sich mit ihr gleichsam spontan völlig freiwillig identifiziert – wenn auch noch nicht sofort durch ihre ganz bewußte Wahl. Durch die persönliche Feststellung: „Dieses Stück Papier ist weiß" oder die Feststellung: „Wir unterhalten uns gerade jetzt darüber" – hat sich jeder von uns geradezu mit der Rolle eines Zeugen dessen identifiziert, was er festgestellt hat, und die Rolle eines Treuhänders dessen übernommen, was er – kraft seiner Feststellung – als Wahrheit anerkannt hat. Somit konstituiert sich gewissermaßen jeder von uns durch seinen eigenen Akt der Erkenntnis dieser Wahrheit als ihr Treuhänder

und idenfiziert sich selbst mit dieser Rolle. Indem er diese Rolle entdeckt – was meistens in sittlich dramatischen Augenblicken des Lebens der Fall ist –, verbindet er mit ihr die Sache seiner Identität und macht aus ihr eine Sache des Freiwillig-er-selbst-Seins[9].
Von nun ab ist die Bestätigung unserer selbst nur noch möglich durch die Überschreitung unserer selbst (Autotranszendenz) in Akten der Affirmation der von uns erkannten Wahrheit um ihrer selbst willen, in Akten der bewußten und freien Selbstregierung, d.h. der Wahl eines Lebens in der Wahrheit und für die Wahrheit[10].
Nota bene. Hierbei dürfen wir jedoch eines nicht übersehen: Die von uns erkannte Wahrheit bindet gegenwärtig, d.h. in actu, unsere Freiheit zu ihrer Affirmierung immer nur dann, *wenn* sie uns durch ihre Erfassung in unserem eigenen Urteil vermittelt wird: „So ist das" oder „Dies ist da" ... und dergleichen. Denn nur auf diese Weise kann uns die Wahrheit des von uns erkannten Objekts als das sie erkennende Subjekt überhaupt „ergreifen" (festhalten). Sie bindet also den Menschen immer nur dann, wenn es sie selbst durch sein eigenes Urteil feststellt. Sie bindet jedoch den Menschen als Subjekt nicht etwa deshalb, weil wir eben dieses Urteil in der betreffenden Angelegenheit fällen, sondern weil das von uns in dieser Angelegenheit gefällte Urteil ein wahres Urteil ist. Um dies zu veranschaulichen, genügt es festzustellen, daß sich unser Urteil in einer bestimmten Angelegenheit als falsch erwiesen hat, daß es ein Irrtum war, daß es ganz einfach ein falsches Urteil war. Dann hört es auf, uns zu binden – dies wird dann doch sofort klar. Der Versuch, es unter diesen Umständen noch weiter aufrechtzuerhalten, d.h. aus irgendwelchen Gründen als allein aus Gründen der Wahrheit, z.B. aus bloßem Ehrgeiz – wäre eine Veruntreuung sowohl an dem, was wir feststellen, d.h der Wahrheit der Dinge, als auch an dem, der dies feststellt, d.h. an der Wahrheit über sich selbst als einem Zeugen und Treuhänder der Wahrheit der Dinge, und am Ende – und zwar untrennbar damit verbunden – als einem Zeugen und Treuhänder des Zeugen und Treuhänders der Wahrheit!
Die Kraft des Gehorsams der Freiheit des Menschen gegenüber der Wahrheit unterscheidet ihn strukturell in der Welt der Dinge von der Welt der Dinge und hebt ihn zugleich unter ihnen hervor. So entdeckt der Mensch sich selber als sich selbst, als jemand also, der auf eine unersetzbare Weise sich selber regiert; als *ipse sibi providens*, als *sui iuris* und *alteri incommunicabilis* entdeckt er einfach direkt in sich selber eine nur ihm eigene und nur ihm allein in dieser Welt zukommende personale Struktur, die man sonst auch als personale Natur benennen kann. Er ist unreduzierbar „anders" als die Dinge und steht zugleich unreduzierbar „höher" als sie. Er ist ein Subjekt unter Objekten, eine Person unter Gegenständen[11]. Diese seine hervorragende Stellung, die sich durch die freie Wahl (den Gehorsam gegenüber) der erkannten Wahrheit auszeichnet, wird auch als personale Würde bezeichnet.
In diesem freiwilligen Gehorsam gegenüber der Wahrheit tritt eben das eigentliche Wesen der Liebe im ethischen Sinne des Wortes zutage. In dieser Bedeutung ist die Liebe in erster Linie eine der Wahrheit deshalb gebührende Affirmation, weil die Wahrheit eben die Wahrheit ist – eine der Wahrheit um ihrer selbst willen gebührende und erteilte Affirmation, die ihr – wie wir manchmal sagen – wegen des ihr eigenen Wertes eo ipso zukommt. *Veritas est affirmanda propter se ipsam.* Man kommt nicht umhin zu erkennen, daß ein gewissermaßen besonders herausragender Bereich des Prinzips der Affirmation der Wahrheit um ihrer selbst willen, ihr pars melior, gerade das Prinzip der Affirmation der Wahrheit über die Person aufgrund ihrer besonderen Struktur und der mit ihr verbundenen Würde ist: *Persona est affirmanda propter se ipsam.* Hierbei geht es untrennbar miteinander verbunden doch sowohl um die Affirmation der – vom Subjekt erkannten – Wahrheit des Objekts als zugleich auch – was unserer höchsten Aufmerksamkeit wert ist! – um die Affirmation des sie erkennenden Subjekts, d.h. um die Wahrheit über den Zeugen und Treuhänder der erkannten Wahrheit der Dinge sowie um die Wahrheit über den Treuhänder ihres Treuhänders. Gerade darin erkennen wir das Wesen unserer Be-

fähigung und unserer Kraft, uns selbst zu lenken und über uns selbst zu bestimmen – wir erkennen das Wesen unserer personalen Struktur und unserer Befähigung zur Verantwortung für uns selbst, d.h. dafür, was wir schon oben als personale Würde bezeichnet haben.

Man kommt hier nicht umhin zu bemerken, daß diese Liebe sich durch eine spezifische Uneigennützigkeit auszeichnet. Als Subjekt des Aktes der Liebe „vergißt" der Mensch sich ja gewissermaßen selbst, indem er sich im Akt ihrer Affirmation um ihrer selbst willen „auf die Wahrheit hinüberschreitet"[12]. Hierbei erweist sich die Wahrheit ihm gegenüber als *affirmabile* und wird eben als solche von ihm anerkannt. Gleichzeitig jedoch kann dasselbe Subjekt sich immer nur dann selbst bestätigen, seine Identität stärken und Erfüllung finden, wenn es die Wahrheit um ihrer selbst willen affirmiert. Die Wahrheit erscheint dem Subjekt also nicht nur als *affirmabile*, sondern zugleich auch als etwas, was von ihm über alle Maßen erwünscht und all seiner Mühen wert ist, d.h. als *appetibile.*

So ist die Liebe zur Wahrheit also – kraft ihres eigenen Wesens – immer uneigennützig und wird sozusagen immer belohnt[13]. Denn sie trägt gleichsam zwangsläufig Früchte für ihr Subjekt: sie bestätigt es in seiner Identität und „befreit" seine Freiheit zu solch einer Fülle, die überhaupt erst den Namen des Glücks verdient, das eines solchen Wesens wie des Menschen als Person würdig ist.

Sie – und nur sie – „rentiert" sich für den Menschen immer, nur sie „bringt ihm Glück". Daher steht der Mensch auch in diesem Sinne immer nur dann „auf seiner (eigenen) Seite", wenn er – sich selbst überschreitend – „auf der Seite der Wahrheit" steht. Es ist die Liebe im ethischen Sinne, die hier ihre paradoxe Eigenschaft offenbart: sie ist auf uneigennützige Weise eigennützig und auf eigennützige Weise un-eigennützig[14].

In diesem Zusammenhang sei an eine Äußerung des Philosophen Karol Wojtyla erinnert: „Die Transzendenz ist ein anderer Name der Person"[15], und an eine andere, die ihm als Dichter nicht weniger teuer war: „Denn wenn die Wahrheit in mir ist, muß sie zum Ausbruch kommen; ich darf sie nicht fortstoßen, sonst würde ich mich selbst fortstoßen"[16]. Ovid verleiht eben dieser Erfahrung bedeutsamen Ausdruck: er wirft sich vor, das zu tun, was er zugleich nicht gutheißen kann. *Video meliora proboque deteriora sequor.*

Kann ich diese Wahrheit, die durch ihre Erkenntnis in mir ist, denn fortstoßen? Ja, das kann ich. Aber nur zusammen mit mir selbst. Aber kann ich mich auch selbst fortstoßen? Ja, es zeigt sich, daß ich auch das kann. Aber darf ich es auch? Nein. Das darf ich nicht, und zwar auf absolute Weise nicht.

Deshalb impliziert die Liebe zur Wahrheit die ganz besondere Form der Pflicht, auch mich selbst zu lieben – eben als ihren Treuhänder, ihren Wächter und Verteidiger, der – untrennbar miteinander verbunden – für sie und für sich verantwortlich ist. Denn die Rolle des Treuhänders der Wahrheit weckt im Treuhänder selbst auf ganz besondere Weise die absolut unverzichtbare Verantwortung für denjenigen, der seiner Rolle gegenüber der Wahrheit persönlich nachkommen soll und muß. Und dies ist – jemand anders kann es auch gar nicht sein – jeder selbst: gegenüber sich selbst und für sich selbst[17].

Diese Liebe als Antwort meines Ich auf die Wahrheit über das eigene Ich wird selbstverständlich zum Grund – und zugleich zum Modell – der Pflicht, jedes andere Ich als einen mir ebenbürtigen Treuhänder der Wahrheit um seiner selbst willen zu bejahen, d.h. ihn zu lieben; also den anderen zu lieben „wie mich selbst" – d.h. im Namen derselben Wahrheit über jedes andere Ich, die ich in meinem eigenen Ich entdeckt habe. Die in mir selbst entdeckte und von mir Respekt vor mir selbst fordernde Wahrheit über mich – einen Respekt, der mir aufgrund der Struktur meines Ich gebührt – fordert im Grunde genommen den gleichen Respekt vor jedem „anderen Ich", und zwar aufgrund der ja identischen Wahrheit über die wirkliche Struktur seines Inneren. Deshalb gebührt jeder Person von jeder Person Affirmation um ihrer selbst willen, mit anderen Worten: jeder Person gebührt von jeder Person die *Liebe.* Das ist auch der Weg, auf dem sich uns der Inhalt der sogenannten personalisti-

schen Norm als ethisches Grundprinzip enthüllt: *persona est affirmanda propter se ipsam,* sowie der Weg, auf dem wir die Quelle und das Fundament ihrer objektiven Gültigkeit entdecken, d.h. ihrer methodologischen Rechtskräftigkeit.
Das heißt nicht, daß die Verantwortung für mich selbst und für den anderen – die sich aus der Pflicht ergibt, jeden anderen zu lieben „wie mich selbst" – hinsichtlich ihrer Tiefe in beiden Fällen identisch ist. Im Gegenteil, es besteht eine eigenartige Asymmetrie zwischen der Verantwortung für mich selbst und der für andere. Denn nur in mir selbst vollziehe ich den sittlichen Bruch, die Selbstzerstörung, die De-komposition der inneren Konsistenz meines Subjekts, wenn ich den anderen verachte, dem doch von mir eine Affirmation gebührt, die der Wahrheit über die ihm – wie uns allen gleichermaßen – zukommende identische personale Struktur gerecht wird. Mein gegen den anderen gerichteter Akt der Verachtung ist nur ein mir selbst gegenüber unvermeidbar sittlich selbstmörderischer Schlag, während mein Schlag den anderen sittlich nicht einmal zu erreichen und erst recht nicht zu verletzen oder zu töten imstande ist. Um dies zu veranschaulichen, genügt es, lediglich den Kontext in Erinnerung zu rufen, in dessen Gesichtskreis an die Adresse des Verachteten die Worte „Ecce homo!", „Siehe, der Mensch!" gerichtet werden.
Daraus folgt nicht, daß der gegen den anderen gerichtete Schlag ihn nicht auf andere Weise trifft. Denn wenn wir den anderen physisch vernichten, nehmen wir ihm definitiv jede weitere Chance einer sittlichen Weiterentwicklung! Der Mensch ist ja, wer er ist, nur, wenn er überhaupt da-ist. Der Wert seiner Existenz ist das Fundament seiner personalen Essenz. Den Kern dieser Asymmetrie hat wohl Sokrates am treffendsten in Worte gefaßt: „Glücklicher ist das Opfer der Mordtat als der Mörder!" So können wir nun die bisher gewonnenen Ergebnisse etwas ordnen, damit wir auf ihrer Basis in unseren Betrachtungen den nächsten, für ihr Endergebnis überaus wichtigen Schritt tun können:
1. Die von der als ethisches Prinzip bezeichneten Norm postulierte Liebe erweist sich vor allem als Forderung, die Wahrheit als Wahrheit zu lieben, d.h. als Forderung, den Wert per se sui generis zu affirmieren, der vom Subjekt, das ihn erkannt hat, den Akt seiner Affirmation um seiner selbst willen verlangt.
2. Diese Liebe nimmt in der Konsequenz die Form der Forderung dessen an, was mir – im Namen der Wahrheit – von mir selbst als diesem (möglichen) Objekt meiner Erkenntnis gebührt, einem Objekt, das schon aufgrund seiner Seinsstruktur – im metaphysischen Sinne – ein Subjekt ist: ein *suppositum personale.* Diese Liebe zeigt sich insbesondere als Forderung dessen, was mir von mir als diesem Objekt gebührt, das sich – kraft der wirklichen Erkenntnis seiner selbst in actu – selbst zur Rolle eines für sich selbst – gegenüber der Wahrheit über die Person – verantwortlichen Subjekts konstituiert hat: als *subiectum personale*[18].
3. In der Konsequenz erweist sich diese Liebe als Forderung dessen, was im Namen der Wahrheit über meine eigene Person, d.h. über mein Ich, jedem anderen Ich von jedem Ich gebührt, indem sie die Form einer universell gültigen sittlichen Norm, d.h. des Gesetzes der Liebe annimmt, als der in sittlicher Hinsicht einzig würdigen Weise des Personseins unter Personen. Irgendeine Ausnahme wäre hier undenkbar. Sie stünde in innerem Widerspruch zum Modus des Personseins unter Personen[19].
4. Diese Liebe erweist sich schließlich als die für die Person einzig mögliche Weise, die eigene Selbstabhängigkeit, d.h. die eigene Freiheit zu affirmieren. Das Subjekt des Erkenntnisaktes kann nämlich sich selbst und seine Freiheit nur dadurch affirmieren, daß es die schon vorher – kraft des Erkenntnisaktes – als Wahrheit anerkannte Wahrheit durch einen Akt der freien Wahl bestätigt.
5. In methodologischer Hinsicht scheinen die oben gewonnenen Ergebnisse voll und ganz den Kriterien gerecht zu werden, die wir an die als Erfahrung oder Einsicht (insight) bezeichnete unmittelbare Erkenntnis stellen.

Dank ihr vollbringen wir hier geradezu eine Entdeckung dessen, was (wer) die Person ist: *primum anthropologicum*, und im Zusammenhang damit entdecken wir auch, was ihr als Person von ihr als Person gebührt: *primum ethicum* – sowohl von der eigenen Person als auch von jeder anderen Person. Eine derartige Erfahrung bildet – wie man sieht – die Quelle und das Fundament für die Formulierung eines Urteils, das sich methodologisch durch universelle Gültigkeit auszeichnet.

Dieses Urteil bildet das Kriterium und den Maßstab für die Beurteilung des Erkenntniswertes der von den Menschen in dieser Sache de facto vertretenen oder geäußerten Urteile. Die Wahrheit dieser Entdeckung schöpft, wie man sieht, in beiden ihren Dimensionen gleichzeitig – der anthropologischen und der ethischen – sowohl ihren ganzen Inhalt als auch ihre ganze Rechtskräftigkeit ausschließlich aus dieser Quelle und Grundlage des Wissens: aus der oben geschilderten Erfahrung. *Primum anthropologicum et primum ethicum convertuntur.* Diese Erfahrung ist fraglos eine Erfahrung *sui generis:* sie ist in ihrer erkenntnistheoretischen Quelle und in ihrem methodologischen Fundament (K. Ajdukiewicz) eine Erfahrung der „Freiheit in der Schlinge der (erkannten) Wahrheit". Im Licht dieser Erfahrung erweist sich das seinerzeit von D. Hume vorgebrachte Problem des Übergangs von „Ist"-Sätzen zu „Soll"-Sätzen an dieser Stelle als Scheinproblem[20].

Wir wollen hier noch einmal auf das Verhältnis der Freiheit zum Gesetz zurückkommen. Wenn, wie wir gesehen haben, allein die Affirmation der vom Subjekt erkannten Wahrheit dieses befreit, dann kann dieses Subjekt (diese Person) gar nicht versklavt werden durch den Gehorsam gegenüber einer solchen Erfassung des Gesetzes, dessen ganzer Sinn sich auf die Offenbarung der normativen Kraft der Wahrheit über die menschliche Person an sie selbst als Subjekt der Selbsterkenntnis und gleichzeitig an sie selbst als Subjekt der freien Wahl der Wahrheit über sich selbst zurückführen läßt. In dieser Perspektive erweist sich das sittliche Gesetz *ipsa natura sua* als „person-zentriert" und wird für die Person zu einem „Fenster auf die Person" *sui generis, „sui generis medium quo"*, d.h. zu einem Medium, in dem die Person direkt sich selbst betrachtet. Der Gehorsam der Freiheit gegenüber dem so verstandenen sittlichen Gesetz, d.h. gegenüber der ethischen Norm, kann die Person und ihre Freiheit also auf gar keine Weise beschränken oder einengen. Denn die Person wählt hier ja sich selbst, und die Freiheit wählt die Freiheit. Es ist ganz einfach so, daß das Gesetz die Person nie vor die Notwendigkeit stellt, gegen sich selbst zu handeln; es zwingt sie nie zu einem Akt der Dekomposition (Auflösung) ihrer inneren Struktur. Im Gegenteil, nur der Gehorsam diesem Gesetz gegenüber kann die Person in der ihr als Person eigenen Struktur bestätigen – als vernünftiges und zugleich freies Subjekt. Der Gehorsam gegenüber dem im Erkenntnisakt verinnerlichten Gesetz kann für die Person nur dies bewirken: nämlich beitragen zur Stärkung ihrer inneren Konsistenz, ihr ganze Erfüllung ermöglichen, sie als Person vollständig befreien.

Aus eben dieser Perspektive muß jeder Versuch, die Freiheit der menschlichen Person mit dem obersten sittlichen Gesetz, also der sogenannten personalistischen Norm oder dem sogenannten Gebot der Liebe in Widerspruch zu setzen, als ein absurdes Unterfangen, als sinnlose Idee erachtet werden.

3. Die Freiheit und die normative Kraft der Wahrheit über die Würde der Existenz (des Lebens) des Menschen

Die Entdeckung der Person und mit ihr der personalistischen Norm bildet, wie gezeigt wurde, die grundlegende Voraussetzung und zugleich den methodologischen Schlüssel zur Erklärung und Lösung der Schwierigkeiten, die in beträchtlichem Maße für die Krise in der modernen Moraltheologie verantwortlich sind. Handelt es sich dabei nicht um eine unzureichend tiefe Einsicht in das Fundament des ethischen Wissens selbst? Unter diesen Schwierigkeiten muß an erster Stelle die radikale Infragestellung der Möglichkeit der objektiven Gültigkeit aller ausnahmslose Gültigkeit beanspruchenden inhaltlich determinierten sittlichen Normen von seiten vieler zeitgenössischer Theologen erwähnt werden – besonders dann, wenn sich einige von ihnen verbal ausdrücklich für einen ethischen Personalismus ausgesprochen haben. Unannehmbar ist jedoch ihrer Ansicht nach die Existenz von *semper et pro semper* geltenden, universal „abgeschlossenen" Normen. Alle inhaltlich determinierten Normen sollen höchstens *ut in pluribus* gelten und immer für Ausnahmen „offen" bleiben. Ihre „Abgeschlossenheit" soll der Entscheidung des Gewissens überlassen bleiben[21]. Diese ihre These ist gleichbedeutend damit, daß die Möglichkeit sogenannter „notwendigerweise an sich böser", d.h. aufgrund ihres objektiven Inhalts böser Akte verneint wird[22].

Indessen ist – diesen Theologen zuwider – allein die entgegengesetzte These wahr und kann im Licht und in Übereinstimmung mit dem Prinzip des ethischen Personalismus als gültig anerkannt werden[23]. Das kann leicht aufgezeigt werden, wenn man sich des sogenannten Beispielbeweises bedient. Denn es ist unmöglich, daß jemand, der einmal die elementare Wahrheit erkannt hat, daß der menschlichen Person als Person absolute Affirmation um ihrer selbst willen gebührt, nicht auch anerkennen müßte, daß diese Affirmation gegenüber dem anderen Menschen in sich selbst widersprüchlich wäre, würde sie nicht die absolute Pflicht beinhalten, den Wert seines Lebens zu respektieren. Dieser Zusammenhang dessen, was (wer) die Person in ihrer strukturellen existentiellen Identität, d.h. in der ihr eigenen Natur ist, mit dem, was ihr in der Dimension ihres Lebens unbedingt gebührt, erweist sich hier geradezu als ein notwendiger Zusammenhang. Kann man denn – ohne in Absurdität zu verfallen – zu einem anderen Menschen als Menschen „Ja" sagen, ohne zu seinem Dasein „Ja" zu sagen, d.h. ohne sein Leben zu bejahen? Tötet denn nicht mich, wer meinen Leib tötet?

Eben aus diesem Grunde konnte der Verfasser der Enzyklika *Veritatis splendor* schreiben: „Die menschliche Person ist, einschließlich des Leibes, ganz sich selbst überantwortet, und gerade in der Einheit von Seele und Leib ist sie das Subjekt ihrer sittlichen Akte. Durch das Licht der Vernunft und die Unterstützung der Tugend entdeckt die menschliche Person in ihrem Leib die vorwegnehmenden Zeichen, den Ausdruck und das Versprechen der Selbsthingabe in Übereinstimmung mit dem weisen Plan des Schöpfers. Im Lichte der Würde der menschlichen Person – die durch sich selbst bestätigt werden muß – erfaßt die Vernunft den besonderen sittlichen Wert einiger Güter, denen die menschliche Person von Natur her zuneigt. Und da die menschliche Person sich nicht auf ein Projekt der eigenen Freiheit reduzieren läßt, sondern eine bestimme geistige und leibliche Struktur umfaßt, schließt die ursprüngliche sittliche Forderung, die Person als ein Endziel und niemals als bloßes Mittel zu lieben und zu achten, wesentlich auch die Achtung einiger Grundgüter ein, ohne deren Respektierung man dem Relativismus und der Willkür verfällt" (Nr. 48).

Welches andere Gut unter den sogenannten „Gütern für die Person" wäre fundamentaler für die menschliche Person als das, daß sie überhaupt da ist, daß sie existiert, daß sie lebt? Sie ist schließlich das (der), was (wer) sie ist, nur insofern, daß sie überhaupt existiert, daß sie überhaupt da-ist. Und existieren, da-sein bedeutet für sie eben – zumindest in dieser sichtbaren Welt –, daß sie lebt. Der heilige Thomas bemerkt mit meisterhafter Treffsicherheit und Kürze: *Viventibus vivere est esse.* Und deshalb kann man zur anderen Person als Person nicht „Ja" sagen, wenn man ihr Leben nicht bejaht. Das Gegenteil annehmen wollen, würde heißen, seine Bereitschaft zur Absurdität zu deklarieren. Eben deshalb formuliert der Papst in der Enzyklika *Veritatis splendor* – als sogenannten Beispielbeweis – auf der Grundlage der Beziehung, die zwischen der Person und ihrem Leben besteht, einer (vom Gesichtspunkt der Erkenntnis aus) banal einfachen und zugleich für die Identifizierung der inneren Struktur der realen menschlichen Person evident notwendigen Beziehung, eine universal gültige und zugleich inhaltlich determinierte Norm des sittlichen Gesetzes: die Norm des absoluten Verbots der direkten Tötung menschlichen Lebens[24]. Der Mensch darf, mit anderen Worten, nie direkt getötet werden. Deshalb auch konnte Johannes Paul II. in seiner Enzyklika *Evangelium vitae* in bezug auf das Leben der Ungeborenen erklären, „daß die direkte Tötung, das heißt die als Ziel oder Mittel gewollte Abtreibung immer ein schweres sittliches Vergehen darstellt, nämlich die vorsätzliche Tötung eines unschuldigen Menschen" (Nr. 62).

Anläßlich der Aufdeckung der erkenntnistheoretischen Quelle des Inhalts dieser Norm und der methodologischen Verankerung ihrer Gültigkeit in der personalen Würde des Menschen präzisiert der Verfasser der Enzyklika und re-interpretiert zugleich auf völlig neuartige Weise – im authentisch personalistischen Geist – sowohl den wesentlichen normativen Sinn als auch den adäquaten Ursprung und den echten Grund des sittlichen Naturrechts und des ethischen Naturgesetzes überhaupt. Dieses Recht und Gesetz ist von seinem Wesen her auf die Affirmation der menschlichen Person um ihrer selbst willen ausgerichtet; es ist person-zentriert, indem es seine normative Kraft auf die Wahrheit über ihre Würde gründet und diese allen ethischen Einzelnormen zukommen läßt. Johannes Paul II. widmet dieser Angelegenheit den gesamten 50. Abschnitt seiner Enzyklika und erklärt dort den „wirklichen Sinn des Naturrechts"[25]. Man kann das auch als Personalisation des sittlichen Naturrechts und sittlichen Naturgesetzes bezeichnen. Kann der so klar ersichtliche – und von Johannes Paul II. in der Enzyklika *Veritatis splendor* und dann in der Enzyklika *Evangelium vitae* (Nr. 53) deutlich aufgezeigte – notwendige Zusammenhang zwischen der Affirmation der Person als Person und der Affirmation ihres Lebens und die dadurch so deutlich zum Ausdruck gebrachte Sorge um die Sicherung des Respektierens der Person durch das Respektieren ihres Lebens also von irgend jemandem sinnvollerweise für eine Gefährdung der Freiheit von wem auch immer befunden werden? Ist solch eine Möglichkeit überhaupt sinnvoll denkbar? Die Ode an die Würde der Person, an ihre der Wahrheit ergebene Freiheit und ihre Einmaligkeit muß ja notwendigerweise zugleich auch eine Ode an ihre Existenz sein. Aus welch einer anderen Quelle könnte dieses unter den Menschen allgemein angetroffene, spontane Erstaunen über die Einmaligkeit (Unwiederholbarkeit) der Person und zugleich über die Ungewöhnlichkeit (Außerordentlichkeit) ihrer Existenz entspringen – ein Erstaunen, das in dem Bekenntnis „Wie gut, daß es *dich* gibt! Wie gut, daß es dich *gibt*, daß du da-bist!", ja: „Wie wunderbar, daß du da-bist!" so deutlich zum Ausdruck gelangt?

So kann und muß auch unsere zusammenfassende Antwort auf die von uns am Anfang dieser Reflexion gestellte Frage lauten: Nur eine der – von dem Subjekt selber erkannten und anerkannten – objektiven Wahrheit gehorsame Freiheit ist wahre Freiheit. Ich bleibe nur dann frei und nur dann ich selbst, und nur dann hänge ich von mir selber ab, wenn ich zu der Wahrheit „Ja" sage. Und deshalb kann nur eine solche von dem Subjekt selber erkannte und anerkannte – von ihm jedoch nicht abhängige – Wahrheit es als sittlich frei handelndes Subjekt in seiner Identität (Selbstheit) festigen und erfüllen.

Allein „die Wahrheit macht frei".

(Übersetzung aus dem Polnischen: Herbert Ulrich)

Anmerkungen

*Ausführlicher habe ich dieses Thema behandelt im Aufsatz: „Naturmoral und Gnadenmoral. Zur Frage des Verhältnisses von Ethik und Moraltheologie", in: „'Christus ist in euch – Christus ist unter euch'. Die Gnadenmoral in der Polarität von Vernunft und Glaube". Festschrift für Prof. Dr. Josef Georg Ziegler, St. Ottilien 1998, S. 64-100. Vgl. auch T. Styczen, „La libertà vive dalla verità. Intorno all' enciclica *Veritatis Splendor*", in: Anthropotes 11 (1995) Nr. 2, S. 235-255, 12 (1996) Nr. 1, S. 177-195.

1
„Wahrheit oder Freiheit – was zuerst?" Diesen ausgezeichneten Titel, der den Leser gleich darauf aufmerksam macht, was der eigentliche Kerngedanke der Enzyklika *Veritatis splendor* ist, gab der weltbekannte Philosoph Leszek Kolakowski seinem Artikel in der Zeitschrift „Znak" (Znak 466 [1994], S. 669-673). Mit der Problematik der „wahren Freiheit" und der mit ihrer „riskanten Zweideutigkeit" verbundenen Gefahren befaßte er sich aber schon früher – obwohl sachlich parallel – in seinem Artikel: „Laik nad ‚Katechizmem' sie wymadrza" (Kluge Gedanken eines Laien zum ‚Katechismus') (Puls Nr. 62 [1993], Gazeta Wyborcza vom 18.-19. März 1995, Nr. 66, S. 14-15). Ich bin der Ansicht, alle Betrachtungen zum Thema der „wahren Freiheit" (diesen Begriff übernimmt *Veritatis splendor* vom Vaticanum II) müssen mit einer Präzisierung des Sinnes der entsprechenden Begriffe beginnen, was Kolakowski ja auch tut. Die klassische Unterscheidung zwischen „Freiheit wovon" und „Freiheit wozu" fordert hier jedoch ihre Rechte ein: es darf nicht getrennt werden, was unterschieden werden muß. Andernfalls endet die Operation mit einer Verabsolutierung der Aspekte. Dann entstehen Gebilde, die zu Ungeheuern (Monstern) werden können, besonders wenn man versucht, sie zu „kanonisieren". Die Richtung hat J. Maritain gezeigt, der Meister der Unterscheidung (Distinguer pour unir). Erwähnenswert sind dazu auch die Präzisierungen von Karol Wojtyla in „Person und Tat" im zweiten (der „personalistische" Wert der Tat) und dritten Abschnitt (nähere Definition des Begriffs der „Teilnahme") des IV. Kapitels (Abriß einer Theorie der Teilnahme), wo der Verfasser den Unterschied zwischen dem personalistischen Wert und dem ethischen Wert hervorhebt. Diese Präzisierungen scheinen solchen Befürchtungen entgegenzukommen, wie sie von L. Kolakowski zum Ausdruck gebracht werden. Vgl. Karol Wojtyla, „Osoba i czyn oraz inne studia antropologiczne" (Person und Tat und andere anthropologische Studien), Lublin 1994 (TN KUL), S. 304-311.
Um aber auf die Schwierigkeit in bezug auf die Höchststrafe zurückzukommen, auf die sich Kolakowski sowohl in „Wahrheit und Freiheit – was kommt zuerst?" als auch in „Kluge Gedanken eines Laien zum ‚Katechismus'" bezieht, so muß gesagt werden, daß die gegenwärtig in der Enzyklika *Evangelium vitae* (Nr. 56) verwendete Formulierung die Gründe zur Aufrechterhaltung seiner Besorgnis beseitigt. Kommt sie doch der Feststellung gleich, daß auf einer Institution, die im Namen des Schutzes des Gemeinwohls eine Entscheidung über das Fällen der „Höchststrafe" treffen wollte, die *onus probandi* lastet, daß der in der Strafanstalt isolierte Verbrecher sich weiterhin im Zustand der Aggression befindet, d.h. ein Attentäter ist, der die Grundlagen des Gemeinwohls der Gesellschaft selbst *in actu* bedroht. Es würde schwerfallen, heute solch einen Beweis zu liefern. „Heute aber sind solche Fälle infolge der immer besseren Organisation der Strafanstalten sehr selten geworden und kommen vielleicht überhaupt nicht mehr vor" (EV, Nr. 56).

2
Vgl. Ewa Bielkowska, „Prawo i sumienie" (Recht und Gewissen), in: Znak 473 (1994), S. 103-113. „Wenn ich meinen Eindruck zusammenfassen sollte, so scheint mir nicht die Wahrheit, sondern das Recht (Gesetz) – der ‚*Glanz des Gesetzes*' also – ‚Held' der Enzyklika zu sein. (...) Der Diskurs ist so aufgebaut, als würde er eine Antwort auf die Gesamtheit des sittlichen Lebens darstellen – und nicht allein des sittlichen Lebens, denn er kann in andere als ethische Bereiche hineinreichen und das Verhalten kraft seines imperativen Charakters regulieren." Ebd., S. 107.

3
Der kürzlich verstorbene Bonner Moraltheologe Fr. Boeckle schreibt in diesem Zusammenhang:
„Inzwischen ist eine respektable Zahl von Moraltheologen in verschiedenen Ländern überzeugt, daß konkrete Handlungen im zwischenmenschlichem Bereich ausschließlich von ihren Folgen her, d.h. teleologisch, sittlich beurteilt werden müssen. Das bedeutet, daß es im Bereich der moralischen Tugenden (virtutes morales) keine Handlungen geben kann, die immer sittlich richtig oder falsch sind, unabhängig, welches die Folgen des Handelns seien. Mit anderen Worten: Es gibt keine in sich absolut schlechten Handlungen (malitia intrinseca absoluta); weder die Tötung eines Unschuldigen noch die direkte Falschaussage noch eine Masturbation können als ausnahmslos und für jeden denkbaren Fall schlecht bezeichnet werden." Fr. Böckle, „Werteinsicht und Normbegründung", in: Concilium 12 (1976) S. 615; ders., „Fundamentalmoral", München 1977, S. 91. Es läßt sich jedoch nicht leugnen, daß wir in der Enzyklika in ausdrücklichem Gegensatz zu diesem klar und unmißverständlich formulierten Standpunkt lesen: „*Die negativen Gebote* des Naturgesetzes sind allgemein gültig; sie verpflichten alle und jeden einzelnen allezeit und unter allen Umständen. Es handelt sich in der Tat um Verbote, die eine bestimmte Handlung semper et pro semper (immer und für immer) verbieten, ohne Ausnahme, weil die Wahl der entsprechenden Verhaltensweise in keinem Fall mit dem Gutsein des Willens der handelnden Person, mit ihrer Berufung zum Leben mit Gott und zur Gemeinschaft mit dem Nächsten vereinbar ist" (Nr. 52).
Der Standpunkt des verstorbenen Bonner Theologen steht nicht allein, er wird bekanntlich von vielen Vertretern der Moraltheologie auch außerhalb des deutschen Sprachgebietes geteilt. Daher überraschen die Meinungen einiger Autoren des von D. Mieth herausgegebenen Bandes „Moraltheologie im Abseits? Antwort auf die Enzyklika *Veritatis splendor*", in: Quaestiones disputatae Nr. 153, Freiburg i. Br. 1994, kein Theologe würde einen solchen Standpunkt vertreten, wie ihn der Verfasser der Enzyklika der kritischen Beurteilung unterwirft. K. W. Merks z.B. schreibt: „Was hier dargestellt wird, ist eine Karikatur. Ich weiß nicht, wer von den katholischen Moraltheologen sich hierin wiedererkennen könnte" (S. 53). H. Rotter fügt hinzu: „Die bisherige Reaktion auf die Enzyklika hat weitgehend einen Konsens darin gezeigt, daß kein Moraltheologe bekannt ist, der die von ‚Veritatis Splendor' kritisierten Positionen in der dargestellten extremen Form vertritt" (S. 197). Ich frage: Kann man annehmen, die beiden genannten Autoren seien niemals der oben zitierten Ansicht ihres Kollegen Fr. Böckle begegnet, hätten sich niemals mit dieser Ansicht solidarisiert, sondern sie für eine „Karikatur" gehalten, und stimmen sie nicht auch seiner Meinung über die Zahl seiner Anhänger zu: "eine respektable Zahl von Moraltheologen in verschiedenen Ländern"? Wie verhält es sich wirklich? Diese Frage muß sich vor allem der Herausgeber des Bandes beantworten, der übrigens im „Vorwort des Herausgebers" (S. 7) ausdrücklich feststellt, unter den Autoren des Bandes befinde sich „ein großer Teil derer, die sich durch die Enzyklika ‚zitiert' fühlen dürfen".

4
Vgl. T. Styczen, „Das Gewissen und Europa", in: Ethos 1 (1993), Sonderausgabe Nr. 1 (Zum Ethos der Freiheit), S. 147-164, besonders Anmerkung 3, S. 151. Das ist auch der Kontext, in dem die sogenannte kreative Konzeption der Vernunft und des Gewissens in der modernen Moraltheologie in Erscheinung tritt. Diese Konzeption wurde kritisiert von A. Szostek, „Natur – Vernunft – Freiheit. Philosophische Analyse der Konzeption ‚schöpferischer Vernunft' in der zeitgenössischen Moraltheologie", Frankfurt am Main, Bern, New York, Paris 1992 (Europäische Hochschulschriften: Reihe 23, Theologie; Bd. 447). Vgl. auch die Rezension dieses Buches: T. Styczen, „An den Quellen der Krise der Moraltheologie", in: Ethos 1 (1993) Nr. 1, S. 255-269.

5
Im Zusammenhang damit lesen wir in der Enzyklika: „Darum steht die Art und Weise, wie man die Beziehung zwischen Freiheit und Gesetz versteht, schließlich in engem Zusammenhang mit der Auffassung, die man über das sittliche Gewissen hat. In diesem Sinne führen die oben erwähnten kulturellen Strömungen, die Freiheit und Gesetz einander entgegensetzen und voneinander trennen und die Freiheit in götzendienerischer Weise verherrlichen, zu einer *Auffassung vom sittlichen Gewissen als ‚schöpferische' Instanz* ..."(Nr. 54). „In dem Wunsch, den ‚kreativen' Charakter des Gewissens hervorzuheben, bezeichnen manche Autoren die Akte des Gewissens nicht mehr als ‚Urteile', sondern als ‚Entscheidungen': Nur dadurch, daß der Mensch ‚autonom' diese Entscheidungen trifft, könnte er zu seiner sitt-

lichen Reife gelangen" (Nr. 55). „Diese könnte, indem sie den Umständen und der Situation Rechnung trägt, legitimerweise *Ausnahmen bezüglich der theoretischen Regel begründen* und so gestatten, in der Praxis guten Gewissens das zu tun, was vom Sittengesetz als für in sich schlecht eingestuft wird. Auf diese Weise entsteht in einigen Fällen eine Trennung oder auch ein Gegensatz zwischen der Lehre von der allgemeinen gültigen Vorschrift und der Norm des einzelnen Gewissens, das in der Tat letzten Endes über Gut und Böse entscheiden würde" (Nr. 56). „Es gibt wohl niemanden, der nicht begreifen wird, daß mit diesen Ansätzen nichts weniger als *die Identität* des sittlichen Gewissens selbst gegenüber der Freiheit des Menschen und dem Gesetz Gottes in Frage gestellt wird. Erst die vorausgehende Klärung der auf die Wahrheit gegründeten Beziehung zwischen Freiheit und Gesetz macht eine *Beurteilung* dieser ‚schöpferischen' Interpretation des Gewissens möglich" (Nr. 56).
Es ist vor allem der letzte Satz, der den Verfasser des vorliegenden Artikels zu den durchgeführten Betrachtungen ermutigt hat.

6
Es scheint, daß David Hume, der die Tatsachen der menschlichen Innenwelt ansonsten so scharfsinnig analysiert, diese zweifellos eigenartige, zugleich aber wesentlich wichtige Tatsache nicht bemerkt hat. Was war es, das ihn daran hinderte? War es nicht die von ihm dogmatisch akzeptierte (sensualistische) Idee der Erfahrung, die ihn von vornherein einige im Bereich der Erfahrung vorhandene, sich unserer intellektuellen Erkenntnisperzeption direkt offenbarende Tatsachen aus diesem ausklammern ließ? Was aber bildet den Maßstab und das Kriterium dafür, was Erfahrung eigentlich ist und was wir als Erfahrung bezeichnen dürfen, wenn nicht die Erfahrung selbst?, darf wohl hier kritisch bemerkt werden. Vgl. dazu meinen Artikel „Spór o naukowoscetyki"(Der Streit um die Wissenschaftlichkeit der Ethik), der veranlaßt wurde durch einen Artikel des Amerikaners Max Black, „The Gap between ‚is' and ‚ought'", in: The Philosophical Review 73 (1964), S. 165-181, Wiez 10 (1967), Nr. 9, S. 15-33 (in deutscher Sprache zusammen mit J. Piegsa), „Ist Ethik eine Wissenschaft?", in: Münchener Theologische Zeitschrift 25 (1974), S. 317-335.

7
Christus bezeichnet diese Knechtschaft als Sünde. Vgl. Joh 8,34.

8
Vgl. W. B. Smith, „No truth no freedom", in: Crisis 1993, Nr. 10, S. 28-31; vgl. auch: E. Fromm, „Escape from Freedom".

9
Das ist – meiner Überzeugung nach – der Kern des Problems der sogenannten Fundamentaloption. Erwähnenswert ist der Kontext, in dem der unvergleichliche „Klassiker" Sophokles als Verfasser des Dramas „Antigone" dieses Problem angesiedelt hat. Das definitive und zugleich höchste Thema der Grundentscheidung und gleichzeitig ihr tiefster Grund enthüllt sich vor Antigone – (genauer gesagt, sie sieht in ihm sich selbst in voller Verständlichkeit und Selbstverständlichkeit und in der ganzen für diese Sache charakteristischen Dramaturgie) – in seiner unzertrennlichen Verbindung und im Zusammenhang mit einem konkreten Thema: mit der Sache der einem Menschen gebührenden Ehre. Die in *einem* Menschen von Menschen im Namen der Sorge um Menschen geschändete Ehre zeigt Antigone ihr eigenes Drama: allein der Versuch, diesen einen Menschen vor der Schändung durch die anderen zu retten, stellt zugleich einen Versuch dar, die anderen vor der Schändung ihrer selbst zu retten, und ist für Antigone die einzige Möglichkeit, sich selbst vor der Selbstschändung zu retten.
Nur so wird das Bekenntnis, das Ergebnis der Selbst-erkenntnis und der sich daraus ergebenden Verantwortung für alle sowie ihre Berufung ihnen allen und sich selbst gegenüber verständlich: „Ich bin geboren, um mit-zu-lieben, nicht um mit-zu-hassen."

10
Vgl. T. Styczen, „Wolnoscw prawdzie" (Freiheit in der Wahrheit), Polski Instytut Kultury Chrzescijanskiej, Roma 1987.

11
Vgl. dazu die Analyse der Konstituierung Adams als Person unter Dingen (innerhalb der Welt der Dinge) von Johannes Paul II. in: „Als Mann und Frau schuf er sie", Teil I („Christus beruft sich auf den ‚Anfang'") sowie „Die Verantwortung für die erkannte und weitergegebene Wahrheit". Ansprache des Papstes in der Aula der Katholischen Universität Lublin, 9. Juni 1987, in: Jan Pawel II, „Do konca ich umilowal" (Johannes Paul II., „Er liebte sie bis ans Ende"), Rom 1987, S. 41-52, auf Italienisch in: „Insegnamenti di Giovanni Paolo II", Città del Vaticano 1987, Bd. X, S. 2064-2072.

12
Im Evangelium wird in diesem Zusammenhang vom Selbstverlust in der Liebe bzw. aus Liebe gesprochen.

13
Vgl. E. Gilson, „L'esprit de la philosophie medievale"; vgl. auch: J. Woroniecki OP, „Katolicka etyka wychowawcza", Lublin 1986 (KUL), S. 83-96. Ein tieferer Einblick in diese Sache kann gewisse Mißverständnisse leicht beseitigen und scheinbare Widersprüchlichkeiten liquidieren. Denn der Personalismus will das Glück keinesfalls aus der Ethik verbannen, er zeigt lediglich, wo genau sein Platz in ihr ist.

14
Vgl. R. Spaemann, „Glück und Wohlwollen. Versuch über Ethik", Stuttgart 1989 (Die Ausdifferenzierung des Moralischen, S. 99-109).

15
Vgl. K. Wojtyla, „Osoba: podmiot i wspólnota" (Person: Subjekt und Gemeinschaft), in: Roczniki Filozoficzne 24 (1976), Heft 2, S. 15, 17; vgl. auch in: Karol Wojtyla, Andrzej Szostek, Tadeusz Styczen, „Der Streit um den Menschen. Personaler Anspruch des Sittlichen", Kevelaer 1979, S. 5-110.

16
Vgl. Karol Wojtyla, „Narodziny wyznawców" (Die Geburt der Bekenner). An dieser Stelle sei auch an Novalis' Formulierung erinnert: „Der Mensch besteht in der Wahrheit – Gibt er die Wahrheit preis, so gibt er sich selbst preis. Wer die Wahrheit verrät, verrät sich selbst. Es ist hier nicht die Rede vom Lügen – sondern vom Handeln gegen Überzeugung." Vgl. Novalis (Friedrich von Hardenberg), „Fragmente und Studien", Stuttgart 1984, S. 14.

17
Vgl. Aristoteles, „Nikomachische Ethik". Es ist charakteristisch, daß Aristoteles, der im I. Buch der „Nikomachischen Ethik" den zureichenden Grund des menschlichen Tuns analysiert – mit der Absicht, das höchste Wohl des handelnden Subjekts (eudaimonia) zu entdecken –, gerade in ihm als im summum appetibile die letztliche Norm für die Bestimmung der sittlichen Billigkeit (Würdigkeit) der von diesem Subjekt vollbrachten Handlungen erkennt. Und anläßlich der Analyse der Freundschaft im VIII. und IX. Buch dieses Werkes äußert er den Gedanken, der Mensch sollte auch sich selbst gegenüber diese Haltung einnehmen, die die Beziehung eines Freundes zum Freund kennzeichnen soll. Suggeriert er damit nicht, daß das Glück nicht nur deshalb die Rolle einer Norm der Moral spielt, weil der Mensch nicht umhin kann, es um seiner selbst willen zu wollen, sondern vor allem deshalb, weil der Mensch aufgrund der Pflicht, sich als ein ihm selbst auf besondere Weise anvertrauter (ihm selbst aufgegebener) Freund selbst zu affirmieren, darum bemüht sein muß? Der *finis ultimus* im Sinne des *summum appetibile* erweist sich hier als *finis ultimus* im Sinne des *summum affirmabile*. An dieser Stelle sei an die Kategorie des *finis debitus* beim heiligen Thomas von Aquin erinnert, worauf Cornelio Fabro in seinen anthropologischen Betrachtungen nachdrücklich aufmerksam gemacht hat: „Riflessioni sulla libertà", Rimini 1983. Den Grundton seiner Betrachtungen zum heiligen Thomas offenbart z.B. die Analyse des Sinns, den der Satz ausdrückt: *Intellectus regit voluntatem non quasi inclinans eam in id in quod tendit, sed sicut ostendens ei quo tendere debeat.* „De veritate", q. 22, a. 11, ad 5. Vgl. op. cit. S. 62.

18
Das *suppositum humanum* und das menschliche Ich bilden zwei Pole ein und derselben Erfahrung, so pointiert Karol Wojtyla dies in seiner Studie: „Osoba – podmiot i wspolnota" (Die Person – Subjekt und Gemeinschaft), in: Osoba i czyn oraz inne studia antropologiczne, KUL 1994, s.o., S. 387; vgl. den schon oben zitierten Sammelband: „Der Streit um den Menschen", Anm. 15.

19
Das ganze sittliche Problem der Antigone – die Quelle und der Grund ihres dramatischen Bekenntnisses (das ein Ausdruck ihrer Grundentscheidung ist): „Ich bin geboren, um mit-zu-lieben, nicht um mit-zu-hassen" – dreht sich um eben diese Ausnahme. Mit-lieben heißt: in der Welt der Menschen die sittliche Möglichkeit (Zulässigkeit) dieser Ausnahme auszuschließen.

20
In diesem Zusammenhang sei auf einen für die angesprochene Angelegenheit besonders aufschlußreichen Text des Verfassers von „Person und Tat" verwiesen: „Das Gewissen, das sich nicht an der objektiven Wahrheit ausrichtet, verliert seine Identität, wie umgekehrt nur die im Gewissen erkannte und bejahte Norm zur Wirksamkeit kommt." Vgl. auch E. Schockenhoff, „Das umstrittene Gewissen. Eine theologische Grundlegung", Mainz 1990, und A. Günthör OSB, „Zur Kritik an der Enzyklika *Veritatis Splendor*", in: Theologisches Nr. 12 (1994), Nr. 1/2 1995, S. 72.

21
In Korrelation zu den „offenen Normen" steht das „kreative Gewissen". Werden diese Normen nicht deshalb „geöffnet", um dadurch einen Raum für die Kreativität des Gewissens zu öffnen? Warum tritt an die Stelle des *Gewissensurteils* in letzter Zeit so oft die *Gewissensentscheidung*? So kann der „Mechanismus" des Weges zu einer der Antworten auf die Frage aussehen: Was kommt zuerst, die Freiheit oder die Wahrheit? Eine Antwort ist die „Geburt" des Menschen als Schöpfer der Wahrheit: sein Gewissen ist nicht mehr ein Lektor der Wahrheit, sondern ein Kreator der Wahrheit.
Vgl. C. Fabro, „La svolta antropologica di Karl Rahner", Milano 1974 (Russconi).

22
In der Enzyklika lesen wir: „Der Graben, den einige zwischen den Individuen und der allen gemeinsamen Natur aufgerissen haben, verschleiert die Erfahrung der Universalität des Sittengesetzes durch die Vernunft, wie dies aus manchen philosophischen Theorien, die in der modernen Kultur großen Widerhall gefunden haben, hervorgeht. Insofern aber das Naturgesetz die Würde der menschlichen Person zum Ausdruck bringt und die Grundlage für ihre fundamentalen Rechte und Pflichten legt, ist es in seinen Geboten universal, und seine Autorität erstreckt sich auf alle Menschen. *Diese Universalität sieht nicht von der Einzigartigkeit der Menschen ab* noch widerspricht sie der Einmaligkeit und Unwiederholbarkeit jeder einzelnen menschlichen Person: sie umfaßt im Gegenteil grundlegend jede ihrer freien Handlungen ... Indem sie sich dem gemeinsamen Gesetz unterwerfen, bauen unsere Handlungen die wahre Gemeinschaft der Personen auf ... Wenn sie hingegen das Gesetz verkennen oder, mit oder ohne Schuld, auch nur darüber in Unkenntnis sind, so verletzen unsere Handlungen die Gemeinschaft der Personen zum Schaden jedes einzelnen" (Nr. 51).

23
In der Enzyklika lesen wir: „Diese universalen und bleibenden Gesetze entsprechen Erkenntnissen der praktischen Vernunft und werden durch das Gewissensurteil auf die einzelnen Handlungen angewandt. Das handelnde Subjekt eignet sich persönlich die im Gesetz enthaltene Wahrheit an: Durch die Handlungen und die entsprechenden Tugenden macht es sich diese Wahrheit seines Seins zu eigen. Die negativen Gebote des Naturgesetzes sind allgemein gültig: sie verpflichten alle und jeden einzelnen allzeit und unter allen Umständen. Es handelt sich in der Tat um Verbote, die eine bestimmte Handlung semper et pro semper verbieten, ohne Ausnahme, weil die Wahl der entsprechenden Verhaltensweise in keinem Fall mit dem Gutsein des Willens der handelnden Person, mit ihrer Berufung zum Leben mit Gott und zur Gemeinschaft mit dem Nächsten vereinbar ist. Es ist jedem und allezeit verboten, Gebote zu übertreten, die es allen und um jeden Preis zur Pflicht machen, in niemandem und vor allem nicht in sich selbst die persönliche und allen gemeinsame Würde zu verletzen (Nr. 52).

24
Man könnte sagen, daß er bei dieser Gelegenheit so etwas wie eine Minimaldefinition der menschlichen Natur liefert. Die unter den Seienden dieser Welt ausschließlich dem Menschen zukommende Selbstabhängigkeit als Kraft der Sichabhängigmachung von sich selbst durch Sichabhängigmachung von der – nicht von ihm abhängenden – Wahrheit ist eine Eigenschaft, die nur demjenigen real zukommt, der real existiert, und der in dieser Welt nur in Einheit mit dem Leib existieren kann, d.h. wenn er lebendig ist. Daher ist die menschliche Person eine *anima et corpore unus*. Gerade deshalb wäre es absurd zu behaupten, die Affirmation des Menschen als Menschen sei möglich ohne die Affirmation seines Lebens.
Vgl. Joseph Kardinal Ratzinger, „Kirche, Ökumene und Politik", Einsiedeln 1988, besonders: „Christliche Orientierung in der pluralistischen Demokratie" (S. 183-198), „Europa – verpflichtendes Erbe für die Christen" (S. 198-211).
Vgl. auch Romano Guardini, „I diritti del nascituro", in: Studi Cattolici (1974) Nr. 5-6.

25
Vgl. T. Styczen/J. Merecki, „*Veritatis splendor* – Un' Enciclica sulla libertà", in: Lettera enciclica *Veritatis splendor* del sommo pontefice Giovanni Paolo II, Città del Vaticano 1994, S. 177-181.

Hans-Jochen Jaschke

Das große Jubiläum – Johannes Paul II. als Wegbegleiter ins dritte Jahrtausend

I. Ein Schlüssel für den Pontifikat

Lange bevor andere es bemerkt haben und die Tage, Minuten oder Sekunden zählen, hat Johannes Paul II. darauf hingewiesen. Der Übergang ins 3. Jahrtausend stellt für Christen ein Datum mit ganz eigenen Herausforderungen dar.

1. Das Thema seit 1979

Gleich die erste große Enzyklika – vom Heiligen Vater über die Kirche hinaus „an alle Menschen guten Willens zum Beginn seines päpstlichen Amtes" gerichtet – beginnt mit dem Hinweis auf die „feierliche geschichtliche Stunde, die die Kirche und die ganze Menschheit heute durchleben". „Nahe am Jahr 2000" steht dem Papst die „Zeit eines neuen Advents" für die Kirche und die Menschheitsgeschichte vor Augen.[1] Sieben Jahre später stellt er die Verkündigung des Heiligen Geistes in den Kontext der Vorbereitungen auf das große Jubiläum.[2] Ganz dem Jahr 2000 schließlich ist das Schreiben von 1994 mit den präzisen Vorgaben für einen weltweiten Vorbereitungsprozeß gewidmet.[3] Der Papst spricht es deutlich aus: „In der Tat wird die Vorbereitung auf das Jahr 2000 gleichsam zu einem hermeneutischen Schlüssel dieses Pontifikats".[4] Er will die Sensibilität für alles wecken, was der Geist uns sagen will, ob in der Kirche, bei den einzelnen, den Völkern und Kulturen oder in den weltübergreifenden Organisationen. Alles, was seinen Einsatz ausmacht und bestimmt, stellt er in die Perspektive des Weges ins 3. Jahrtausend.

2. Das Datum

Natürlich ist die Marke 2000 auch ein relatives Datum. Die exakte chronologische Berechnung führt zu anderen Angaben.[5] Aber die Symbolik der Jubiläumszahl spricht ihre Sprache. Sie nimmt die biblischen Traditionen der Jubeljahre auf, und erhält dadurch ihren einzigartigen Inhalt, daß Christus selber das „Gnadenjahr des Herrn" (Jes 61,2; Lk 4,167–21) verwirklicht und damit seine neue Zeit setzt. „Wir nähern uns dem Datum, das uns ... die Kernwahrheit unseres Glaubens in Erinnerung ruft und in besonderer Weise wieder bewußt macht, die der hl. Johannes am Anfang seines Evangeliums ausgedrückt hat: ‚Das Wort ist Fleisch geworden und hat unter uns gewohnt ...'".[6] Wenn überall in der Menschheit der auf das Kommen Christi bezogene Kalender bekannt ist, wenn Menschen die Wegmarke 2000 begehen und feiern werden, müssen wir dies nicht als einen Ausdruck der Realität ansehen, daß „der Erlöser der Menschen, Jesus Christus, die Mitte des Kosmos und der Geschichte ist"[7]?

3. Christus und der Heilige Geist

Johannes Paul II. liebt einen Passus aus dem 1. Kapitel der Pastoralkonstitution, „diesen wundervollen Text des konziliaren Lehramtes"[8]: „Tatsächlich klärt sich nur im Geheimnis des Fleisch gewordenen Wortes das Geheimnis des Menschen wahrhaft auf ... Da in ihm die menschliche Natur angenommen wurde, ohne dabei verschlungen zu werden, ist sie dadurch auch schon in uns zu einer erhabenen Würde erhöht worden. Denn er, der Sohn Gottes, hat sich in seiner Menschwerdung gewissermaßen mit jedem Menschen vereinigt".[9] Der Mensch lebt nicht als Abstraktum, sondern als der konkrete geschichtliche Mensch. „Jeder einzelne Mensch ist gemeint; denn jeder ist vom Geheimnis der Erlösung betroffen ... Dies ist der Mensch im vollen Licht des Geheimnisses, an dem er durch Jesus Christus teilnimmt, ein Geheimnis, an dem jeder einzelne der vier Milliarden Menschen teilhat, die auf unserem Planeten leben, vom ersten Moment an, da er unter dem Herzen der Mutter empfangen wird".[10]

1 *Redemptor hominis*, Nr. 1.

2 *Dominum et vivificantem*, Nr. 49–54.

3 *Tertio millennio adveniente*.

4 Ebd., Nr. 23.

5 *Redemptor hominis*, Nr. 1; *Tertio millennio adveniente*, Nr. 15.

6 *Redemptor hominis*, Nr. 1.

7 Ebd.

8 Ebd., Nr. 9.

9 *Gaudium et spes*, Nr. 22; vgl. *Redemptor hominis*, Nr. 8, 13; *Tertio millennio adveniente*, Nr. 4.

10 *Redemptor hominis*, Nr. 10.

Zu dieser christologischen Realität, die den Inhalt des Jahres 2000 ausmacht, gehört die pneumatische Dimension, die Realität des Heiligen Geistes hinzu. Sein lebenschaffendes Wirken ist es, das die Menschwerdung des Sohnes erfüllt. Ganz in Christus konzentriert, geht er neu von ihm aus, um die Menschen für ihn zu gewinnen. Er wirkt in den 2000 Jahren der Kirche, indem er die Schätze der Erlösung entfaltet. Und immer bleibt er der Geist, der von Anfang an am Werk ist, der Geist, der weht, wo er will, und „auch außerhalb des sichtbaren Leibes der Kirche" die Menschen „in einer Gott bekannten Weise" mit ihm verbinden will.[11]

4. Die Kirche

Mit diesen Inhalten muß das Jahr 2000 für die Kirche ein „wichtiges Jubiläum" sein.[12] Denn ihr Dienst besteht darin, daß die Einheit des Menschen mit Christus „immer wieder Gestalt und neues Leben gewinnt". „Diesem Ziel allein möchte die Kirche dienen: Jeder Mensch soll Christus finden können ..." Der Papst prägt das eindringliche Wort vom Menschen als dem „ersten und grundlegenden Weg der Kirche".[13] Unter dieser Wegweisung geht die Kirche als Sakrament der Vereinigung der Menschheit mit Gott und der Menschen untereinander ihren Weg.[14] In der Gewißheit, daß alle ihr zugeordnet sind,[15] sucht sie, sie zu erreichen, damit sie in Christus das Geheimnis ihres Menschseins erfahren.[16] Darum wird sich in einer dem Dienst der Kirche entsprechenden Feier des großen Jubiläums „das ganze Leben der Kirche ... bezeugen"[17].
Johannes Paul II. gibt die Richtung vor und markiert sie mit theologischen Grundaussagen. Seine programmatischen Sätze bleiben keine Theorie. Er bewährt sie in seinem Dienst an der Seite der Menschen in einer Welt, die immer mehr als die eine erfahren wird.

II. Die Zeiten

Der Lauf der Geschichte stellt Menschen vor Fragen und Aporien. Nicht nur Skeptiker zweifeln an einfachen Sinngebungsversuchen, besonders wenn sie politischer Natur sind. Max Webers Verdacht, die Weltgeschichte könne aussehen wie eine Straße, vom Teufel mit zerstörten Werten gepflastert, trifft manche Erfahrungen.

1. Der Christ vor der Geschichte

Wissen Christen mehr? Sie geben eine Gewißheit weiter, die Glaubenstatsache, daß Gott in die Geschichte eingetreten ist. Ohne daraus einfache Konstruktionen, Prognosen oder Prophetien ableiten zu können, dürfen sie aber doch nach Spuren und Zeichen dafür suchen, daß Gott die Zeiten bis zu ihrem Ende bestimmt. Johannes Paul II. benennt – frei von Anfechtungen – den christlichen Grund: In der Menschwerdung „hat die Geschichte des Menschen, so wie sie in der Liebe Gottes geplant ist, ihren Höhepunkt erreicht. Gott ist in die Menschheitsgeschichte eingetreten; als Mensch ist er Subjekt dieser Geschichte geworden, einer von Milliarden und gleichzeitig dieser eine! Durch die Menschwerdung hat Gott dem menschlichen Leben jene Dimension gegeben, die er ihm von Anfang an zugedacht hat".[18] Unter dem Bild des Gleichnisses vom Senfkorn und vom Sauerteig zeigt sich die Geschichte als Realität, die vom Anfang bis zum Ende von Christus und dem Heiligen Geist durchwirkt wird, bis ihr Werk vollendet ist.[19] Der Papst kommt zu sehr konkreten Überlegungen. Ein Jubiläum wie das bevorstehende wird – wie auch andere Ereignisse in der Geschichte der Kirche – von Gottes Vorsehung vorbereitet. Das gläubige Auge kann sehen, wie Gott in 2000 Jahren Christentum, besonders im letzten Jahrtausend am Werk ist. Schließlich darf es gerade in unserem Jahrhundert die Zeichen „vom göttlichen Eingreifen in die Geschichte" entdecken.[20]

2. Das 20. Jahrhundert

Als providentiell für die Kirche im 20. Jahrhundert muß das 2. Vatikanische Konzil gelten. Johannes Paul II. gibt einen klaren Ton an: Den früheren Konzilien ähnlich, stellt es sich doch als „sehr andersartig" dar. Es konzentriert sich auf das Geheimnis der Kirche und stellt sie zugleich entschlossen in die

11 *Dominum et vivificantem,* Nr. 50–54.

12 *Redemptor hominis,* Nr. 12.

13 Ebd., Nr. 13, 14.

14 *Lumen gentium,* Nr. 1.

15 Ebd., Nr. 13.

16 *Gaudium et spes,* Nr. 10; *Tertio millennio adveniente,* Nr. 32, 56, 59.

17 *Dominum et vivificantem,* Nr. 54.

18 *Redemptor hominis,* Nr. 1.

19 Vgl. *Tertio millennio adveniente,* Nr. 56 mit Bezug auf *Ecclesiam Suam* Pauls VI.

20 *Tertio millennio adveniente,* Nr. 17.

Welt. Diese beiden Schwerpunkte, die Erfahrung der Kirche als Christuswirklichkeit und die Verbundenheit mit den Menschen von heute machen das unverwechselbar Eigene des Konzils aus. So wird es zum „Ereignis der Vorsehung ..., durch das die Kirche die unmittelbarere Vorbereitung auf das Jubiläum des Jahres 2000 in Gang gesetzt hat". Es bildet die evangeliumsgemäße Antwort auf „die moderne Evolution der Welt mit den umwälzenden Erfahrungen des 20. Jahrhunderts, das von einem 1. und einem 2. Weltkrieg, von der Erfahrung der Konzentrationslager und von entsetzlichen Gemetzeln gepeinigt worden ist".[21]

Schaut man vom Konzil aus zurück in die jüngere kirchliche Vergangenheit, so kann daran erinnert werden, wie die Kirche, vertreten durch die Päpste, den Versuch gemacht hat, sich den Aufgaben der Zeit zu stellen und den Menschen zu verteidigen. Der Papst hebt den Einsatz im Bereich der katholischen Soziallehre seit Leo XIII. hervor und benennt die Friedensbemühungen der Päpste.[22] Beim Blick auf die Zeit nach dem Konzil und auf die Gegenwart ist an die Chancen zu erinnern, die in der Aneignung und Umsetzung seiner authentischen Absichten bestehen. Johannes Paul II. beschreibt das Bild einer nachkonziliaren Kirche, geprägt durch Synoden zum Thema der Evangelisierung, durch die Pilgerreisen in die ganze Welt, durch lokale und regionale Traditionen in Ländern und Kontinenten und nicht zuletzt durch die weltweiten Heiligen Jahre seit 1975.[23] In all dem realisiert sich der Beitrag, der durch das Konzil und seine Auswirkungen „zur Vorbereitung jenes neuen Frühlings christlichen Lebens geleistet (wird), der von dem großen Jubeljahr offenbar gemacht werden muß".[24]

Die moderne Welt zeigt ein zwiespältiges Gesicht. Unrecht und Schrecken sind in einem ungekannten Ausmaß zutage getreten. Nationalismen, bedingt durch alte Unterdrückungsstrukturen und soziale Ungerechtigkeit, breiten sich weiter aus.[25] Viele Menschen leben in religiöser Gleichgültigkeit, als ob es Gott nicht gäbe, und unterliegen einem ethischen Relativismus. In der technologisch hoch entwickelten Welt des Westens vermischen sich vage Religiosität und eine Atmosphäre des Säkularismus. „Innere Armut" und Phänomene einer „Krise der Zivilisation" sind zu diagnostizieren.[26] Aber sind die „Anzeichen von Hoffnung" geringer zu bewerten? Papst Johannes Paul II. würdigt Entwicklungen in Wissenschaft und Technik, besonders im Bereich der Medizin, das wachsende Umweltbewußtsein, die Bereitschaft zu Frieden und Gerechtigkeit, die Bemühungen um Ausgleich zwischen Nord und Süd.[27] So zeigt sich ein gemischtes Bild von der Welt. Die Schöpfung liegt in Geburtswehen vor dem Offenbarwerden der Erlösung.[28]

3. Die Märtyrer

Ein kostbares Erbe des 20. Jahrhunderts kann dem gläubigen Auge nicht verborgen bleiben. „In unserem Jahrhundert sind die Märtyrer zurückgekehrt." Überall auf der Welt haben, wie es auch die vermehrten Heilig- und Seligsprechungen zeigen, Christen durch ihr Blut- und Lebenszeugnis den Glauben bekräftigt. Ob Bekannte oder Unbekannte, ob Männer oder Frauen, in allen Sprachen und Rassen bezeugen sie in den verschiedenen Weisen christlicher Berufung, viele von ihnen im Ehestand, die Kraft des Glaubens. Kann es ohne Bedeutung sein, daß dieses Geschenk so vielen christlichen Kirchen zuteil wurde? Johannes Paul II. prägt das sympathische Wort vom „Ökumenismus der Heiligen, der Märtyrer". „Die Gemeinschaft der Heiligen spricht mit lauterer Stimme als die Urheber von Spaltung." Dieses Erbe wird nicht ohne Frucht für die Kirche bleiben. Der Papst scheut nicht den Vergleich zu den Zeiten der frühen Kirche. Wenn aus dem Erbe der Märtyrerkirche die unerwartet reiche Entwicklung im ersten christlichen Jahrtausend hervorgegangen ist, dürfen wir dann auch nicht zum Ende dieses Jahrtausends auf sichtbare Früchte hoffen? Tertullians Wort vom Blut der Märtyrer als dem Samen für die Christen behält seine Gültigkeit. Darum muß es eine Ehre der Kirche heute sein, ähnlich wie die frühe Christenheit, ihre Märtyrer, auch ökumenisch,

21 Ebd., Nr. 18.

22 Ebd., Nr. 22.

23 Ebd., Nr. 18, 21, 22, 24.

24 Ebd., Nr. 18.

25 Ebd., Nr. 27, 36.

26 Ebd., Nr. 36, 52.

27 Ebd., Nr. 46.

28 *Redemptor hominis*, Nr. 16; *Dominum et vivificantem*, Nr. 55–60.

zu erinnern, die Martyrologien auf den neuesten Stand zu bringen und Maß an den Glaubenszeugen zu nehmen.[29]

4. Läuterung und Umkehr

Vor der Jahrtausendwende blicken wir auf das Panorama von 2000 Jahren Christentum. Mit Johannes Paul II. kann man in ihm einen Strom, „dem viele Nebenflüsse ihre Wasser zuführen", erkennen, den „Strom der Offenbarung, des Christentums und der Kirche ..., der durch die Geschichte der Menschheit fließt".[30] Die Kirchen in allen Erdteilen bezeugen mit ihren geschichtlichen Erfahrungen diese Realität. Aber der Papst benennt mit kaum zu übertreffender Deutlichkeit auch dunkle Seiten der christlichen Geschichte. Die Kirche, von Christus für immer geheiligt, erfährt sich als von der Sünde geprägt, wie sie sich in ihren Gliedern zeigt. Sie erfährt die „Schuld ihrer Söhne und Töchter", die statt des „Geistes Christi und seines Evangeliums" in ihrem Denken und Handeln „geradezu Formen eines Gegenzeugnisses und Skandals" geboten haben. Das Bekenntnis des Versagens von gestern betrifft „Irrungen, Treulosigkeiten, Inkonsequenzen und Verspätungen". So erst schärft es die Aufmerksamkeit für heutige Versuchungen.[31] Ein eigenes Kapitel stellen die „Methoden der Intoleranz oder sogar Gewalt im Dienst an der Wahrheit" dar.[32] Mag eine ausgewogene historische Prüfung auch Differenzierungen in das Bild bringen, so können doch die „mildernden Umstände" nicht an dem generellen Urteil rütteln, daß Christen „das Antlitz der Kirche dadurch entstellten, daß sie die Kirche hinderten, das Abbild ihres gekreuzigten Herrn als eines unübertrefflichen Zeugen geduldiger Liebe und demütiger Sanftheit widerzuspiegeln". Der Kernsatz der Erklärung über die Religionsfreiheit des letzten Konzils muß angesichts dessen unwiderrufbar gültig bleiben: „Die Wahrheit erhebt nicht anders Anspruch als Kraft der Wahrheit selbst, die sanft und zugleich stark den Geist durchdringt".[33]

Auch die Sünden gegen die von Gott gewollte Einheit der Kirche gehören zum Schuldkonto vergangener Zeiten. Erneut stellt Johannes Paul II. fest, wie sehr, mehr als im 1. Jahrtausend, die Spaltungen des 2. Jahrtausends die Christenheit belasten. „Diese Sünden der Vergangenheit lassen ihre Last leider immer noch verspüren und bestehen als dieselben Versuchungen auch in der Gegenwart weiter".[34] Das große Jubiläum stellt für die Ökumene einen eigenen Kairos dar. Johannes Paul II. wünscht, daß man, „wenn schon nicht in völliger Einheit, so wenigstens in der Zuversicht auftreten kann, der Überwindung der Spaltung des 2. Jahrtausends sehr nahe zu sein. Dazu bedarf es ... einer enormen Anstrengung".[35] Mit seiner persönlichen leidenschaftlichen Energie im Einsatz für die Aussöhnung von Ost und West gibt er ein Beispiel dafür.

Die kritische Besinnung stellt eine Weise der Umkehr und Buße dar, ohne die das Jubeljahr nicht begangen werden kann. Viele der von Johannes Paul angeregten und geförderten, von der säkularen Öffentlichkeit sehr aufmerksam registrierten Prozesse und Vorgänge der letzten Jahre dienen ihr: die geradezu historischen ökumenischen Prozesse, die Bereitschaft, sich der belasteten christlich-jüdischen Geschichte zu stellen, die Rehabilitierung Galileis, die Öffnung der Inquisitionsarchive.

5. Runden des Heilsdialogs

In 2000 Jahren von Gott geschenkter Zeit einige große Linien wahrzunehmen und nachzuziehen, muß eine Ehre für aufmerksame Christen sein. Unter Bezugnahme auf Paul VI. *(Ecclesiam Suam)* hebt Johannes Paul II. die „verschiedenen Runden des Heilsdialogs"[36] hervor. Von Anfang an bis zum Ende nimmt die „Mission der Kirche in der gesamten Menschheitsfamilie ohne Unterbrechung" ihren Weg. Aus dem Mittelmeerraum gelangt sie über Rom und Konstantinopel in das Gebiet des heutigen Europa und schafft es als einen geistigen Raum. Christen kommen bis nach Indien

29 *Tertio millennio adveniente*, Nr. 37.

30 Ebd., Nr. 25.

31 Ebd., Nr. 33.

32 Ebd., Nr. 35.

33 *Dignitatis humanae*, Nr. 1.

34 *Tertio millennio adveniente*, Nr. 34.

35 Ebd.

36 Ebd., Nr. 56.

und China. Vom Ende des 15. Jahrhunderts an wird der amerikanische Kontinent im Süden und im Norden evangelisiert. Afrika in verschiedenen Bereichen und Phasen, Japan, Korea, Indochina, Australien, die pazifische Welt werden von der christlichen Missionstätigkeit berührt. In unserem Jahrhundert ist Europa neu zum großen Feld für die Botschaft Christi geworden. Nach dem Zusammenbruch des Nationalsozialismus und des Kommunismus braucht es den befreienden menschlichen Geist des Evangeliums, um wieder zu sich selber zu finden. Was einst Paulus in Athen erfahren hat, wird neu zur erregenden Aktualität in den „weiten Bereichen der modernen Zivilisation und Kultur, der Politik und der Wirtschaft. Je mehr sich der Westen von seinen christlichen Wurzeln lossagt, um so mehr wird er zum Missionsgebiet in der Gestalt unterschiedlichster Areopage.[37] Daß wir auf diesen neuen Areopagen die Zeichen eines neuen Frühlings spüren dürfen, darf uns ermutigen.

III. Gotteszeugnis

In der gegenwärtigen Geschichtsstunde kann es für den Dienst der Kirche nur eine Mitte geben: die Wirklichkeit Gottes und das Zeugnis von ihr.

1. Die Frage nach Gott

Der Papst hat die Schwerpunkte deutlich gesetzt. Seine christologische Antrittsenzyklika, die Erinnerung an den Leben schaffenden Geist, aber auch die Enzyklika *Dives in Misericordia* über Gottes Vatergüte geben den christlichen Inhalt an. Der Papst mußte nicht Nietzsche zitieren, der mit seiner Provokation die Frage nach Gott als die Existenzfrage des 20. Jahrhunderts deutlich gemacht hat. Er mußte nicht auf Bubers Gottesfinsternis und seine Sorge um Gottes Heiligen Namen hinweisen. Er brauchte nicht das moderne Wort von der „Gotteskrise" (J. B. Metz) zu zitieren. Mit seiner sicheren Intuition trifft er die Kernfrage der Neuzeit. Nur wenn Christen wach für die kritischen Aspekte der modernen Welt werden, können sie ihren Grund angeben und genau an dieser Stelle zur Heilung beitragen. Christen müssen den modernen Säkularismus, die religiöse Indifferenz, die Herausforderungen und Chancen einer neuen – alten vagen Religiosität benennen, die die Wahrheitsfrage ausklammert und in großzügiger Beliebigkeit einzelne Elemente oder Ersatzstücke zusammenstellt; Christen benennen den ethischen Relativismus als die notwendige Konsequenz aus dem Verlust des verbindlichen Gottesglaubens.[38] Die Frage nach Gott ist die Lebens- und Überlebensfrage der modernen Gesellschaft. Sie muß das zentrale Thema des Heilsdialogs bilden. Christen wissen sich unter dieser Rücksicht den großen Religionen verbunden. Seit Beginn seines Pontifikats hat der Papst an diese gemeinsame Verantwortung, auch im Blick auf die ethischen Grundlagen und den Weltfrieden erinnert. Für das Jahr 1999 soll der interreligiöse Dialog ein eigens hervorgehobenes Thema bilden.[39] Als Vertreter des Monotheismus werden Juden und Moslems besondere Partner für die Christen sein. Treffen an den historischen Stätten sollen die Verbundenheit bekräftigen. Aber Johannes Paul II. hat wiederholt deutlich gezeigt, daß den Juden als dem alten Gottesvolk, mit dem Christen sich die Bibel teilen, ein spezifischer Platz zukommen muß. Ihn neu zu entdecken und auszufüllen, bleibt deshalb zur Jahrtausendwende eine Verpflichtung ersten Ranges.

2. Gott sucht den Menschen

Christen müssen in Respekt und Ehrfurcht vor den Menschen, bei aller Bereitschaft zu hören und von ihnen zu lernen, so von Gott sprechen, wie er sich in christlicher Erfahrung kundtut. Das unterscheidend Christliche wird in der trinitarischen Gottesgewißheit sichtbar. In ihr findet das Christentum zu seiner Kraft, kann es der Welt das Evangelium Jesu Christi weitersagen. Johannes Paul II. bringt diese Gewißheit in das

37 Ebd., Nr. 57.

38 Ebd., Nr. 36, 52, 57.

39 Ebd., Nr. 53.

schöne Bild, daß Gott selber den Menschen sucht. Sind die Religionen der Menschheit eher vom Suchen und Fragen der Menschen nach Gott geprägt, so versichern Christen, daß der „Anstoß von der Fleischwerdung des Wortes" ausgeht. „Hier sucht nicht mehr nur der Mensch Gott, sondern Gott kommt in Person, um zum Menschen über sich zu sprechen und ihm den Weg zu zeigen, auf dem er ihn erreichen kann.[40] Die Suche nach dem Menschen erfolgt leibhaftig und real in Christus, dem Sohn, und im Heiligen Geist. Im Sohn und im Geist jedem Menschen verbunden, spricht Gott ihn an und will er in ihm wirksam werden. Er geht seinem Menschen, dem verlorenen Schaf, bis in die tiefsten Verstrickungen hinein nach. In den verlorenen und entfremdeten Söhnen und Töchtern läßt er die Erinnerung wach werden, daß sie zu ihrem Vater gehen können. Gott selber begibt sich auf den letzten Platz, um im Abgrund des Todes das Böse, die Trennung von Gott, von innen in der Kraft der Liebe zu überwinden.[41]

Indem Gott in dieser Weise den Menschen sucht und an seine Stelle tritt, ist grundlegend über die menschliche Antwort entschieden. Sie ist eine Realität im Sohn und im Geist, in die der Mensch seinerseits eintreten kann. In Entsprechung zu dem, was Gott tut und ermöglicht, kann der Mensch in den Dimensionen christlichen Glaubens und Liebens seine jeweils persönliche Antwort geben.

Der Prozeß der Suche und der Antwort, der Aussendung und der Rückkehr, läßt sich als großes kosmisches Geschehen beschreiben. Gottes einladendes Wort steht von Anfang an über der Schöpfung. Durch sein Wort und in der Kraft des Geistes wird sie zum Kosmos, zum geordneten Universum. Die Menschwerdung, Kreuz und Auferstehung, die Geistsendung bilden den Kulminationspunkt in diesem Prozeß. Wenn Adam in der Paradiesgeschichte auf die Frage: Wo bist Du? mit Angst reagiert und sich verstecken will, wenn Menschen sich verführen lassen und von Gott abwenden, so überwindet der Sohn im Heiligen Geist mit seiner erlösenden Antwort das Böse und ermöglicht die Heilung und Rückkehr. „In diesem Menschen antwortet die ganze Schöpfung Gott ... Auf diese Weise ist Christus die Erfüllung der Sehnsucht aller Religionen der Welt ... So kehrt alles zu seinem Anfang zurück. Jesus Christus ist die Wiederherstellung von allem (vgl. Eph 1,10) und zugleich die Vollendung aller Dinge in Gott."[42]

So gewinnt der christliche Gottesglaube seine schöne Gestalt. Die Schöpfung und in ihr der Mensch sind worthaft. Sie sind Orte des Widerscheins von Gottes Herrlichkeit. Johannes Paul II. bezieht sich auf das schöne Irenäus-Wort: Gloria dei vivens homo, vita hominis visio dei – die Ehre Gottes ist der lebendige Mensch, das Leben des Menschen ist das Sehen Gottes. „Die ganze Schöpfung ist in Wirklichkeit eine Offenbarung seiner Herrlichkeit; besonders der Mensch ... ist das Sichtbarwerden der Herrlichkeit Gottes, berufen aus der Fülle des Lebens in Gott zu leben."[43]

IV. Die Kirche

Wie erfährt sich vor dem Jahr 2000 die Kirche in dem großen Prozeß der Suche und Antwort? Wie dient sie der Aufgabe, der Einheit Christi mit jedem Menschen Gestalt und Leben zu geben?

1. Spannungen

Johannes Paul II. hat das besondere Kennzeichen des 2. Vatikanums formuliert und es als providentiell bezeichnet. Mit der Doppelbewegung der Konzentration auf Christus und das Geheimnis seiner Kirche auf der einen und der entschiedenen Öffnung zur Welt auf der anderen Seite ist eine komplizierte Spannung beschrieben. In der Realität kann sie sich als gegensätzlich erweisen.

40 Ebd., Nr. 6.

41 Ebd., Nr. 7.

42 Ebd., Nr. 6.

43 Ebd.

Einzelne werden ihr nicht immer gerecht. Die nachkonziliaren Schwierigkeiten und Einseitigkeiten haben hier ihren Grund.
Bei vielen Gelegenheiten weist Johannes Paul II. auf die neuen Sichten des 2. Vatikanischen Konzils hin. Es will zu einer Erneuerung im inneren Bereich der Kirche führen, die allgemeine Berufung zur Heiligkeit ins Bewußtsein heben, die Liturgie als Quelle und Höhepunkt erfahrbar machen, zu einer umfassenden Reform des kirchlichen Lebens auf allen Ebenen einladen. Dazu kommen die Öffnung für die Ökumene, der Religionsdialog, die Offenheit für alle Menschen.
Das Konzil hat die Würde des Gewissens, die Bedeutung der Religionsfreiheit, die unterschiedlichen Kulturen herausgestellt, es hat auf die Medien und die sozialen Kommunikationsmittel aufmerksam gemacht. Zur Doppelaussage über die Kirche tritt eine weitere über Gott und die Welt. „In der Konzilsbotschaft wird Gott in seiner absoluten Herrschaft über alle Dinge, aber auch als Garant der authentischen Eigenständigkeit der irdischen Wirklichkeit dargestellt."[44]
Gottes Souveränität und eine authentische Autonomie der Welt schließen einander nicht aus. Als von Gott gewährte Eigenständigkeit bewährt sich die Welt, zeigt sie ihre Würde und bleibt sie ihrem Schöpfer verpflichtet. Gott trägt nicht die Züge eines absolutistischen Souveräns, der willkürlich mit seiner Schöpfung umgeht, ohne ihren Freiheitsraum zu respektieren. Viele der inhaltlichen Aussagen des 2. Vatikanums erschließen sich von dieser kreativen Grundspannung aus. Erinnert der Papst damit an den „Geist des Konzils", an „eine enorme Fülle von Inhalten und einen neuen, bis dahin nicht bekannten Ton",[45] so benennt er aber auch die kritischen Entwicklungen. Löst man das Spannungsverhältnis von Gottes Souveränität und der Autonomie der Welt auf, dann landet man bei einer Welt ohne Gott mit allen bitteren und inhumanen Folgen. Die nachkonziliare Kirche muß sich kritische Fragen stellen. Sind nicht auch Christen „von der Atmosphäre des Säkularismus und ethischen Relativismus betroffen?" Die Kirche selber leidet an Unsicherheiten, Verwirrungen und falschen theologischen Lehrmeinungen. Wie steht es um eine wirkliche Wertschätzung des Wortes Gottes, wie sie das Konzil gewünscht hat? Hat das Anliegen der Liturgiekonstitution Frucht getragen? Ist vor allem eine konzilsgemäße Communio-Ekklesiologie verstanden worden, oder läßt man sich nicht doch zu sehr von einem fremden Geist des „Demokratismus" oder „Soziologismus" bestimmen? Eine „Lebensfrage" betrifft das Verhältnis von Kirche und Welt mit der Aufgabe, im Dialog die sorgfältige Unterscheidung der Geister und die Verpflichtung zur Wahrheit nicht aufzugeben.[46]
So steht das Konzil immer auch auf dem Spiel. Nur wenn wir die beiden Grundspannungen aushalten und kreativ bewähren, können wir zur Vorbereitung eines neuen Frühlings christlichen Lebens beitragen.

2. Der Mensch als Weg

Die glückliche Formulierung, daß der Mensch „der erste und grundlegende Weg der Kirche" ist[47] – der konkrete Mensch als Person, der Mensch in allen Bereichen des Lebens, der Mensch in „der vollen Wahrheit seiner Existenz" – bleibt für Johannes Paul II. die Richtschnur. Darum sind die Erfahrungen des Menschen zum Jahr 2000 eine eigene Herausforderung für die Kirche. „Sie geht mit jedem Menschen im Schritt..."[48]
Alles was den Grund des großen Jubiläums ausmacht, soll dem Menschen dienen. Nicht sich selber zu feiern kann Ziel der Kirche sein, sondern allein den Menschen seine unersetzliche Würde vor Gott erfahren zu lassen. Auf diesem Weg steht die Kirche im „achtungsvollen und herzlichen" Dialog[49] mit allen, sie stellt sich den Überlebensfragen unserer Welt, kämpft um die ethischen Grundlagen und hält in allem leidenschaftlich die Erinnerung an Gott wach.
Die Rede vom Menschen darf nicht entleiblicht werden. Papst Johannes Paul II. läßt nicht nach, auf die drängenden sozialen Fragen und die Menschenrechte aufmerksam zu

44 Ebd., Nr. 20.

45 Ebd.

46 Ebd., Nr. 36.

47 *Redemptor hominis*, Nr. 14.

48 *Tertio millennio adveniente*, Nr. 16.

49 Ebd., Nr. 36.

machen. In Wort und Tat zeigt er, daß die westlichen Nationen nach dem Zusammenbruch des Kommunismus die bitteren Realitäten von „imperialistischen Systemen"[50] nicht verdrängen dürfen. Mit scharfen Worten geißelt er „das mitunter sogar zur Willfährigkeit gewordene mangelnde Unterscheidungsvermögen vieler Christen angesichts der Vergewaltigung menschlicher Grundrechte durch totalitäre Regime", und er benennt die „Mitverantwortung vieler Christen an schwerwiegenden Formen von Ungerechtigkeit und sozialer Ausgrenzung".[51] Für das Jahr 1999 erneuert Johannes Paul II. die „Vorzugsoption der Kirche für die Armen und die Randgruppen", und er will das Jubeljahr selber „als eine passende Zeit hinstellen, um u.a. an eine Überprüfung, wenn nicht überhaupt an einen erheblichen Erlaß der internationalen Schulden zu denken, die auf dem Geschick vieler Nationen lasten".[52] So bleibt die Rede vom Menschen konkret. Sie nimmt Maß an Christus, der das leibhaftige Leben des Menschen geteilt hat und, selber Subjekt der Menschheitsgeschichte, jedes der Milliarden und Abermilliarden Subjekte ins Recht setzt.

V. Die Einladung

Wohl kein anderer hat dem Jubiläum des Jahres 2000 solche Aufmerksamkeit gewidmet wie Johannes Paul II. Mit einer starken und sicheren Intuition nimmt er die Situationen der modernen Welt wahr und sieht die Gelegenheiten zum christlichen Zeugnis. Der Papst hat für die Gesamtkirche einen detaillierten Vorbereitungsweg beschrieben. Dem Jahr des Sohnes, in dem uns Gottes menschliches Antlitz aufgeht, folgt das Jahr des Heiligen Geistes, der die Schätze Christi entfalten und das Angesicht der Erde erneuern will. Vom Sohn und vom Geist geführt lassen wir uns im Jahr Gottes, des Vaters aller Menschen, in sein Haus einladen. Das große Jubiläum des Jahres 2000 wird dann die reale Gegenwart des Dreifaltigen Gottes in seiner Schöpfung feiern: Er, der Ewige, nimmt sich Zeit für seinen Menschen.
Die Zeit nach Christus ist Zeit Jesu Christi: „Jesus Christus ist derselbe gestern, heute und in Ewigkeit" (Hebr 13,8). Von der Herzmitte der christlichen Gotteswirklichkeit aus hat der Papst einen reichen und organischen Kontext des christlichen Glaubens- und Lebenszeugnisses erschlossen. Die Sakramente, christliche Grundhaltungen, Tugenden, die persönlichen Lebenssituationen und die großen Fragen der Gegenwart und der Geschichte kommen in den Blick. Von der Mitte des Glaubens her erschließt sich ein schöner Kosmos, ein „Leib der Wahrheit" (Irenäus).
An vielen Orten der Weltkirche hat der Funke gezündet. Vieles ist in Bewegung gekommen, auch ohne, daß es eine große Öffentlichkeit findet. Wird es der Christenheit gelingen, das Jubiläum als ihr ureigenes Datum zu erfahren und es weltweit zur Geltung zu bringen, oder werden die säkularen Mächte ganz von ihm Besitz ergreifen? Johannes Paul II. läßt nicht nach, mit der ihm eigenen Energie daran zu erinnern: Christen sollen lernen, daß sie in großen Zeiten leben und nicht erst dann aufwachen, wenn andere sie bereits eingeläutet haben.

50 Ebd., Nr. 27.

51 Ebd., Nr. 36.

52 Ebd., Nr. 51.

V. Teil

In der Gemeinschaft des Gottesvolkes

Guzmán M. Carriquiry Lecour

Laien und „Bewegungen" im Pontifikat von Johannes Paul II.

I. Im Licht des II. Vatikanischen Konzils

„Wie ihr wißt, hat das Zweite Vatikanische Konzil die große, historische Strömung der Gegenwart zur Förderung der Laienschaft aufgenommen", sagte Johannes Paul II. auf seiner ersten apostolischen Reise nach Mexiko, „indem es diese Richtung in ihren theologischen Grundlagen vertiefte, sie integrierte und sie vollständig in der Ekklesiologie von *Lumen gentium* Gestalt werden ließ; so wurde ein Anstoß gegeben, und die Laien wurden zu aktiver Teilnahme am Leben und an der Mission der Kirche aufgefordert."[1] Zwei Monate zuvor hatte er sie in seinen ersten, ausdrücklich an die Laien gerichteten Worten aufgefordert, „erneut alles das nachzulesen, zu überdenken und in die Praxis umzusetzen, was ... Gegenstand der Lehre des Konzils über das Laienapostolat geworden ist"[2]. Es konnte auch nicht anders sein im Rahmen eines Pontifikates, das es als „erste Pflicht" ansah, „die sorgfältige Durchführung der Konzilsdekrete und Bestimmungen zu fördern, was wir in ebenso kluger wie aneifernder Weise tun müssen mit dem Ziel, daß vor allem eine entsprechende Geisteshaltung heranwächst"[3], um ihre Saat im Sinn der Bewegung und des Lebens reifen zu lassen.

Es erscheint wichtig, daran zu erinnern, daß Karol Wojtyla zuerst als Weihbischof und dann als Erzbischof von Krakau zu denen gehörte, die während des II. Vatikanischen Konzils einen herausragenden Beitrag geleistet haben. Dabei konzentrierte sich die Konzilstätigkeit Wojtylas auf drei Schlüsselpunkte: auf die Dogmatische Konstitution *Lumen gentium*, auf die Pastoralkonstitution *Gaudium et spes* sowie auf die Erklärung *Dignitatis humanae*. Er konzentrierte sich damit auf die entscheidende Achse des neu gewonnenen Selbstbewußtseins der Kirche in bezug auf ihr Geheimnis und ihre Sendung, also den entscheidenden Rahmen für jede Aufwertung und Beteiligung der Laien. Nicht zufällig war er auch an der Abfassung von *Apostolicam actuositatem* über das Laienapostolat beteiligt. Diese Aufgeschlossenheit war gewiß in den 20 Jahren seiner pastoralen Tätigkeit in Krakau herangereift, wo er den Laien immer nahegestanden war in einer Haltung des Hörens und des Dialogs. Hier muß auch an das Buch „Quellen der Erneuerung" erinnert werden, das Kardinal Wojtyla 1972 als Grundlage von Überlegungen zu einer weitgespannten Mitarbeit der Laien bei der Synode von Krakau veröffentlichte. Dort wurde der eminent pastorale Charakter des II. Vatikanischen Konzils hervorgehoben als überreiche Quelle der kirchlichen Lehre zur Bildung des Gewissens und des Verhaltens der Gläubigen, so daß dieser Glaube immer mehr zur Lebenserfahrung wird. Hinzuzufügen ist endlich, daß Karol Wojtyla aufmerksam die Entwicklung der katholischen Laienschaft auf Weltebene in der schöpferischen und aufgewühlten Phase unmittelbar nach dem Konzil verfolgte als Konsultor des „Laienrates" von seiner Einsetzung durch Papst Paul VI. als neues Organ der Römischen Kurie von 1967 an und seine volle „Erprobungszeit" bis 1976 hindurch. Eine lichtvolle Zusammenfassung dieser Lehren des Konzils wurde von Johannes Paul II. bei der Erinnerung an den zwanzigsten Jahrestag des Dekretes *Apostolicam actuositatem* vorgelegt. Dabei unterstreicht er die „[volle] Anerkennung der Würde und Verantwortung der Laien als ‚Christgläubige', als solche, die in Christus einverleibt, das heißt, lebendige Glieder seines Leibes sind, die kraft des Sakraments der Taufe und der Firmung und des daraus folgenden gemeinsamen und universalen Priestertums aller Gläubigen an diesem Geheimnis der Gemeinschaft teilhaben." Damit sind sie berufen, die Macht der Erlösung durch Christus – Schlüssel und Fülle des Sinns für das menschliche Dasein – vorzuleben und zu

1 Ansprache an die nationalen Organisationen der Laienschaft in Mexiko-City vom 29. Januar 1979.

2 In: Insegnamenti di Giovanni Paolo II. Band I, 1978.

3 Radiobotschaft vom 17. Oktober 1978: „Wort und Weisung" 1987, S. 54.

bezeugen inmitten aller kirchlichen Gemeinschaften und in allen Räumen des menschlichen Zusammenlebens: in der Familie, bei der Arbeit, in ihrer Nation und in der internationalen Ordnung.[4]

Sehr zahlreich sind die Ansprachen und Botschaften von Papst Johannes Paul II., die die Laien betreffen. Sie sind noch einmal zusammengefaßt in dem apostolischen nachsynodalen Schreiben *Christifideles laici* (1987), das wie eine „Magna Charta" über die katholische Laienschaft im heutigen Pontifikat dasteht. In ihm werden „Würde", „Mitverantwortung" und „Beteiligung" der gläubigen Laien tiefer beschrieben im Licht der untrennbaren Dimensionen des Geheimnisses, der Gemeinschaft und Sendung der Kirche. Der Wert des Dokumentes – das von Papst Johannes Paul II. veröffentlicht wurde, aber auch Frucht der VII. Weltversammlung der Bischofssynode ist – liegt darin, daß es vier wichtige Anliegen zu verbinden versteht.

An erster Stelle bietet das Schreiben eine organische Zusammenfassung der Lehren des II. Vatikanischen Konzils über die Laien im Licht des Lehramtes und der anschließenden Praxis der Kirche. An zweiter Stelle behandelt es die heikle und notwendige Unterscheidung von Erfahrungen, Strömungen und Weisen der Beteiligung der Laienschaft, wie sie für die erste Phase nach dem Konzil kennzeichnend waren. Drittens greift es die Themen der Neuheit von Bewegungen und Fragen auf, die sich zumal nach dem Konzil in der Kirche entwickelt haben. Endlich bietet es neue Weisungen, die „ein neues Bewußtsein von den Gaben und der Verantwortung aller Laien"[5] in Gemeinschaft und Sendung der Kirche wecken und anregen möchten.

II. Entchristlichung und Sendung

Wenn das Pontifikat von Johannes Paul II. auf der einen Seite starke Strömungen und verschiedene Weisen der Beteiligung der gläubigen Laien in den Gemeinschaften, Diensten und Institutionen der Kirche aufgegriffen und ermuntert hat, so mußte es auf der anderen Seite paradoxerweise mit einem subtilen und verbreiteten Prozeß der Entchristlichung fertig werden, der zahlreiche Getaufte der Kirche entfremdet und das christliche Leben bei vielen abgeschwächt hat. Tatsächlich wurde der angekündigte Frühling des großen Ereignisses des II. Vatikanischen Konzils – das selber eine Gabe des Geistes für unsere Zeit war – in allzu vielen Bereichen und Verhältnissen gleichsam blockiert von der Kälte einer Krise und dem Nachgeben gegenüber einer wachsenden Säkularisierung. In den sechziger Jahren hatten die Konzilsväter festgestellt: Es „geben breite Volksmassen das religiöse Leben praktisch auf"[6]. Zwanzig Jahre später läßt das apostolische Schreiben *Christifideles laici* gewiß keinen Raum für oberflächlichen Optimismus: „Ganze Länder und Nationen, in denen früher Religion und christliches Leben blühten (...), machen nun harte Proben durch und werden zuweilen durch die fortschreitende Verbreitung des Indifferentismus, Säkularismus und Atheismus entscheidend geprägt." Große Massen von Menschen leben, „als wenn es Gott nicht gäbe". Doch auch in anderen Gebieten und Ländern, wo bis heute die traditionelle christliche Volksfrömmigkeit und -religiosität lebendig erhalten sind, „droht dieses moralische und geistliche Erbe in der Konfrontation mit komplexen Prozessen verlorenzugehen"[7].

Das Pontifikat Johannes Pauls II. greift mit neuer Energie die gewaltige Aufgabe auf, die christliche Erfahrung in den einzelnen Gläubigen und in den christlichen Gemeinschaften erneut zu begründen, zu zentrieren und mit Leben zu erfüllen. Es ruft zu einer neuen Begegnung mit Jesus Christus und zu seiner Nachfolge auf, zu einem dankbaren und frohen Empfinden der Zugehörigkeit zur Kirche als Geheimnis der Gemeinschaft, zu einer Erziehung und Verantwortungsübernahme im Bekenntnis der Wahrheit des katholischen Glaubens in seiner Gesamtheit, zu missionarischem Eifer – einer „neuen Evangelisierung" – und spricht den Menschen in allen Situationen, in allen Umfeldern und Kulturen an, es ruft endlich auf zu einem erneuten Bemühen um Präsenz, Solidarität und Dienstbereitschaft der Christen dort, wo die Würde der Person und

4 Ansprache zur Erinnerung an den zwanzigsten Jahrestag des Konzilsdekretes *Apostolicam actuositatem* vom 18. November 1985: DAS 1985, S. 1646.

5 *Christifideles laici*, Nr. 2.

6 *Gaudium et spes*, Nr. 7.

7 *Christifideles laici*, Nr. 34.

der Völker auf dem Spiele steht. In zahlreichen Begegnungen, Reisen, Botschaften, Dokumenten und Initiativen des Pontifikates werden diese wesentlichen Forderungen besonders nachdrücklich dem Bewußtsein und der Erfahrung der Christgläubigen vor Augen gestellt. Heute muß daher alles Nachdenken über die katholische Laienschaft sich diese grundlegenden Forderungen zu eigen machen.

III. Christgläubiger sein

Ob man von „gläubigen Laien", oder „Christgläubigen" spricht, statt das einfache Substantiv „Laien" zu verwenden, das wenig besagt und kulturell mißverständlich ist, ist nicht nur eine Frage der Terminologie. Wenn wir das Substantiv „Christgläubige" wählen, so verstehen wir damit gleichzeitig das paulinische „in Christus" als wesentliches und unterscheidendes Zeichen der kirchlichen Existenz des Christen, und das ist radikaler, ursprünglicher und entscheidender als jede Unterscheidung der Lebensstände sonst. Das In-Christus-Sein oder das Leben in der Nachfolge Christi und die damit innerlich verbundene missionarische Dimension gilt an sich für alle Gläubigen: Hirten, Ordensleute und Laien. Die Gestalt des christlichen Laien wird daher nicht unmittelbar durch sein Verhältnis zum Priester oder zur Ordensperson, sondern vielmehr durch seine direkte Beziehung zu Jesus Christus gekennzeichnet. Wie Johannes Paul II. in *Christifideles laici* sagt, ist „die Eingliederung in Christus durch den Glauben und die christlichen Initiationssakramente ... der tiefste Grund für den neuen Ort des Christen im Geheimnis der Kirche, der seine eigentliche ‚Physiognomie' bestimmt, und ist Voraussetzung jeder Berufung und Dynamik im christlichen Leben der Laien"[8]. Daher hat die Existenz des gläubigen Laien zum Ziel, ihn zur Erkenntnis der radikalen christlichen Neuheit hinzuführen, die von der Taufgnade herkommt – denn hier wurde er „eine neue Schöpfung" (vgl. Gal 6,15; 2 Kor 5,17) – und sein ganzes Leben soll nun durch die von Gott empfangene Berufung geprägt werden. Der Status des „Christgläubigen" klingt stark wieder in einem Pontifikat, das sich von Anfang an vorgenommen hatte, „den Blick des Menschen, das Bewußtsein und die Erfahrung der ganzen Menschheit auf das Geheimnis Christi zu lenken und auszurichten"[9]. In der Tat hat Johannes Paul II. seit seinen ersten Worten: „Öffnet die Tore für Christus" nicht aufgehört, den Menschen die Begegnung mit IHM zu vermitteln als dem Lebendigen, der in unser Leben einbricht mit einer stets ursprünglichen und entscheidenden Dynamik, zumal sie ja dem Verlangen nach Sinn und Fülle des Lebens, nach Wahrheit und nach Glück entspricht, die sozusagen das „Herz" der menschlichen Person ausmachen und sich in der Kultur der Völker äußern. Und nur wenn wir in der persönlichen und gemeinschaftlichen Erfahrung mit Staunen die Anziehungskraft dieses Lebendigen verspüren, werden Energien frei für die Gemeinschaft, die Sendung und die Solidarität unter den Menschen. Heute, da „der Glaube nunmehr kein Allgemeingut mehr, sondern oftmals nur noch ein vergessener Keim"[10] ist, den man nicht mehr voraussetzen und als selbstverständlich betrachten kann, betont der Papst mehr denn je, daß in allen Getauften und in jeder christlichen Gemeinschaft „die einzige Ausrichtung des Geistes, die einzige Zielsetzung des Intellektes, des Willens und des Herzens" auf Christus den Herrn gerichtet sein muß.[11] Wenn daher die Grundfrage, die sich die Väter des II. Vatikanischen Konzils stellten, lautete: „Kirche, was sagst du von dir selber?", verweist diese Frage nach 30 Jahren auf eine andere, noch radikalere: „Ihr aber, für wen haltet ihr mich?" (Mt 16,16). Alles steht bei diesem „Komm und folge mir nach" auf dem Spiel, das Christus weiter durch die verschiedensten konkreten Umstände und Erfahrungen des Lebens uns direkt, auf Du und Du durch die Gnade seines Geistes zuruft.

IV. Berufung zur Heiligkeit

So scheint es völlig evident, daß die Kirche nach einer Zeit der Krise und der Prüfung die Notwendigkeit dieser neuen Konzen-

8 Ebd., Nr. 9.

9 *Redemptor hominis*, Nr. 10; vgl. *Redemptoris missio* 1-4.

10 Ansprache an die Vollversammlung des Päpstlichen Rates für die Laien vom 14. Mai 1992: DAS 1992, S. 795.

11 *Redemptor hominis*, Nr. 7.

tration auf Christus, dieser Wiedergeburt des Glaubens in der Person, dieses Erstarkens des neuen Lebens der christlichen Überlieferung spürt. Das gegenwärtige Pontifikat betont daher überzeugend die „universale Berufung zur Heiligkeit", als Quelle und Maßstab einer echten Reform der Kirche, wie sie dem ursprünglichen Plan des Konzils entspricht. Es genügt, sich die beständige Berufung von Papst Johannes Paul II. auf das Zeugnis von der Heiligkeit des Lebens vor Augen zu halten, den intensiven Rhythmus der Selig- und Heiligsprechungen, das heißt die Empfehlung von pädagogischen Beispielen für die konkreten und reifen Möglichkeiten, die der Christ besitzt, um wachsen zu können bis zur Erreichung der menschlichen Größe, in der er geschaffen wurde, und für die er neu geboren und bestimmt ist. Vielleicht endeten in der ersten Zeit nach dem Konzil die entfesselten Energien, die sich wie aus einem allzu engen Kleid befreit fühlten, oft mit dem Beschreiten von Wegen, die militant erschienen, weithin ideologisch ausgerichtet waren und eine übertriebene Planung einschlossen mit dem Risiko der Bürokratisierung und Säkularisierung. Waren es vielleicht Energien, die nicht genügend in jener Quelle verwurzelt, gefestigt und genährt waren, von der einzig die authentische Dynamik des christlichen Lebens herkommt? Diskussionen und Erklärungen, Programme und Strukturen nützen ja nichts, wenn das Salz schal geworden ist. Es ist besonders bezeichnend, daß Johannes Paul II., als er sich bei Gelegenheit des zwanzigsten Jahrestages der Veröffentlichung des Konzilsdekretes *Apostolicam actuositatem* an die gläubigen Laien wandte, die Tatsache betonte: „Die Kirche bedarf vor allem großer Strömungen, Bewegungen und Zeugnisse der Heiligkeit unter den Christgläubigen, weil aus der Heiligkeit jede echte Erneuerung der Kirche, jede Bereicherung des Verständnisses des Glaubens und der christlichen Gefolgschaft, eine lebendige und fruchtbare Wiederbelebung des Christentums in der Begegnung mit den Bedürfnissen der Menschen, die eine neue Form der Anwesenheit im Herzen des menschlichen Daseins und der Kultur der Nationen erwächst."[12] „Habt keine Angst, Heilige zu sein!", rief er vor einer halben Million Jugendlicher aus, die sich in Santiago de Compostela versammelt hatten.[13] Die Heiligkeit ist „die geheime Quelle und das unfehlbare Maß der missionarischen Kraft der Kirche"[14].

V. Überwindung der Spaltung zwischen Glauben und Leben

Inhalt und Ziel dieser Berufung – Berufung und Bestimmung zur „vollkommenen Vereinigung mit Christus" – lebt man im quälenden Bewußtsein der eigenen Grenzen, der menschlichen Gebrechlichkeit und des Elends, in der Erfahrung der Sünde. Dieses drückende Mißverhältnis ist ein Zeichen für jene Spaltung zwischen Glaube und Leben, die das II. Vatikanische Konzil zu den „schweren Verirrungen unserer Zeit"[15] rechnete. Hier kommt erneut jener „Bruch zwischen Evangelium und Kultur" zum Ausdruck, den Paul VI. „das Drama unserer Zeit"[16] nannte. Das apostolische Schreiben *Christifideles laici* greift auch diese Tendenz zur „Parallelexistenz"[17] auf, bei der das Christentum oft nur konventionelle Etikette, Abstraktion ohne Konsequenzen, Fragment und Episode bleibt. Es gilt daher pädagogisch in den Gläubigen eine Bildung des Bewußtseins, der Haltungen und Einstellungen zu wecken, die mit der Lehre des überlieferten Glaubens übereinkommen. Einerseits scheint es von größter Bedeutung zu sein, daß die Gläubigen dank ihrer religiösen Bildung in der Lage sind, die Lehre des überlieferten Glaubens – wie sie im Katechismus der Katholischen Kirche zusammengefaßt ist – gegen jede Zersplitterung und Verkürzung zu verteidigen; andererseits muß die Entwicklung einer christlichen Mentalität aufgebaut werden, die gegenüber allen Ereignissen und Situationen des Lebens mit Urteils- und Handlungskriterien zu reagieren weiß, die wiederum vom gleichen Glauben geprägt sind. „Die objektive Wirklichkeit des Erlösungsgeheimnisses" – so betonte der Papst bei der Verkündigung des außerordentlichen Jubiläumsjahres – „muß zur subjektiven Wirklichkeit aller Glaubenden

12 Ansprache zur Erinnerung an den zwanzigsten Jahrestag des Konzilsdekretes *Apostolicam actuositatem* vom 18. November 1985: DAS 1985, S. 1648.

13 Ansprache beim internationalen Jugendtag in Santiago de Compostela, Spanien vom 20. August 1989: DAS 1989, S. 521.

14 *Christifideles laici*, Nr. 17.

15 *Gaudium et spes*, Nr. 43.

16 *Evangelii nuntiandi*, Nr. 20.

17 *Christifideles laici*, Nr. 59.

werden, um konkret wirksam zu sein in der geschichtlichen Situation des Menschen, der in der Zeit des ausgehenden zweiten Jahrtausends lebt, leidet und arbeitet."[18] Es geht nicht um ein bloßes, am Ende ohnmächtiges Bemühen moralischer Folgerichtigkeit, denn nur die Begegnung mit Christus, der lebt sowie hier und jetzt präsent ist, und seine Nachfolge ändern das Leben der Person. Kein Lebensbereich kann von der Nachfolge Christi ausgeschlossen werden. Alles soll sein Siegel tragen: Affekte und Freundschaften, Ehe und Familienleben, Studium und Arbeit, die Verwendung der Freizeit und des Geldes, endlich auch die Weise, die ganze Wirklichkeit zu betrachten... Dies ist die christliche Pädagogik, die Johannes Paul II. vorschlägt. So wird der Glaube Wirklichkeit und wächst als im Leben erprobte Gewißheit und bleibt nicht ein ideologischer, abstrakter und rein formaler Dialog. Er ist neues Leben dank einer Begegnung, die dieses geändert und menschlicher gemacht hat.

VI. Eingetaucht in ein Geheimnis der Gemeinschaft

Es ist wohlbekannt, daß das Bewußtsein und die Erfahrung, zur Kirche zu gehören - „Kirche zu sein", wie Papst Pius XII. den Laien sagte – sich selbst als lebendige Glieder des Volkes Gottes, des Leibes Christi zu erkennen und anerkannt zu werden, immer ein starkes Engagement der gläubigen Laien geweckt hat, die sich nicht länger auf den Empfang der rituellen Dienste beschränken, sondern Subjekte in der Kirche werden, die in Taufe und Firmung wie auch in der eucharistischen Kommunion die wesentlichen Forderungen ihrer Berufung als Christen und ihrer missionarischen Verantwortung entdecken. Dieses neue kirchliche Selbstbewußtsein steht im Mittelpunkt des ganzen II. Vatikanischen Konzils. Dieses Konzil, das uns die schönste Ekklesiologie und eine tiefgreifende kirchliche Erneuerung geschenkt hat, mußte aber auch feststellen, daß manche Christen sich von der Kirche entfernt hatten, ihr entfremdet waren und gegen sie protestierten. Das Pontifikat Johannes Pauls II. greift die Ekklesiologie der Communio auf und unternimmt die anspruchsvolle und zugleich dringende Aufgabe, alle Gläubigen erneut zu einem echten Sinn für die Kirche hinzuführen, eine Aufgabe, die schon zentrales Anliegen im Pontifikat seines großen Vorgängers Paul VI. war. Alle Gläubigen sind daher eingeladen, die Tiefe und Dichte, die Größe und Schönheit des Geheimnisses der Gemeinschaft zu betrachten und zu verkosten, dem sie verbunden sind. Die Kirche ist nicht eine religiöse Institution, die einer zersetzenden kritischen Analyse oder unserem freien Manipulieren gemäß unseren Plänen und Interessen unterliegt. Sie gehört nicht uns, sondern Gott! Sie ist sein Heilssakrament. Sie ist durch das Wirken des Heiligen Geistes der Leib des lebendigen Christus innerhalb des barmherzigen Heilsplans des Vaters. Statt umgewandelt zu werden, wandelt sie uns um mit den sakramentalen und charismatischen Gaben, die wesentlich zu ihr gehören. Auch die entfernteste Beteiligung an ihr fällt nicht in den Rahmen einfachen Funktionierens. Sie kann nie Machtansprüchen verfallen, auf den Erwerb von Positionen bedacht sein oder wie ein Manager Stellen verteilen. Sie ist vor allem Teilhabe am göttlichen Leben, an seinen Sakramenten und seiner Liturgie. Sie ist keine eingeebnete und einförmige Gemeinschaft, gründet sich vielmehr auf das Zeugnis der Apostel und ihrer Nachfolger mit und unter Petrus – die Hüter, Garanten und Lehrer der Einheit in der Wahrheit und Liebe sind – und wird bereichert durch eine Fülle von sich ergänzenden Diensten und Charismen, Lebensständen und Aufgaben. Diese Form der Gemeinschaft als neuer Sinn für die Kirche soll die gesamte fruchtbare Beteiligung der Laien am liturgischen, katechetischen, erzieherischen und karitativen Leben der Kirche anregen, wie auch in den nicht auf der Weihe beruhenden Diensten, die ihnen anvertraut werden, sowie in den Pastoral- und Verwaltungsräten und in anderen Aufgaben innere Form sein. Johannes Paul II. hört nicht auf, jede christliche Gemeinschaft – Familie, Pfarrei, kirchliche Basisgemeinschaft, Vereinigung, Bewegung – einzuladen, jenes Geheimnis der

18 Ansprache an die Kardinäle und die Mitglieder der Römischen Kurie bei der Audienz für die Weihnachtsglückwünsche vom 23. Dezember 1982.

Gemeinschaft, das die Kirche bildet, zu verwirklichen, zu bezeugen und mitzuteilen. Der Papst ist sich wohl bewußt, daß in der heutigen Welt, in der die herrschende Kultur nichtchristlich ist, ja einem echten Christentum, das unter den Menschen vorgelebt und bezeugt wird, feindlich gegenübersteht, die isolierten Christgläubigen, etwa in der Diaspora, die nicht die starke Erfahrung einer einsatzfreudigen und begeisternden Zugehörigkeit zu einer konkreten christlichen Gemeinschaft machen, vom Konformismus dieser Welt aufgesaugt werden. Heute ist es wichtiger denn je, daß die Treue zu Christus und zur Überlieferung von einem kirchlichen Umfeld getragen und gestaltet wird, das sich dieser Treue der Communio wirklich bewußt ist und die Communio überzeugend vorlebt.
Bei einem solchen Neu-Aufbau der christlichen Gemeinschaften sind ferner einige Schwerpunkte des derzeitigen Pontifikates gegenüber einigen Verkündern und Empfängern der Heilsbotschaft hervorzuheben. Der Papst zeigt eine besondere Vorliebe für die Jugendlichen, und er hat der Evangelisierung der Jugendlichen und der Jugendpastoral in der ganzen Kirche neuen Auftrieb gegeben. Er wird nicht müde zu wiederholen, daß sie „die Hoffnung der Kirche, die Hoffnung der Welt" sind. Sie bilden die neue Generation der Kirche im dritten Jahrtausend. Oft fehlen ihnen wirkliche Väter, und sie haben keine echten Lehrer. Dazu versuchen geheime Verführer, sie in Träumen und rasch sich auflösenden Utopien und entfremdenden Zerstreuungen einzufangen. Nur die Kirche kann ihnen hohe Ziele und Ideale vorstellen, die ihren Wünschen nach einem vollen Leben und Glück entsprechen. Die Weltjugendtage waren grundlegende Momente des Pontifikates (Rom, Buenos Aires, Santiago de Compostela, Tschenstochau, Denver, Manila und Paris). Man weiß, wieviel Johannes Paul II. von ihnen hält.
Noch nie hat ein Papst ferner mit solcher Liebe, mit so großem Vertrauen und solcher Hoffnung den Frauen gegenüber gesprochen. Gewiß hat er die katholische Überlieferung, das Sakrament der Priesterweihe den Männern vorzubehalten, bekräftigt, doch zugleich hat er die Vertiefung der anthropologischen und theologischen Grundlagen der Einheit der Person bei aller Verschiedenheit von Mann und Frau ermutigt und geleitet. Er hat nachdrücklich die Gleichheit ihrer Rechte und Ansprüche gegen alle Vorurteile und Diskriminierungen betont, er hat auch den „Genius der Frau" im familiären, sozialen und kirchlichen Leben und seine Bedeutung für eine menschlichere Welt herausgestellt.
Endlich hat der jetzige Papst nie aufgehört, die bevorzugte Liebe zu den Armen wieder zu betonen, frei von jeder Verengung, Verkürzung oder ideologischen Vereinnahmung, ja er hat sie vom Evangelium her in ihrer vollen Last und den Forderungen, die sie erhebt, beleuchtet und jede Situation, die der Würde und Gerechtigkeit widerspricht, angeprangert. Er hat endlich die ganze Kirche zu tatkräftiger Liebe aufgerufen und so seine nahe und praktische Solidarität mit allen Bedürftigen, Leidenden und Ausgegrenzten bezeugt.

VII. Auf dem Weg des Menschen, zu den Völkern (ad gentes)

Wenn das heutige Pontifikat eine Abschwächung des Sturmes der Säkularisierung von Kirchendienern als trauriges Zeichen der Krise erlebt hat, so macht heute eine Tendenz zur Klerikalisierung der Laien Sorge.
In gewisser Weise spiegelt sie weiter eine Aufmerksamkeit in der Kirche wider, die sich mehr auf das, was zu tun ist, als auf das Sein konzentriert, mehr auf die Rollen als auf die Personen, mehr auf das Funktionieren von Programmen und Strukturen als auf das Wirken der Gnade. Der Priestermangel verschärft ferner das Bedürfnis, Laien als Mitarbeiter in Pfarrei und Pastoral heranzuziehen. Oft aber tendiert diese Mitarbeit dahin, Institution zu werden. Eine ganz allgemeine und unterschiedslose Inflation der Dienste und die Berufsbilder der Laien als Mitarbeiter und Assistenten in der Pastoral, das Aufgehen ihrer Energien und Horizonte in den kirchlichen Aufgaben und Strukturen kennzeichnen diese Tendenz. Es kommt zuweilen zur Karikatur von Laien, die sich dauernd um den Altar herum bewegen, kirchliche

Kleidung tragen und Stil und Gesten der Priester nachahmen – ihr Dienst verläuft parallel oder ersetzt sogar den der Priester –, die ihrerseits zuweilen allzu leicht wesentliche Aufgaben ihres geweihten Dienstes an Laienmitarbeiter delegieren. Auf solche Übertreibungen und Formen der Entweihung und Verwirrung hat der Heilige Stuhl mit der Instruktion über einige Fragen zur Mitarbeit der gläubigen Laien beim Dienst der Priester reagiert.[19]

Überreich und maßgebend sind im derzeitigen Pontifikat die Aufrufe und Ermunterungen zu einer immer bewußteren Mitverantwortung und breiten Beteiligung der gläubigen Laien am Leben der christlichen Gemeinschaften. Etwas anderes ist ein Rückzug der Laien in den Kirchenraum, der eine Art von „Zerstreuung" zu werden droht oder ein Zurückweichen vor der Schwere der Herausforderungen der immer weiter verbreiteten Entchristlichung, vor der Bezeugung des neuen Lebens in jeder konkreten Situation und Umgebung, vor den Erfordernissen der Mission und dem Schwung einer erneuerten und wirksamen Präsenz der Christen beim Aufbau von Lebensformen, die des ganzen Menschen und aller Menschen würdiger sind. Hier ist das Mißverhältnis zu beklagen zwischen dem Reichtum der Lehre, den Bemühungen und Aufrufen des Papstes zu den großen sozialen Fragen unserer Zeit und einem verbreiteten Beiseitestehen der Laien, der Geringfügigkeit ihrer Präsenz in der Welt, der geringen Auswirkung ihres Zeugnisses und Wirkens, ihre Anpassung an die herrschende Kultur, die sich weit vom Christentum entfernt hat und durch mächtige Einebnungs- und Kontrollinstanzen systematisch verbreitet wird.

Und gerade aus all diesen Gründen hat Johannes Paul II. in seinem Pontifikat die gläubigen Laien nachdrücklich zu einer neuen Präsenz, zu neuem Zeugnis und Dienst eingeladen, im Bewußtsein ihrer eigenen Identität und ihres „Weltcharakters"[20]. Hier bedeutet „weltlich" gewiß keine Trennung von Christus, es geht vielmehr um einen Aufruf, in Ihm alle Ausdrucksformen menschlicher Erfahrung zusammenzufassen. Jene, die bewußt dankbar und froh über alles sind, was ihnen gratis geschenkt wurde, werfen einen geradezu leidenschaftlichen Blick auf die Bedürfnisse, die Würde und Bestimmung einer jeden Person, und dieser bildet die Grundlage des missionarischen Ausgreifens „ad gentes", wobei sie dem „Weg des Menschen" folgen. Es geht also darum, den missionarischen Einsatz des Dienstes der gläubigen Laien in der irdischen Stadt zu wecken und zu verstärken, indem sie sich mit den Traurigkeiten und Ängsten, den Freuden und Hoffnungen der Menschen, gerade der Armen und Leidenden solidarisch machen.

Es ist zumal Sache der gläubigen Laien, das Zeugnis im Sinn des Evangeliums, die Verkündigung und Erfahrung mit dem neuen Leben, den Dienst und die tatkräftige Liebe mit den Bedürfnissen und Hoffnungen, wie sie im täglichen Leben des Nächsten und aller Nächsten zum Ausdruck kommen, in Berührung zu bringen. Einige Dinge betrachtet der Heilige Vater als besonders wichtig für das Zeugnis und den Einsatz der gläubigen Laien in der Welt, für ihren „Dienst am Menschen und an der Gesellschaft"[21]: das Leben in Ehe und Familie – als der eigentlichen natürlichen Zelle für jeden sozialen Aufbau, der Schule der Menschlichkeit, der Gemeinschaft der Liebe und des Lebens –, die Arbeit – als Schlüssel der sozialen Frage –, die Politik oder die kluge und anspruchsvolle Sorge um das Gemeinwohl, endlich alles, was die Kultur in ihren Dimensionen der Erziehung, des Schaffens und der Kommunikation angeht. Die gläubigen Laien werden vom Papst oft aufgerufen, ihren gelebten und miteinander geteilten Glauben zu „inkulturieren" und mit ihren Werken Zeugnis zu geben für die Tatsache, daß das Evangelium Christi „eine Botschaft der Freiheit und der Befreiung" ist[22]; es ist Frohe Botschaft über die Würde der menschlichen Person[23] und wahrt seine transzendente Würde sowie seine natürlichen Rechte, angefangen bei dem Recht auf Leben, auf Religionsfreiheit und freie Initiative, etwas zu schaffen und sich sozial im Rahmen der „Subsidiarität" zusammenzuschließen; es ist Liebe, die jede echte Solidarität unter den Menschen trägt und anregt; es ist bevorzugte Liebe zu jenen, die deutlicher das Geheimnis des Kreuzes vorleben, weil sie am

19
Vgl. VApS 129.

20
Lumen gentium, Nrn. 31, 35, 36; *Apostolicam actuositatem,* Nr. 7; *Ad gentes,* Nr. 21; *Gaudium et spes,* Nr. 43; vgl. *Evangelii nuntiandi,* Nr. 70.

21
Christifideles laici, Nr. 36 ff.

22
Kongregation für die Glaubenslehre, *Libertatis Nuntius,* Nr. 1.

23
Vgl. *Redemptor hominis,* Nr. 10.

eigenen Fleisch die Wunden der Menschheit tragen: die Kranken, die Verlassenen, die Armen und Unterdrückten, die Arbeitslosen und alle, die ihrer Freiheit beraubt sind, sowie jene, die unter Hunger und Krieg zu leiden haben. Und eben deswegen hat Papst Johannes Paul II. im missionarischen Schwung seines Pontifikates ein schöpferisches Aufgreifen des reichen Erbes der Soziallehre der Kirche, das kräftig ausgewertet und geschichtlich bedeutsam werden soll, gefördert. Eine offene Herausforderung in der Kirche ist heute die Heranbildung von neuen Generationen von Laien, die frei sind von jeder überholten Ideologie, aber auch vom konformistischen Nachgeben, überzeugt von der Macht und Fruchtbarkeit des christlichen Glaubens für den Aufbau einer menschlicheren, gerechteren und friedlicheren Welt.
Es sind jene Katholiken, die erfahren haben, daß sich ihr Leben bei der Begegnung mit Christus geändert hat, dank der Gnade des Geistes in der Gemeinschaft der Kirche, jene, die in der Welt neue Vorkämpfer werden.

VIII. In „Bewegung"

In der geschichtlichen Strömung unserer Zeit zur Förderung der Laienschaft zählten zu den Antriebskräften das neue Entstehen von katholischen Verbänden seit Ende des vergangenen Jahrhunderts und ihre Entwicklung in unserer Zeit, zumal durch die Überlieferung der Katholischen Aktion. Das Pontifikat Johannes Pauls II. bemerkt nun in unserer Zeit „ein neues Aufleben der Verbände von katholischen Laien: Neben den althergebrachten Formen des Zusammenschlusses ... sind neue Bewegungen und Vereinigungen entstanden, die ihr eigenes Gewicht und ihre besonderen Ziele haben: So groß ist der Reichtum und so vielfältig sind die Möglichkeiten, die der Heilige Geist im Gefüge der Kirche unterhält ..."[24]. Seit Beginn seines Pontifikates hört Johannes Paul II. daher nicht auf, „den großen und vielversprechenden Reichtum der kirchlichen Bewegungen kennenzulernen", und er bezeichnet sie als „einen Grund der Hoffnung für die ganze Kirche und für die Menschen"[25]. Sie sind „ein Zeichen für die Freiheit der Formen, in denen sich die eine Kirche verwirklicht, und sie stellen etwas mit Sicherheit Neues dar, das erst noch angemessen in seiner positiven Wirksamkeit für das Reich Gottes, wie sie sich im Heute unserer Geschichte zeigt, verstanden werden muß"[26].
Sehr zahlreich sind die Gesten, die Begegnungen, Versammlungen und Botschaften, die diese „Allianz" des Papstes und der Bewegungen kennzeichnen. Im zwanzigsten Jahr seit Beginn seines Pontifikates hat Johannes Paul II. sein Lehramt in bezug auf die „Bewegungen" neu zusammengefaßt und ihre Wirklichkeit als ein Geschenk für die ganze Kirche beim großen Ereignis der Begegnung auf dem Petersplatz am 30. Mai 1998, am Vorabend von Pfingsten, herausgestellt. Der Papst traf hier mit über 300000 Anhängern von rund fünfzig „Bewegungen" und „neuen Gemeinschaften" zusammen, um ein „gemeinsames Zeugnis" im Vorbereitungsjahr auf das große Jubiläum zu geben, das dem Heiligen Geist geweiht ist. Dieser Begegnung ging unmittelbar voraus ein Weltkongreß der Kirchlichen Bewegungen (27.-29. Mai 1998).
Was versteht der Papst unter „Bewegungen"? Er meint gewiß konkrete Wirklichkeiten wie das Werk Mariens (Fokolarini), die Katholische Charismatische Erneuerung, Comunione e Liberazione, die neokatechumenalen Bewegungen, Regnum Christi, Schönstatt, die Cursillos, die neuen Bewegungen, die in Frankreich entstanden sind und viele mehr, die im allgemeinen in den lebensvollen Strömungen entstanden, die das II. Vatikanische Konzil vorbereiteten, oder die das Konzil selber geweckt hat. Ja, für den Papst stellen sie „eine der bedeutendsten Früchte jenes Frühlings in der Kirche" dar, „auf den schon das II. Vatikanische Konzil hindeutete, der aber leider nicht selten durch den um sich greifenden Säkularisationsprozeß behindert wurde"[27]. Der Begriff „Bewegung" wird oft auf untereinander recht verschiedene Wirklichkeiten, auch was ihre kirchenrechtliche Einordnung betrifft, angewandt.
Der Papst erklärt also: „Wenn diese einerseits gewiß nicht den durch die belebende Schöpferkraft des Geistes Christi hervorge-

24 Angelus vom 23. August 1987: DAS 1987, S. 186.

25 Ansprache an die Priester von „Comunione e Liberazione" vom 12. September 1985: DAS 1985, S. 1488.

26 „Insegnamenti di Giovanni Paolo II", Vol. VII/2, S. 694.

27 Botschaft von Johannes Paul II. an den internationalen Kongreß der kirchlichen Bewegungen vom 27. Mai 1998: OR 1998, Nr. 24, S. 7.

rufenen Reichtum der Formen erschöpfen noch festsetzen kann, so kommt es andererseits doch ihr zu, einer konkreten kirchlichen Realität, bei der vorwiegend Laien beteiligt sind, einen Weg des Glaubens und des christlichen Zeugnisses abzugeben, der die eigene Bildungs- und Erziehungsmethode auf ein bestimmtes Charisma gründet, das der Person des Gründers unter gewissen Umständen und Weisen geschenkt wurde."[28] Dank der Charismen gewinnen die Radikalität des Evangeliums, der objektive Inhalt des Glaubens und der lebendige Fluß der Tradition eine einzigartige Fähigkeit, zu überzeugen und zu begeistern. Sie erleuchten den Verstand und bewegen den Willen in einer überraschenden, unvorhergesehenen Erfahrung eines neuen, menschlicheren Lebens, das mehr den Wünschen und Erwartungen nach Wahrheit und Glück entspricht, wie sie im Herzen der Person vorhanden sind. Sie eröffnen gleichsam neue Wege der Begegnung und der Nachfolge Christi, des Herrn. Und da es seiner Natur nach mitteilsam ist, läßt das Charisma „zwischen einzelnen Menschen eine besondere geistliche Verwandtschaft"[29] entstehen, eine Blutsverwandtschaft von Haltungen und Auffassungen, tätige Brüderlichkeit und eine besondere Freundschaft in Christus, die, wenn auch konventionell, „Bewegung" genannt werden kann. „Der Übergang vom ursprünglichen Charisma zur Bewegung vollzieht sich durch die geheimnisvolle Anziehungskraft, die der Gründer auf jene ausübt, die sich von seiner spirituellen Erfahrung ansprechen lassen"[30]. So betrachtet Johannes Paul II. die offiziell von der kirchlichen Autorität anerkannten Bewegungen als „Ausdrucksformen der Selbstverwirklichung und Spiegelung der einen Kirche"[31], die zugleich allen Getauften zeigen, daß der Glaube nur im konkreten, begeisternden Engagement angewandt und getragen wird, sich nährt und mitteilt und dann auch Forderungen stellt; daß er die Zugehörigkeit zu lebendigen Gemeinschaften will, die im Geheimnis der Gemeinschaft verwurzelt sind, das die Gnade des Geistes begründet und ständig erneuert. „Auch unter den verschiedenen Formen" findet der Papst als gemeinsame Kennzeichen der Bewegungen ihr „Bewußtsein der ‚Neuheit', die die Taufgnade in das Leben hineinträgt", ihren „brennenden Wunsch, das Geheimnis der Gemeinschaft mit Christus und mit den Brüdern und Schwestern zu vertiefen", und schließlich „die feste Treue zu dem vom lebendigen Fluß der Tradition übermittelten Glaubenserbe", so daß dies alles „einen neuen missionarischen Impuls" hervorbringt, „der dazu führt, den Männern und Frauen unserer Zeit in den konkreten Situationen zu begegnen, in denen sie sich befinden, und mit liebevollem Blick auf die Würde, die Bedürfnisse und das Schicksal eines jeden zu schauen"[32].

Nachdem er sie mit aufmerksamer und zugleich liebevoller Sorge als Hirt während der zwanzig Jahre seines Pontifikates begleitet hat, ist Johannes Paul II. überzeugt, daß diese Bewegungen zu deutlicherem Selbstbewußtsein gekommen und in eine Phase der Reife gelangt sind. Ihr anfängliches Eindringen und damit zuweilen verbundene Brüche, die oft Unbehagen und Spannungen verursachten, hat sich inzwischen im Gesamtgefüge der Kirche besänftigt. Kirchliche Unterscheidung und Dialog haben die Gemeinschaft vorangebracht. Ihre guten Früchte liegen allen vor Augen. Bekannt sind die „Kriterien der Kirchlichkeit", die das Apostolische Schreiben *Christifideles laici* für ihre Ausrichtung nennt.[33] Ihre Gemeinschaft mit dem Papst und den Bischöfen, die vom Heiligen Geist eingesetzt und begleitet werden, um jedes Charisma zu erkennen und sie alle auf den „gemeinsamen Nutzen" auszurichten, ist Zeichen des echt kirchlichen Weges einer jeden Bewegung. In der Enzyklika *Redemptoris missio* fordert der Papst die Bewegungen auf, „sich in Demut in das Leben der Ortskirchen ein(zu)fügen", die Bischöfe und Priester aber, „sie herzlich in die Diözesan- und Pfarrstrukturen aufzunehmen"[34]. Sie sind berufen, ins Herz der Kirche in Gemeinschaft mit den Hirten und in Verbindung mit den diözesanen Initiativen ihren geistlichen, erzieherischen und missionarischen Reichtum einzubringen. Unter diesen Voraussetzungen rief der Heilige Vater aus, als er sich am vergangenen 30. Mai an die Bewegungen und neuen Gemeinschaften auf dem Petersplatz

28 Ebd.

29 *Christifideles laici*, Nr. 24.

30 Ansprache von Johannes Paul II. beim internationalen Kongreß der kirchlichen Bewegungen und der neuen Gemeinschaften vom 30. Mai 1998: OR 1998, Nr. 24, S. 8.

31 Ebd.

32 Botschaft von Johannes Paul II. an den internationalen Kongreß der kirchlichen Bewegungen vom 27. Mai 1998: OR 1998, Nr. 24, S. 7.

33 *Christifideles laici*, Nr. 30.

34 *Redemptoris missio*, Nr. 72.

wandte: „Sie sind die vom Heiligen Geist bewirkte Antwort auf diese dramatische Herausforderung am Ende des Jahrtausends"[35].

IX. Dem großen Jubiläum am Vorabend des dritten Jahrtausends entgegen

Die Kirche lädt endlich die gläubigen Laien in besonderer Weise ein, ihren christlichen Einsatz auf den Aufbau einer „Zivilisation im Zeichen der Liebe" auszurichten. Dies hat nichts mit bloß irenischen Gefühlen um ein Jahrtausenddatum oder mit Flucht in eine Utopie zu tun. Die eindrucksvollen Wandlungen, die sich in beschleunigter und komplexer Weise am Ende dieses Jahrtausends vollziehen, sind gewiß ein Zeichen von „Zivilisation". Wir erleben eindrucksvolle wissenschaftliche und technische Fortschritte und eine Revolution aller Kommunikationsformen. Es ändern sich auch die Arbeitssysteme und deren Auswirkungen auf die Kultur. Große Reiche fallen zusammen, und es geht ein historischer Abschnitt im Zeichen „verweltlichter messianischer Träume" zu Ende. Historische Tragweise besitzen ferner die Herausforderungen im Hinblick auf die Bewahrung der transzendenten Würde der menschlichen Person, die Verteidigung des Lebens, der Freiheit und der Grundrechte eines jeden Menschen, für den Aufbau des Friedens und einer menschlicheren Umwelt, für den Kampf gegen Hunger und Elend innerhalb einer mehr solidarischen Entwicklung der Völker. Die größte Gefahr ist die einer Zerstörung der menschlichen Person, weil das Bewußtsein und die Erfahrung der eigenen Menschlichkeit oder ihrer Freiheit, ihres vernünftigen Denkens, moralischen Gewissens und Sinnes für das Religiöse sich verdunkeln.

Auf den Zusammenbruch der verweltlichten messianischen Träume bietet ein immer weiter verbreiteter unbekümmerter Nihilismus keine Antwort, weil eine Person am Ende damit nicht leben kann und weil er völlig unfähig ist, Energien für eine menschlichere Gesellschaft zu wecken. Die Götzen der Macht und des Geldes, des Wissens und des Vergnügens führen nur zu Sklaverei und Gewaltanwendung. Doch eine nur scheinbare, weil lügnerische und entfremdende Antwort bieten auch die weit verbreiteten Formen der „Spiritualität" und Religiosität ohne Gott, ohne Christus und gegen sein sakramentales Wirken in der Geschichte gerichtet.

Die gläubigen Laien sind also aufgefordert, an allen Fronten der Welt in erster Linie zu stehen, um Bewegungen und Formen neuen Lebens zu wecken, die Hoffnung für alle begründen. Es geht gewiß nicht darum, die Welt zu verdammen, sondern sie zu retten, sie menschlicher zu gestalten und ihren Blick zu weiten, um alles Positive und Geniale im Wirken der Menschen zu sehen, wie es sich in jedem Umfeld und über jede Eingrenzung hinaus findet, um alle Wünsche und selbst die kleinen Zeichen und Ausblicke auf die Wahrheit, das Gute und Schöne auszuwerten, die der Geist Christi im Herzen der Menschen und in der Kultur der Völker weckt. Ihr Zeugnis des Dienstes an Person und Gesellschaft in der konstruktiven Kraft der Liebe wird heute gefordert, wobei besonders verantwortlich zu handeln ist.

Die Feier des kommenden großen Jubiläums macht diesen Appell nur besonders kräftig, aktuell und dringend. Feiern heißt gedenken. Wir denken lebhaft und dankbar an das geschichtliche Ereignis der Menschwerdung des Sohnes und Wortes Gottes in unserer Zeit und schätzen erneut seine Gegenwart, so voll von Wirklichkeit, Neuheit, Überzeugungskraft und Begeisterung hier und jetzt, am Vorabend des dritten Jahrtausends, wie es für seine ersten Apostel und Jünger der Fall war. Aufbau kommt nur zustande, wenn das Christentum in der Person des einzelnen neues Leben gewinnt. Dazu muß es von Person zu Person, von Familie zu Familie, von Gemeinschaft zu Gemeinschaft weitergegeben werden, wobei jeder die Neuheit des christlichen Lebens in jedem Umfeld, in jeder Situation und Kultur bezeugt, damit Jesus Christus, der Herr, anerkannt wird als „Eckstein" jedes Bauwerkes, das wirklich menschliche Züge haben soll.

(Übersetzung aus dem Italienischen: Heinrich Drenkelfort SVD)

35 Ansprache von Johannes Paul II. beim internationalen Kongreß der kirchlichen Bewegungen und der neuen Gemeinschaften vom 30. Mai 1998: OR 1998, Nr. 24, S. 8.

Herbert Gillessen

„Das Wichtigste für mich: daß ich Priester bin"

Zum Thema „Priestertum" hat Papst Johannes Paul II. sich wiederholt geäußert, besonders in seinen zahlreichen Ansprachen an Bischöfe und Priester, in Rom und auf seinen Pastoralreisen. Besonders ausführlich hat er sich mit diesem Thema beschäftigt in den Briefen, die er seit dem Jahr 1979 regelmäßig am Gründonnerstag an die Priester richtet. Eine mehr systematische Entwicklung seiner Gedanken finden wir in dem Nachsynodalen Apostolischen Schreiben *Pastores dabo vobis* vom 25. März 1992 über die Priesterausbildung im Kontext der Gegenwart. Und schließlich haben wir ein kostbares Zeugnis seines Zugangs zum Priestertum in dem autobiographischen Werk „Geschenk und Geheimnis", das er 1996 zum 50. Jahrestag seiner Priesterweihe veröffentlichte.

I. Geheimnis der Berufung: „Sacerdos alter Christus"

„In ihrer tiefsten Schicht ist jede Berufung zum Priestertum ein großes Geheimnis, ein Geschenk, das den Menschen unendlich übersteigt."[1] Dieses Bewußtsein vom Geheimnis der Berufung durchzieht alle Äußerungen von Johannes Paul II. zum Thema „Priestertum". Es ist Christus, der den Priester beruft. Er handelt „in der Person Christi" („in persona Christi"). Christus soll er durch das Wirken des Heiligen Geistes immer mehr gleichförmig werden.

„Wir müssen oft im Gebet verweilen und das Geheimnis unserer Berufung betrachten mit dem Herzen voller Staunen und Dankbarkeit gegenüber Gott für dieses unvergleichliche Geschenk."[2]

II. Deutung der Welt: „Officium laudis"

In seinen „Gedanken über das Priestertum" für den Katholikentag 1978 in Freiburg sagte Kardinal Karol Wojtyla: „Schon dadurch, *daß* es den Priester gibt, und durch das, *was* er ist, drückt er den Sinn der menschlichen Existenz aus und gibt ihn gewissermaßen der Welt und dem Menschen in der Welt."[3] Und er führte diesen Gedanken im folgenden näher aus: „Das Priestertum ist ein Ausdruck des richtigen Verstehens der Welt in ihrem Verhältnis zu Gott und zugleich des richtigen Verstehens des Menschen in der von Gott erschaffenen und erlösten Welt."[4]

Die geschaffene Welt gehöre zu Gott, ihrem Schöpfer und Erlöser. Sie berge deshalb das „Opfer des Lobes" („Sacrificium laudis", Psalm 50,14) in sich und übertrage es gewissermaßen dem Menschen. Der Mensch sei nämlich fähig, lebendiger Ausdruck des Dienstes zu sein, den die ganze Schöpfung ihrem Herrn gegenüber erfülle. So werde der Mensch Mittler und Wortführer der Geschöpfe (vgl. Röm 8,19–21).

Diese Überzeugung kennzeichnet das Priesterbild des Papstes. Stellvertretend für die ganze Kreatur darf der Priester das Lob des Schöpfers und Erlösers singen: „Die priesterliche Berufung ist ein besonderer Ruf zum ‚officium laudis' ... das ‚officium laudis' ist vor allem die unaufhörliche Entdeckung des Wahren, des Guten und des Schönen, das die Welt vom Schöpfer als Geschenk empfängt."[5]

III. Eucharistie – Opfer – Erlösung

„In der Eucharistie bringt der dem Vater wesensgleiche SOHN, ER, den nur der Vater kennt, sich selbst als Opfer dar für die Menschheit und für die ganze Schöpfung.

1
„Dono e mistero", Vatikan 1996, S. 9 (vgl. „Geschenk und Geheimnis. Zum 50. Jahr meiner Priesterweihe", Graz 1997, S. 13).

2
Schreiben zum Gründonnerstag 1996: OR 1996, Nr. 12, S. 4.

3
Kardinal Karol Wojtyla, „Wir wollen einem jeden helfen, das ‚Geheimnis des Menschen' zu lösen." Gedanken über das Priestertum: Gottes Anruf – Unser Weg, hg. vom Informationszentrum Berufe der Kirche, Freiburg 1978, S. 33.

4
Ebd., S. 33–34.

5
Schreiben zum Gründonnerstag 1996: OR 1996, Nr. 12, S. 5.

In der Eucharistie *erstattet* Christus dem Vater alles das *zurück*, was von IHM kommt."[6] Diese *Zurückerstattung* ist ein Schlüsselbegriff für das Eucharistieverständnis von Johannes Paul II. Schon in seiner ersten Enzyklika *Redemptor hominis* spricht er von der „restitutio hominum mundique ad Patrem" (Zurückerstattung der Menschen und der Welt an den Vater).[7] Der Gedankengang ist folgender: Wir Menschen sind als Geschöpfe unserem Schöpfer die Zurückerstattung alles Empfangenen mit Lob und Dank schuldig. Aber wir sind begrenzt und sind Sünder. Da tritt Christus an unsere Stelle. Er allein, der Unbegrenzte und Sündenlose, hat in seiner Hingabe am Kreuz die ganze Menschheit und die Welt dem Vater in vollkommener Weise zurückgegeben. In der Eucharistie dürfen wir an dieser bleibenden Zurückgabe teilhaben.

Auf die Frage von Jugendlichen, was für ihn als Papst eigentlich das Wichtigste sei, gab Johannes Paul II. am 1. Juni 1980 in Paris die Antwort: „Seit zwei Jahren bin ich Papst. Seit über 20 Jahren bin ich Bischof. Doch das Wichtigste bleibt für mich immer noch die Tatsache, daß ich Priester bin. Die Tatsache, daß ich jeden Tag die Eucharistie feiern kann. Daß ich das Opfer Christi erneuern darf, wobei ich in ihm alles dem Vater zurückerstatte: die Welt, die Menschheit, mich selber."[8]

In seinem Brief an alle Bischöfe über das Geheimnis und die Verehrung der Eucharistie *Dominicae Coenae* vom 18. März 1980 ist Johannes Paul II. näher auf das Band zwischen Priestertum und Eucharistie eingegangen: „Die Eucharistie ist der hauptsächliche und zentrale Seinsgrund für das Sakrament des Priestertums, das in der Tat im Augenblick der Einsetzung der Eucharistie und zusammen mit ihr geboren wurde. Nicht ohne Grund werden die Worte ‚Tut dies zu meinem Gedächtnis' unmittelbar nach den Wandlungsworten gesprochen, und wir wiederholen sie jedesmal, wenn wir das heilige Opfer feiern. Dank unserer Priesterweihe sind wir in einzigartiger und außergewöhnlicher Weise an die Eucharistie gebunden. Wir sind in gewisser Weise ‚aus ihr' und ‚für sie'."[9]

17 Jahre später gesteht der Papst, wie wichtig ihm von Anfang an die Wandlungsworte gewesen sind: „Ich erinnere mich deutlich der Gefühle, die die Wandlungsworte in mir weckten, als ich sie zum ersten Mal zusammen mit dem Bischof sprach, der mich kurz zuvor geweiht hatte ... Und seitdem erklangen diese sakramentalen Worte viele, viele Male – unzählige Male – auf meinen Lippen wieder, um Christus unter den Gestalten von Brot und Wein im Augenblick der Heilstat, seines Opfertodes am Kreuz, gegenwärtig zu setzen."[10]

Und der Heilige Vater mahnt seine Mitbrüder im Priesteramt, diese Wort stets in gläubiger Ehrfurcht auszusprechen: „Sind diese Worte nicht der Takt, nach dem jedes Priesterleben schlägt? Wiederholen wir sie jedes Mal, als sei es zum ersten Mal! Sprechen wir sie so, daß sie niemals zur Gewohnheit werden. Sie sind der höchste Ausdruck der vollen Verwirklichung unseres Priestertums."[11]

Hier wird deutlich: Das sakramentale Priestertum wurzelt im Priestertum Christi. „Er bringt Gottvater das Opfer seiner selbst dar, seines Fleisches und Blutes, und rechtfertigt mit seinem Opfer in den Augen des Vaters die ganze Menschheit und indirekt alles Geschaffene."[12]

Ein besonderer Akzent im Priesterbild von Johannes Paul II. ist das Geheimnis der Erlösung. In seiner Autobiographie schreibt er: „Christus ist Priester, weil er der Erlöser der Welt ist. Im Geheimnis der Erlösung ist das Priestertum aller Priester eingeschrieben. Diese Wahrheit über die Erlösung und über den Erlöser hat sich im Innersten meines Bewußtseins tief eingewurzelt, sie hat mich

6 „Dono e mistero", S. 85 (vgl. „Geschenk und Geheimnis", S. 80).

7 *Redemptor hominis*, Nr. 20.

8 Insegnamenti 1980, S. 1623; vgl. VApS 21, S. 85.

9 VApS 15, Nr. 2, S. 5.

10 Schreiben zum Gründonnerstag 1997: OR 1997, Nr. 13/14, S. 7.

11 Ebd.

12 „Dono e mistero", S. 86 (vgl. „Geschenk und Geheimnis", S. 81).

durch alle diese Jahre hindurch begleitet, hat alle meine Erfahrungen in der Seelsorge geprägt und mir immer wieder neue Inhalte enthüllt."[13]

Was bedeutet das konkret? Der Papst erklärt, durch die Erlösung, die Christus mit seinem Kreuzesopfer bewirkt habe, sei eine Neuentdeckung, gleichsam eine „relecture", der geschaffenen Wirklichkeit möglich geworden. Als Beispiele nennt er die Wiederentdeckung des Menschen als Person. Sie steht ja im Mittelpunkt des philosophischen Personalismus, den Karol Wojtyla weiterentwickelt hat. Oder auch die Neuentdeckung des Menschen als Mann und Frau in der von Gott gewollten Verschiedenheit und Komplementarität der Geschlechter. Ihr sind die Ansprachen bei den Mittwochsaudienzen 1979-84 gewidmet. Durch die Erlösung fällt ein neues Licht auf die gesamte Schöpfungswirklichkeit. Dies ist auch der Grund, weshalb der Erlösungsgedanke sich wie ein roter Faden durch das Pontifikat dieses Papstes zieht: *Redemptor hominis* (1979), *Redemptionis donum* (1984), *Redemptoris mater* (1987), *Redemptoris custos* (1989), *Redemptoris missio* (1991).

IV. Das Hirtenamt

In seinem ersten Gründonnerstagsbrief an die Priester weist Johannes Paul II. 1979 darauf hin, daß man in bezug auf die traditionelle Unterscheidung von Prophetenamt, Priesteramt und Hirtenamt nicht so sehr von drei verschiedenen Funktionen als vielmehr von einer dreifachen Dimension des Amtes und der Sendung Christi sprechen sollte: „diese sind nämlich zuinnerst miteinander verbunden, sie erklären, bedingen und verdeutlichen sich gegenseitig." Wir finden im Lateinischen die Ausdrücke „triplex ratio" (dreifache Dimension) und „triplex unitas" (dreifach gegliederte Einheit).[14]

Diese Präzisierung ist sehr folgenreich für das Priesterbild des Papstes. Sie bedeutet nämlich, daß man die einzelnen „Ämter" wohl unterscheiden, aber nicht trennen kann. Zum Priestertum Christi gehört von seinem Wesen her sowohl die Dimension des Prophetischen als auch die des Hirtendienstes. Und ebenso gehört zum Hirten die Dimension des Priesterlichen und des Prophetischen.

Der tiefste Grund für diese untrennbare Einheit des Amtes der Lehre, der Heiligung und der Leitung (des „munus docendi, sanctificandi et regendi") liegt in der Person Christi. Er ist der prophetische Priesterkönig. Er vereinigt alle drei Dimensionen des Heilshandelns in sich.

So gehört zum Beispiel das Koordinieren der verschiedenen Aktivitäten der Laien zum Hirtenamt des Priesters. Es ist ein geistlicher Dienst an der Gemeinde: „Dieses *munus regendi* als Amt der Leitung ist eine sehr heikle und komplizierte Aufgabe, die außer der Aufmerksamkeit für die einzelnen Personen und verschiedenen Berufungen die Fähigkeit einschließt, alle Gaben und Charismen, die der Geist in der Gemeinschaft weckt, zu koordinieren ... Es ist ein Dienst, der vom Priester ein intensives geistliches Leben erfordert ... ."[15]

Von daher wäre zu prüfen, ob die deutsche Praxis, einen Laien zum Vorsitzenden des Pfarrgemeinderats zu wählen, das *munus regendi* der Priester ernst nimmt.[16]

Wenn der Priester durch die sakramentale Weihe den Herrn Jesus Christus als Haupt, Hirten und Bräutigam der Kirche repräsentiert, dann steht er nicht nur in der Kirche, sondern der Kirche auch gegenüber.[17]

Hier stoßen wir wohl auf das zentrale Geheimnis des katholischen Priestertums und zugleich auf die tiefste Ursache heutiger Verunsicherung. Ein längeres Zitat aus *Pastores dabo vobis* soll das Denken von Johannes Paul II. deutlich machen:

13
Ebd., S. 92 (vgl. „Geschenk und Geheimnis", S. 85–86).

14
VApS 7, S. 23; *Redemptor hominis*, Nr. 18: Hier ist die Rede von „triplex ministerium" und „triplex munus".

15
Pastores dabo vobis, Nr. 26.

16
Vgl. „Instruktion zu einigen Fragen über die Mitarbeit der Laien am Dienst der Priester": VApS 129, S. 12–13.

17
Pastores dabo vobis, Nr. 16.

„So erscheint der Priester in seinem eigentlichen Wesen und in seiner sakramentalen Sendung innerhalb der Struktur der Kirche als Zeichen für den absoluten Vorrang und die Unentgeltlichkeit der Gnade, die der Kirche vom auferstandenen Christus als Geschenk zuteil wird. Durch das Weihepriestertum wird sich die Kirche im Glauben bewußt, daß sie ihr Sein nicht sich selbst, sondern der Gnade Christi im Heiligen Geist verdankt. Die Apostel und ihre Nachfolger stehen als Inhaber einer Vollmacht, die ihnen von Christus, dem Haupt und Hirten, zukommt, mit ihrem Dienst der Kirche gegenüber, als sichtbare Fortsetzung und sakramentales Zeichen Christi, der der Kirche und der Welt als ewige und immer neue Heilsquelle gegenübersteht, er, ‚der die Kirche gerettet hat, denn sie ist sein Leib' (Eph 5,23)."[18]
Dieses „Gegenüberstehen" verlangt vom Priester, daß er sich selbst als sakramentale Vergegenwärtigung Jesu Christi, des Hauptes und Hirten, begreift. Er muß sich als „Diener Christi und Verwalter von Geheimnissen Gottes" (1 Kor 4,1) verstehen. Er darf nicht der Versuchung erliegen, sich selbst als „Besitzer", als „Eigentümer" der ihm anvertrauten Heilsgüter zu betrachten.
Das „Gegenüber" von Hirt und Herde ist konstitutiv für die Kirche. Es ruft den Gläubigen immer wieder den Primat und die Ungeschuldetheit der Gnade in Erinnerung, die der erhöhte Herr durch seine Diener im Priesteramt dem Volk Gottes schenkt. Es hilft, die Gotteskindschaft zu leben und die bräutliche Dimension der christlichen Berufung zu entdecken.

V. Gebet – Seelsorge – Zölibat

Das „Gegenüber" von Hirt und Herde ist für den Priester eine ständige Herausforderung zum Gebet. „Das Gebet erschafft den Priester, und der Priester erschafft sich durch das Gebet." (La preghiera crea il sacerdote e il sacerdote si crea attraverso la preghiera.)[19] Der Priester, sagt Johannes Paul II., müsse vor allem anderen ein Mann des Gebets sein, überzeugt davon, daß die Zeit, die er der persönlichen Begegnung mit Gott widme, stets die bestgenutzte sei. Schließlich diene sie nicht nur ihm, sondern auch seiner apostolischen Arbeit.[20]
„Das Gebet hilft uns, immer wieder das Licht zu finden, das uns seit den Anfängen unserer priesterlichen Berufung geführt hat und uns ständig führt, auch wenn es sich zuweilen im Dunkel zu verlieren scheint."[21]
„Das Gebet macht uns die ständige Bekehrung möglich; es hilft uns, immer auf Gott hin ausgerichtet zu bleiben, was ja unerläßlich ist, wenn wir andere zu ihm hinführen wollen."[22]
„Das Gebet ist unerläßlich, um das pastorale Gespür für all das zu bewahren, was vom ‚Geist' kommt, um jene Charismen richtig zu unterscheiden und einzusetzen, die zur Einheit beitragen."[23]
Die Seelsorge fordert vom Priester ein intensives Gebetsleben. „Unsere Berufung ist eine einzigartige Sorge um das Heil unseres Nächsten. Diese Sorge macht den eigentlichen Seinsgrund unseres priesterlichen Lebens aus: ‚Der gute Hirt gibt sein Leben für die Schafe'."[24]
In seinem ersten Gründonnerstagsbrief an die Priester hat Johannes Paul II. das Bild des Priesters als des Guten Hirten unserer Tage eindrucksvoll beschrieben: „Gefragt ist letztlich von den Menschen immer nur jener

18 Ebd.

19 „Dono e mistero", S. 98–101 (vgl. „Geschenk und Geheimnis", S. 94).

20 Ebd., S. 94.

21 Schreiben zum Gründonnerstag 1979: VApS 7, Nr. 10, S. 23.

22 Ebd.

23 Schreiben zum Gründonnerstag 1987: VApS 76, Nr. 12, S. 11.

24 Schreiben zum Gründonnerstag 1979: VApS 7, Nr. 5, S. 13.

Priester, der sich seines Priestertums im vollen Sinn bewußt ist: der tiefgläubige Priester, der mutig seinen Glauben bekennt, der eifrig betet, mit Überzeugung in der Lehre unterrichtet, der dient und in seinem Leben das Programm der Seligpreisungen verwirklicht, der selbstlos zu lieben weiß und allen nahe ist, besonders denen, die sich am meisten in Not befinden."[25]

Das große Vorbild für diese Vergegenwärtigung des Guten Hirten Jesus Christus ist für den Papst der hl. Pfarrer von Ars. Bei einem Einkehrtag in Ars am 6. Oktober 1986 hielt er eine ausführliche Betrachtung über den Patron der Pfarrer. Unter anderem sagte er: „Der hl. Jean-Marie Vianney ging so weit zu sagen: ‚Ohne den Priester wären der Tod und das Leiden unseres Herrn nichts nütze. Der Priester ist es, der das Erlösungswerk auf Erden fortsetzt.' Was wir verwirklichen müssen, ist also nicht unser Werk, es ist der Plan des Vaters, das Heilswerk des Sohnes. Der Heilige Geist bedient sich unseres Geistes, unseres Mundes, unserer Hände. Es ist vor allem unsere Aufgabe, unablässig das Wort zu verkünden, um zu evangelisieren; es so weiterzugeben, daß wir, ohne es zu entstellen und zu schmälern, an die Herzen rühren; und die Opferhandlung Jesu beim Letzten Abendmahl, seine Gesten der Vergebung gegenüber den Sündern zu wiederholen."[26]

In einem einzigen Satz faßt Johannes Paul II. das Vermächtnis des hl. Pfarrers von Ars zusammen: „Im Priester lebt Christus neu seine Passion für die Seelen."[27]

Wiederholt hat Johannes Paul II. im Zusammenhang mit dem Hirtendienst über den priesterlichen Zölibat gesprochen. So zum Beispiel bei seiner Predigt im Dom zu Fulda am 17. November 1980: „Freundschaft mit Jesus Christus, das ist auch der tiefste Grund, weshalb ein Leben in Ehelosigkeit, ja insgesamt im Geist der evangelischen Räte für den Priester so wichtig ist. Das Herz und die Hände frei haben für den Freund Jesus Christus, ungeteilt für ihn dasein und seine Liebe zu allen tragen, das ist ein Zeugnis, das nicht im ersten Augenblick von allen verstanden wird. Aber wenn wir dieses Zeugnis von innen her erfüllen, wenn wir es leben als Daseinsform der Freundschaft zu Jesus, dann wird auch das Verständnis für diese Lebensform, die im Evangelium gründet, in der Gesellschaft wieder wachsen."[28]

16 Jahre später, bei seinem dritten Deutschlandaufenthalt, rief der Papst den Gläubigen zu: „Laßt euch nicht einreden, daß die zölibatäre Lebensform der Priester überholt sei. Wie kann etwas überholt sein, was dem Beispiel Jesu entspricht? Die Einheit mit Christus finden wir nur, wenn wir dem Vorbild seines Lebens folgen."[29]

Johannes Paul II. steht in seinem Festhalten am priesterlichen Zölibat ganz in der Tradition des 2. Vatikanischen Konzils und der Enzyklika *Sacerdotalis caelibatus*, die Papst Paul VI. 1967 veröffentlichte. Er resumiert diese Tradition mit den Worten: „Der Zölibat muß also als unschätzbares Geschenk Gottes, als ‚Antrieb der Hirtenliebe', als einzigartige Teilnahme an Gottes Vaterschaft und an der Fruchtbarkeit der Kirche und als Zeugnis vor der Welt für das eschatologische Reich in freier und von Liebe getragener Entscheidung angenommen und unablässig erneuert werden."[30]

Zu berücksichtigen sei auch der kirchliche Erwartungshorizont: „Die Kirche als Braut Jesu Christi will vom Priester mit der Vollständigkeit und Ausschließlichkeit geliebt werden, mit der Jesus Christus, das Haupt und der Bräutigam, sie geliebt hat. Der priesterliche Zölibat ist also Selbsthingabe in

25
Ebd., Nr. 7, S. 15f.

26
„Betrachtungen über das Priesteramt, 6. 10. 1986 in Ars": DAS 1986, S. 748–749.

27
Schreiben zum Gründonnerstag 1986: VApS 69, Nr. 11, S. 15.

28
VApS 25A, S. 111.

29
Predigt auf dem Flugplatz Senne/Paderborn, 22. 6. 1996: VApS 126, S. 53.

30
Pastores dabo vobis, Nr. 29.

und mit Christus an seine Kirche."[31] Diese Beobachtung dürfte tiefer gehen als die heute nicht selten zu hörende Behauptung, die Gläubigen würden den verheirateten Priester ebenso akzeptieren wie den ehelosen.

Schließlich kommt auch in der Priesterkleidung der Dienstcharakter des Hirtenamtes zum Ausdruck: „Wir müssen uns den Sinn für unsere einzigartige Berufung bewahren, und diese Einzigartigkeit muß sich auch in unserer Kleidung zeigen. Schämen wir uns ihrer nicht! Gewiß leben wir in der Welt! Doch wir sind nicht von der Welt!"[32]

VI. Dienst der Versöhnung

In seinem autobiographischen Werk „Geschenk und Geheimnis" erzählt Johannes Paul II. von einem kurzen Besuch in Ars. Es war Ende Oktober 1947, auf der Rückfahrt von Belgien nach Rom. Die Gestalt des hl. Pfarrers von Ars hatte ihn schon als Seminaristen tief beeindruckt – besonders wegen seines heroischen Dienstes im Beichtstuhl, oft mehr als zehn Stunden am Tag! Dadurch habe er eine Art geistlicher Revolution in Frankreich ausgelöst, das damals von Säkularismus und Antiklerikalismus geprägt war.[33]

„Wie wichtig ist der Dienst im Beichtstuhl für das Leben des Priesters! Gerade im Beichtstuhl verwirklicht sich seine *geistliche Vaterschaft* am vollkommensten. Gerade im Beichtstuhl wird jeder Priester Zeuge der großen Wunder, die Gottes Barmherzigkeit in der Seele wirkt, welche die Gnade der Bekehrung annimmt.

Es ist aber nötig, daß jeder Priester, der seinen Brüdern im Beichtstuhl dient, auch selber die Erfahrung der Barmherzigkeit Gottes macht, durch die eigene regelmäßige Beichte und die geistliche Führung."[34]

In *Reconciliatio et paenitentia* hat der Papst auf die Folgen der Vernachlässigung des Beichtens hingewiesen: „Die Feier der Eucharistie und der Dienst der anderen Sakramente, der pastorale Eifer, die Beziehung zu den Gläubigen, die Verbundenheit mit den Mitbrüdern, die Zusammenarbeit mit dem Bischof, das Gebetsleben, ja die ganze priesterliche Existenz würden unweigerlich schweren Schaden nehmen, wenn man es aus Nachlässigkeit oder anderen Gründen unterließe, regelmäßig und mit echtem Glauben und tiefer Frömmigkeit das Bußsakrament zu empfangen.

Wenn ein Priester nicht mehr zur Beichte geht oder nicht gut beichtet, so schlägt sich das sehr schnell in seinem *priesterlichen Leben und Wirken* nieder, und auch die Gemeinde, deren Hirte er ist, wird dessen bald gewahr."[35]

VII. Zusammenarbeit mit den Laien

An einer viel zitierten Stelle sagt die Konstitution des 2. Vatikanischen Konzils über die Kirche, das gemeinsame Priestertum der Gläubigen und das Priestertum des Dienstes, das heißt das hierarchische Priestertum, unterschieden sich „dem Wesen und nicht bloß dem Grade nach" (essentia et non gradu tantum).[36]

Dennoch seien sie einander zugeordnet und nähmen beide auf je verschiedene Weise an dem einen Priestertum Christi teil. Die Vollmacht (sacra potestas), das priesterliche Volk aufzubauen und zu leiten wie auch die Eucharistie „in persona Christi" zu feiern,

31
Ebd.

32
Ansprache an den römischen Klerus, 9. 11. 1978: „Wort und Weisung", 1978, S. 118f.

33
„Dono e mistero", S. 65–66 (vgl. „Geschenk und Geheimnis", S. 63).

34
Ebd., S. 97 (vgl. „Geschenk und Geheimnis", S. 91).

35
Reconciliatio et poenitentia, Nr. 31.

36
Lumen gentium, Nr. 10.

gehöre zum Amtspriestertum. Das königliche Priestertum der Gläubigen hingegen zeige sich in der Mitwirkung bei der eucharistischen Darbringung, beim Empfang der Sakramente, im Gebet und im Zeugnis eines heiligen Lebens.
All dies spielt eine große Rolle im Priesterbild des Papstes. In seiner Autobiographie gesteht er, die Laien hätten seine pastorale Tätigkeit multipliziert – eben durch die Wahrnehmung ihres königlichen Priestertums.[37]
Besonders klar ist die Zuordnung des Amtspriestertums zum gemeinsamen Priestertum aller Gläubigen dargestellt im Gründonnerstagsbrief 1990: „Das Priestertum ist nicht eine Einrichtung, die ‚neben' oder ‚über' dem Laientum besteht. Das Priestertum der Bischöfe, der Priester, wie auch das Amt der Diakone, ist ‚für' die Laien da, und gerade deswegen besitzt es einen ‚dienenden' Charakter; es ist ein ‚Dienst'. Dieses hebt von sich aus das ‚Taufpriestertum', d.h. das gemeinsame Priestertum aller Gläubigen, hervor: es unterstreicht dieses und hilft ihm zugleich, sich im sakramentalen Leben zu verwirklichen."[38]
Ähnlich in *Pastores dabo vobis*: „Die Priester dienen dem Glauben, der Hoffnung und der Liebe der Laien. Sie anerkennen und unterstützen als Brüder und Freunde die Würde der Kinder Gottes und helfen ihnen, ihre besondere Rolle im Rahmen der Sendung der Kirche voll auszuüben."[39]
Nicht überflüssig ist wohl auch folgende Bemerkung: „Das Amtspriestertum bedeutet nämlich nicht an sich einen höheren Grad an Heiligkeit im Vergleich zum gemeinsamen Priestertum aller Gläubigen."[40] Man denke nur an Laien wie Thomas Morus, Jacques und Raïssa Maritain!

VIII. Die ständigen Diakone

In der ursprünglichen Fassung des „Katechismus der katholischen Kirche" von 1992 heißt es von den kirchlichen Amtsträgern, daß sie von Christus „die Sendung und die Vollmacht empfangen, ‚in der Person Christi des Hauptes' zu handeln".[41]
In der lateinischen Endfassung von 1997 ist eine Unterscheidung eingeführt: „Von IHM empfangen die Bischöfe und die Priester die Sendung und die Vollmacht, ‚in der Person Christi des Hauptes' zu handeln, *die Diakone aber die Kraft, dem Volk Gottes zu dienen in der ‚Diakonie' der Liturgie, des Wortes und der Liebestätigkeit, in Gemeinschaft mit dem Bischof und seinem Presbyterium.*"[42]
Diese Unterscheidung hebt das proprium des sakramentalen Diakonats deutlicher hervor. Johannes Paul II. greift auf das Konzil[43] und auf seinen Vorgänger Papst Paul VI.[44] zurück. Die Wiederherstellung des Ständigen Diakonats ist für ihn ein Geschenk des Heiligen Geistes an die Kirche unserer Tage.[45] Er ruft den Diakonen zu: „Mit der ganzen Kirche danke ich Gott für die Berufung, die ihr erhalten habt und für eure großzügige Antwort darauf."[46]
Über die Beziehungen zwischen Priester und Diakon sagt er: „Ständige Diakone haben die Verpflichtung, das Amt des Priesters zu achten und gewissenhaft und großzügig mit ihm und dem Personal der Pfarrei zusammenzuarbeiten. Der Diakon hat andererseits das Recht darauf, von allen akzeptiert und anerkannt zu werden als das, was er ist: ein geweihter Diener des Wortes, des Altars und der Liebestätigkeit."[47]
Dieses Dienen ist heute keine Selbstverständlichkeit in einer Welt, in der Selbstbehauptung und Selbstverwirklichung immer mehr in den Vordergrund treten. Daher die Ermutigung: „Nach den Maßstäben dieser Welt wird Dienen gering eingeschätzt, aber in der Weisheit und Vorsehung Gottes ist es das Geheimnis, durch das Christus die Welt erlöst, und ihr seid die Diener dieses Geheimnisses und Boten dieses Evangeliums.

37
„Dono e mistero", S. 80 (vgl. „Geschenk und Geheimnis", S. 75).

38
DAS 1990, S. 871.

39
Pastores dabo vobis, Nr. 17.

40
Ebd.

41
Nr. 875.

42
„Catechismus Catholicae Ecclesiae", Vatikan 1997, Nr. 875.

43
Lumen gentium, Nr. 29.

44
Ad pascendum, Einleitung.

45
Ansprache an Diakone und ihre Frauen in Detroit (USA), 19. September 1987: DAS 1987, S. 1132.

46
Ebd.

47
Ebd., S. 1136.

Ihr könnt sicher sein, daß der Herr eines Tages zu jedem von euch sagen wird: ‚Sehr gut, du bist ein tüchtiger und treuer Diener ... komm, nimm teil an der Freude deines Herrn!' (Mt 52,21)."[48]

IX. Maria: „Totus tuus ego sum"

Das Wappen von Papst Johannes Paul II. zeigt ein Kreuz auf blauem Untergrund. Rechts unter einem Kreuzesbalken steht ein großes „M". Darunter als Motto die beiden Worte: „Totus tuus".
Diese Botschaft ist nicht schwer zu entziffern. Johannes Paul II. sieht seinen Platz an der Seite Mariens unter dem Kreuz. Wie der Lieblingsjünger Johannes die Gottesmutter auf Geheiß des sterbenden Erlösers zu sich nahm („accepit eam in sua", Joh 19,27), so nimmt Johannes Paul II. Maria zu sich. Dabei weitet er ein Wort, das der hl. Ludwig-Maria Grignion de Montfort zur Vorbereitung auf die hl. Kommunion empfohlen hat[49], auf sein ganzes Priesterleben aus: „Totus tuus ego sum et omnia mea Tua sunt. Accipio Te in mea omnia. Praebe mihi cor Tuum, Maria."[50]
Die Liebe zu Maria durchzieht wie ein roter Faden alle Äußerungen dieses Papstes zum Priestertum und zum Diakonat. Maria ist die große Partnerin auf Golgota: „Wenn wir jeden Tag in der Eucharistiefeier auf Golgota stehen, muß an unserer Seite diejenige sein, die ihre Einheit mit dem Sohn ebendort, auf Golgota, durch einen heroischen Glauben zur höchsten Vollendung gebracht hat."[51]
Maria ist Vorbild durch ihre Gefügigkeit gegenüber dem Heiligen Geist: „Der Priester ist berufen, ständig sein *fiat* mit dem Marias zu messen, indem er sich wie sie vom Geist führen läßt."[52]
Sie ist schließlich die treue Begleiterin auf dem Weg zur himmlischen Vollendung: „Von Maria begleitet, wird der Priester jeden Tag seine Weihe zu erneuern wissen, bis er unter der Führung des Geistes, den er mit Zuversicht auf dem menschlichen und priesterlichen Weg angerufen hat, in das Meer des Lichtes der Dreifaltigkeit eingeht."[53]

48
Ebd., S. 1137.

49
„Traité de la vraie dévotion à la sainte Vierge, Nr. 266", in: Œuvres Complètes, Paris 1966, S. 666-667.

50
„Ich bin ganz Dein und alles Meine ist Dein. Ich nehme Dich in alles Meine auf. Schenke mir Dein Herz, Maria!": „Dono e mistero", S. 38–39 (vgl. „Geschenk und Geheimnis", S. 38).

51
Schreiben zum Gründonnerstag 1988: VApS 84, Nr. 2, S. 4.

52
Schreiben zum Gründonnerstag 1998: OR 1998, Nr. 15/16, S. 7.

53
Ebd.

Barbara Albrecht

Christen – berufen zum Leben nach den evangelischen Räten in der Sicht Papst Johannes Pauls II.

Es gibt offensichtlich wenige Themen, die Papst Johannes Paul II. so sehr am Herzen liegen wie das der geistlichen Berufungen. Seit Beginn seines Pontifikates hat er es in Predigten, Botschaften, Ansprachen und Schreiben wie ein großes Netz mit nahezu allen anderen seiner pastoralen Schwerpunktthemen verknüpft, z.B. mit dem der Familie, der Frau, der Jugend und mit dem, was er den Gemeinden, den Lehrern und Katecheten sagt. Insbesondere aber ruft er die Träger geistlicher Berufe selbst dazu auf, diese Sorge der Kirche zu ihrem persönlichen Anliegen zu machen. Dazu gehört in einem sehr tiefen Sinn auch, daß Priester, Ordenschristen, Christen in Säkularinstituten und anderen geistlichen Lebensformen durch die Freude und Klarheit, mit der sie ihre eigene Berufung leben, auf junge Christen anziehend wirken. Nur so können sie „Mitarbeiter des Geistes" sein, wie es in dem dichten Wort „Der Geist und die Braut sagen: ‚Komm!' (Offb 21,17)" zum Weltgebetstag für geistliche Berufe 1998 heißt.[1]

Wer – in Ausweitung seiner Taufberufung – vom Geist des Herrn in eine konkrete geistliche Lebensform berufen wird, muß um deren Grundelemente, die „evangelischen Räte" und (in der Regel) das Gemeinschaftsleben nicht nur wissen, sondern dieses alles mit seinem ganzen Herzen und allen seinen Kräften bejahen.

I. Grundelemente: Das Jawort zu den Evangelischen Räten und zum Gemeinschaftsleben

Die vollkommenste Verkörperung der sogenannten evangelischen Räte der Ehelosigkeit um des Himmelreiches willen, der Armut und des Gehorsams ist Jesus Christus selbst. „Wer ihm auf radikale Weise nachfolgen will, entscheidet sich für ein Leben nach diesen Räten. Sie unterscheiden sich von den Geboten" (die für alle gelten) „und weisen dem Christen den Weg evangelischer Radikalität. Seit den Anfängen des Christentums schlagen Männer und Frauen diesen Weg ein." So heißt es in dem päpstlichen Schreiben *Mulieris dignitatem* (Über die Würde der Frau).[2]

Angesichts der zahlreichen Äußerungen des Papstes zum Leben nach den evangelischen Räten fällt immer wieder auf, wie stark er gerade an ihnen die Verbindung von theologischen und anthropologischen Aussagen über den Menschen aufzeigt: „Die Qualität eines Menschen läßt sich an der Art seiner Bindungen messen."[3] Sie ähneln heute nicht selten „Sklavenketten", weil viele Menschen gefesselt sind an das Haben-Wollen. Sie wollen in hemmungsloser Begierde den Körper des anderen, sie wollen Reichtum, Karriere und Macht haben, ja sie wollen die Erde zum eigenen Profit rücksichtslos ausbeuten und in diesem Sinne „haben". In eine solche Menschenwelt hinein ruft Christus nicht nur mit Worten zur Umkehr, nicht nur zur Bekehrung der Herzen. Er ruft heute wie ehedem Menschen, die in seiner Nachfolge als Zeichen des Widerspruchs (vgl. Lk 2,34) – wie Jesus – in ihrem Lebensstil demonstrieren, daß der in die Lebensform Jesu Christi berufene Christ ebenfalls den Kampf aufnimmt mit dem versklavenden Geist der Welt zugunsten der Befreiung des Menschen zu seiner wahren Würde.

Im Jawort der Profeß geht es darum, „ein Lebensprogramm zu übernehmen, in dessen Mitte der Wert der menschlichen Person steht: das personale Sein mit all seiner ihm eigenen Transparenz ... Wenn wir die Worte Christi [hier bezogen auf Mk 10, die Perikope vom reichen jungen Mann] im Licht des

1
OR 1997, Nr. 50, S. 8f.

2
Mulieris Dignitatem, Nr. 20.

3
DAS 1982, S. 717.

Prinzips vom Vorrang des ‚Seins' vor dem ‚Haben' lesen ..., dann berühren wir gleichsam die anthropologischen Grundlagen der Berufung im Evangelium. Vor dem Hintergrund der Entwicklung heutiger Zivilisation ist dies eine sehr aktuelle Entdeckung." So heißt es im Schreiben an die Ordensleute *Redemptionis donum* (Über das gottgeweihte Leben im Licht des Geheimnisses der Erlösung).[4]
Alles in allem zeigt sich: „Die Nachfolge Christi ist etwas Existentielles", das heißt, „daß man ihm ähnlich wird",[5] daß man also als gottgeweihter Christ nach Sein und Tun zum authentischen Zeugen des Herrn zu werden sich müht.

1. Ehelosigkeit um des Himmelreiches willen

Papst Johannes Paul spricht von diesem Rat in unterschiedlichen – höchst unzeitgemäßen – Termini. Mal ist von „Jungfräulichkeit", mal von „Ehelosigkeit um des Himmelreiches willen", mal von „gottgeweihter Keuschheit" die Rede. Sie ist ein von Gott geschenktes Charisma, das nicht nur gegenüber dem Alten Bund „etwas völlig Neues darstellt",[6] sondern auch neutestamentlich eine Ausnahme bleibt gegenüber dem „göttlichen Ursprung der Ehe bei der Erschaffung des Menschen".[7] Darum betont der Papst immer wieder, daß die Berufung zur Jungfräulichkeit weder bei Jesus selbst noch in der Intention der Kirche mit einer negativen Bewertung der Ehe zu tun hat. Es geht nicht an, einen so fundamentalen Schöpfungswert wie die Ehe durch einen anderen (und stehe er noch so sehr im Lichte Christi) zu verdunkeln. Beide Lebensformen ergänzen sich.
Was aber ist das Gemeinte? Papst Johannes Paul unterscheidet[8] entsprechend dem neutestamentlichen Befund zwischen Ehelosigkeit *im* Himmelreich, die (nach Mk 12,25) die zukünftige Lebensform aller Auferstandenen im Himmel, im eschatologisch vollendeten Reich Gottes sein wird, und der Ehelosigkeit *um* des Himmelreiches *willen* (nach Mt 9,12), und zwar als freie „Entscheidung einzelner für Christus als den ausschließlichen Bräutigam".[9] Diese Entscheidung wird schon jetzt in der irdisch-geschichtlichen Existenz gelebt: im Einsatz aller Kräfte für das endgültige Reich Gottes; und dies, weil mit Leib und Seele für Gott, deshalb nach dem Vorbild Jesu in einem Leben der Liebe für die anderen, für alle!
Daß diese Lebensform einen echten Verzicht fordert, nämlich den auf Ehe und Familie, ist das eine. Aber größer ist die Möglichkeit eines Gewinns, wenn nur die menschlichen Beziehungen gelöst und frei, menschlich und voller Güte gelebt werden. „Das Herz eines jeden von euch, die ihr auf irdische Vater- und Mutterschaft verzichtet habt, möge immer wieder erfüllt werden vom unschätzbaren Reichtum geistlicher Vater- und Mutterschaft, derer so viele eurer Mitmenschen ganz dringend bedürfen! Ihr liebt nicht weniger; ihr liebt mehr!", so rief der Papst den Ordenschristen 1980 in Altötting zu.[10]

Das ‚magis', das ‚Mehr' hat für Frauen im geweihten Leben noch eine besondere Prägung. In Verona erinnerte der Papst die Orden 1988 ausdrücklich an das *Beispiel Marias:* „Sie ist gewiß Vorbild für jeden Christen; doch wie sollte man nicht anerkennen, daß im gottgeweihten Frausein, in der christlichen Jungfrau ein ganz einzigartiges Zeichen der Präsenz Marias in der Welt vor uns steht? Ihr seid als Ordensfrauen in besonderer Weise berufen, die mütterliche Liebe Marias zu den Menschen spüren zu lassen. Dies ist eure ... unersetzliche Aufgabe in der Kirche."[11]

4 *Redemptionis Donum*, Nr. 4.

5 OR 1980, Nr. 24, S. 11.

6 *Mulieris Dignitatem*, Nr. 20.

7 DAS 1982, S. 82.

8 Vgl. DAS 1982, S. 66 u.a.

9 *Redemptionis Donum*, Nr. 11.

10 VApS 25A, S. 162, Nr. 4.

11 DAS 1988, S. 241.

Die *„Sendung der Frau"* – sie beschäftigt den Papst als Christ, aber zunehmend auch als Zeitgenossen feministischer Strömungen in Welt und Kirche. So thematisch in seinem bereits erwähnten Schreiben *Mulieris dignitatem.*[12] Es dürfte wichtig sein, daß er darin erneut von der „Grundidee der christlichen Anthropologie" her auch die Jungfräulichkeit um des Himmelreiches willen anspricht, jene geistliche Lebensform, die – anders als in der Ehe, aber nicht weniger real – sehr wohl geeignet ist, „zu einer neuen Sicht der Selbstverwirklichung" als Frau zu führen.[13] „In der freiwillig gewählten Jungfräulichkeit bestätigt sich die Frau als Person, das heißt als jenes vom Schöpfer von Anfang an um seiner selbst willen gewollte Wesen, und gleichzeitig realisiert sie den personalen Wert ihres Frauseins, indem sie zur ‚aufrichtigen Hingabe' an Gott wird, der sich in Christus geoffenbart hat ... Ohne Bezug auf die bräutliche Liebe läßt sich die Jungfräulichkeit nicht richtig begreifen: Denn in einer solchen Liebe wird die Person zur Hingabe an den anderen", an Christus.[14] Genau darum geht es auch denen, die in unseren Tagen vom Heiligen Geist als Einzelne in die uralt-neue geistliche Lebensform von *gottgeweihten Jungfrauen (virgines consecratae) in der Welt* berufen werden. Das Aufblühen dieser Gestalt von geweihtem Leben in allen Kontinenten ist für Papst Johannes Paul „Grund zu Freude und Hoffnung".[15]

2. *Evangelische Armut*

Wie kein anderer kennt der Papst aus Polen die Zwänge des Staatssozialismus. Doch in seinem langen Pontifikat hat er zur Genüge auch die Zwänge des sogenannten „freien Westens" kennengelernt und prangert sie zunehmend scharf vor aller Welt an.
Natürlich sieht er auch, wie sehr die Kirche auf der nördlichen Halbkugel der Erde bis hinein in die Ordensgemeinschaften in die Abhängigkeit vom „Haben" geraten ist. Deshalb mahnte Papst Johannes Paul die versammelten Ordensfrauen in Frankreich:
Ihr habt „Christus gelobt, wie er und mit ihm arm zu sein. Sicher, die Industrie- und Konsumgesellschaft stellt die evangelische Armutspraxis vor komplizierte Probleme ... Mir scheint, daß jede Kongregation in diesem Wirtschaftsphänomen eine Aufforderung der Vorsehung erblicken sollte, dem armen Christus eine Antwort zu geben, die althergebracht und trotzdem neu ist ... Die Kirche muß an eurem Zeugnis lernen. Ermeßt eure Verantwortung".[16]
Diese Verantwortung ist mehrfacher Art. Es geht immer um Solidarität mit den Armen, um demütigen Dienst unter ihnen, um das selbstlose Teilen dessen, was man hat, um einen einfachen Lebensstil. Es geht vor allem aber auch darum, die faktische Armut unter den Menschen zu bekämpfen. „‚Arme sind immer unter uns!' Wer wird uns einmal genaue statistische Angaben über die tatsächliche Armut in jedem Land und in der ganzen Welt liefern? Oft werden Zahlen veröffentlicht, die sich auf Handel, Landwirtschaft, Industrie, Banken, Rüstung usw. beziehen. Aber kennen wir im Computer-Zeitalter die genaue Zahl der Analphabeten, verwahrlosten Kinder, Unterernährten, Blindgeborenen, Kranken, Vertriebenen, Gefangenen, Ausgestoßenen, Prostituierten, Arbeitslosen, der Menschen in den Elendsvierteln der ganzen Welt? ... Liebe Schwestern, ihr müßt ... Augen und Herz für die Armen haben."[17] So mahnte und ermutigte der Papst die Vinzentinerinnen.
Doch das genügt nicht. Die Generalversammlung der 1986 in Rom tagenden Lazaristen rief Papst Johannes Paul auf: „... Sucht mehr denn je mit Kühnheit, Demut und sachlicher Zuständigkeit nach den Ursachen der Armut und ermuntert zu kurzfristigen und langfristigen Lösungen, zu konkreten, beweglichen und wirksamen Lösungen. Indem ihr das tut, wirkt ihr an der Glaubwürdigkeit

12 Ebd., S. 1245–1261.

13 DAS 1982, S. 102.

14 *Mulieris Dignitatem*, Nr. 20.

15 *Vita Consecrata*, Nr. 7.

16 OR 1980, Nr. 24, S. 11.

17 Ebd., Nr. 8, S. 4.

des Evangeliums und der Kirche mit. Aber lebt ... nahe bei den Armen und setzt euch so ein, daß sie niemals der Frohbotschaft Jesu Christi beraubt werden."[18]
Doch auch das genügt nicht. Den in St. Peter zum Fest der Darstellung des Herrn 1987 versammelten Ordensleuten redete Papst Johannes Paul sehr deutlich ins Gewissen: „Die Fähigkeit, die Armen zu verstehen und ihnen zu Hilfe zu kommen, werden nur jene haben, die die Armut wirklich kennen und sie leben. In der Ordensprofeß habt ihr aus freien Stücken auf die Güter dieser Welt verzichtet. Darum ist es von großer Wichtigkeit, daß ihr von diesen Gütern losgeschält seid und es vermeidet, persönlich und als Gemeinschaft in übertriebener Weise auf Bequemlichkeit und kostspielige Dinge für das tägliche Leben bedacht zu sein. Man kann nicht arm leben, ohne die Härte der Armut konkret zu spüren. Ich fordere euch deshalb auf, periodisch euer Leben auf diesen Punkt hin zu überprüfen."[19]
Das Armutsgelübde verlangt nach Inkarnation bis hin zu einem verantwortungsbewußten Umgang mit den Dingen (was in unserer Wegwerfgesellschaft weithin bereits als Torheit gilt), bis hin aber auch zum bewußten Kampf um den Geist der Armut. Und der ist manchmal schwerer zu verwirklichen als materieller Verzicht, geht es doch um Armut im Sinne Jesu. Und die ist das Gegenteil von Selbstsucht, Anmaßung, neidischem Sichvergleichen mit anderen, Haben-wollen und Kleben an Vorrangstellungen (z.B. an Ämtern).
Doch die Anregungen und Mahnungen des Papstes gehen in noch größere Tiefe. Jesus war nicht nur äußerlich arm. Er hatte vor allem das seliggepriesene Herz eines Armen vor Gott, das Herz eines Kindes, das sich vorsehungsgläubig alles, wirklich alles von Gott, seinem himmlischen Vater, schenken läßt. Glaubwürdige evangelische Armut ist nicht nur geprägt vom Verzicht auf materielle Güter. Sie schließt ein das gänzliche Sich-Ihm-Überlassen in einer letzten vorsehungsgläubigen Sorglosigkeit und Hoffnung, in Liebe und Freude. Das aber fordert in der Nachfolge Jesu – so rief der Papst der Jugend Ecuadors 1985 zu – „die Unterordnung des Reichtums unter die Sache des Reiches",[20] die Unterordnung des „Habens" und „Besitzens" unter das „Sein".[21]

18 DAS 1986, S. 1509.

19 DAS 1987, S. 1215.

20 DAS 1985, S. 348.

21 Vgl. DAS 1984, S. 1082 u.a.

3. Evangelischer Gehorsam

Nicht nur ist seit geraumer Zeit „Gehorsam" in Welt und Kirche überhaupt, es ist auch der evangelische Rat des Gehorsams in der Diskussion. Die Lage hat nicht nur mit dem in Mitteleuropa zunehmenden „antirömischen Affekt" (H. U. von Balthasar) zu tun, sondern tiefer noch mit einem Gesamtverständnis von Emanzipation und Freiheit, das diese als andauernde Beliebigkeit, als Bindungslosigkeit und uneingeschränktes Recht auf die Wünsche des Ich mißversteht.
Unter solchen Voraussetzungen wird natürlich jedes verbindliche personale Jawort wie im Blick auf Ehe und Priestertum so auch im Blick auf das Gelübdeleben als Überforderung des Menschen angesehen und abgelehnt. Man möchte auf unbestimmte Zeit „auf Probe" leben und lieben können. Doch das wäre eine Mißachtung der Würde des Menschen, der (selbstverständlich nach gründlicher Vorbereitung!) zu endgültigen personalen Bindungen fähig ist, und zwar in jener Haltung der Hingabe, in der sich menschliche Freiheit vollendet. „Erinnert euch ... daran, daß der Gehorsam, zu dem ihr euch in der vorbehaltlosen Weihe an Gott durch die Profeß der evangelischen Räte verpflichtet habt, ein besonderer Ausdruck der inneren Freiheit ist, so wie der endgültige Ausdruck der Freiheit Christi sein

‚Gehorsam bis zum Tod' gewesen ist: ...‚Ich gebe mein Leben hin, um es wieder zu nehmen. Niemand entreißt es mir, sondern ich gebe es aus freiem Willen hin' (Joh 10,18)."[22] Freiheit also als charakteristisches Element des evangelischen Gehorsams! Doch gerade deshalb ist er nach Ansicht des Papstes für viele „der schärfste der goldenen Nägel".[23] Denn die Wahrheit ist konkret! Wie im Fall der Ehe und beim Priestertum ist sie inkarnatorischer Art, schneidet sie „ins Fleisch". So auch bei der Ehelosigkeit um des Himmelreiches willen und bei der Verwirklichung der evangelischen Armut. Im Fall des evangelischen Gehorsams besteht der gleiche Grundbefund in der Abhängigkeit von menschlichen Oberen. Und die kann man sich nicht aussuchen, und immer handelt es sich um schwache Menschen. Dazu sagte Papst Johannes Paul 1987 den deutschen Ordensfrauen in Augsburg: „Euer Maßstab ist der Gehorsam Jesu Christi: ‚Er erniedrigte sich und war gehorsam bis zum Tod, bis zum Tod am Kreuz' (Phil 2,8). In dieser Grundhaltung gelingt euch dann auch ein erwachsener Gehorsam gegenüber euren Ordensoberen und den kirchlichen Autoritäten. Euer Gehorsam ist vor allem Gehorsam gegen Gott; er muß sich aber in der konkreten Gemeinschaft und ihrer Ordnung bewähren und verleiblichen ... Laßt euch gebrauchen als Werkzeuge der Liebe."[24] Das genau ist gemeint mit der vom Papst immer wieder angesprochenen Treue zum einmal gegebenen Jawort. „In unserer Zeit der Bindungsangst, wo viele in ein ‚Leben auf Probe' ausweichen möchten, kommt es euch zu, Zeugnis dafür zu geben, daß eine endgültige Bindung, eine das ganze Leben tragende Entscheidung auf Gott hin gewagt werden kann; mehr noch: daß sie euch frei und froh macht, wenn sie Tag für Tag erneuert wird."[25]

4. Gemeinschaftsleben

„Das Gemeinschaftsleben ist ein wesentliches Element nicht des geweihten Lebens an sich, sondern der Ordensform dieser Weihe. Gott hat die Ordensleute aufgerufen, in Gemeinschaft ein heiligmäßiges Leben zu führen und zu arbeiten. Das Gemeinschaftsleben hat seinen Grund nicht in menschlicher Freundschaft, sondern in der Berufung Gottes, der euch frei dazu erwählt hat, eine neue Familie zu bilden, deren Ziel die Fülle der Liebe und deren Ausdruck die Beobachtung der evangelischen Räte ist" und deren innere Mitte „nur Jesus in der Eucharistie" sein kann.[26] So stellte der Papst vor Ordensleuten in Madrid klar.

Das Gemeinschaftsleben fordert – nüchtern und realistisch betrachtet – immer wieder das persönliche Opfer des Einzelnen; doch dieses lebt vom Opfer Jesu Christi, und zwar nicht um des Opfers willen, sondern um der liebenden Hingabe für alle willen. Darum spricht Papst Johannes Paul von der „erlösten Gemeinschaftlichkeit" mit „Christus in der Mitte". Es gibt kaum eine Ansprache vor Ordensleuten, in der er nicht Gedanken zum Gemeinschaftsleben äußert, denn er weiß: Es geht dabei um die innerste Dimension von Kirche. „Wenn die Einheit und Verbundenheit der Ordensfamilie ein mächtiges evangelisches Zeichen ist, so ist die Uneinigkeit unter den Brüdern für die Evangelisierung ein Stein des Anstoßes."[27] Auch das Nachwuchsproblem ist von dieser Diagnose ernstlich betroffen.

Wachsamkeit für das Ganze des geistlichen Lebens und Dienstes, insbesondere für das Ganze der Gemeinschaft, ist nicht nur von den Oberen, sondern von jedem Einzelnen gefordert. Eine Konsequenz solcher Wachsamkeit ist nach Papst Johannes Paul die „herrliche Arbeit im Innern": Selbsterziehung, Selbstmissionierung, *Heiligkeitsstreben* – alles „Fremdworte" heute, vor denen und

22
Redemptionis Donum, Nr. 13.

23
OR 1980, Nr. 8, S. 4.

24
DAS 1987, S. 681.

25
VapS 25A, S. 161, Nr. 3.

26
DAS 1982, S. 721.

27
DAS 1983, S. 1209.

dem damit Gemeinten dieser Papst jedoch nicht zurückschreckt. „Wir können nicht andere bekehren, wenn wir nicht zuvor uns selbst bekehrt haben."[28] Mit anderen Worten: Nötig ist ein „leidenschaftliches Bemühen um Heiligkeit".[29] Dieses Streben müßte um der heiligen Kirche willen, die wir im Credo öffentlich bekennen und selber miteinander bezeugen sollen, in viel größerer Freude wieder zur gemeinsamen Sache aller werden.

Da Papst Johannes Paul von Anfang an die Kirche in allen Kontinenten, die Kirche aus allen Stämmen und Sprachen, Völkern, Rassen und Nationen besucht hat, hat er nicht nur die Probleme vor Ort kennengelernt; er weiß auch um *das Erfreuliche in den Ortskirchen und Gemeinschaften;* er kann es zur Sprache bringen und so die Richtung weisen, in der eine wahrhaft katholische Kirche den Schritt in das dritte Jahrtausend tun soll. Der Papst ist überzeugt vom *Wert internationaler Kommunitäten* und beglückwünschte Ordensfrauen in Afrika (Kinshasa/Zaire) ausdrücklich zu ihrer christlichen Berufung zum gemeinsamen Leben: „Ihr seid aus sehr verschiedenen sozialen Schichten, Ländern und sogar Kontinenten zum Ordensleben gekommen und lebt in Gemeinschaft, um – gegen Nationalismus, Vorurteile, mitunter sogar Haß – die Möglichkeit und Wirklichkeit universaler Schwesterlichkeit zu beweisen, nach der sich alle Völker irgendwie sehnen. Ihr alle seid Schwestern, weil ihr denselben Aufruf des Evangeliums vernommen habt."[30] Und weil die Kirche bis in ihr Kardinalskollegium hinein „Apartheid" nicht kennt, gilt auch ein anderes Wort des Papstes (an die Weißen Väter) allen in der Mission tätigen Gemeinschaften: Sie „müssen ... vielrassig werden. Wenn sie im Geist des Evangeliums leben, können sie das bereichernde Ja zur Verschiedenheit fördern und eine gesunde Kreativität wecken, deren Gegengewicht eine dem Evangelium entsprechende Demut gegenüber anderen ist".[31]

Solche Worte regen nicht nur zur persönlichen und gemeinschaftlichen Gewissenserforschung an. Sie sind zugleich echte Ermutigung: Die Berufung zum gemeinsamen Leben in der Nachfolge Jesu Christi ist als eine weltweit gemeinte Berufung zutiefst sinnvoll. Sie kann und soll bereits jetzt im Ansatz helfen, die Verheißung einer in Christus versöhnten Menschheit zu verwirklichen.

II. Akzente des Papstes

Papst Johannes Paul II. hat ein ausgeprägtes Verhältnis zur Geschichte. Da nicht wenige innerkirchliche Krisenerscheinungen in unseren Tagen mit dem Mangel an Traditions- und Geschichtsbewußtsein der jungen Generation zu tun haben, regt er immer wieder dazu an, sich seitens der Orden und anderen Institute des geweihten Lebens ernsthaft mit dem *Charisma der Gründer und Gründerinnen* zu befassen. Denn bei ihnen stoßen ihre heutigen Söhne und Töchter auf die Glut eines Lebens im Gehorsam gegen den Heiligen Geist, in dem die von Gott berufenen geistlichen Väter und Mütter – Propheten gleich – die ihnen aufgetragene Gründungssendung oft unter schwersten Bedingungen angenommen und durchgetragen haben. Es geht darum, daß sich die Heutigen von der Sendungsergriffenheit ihrer Gründer-Väter und -Mütter ergreifen lassen und so ihrerseits Profil und geistlichen Elan gewinnen. Nur so kann der Kirche insgesamt, den geistlichen Begleitern und insbesondere den nach ihrer Berufung suchenden jungen Christen die Fülle der vom Geist geschenkten Charismen bewußt werden. Die Kirche braucht „die klare *Unterscheidung*" (keine Vermischung) „und eine *fruchtbare gegenseitige Ergänzung*" (keine Isolierung) *der Charismen.* Denn: „Der geistliche Reichtum der Kirche und ihres Dienstes an den Menschen (liegt) in der Vielfalt."[32]

28
DAS 1982, S. 446.

29
DAS 1983, S. 1041.

30
OR 1980, Nr. 20, S. 5.

31
DAS 1986, S. 1660.

32
OR 1980, Nr. 28, S. 11.

Viele geistliche Gemeinschaften haben sich inzwischen, dem Wunsch des Papstes entsprechend, mit dem jeweiligen Charisma ihrer Gründer und Gründerinnen befaßt. Und sie haben dank dieser Studien nicht nur ein staunendes und frisches Verhältnis zu ihren Ursprüngen gewonnen, sondern auch eine neue Bereitschaft zum Einsatz für die eigene Gemeinschaft und ihre je besondere Sendung unter den schwierigen Bedingungen der heutigen Zeit.
Der vom Papst gesetzte Akzent, die Gründercharismen betreffend, hat noch andere Konsequenzen. Die Glieder geistlicher Gemeinschaften sollen sich immer mehr „in die *Spiritualität ihrer Gründer* vertiefen, um sie noch intensiver zu leben, ohne sich von Methoden, die gerade modern sind, oder von Techniken, deren Inspiration meist nicht viel mit dem Evangelium zu tun hat, verführen zu lassen. Das kontemplative und mystische Erbe der Kirche ist von einzigartiger Größe und Tiefe. Es gilt daher darüber zu wachen, daß alle Klöster sich darum bemühen, es kennenzulernen, zu pflegen und zu lehren".[33]

Von diesem Hintergrund aus spricht der Papst über *das tätige Apostolat*. Er ist ja selbst vom Morgen bis in die Nacht in dieses Apostolat eingespannt. Gerade deshalb weiß er, welche Kraft dazu gehört, die Quellen dieses Dienstes vor dem Austrocknen zu schützen. Und er sorgt mit äußerster Konsequenz dafür, daß der „Paulus" in ihm, der in verzehrender missionarischer Kraft seit 20 Jahren die ganze Welt durchquert, immer gebunden bleibt an „Johannes". Gemeint ist damit der Akzent, den der Papst für sich selbst und alle zur vita consecrata berufenen Christen auf die Einheit von actio und contemplatio legt.

So sagt denn Papst Johannes Paul den Oberen der apostolisch tätigen Gemeinschaften bei jeder nur möglichen Gelegenheit, daß es nie um einen rein humanitären Dienst geht und jeder reine Horizontalismus des Apostolates überwunden werden muß. 1987 rief er den Ordensfrauen und Mitgliedern von Säkularinstituten in Chile zu: „Wollt ihr inmitten der täglichen Arbeit eure Weihe an Gott leben, müßt ihr die gebieterische Notwendigkeit spüren, Gott in eurer Arbeit zu begegnen und zu lieben. Es darf keinen Gegensatz geben zwischen eurer Arbeit und echter Kontemplation ... Ihr müßt in eurer Arbeit Kontemplative sein. Dadurch kommt Folgerichtigkeit in euer Leben, und eure apostolische Arbeit gewinnt an Tiefe. Das Zeichen der Echtheit sowohl für die Kontemplation als auch für die Aktion im Sinn des Evangeliums ist die Einheit des Lebens."[34] In diesem Zusammenhang sei erinnert an das, was Papst Johannes Paul den Mitgliedern geistlicher Gemeinschaften 1980 in Altötting sagte. Seinen Worten kommt angesichts der inzwischen zum Negativen veränderten Lage des Glaubens in unserem Land immer größere Bedeutung zu: „Warum wird euer Dienst so geschätzt? Nicht nur wegen eurer fachlichen Tüchtigkeit; nicht nur, weil ihr dank eurer Lebenswahl mehr Zeit schenken könnt, sondern in erster Linie deshalb, weil die Menschen spüren, daß durch euch ein Anderer wirkt. Denn in dem Maß, in dem ihr eure volle Hingabe an den Herrn lebt, teilt ihr etwas von ihm mit; und nach ihm verlangt letztlich das menschliche Herz."[35]
Es gibt Gemeinschaften, die inzwischen energisch „gegensteuern" und alles versuchen, um die Prioritäten zu sichern. Der Papst freut sich daran, wie seine Ansprache an das Generalkapitel der Christlichen Schulbrüder 1986 zeigt: „Mit ganz großer Freude habe ich festgestellt, daß euer Kapitel vor allem eine Wiederbelebung der kontemplativen Dimension eures geweihten Lebens anstrebte. Könnten doch die Oratorien oder andere

33 „Wort und Weisung" 1980, S. 110.

34 DAS 1987, S. 395 f.

35 VapS 25A, S. 162, Nr. 4.

Gebetsorte eurer Häuser noch stärker der Brennpunkt, das Epizentrum eurer Sendung im Alltag sein! Rasches Hingehen und längeres Verweilen, persönliche Meditation und gemeinschaftliche Meßfeiern: all diese Formen, den Herrn um seiner selbst willen aufzusuchen, läutern, erhellen, stärken die Berufung der Brüder und ihren Dienst für die Kirche."[36]

Der hier kräftig angesprochene spirituelle Akzent schließt selbstverständlich berufliche Kompetenz in allen Apostolatsbereichen und auch die Übernahme neuer Aufgaben vor allem von seiten der Ordensfrauen ein. Diejenigen, die „im Dienst des Wortes und der Katechese" stehen, fordert der Papst auf, für „eine immer intensivere Vorbereitung auf dem Gebiet der biblischen und dogmatischen Theologie, der Liturgie und der Wissenschaft" Sorge zu tragen.[37] Und dies für einen Einsatz auch in der Erwachsenenbildung und an Hochschulen. Er wünscht ausdrücklich eine immer stärkere Bemühung aller apostolischen Kräfte um die „Evangelisierung der Intelligenz".[38]

Doch dürfen darüber keinesfalls „die verschiedenen Formen evangelischen Erbarmens, die der religiösen Kreativität eigen sind", vernachlässigt werden.[39] Zu der gemeinten religiösen Kreativität gehört auch der Einsatz in neuen Aufgabenfeldern, z.B. bei Randgruppen der Gesellschaft, insbesondere bei Aidskranken. „Wir müssen mit ihnen umgehen, wie wir mit Christus selbst umgehen würden."[40]

Hier ist nun auch der Ort, um mit Papst Johannes Paul auf die *Säkularinstitute* hinzuweisen. Sie sind – speziell für unsere Zeit – als Geschenk des Heiligen Geistes „eine neue Ausdrucksweise geweihten Lebens".

Ihre Mitglieder wollen „die Weihe an Gott in der Welt durch das Bekenntnis zu den evangelischen Räten im Rahmen der zeitlichen Strukturen leben ..., um auf diese Weise innerhalb des kulturellen, wirtschaftlichen und politischen Lebens Sauerteig der Weisheit und Zeugen der Gnade zu sein. Durch die ihnen eigene Synthese von Säkularem und Weihe wollen sie in die Gesellschaft die neuen Kräfte des Reiches Christi einbringen und die Welt durch die Kraft der Seligpreisungen von innen her zu verwandeln suchen".[41]

Was steckt allein in diesen wenigen programmatischen Sätzen an Möglichkeiten, um unsere Welt im Geiste Christi zu gestalten: Kultur! Wirtschaft! Politik! Der Papst weiß aufgrund seiner Herkunft aus einem Land mit kommunistischer Vergangenheit und seiner inzwischen 20jährigen Kenntnis der Probleme des Westens, wie dringend nötig glaubwürdige Christen in allen Weltbereichen sind. Er erwartet daher mit Recht viel von den Mitgliedern der Säkularinstitute.

Vom ersten Tag seines am Missionssonntag 1978 übernommenen Dienstamtes an hat Papst Johannes Paul – selber ein „Wanderkatechet" in der ganzen Welt[42] – einen starken Akzent auf Mission, Evangelisierung und Reevangelisierung (letzteres in unseren a-christlich, teilweise auch schon wieder anti-christlich gewordenen Landen) gelegt. Es ist für ihn „ein Zeichen der Reife einer Kirche, wenn sie sich Tag für Tag missionarischer fühlt".[43] Tatsächlich aber kapseln sich viele Glieder der Kirche in ihre eigenen Probleme und Nöte ein und vergessen darüber die grenzenlose Aufgabe der Erlösung und also der Mission. Aus dieser Haltung aufzurütteln, ist sein großes Anliegen, und zwar gerade in unseren Breiten. So großartig und wichtig Spendenaktionen wie Misereor, Adveniat und Renovabis auch sind, noch wichtiger als die Abgabe von Geld wäre die Hingabe von hochherzigen Menschen, die an „der vordersten Front ... für die Verkündigung des Evangeliums arbeiten".[44]

36 DAS 1986, S. 1299.

37 DAS 1983, S. 289.

38 DAS 1986, S. 1299.

39 DAS 1983, S. 290.

40 DAS 1989, S. 337.

41 *Vita Consecrata*, Nr. 10.

42 DAS 1986, S. 1649.

43 Ebd., S. 585.

44 DAS 1983, S. 1012.

Ein anderer „päpstlicher Akzent", ausgewählt im Blick auf die Glieder der Kirche im geweihten Leben: Es dürfte kaum eine mündliche oder schriftliche Äußerung ihnen gegenüber geben, in der Papst Johannes Paul nicht an die *Alten, Kranken und Behinderten*, die von Leiden des Leibes und/oder der Seele Betroffenen unter ihnen erinnert. In der Botschaft zum Weltmissionssonntag 1984 wandte er sich ihnen wie auch den anderen leidenden Gliedern der Kirche besonders warmherzig zu. Er bat sie, „den Schmerz in seinen vielfältigen Formen dadurch zu nutzen, daß sie ihn für die Evangelisierung, d.h. für die Erlösung aller, die Christus noch nicht kennen, mit dem Kreuzesopfer verbinden".[45] „Ihr seid heute noch genauso wichtig ... für die Kirche Christi, wie ihr es gestern gewesen seid", so rief der Papst in Fatima den alten und kranken Priestern und Ordensleuten aus aller Welt zu,[46] denn (so in Mariazell) „für eure Mission gibt es keine Schranken des Raumes mehr. Eure Sprache ist das Gebet und das mutig angenommene Leid ... Euer besonderer Dienst – das Beten und Leiden – ist in der Kirche unersetzbar. Am Ende seines Lebens hat auch der Herr nicht mehr gepredigt. Er hat nurmehr sein Kreuz auf sich genommen und es getragen und erduldet, bis schließlich alles vollbracht war".[47] Mit ähnlichen Gedanken hat Therese von Lisieux (1873–1897), die junge Karmelitin und Patronin der Weltmission, ihre Leiden und ihre Glaubensfinsternis von Gott angenommen und sie noch in der äußersten Bedrängnis und Schwäche im Sinne Christi voll Liebe „für" die Menschen fern vom Evangelium eingesetzt. Daß und wie sehr so etwas in der Nachfolge Christi sinnvoll ist, gehört mit zu den Lehren unserer jüngsten Kirchenlehrerin. Und auch der vom Attentat und vielen Leiden gezeichnete alte Papst selber lebt vor, wozu er die alten, kranken und behinderten Glieder der Kirche, zumal die Priester und Ordenschristen unter ihnen, immer wieder aufruft.

Ein besonderes Anliegen ist für Papst Johannes Paul der *Erhalt der Eigenart des kontemplativen Lebens* jener Gemeinschaften, die in unserer von ‚action' geprägten Welt und Kirche(!) mit ihrem Charisma gegen den Strom schwimmen. Des Papstes eigene theologische Studien über Johannes vom Kreuz, seine großen Schreiben zu den Jubiläen von Ordensgründern und -gründerinnen wie Benedikt, Teresa von Avila u.a., die mit spürbarer persönlicher Anteilnahme vollzogene Seligsprechung der Philosophin und Karmelitin Edith Stein/Sr. Teresia Benedicta a Cruce (deren Heiligsprechung für den 11. Oktober 1998 vorgesehen ist) und nicht zuletzt die Erhebung der „kleinen" großen Heiligen von Lisieux zur Kirchenlehrerin (am 19. Oktober 1997) – alles weist hin auf die Liebe dieses Papstes zum kontemplativen Leben. Was er schon 1980 den Klausurschwestern in Lisieux zurief, hat ein Echo bis in die jüngsten Botschaften an der Schwelle zum dritten Jahrtausend: „Nehmt die Herausforderungen der heutigen Welt und der Welt überhaupt an, indem ihr radikaler als je das Geheimnis eurer ursprünglichen Eigenart lebt, die Torheit in den Augen der Welt und Weisheit im Heiligen Geist ist. Lebt die ausschließliche Liebe zum Herrn und zu all euren Menschenbrüdern in ihm. Versucht nicht, euch zu rechtfertigen. Jede Liebe trägt ihre Rechtfertigung in sich selbst, wenn sie nur echt, rein und selbstlos ist."[48] – Wir sollten aber auch nicht vergessen, daß und wie sehr gerade Papst Johannes Paul in den „quälenden Sorgen des universalen Dienstamtes, das mir übertragen wurde", auf die betende Unterstützung der kontemplativen Ordenschristen in aller Welt baut und sie braucht.
Genau in diesem Bereich liegt die immense Verantwortung der Kontemplativen für den Erhalt ihres ureigenen Apostolates. Es ist „von vitaler Bedeutung für die Kirche und für die Menschheit, denn diese brauchen den lebenspendenden Sauerstoff der erneuernden Gnade, die durch das Gebet und das verbor-

45 DAS 1984, S. 1260.

46 DAS 1982, S. 414.

47 DAS 1983, S. 657.

48 OR 1980, Nr. 25, S. 14.

gene Opfer" der kontemplativen Ordenschristen „vermittelt wird".[49] „Die Mitglieder beschaulicher Orden stehen im Dienst der Ehre Gottes; sie sorgen im Verborgenen dafür, daß das innere Feuer der Kirche nie auslöscht."[50] Den klausurierten Nonnen in Ottawa/Kanada sagte Papst Johannes Paul: „In der Kirche ... ist eure Aufgabe die Beziehung zu Gott ... Viele kommen in eure Klöster auf der Suche nach geistlichen Werten. Bezeugt für all diese Gottsucher durch die Wahrhaftigkeit und Transparenz eurer Persönlichkeit, daß die Bindung an Christus euch frei macht und die Gotteserfahrung euch erfüllt." Im gleichen Atemzug jedoch wies der Papst sie auf eine überaus wichtige Aufgabe hin: „Ohne euch den Erfordernissen des kontemplativen Lebens zu entziehen, sollt ihr doch Ausdrucksformen finden, die eure radikale Entscheidung für Gott der Kultur unserer Zeit verständlich machen."[51]
Gerade dieser Appell des Papstes hat weithin Widerhall gefunden, denn etliche Monasterien sind inzwischen Zentren vor allem für junge Menschen, die dort das Gotteslob mitsingen, Orientierung suchen, Lebensfragen bis hin zu Berufungsentscheidungen mit den kontemplativ lebenden Christen vor Gott tragen und sich wieder an Stille gewöhnen. Klöster als „Oasen" im geistlichen, aber auch im menschlichen Sinn sind gesucht!

Im Zusammenhang mit seiner Sorge um den Erhalt des kontemplativen Lebens hat Papst Johannes Paul wiederholt sein Herzensanliegen zur Sprache gebracht: *die Einheit der Christen!* Er vertraut in dieser seiner Hoffnung auf den dreifaltigen Gott, auf Maria, die „Mutter der Einheit", und nicht zuletzt auf das *Mönchtum* der Kirchen des Ostens und des Westens bis hin zu den Kirchen der Reformation, in denen das Mönchtum wieder oder ganz neu aufblüht (s. Taizé). Sein Vertrauen stützt sich auf das Mönchtum „als Zeichen einer gemeinsamen Gnade der Jünger Christi".[52] „Die starken gemeinsamen Wesenszüge, die die östliche und die abendländische monastische Erfahrung verbinden, machen sie zu einer wunderbaren Brücke der Brüderlichkeit, wo die gelebte Einheit sogar heller erstrahlt als alles, was im Dialog zwischen den Kirchen sichtbar zu werden vermag."[53]
Der Papst verweist auf die unterschiedlichen Akzente, mit denen Ost und West sich gegenseitig bereichern und das Band der Einheit stärken können: vom Osten her das stark meditativ-asketische Leben von „Trägern des Kreuzes" und „Zeugen des Geistes", von wahrhaft geistlichen Männern und Frauen, die „die Geschichte im Verborgenen ... befruchten"; vom Westen her die Klöster, die in ihrem Bemühen um einen „harmonischen Einklang" zwischen innerem Leben, Feier der Liturgie, Gebet und Arbeit „noch immer im Herzen der Kirche und der Welt ... ein einladender Aufenthaltsort (sind) für diejenigen, die Gott und die Welt des Geistes suchen; sie sind Glaubensschulen und wahre Werkstätten für Studium, Dialog und Kultur zum Aufbau des kirchlichen Lebens und auch, in Erwartung der himmlischen Stadt, zum Aufbau der irdischen".[54]
Fazit des Papstes: „In besonderer Weise vertraue ich die geistliche Ökumene des Gebets, der Umkehr des Herzens und der Liebe den Klöstern des beschaulichen Lebens an."[55]

III. Bemühen um Erneuerung

„Ecclesia semper reformanda!" Diese Feststellung sagt sich leicht. Doch ist zu fragen: Warum ist die Kirche zu allen Zeiten der Erneuerung bedürftig? Und was ist jeweils jetzt erneuerungsbedürftig? Nach welchen Kriterien, wie, von wem und auf welches Ziel hin soll Erneuerung durchgeführt werden? Papst Johannes Paul II. steht seit 20 Jahren vor solchen Fragen – und dies im Weltkirchen-Maßstab!

49 DAS 1982, S. 415.

50 DAS 1985, S. 822.

51 DAS 1984, S. 744.

52 *Vita Consecrata*, Nr. 2.

53 *Orientale Lumen*, Nr. 9.

54 *Vita Consecrata*, Nr. 6.

55 Ebd. Nr. 101.

Persönliche und gemeinschaftliche Erneuerung der geistlichen Gemeinschaften ist Voraussetzung für die Erneuerung der ganzen Kirche, denn (so der Papst vor Ordensfrauen in Manila) „oft schon hat man feststellen" können, daß zwischen dem Eifer der Hingabe, mit dem das Ordensleben in einem Land gelebt wird, und dem Zustand der Kirche in diesem Land eine enge Beziehung besteht: Eifer im Ordensleben bedeutet eine lebendige und apostolische Kirche; wo aber dieser Eifer erkaltet, läßt die Vitalität in der Ortskirche nach. Sollten sich unglücklicherweise Lauheit und Mittelmäßigkeit einschleichen, dann würden sich die Rückwirkungen davon bald im christlichen Volk zeigen. Wenn andererseits im Lauf der Geschichte die Kirche von Krisen befallen war, war es immer das Ordensleben, das das Signal für ein Wiedererwachen und eine neue Treue zum Evangelium gegeben hat."[56]
Nicht nur die Welt, auch die Kirche selbst „braucht den authentischen Widerspruch der Ordensweihe als dauernde Triebkraft der heilbringenden Erneuerung"[57] – doch genau in diesem Bereich liegt das, was der Erneuerung bedürftig ist, weil es vielerorts schales Salz geworden ist, ein Leben – persönlich und gemeinschaftlich genügsam, unerkennbar oder untergegangen in hektischem Aktivismus. Viele Mitglieder geistlicher Gemeinschaften lassen sich so „von ihrem Wirken für den Herrn vereinnahmen, daß sie den Herrn allen Wirkens vergessen".[58] Sie vernachlässigen Gebet und Anbetung, verzichten bewußt – vor allem in der Zusammenarbeit mit Laien – auf jedes eigene Profil, oder haben sich derartig in Opposition gegen Ordensobere, Papst und Kirche verrannt, daß sie gegenüber sogenannten „Frommen" hartherzig werden, die Gemeinschaft spalten und nicht selten verlassen.

Der Papst bejaht den Erneuerungsprozeß, aber er verweist auf *Kriterien der Unterscheidung.* Nicht möglich ist Erneuerung nach persönlichen Kriterien oder psychosoziologischen Theorien,[59] die eine Gemeinschaft aufgreift, weil es so modern ist. Nicht möglich ist Erneuerung des Ordenslebens, wenn man meint, sie dadurch zu erreichen, daß man gesellschaftspolitischen Radikalismen nachgibt. Sie erweisen sich auf Dauer als ungeeignet, da sie nur das Gegenteil bewirken und neue Übervorteilungen hervorbringen. Unmöglich ist Erneuerung des Ordenslebens, wenn „das Ziel praktisch die Suche nach dem Leichteren und Bequemen ist".[60] Nicht möglich ist schließlich Erneuerung, wenn man je nach den Zeiten „neue ‚Lesarten' des Evangeliums" vornimmt, indem man sich dem anpaßt, „was die Welt verlangt".[61]

Welchen Weg der Erneuerung aber schlägt Papst Johannes Paul seinerseits vor? Ziel muß sein „die Suche nach dem Authentischen, den Zielsetzungen des Ordenslebens Entsprechenderen ... Das Ordensleben erneuert sich, wenn es noch mehr den Weg der Heiligkeit beschreitet".[62] Das alles gelingt zudem auch nur durch eine tiefgreifende „Erneuerung des kirchlichen Bewußtseins"[63] – „im Hören auf den Heiligen Geist", durch „Erneuerung der Treue und des leidenschaftlichen Engagements in allen Bereichen der Sendung der Kirche", so rief der Papst den Jesuiten zu.[64]
Nicht zuletzt verweist Papst Johannes Paul bei allen Fragen nach Erneuerung auf den auch dafür (und nicht nur für die Ökumene) wesentlichen Beitrag des Mönchtums. Er erinnerte alle Ordensleute am Fest der Darstellung des Herrn 1988 in St. Peter an das „Einzig Notwendige". Und das ist nach dem Beispiel der (syrischen) Mönche die „Radikalität des Gottsuchens", die „Erwartung des Herrn Jesus", ein „verzehrendes Heimweh nach Gott, ein tiefes Verlangen, sich auf die Begegnung mit ihm vorzubereiten, ... weil er, der auferstandene Herr, nahe ist und bald kommt".[65]
So ist denn die „kontemplative Dimension ... das wahre Geheimnis der Erneuerung des Ordenslebens".[66]

56 „Wort und Weisung", 1981, S. 188.

57 DAS 1984, S. 933.

58 OR 1980, Nr. 14/15, S. 9.

59 Vgl. DAS 1982, S. 931.

60 OR 1980, Nr. 28, S. 11.

61 DAS 1982, S. 720.

62 OR 1980, Nr. 28, S. 11.

63 *Redemptionis Donum*, Nr. 14.

64 DAS 1982, S. 931.

65 DAS 1988, S. 970.

66 OR 1981, Nr. 11, S. 8.

Alles dieses schließt nicht aus – wie Papst Johannes Paul in großer Offenheit für Neues annimmt –, daß es „in der Geschichte (der Kirche) eine weitere Vielfalt von Formen (wird) geben können; aber das Wesen einer Entscheidung, die in der Radikalität der Selbsthingabe aus Liebe zum Herrn Jesus und in ihm zu jedem Angehörigen der Menschheitsfamilie ihren Ausdruck findet, wird sich nicht ändern".[67] Grundsätzlich gilt: „Kein Schritt nach vorn noch in irgendeine Richtung ist möglich, wenn wir nicht von den bereits vollzogenen Schritten ausgehen; umgekehrt aber ist das Beharren auf diesen das Zeichen eines sterilen Stillstands."[68] Hingegen wird Erneuerung in schöpferischer, „dynamischer Treue zur eigenen Sendung"[69] das gesamte Leben der Kirche verlebendigen. „Sie verdient ernsthafteste Bemühungen!"

IV. Die eschatologische Dimension

Sie muß wieder klar zum Durchbruch kommen – schon jetzt, mitten im Diesseits! Das Leben der zur vita consecrata Berufenen muß davon wie von einem Wasserzeichen geprägt sein, wenn es denn eine Jugend anziehen will, die insgeheim nach Christus – „gestern, heute und in Ewigkeit" sucht und „an den Personen des geweihten Lebens die Freude sehen" möchte, die ihnen das „Leben in einer leidenschaftlichen Christuserwartung" zu schenken vermag.[70] Voraussetzung ist natürlich, daß sie sich dieser Dimension öffnen. In einer Ansprache an Generaloberinnen heißt es 1987: Die Ordensleute „müssen inmitten der vergänglichen Dinge wie Pilger bleiben, in der Erwartung der Unvergänglichkeit des Himmels. Ihre Pilgerschaft ist wie eine stetige Ankündigung des sich verwirklichenden Reiches".[71]

Und eben deshalb geschieht es ab und an, daß Papst Johannes Paul die Christen in der Lebensform der vita consecrata an ihren tiefsten Auftrag mit einem Wort erinnert, das einem wahrlich den Atem verschlagen kann. Sie sollen eine *„Epiphanie" des gekreuzigten und auferstandenen Herrn* sein, der sie in seinem Heiligen Geist berufen hat."[72] Dazu gehört, daß sie – wie Maria und mit ihr – Christus in sich tragen, Christus „gebären", Christus zu den Menschen tragen, ihn ein Leben lang in ihrem Dienst unter den Menschen sichtbar machen. „Die Epiphanie, die Erscheinung des Herrn, die ihr in Afrika so gern feiert, hängt von euch ab!" So rief Papst Johannes Paul den Ordensfrauen in Kinshasa zu.[73] Doch dieser Aufruf dürfte ein Imperativ für alle sein, damit die Welt glaube (vgl. Joh 17,21). Papst Johannes Paul aber ist zu danken, daß er in einem sehr konkreten Sinn das Gedächtnis der ganzen Kirche ist und uns diese Dimension, an die er uns erinnert, seit 20 Jahren eindrucksvoll vorlebt.

67 *Vita Consecrata*, Nr. 3.

68 OR 1980, Nr. 1, S. 8.

69 *Vita Consecrata*, Nr. 37.

70 *Vita Consecrata*, Nr. 110.

71 DAS 1987, S. 1449 f.

72 OR 1980, Nr. 20, S. 5.

73 Ebd., Nr. 20, S. 5.

Rainer Birkenmaier

„Geht ihnen entgegen und ruft sie!" – Johannes Paul II. und die geistlichen Berufungen

Der Katholikentag in Freiburg im September 1978 bedeutete einen Stimmungsumschwung in der deutschen Kirche, der lange Zeit nachwirkte. Bleibendes Symbol für diesen Vorgang ist das „Geistliche Zentrum", das seitdem zum festen Bestandteil jedes Katholikentages gehört. Von besonderer Anziehungskraft und Wirkung war die „Nacht des Wachens für den Herrn" mit Mutter Teresa im Freiburger Münster, das die vielen jungen Menschen kaum fassen konnte. Für diese Gebetsnacht war Kardinal Karol Wojtyla eingeladen. Da er im Umfeld der Wahl von Papst Johannes Paul I. wider Erwarten nicht am Katholikentag teilnehmen konnte, schickte er seine vorbereitete Ansprache schriftlich zu. Am Ende seiner Ausführungen über das Geheimnis des Menschseins und über das Priestertum wendet sich Kardinal Wojtyla an die Jugend: „Vernehmt Ihr nicht, Ihr, junge Christen, Christi Jünger, daß er vielleicht an einen von Euch die Aufforderung richtet: ‚Komm, folge mir?' Ehe Jesus – im Evangelium nach Markus – diese Worte an den jungen Mann richtete, schaute er ihn liebevoll an (Mk10,21)."[1] Wenige Wochen nach diesem Ereignis wurde Karol Wojtyla zum Papst gewählt. Die Botschaft von der Berufung, die in seinem Herzen schon vorher lebte, hat in diesen 20 Jahren seines Pontifikates besondere Akzentuierungen erhalten, die es hier in einigen Linien nachzuzeichnen gilt.

1. Problemlage

Wer über den Einsatz des Heiligen Vaters für die geistlichen Berufe in dieser Zeit nachdenkt, kann dies kaum tun, ohne auf das Umfeld zu schauen, in die hinein seine Botschaft und sein Wirken zielen. Niemand sucht sich ja die Zeit und Problemlage aus, in der er eine Aufgabe von Gott übernimmt. Im Blick auf die Berufungen zeigen sich – vor allem in Europa und den deutschsprachigen Ländern – große Schwierigkeiten, aber auch Hoffnungszeichen. Der massive zahlenmäßige Rückgang der Priesterkandidaten und der Priester sowie der bedrohliche Mitgliederschwund und Nachwuchsmangel der Orden sind die äußerlich wahrnehmbaren Anzeichen tiefgreifender Veränderungen.[2] Es ist nicht leicht, dieses Phänomen zu deuten und Gründe dafür anzugeben. Viele, sehr unterschiedliche externe und kircheninterne Faktoren sind wirksam, die langfristig auf die Zahl und Qualität der Berufungen wirken: drastische Verkleinerung der Familien, gesellschaftliche Umbrüche und völlige Veränderung des Wertsystems der Menschen, Entfernung der Jugendkultur vom Leben der Kirche, unklare Vorstellungen über das Priesterbild, Kirchenkritik und negative Stimmungen, Erschütterung der Glaubwürdigkeit der Kirche durch Skandale, mangelnde Berufungsfreude und Ausstrahlung von Priestern und Ordensleuten auf junge Menschen, anhaltende Diskussion und die ungelösten Fragen über die Zulassungsbedingungen zum Priestertum, Zweifel, ob man junge Menschen zu einem geistlichen

1
Kardinal Karol Wojtyla, „Wir wollen einem jeden helfen, das ‚Geheimnis des Menschen' zu lösen." Gedanken zum Priestertum, in: „Gottes Anruf unser Weg", hg. vom Informationszentrum Berufe der Kirche, Freiburg o. J., S. 29-39, 38.

2
Die Statistik ist dokumentiert und analysiert in: „Päpstliches Werk für kirchliche Berufe. Die Pastoral der Berufe in den Teilkirchen Europas. Arbeitsdokument des Kongresses über die Berufungen zum Priestertum und zum Ordensleben in Europa", Rom 1997.

Beruf ermutigen kann. Die Liste könnte leicht verlängert werden; sie zeigt das rauhe Klima der Verunsicherung und der Widerstände, in das die geistlichen Berufe geraten sind.
Der Mangel an Priester- und Ordensberufungen ist kein neues oder erstmaliges Phänomen. Die Kirchengeschichte kennt hier starke Wellenbewegungen.[3] Der beschleunigte, tiefgreifende gesellschaftliche Umbruch und die starken innerkirchlichen Veränderungen haben allerdings nicht nur eine periodische Schwankung, sondern eine grundsätzliche Infragestellung der geistlichen Berufe, ja eine nachhaltige Krise der Berufungen ausgelöst. Durch die Umakzentuierung des Zweiten Vatikanischen Konzils ist der Begriff der Berufung aus seiner jahrhundertelangen Isolierung (exklusiv für Priester- und Ordensberufungen) befreit worden. Dies hat, vor allem in westeuropäischen Ländern, zu einer gewissen Nivellierung bzw. Egalisierung des Berufungsgedankens geführt, indem sich dieser mit Grundströmungen der modernen Gesellschaft verbindet und in Folge die Gleichheit aller betont. Dieser Vorgang vollzog sich teilweise mit Vorbehalten, Reserven, ja Aversionen gegen die geistlichen Berufe. Die Sorge für Priester- und Ordensnachwuchs geriet mehr und mehr an den Rand des kirchlichen Lebens. Der Einsatz für die geistlichen Berufe wurde von vielen nicht mehr als Zukunftsaufgabe aller gesehen, wie es das Konzil gefordert hatte, sondern, ganz im Gegenteil, als eine nach rückwärts gerichtete, hinter das Zweite Vatikanische Konzil zurückgehende Tendenz, ja sogar als Reklerikalisierung und als Hindernis für eine Vorwärtsentwicklung der Kirche betrachtet. Die Ratlosigkeit, wie es mit den geistlichen Berufen weitergehen sollte und wie man darüber sprechen sollte, war und ist sehr verbreitet.

Welche Akzente hat nun Papst Johannes Paul II. in den 20 Jahren seines Pontifikates gesetzt, um in dieser Situation die Pastoral der geistlichen Berufe zu fördern?

II. Verlautbarungen und Vorgänge

In der Vielzahl der Verlautbarungen und Maßnahmen des Heiligen Vaters ragen im Blick auf die geistlichen Berufe folgende Akzentuierungen besonders heraus:

1. Botschaften zum Weltgebetstag der geistlichen Berufe

Im Jahr 1964 führte Papst Paul VI., im Zusammenhang mit seiner Israel-Wallfahrt, den Weltgebetstag für geistliche Berufe ein, den er auf den Sonntag vom Guten Hirten festlegte. Mit sehr viel Wärme und persönlicher Überzeugungskraft hat Papst Johannes Paul II., wie bereits Papst Paul VI., jedes Jahr eine Botschaft zu diesem Anlaß veröffentlicht. Von besonderer Dichte ist die erste Botschaft aus dem Jahr 1979, in der er drei wesentliche Grundakzente nannte: „beten – rufen – antworten“. Ich kann mich persönlich noch gut erinnern, wie wir als junge Priester geradezu elektrisiert waren von der Aufforderung des neuen Papstes: „Ruft ohne Furcht. Geht mitten unter eure Jugendlichen. Geht ihnen persönlich entgegen und ruft sie. Die Herzen zahlreicher junger und auch nicht mehr ganz junger Menschen sind bereit, auf euch zu hören.“[4]
In den jährlichen Schreiben spricht der Papst verschiedene Personengruppen an, denen er in Erinnerung ruft, daß sie für die Förderung der Berufungen verantwortlich sind; in erster Linie spricht er dabei die Bischöfe, die Priester und Ordensleute an. Des weiteren nimmt er Bezug auf den Auftrag des Konzils[5], das die Gemeinden und alle Ebenen der Kirche aufruft, die Berufungen zu fördern. Speziell erinnert er die Eltern, die Katecheten und die Religionslehrer an diesen verantwortungsvollen Grundauftrag der Kirche.

3
Vgl. Erwin Gatz (Hrsg.), „Priesterausbildungsstätten der deutschsprachigen Länder zwischen Aufklärung und Zweitem Vatikanischen Konzil“, Freiburg 1994. Im Anhang dieses Werkes finden sich die Weihestatistiken der deutschsprachigen Diözesen mit graphischen Darstellungen und einer Deutung der Entwicklung.

4
Botschaft zum Weltgebetstag der geistlichen Berufe am 6. Mai 1979: „Wort und Weisung“, 1979, S. 83.

5
Vgl. *Optatam totius*, Nr. 2.

2. Kongresse

Im Jahr 1981 wurde in Rom ein internationaler Kongreß über die Pastoral der geistlichen Berufe in den Ortskirchen durchgeführt. Eingeladen waren Bischöfe, Ordensobere, Leiter von Säkularinstituten und Beauftragte der Berufungspastoral aus aller Welt. Mittels Umfragen und statistischen Erhebungen war der Kongreß intensiv vorbereitet worden. Das Schlußdokument[6] wurde weltweit zu einem wichtigen Grundlagendokument und Impulsgeber für den Aufbau einer zielstrebigen und ins Leben der Ortskirche integrierten Berufungspastoral.
In einer zweiten Phase der Weiterentwicklung und Vertiefung der Berufungspastoral wurden ein Jahrzehnt später kontinentale Kongresse zur Pastoral der Berufungen geplant und durchgeführt, deren Reihe noch nicht abgeschlossen ist: 1994 fand der „Erste Kongreß des Lateinamerikanischen Kontinents über die Seelsorge zugunsten von Berufungen zur besonderen Weihe auf dem Kontinent der Hoffnung" statt. Im Jahr 1997 wurde in Rom der entsprechende europäische Kongreß über die Berufungen zum Priestertum und zum geweihten Leben durchgeführt. Dieser stand unter dem Leitwort: „Neue Berufungen für ein neues Europa. In verbo tuo ...".
Der Kongreß, der sorgfältig vorbereitet wurde[7], versuchte, die Situation der (jungen) Menschen in Europa wahrzunehmen und die Botschaft der Berufung in einen Kontinent hineinzusprechen, der ein großes christliches Erbe hat, der aber gleichzeitig mit dem anthropologischen Modell „Mensch ohne Berufung"[8] lebt. Das umfangreiche Schlußdokument dieses Kongresses fordert einen „Qualitätssprung"[9] in der Berufungspastoral. In vieler Hinsicht ist das Dokument selbst Teil dieses Qualitätssprungs. Es kann als Zusammenfassung und als reife Frucht dessen betrachtet werden, was Papst Johannes Paul II. in den vorausliegenden Jahren unermüdlich für die geistlichen Berufungen initiiert und angemahnt hat. Befreiend ist vor allem, daß hier falsche Alternativen überwunden werden: Die Berufung aller in der Kirche und die Berufung der Laien ist kein unversöhnter Gegensatz zu den Berufungen zum Priestertum und zum geweihten Leben. Die geistlichen Berufe sind ganz im Gegenteil eine Frucht und ein Ferment eines lebendigen kirchlichen Lebens. Das Dokument ist sowohl in seiner Offenheit als auch in seiner Klarheit eine solide Basis für die Berufungspastoral in Europa und eine hoffnungsvolle Ermutigung für den Weg aus der Krise der Berufungen.

3. Lehramtliche Aussagen

Das Pontifikat von Johannes Paul II. ist auch von vielen wichtigen lehramtlichen Äußerungen zum Thema der Berufungen gekennzeichnet. Damit erhält die Berufungspastoral einen hohen Stellenwert und eine feste Verankerung in den lehramtlichen Dokumenten. Das wichtigste Dokument ist in diesem Zusammenhang das nachsynodale Schreiben Papst Johannes Pauls II. zu Fragen der Priesterbildung: *Pastores dabo vobis.*[10] Dieses Schreiben ist für die Konzeption und für die inhaltliche Ausrichtung einer Pastoral der geistlichen Berufe von grundlegender Bedeutung. Das gilt zunächst von dem wichtigen Beitrag zur Klärung und Zentrierung des Priesterbildes. Ohne ein klares Priesterprofil (und damit aller Berufungen), fehlt jeder Berufungspastoral der Boden. Den jungen Menschen muß – in Respekt vor der Freiheit und in Offenheit für alle Berufungen und Lebensformen – das Bild des Priesters klar als Möglichkeit vor Augen gestellt werden. Ähnliches gilt auch für die Berufung zum geweihten Leben, zum Leben als Laie oder zur Ehe. Viele andere Bemühungen von Johannes Paul II., das Profil des Priesters zu klären, sind in diesem grundlegenden Zusammenhang zu sehen.[11]
Kapitel IV[12] von *Pastores dabo vobis* konzentriert sich auf die Berufungspastoral und legt die Kernpunkte einer Pastoral dar, die beson-

6 Päpstliches Werk für geistliche Berufe, Entwicklung der Pastoral geistlicher Berufungen in den Ortskirchen: Erfahrungen aus der Vergangenheit und Pläne für die Zukunft: VApS 37; ebd., Entwicklung der Pastoral der Berufe in den Einzelkirchen: VApS 104.

7 Arbeitsdokument, vgl. Anm. 1.

8 Päpstliches Werk für geistliche Berufe, Neue Berufungen für ein neues Europa. (*In verbo tuo* ...): VApS 131, S. 26 f.

9 VApS 131, S. 25 ff.

10 VApS 105.

11 Vgl. Kongregation für den Klerus: Direktorium für Dienst und Leben der Priester (1994): VApS 113; vgl. auch die jährlichen Schreiben des Heiligen Vaters zum Gründonnerstag.

12 „Kommt und seht. Der Priesterberuf in der Pastoral der Kirche." Dieses Kapitel ist m.E. das Grundlagendokument der Berufungspastoral.

ders die Berufungen zum Priestertum fördern kann. Der Papst verknüpft die Berufungspastoral mit den zentralsten Aussagen und Motiven der Ekklesiologie, wie sie besonders das Zweite Vatikanische Konzil vorgelegt hat, und ermutigt dazu, der Sorge um die Berufungen zum Priestertum einen hohen Stellenwert in der Pastoral einzuräumen. Es gilt, sie als integrierenden und befruchtenden Bestandteil jeglicher Seelsorge zu entdecken.

In ähnlicher Weise hat Papst Johannes Paul II. durch sein nachsynodales Schreiben *Vita consecrata*[13] einen wichtigen Beitrag zur Verdeutlichung und zur neuen Strahlkraft der Berufungen zum geweihten Leben gebracht.[14] Zur Verstärkung des Gebetes und der pastoralen Bemühungen um die Berufungen zum geweihten Leben hat Johannes Paul II. 1997 den „Tag des geweihten Lebens" eingeführt, der mit der Feier der Darstellung des Herrn am 2. Februar verbunden ist. Dieser Tag „will der ganzen Kirche helfen, das Zeugnis der Männer und Frauen, die sich für ein Leben der engeren Christusnachfolge durch die Übernahme der evangelischen Räte entschieden haben, immer mehr wertzuschätzen. Zugleich will er für die Personen des geweihten Lebens Gelegenheit sein, ihre Vorsätze zu erneuern und ihre Hingabe an den Herrn zu verlebendigen."[15]

4. Botschaften an die Jugend

Sehr bezeichnend für die Neuakzentuierung der Berufungspastoral des Papstes ist, daß sie in alle Bereiche des kirchlichen Lebens als integraler Bestandteil einbezogen ist. Das gilt in besonderer und herausgehobener Weise von der Jugendpastoral. In den meisten Ansprachen und Botschaften an junge Menschen, in denen sich Johannes Paul II. auf die junge Generation mit ihren Fragen einläßt, kommt er auf das Thema der Berufung und der geistlichen Berufe mit großer Selbstverständlichkeit zu sprechen.[16] Die Botschaften zu den Weltjugendtagen integrieren den Berufungsgedanken mit unterschiedlichen Akzentsetzungen, aber mit nie nachlassender Intensität. Ein bewegendes und herausragendes Zeugnis ist das Apostolische Schreiben von Johannes Paul II. an die Jugendlichen der Welt zum internationalen Jahr der Jugend 1985.[17] Auf dieses Schreiben, das in seiner Bedeutung für die Berufungspastoral noch nicht entsprechend erkannt und ausgewertet wurde, kommt Johannes Paul II. immer wieder zurück. So erinnert der Heilige Vater nach zehn Jahren in seiner Botschaft zum Weltgebetstag 1995 an sein Schreiben und lädt eindringlich dazu ein, „über die enge Verbindung nachzudenken, welche die Jugendpastoral mit der Berufungspastoral verknüpft"[18]. Das bereits erwähnte Schlußdokument des Europäischen Kongresses über die Berufungen im Jahr 1997 hat in Kapitel IV zu dieser Verknüpfung die wichtigsten Gesichtspunkte zusammengetragen und zu einem kohärenten Konzept weiterentwickelt.

13
VApS 125.

14
Die Fragen der Pastoral der Berufungen zum geweihten Leben sind in *Vita consecrata,* Nr. 64 kurz angesprochen; die Ausführungen in *Pastores dabo vobis* (Kapitel IV) sollten entsprechend hinzugenommen und adaptiert werden. Heranzuziehen ist auch: Kongregation für die Institute des geweihten Lebens und die Gemeinschaften des apostolischen Lebens, Richtlinien für die Ausbildung in den Ordensinstituten (1990): VApS 97; zur Berufungspastoral besonders Nr. 86-89.

15
Vgl. OR 1997, Nr. 5, S. 7.

16
Vgl. hierzu den Beitrag von Erzbischof Karl Josef Cordes: Johannes Paul II. und die jungen Menschen.

17
VApS 63.

18
Das bereits erwähnte Schlußdokument des Europäischen Kongresses über die Berufungen im Jahr 1997 hat in Kapitel IV zu dieser Verknüpfung die wichtigsten Gesichtspunkte zusammengetragen. Vgl. auch Rainer Birkenmaier, „Der Schatz im Acker. Berufung als Grundwort der Jugendpastoral", in: Seminarium 18 (1996), S. 57-70.

III. Theologische Grundmotive

Alle genannten Verlautbarungen und Maßnahmen zur Förderung der geistlichen Berufe – die Zusammenstellung ist sehr unvollständig! – sind durchstimmt von zentralen Anliegen und Grundmotiven, die entsprechend der jeweiligen Situation variiert werden.[19]

1. Menschsein ist Berufung

Ausgangspunkt ist das Grunddatum der christlichen Anthropologie: der Mensch ist ein Gerufener. In Jesus Christus ist das Geheimnis des Menschseins[20] als Berufung erschlossen. Konkret bedeutet dies: „Das Leben ist ein vollkommen unverdientes Geschenk, und außerhalb dieser Perspektive, sich selbst geschenkt zu sein, gibt es keine andere Art zu leben, die des Menschen würdig wäre."[21] Leben ist ein Geschenk aus Liebe; es findet deshalb auch seine Sinnerfüllung und Verwirklichung darin, daß ein Mensch sich dieser Liebe verdankt und sein Leben selbst zum Geschenk macht für Gott und die Menschen. Diese „Kultur der Berufung" ist nicht nur die Grundlage der Berufungspastoral, sondern darüber hinaus die Voraussetzung eines gelungenen Menschseins und des Zusammenlebens der Menschen. Auch an dieser Stelle wird deutlich, von welcher weittragenden Bedeutung der Berufungsgedanke ist. Jugend- und Berufungspastoral zielen darauf hin, dem jungen Menschen zu helfen, „die Schönheit des Beschenktseins" zu erfahren[22] und seine Gottebenbildlichkeit als wahre Selbstverwirklichung zu entfalten. Die Berufung ist ein „Evangelium" gerade für den modernen Menschen, der von der Bedeutungslosigkeit in einer Massengesellschaft und von vielfältigen Entwertungstendenzen bedroht ist.[23]

2. Berufung als Grunddimension der Kirche

Die Kirche ist Trägerin des Evangeliums von der Berufung jedes einzelnen durch Gott. Die Dimension der Berufung ist nicht ein Beiwerk, sondern sie entspringt dem Wesen der Kirche. Die Berufung definiert „das tiefgründige Sein der Kirche noch vor ihrem Wirken"[24], weil sie *ecclesia* ist, Versammlung derer, die gerufen bzw. berufen sind. Es gilt, die Kirche als *mysterium vocationis* zu sehen und in diesem Licht das kirchliche Handeln zu verstehen. Ein solches Verständnis hat weittragende Konsequenzen für die Seelsorge allgemein und speziell für die Pastoral der geistlichen Berufe. Alle Berufungen entspringen dem *mysterium vocationis,* dessen „Zeichen" und „Werkzeug" die Kirche ist. Damit sind alle Berufungen von ihrem Ursprung her ekklesiologisch verankert. Sie gehen aus dem innersten Wesen der Kirche hervor, sie entfalten sich in ihr und sind zum Dienst an ihr bestimmt: „Die christliche Berufung ist in jeder ihrer Formen ein Geschenk, bestimmt zum Aufbau der Kirche, zum Wachstum des Gottesreiches in der Welt."[25] Das Fehlen von geistlichen Berufungen[26] weist im Umkehrschluß – so die Einschätzung des Papstes – auf eine geistliche Armut und auf ein Defizit im Kirchesein hin.

3. Mitwirkung

Jede Berufung kommt aus der Freiheit Gottes. Niemand kann rufen, außer Gott. Dennoch braucht das Wirken Gottes die zweitursächliche Mitwirkung des Menschen bzw. der kirchlichen Gemeinschaft, um an ihr Ziel zu gelangen. Die Kirche ist „verantwortlich für das Entstehen und Heranreifen der Priesterberufe" und der anderen Berufungen. Johannes Paul II. wird nicht müde, den Verantwortlichen und allen Christen diese Verantwortung in Erinnerung zu rufen. Alle haben die Pflicht, „das Wachsen solcher Berufungen zu fördern und mitzuwirken bei der Wahrnehmung, Klärung und Festigung des inneren Rufes Gottes"[27].

19 Im Rahmen dieses Beitrages können nur wenige Stichworte in Auswahl genannt werden.

20 Vgl. *Redemptor hominis,* Nr. 8: VApS 6, sowie *Gaudium et spes,* Nr. 22.

21 Botschaft zum 30. Weltgebetstag der geistlichen Berufe 1993: OR 1993, Nr. 12, S. 11.

22 Ebd., vgl. hierzu die Ausführungen im Schlußdokument des Europäischen Kongresses: VApS 131.

23 Vgl. Arbeitslosigkeit, Verletzung der Menschenwürde, Anonymität, Konsumismus etc.

24 *Pastores dabo vobis:* VApS 105, Nr. 34.

25 *Pastores dabo vobis:* VApS 105, Nr. 35.

26 Zur inhaltlichen Sicht von Berufungen zum Priester und zum geweihten Leben vgl. auch in diesem Kapitel die Beiträge von H. Gillessen, „Das wichtigste für mich: daß ich Priester bin" und B. Albrecht, Christus – berufen zum Leben nach den evangelischen Räten. Die Sicht Johannes Pauls II.

27 Botschaft zum 28. Weltgebetstag für geistliche Berufe 1991 mit Hinweis auf *Optatam totius,* Nr. 2: DAS 1991, S. 1028.

Gott läßt Berufungen wachsen, das ist die tiefe Überzeugung des Heiligen Vaters; das Aufgehen und Fruchtbringen hängt aber wesentlich davon ab, daß der Boden entsprechend bereitet wird. Hier liegt die Aufgabe aller, besonders der Pfarrgemeinden. Die Gemeinde ist dann „wirksames Werkzeug der Berufungen Gottes"[28], wenn sie lebendig, betend, rufend und missionarisch ist.[29] Wenn in einer Gemeinde lange Zeit keine Berufungen wachsen, muß geprüft werden, ob die genannten Qualitätsmerkmale vorhanden sind. Das anhaltende Gebet und besonders das stellvertretende Opfer der Kranken dürfen neben anderen notwendigen Aktivitäten als wichtige Formen der Mitwirkung für die Berufungen nicht übersehen werden.

IV. Pastorale und pädagogische Leitlinien

1. Freiheit und Orientierung

Das Berufungsgeschehen ist ein Geschehen in Freiheit. Diese Aussage gilt von Gott her, der in seinem absolut freien Ratschluß einen Menschen erwählt und ruft. Der Mensch darf in seiner von Gott geschenkten Freiheit auf diesen Anruf der Liebe antworten. Jede Berufung ist daher „die Geschichte eines unvergleichlichen Dialogs zwischen Gott und den Menschen, zwischen der Liebe Gottes, der den Menschen ruft, und der Freiheit des Menschen, der in der Liebe Gottes antwortet"[30]. So kann Berufung niemals unter Zwang, Rekrutierungsdruck oder ängstlicher Bewahrung geschehen. Wer der Berufung eines Menschen dienen will, darf ihn nicht bevormunden oder manipulieren, sondern muß ihm zur inneren Freiheit verhelfen, aus der er eine Entscheidung fällt. Zur Freiheit gehört auch wesentlich, daß dem jungen Menschen alle Berufungen als Möglichkeit für seine freie Entscheidung aufgezeigt werden. Die Antwort auf den Ruf in die Nachfolge kann sehr verschieden aussehen, wie dies Johannes Paul II. in seinem Apostolischen Schreiben an die Jugend entfaltet.

So sollen sie z.B. auch in einer Phase des Verliebtseins nicht das Gespräch mit Christus abbrechen: „Wenn Christus sagt ‚Folge mir nach', kann sein Ruf bedeuten: ‚Ich rufe dich zu einer noch anderen Liebe'; sehr oft aber bedeutet er: ‚Folge mir nach', folge mir, der ich der Bräutigam der Kirche, meiner Braut bin; komm, werde auch du Bräutigam deiner Braut ...; werde auch du Braut deines Bräutigams. Nehmt also beide teil an jenem Geheimnis, an jenem Sakrament, von dem es im Epheserbrief heißt, daß es tief sei: ‚tief in bezug auf Christus und die Kirche'."[31] Der junge Mensch muß auch wissen, von welcher Bedeutung und Schönheit die Berufungen zum Priestertum und zum geweihten Leben sind: „Es bedarf sehr vieler Priester nach dem Herzen Gottes; die Kirche und die Welt von heute brauchen unbedingt das Zeugnis eines Lebens, das sich ohne Vorbehalt Gott schenkt."[32] Zur Wahlfreiheit gehört, daß die besonderen Berufungen zum Priestertum und zum geweihten Leben nicht nivelliert oder verdunkelt werden. Diese Berufungen brauchen in gewisser Weise mehr Unterstützung und Erschließung, weil sie erst aus einer tieferen geistlichen Einsicht und menschlichen Reife heraus erkennbar und ergreifbar sind. Jede Berufung, sagt der Papst, „ist wichtig und verdient Anerkennung"[33]. Damit steht der junge Mensch in seiner Entscheidung nicht vor der Wahl von Wert und Unwert, sondern vor der Frage, wie er auf den Anruf der Liebe antwortet und letztlich das wählt, was der Herr für ihn vorgesehen hat.

28 Botschaft zum 23. Weltgebetstag für geistliche Berufe 1986: DAS 1986, S. 1056.

29 Ebd., S. 1056-1058.

30 *Pastores dabo vobis:* VApS 105, Nr. 36.

31 Apostolisches Schreiben an die Jugendlichen in der Welt zum internationalen Jahr der Jugend 1985: VApS 63, Nr. 10, S. 23.

32 Ebd., Nr. 8, S. 19; vgl. das Schreiben zum Gründonnerstag 1979: OR 1979, Nr. 15-16, S. I-IV.

33 Botschaft um Weltgebetstag für geistliche Berufe 1985: DAS 1985, S. 1294.

2. *Vertrauen und Begleiten*

Sehr auffallend und ausgeprägt ist das große Vertrauen, das der Heilige Vater den jungen Menschen entgegenbringt. Dieses Vertrauen, das er in sie setzt, weckt Offenheit und Hochherzigkeit. Hinter allen Problemen und Verirrungen sieht er den guten Kern in ihnen. Er glaubt an das Geheimnis der Berufung, das Gott in sie hineingelegt hat, und will es herauslocken. Glaubwürdig spricht er den jungen Menschen die Verantwortung für die Kirche der Zukunft und für die (Neu)-Evangelisierung zu. Die Kernworte seiner Botschaft zum Weltgebetstag für geistliche Berufe im internationalen Jahr der Jugend 1985 sind: Christus liebt euch! Christus ruft euch! Christus sendet euch! Der Papst fordert die jungen Menschen oft auf, mit ihm über die Fragen und Probleme der Welt und der Kirche nachzudenken und in diesem Kontext nach ihrer Berufung zu fragen. Aus solchem Nachdenken soll Mitverantwortung erwachsen. „Die Kirche Jesu Christi muß ihre Sendung in der Welt fortsetzen: sie braucht euch; denn es gibt so viel zu tun."[34] Das Vertrauen in junge Menschen ist ein entscheidendes Element des Berufungsklimas und der Berufungspastoral. In seinem Schreiben zum Weltjugendtag 1998 empfiehlt der Heilige Vater den jungen Menschen, eine geistliche Begleitung in Anspruch zu nehmen. Der geistliche Begleiter darf nicht bevormunden; er soll vielmehr dem jungen Menschen „helfen, die Eingebungen des Heiligen Geistes zu erkennen und den Weg der Freiheit zu gehen". Es ist eine große Herausforderung und dringende Aufgabe für die Jugend- und Berufungspastoral, den jungen Menschen gut ausgebildete und geistlich wache Begleiterinnen und Begleiter zur Verfügung zu stellen, die in der Lage sind, sie in dem schwierigen und oft langwierigen Prozeß der Erkenntnis und Entfaltung ihrer von Gott geschenkten Berufung hilfreich und einfühlsam zu begleiten.

3. *Einladung zum „Mehr"*

In jungen Menschen lebt eine Sehnsucht nach „mehr". Johannes Paul II. spricht diesen Idealismus junger Menschen häufig an. Er kann dies tun, weil er den Idealismus nicht manipuliert, sondern weil er an die Ideale glaubt und sich selbst um ihre Verwirklichung glaubwürdig bemüht. Die Perikope vom „reichen Jüngling", der nach dem Willen Gottes sucht und nach Vollkommenheit strebt, ist wohl der Abschnitt der Heiligen Schrift, die Johannes Paul II. am häufigsten zitiert, wenn er mit jungen Menschen spricht. Dieses Wort lebt in ihm selbst. Er hat den Mut, die jungen Menschen mit diesem Ruf in die Nachfolge zu konfrontieren. Dabei macht er deutlich, daß es ein Geschenk der Liebe ist, die eine solche Provokation ausspricht: „Jesus sah ihn an und gewann ihn lieb (Mk 10,21)." Weil Christus selbst den (jungen) Menschen so herausfordert, muß die Kirche die junge Generation in ähnlicher Weise mit der Herausforderung des Evangeliums konfrontieren. Sonst würde sie ihren Auftrag verraten und gleichzeitig den jungen Menschen in seiner Suche und in seinem Radikalismus nicht ernst nehmen. Johannes Paul II. fordert besonders die Bischöfe, die Priester und Ordensleute auf, junge Menschen zu „rufen": „Geht ihnen persönlich entgegen und ruft sie. Die Herzen zahlreicher junger und auch nicht mehr ganz junger Menschen sind bereit, auf euch zu hören. Viele von ihnen sind auf der Suche nach einem Lebenszweck; sie sind nur darauf bedacht, eine wertvolle Mission zu entdecken, der sie ihr Leben weihen können. Christus hat sie auf seinen und euren Ruf vorbereitet. Wir müssen rufen.

34
Botschaft zum Weltgebetstag für geistliche Berufe 1980: „Wort und Weisung 1980", S. 104.

Den Rest wird der Herr tun ..."[35] Johannes Paul II. ist davon überzeugt, daß nicht nur die Berufung grundsätzlich an alle geht, sondern daß auch „sehr viele" zum Priestertum und zum geweihten Leben berufen sind.[36] Solche Überzeugung gibt Mut und Kraft, junge Menschen anzusprechen und einzuladen.

4. Hoffnung und Zeugnis

Der Papst lebt und handelt ganz offensichtlich aus dieser Perspektive heraus. Er lebt aus der Hoffnung, daß mit dem Neuaufbruch der Kirche auch ein neuer Frühling der Berufungen kommen wird. Junge Menschen brauchen diese Perspektive der Hoffnung. Sie verderben, wenn sie in einem Klima kollektiver Hoffnungs- und Perspektivlosigkeit aufwachsen. Der Papst ist für viele Jugendliche ein „Samariter der Hoffnung", der sie dadurch aufrichtet, daß er aus einer großen Glaubenszuversicht lebt und ihnen große Ziele aufzeigt. Diese Hoffnungsperspektive und der daraus fließende Mut zur Evangelisierung und zur Missionierung sind Quellen der Berufungen. Der Blick auf die großen Zukunftsaufgaben der Kirche läßt junge Christen erkennen, daß es auf sie ankommt, daß sie in der Kirche gebraucht werden. Papst Johannes Paul II. lebt aus seiner Berufung, die der Inhalt seines Lebens, seines Betens und Leidens ist. Er spricht in aller Offenheit davon, wie er seine Berufung gefunden hat.[37] Das beeindruckt junge Menschen. Im Schlußdokument des Europäischen Kongresses über die Berufungen wird der Gedanke ausgesprochen, daß man die „Berufungsanimation" nur „durch Ansteckung" bewirken kann, „durch direkten Kontakt, weil das Herz voll ist"[38]. Diese Art der Berufungspastoral lebt Johannes Paul II.: „Wenn ich zu euch von der Berufung spreche und euch einlade, diesem Weg zu folgen, tue ich das als der demütige, aber leidenschaftliche Diener jener Liebe, von der Christus erfüllt war, als er die Jünger in seine Nachfolge berief."[39]

An vielen Orten scheint das geduldige Säen und Mahnen des Papstes langsam Frucht zu bringen.[40] Er hat die Grundlinien der Berufungspastoral in dieser Umbruchssituation deutlicher gezeichnet und die Hoffnung auf einen Neuaufbruch der Berufungen im umfassenden und im spezifischen Sinne geweckt. Es wurde viel gesät in den letzten Jahren, dessen Frucht erst nach der Jahrtausendwende aufgehen wird.

35 Botschaft zum Weltgebetstag für geistliche Berufe 1979: „Wort und Weisung", S. 83.

36 Botschaft zum Weltgebetstag für geistliche Berufe 1985: DAS 1985, S. 1293 ff.

37 Johannes Paul II., „Geschenk und Geheimnis. Zum 50. Jahr meiner Priesterweihe", Graz, Wien, Köln 1997.

38 Neue Berufungen für ein neues Europa: VApS 131, S. 90.

39 Botschaft zum Weltgebetstag für geistliche Berufe 1980: „Wort und Weisung 1980", S. 104.

40 In einigen Ländern sind die Zahlen der Priester- und Ordensberufungen gestiegen (vgl. Anm. 1).

Kardinal Alfonso López Trujillo

Der Heilige Vater Johannes Paul II. und die Familie

Bei dem so vielgestaltigen und fruchtbaren Pontifikat von Johannes Paul II. wäre es gewagt, seinen petrinischen Dienst durch eine einzelne Dimension charakterisieren zu wollen. Der Papst hat seine Energien den verschiedenen Schauplätzen der Kirche gewidmet, je nach den unterschiedlichen Notwendigkeiten und Prioritäten. Anläßlich der Feier des ersten weltweiten Treffens des Heiligen Vaters mit den Familien, das am Sonntag, dem 9. Oktober 1994 auf einem bis zum Tiber hin überfüllten Petersplatz stattgefunden hat, habe ich ihn als den „Papst der Familie und des Lebens"[1] begrüßt. In gewisser Weise erläutern diese einfachen einführenden Überlegungen die Kennzeichnung, die ich damals vorgeschlagen habe. Der Dimension der Familie und des Lebens hat der Heilige Vater als universaler Hirte während seiner fast zwanzigjährigen, großmütigen Hingabe an den Herrn in der Kirche besonderes Gewicht gegeben. Ich werde mich hier nicht auf die Erfahrungen in meinem fast achtjährigen Dienst als Präsident des Päpstlichen Rates für die Familie beschränken, der mir die Möglichkeit gegeben hat, sein Denken aus der Nähe kennenzulernen, also auf die Zeitspanne, in der das Amt und die Wünsche des Heiligen Vaters den Rahmen unserer Arbeit dargestellt haben. Es sei mir erlaubt, auf mein Buch: „Famiglia, Vita e Nuova Evangelizzazione" (Familie, Leben und Neue Evangelisierung)[2] Bezug zu nehmen, das viel Material für eine ausführlichere Behandlung enthält.

Ich könnte in diesem Beitrag verschiedenen Vorgehensweisen folgen: z. B. jener einer chronologisch geordneten Präsentation, in der die zahlreichen Dokumente vertieft werden, die sich auf die Familie und auf das Leben beziehen, und die erschienen sind, seit der Heilige Vater die pastorale Leitung der ganzen Kirche übernommen hat. Ich könnte die besonders bedeutsamen Aktionen behandeln oder die anläßlich der Pastoralbesuche in aller Welt gehaltenen Reden: über 80 Länder hat der Papst besucht, davon einige mehrmals. In fast allen Ländern hat der Papst sich in Reden, Predigten und Botschaften über die Familie geäußert, und zwar im Blick auf die besondere Sendung der Hauskirche als dem Heiligtum des Lebens. Eine derart anspruchsvolle Arbeit würde ein umfangreiches Buch erfordern, wofür jetzt Zeit und Raum fehlen. Aus einer realistischeren Perspektive hätte ich mich auch für eine Art konzentrierten Kommentars über zentrale Dokumente des Papstes entscheiden können, indem ich sowohl einige lehrmäßige Themen als auch solche eher pastoraler Natur hervorgehoben hätte. Damit will ich nur einige Möglichkeiten nennen, wie das mir gestellte Thema behandelt werden könnte.
Ich möchte mich jedoch auf die Behandlung einiger wichtiger Aspekte beschränken, die meines Erachtens am besten verdeutlichen, was Johannes Paul II. auf dem Gebiet der Familie und des Lebens, jenen beiden Pole einer untrennbaren Wirklichkeit und Sendung, geleistet hat.

I. Die Wahrheit der Familie und des Lebens

Trotz all seiner reichen und von ihm öfters erwähnten Erfahrung als Priester, als Bischof und als Erzbischof von Krakau gründet Johannes Paul II. seine Lehre auf die Beständigkeit der „Wahrheit", in ihrer ganzen Entfaltung, ihren lehrmäßigen Ansprüchen und pastoralen Konsequenzen. In den Unterweisungen des Papstes sind Lehre und Pastoral eng miteinander verbunden. Ohne eine entsprechende Lehre würde sich die Pastoral in tausend Seitenwegen verlieren, und ihr Weg wäre zwangsläufig umständlich und gefährlich. Dies ist oftmals der Fall, wenn man von „persönlichen Erfahrungen und Notwendig-

1 „1994: L'Anno della Famiglia nella Chiesa", Città del Vaticano 1995.

2 Cinisello Balsamo, 1997 (Ed. S. Paolo).

keiten" sprechen hört, die einige dem Dogma und der Lehre auch in Fragen der Familie entgegensetzen möchten. Man darf die „Erfahrung" nicht auf etwas rein Subjektives und Gefühlsmäßiges verkürzen. Auf dem Gebiet der Pastoral wird diese Versuchung größer, wenn das Interesse für die Lehre abnimmt – wenn es beispielsweise nur auf die Frage der Unauflöslichkeit der Ehe beschränkt wird –, was eine Art Erosion der Wahrheit bedeutet. Man vergißt, daß die persönliche Erfahrung sich nicht am Randbereich der Erfahrung einer vom Heiligen Geist geleiteten kirchlichen Gemeinschaft ansiedeln kann, und daß es eine Glaubenserfahrung sein muß, in der die Lehre niemals als zweitrangige Frage betrachtet werden kann: „Die Erfahrung des Geistes gibt dem Gläubigen jenen ‚Sinn für die Kirche', der in dem Bewußtsein besteht, daß er nicht mehr sich selbst, sondern Gott gehört, in Christus und in der Kirche (vgl. 1 Kor 6,19). Es gibt daher keine abgesonderte, in den Grenzen einer individualistischen Innerlichkeit verschlossene Erfahrung des Heiligen Geistes ..."[3] Die Lehre ist eine Quelle ständiger Verjüngung der Kirche und eine Garantie ihrer pastoralen Kraft. Mit Grund schrieb der hl. Irenäus: „Diesen Glauben, den wir von der Kirche empfangen haben, behüten wir sorgfältig. Wie ein kostbarer Schatz, der in einem ausgezeichneten Gefäß verschlossen ist, wird der Glaube durch die Wirkung des Geistes Gottes immer verjüngt und verjüngt das Gefäß, das ihn enthält ... Wo die Kirche ist, da ist auch der Geist Gottes; und wo der Geist Gottes ist, dort ist die Kirche und alle Gnade; und der Geist ist Wahrheit."[4]

Diese „Wahrheit" über die Familie und über das Leben fordert nach einem Lehrgebäude, einer systematische Darstellung, die sich am ursprünglichen Plan Gottes mit diesen beiden Polen orientiert: an der Wahrheit, zu der wir Zugang haben durch den Glauben an Gott – mit dem ganzen Reichtum der Offenbarung – und an der „Wahrheit", der wir uns nähern durch den Weg der Vernunft. Diese Wahrheit wird vom Heiligen Vater mit Bestimmtheit und mit Zuversicht in einer Darlegung einer ganzheitlichen Anthropologie angeboten. Die „Wahrheit" über Mann und Frau, die Wahrheit über das „Paar", das nach dem Willen Gottes in der Gestalt „eines einzigen Fleisches" die erste Gemeinschaft bildet, die dessen ausdrücklichem Willen entspricht, der sich uns auch auf dem Wege der Vernunft erschließt. Dieser ersten Wahrheit gilt die Sorge des Papstes angesichts der großen Krisen der Familie, unter denen jene der „Verwirrung der Begriffe" womöglich die folgenschwerste ist.[5]

Die Dunkelheit, die fortschreitende Verdunkelung der Begriffe, ist Folge einer alarmierenden Oberflächlichkeit und einer Furcht vor dem ontologischen Anspruch. Diese Sorge des Papstes bezüglich der Armut im Begrifflichen ist evident angesichts der positivistischen, utilitaristischen und egoistischen Art und Weise, mit der die transzendentalen Fragen, die sich auf die Würde des menschlichen Lebens beziehen, von seiten mancher Parlamente und internationalen Institutionen behandelt werden. Solche Auswüchse haben sich sogar in einigen Bereichen der Kirche gebildet, auch wenn sie durch ernsthafte pastorale Probleme motiviert werden. Die notwendige Verbindung mit einer Lehre ist grundlegend für ein umfassendes Verständnis des Planes Gottes für die Familie. Die Verkündigung und die Verteidigung dieser Wahrheit erhalten in der Enzyklika *Evangelium vitae* eine historische Tragweite. Ihre Leitlinie ist die anthropologische Wahrheit, so wie sie es für alles ist, was die Familie betrifft. Im Zusammenhang mit der Forderung nach Anerkennung der menschlichen Person und ihrer entsprechenden Behandlung vom ersten Augenblick der Empfängnis an kann die anthropologische Wahrheit durch nichts ersetzt werden. Andernfalls öffnet man jeder Art von Mißbrauch Tür und Tor: man manipuliert die Personen wie Dinge, wie Instrumente.

Dies ist der Grund der Negation des Menschen, der mit Füßen getreten, der Manipulation unterworfen, zum Opfer jeder Art von Willkür gemacht wird, bis hin zur ungerechten Eliminierung des „Ungeborenen", des Kranken im Endstadium oder des Alten, indem man das grundlegende Recht auf Leben leugnet.

3 Marcello Bordoni, „La Cristologia nell'orizzonte dello Spirito", Brescia 1995, S. 61 f.

4 Irenäus, Adversus haereses, III, 24, 1.

5 *Gratissimam sane*, 13.

Die begriffliche Verwirrung wird in den Händen von willkürlich handelnden Mächten zu einer schrecklichen Bedrohung, zu einer Kette von Angriffen, deren Konstante die Leugnung des Wesens und der Identität der Familie ist, indem diese in ihrer zentralen Funktion als Schützerin des Lebens, das in ihr geboren werden soll, als Nährboden, in dem die „Kultur des Lebens" geboren wird, untergraben wird. Die im Blick auf die Familie und das Leben ungerechten, permissiven, gewaltsamen und deshalb schlimmen Gesetzgebungen sind das schmerzliche Ergebnis der Verdunkelung der Wahrheit in den Geistern; sie sind eine ernsthafte Erkrankung, auf die Romano Guardini treffend hingewiesen hat. Der Appell des Nachfolgers Petri an die Theologen ist unmißverständlich. Er ist eine Forderung nach Kohärenz: „Mögen sie ... niemals die schwerwiegende Verantwortung auf sich nehmen, die Wahrheit ... zu verraten".[6]

Die Dimension der anthropologischen Wahrheit, die der Papst mit Vorliebe aufgreift und entwickelt, ist der Grundgedanke seiner drei Dokumente, die eine Trilogie über die Familie und das Leben darstellen: das erste, das Apostolische Schreiben *Familiaris consortio;* das zweite, der Brief an die *Familien Gratissimam sane;* das dritte, die Enzyklika *Evangelium vitae*. Wir müssen dankbar sein, daß die Kirche heute auf diese unersetzliche, zugleich lehrmäßige und pastorale Sammlung von Texten zurückgreifen kann. Unter der reichhaltigen Literatur des Heiligen Vaters über die Familie und das Leben müssen wir auch die große Hilfe betonen, die in den verschiedenen Punkten des Katechismus der katholischen Kirche angeboten wird (besonders im vierten Kapitel, in dem das Sakrament der Ehe und die Familie behandelt werden), sowie auch das sehr aktuelle Dokument des Heiligen Stuhls *Die Charta der Familienrechte*[7]. Sie wurde im Auftrag des Papstes ausgearbeitet und ist Schritt für Schritt von seinen Gedanken durchdrungen. Ein großer Teil der Orientierungen des Papstes in diesen zentralen Dokumenten findet in seinen Katechesen bei den Mittwochsaudienzen eine entsprechende Quelle und zugleich eine fruchtbare Entfaltung. Sie sind unter dem Titel: „Als Mann und Frau schuf er sie"[8] erschienen.

II. Zentrale Aspekte der Identität der Institution der Familie

Angesichts der konzentrierten Anschläge auf die Familie wird der Heilige Vater nicht müde, die Welt an deren grundlegende Werte, an deren Bedeutung als Fundament und Urzelle der Gesellschaft zu erinnern. Die Verteidigung der Familie betrifft gleichzeitig und ergänzend ihre Wirklichkeit als einer natürlichen Institution, die auf dem Sakrament der Ehe gegründet ist. Durch die Proklamation der Wahrheit der Ehe – besonders während der Feier des Internationalen Jahres der Familie 1994, ferner in ihrer öffentlichen Verteidigung anläßlich der Konferenz über die Familie und die Bevölkerungsentwicklung in Kairo, und dann im Brief an die Familien *Gratissimam sane* – kommt dem Papst ein Verdienst zu, das immer mehr Anerkennung findet: nämlich die Sache der Familie gleichsam auf die Ebene der Weltöffentlichkeit gehoben zu haben.
Hinsichtlich des Gutes der Familie verstärkt sich im Zerfall des Gewissens derzeit jedoch die Tendenz zur „Privatisierung" der Ehe und der Familie. Diese werden auf das veränderliche Interesse der Vertragspartner eingeengt und verkürzt, als ob sie, ohne Einfluß auf die Gesellschaft, der Privatsphäre zugehören würden. Demzufolge müßten die Staatsgewalten die Entscheidung der Vertragspartner respektieren, ihren „Vertrag" je nach den negativen Umständen, in denen sie sich befinden, zu beenden.
Angesichts der Haltung von Parlamenten und Regierungen, die Familie nicht als notwendiges Gut für die Gesundheit des sozialen Gewebes zu verteidigen, erhebt Johannes Paul II. die Fahne der Familie als eine Angelegenheit von Weltinteresse, für alle Völker und für alle Gesellschaften. Es handelt sich um ein Gut, das an das gemeinsame universale Wohl gebunden ist. Deshalb ist es notwendig, dieses Prinzip zu verkünden und zu

6 *Evangelium vitae*, Nr. 82.

7 Charta der Familienrechte (22. Oktober 1983): DAS 1983, S. 159 ff.

8 „Catechesi sull'amore umano", Vatikan 1985 (Città Nuova-Libreria).

verteidigen, mit dem sich nicht handeln läßt und das im II. Vatikanischen Konzil seinen kraftvollen Ausdruck findet: Die Familie ist ein Gut sowohl der Eheleute als auch der Nachkommenschaft als auch der Gesellschaft.[9] In diesem Sinn kann die Sache der Familie nicht aufgegeben werden, ohne die Zukunft der Menschheit selbst schwerwiegend zu gefährden. Dies ist eine fortwährende Feststellung des Papstes: „Die Zukunft der Menschheit geht über die Familie".[10]
Die Familie kann nicht der Willkür von Parlamenten, Politikern und Regierenden ausgeliefert werden. Es gibt eine Gesamtheit von Rechten, die jener Lebens- und Liebesgemeinschaft zugestanden werden muß, die in der gegenseitigen Hingabe begründet ist, in der Ganzhingabe der Eheleute, die das wahre Fundament und die Identität der Familie bildet. In der Treue gegenüber der Identität und der Sendung der Familie steht für die Eheleute ihre eigene Treue in dem Maße auf dem Spiel, in dem die Ehe ein Weg zur Sicherstellung der menschlichen Entwicklung ist.

Das Ziel, die Familie gegenüber der Weltöffentlichkeit zu proklamieren, ist zweifellos einer der Gründe gewesen, die den Heiligen Vater dazu bewogen haben, die Welt-Familientreffen weiterzuführen, so wie sie in Rom im Jahr 1994 und in Rio de Janeiro 1997 begangen wurden.
Im Jahr 1994, dem Internationalen Jahr der Familie, wollte der Heilige Vater anläßlich seines ersten Welttreffens mit den Familien, und gemeinsam mit ihnen, jenem Gut, das sie selbst besitzen, begegnen und es feiern. Er hat sie ermuntert, sich dieses Gutes bewußt zu sein und es deshalb gegen mögliche Gefahren, die jene menschliche Urgemeinschaft verfälschen können, zu verteidigen. Bei dieser Gelegenheit wurde zudem ein theologisch-pastoraler Kongreß abgehalten mit dem zentralen Thema „Familie, Herz der Zivilisation der Liebe", der von Professoren und Vertretern der Familienpastoral aus der ganzen Welt, zusammen mit ihren Bischöfen, gestaltet wurde. Nach dem Willen des Heiligen Vaters hat 1997 in Rio de Janeiro das zweite Welttreffen zwischen ihm und den Familien stattgefunden unter dem allgemeinen Thema „Familie: Geschenk und Aufgabe, Hoffnung der Menschheit". Auf dem entsprechenden Kongreß wurden die betreffenden Themen mit 2800 Teilnehmern behandelt. Zum Abschluß der Arbeiten wandte sich der Heilige Vater an die Teilnehmer und ließ sie die Schönheit der göttlichen und menschlichen Institution, die Familie und Ehe darstellen, entdecken. Am Ende verglich er die Familie mit der Schönheit Rios, das eine wunderbare Architektur Gottes und des Menschen ist.

Die Ehe ist ein mit der Schöpfung verbundenes Projekt. Das II. Vatikanische Konzil sagt, indem es an die Erschaffung des Menschen als Bild und Gleichnis Gottes erinnert: „Aber Gott hat den Menschen nicht allein geschaffen: denn von Anfang an hat er ihn ‚als Mann und Frau geschaffen' (Gen 1,27); ihre Verbindung schafft die erste Form personaler Gemeinschaft. Der Mensch ist nämlich aus seiner innersten Natur ein gesellschaftliches Wesen; ohne Beziehung zu den anderen kann er weder leben noch seine Anlagen zur Entfaltung bringen."[11]
An der Grundlage der Gesellschaft steht eine Gemeinschaft von Personen – eine Personengemeinschaft von Mann und Frau, die auch die Wiege der Gemeinschaft jener ist, die von ihr abstammen. Also hat die eheliche Gemeinschaft ihre Stellung ursprünglich vor der Beziehung der Vaterschaft oder Mutterschaft oder Kindschaft. Dies ist ein wesentlicher Aspekt der Struktur der Ehe – ein Aspekt, den die Theologie bis vor wenigen Jahrzehnten voraussetzte, aber oft nicht mit der ganzen erforderlichen Tiefe in Betracht zog, wenn sie die Struktur der Ehe analysierte. Ziemlich leicht wurde diese verstanden als reine Bedingung hinsichtlich des anderen wichtigen Aspekts der Ehe, nämlich ihrer Zielgerichtetheit, also der Zeugung und der Erziehung von Kindern. Die eheliche Gemeinschaft wurde nicht immer als ein Wert in sich verstanden, als ein vorrangiger Wert hinsichtlich des Wesens und der Struktur der Ehe.
Die eheliche Gemeinschaft ist in der gegenseitigen Hingabe von Mann und Frau begründet. Bevor man folglich von Zweck

9
Vgl. *Gaudium et spes*, Nr. 48.

10
Familiaris consortio, Nr. 86.

11
Gaudium et spes, Nr. 12.

sprechen kann, muß man vom Wesen selbst ausgehen. Die eheliche Hingabe, die am Grunde der ehelichen Gemeinschaft steht, birgt schon die natürliche Ausrichtung auf Kinder in sich. Die Natur der Ehe, aus der die Familie wie aus einem Keim hervorgeht, ist also von ihrem Wesen her bestimmt und von der Zielsetzung, die sich aus ihm ableitet, also von der ehelichen Gemeinschaft und von ihrer Ausrichtung auf die Weitergabe des Lebens und die Erziehung der Kinder. Diese beiden Aspekte sind also grundlegend für das Wesen der Ehe.[12] Das Konzil und Johannes Paul II. bestehen auf einer Ausgeglichenheit zwischen dem, was die eheliche Liebe für die menschliche Entwicklung und für das Glück der Eheleute beinhaltet, und jener ihr wesenhaft zugehörigen Offenheit auf Kinder hin.

Die Familie ist eine Gemeinschaft, die erste Form von Gemeinschaft, in der die verantwortliche, dauerhafte Liebe der Eheleute sich auf das Geschenk des Lebens hin öffnet, das angenommen, geliebt und erzogen werden muß. Es ist notwendig, die Familie als solche zu respektieren, in ihrer Wirklichkeit als globales Subjekt, das alle seine Glieder, Vater, Mutter und Kinder, in seinem innersten Kern integriert (und das die Beziehungen der erweiterten Familie garantiert). Hierin gründen sich die Rechte der Familie, die in der Charta der Familienrechte des Heiligen Stuhles festgelegt sind. Für die Gemeinschaft der Familie als Subjekt ist es unerläßlich, ihre besondere Souveränität anzuerkennen, damit sie nicht dem Staat ausgeliefert ist, als ob sie ihre Wirklichkeit und ihre Identität dessen freundlicher Anerkennung verdanke.[13] Es handelt sich um eine Souveränität, die schon Aristoteles als Erbe der Menschheit anerkannte, als er bemerkte, daß die Familie eine Wirklichkeit sei, die vor dem Staat und notwendiger als er ist.[14]

Die Souveränität der Familie und die Beachtung ihrer grundlegenden Rechte sind gleichsam ein rechtlicher und moralischer Damm, den Johannes Paul II. gegen jene nachgiebige Haltung verstärkt hat, die man in der zunehmenden Anerkennung der freien Verbindungen feststellen kann, als ob man sie der Gesellschaft gegenüber auf derselben Ebene ansiedeln könnte. Es handelt sich um eine permissive Haltung, die in gewisser Weise andere ‚Abwege' vorbereitet, wie man an den zweifelhaften und für die Familie bedrohlichen Einstellungen erkennen kann, wenn es um die tatsächlichen Familien und um die zivilen Folgen homosexueller „Verbindungen" geht. Man geht sogar so weit, sie gegenüber diskriminierenden Positionen als eine Art Alternative zur Familie und als ein Recht darzustellen.[15]

Weder Kongresse noch Parlamente, weder Regierende noch Politiker, weder Diktatoren noch Demokraten können und dürfen uns sagen, was die Familie ist. Um auf diese Frage zu antworten, muß man ruhig und aufmerksam auf das hören, was die Familie über sich selbst sagt, und zwar als Ausdruck dessen, was Gott in seinem ursprünglichen Plan will, das sie sei. Sie duldet keinerlei Manipulation von seiten politischer Interessen oder ideologischer Systeme, die wohl ihre Ausdrucksformen zerstören, nicht aber ihre natürliche Struktur verändern können, weil ihre Gründung von Gottes schöpferischem Akt selbst bestimmt ist.

Das Beharren des Papstes auf der Fähigkeit der Familie, Personen authentisch zu formen – eine wesenhafte Sendung der ehelichen Gemeinschaft –, bedeutet eine Befreiung für die Eltern selbst, weil ihre Liebe durch die ihnen eigene Aufgabe geschützt und geadelt ist. Der Staat und andere Institutionen können nicht ernsthaft behaupten, dieselbe Fähigkeit zu besitzen. Aus diesem Grund muß echte Familienpolitik die ursprüngliche und zentrale erzieherische Sendung unterstützen und darf nicht die Entfaltung der Aufgabe der Familie behindern.

Einer kohärenten anthropologischen Sicht treu, und mit festem Blick auf das Wohl der Kinder, hat der Heilige Vater wichtige Aussagen zu einer ganzheitlichen Erziehung gemacht, indem er das Recht auf Sexualerziehung betont, das in erster Linie den Eltern zusteht. In bezug auf die personalistische anthropologische Sicht der Bedeutung der Sexualität gehört die ‚Sprache der Körper' zur Wahrheit der Würde der menschlichen Person, deren sexuelle Erziehung an die Verantwortlichkeit und an die echte Freiheit in der Liebe gebunden ist.

12
Vgl. F. Gil Hellín, „La estructura natural de la familia, don y compromiso", in: La famiglia: dono e impegno, speranza dell'umanità, Città del Vaticano 1998, S. 63ff.

13
Vgl. Johannes Paul II., „Brief an die Familien *Gratissimam sane*", Nr. 17.

14
Vgl. „Nikomachische Ethik", VIII, 15-20.

15
Als das Europäische Parlament die Empfehlung verabschiedet hat, in der den Homosexuellen und Lesbischen das Recht zuerkannt wurde, eine „Quasi-Familie" zu gründen mit der daraus folgenden Befugnis zur Adoption, hat die Mahnung des Heiligen Vaters nicht auf sich warten lassen, der das Sprachrohr der Aktion des Päpstlichen Rates für die Familie in den Bischofskonferenzen gewesen ist.

III. Pastorale Strukturen

Eines der Hauptanliegen des Heiligen Vaters ist es, die bevorzugte Option für die Familie und für das Leben mit der daraus folgenden Dringlichkeit und pastoralen Priorität in pastorale Wirklichkeit umzusetzen. Es besteht in der Tat die Gefahr, die Familienpastoral zwar als dringlich und bevorzugt zu betrachten, ohne aber dann den notwendigen Schritt zu tun, sie in effektives Engagement zu übersetzen.

Ein besonders bezeichnendes Beispiel war die Gründung des Päpstlichen Rates für die Familie und gleichzeitig des *Instituts Johannes Pauls II. für Studien über Ehe und Familie* an der Päpstlichen Lateranuniversität. An demselben Tag, an dem der Papst Opfer des Attentats auf dem Petersplatz wurde, am 13. Mai 1981, hatte Johannes Paul II. die Dekrete unterzeichnet, durch die an der Römischen Kurie das Dikasterium für die Familie und das Institut geschaffen wurden.

Wie man weiß, arbeitete innerhalb des Dikasteriums für die Laien ein Komitee für die Familie. Die Synode über die Familie, die 1980 stattfand, hatte das Apostolische Schreiben *Familiaris consortio* zum Ergebnis, die Magna Charta der Familienpastoral. Dieses Dokument ist zweifellos der unmittelbare Ursprung der Errichtung jenes Rates und des ihm zugewiesenen Arbeitsbereiches gewesen, der vom Schreiben *Familiaris consortio* in all seiner Fülle und Bedeutung abgedeckt ist.

In der Tat stellen die verschiedenen Kapitel und Themen, die von der Synode über die Familie angegangen wurden, die dem Päpstlichen Rat für die Familie anvertrauten Arbeitsgebiete dar. Seine Errichtung ist gewiß eine Intuition und eine wichtige Entscheidung gewesen, die die Herausforderungen und Bedürfnisse der Familie aufgreift und die im II. Vatikanischen Konzil, in der Pastoralkonstitution *Gaudium et spes* (Nr. 47-52), ihren grundlegenden Rahmen findet. Die Probleme und die Möglichkeiten der Familie mußten dann eine dringende, angemessene Behandlung finden, die von einem Dikasterium und gleichzeitig auf hoher akademischer Ebene von einem Institut unterstützt wird, von dem jetzt Tochterinstitute entstehen. Die Tragweite der historischen Herausforderung machte neue Strukturen nötig. Augenblicklich arbeiten Institute in Washington (USA), in Mexico-City, in Guadalajara (Mexico) und in Valencia (Spanien). Die Gründung weiterer Institute ist in Vorbereitung.

Auf die angemessene Ausbildung von Mitarbeitern in der Familienpastoral hat Johannes Paul II. beständig gedrängt, damit diese eine umfassende Vorbereitung bekommen und vor allem auch in der Lehre der Kirche ausgebildet werden. Die lehrmäßigen Grundlagen sind wirklich vorrangig, und die Treue auf diesem Gebiet ist unerläßliche Bedingung für ihre Wirksamkeit. Heute sind die Disziplinen, die in den Wissenschaften der Familie zusammenkommen, verschiedenartig und anspruchsvoll. Eine nur oberflächliche Vorbereitung würde die Beauftragten nicht für die Animation, Dynamisierung und Koordination einer erneuerten Pastoral befähigen, die imstande wäre, Antworten auf die wachsenden Bedürfnisse zu geben.

Wie ich sagte, war die Intuition, das Dikasterium für die Familie und das Institut zu schaffen, beispielgebend. In fast allen Bischofskonferenzen ist eine bischöfliche Kommission für die Familie geschaffen worden, mit denselben Arbeitsfeldern, die dem Päpstlichen Rat für die Familie übertragen sind, insbesondere jenen, die sich auf die Familie und auf das Leben beziehen: die Lehre über die eine und unauflösliche Ehe; die Ehemoral nach *Humanae vitae;* die Katechese und die Spiritualität der Familie; die Rechte der Familie; die Ehevorbereitung; die eheliche Spiritualität; die Erziehung der Kinder; die verantwortete Elternschaft; die Sexualerziehung; die demographischen und die entsprechenden politischen Probleme; die Methoden der natürlichen Familienplanung; die Rechte der Kinder usw. Dazu kommen noch das Studium und die Verbreitung der Lehre über die Kultur des Lebens und über die Fragen der Bioethik. In der Pastoralkonstitution *Pastor bonus,* die die Römische Kurienordnung festlegt, ist dem Päpstlichen Rat für die Familie die Koordination der Aktivitäten zum Schutz des menschlichen Lebens zugewiesen (vgl. Art. 141,3). In der Enzyklika *Evangelium vitae* kommt der Arbeit, die dieses Dikasterium für das Studium und für die Verbreitung eben dieser Enzyklika leistet, ein großer Raum in der Sorge des Papstes zu. Es werden für Bischöfe Kurse über Familie und Bioethik gehalten. Zahlreiche Bischofskonferenzen haben darum gebeten. Mehr als 800 Bischöfe haben bis jetzt an diesen Kursen teilgenommen. Teilnehmer sind auch Priester, Ordensleute und Laien, die besonders in der Familienpastoral engagiert sind.

IV. Familie und Leben: untrennbare Pole

Jeder Versuch, die Thematik des Lebens dem eigentlichen Bereich der Familie zu entziehen, enthält folgenschwere Risiken. So sah es der Heilige Vater, als er die Einheit zwischen dem Brief an die Familien *Gratissimam sane* und der Enzyklika *Evangelium vitae* hervorhob. Schon im Brief hatte der Papst in groben Umrissen auf die Anschläge gegen das Leben hingewiesen – die dann in der Enzyklika *Evangelium vitae* systematisch und eingehend behandelt werden als Antwort auf so viele Anschläge – und auf die ausdrückliche und einmütige Anregung des außerordentlichen Konsistoriums der Kardinäle, das vom Papst im November 1990 zusammengerufen wurde. Die auf die Ehe gegründete Familie ist in sich auf das Leben hin offen. Das Leben ist der Daseinsgrund der Familie, und die eheliche Liebe strebt zum Leben hin, indem sie die Eheleute in der Dimension der Menschlichkeit wachsen läßt. Aus diesem Grund haben wir im Päpstlichen Rat für die Familie, die Lehre des Heiligen Vaters zusammenfassend, das Prinzip formuliert: keine Familie ohne Leben, kein Leben ohne Familie.

Wenn das Leben der Familie entzogen wird, gerät es in den Machtbereich von Interessen. Die aktuelle Versuchung besteht darin, daß der Staat sich anmaßt, die Familie zu vereinnahmen, indem er ihre „Souveränität" leugnet. Es wird ihr so ihr stärkster und natürlichster Schutz genommen. Verpflanzt man das Leben in einen anderen „Humus", in eine anderes „Habitat", so wird es erstickt, indem jeder denkbare Anschlag auf eine wohlverstandene „menschliche Ökologie" ermöglicht wird. Die Familie wird, wenn sie einmal geschwächt und an den Rand gedrängte ist, ihre Präsenz und ihren Einfluß verlieren, wenn es darum geht, die reine Luft der „Kultur des Lebens" zu atmen. Die schwächsten und bedürftigsten Menschen werden in oft seelenlose Strukturen eingebunden, in denen die Personen wie Dinge behandelt werden. Es wächst die Versuchung, die Ungeborenen unmenschlich zu behandeln, die Embryonen, deren Rechte in einem angemessenen juristischen Statut anerkannt werden müssen. Auch die Versuchung, im Verbrechen der Euthanasie gegen die Kranken und die Alten vorzugehen, nimmt gigantische Ausmaße an. Wenn nicht die Eltern selbst das Leben der eigenen Kinder verteidigen, und wenn nicht die Familie sich in Bewegung setzt, um das Leben der eigenen Glieder zu schützen, werden dies dann andere Institutionen mit Achtung, Entschiedenheit und Würde tun? Es kann sein, daß man in der genetischen Manipulation einige Grenzen anerkennt, zum Beispiel die Unsittlichkeit und die Gefahr des Klonens oder des Handels mit Embryonen. Später wird man „Gründe" finden, um das Experimentierfeld zu verögrößern und jede Schranke niederzureißen, weil es an einer anthropologischen Überzeugung im Hinblick auf die Sendung der Familie fehlt.

„Die Familie ist Heiligtum des Lebens." Das ist keine rhetorische Behauptung. Deshalb bemerkt Johannes Paul: „Innerhalb des ‚Volkes des Lebens und für das Leben' kommt es entscheidend auf die Verantwortlichkeit der Familie an: eine Verantwortlichkeit, die dem der Familie eigenen Wesen und ihrer Sendung entspringt: ihrem Wesen, eine auf die Ehe gegründete Lebens- und Liebesgemeinschaft zu sein, und ihrer Sendung, ‚die Liebe zu hüten, zu offenbaren und mitzuteilen'."[16]
In bezug auf die Kultur des Lebens „wird in der Familie ein jeder anerkannt, geachtet und geehrt, weil er Person ist",[17] wobei jene bevorzugt werden, die mehr Aufmerksamkeit brauchen. Als Heiligtum des Lebens ist sie

16 *Evangelium vitae*, Nr. 92; vgl. *Familiaris consortio*, Nr. 17.

17 *Evangelium vitae*, Nr. 92.

„der Ort, an dem das Leben als Gabe Gottes in angemessener Weise angenommen und gegen die vielfältigen Angriffe, denen es ausgesetzt ist, geschützt wird, und wo es sich entsprechend den Erfordernissen eines echten menschlichen Wachstums entfalten kann".[18] Das bedeutet mit anderen Worten, daß die Familie der Ort schlechthin für die Humanisierung der menschlichen Person im Prozeß der Personwerdung ist. Diese Personwerdung stellt für die Familie selbst eine unverzichtbare Vermittlungsaufgabe dar und eine Verpflichtung, die ihr niemand absprechen und der sie sich selbst nicht entziehen kann. Diese Feststellung des Papstes klingt wie ein Aufruf zur Verantwortung auf politischem und pastoralem Gebiet, um die Kultur des Lebens zu vertiefen: „Darum ist die Rolle der Familie beim Aufbau der Kultur des Lebens entscheidend und unersetzlich."[19] Die Familien sind aufgefordert, sich in solidarischer Haltung zu engagieren, „auch durch Formen sozialer und politischer Beteiligung", besonders in den dazu geeigneten Vereinigungen. Diese sollen sich darum bemühen, „daß die Gesetze und Einrichtungen des Staates auf keinen Fall das Recht auf Leben ... verletzen".[20]
Der Papst empfiehlt die besonders bedeutsame Form von Solidarität, die Adoption, auch die „Adoption aus der Ferne" oder die „Pflegschaft von verlassenen Kindern"[21]. In Bezug auf die alten Menschen bemerkt der Papst: „Ihre Anwesenheit in der Familie, oder wenigstens die Nähe der Familie zu ihnen ... sind von grundlegender Bedeutung, um ein Klima gegenseitigen Austausches und bereichernder Kommunikation zwischen den verschiedenen Altersgruppen herzustellen."[22]

18 *Centesimus annus*, Nr. 39, zit. in *Evangelium vitae*, Nr. 92.

19 *Evangelium vitae*, Nr. 92.

20 Ebd., Nr. 93.

21 Ebd.

22 Ebd., Nr. 94.

23 „Sie wird im engen Kontakt mit dem Päpstlichen Rat für die Familie und mit dem Päpstlichen Rat für die Pastoral im Krankendienst arbeiten." Johannes Paul II., „Rede an die Römische Kurie" am 22. Dezember 1994 in: OR 1995, Nr. 1, S. 9f.

V. Schluß

Wie bemerkt werden konnte, war der Impuls außergewöhnlich, den der Papst der Sache der Familie und des Lebens auf der doppelten und sich ergänzenden Ebene gegeben hat: auf der sozio-politischen Ebene als Gut der Menschheit und jedes Volkes, und auf der speziell pastoralen Ebene in bezug auf das Sakrament. Die auf der Ehe gegründete Familie muß die positive Bejahung von allen finden, besonders jene der Hirten und der Verantwortlichen der Gesellschaft in den verschiedenen Bereichen des Staates. Johannes Paul II. hat die Wahrheit der Familie und des Lebens sowie deren anthropologische Dimension als unersetzliche Grundlage des pastoralen Handelns unterstrichen.
Von größter Wichtigkeit ist sein Beitrag zum tieferen Verständnis des Wesens der Familie, ihrer Identität, ihrer wesenhaften Sendung. Der Begriff des globalen Subjekts und jener der Souveränität ist stark hervorzuheben. Als globales Subjekt integriert die Familie alle ihre Mitglieder. In der Behandlung ihrer Glieder muß man auf die Gefahr der Trennung und der Zersplitterung achten. Ein besonderer Fall ist beispielsweise die Behandlung der Frau, unabhängig von ihrer Beziehung zur Familie Ehefrau, Mutter, Tochter oder Schwester. Sie darf nicht nur in ihren sozialen und politischen Funktionen betrachtet werden, in denen natürlich ihre Präsenz anzuerkennen ist, wobei jede Form von Diskriminierung vermieden werden muß. Dies alles hat jedoch so zu geschehen, daß die Beziehung der Frau zur Familie nicht beeinträchtigt wird.

Der Heilige Vater hat den Zusammenhang von Familie und Leben so sehr gestärkt, daß in ihrer Behandlung künstliche Trennungen unmöglich werden. Er hat die Päpstliche Akademie für das Leben gegründet und ihre Verbindung mit den unmittelbar betroffenen Dikasterien bestätigt, und zwar mit dem Päpstlichen Rat für die Familie und dem Päpstlichen Rat für die Seelsorge im Gesundheitsdienst.[23]
Die Sorge des Heiligen Vaters führte zur Schaffung und Wiederbelebung von pastoralen Strukturen in der Römischen Kurie, in den Bischofskonferenzen und in den Diözesen, bis hin zum Drängen auf die Ausbildung von Verantwortlichen für die Pastoral in jenen Institutionen, die ein seriöses Lehr- und Pastoralniveau gewährleisten. Wenn man all das in seiner Tiefe und Weite sieht – auch wenn ich mich hier nur auf einige Bemerkungen beschränkt habe – glaube ich, daß es gerechtfertigt ist, Johannes Paul II. „den Papst der Familie und des Lebens" zu nennen.

(Übersetzung aus dem Italienischen: Gisela Zöhrer)

Jutta Burggraf

Johannes Paul II. und die Berufung der Frau

„Er hat mich wieder beim Namen genannt." Das ist der Titel eines ergreifenden Berichts, der vor kurzem durch die internationale Presse ging. Eine polnische Jüdin erzählt, wie ihr Leben gegen Ende des Zweiten Weltkriegs gerettet wurde. Nachdem die Russen sie im Januar 1945 aus dem Konzentrationslager Tschenstochau befreit hatten, fand sie sich völlig entkräftet auf einem kleinen Bahnhof zwischen Krakau und Kattowitz wieder. Es war kalt, sie war allein. Ein junger blonder Priester kam vorbei und erkannte sie an ihrer grünweiß gestreiften Häftlingskleidung. Er fragte nach ihrem Namen. Das gab ihr neuen Lebensmut! Auf einmal war sie keine Nummer mehr, wie in den langen Jahren der Gefangenschaft; auf einmal war sie wieder ein Mensch! Ein Mensch mit einem persönlichen Namen! Der Priester habe sich rührend um sie gekümmert, so liest man weiter. Er besorgte der jungen Frau warmen Tee, Brot und Käse; und da sie wegen ihrer geschwollenen Beine nicht laufen konnte, trug er sie schließlich – viele Stunden – zu einem größeren Bahnhof. Dort entzündete er ein Feuer an einem alten Teerfaß, schenkte ihr seinen schwarzen Umhang und versprach, sie zu seiner Tante nach Krakau zu bringen. Am Anfang ihrer Begegnung hatte er sich ihr bereits vorgestellt. Es war Karol Wojtyla ...[1]

Vorurteile, Berührungsängste oder Gleichgültigkeit gegenüber dem Schicksal anderer hat der spätere Papst Johannes Paul II. wohl nie gekannt. Wenn er in seinen Schriften immer wieder betont, daß jeder Mensch – Mann und Frau – von Gott „um seiner selbst willen" geliebt wird, so weist er damit nicht nur auf eine glückliche Formulierung des Zweiten Vatikanums hin[2]; er legt zugleich Grund, Norm und Maß seines eigenen Denkens und Handelns offen. Und wenn er sich zum Thema Frau äußert, so ist das nicht ein Ergebnis blutleerer Theorien, die abseits vom Trubel der Gesellschaft – etwa in Castel Gandolfo – entstanden sind. Es ist vielmehr die reife Frucht einer lebenslangen Erfahrung.[3]

I. Ein persönliches Ja zu den Frauen

Johannes Paul II. ist sicher ein großer Philosoph und Theologe. Vor allem aber ist er groß als Mensch. Und er ist ein Mensch, der aus der Praxis kommt. Zunächst arbeitete er in einer Fabrik und spielte Theater, lernte also die Welt der Arbeiter und der Künstler kennen, bevor er als Universitätsprofessor ein hohes Ansehen genoß. Ganz aus der Nähe hat er die Not der Frauen im ehemaligen Kommunismus erfahren, „mit offenen Augen und keineswegs kaltem Herzen", wie ein italienischer Schriftsteller hervorhebt.[4] Ganz aus der Nähe hat er auch gesehen, was die Frauen seines Landes in zahlreichen Familien, in Kultur und Gesellschaft geleistet haben, wobei die Gleichheitsideologie der Geschlechter sie nicht selten an den Rand der Erschöpfung trieb.[5] Vielleicht schätzt er die Frauen deshalb so sehr.[6] Vielleicht dankt er ihnen deshalb so sensibel dafür, daß sie sich „in allen Bereichen des sozialen, wirtschaftlichen, kulturellen, künstlerischen und politischen Lebens" engagieren.[7] Vielleicht zeigt er sich deshalb auf seinen vielen Reisen stets solidarisch mit den Frauen aller Länder und Kontinente, vor allem mit denen, die gedemütigt und erniedrigt werden, die Objekte männlicher Gewalt und Herrschsucht sind. Wer erinnert sich nicht an jene arme Negerin in Kisangani, die plötzlich – zitternd und zerlumpt – vor dem Papst erschien? Johannes Paul II. begriff ihr ganzes Leid. Er nahm sie spontan in die Arme, und die Frau veschwand weinend in seinem weiten Mantel.[8] Dieses Beispiel ist eins von vielen.

Nicht nur in Afrika pflegt Johannes Paul II. mit aller Leichtigkeit Konventionen und Protokolle zu durchbrechen, wenn es darum geht, den Menschen nah zu sein. In Schweden nahm er 1990 die Einladung zu einem Abendessen „nur mit Frauen" an. So konnten die nordischen Priorinnen verschiedener Ordensgemeinschaften, die darum gebeten hatten, direkt mit ihm auf Deutsch, Französisch, Polnisch oder Italienisch sprechen. Es geschah in einer familiären und entspannten Atmosphäre, wie später zu hören war. Der Papst wurde von den Ordensschwestern als „sehr froh und gut informiert" charakterisiert.[9]

Bei dieser persönlichen „Offenheit gegenüber der weiblichen Welt"[10] ist es nicht verwunderlich, daß Johannes Paul II. jede Art von Diskriminierung und Verdächtigung bezüglich der Frauen entschieden verurteilt.[11] Er bricht nicht nur mit dem Protokoll, sondern auch mit einer alten Tradition, welche geistige und moralische Minderwertigkeiten bei der Frau festzustellen meinte[12], wichtige Entscheidungen daher von ihr fernhielt und von jeder Gattin verlangte, sich ihrem Herrn und Gebieter (nämlich dem Mann) widerspruchslos unterzuordnen.[13] Solche Tendenzen beschnitten die Freiheit der Frau und konnten unter Umständen tief verletzen. Sie trafen indirekt aber auch den Mann, der – sofern er sich an die weitverbreiteten Normen hielt – auf eine echte Partnerschaft verzichten mußte. Im extremen Fall hatte er statt einer „Freundin" eine „Sklavin", so könnte man etwas plakativ formulieren.[14] Obwohl sicher zu beachten ist, daß die Mentalitäten in früheren Zeiten etwas anders waren als heute, scheut der Papst sich nicht, neben allen Fortschritten auch die Fehler der Kirche in der Frauenfrage freimütig zu bekennen.[15] „Ich würde mir wünschen, daß alle Fanatiker der Welt mit der Ausgewogenheit des Papstes denken", bemerkte Gertrude Mongella, die Vorsitzende der Welt-Frauenkonferenz von Peking, nach einer Begegnung mit dem Heiligen Vater im August 1995.[16]

Treffend ist Johannes Paul II. als „Pionier" der Menschenrechte für die Frau,[17] als ein großer „Erneuerer"[18] bezeichnet worden. Fern von aller romantischen Schwärmerei stellt er sich eindeutig auf die Seite derjenigen, die sich für soziale und politische Gerechtigkeit einsetzen. „Emanzipation" bedeutet für ihn eine Lösung von hemmenden Traditionen, von Klischees und Vorurteilen, von allen zu eng gewordenen Lebensformen. Er ruft ins Bewußtsein, daß die christliche Gemeinschaft die größte Frauenhilfsorganisation der Welt ist. Tatsächlich gibt es wohl keine Einrichtung der UNO, die in zahllosen kleinen afrikanischen Dörfern oder südostasiatischen Inseln mit so vielen Hilfsprogrammen vertreten ist wie die Kirche, um die Frauen aller Länder aus der Bildungs- und scheinbaren Bedeutungslosigkeit herauszuführen.[19]

II. Der Schatz des Evangeliums

Dabei geht es dem Papst sicher nicht darum, auf jeden Fall „originell" zu sein. Seine Lehre ist neu und alt wie das Evangelium, zu dessen Wurzeln er immer wieder zurückkehrt. Er möchte sich an dem Verhalten Jesu orientieren[20] und das, was zum Schatz der Kirche, zum Glaubensgut gehört, von gewachsenen Mißverständnissen reinigen. So trägt er dazu bei, die christliche Botschaft klar und unverfälscht in unsere Zeit hineinzuformulieren, wie es ja auch das Anliegen des II. Vatikanums[21] und seiner unmittelbaren Vorgänger war.[22]

So brachte etwa Paul VI. gegen Mitte der siebziger Jahre das neue Phänomen der religiösen Distanz zur Mutter Jesu mit dem neuen Selbstverständnis der Frau in Verbindung. In seinem Apostolischen Schreiben über die Marienverehrung, *Marialis Cultus,* bemerkte er mit Weitblick: „Es fällt in der Tat schwer, das Bild von Maria, wie es in bestimmten Andachtsbüchern und frommen Schriften zu finden ist, mit den heutigen Lebensbedingungen der Gesellschaft und insbesondere der modernen Frau in Einklang zu bringen – sei es im häuslichen Bereich, wo die Gesetze und die Gewohnheiten mit

Recht darauf hinwirken, daß die Frau in der Leitung der Familie die gleichen Kompetenzen besitzt wie der Mann – sei es auf dem Gebiet der Politik, wo sie heute in vielen Ländern die gleichen Rechte besitzt wie der Mann – sei es im sozialen Bereich, wo sie in vielfältigen Aufgaben ihre volle Eigenart entfalten kann und so immer mehr aus dem engen Raum der Familie herauswächst – sei es auf kulturellem Gebiet, wo ihr neue Möglichkeiten der wissenschaftlichen Forschung und der intellektuellen Leistung offenstehen."[23]
Diese Mahnungen sind leider nicht überall gehört worden.[24] „Die Lichter, die aus Rom kamen, blieben weitgehend unter dem Scheffel versteckt", gibt Kardinal Albert Decourtray zu bedenken.[25] Es ist nun endlich an der Zeit, sie rund um den Erdkreis bekannt zu machen. Und wer könnte das besser verwirklichen als der Papst selbst?
Johannes Paul II. bekennt klar, daß die Kirche spät damit begonnen hat, ihren Schatz zu heben. Teresa von Avila und Katharina von Siena sind erst in diesem Jahrhundert, erst 1970, offiziell zu Kirchenlehrerinnen erklärt worden; ihr Wirken war längst vorher bekannt.[26] Frühere Befürworter der Ernennungen hatten die Antwort erhalten: „Obstat sexus – ihr Geschlecht als Frau steht dem entgegen."[27] Dagegen wurde Thérèse von Lisieux bereits 1996 – nach wesentlich kürzerer „Wartezeit" – in den Rang der doctores eingereiht, obwohl sie kein wissenschaftliches Werk hinterlassen hat. Eine Demonstration, daß das Zeugnis des Lebens eben wichtiger ist als jede Theorie![28]

III. Ein neuer geschichtlicher Ansatz

Gerade in der Frauenfrage zeigt Johannes Paul II. geistige Tiefe und Herzensweite. Seine Weite umspannt im buchstäblichen Sinn die gesamte Menschheit, sowohl räumlich als auch zeitlich. So setzen seine Reflexionen in dem Apostolischen Schreiben *Mulieris dignitatem* nicht kurzatmig bei den empirischen Daten der gesellschaftlichen Lage der Frauen an, die sich zudem dauernd ändern, und die etwa in Rußland oder Indien anders aussehen als in Kolumbien oder Kanada. Vielmehr bietet der Papst eine grundsätzliche Betrachtung des christlichen Frauenbildes[29] und gewinnt von daher die Basis zur Beurteilung der je geschichtlichen Wirklichkeiten mit ihren Herausforderungen für Frau und Mann. Nicht der neuzeitliche Feminismus, sondern die Heilsgeschichte stellt die Bühne dar. Der Papst geht bis zu unseren Ursprüngen, bis zur Genesis zurück und interpretiert sie neu. Eva ist nicht „die Verführerin", sondern gleichwertige Partnerin Adams.[30] So kann eine Geschichtsbetrachtung entstehen, in der die Frauen tatsächlich einbezogen und ernstgenommen werden, auch wenn ihr Wirken jahrhundertelang im Verborgenen geschah. Dem liegt die Auffassung zugrunde: Die Frauen wurden zwar – häufig ungerecht – daran gehindert, öffentlich hervorzutreten; aber trotzdem war ihr Handeln immer wirksam und wertvoll und verdient es, auch genannt zu werden.[31] Unwillkürlich wird man an einen Ausspruch der Dichterin Gertrud von Le Fort erinnert: „Der tiefe Trost, den die Frau der heutigen Menschheit zu geben vermag, ist der Glaube an die unermeßliche Wirksamkeit auch der verborgenen Kräfte, die unerschütterliche Gewißheit, daß nicht nur ein sichtbarer, sondern auch ein unsichtbarer Pfeiler diese Welt trägt und hält."[32] Der Papst tritt allerdings dafür ein, daß hier keine geschlechtsspezifischen Trennungen mehr vorgenommen werden, sondern Männer und Frauen gemeinsam sowohl an dem sichtbaren als auch an dem unsichtbaren „Pfeiler" bauen.[33]

Am Anfang der Menschheitsgeschichte war genau dies vorgesehen. Adam und Eva standen nebeneinander vor Gott, mit derselben Würde, Freiheit und Verantwortung.[34] Der Doppelauftrag, die zeitlichen Güter zu verwalten und für die Nachkommen Sorge zu tragen, wurde an beide gerichtet, nicht der erste Teil an Adam, der zweite an Eva.[35] In diesem Sinne sollen sich auch in der Ehe Mann und Frau als gleichwertige Partner verstehen, die ein gemeinsames Leben wagen und sich zusammen darum bemühen, Familie und Beruf in Einklang zu bringen. Beide sind „auf gleicher Höhe". Schön verdeutlicht dies der junge Karol Wojtyla in seinem Theaterstück „Der Laden des Goldschmieds". Als – in dieser Erzählung – Andrezej seiner Freundin Teresa einen Heiratsantrag macht, wird dies folgendermaßen beschrieben: „‚Willst du die Gefährtin meines Lebens sein?' So sagte er. Nicht etwa: Willst du meine Frau werden, sondern: die Gefährtin meines Lebens. Er hatte sich also gut überlegt, was er sagte." Teresa versteht den Sinn seiner Worte. Sie besorgt sich Brautschuhe mit hohem Absatz, um nach außen hin sichtbar zu machen, daß sie ebenso groß ist wie er.[36]

Die Texte der Genesis lassen auch den letzten Grund erkennen, warum das Miteinander von Mann und Frau oft gestört ist: „Gerade in diesen Anfang drängt sich die Sünde ein und tritt dort als Gegensatz und Verneinung auf."[37] Wie die Verantwortung, so ist die Schuld natürlich beiden Geschlechtern gemeinsam. Und auch die Strafe haben beide zu tragen.[38] Als Gott nach dem Sündenfall zu Eva sagte, daß Adam über sie herrschen werde (nicht solle),[39] da traf er sowohl die Frau als auch den Mann im inneren Wesenskern. Beide leiden an der Unterdrückung der Frau (übrigens auch an der „Unterordnung", sofern sie nicht nur Metaphorik ist); denn diese Situation widerspricht zutiefst ihren natürlichen Wünschen und Sehnsüchten. Beide leiden, wenn auch auf verschiedene Weise. Auf den ersten Blick scheint es, daß die Frau an den Folgen der Sünde schwerer zu tragen hat.[40] Der Papst prangert an, daß sie oft alleingelassen wird und für gemeinsame Taten allein „zahlen" muß.[41] Im Grunde aber wird der Mann selbst noch mehr verletzt, wenn er die Frau verachtet und mißbraucht (und auch, wenn er sie scheinbar liebevoll wie ein unmündiges Kind behandelt). Denn der, der Unrecht tut, entfernt sich mehr vom Glück als der, der Unrecht leidet. Letztlich zerstört er nicht den anderen, sondern sich selbst. Er entstellt das Bild Gottes in sich immer mehr.

IV. Der Mensch – Bild Gottes

Daß der Mensch als Bild Gottes geschaffen wurde,[42] ist ein Gedanke, den Johannes Paul II. mehrfach erläutert hat.[43] Er beinhaltet, daß sowohl der Mann als auch die Frau „Personen" sind,[44] mit eigener Innerlichkeit und Tiefe, mit der Möglichkeit, die Welt zu verstehen, sich frei zu entfalten, kreativ zu sein.[45] Das „Bild Gottes" gehört zu ihrer individuellen Seinsstruktur; es ist nicht äußerlich hinzugefügt.
Gott hat nicht erst den Menschen geschaffen und ihm dann sein Bild eingeprägt. Mann und Frau haben nicht ein Bild Gottes in sich, sondern sie sind Bild Gottes von Anfang an, in der Einheit von Körper und Geistigkeit.[46]

Die Frau ist folglich nicht ein vom Mann her und auf ihn hin definiertes Wesen. Sie hat Wert und Würde in sich selbst, erhält diese also nicht erst durch einen anderen – etwa als „Tochter des Bürgermeisters" oder „Mutter des Prinzen". Der Bericht von der Schöpfung aus jener gemeinsamen „Rippe"[47] unterstreicht dies noch. Er ist für Johannes Paul II. keineswegs ein „Beweis" für die Unterordnung der Frau, sondern ein lebendiger Ausdruck für die Wesensgleichheit der Geschlechter, die denselben „Stoff" in sich tragen[48]: „Die Frau ist ein anderes ‚Ich' im gemeinsamen Menschsein."[49]

Als Person verfügt jeder Mensch – Mann und Frau – über eigene Innerlichkeit und Tiefe, zu der kein anderer Mensch Zugang hat. Andererseits besitzt er die Möglichkeit, sich zu öffnen und mit anderen Personen in Gemeinschaft zu treten; er ist von Natur her auf Beziehung angelegt.[50] Auch hierin gleicht er seinem Schöpfer[51], dessen Dreipersonalität ein letztes und unergründliches Geheimnis ist. Die klassische Theologie versteht die drei göttlichen Personen als Relationen, als wechselseitige Bezogenheit, in denen die Einheit in der Verschiedenheit in höchstem Maße verwirklicht ist. Das innertrinitarische Leben stellt sich uns als eine innige Gemeinschaft zwischen Vater, Sohn und Heiligem Geist geheimnisvoll dar. Analog dazu ist auch der Mensch dazu bestimmt, durch liebendes

Miteinander im Du ein anderes Ich zu finden. Menschsein heißt, „zur interpersonalen Gemeinschaft"[52] berufen zu sein. Hinweis darauf gibt die Zweigeschlechtlichkeit. „In der ‚Einheit der zwei' sind Mann und Frau von Anfang an gerufen, nicht nur ‚nebeneinander' oder ‚miteinander' zu existieren, sondern sie sind auch dazu berufen, gegenseitig ‚füreinander' dazusein."[53]

Für Johannes Paul II. ist es selbstverständlich, daß die „Hilfe", von der die Genesis spricht, gegenseitig ist.[54] Der Mann hilft der Frau und diese dem Mann, ein glückliches Leben zu führen, sich zu verwirklichen.[55] Jeder besitzt Wertqualitäten, die ihm eigen sind, und jeder ist dem anderen in seinem Bereich überlegen. Man muß die geschlechtliche Differenz nicht als unwesentlich oder nachträglich definieren, um die Gleichheit zu retten. Sie ist nicht eine bloße Bedingung, die auch fehlen könnte, nicht nur Ausdruck gesellschaftlicher Prägung, sondern sie stammt aus der Absicht des Schöpfers selbst, aus dem göttlichen Willen zum Mann und zur Frau.[56] Sie ist auch nicht irgendeine Wirklichkeit, die nur auf den körperlichen Bereich zu begrenzen wäre. Mann und Frau ergänzen sich in ihrer je spezifischen leiblich-seelisch-geistigen Natur.[57] Ihre höchst konkrete, anschauliche, auch spürbare Andersheit muß weder nivelliert noch geleugnet werden. Vielmehr geht es darum, die Gleichrangigkeit des Unterschiedlichen zu entdecken und Konsequenzen zu ziehen. Der Sinn für Unterschiede ist ein Zeichen für Freiheit und Gerechtigkeit, wohl auch für schlichten Realitätssinn. Er ist nach dem Philosophen Jörg Splett sogar ein „Gradmesser für die Kultiviertheit des Menschen überhaupt". Splett erwähnt in diesem Zusammenhang ein altes chinesisches Sprichwort, das sagt, die Weisheit beginne damit, „dem anderen sein Anderssein zu vergeben".[58]

Mannsein und Frausein sind zwei verschiedene Ausprägungen des einen Menschseins, des leiblich-seelischen Seins eines nach dem Bild Gottes geschaffenen Wesens, das Innerlichkeit und Eigenständigkeit, immer aber auch Beziehung zum anderen ist, Selbstsein und Mitsein zugleich. Der Mensch als Person greift über sich hinaus, weist auf einen anderen hin, für den es zu leben und den es zu lieben gilt. In Beziehung zu leben, Beziehungen einzugehen, entspricht der inneren Struktur seines Wesens.[59] Freundschaft, Liebe, Sorge füreinander und Teilnahme am Schicksal der anderen sind folglich nicht etwas Zufälliges, Dekoratives, letztlich Überflüssiges für Mann und Frau, sondern absolut notwendig zur geistigen Reife und zum menschlichen Glück. Denn in dem gleichen Maße, in dem die Person sich selbst Ziel ist und zur eigenen Entfaltung strebt, gilt auch dies: Sie kann sich nur dann verwirklichen, wenn sie bereit ist, ihre je eigenen Begabungen und Fähigkeiten – mehr noch: sich selbst – in den Dienst der anderen zu stellen.[60] Paradoxerweise entfaltet sie sich gerade dann, wenn sie sich den anderen schenkt, wenn sie – mit Worten Johannes Pauls II. – zur „Gabe" für die anderen wird.[61] Hier ist selbstverständlich eine verantwortete und zu verantwortende Hingabe gemeint. Selbsthingabe darf nie so mißverstanden werden, als ob man sich einem anderen als Mittel für dessen Zwecke zur Verfügung stellte. Weder sich noch andere darf der Mensch als Mittel begreifen. Unter diesen Voraussetzungen aber gilt, daß er gerade dann zur tiefsten persönlichen Verwirklichung gelangt, wenn er den anderen hilft, sie selbst zu sein.

Mann und Frau sind geschaffen, um füreinander dazusein, in Freiheit und Liebe. Eheliche Liebe besteht folglich, wie jede andere Form der Liebe auch, in einem ständigen Geben und Nehmen.[62] Für die Interpretation des so oft zitierten neutestamentlichen Wortes, nach dem die Ehe ein Zeichen der Liebe Christi zu seiner Kirche ist, heißt das schlicht: Beide Ehepartner sind „Christus" füreinander, und beide sind auch „Kirche".[63]

V. Der weibliche „Genius"

Was nun bedeutet es, „Mann" oder „Frau" zu sein? Worin unterscheiden sich die Geschlechter? Dank der Emanzipationsbewegungen ist zumindest in der westlichen Welt heute weithin klar, daß der Unterschied nicht in irgendwelchen intellektuellen oder moralischen Qualitäten zu suchen ist. Tatsächlich wurde er in vergangenen Zeiten häufig übertrieben. Daher ist es verständlich, daß zahlreiche Frauen versuchen, ihn einfach beiseite zu schieben.[64] Inzwischen haben wir allerdings auch einige Erfahrung, wohin das führen kann – nämlich in den Krampf der Selbstverleugnung und bisweilen sogar in die psychische Krankheit hinein.

Demgegenüber ermutigt Johannes Paul II. die Frauen, sich in ihrem Anderssein ganz bewußt zu bejahen. Es wäre zu fade und für die Welt eine Verarmung, wenn die Emanzipation der Frau lediglich als ein Angleichen an den Mann verstanden würde. Das Leben verlöre Licht und Wärme, das Miteinander seinen besonderen Reiz. Etwas viel Teureres, Lohnenderes, auch Schwierigeres muß angestrebt werden. Es geht darum, den inneren Reichtum der Frau zu entdecken. Alle Emanzipation von äußeren Fesseln dient dazu, den weiblichen „Genius" voll zur Entfaltung zu bringen.[65]

Johannes Paul II. spricht gern von diesem weiblichen „Genius" oder auch von einem „Charisma", einer besonderen „Berufung" der Frau[66] – übrigens nicht nur in seinen offiziellen Texten. Die italienische Politikerin Maria Antonietta Macciocchi erzählt von einer privaten Unterredung mit ihm, in der er ihr versicherte: „Ich glaube an den Genius der Frau ... Ja, ich glaube, daß der weibliche Genius der Sauerteig des menschlichen Fortschritts und der menschlichen Geschichte ist, selbst in den dunkelsten Epochen."[67] Dieser „Genius" bot dem Heiligen Vater manches Mal Hilfe und Ansporn. So war es beispielsweise nicht ein hoher kirchlicher Würdenträger, auch kein staatlicher Repräsentant, der ihn bat, ein Heim für alte und behinderte Menschen in einem der Vatikanischen Gärten errichten zu lassen. Es war eine schlichte Frau, Mutter Teresa aus Kalkutta. Und er hörte auf sie![68]

Nun wird man sich nüchtern fragen, welchen „Reichtum", welche „Talente" die Frau denn hat, die der Mann nicht auch besäße. Und man wird an das Mutter-Sein denken. Denn das einzige, wodurch die Geschlechter sich unterscheiden, ist offensichtlich ihre je eigene Begabung zur Vater- und zur Mutterschaft.

Tatsächlich streicht Johannes Paul II. nicht selten – mit besonderem Gespür für die Belange der Frau – Größe und Ernst der physischen Mutterschaft heraus. Sie ist ein Ausdruck des Vertrauens und der Nähe Gottes, betont er, unmittelbarer und tiefer noch als die physische Vaterschaft. Als Mutter ist die Frau berufen, „Ort" eines göttlichen Schöpfungsaktes zu sein.[69] Denn die Eltern wirken auf unbegreifliche Weise mit Gott zusammen, wenn ein neuer Mensch entsteht. Dieser wird noch vor dem Mann der Frau anvertraut, damit sie ihn (zunächst in sich) aufnehme, berge und ernähre. Zwar ist die Schwangerschaft nicht selten von Anstrengung und Erschöpfung gekennzeichnet – doch bedeutet es nicht eine besondere Auszeichnung für die Frau, Gottes schöpferische Liebe bis in die eigene Leiblichkeit hinein spüren zu dürfen? Daß die Frau als Mutter herabgesetzt oder benachteiligt sei, kann nur aus einer oberflächlichen Perspektive heraus behauptet werden. Aus christlicher Sicht gilt im Gegenteil, daß der Frau in ihrer Mutterschaft ein ganz besonderer „Vorrang vor dem Mann" zukommt, wie Johannes Paul II. formuliert.[70]

Damit soll die Mutter keineswegs „ans Haus gefesselt", zu „Sklavenarbeiten verurteilt" werden, auch wenn dies in einigen feministischen Kreisen längst als bewiesen erscheint. Zwar erfahren nicht wenige Frauen die Geburt eines Kindes als Belastung, was teils an dem Unverständnis der Mitmenschen, teils auch an ungerechten Sozialstrukturen liegen mag. Doch das sind Folgen der Sünde, nicht notwendige Begleitumstände der Mutterschaft. Ihretwegen darf einem neuen Menschen das Leben nicht verweigert, sie selbst müssen abgeschafft werden! Dies stellt in allen Gesellschaften gerade für Christen eine der dringendsten Herausforderungen dar.[71]

Natürlich ist es nicht wünschenswert, daß die Frau in den eigenen vier Wänden „eingesperrt" lebt. Dies mag ein Ideal des Bürgertums im 19. Jahrhundert gewesen sein[72], mit christlicher Moral hat es wenig zu tun. Je nach persönlicher Belastbarkeit und familiärer Situation kann die Frau es sogar als ihre Pflicht betrachten, auch andere Formen des – beruflichen, ehrenamtlichen oder persönlichen – Engagements in der Gesellschaft zu suchen und ihr Haus für viele Menschen zu öffnen. Daß das Wohl der Familie stets das erste Anliegen guter Eltern bleiben wird, steht dabei außer Debatte. Und daß die Erziehung eines Kindes mehr Kreativität, Flexibilität und Einsatzfreude verlangt als fast jede außerhäusliche Tätigkeit, ist auch ganz sicher.[73]

Doch bei aller Liebe zu den Müttern auf der ganzen Welt meint Johannes Paul II. in erster Linie nicht die physische Mutterschaft, wenn er vom „Genius" der Frauen spricht. Die Tatsache, daß eine Frau Mutter sein kann, heißt für ihn nicht, daß alle Frauen Mütter sein sollten und nur in der Mutterschaft das Glück finden könnten. Der weibliche „Genius" zielt eher auf eine seelisch-geistige Dimension, auf eine gewisse Grundhaltung, die der physischen Struktur der Weiblichkeit durchaus entspricht und durch sie gefördert wird. So wie eine Frau in der Zeit der Schwangerschaft eine einzigartige Nähe zu einem neuen Menschen erfahren kann, so begünstigt ihre Natur sie auch, menschlich-spontane Kontakte zu den anderen Menschen ihrer Umgebung zu knüpfen.[74] Die „geistige Mutterschaft" besteht in einer zarten Sensibilität, in einem besonderen Gespür für die Bedürfnisse der anderen[75], in der Fähigkeit, seelische Konflikte zu erahnen und mitzutragen. Sie zielt auf Personennähe, Realitätsbezug, Einfühlungsvermögen. Im Grunde bezeichnet sie nicht mehr und nicht weniger als eine besondere Liebesfähigkeit der Frau.[76]

Diese geistige Mutterschaft ist für Johannes Paul II. der „Genius", der innere Reichtum der Frau. Er umfaßt das Talent, in der Masse den einzelnen zu entdecken und zu fördern, und auch in einem hektischen Betriebsalltag nicht zu vergessen, daß Personen wichtiger als Sachen sind. Gott hat der Frau, wie der Papst es ausdrückt, „in einer besonderen Weise den Menschen anvertraut."[77] In diesem Sinne sind tatsächlich alle Frauen berufen, auf irgendeine Weise „Mutter" zu sein.[78] Was heißt das denn anderes, als die Anonymität zu durchbrechen, den anderen ein offenes Ohr zu schenken, ihre Sorgen ernst zu nehmen, sich solidarisch zu zeigen? Unverbildeten Frauen fällt es normalerweise nicht schwer, Geborgenheit zu vermitteln und eine Umgebung zu schaffen, in der man sich wohlfühlen kann. Sie neigen oft zu einem intuitiven, spontanen Handeln, das nicht einseitig auf Funktionalität und Effektivität ausgerichtet ist.[79] So können sie, unauffällig und natürlich, von der Liebe Gottes zu jedem einzelnen Menschen Zeugnis geben und den anderen das Bewußtsein vermitteln, daß sie – auch von Gott – mit allen ihren Nöten angenommen werden, und daß ihr Leben wertvoll ist.

VI. Gemeinsam als Mann und Frau

Die Botschaft des Papstes lautet gewissermaßen: In einer Gesellschaft, in der die weiblichen Kräfte nicht zum Tragen kommen, die vielmehr geprägt ist von Leistungsdenken und Erfolgswahn, kann sich – trotz allen äußeren Glanzes und aller technischen Wunder – die menschliche Persönlichkeit nicht gesund entfalten. Bedeutet dies nun, so könnte man etwas enttäuscht fragen, daß die Frauen nur deshalb in Politik und Wirtschaft zugelassen werden sollten, weil sie mit ihrem Lächeln die gestreßten Manager aufheitern könnten? Haben sie nur den Auftrag, ein gutes Betriebsklima zu schaffen,

Blumen zu gießen und Kaffee zu kochen? Sicher nicht! Johannes Paul II. eröffnet weitere Horizonte.[80] Indem er die Frau in ihrem Person-Sein erfaßt, erwartet er von ihr, daß sie sich den Forderungen des Berufslebens ernsthaft stellt; und er ermuntert sie, auch „schwere" Verantwortung zu übernehmen.[81] Nun prägt allerdings ein gewisses Nicht-Einbeziehen der Frauen bis heute viele Gesellschaften[82], immer mehr in seinen sublimen Formen. Dagegen möchte Johannes Paul II. die Frauen in allen Bereichen gefördert wissen, und zwar nicht nur auf legaler Ebene, in Dokumenten und Gesetzestexten, sondern auch faktisch und real,[83] das heißt im ganz gewöhnlichen Alltag, wie er sich in Firmen und Betrieben von morgens bis abends abspielt, von den Dienstleistungen bis zur Arbeit in den Chefetagen.[84] Überall sollen die Frauen als echte Partnerinnen betrachtet werden. Dies gilt natürlich auch für die kirchlichen Institutionen.

Daß das Priestertum in der katholischen Kirche den Männern vorbehalten ist, wird von vielen nicht verstanden. Auf jeden Fall aber wird einem Menschen guten Willens inzwischen klar sein, daß der Papst sich hier einem Gebot Christi verpflichtet fühlt, das zu erläutern eine dringende theologische Aufgabe darstellt.[85] In einer Zeit, in der mit aller Klarheit die Verbindlichkeit des persönlichen Gewissens neu formuliert wird, sollte auch das Gewissen des Nachfolgers Petri respektiert werden. Die Tatsache, daß die Männlichkeit eine Voraussetzung für die Priesterweihe ist, hat mit Misogynie nichts zu tun![86] Dafür gibt Johannes Paul II. ein zu eindeutiges Zeugnis von seiner aufrichtigen Wertschätzung aller Frauen. Diese haben unendlich viele andere Möglichkeiten, sich als Christinnen zu engagieren, wenn sie es wollen.[87]
Natürlich ist der Papst ein viel zu guter Menschenkenner, um nicht klar zu sehen, daß das weibliche Geschlecht keineswegs immer sanft und freundlich ist. Viele Frauen haben ihren „Genius" nicht oder nicht genügend entfaltet. Andererseits hat auch der Mann sich um Geduld und Verständnisbereitschaft zu bemühen,[88] die im Grunde eine Forderung für jeden Christen sind. „Ich glaube an den weiblichen Genius" heißt doch nichts anderes als „Ich glaube an die Liebe! – Ich glaube daran, daß unser gesellschaftliches Zusammenleben besser und angenehmer werden kann, wenn wir bereit sind, auch an die anderen zu denken." Johannes Paul II. wendet sich an die tiefsten Schichten des menschlichen Herzens. Von hier aus muß eine Umwandlung geschehen, wenn die Welt neu gestaltet werden soll.[89]
Echte Liebe äußert sich im Hier und Jetzt, in unzähligen kleinen Gesten, selten auch in großen Taten. Da die Frau eine besondere Beziehung zum Geheimnis des Lebens hat, ist es für sie gewissermaßen leichter, die Liebe konkret zum Ausdruck zu bringen. Sie hat die Fähigkeit, rasch zu erspüren, wer in jeder Situation ihr „Nächster" ist. Der Mann – obgleich er Vater ist – befindet sich immer etwas „außerhalb" des Prozesses der Schwangerschaft und der Geburt und nimmt nur durch seine Frau an ihm teil.[90] Von Natur her hat er eine größere Distanz zum Leben. Daher kann (und muß) er von der Frau viel lernen.[91] Eine Gesellschaft wird sich natürlich nur ändern, wenn beide Geschlechter gemeinsam eine neue Kultur fördern, in der das Füreinander-Dasein von neuem verstanden und gelebt wird.[92] Nur zusammen können sie eine „Zivilisation der Liebe" errichten.[93]
Wenn Johannes Paul II. an den „weiblichen" Genius appelliert, so spricht er letztlich nicht von der Frau, sondern von einer bestimmten Anlage, die auch im Mann vorhanden ist; ähnlich beanspruchen ja auch die „männlichen" Qualitäten bei der Frau Entfaltung.[94] Immer geht es um die Ganzheit der Person,[95] um die geistige Reife von Mann und Frau, die allerdings nur in einer ständigen „Konversion", in einer tiefen Umkehr des Herzens „zum anderen hin" erstrebt werden kann. Denn beide, Mann und Frau, sind nach dem Bild des dreifaltigen Gottes geschaffen, um „Gabe" zu sein.[96] Beide haben eine Berufung zur Liebe empfangen. „Ich habe dich bei deinem Namen gerufen" – das sagt Gott zu jedem einzelnen, zu jedem Mann und zu jeder Frau.[97]

VII. Ausblick

Die Vision des Papstes beginnt bei der Genesis und reicht weit über das dritte Millennium hinaus. Sie weist auf das Ende der Menschheitsgeschichte hin, von dem aus unsere augenblickliche Situation noch eine vertiefende Deutung erfährt. In der apokalyptischen Darstellung erscheint Maria als Siegerin im Kampf gegen jedes Unrecht, schlicht als Mutter.[98] In ihrer Freiheit und Selbstlosigkeit, in ihrem Einsatz, „den Menschen zu retten", ist sie Vorbild für uns alle.[99] Hier wird uns klar versichert: Der „weibliche Genius" ist stärker als alle Gewalt, auch wenn aus unserer begrenzten Sicht zuweilen das Gegenteil der Fall zu sein scheint. Doch wir können sicher sein: Was wir am Ende unseres Lebens in den Händen halten, das ist nicht unser Geld und auch nicht unser Erfolg. Was unsere wirkliche, ewig andauernde Existenz aufbaut, ist die Liebe, die wir gegeben und empfangen haben – sonst nichts.

Anmerkungen

1
Vgl. Frankfurter Allgemeine Zeitung vom 14. Februar 1998. – Es handelte sich genaugenommen nicht um einen „Priester", sondern um einen Seminaristen. Karol Wojtyla empfing die Priesterweihe am 1. November 1946.

2
Vgl. die Pastoralkonstitution *Gaudium et Spes*, Nr. 24 und das Apostolische Schreiben *Mulieris dignitatem*, Nr. 7, 10, 13, 18, 20, 30 von Johannes Paul II. (15. August 1985).

3
Johannes Paul II. hat bezüglich der Frauenfrage klar gesagt: „Alles, was ich über dieses Thema in *Mulieris dignitatem* geschrieben habe, trug ich seit meiner frühen Jugend, ja, gewissermaßen seit der Kindheit in mir." Vgl. „Die Schwelle der Hoffnung überschreiten", Hamburg 1994, S. 241.

4
Vgl. Italo Alighiero Chiusano, „Variaciones sobre la *Mulieris dignitatem*", in: „Las mujeres según Wojtyla", hg. von Maria Antonietta Macciocchi, Madrid 1992, S. 285.

5
Vgl. das Gespräch Johannes Pauls II. mit der italienischen Politikerin und Autorin Maria Antonietta Macciocchi, veröffentlicht ebd., S. 38-40.

6
Vgl. etwa die Ausführungen Johannes Pauls II. beim Angelus (9. Juli 1995): OR 1995, Nr. 28, S. 1.

7
Johannes Paul II., *Brief an die Frauen* (29. Juni 1995), Nr. 2: VApS 122, S. 3f.

8
Diese Begebenheit wird beschrieben von Maria Antonietta Macciocchi, „Las mujeres de Wojtyla", in: Macciocchi (Anm. 5), S. 53.

9
Vgl. die Aussagen von Catarina Broomé, ebd., S. 148.

10
So charakterisiert die Schriftstellerin Rosetta Loy die Haltung des Papstes gegenüber den Frauen: ebd., S. 314.

11
Vgl. Johannes Paul II., *Evangelium vitae,* Nr. 99.

12
Aus der Fülle der Literatur vgl. die wissenschaftliche Darlegung von Josep Ignasi Saranyana, „La discusión medieval sobre la condición femenina", Salamanca 1997.

13
Nach den Ermahnungen des 1566 veröffentlichten „Catechismus Romanus" (Teil II-VIII, 2 und 27) sollten die Frauen sich „unterwürfig" zeigen, ihren Männern „willfährig sein und mit der größten Bereitwilligkeit gehorchen". Es liegt eine deutsche Ausgabe vor: „Der römische Katechismus", übersetzt nach der zu Rom 1855 veröffentlichten Ausgabe, Kirchen/Sieg 1970.

14
Johannes Paul II. hebt hervor, daß die Ungerechtigkeiten, die die Frau erfährt, zutiefst verletzend und schädigend sind, nicht nur für sie selbst, sondern auch für den Mann. Vgl. *Mulieris dignitatem,* Nr. 10.

15
Vgl. *Brief an die Frauen,* Nr. 3.

16
Diese Worte von Gertrude Mongella wurden veröffentlicht in: „Kirche heute" (1996/12), S. 26.

17
Vgl. G.W. Hunt, „The Pope on the Human Vocation", in: America 159 (1988), S. 267.

18
Vgl. die Aussagen von Kard. Albert Decourtray, in: Macciocchi (Anm. 5), S. 236; auch die Bemerkungen der kanadischen Theologin Elisabeth J. Lacelle, ebd., S. 164; auch Catarina Broomé, ebd., S. 150 und 152.

19
Vgl. die Botschaft des Papstes an die Generalsekretärin der Weltfrauenkonferenz in Peking (26. Mai 1995), veröffentlicht in Johannes Paul II., „Carta y 21 mensajes a las mujeres", Madrid 1996, S. 46-58.

20
Vgl. *Mulieris dignitatem,* Nr. 12-16. – Brief an die Frauen, Nr. 3.

21
Der in diesem Zusammenhang wohl berühmteste Text lautet: „Doch jede Form einer Diskriminierung in den gesellschaftlichen und kulturellen Grundrechten der Person, sei es wegen des Geschlechts, der Rasse, der Farbe ... muß überwunden und beseitigt werden, da sie dem Plan Gottes widerspricht." *Gaudium et spes,* Nr. 29. – Dieser Text findet sich zwar nicht in *Mulieris dignitatem,* doch die Pastoralkonstitution, aus der er stammt, wird in *Mulieris dignitatem* dreizehnmal zitiert. – Vgl. auch *Gaudium et spes,* Nr. 8, 9, 60. – Dekret *Apostolicam Actuositatem,* Nr. 9. – Botschaft des Konzils an die Frauen (8. Dezember 1965): AAS 58 (1966), S. 13f.

22
Vgl. etwa Pius XII., *Ansprache an die italienischen Frauen* (21. Oktober 1945): AAS 37 (1945), S. 284-295. – Ders., *Ansprache an die Weltunion der Katholischen Frauenorganisationen* (24. April 1952): AAS 44 (1952), S. 420-424. – Johannes XXIII., Enzyklika *Pacem in terris* (11. April 1963): AAS 55 (1963), S. 267f.

23
Apostolisches Schreiben *Marialis Cultus* (2. Februar 1974), Nr. 34.

24
Vgl. dazu Jutta Burggraf, „Das Verständnis der Frau am Beispiel der Magnifikat-Interpretationen im 20. Jahrhundert", in: Forum Katholische Theologie 13 (1997/1), S. 50-69.

25
Albert Decourtray, „La enseñanza más novedosa que nos ha llegado de la cátedra de Pedro", in: Macciocchi (Anm. 5), S. 237.

26
Schon Pius X. nannte Teresa von Avila in einem amtlichen Schreiben „Lehrerin" („magistra"); er richtete dieses Schreiben aus Anlaß der Dreihundertjahrfeier der Seligsprechung an den General der unbeschuhten Karmeliten. Vgl. AAS VI (1914), S. 137-145. – Paul VI. erhob die Heilige von Avila schließlich am 27. September 1970 als erste Frau in den Rang einer Kirchenlehrerin. – Auch Johannes Paul II. empfahl sie den Christen zur Nachahmung. Vgl. *Ansprache in Avila* (1. November 1982): DAS 1984, S. 680.

27
Vgl. Österreichische Karmeliten (Hg.), „Teresa de Jesús. Eine Frau als Kirchenlehrer", Linz ²1972, S. 12.

28
Vgl. Alfredo García Suárez, „Eclesiología – Catequesis – Espiritualidad", hg. von Pedro Rodríguez, Pamplona 1998, S. 749-766.

29
Johannes Paul II. wollte diesem Dokument „den Stil und Charakter einer Meditation" (*Mulieris dignitatem,* Nr. 2) geben; hieran erkennt man seine Haltung, die Fragen der Gegenwart in Ruhe abzuwägen und vertiefend zu betrachten. Eine „Betrachtung" könnte zwar auf den ersten Blick die Aufnahmebereitschaft eines lehramtlichen Dokumentes verringern; sie kann diese aber auch vertiefen: „Lex orandi, lex credendi."

30
Vgl. die Ausführungen zum Sündenfall in der Generalaudienz (24. September 1980): OR 1980, Nr. 40, S. 2; auch Generalaudienz (5. März 1980): OR 1980, Nr. 11, S. 1.

31
Vgl. Angelus (30. Juli 1995): OR 1995, Nr. 32/33, S. 2 und (13. August 1995): OR 1995, Nr. 34, S. 3.

32
Gertrud von Le Fort, „Die Krone der Frau", Zürich 1950, S. 68. – Vgl. dies., „Wirken und Wirkung", Dokumente zusammengestellt von Eleonore von La Chevallerie, Heidelberg 1983, S. 174 und 193.

33
Vgl. Angelus (6. August 1995): OR 1995, Nr. 32/33, S. 1.

34
Vgl. Generalaudienz (24. Oktober 1979): „Wort und Weisung", 1979, S. 158-160.

35
Vgl. Gen 1,28. – „Brief an die Frauen", Nr. 8.

36
Vgl. Andrzej Jawién/Karol Wojtyla, „Der Laden des Goldschmieds. Szenische Meditationen über Liebe und Ehe", Freiburg 1979, S. 10, 21 und 25.

37
Mulieris dignitatem, Nr. 9.

38
Vgl. die Ausführungen zum Sündenfall, Generalaudienz (26. September und 31. Oktober 1979): „Wort und Weisung", 1979, S. 148-152 und S. 161-164.

39
Vgl. Gen 3,16 – auch *Mulieris dignitatem,* Nr. 10.

40
Der Papst zeigt sich besonders auch im sexuellen Bereich als ein großer Verteidiger der Frau. Das Unrecht, das die Frau hier durch den Mangel an Zärtlichkeit erfahren kann, wird mit aller Klarheit genannt. Vgl. Johannes Paul II. (Karol Wojtyla), „Liebe und Verantwortung", München 1979, S. 234-241.

41
Vgl. *Mulieris dignitatem,* Nr. 14.

42
Vgl. Gen 1,27; 2,7.

43
Besonders in den sogenannten Mittwochskatechesen über die „Theologie des Körpers", die Johannes Paul II. 1979-81 gehalten hat, zeigte er seine Vorliebe für die ersten drei Kapitel der Genesis. – In *Mulieris dignitatem* weist er darauf hin, daß in den altbekannten Texten der Genesis „die unveränderliche Grundlage der gesamten christlichen Anthropologie" offenbart wurde. Vgl. *Mulieris dignitatem,* Nr. 6.

44
Vgl. hierzu besonders die Ausführungen zum ersten Schöpfungsbericht, Generalaudienz (12. September 1979): „Wort und Weisung", 1979, S. 138-142.

45 Vgl. *Mulieris dignitatem,* Nr. 6-7.

46
Vgl. die Ausführungen zu „Der Körper, Bild Gottes" und „Der Körper als Sakrament", Generalaudienzen (2. Januar 1980 und 20. Februar 1980): OR 1980, Nr. 2, S. 2; Nr. 9, S. 1.

47
Vgl. Gen 2,18-25.

48
Vgl. Die Ausführungen zum zweiten Schöpfungsbericht, Generalaudienzen (19. September und 7. November 1979): „Wort und Weisung", 1979, S. 143-147; S. 165-170.

49
Mulieris dignitatem, Nr. 6.

50
Vgl. Angelus (18. Juni 1995): OR 1995, Nr. 25, S. 1.

51
Diese Gedanken entfaltete Johannes Paul II. bereits in seiner philosophischen Anthropologie. Vgl. Johannes Paul II. (Karol Wojtyla), „Von der Königswürde des Menschen", Stuttgart 1980, S. 95-97.

52
Mulieris dignitatem, Nr. 7.

53
Ebd., Nr. 7.

54
Vgl. die Ausführungen zur „ursprünglichen Einsamkeit" des Menschen, Generalaudienz (10. Oktober 1979): „Wort und Weisung", 1979, S. 153-157.

55
Johannes Paul II. spricht von einer Hilfe „im Sein", nicht nur „im Wirken". Vgl. *Brief an die Frauen,* Nr. 7.

56
Vgl. die Ausführungen zur „ursprünglichen Einheit und Zweiheit" des Menschen, Generalaudienz (14. November 1979): „Wort und Weisung", 1979, S. 171-175.

57
Vgl. die Ausführungen zu: „Geschlecht als ein Konstitutiv der Person", Generalaudienz (21. November 1979): „Wort und Weisung", 1979, S. 176-179.

58
Vgl. Jörg Splett, „Der Mensch. Mann und Frau", Frankfurt 1980, S. 18.

59
Vgl. „Von der Königswürde des Menschen" (Anm. 49), S. 97.

60
Vgl. die Ausführungen zur „Hingabe", Generalaudienz (16. Januar 1980): OR 1980, Nr. 4, S. 1.

61
Vgl. „Von der Königswürde des Menschen" (Anm. 49), S. 106. – Vgl. auch *Gaudium et spes,* Nr. 24.

62
Vgl. die Ausführungen zur „reziproken Annahme des anderen", Generalaudienz (6. Februar 1980): OR 1980, Nr. 7, S. 2.

63
Schon in seiner philosophischen Anthropologie führte Johannes Paul II. aus, daß die „reziproke Hingabe" zur „reziproken Entfaltung" führt. Vgl. Karol Wojtyla, „Ensayos de ética personalista", in: „Mi visión del hombre", Madrid 1997, S. 316. – Vgl. auch die Reflexionen zur „Personengemeinschaft", Generalaudienz (14. November 1979): „Wort und Weisung", 1979, S. 171-175. – Gerade in dieser Aufforderung zur gegenseitigen Hingabe sieht Johannes Paul II. die „evangelische Neuheit": *Mulieris dignitatem,* Nr. 24.

64
In unserem Jahrhundert hat Simone de Beauvoir die Gleichheitsideologie der Geschlechter in aller Schärfe formuliert. Der Einfluß dieser französischen Philosophin ist kaum zu überschätzen. Ihre Monographie „Le Deuxième Sexe" (erstmals erschienen 1949, deutsch 1951) wird als „Bibel des Feminismus" bezeichnet. Vgl. C. Wagner, „Simone de Beauvoirs Weg zum Feminismus", Rheinfelden 1984.

65
Vgl. *Mulieris dignitatem,* Nr. 10. – Auch *Brief an die Frauen,* Nr. 10-12.

66
Vgl. Angelus (23. Juli 1995 und 15. August 1995): OR 1995, Nr. 30, S. 1 und Nr. 34, S. 2.

67
Vgl. Macciocchi (Anm. 5), S. 200.

68
Diese Begebenheit wird erzählt von Maria Antonietta Macciocchi, ebd., S. 40f.

69
Vgl. *Mulieris dignitatem,* Nr. 18.

70
Ebd., Nr. 18.

71
Vgl. Angelus (14. August 1994): OR 1994, Nr. 34, S. 4.

72
Vgl. „Als die Frauen noch sanft und engelgleich waren", hg. von Hildegard Westhoff-Krummacher, Münster 1996, S. 14.

73
Bei aller Bejahung der berechtigten Emanzipationsbestrebungen tritt Johannes Paul II. dafür ein, daß die Förderung der Frau nicht nur im außerhäuslichen Bereich betrieben werde. Der Wert der mütterlichen und familiären Aufgaben muß klare Anerkennung finden, auch in der Gesetzgebung. An dieser Gesetzgebung weltweit mitzuwirken, ist Recht und Pflicht der Frauen. Vgl. die Enzyklika *Laborem exercens* (14. September 1981), Nr. 23. – Auch das Apostolische Schreiben *Familiaris Consortio* (22. November 1981), Nr. 23. – *Mulieris dignitatem,* Nr. 18-19.

74
Vgl. *Mulieris dignitatem*, Nr. 18.

75
Vgl. *Evangelium vitae*, Nr. 99, S. 69-84.

76
Vgl. *Mulieris dignitatem*, Nr. 30.

77
Mulieris dignitatem, Nr. 30. – Auch Joseph Ratzinger, „La donna – custode dell'essere humano". Präsentation des Apostolischen Schreibens *Mulieris dignitatem*: OR 1988, Nr. 41, S. 8.

78
Vgl. *Mulieris dignitatem*, Nr. 21.

79
Vgl. hierzu auch J. Angst und C. Ernst, „Geschlechtsunterschiede in der Psychiatrie", in: „Weibliche Identität im Wandel. Vorträge im Wintersemester 1989/90", Heidelberg 1990, S. 69-84.

80
Vgl. den Vortrag des Papstes vor den Mitgliedern der Delegation des Vatikans, die an der Weltfrauenkonferenz in Peking teilnahmen (29. August 1995), veröffentlicht in: Johannes Paul II., „Carta" (Anm. 9), S. 59-64.

81
Vgl. *Mulieris dignitatem*, Nr. 69.

82
Johannes Paul II. betont, daß noch nicht alle Möglichkeiten der „Bestimmung der Frau" freigelegt worden sind. Vgl. *Brief an die Frauen*, Nr. 3.

83
Vgl. die Ausführungen zu „Das religiöse Ideal: ein reales, ein praktisches Ideal", in: Karol Wojtyla, „Primat des Geistes. Philosophische Schriften", Stuttgart 1980, S. 270 f. – Auch die Ausführungen zu „Dem Menschen dienen, nicht einer Ideologie", in: Johannes Paul II., „Wissen im Glanz der Wahrheit", St. Augustin 1980, S. 108-111. – Angelus (25. Juni 1995): OR 1995, Nr. 26, S. 1. – *Brief an die Frauen*, Nr. 4.

84
Vgl. etwa *Evangelium vitae*, Nr. 99. – Auch die Aussagen Johannes Pauls II. in Kanada (20. September 1987): OR 1987, Nr. 44, S.11; DAS 1987, S. 1156-1166.

85
Vgl. die Erklärung der Kongregation für die Glaubenslehre *Inter insigniores* (15. Oktober 1976) und das Apostolische Schreiben von Johannes Paul II., *Ordinatio Sacerdotalis* (22. Mai 1994), sowie die diesbezügliche Klarstellung (28. Oktober 1995). Zum näheren Verständnis können die von der Kongregation für Glaubenslehre herausgegebenen Kommentare helfen: „Dall' Inter insigniores all' Ordinatio sacerdotalis", Città del Vaticano 1997.

86
Den Kern der Argumentation bildet das Verhalten Christi, der – obwohl er sich radikal gegen die Diskriminierung der Frauen wandte und damit absichtlich und mutig den Bruch mit seiner Umwelt riskierte - doch keine Frauen, sondern nur Männer zu Priestern geweiht hat. Die Apostel handelten nach seinem Beispiel, und daher fühlte sich die katholische Kirche stets verpflichtet, diese Verhaltensweise Jesu und der Urgemeinde zu bewahren. Denn das Christentum ist eine historische Religion in mehr als einer Hinsicht. Seine Anfänge stellen nicht nur einen Ausgangspunkt dar, sondern haben auch einen Inhalt, der es in seinen wesentlichen Zügen für immer geprägt hat. Das Nein der katholischen Kirche zum Frauenpriestertum erschöpft sich folglich nicht in gesellschaftlich-kulturellen Verengungen früherer oder modernerer Zeiten, sondern ist Ausdruck der Treue zu ihrem Herrn. Diese Treue sichert die Fruchtbarkeit. Denn die Anfänge tragen den Charakter der Fülle. Der letzte Grund für diesen Plan Gottes läßt sich im Rahmen menschlicher Rationalität wohl nicht beantworten, denn er deutet auf eine tiefere Dimension hin, die nur im Glauben angenommen und erhellt werden kann. Die Zuordnung des Priestertums zum Mann ist zentral in der Substanz des Kirchenmysteriums verankert. Der Priester stellt Christus, den Urheber der Gnade, dar, wenn er in der Eucharistiefeier die Worte spricht: „Dies ist mein Leib."

87
Zu den weiten Wirkungsbereichen der Frau in der Kirche vgl. etwa den Vortrag des Papstes vor den Teilnehmern eines italienischen Nationalkongresses (4. Dezember 1993): OR 1993, Nr. 50, S. 12. – Auch Generalaudienz (13. Juli 1994): OR 1994, Nr. 29, S. 1.

88
Vgl. die Predigt des Papstes in Köln (15. November 1980): VApS 25, Nr. 4, S. 18. – *Mulieris dignitatem*, Nr. 22. - Besonders auch das Apostolische Schreiben *Redemptoris Custos* (15. August 1989): VApS 93.

89
Hier wird deutlich, daß der Appell an den „weiblichen Genius" nicht mit einer oberflächlichen Feminisierung der Gesellschaft gleichzusetzen ist, die etwa in der Ideologie des New Age propagiert wird. Vgl. hierzu L. Caldecott und S. Leland (Hg.), „Reclaim the Earth", London 1983. – L. Segal, „Ist die Zukunft weiblich?", Frankfurt/M. 1989.

90
Vgl. *Mulieris dignitatem*, Nr. 18.

91
Vgl. die Ausführungen zum „Ethos des Körpers", Generalaudienz (13. Februar 1980); auch die Aussagen Johannes Pauls II. in Kanada: OR 1987, Nr. 41, S. 8; vgl. DAS 1987, S. 1156-1166. – In der Botschaft zum Weltfriedenstag (1. Januar 1995) führt Johannes Paul II. aus, daß die Frau „Erzieherin zum Frieden" ist. Vgl. Johannes Paul II., „Carta" (Anm.9), S. 17-25; OR 1995, Nr. 2, S. 4.

92
Vgl. *Mulieris dignitatem*, Nr. 30.

93
Vgl. *Evangelium vitae*, Nr. 98. – Hierzu ausführlich: José Luis Illanes, „Iglesia en la historia. Estudios sobre el pensamiento de Juan Pablo II", Mexiko - Santo Domingo - Valencia 1997, S. 249-272.

94
Vgl. hierzu C.G. Jung, „Gesammelte Werke X", Freiburg 1971, S. 43-65. – Auch die Erläuterung und Weiterführung der Psychologie Jungs, etwa durch: H. Barz, „Männersache", Zürich 1984.

95
Vgl. *Brief an die Frauen*, Nr. 7.

96
Vgl. *Mulieris dignitatem*, Nr. 7.

97
Jes 43,1; vgl. Gal 3,28. – *Mulieris dignitatem*, Nr. 25.

98
Vgl. Offb 12,1-4. – *Mulieris dignitatem*, Nr. 30.

99
Vgl. Johannes Paul II.: Enzyklika *Redemptoris mater* (25. März 1987), Nr. 46. – *Mulieris dignitatem*, Nr. 4-5.

Gisbert Kranz

Johannes Paul II. und die Heiligen

I. Karol Wojtyla: Nachahmer von Heiligen

In seinem Buch „Geschenk und Geheimnis", das Johannes Paul II. 1997 zum 50. Jahr seiner Priesterweihe veröffentlichte, erzählt der Papst von seinem Werdegang und seiner priesterlichen Berufung. Vor allem zwei Heilige, denen er je ein Kapitel seines Buches widmet, hätten ihm den Weg gewiesen. Der erste ist der 1916 gestorbene heilige Bruder Albert, der zuerst Adam Chmielowski hieß und ein Maler aus der Münchner Schule war, aber eines Tages begriff, daß Gott ihn zu wichtigeren Aufgaben rief. Er ging zu den Elendsten von Krakau, wohnte mitten unter ihnen, um ihnen zu dienen, und gründete zwei Orden, die sich um die Allerärmsten kümmerten. „Für mich", schreibt Johannes Paul II., „war seine Gestalt entscheidend, weil ich bei ihm einen besonderen geistlichen Halt und ein Vorbild fand, als ich mich wegen der radikalen Entscheidung zum Priesterberuf von der Kunst, von der Literatur und vom Theater abwandte ... Ich habe ihm ein dramatisches Werk mit dem Titel ‚Der Bruder unseres Gottes' gewidmet, um so die Dankesschuld abzuzahlen, die ich ihm gegenüber hatte."[1]

Der zweite Heilige, dessen Vorbild Karol Wojtyla stark geprägt hat, ist Johannes Maria Vianney. Schon als Seminarist war Johannes Paul II. „von der Gestalt des Pfarrers von Ars beeindruckt", vor allem, nachdem er die von Trochu verfaßte Biographie gelesen hatte.[2] Während des ersten Jahres seines Priestertums besuchte er tiefbewegt in Ars die Dorfkirche Vianneys: „Es war für mich ein unvergeßliches Erlebnis ... Mich hat besonders sein opfervoller Dienst im Beichtstuhl tief beeindruckt ... Aus der Begegnung mit seiner Gestalt gewann ich die Überzeugung, daß der Priester einen wesentlichen Teil seines Sendungsauftrags durch den Beichtstuhl erfüllt".[3] Wojtyla handelte danach; noch als Papst hört er jedes Jahr am Karfreitag in der Petersbasilika Beichte. Vom heiligen Johannes M. Vianney lernte er auch folgende Geste: Als Wojtyla seine erste Pfarre betrat, kniete er nieder und küßte die Erde.[4] Solange ihm das physisch möglich war, tat der Papst dies bei jedem Pastoralbesuch eines Landes.

Am Tag seiner Priesterweihe und am Tag seiner Papstwahl fühlte er sich in besonderer Weise der *communio sanctorum* eingegliedert: „Meine Priesterweihe fand an einem für solche Feiern ungewöhnlichen Tag statt, nämlich am Allerheiligenfest, wo die Liturgie der Kirche ganz auf die Feier des Geheimnisses der Gemeinschaft der Heiligen hingeordnet ist."[5] Seine erste heilige Messe zelebrierte Wojtyla am Allerseelentag in der Kathedrale auf dem Wawel, wo Könige, Bischöfe und Dichter begraben sind und auf ihre Auferstehung warten.[6] Daß die göttliche Vorsehung den Tag des 16. Oktober1978, an dem die Kirche das Fest der heiligen Hedwig feiert, zu dem Tag bestimmte, „an dem der erste Pole auf den Stuhl Petri gewählt wurde", daran erinnert Johannes Paul II. am 6. Juni 1979 in Tschenstochau in einer Ansprache, in der er ausführlich die heilige Hedwig[7] (auf Schloß Andechs geboren als Herzogin von Schlesien Mutter einer Linie

1 Johannes Paul II., „Geschenk und Geheimnis", Graz-Köln 1997, S. 40-42; „Brat naszego Boga", 1950, dt.: „Der Bruder unseres Gottes", übersetzt von Theo Mechtenberg, Freiburg-Basel 1981; nach diesem Drama Wojtylas drehte der polnische Regisseur Krzysztof Zanussi 1997 einen Film.

2 „Geschenk und Geheimnis", S. 63 f.; Francis Trochu, „Le curé d'Ars", Paris 1925; dt. Übersetzung von J. Widlöcher, „Der hl. Pfarrer von Ars", Stuttgart [2]1936.

3 „Geschenk und Geheimnis", S. 63.

4 Ebd., S. 67 f.

5 Ebd., S. 49.

6 Ebd., S. 55 f.

7 Ansprache an die Pilger aus Niederschlesien: VApS 10, S. 56-58 (56); vgl. Gisbert Kranz, „Zwölf Frauen", St. Ottilien 1998, S. 47-70: Hedwig von Schlesien.

der Piasten) als „Patronin für die Versöhnung zwischen den benachbarten Nationen" Deutschland und Polen würdigte.[8] Auch bei seinem Besuch in Breslau am 21. Juni 1983 hielt Johannes Paul II. eine Ansprache über die heilige Hedwig, in der er feststellte: „... Wir sehen in ihr ein großes Licht, das die menschlichen Dinge im Lande unserer Nachbarn und gleichzeitig die auf unserem heimatlichen Boden erhellt."[9]

II. Johannes Paul II.: Pilger zu Heiligengräbern

Diese persönlichen Beziehungen zu bestimmten Heiligen haben zu den Akzenten beigetragen, die Johannes Paul II. in seinem Pontifikat setzte. Dazu gehören auch seine Besuche von Heiligengräbern, die Ausdruck seiner persönlichen Frömmigkeit, zugleich auch Anlässe pastoraler Bemühung sind. Seine Ansprachen bei Wallfahrten und Heiligenjubiläen begnügen sich nie mit historischen Reminiszenzen, sondern gewinnen eine zukunftsorientierte Dynamik durch ihren Appell zur Nachfolge. Am Anfang seines Pontifikats, am 5. November 1978, besuchte er das Grab der hl. Caterina von Siena, der Mahnerin der Päpste, und sprach: „In der heiligen Caterina von Siena sehe ich ein sichtbares Zeichen für die Sendung der Frau in der Kirche."[10] Gern und oft verband Johannes Paul II. seine Pastoralbesuche in viele Länder mit Wallfahrten zu Heiligengräbern. So besuchte er, am ersten Tag seiner ersten Deutschlandreise als Papst, am 15. November 1980 die Andreaskirche in Köln, wo er laut ein Gebet sprach, das so beginnt: „Gott, du bist wunderbar in deinen Heiligen! Von dir zum obersten Hirten der Kirche Jesu Christi bestellt, knie ich heute als Pilger am Grabe des heiligen Albert nieder, um dich am Festtag der 700jährigen Wiederkehr seines Todes mit allen Gläubigen zu verherrlichen und dir für sein Leben und Wirken zu danken, durch das du ihn deiner Kirche zum Lehrer des Glaubens und Vorbild des christlichen Lebens gegeben hast."[11] Auch die Gräber von Duns Scotus und Adolf Kolping in der Minoritenkirche zu Köln besuchte der Papst, der in einer Rede über Kolping erklärte: „Solche Leitbilder ... brauchen wir für die Kirche von heute."[12] In Fulda würdigte er am Bonifatius-Grab am 18. November 1980 das Werk und das Zeugnis dieses Heiligen. In Lisieux, am Grabe der heiligen Theresia vom Kinde Jesu, wies er am 2. Juni 1980 auf diese jugendliche Gestalt und ihre geistliche Lehre hin, und am 19. Oktober1997 proklamierte er sie zur Kirchenlehrerin, über die er das Apostolische Schreiben *Divini amoris scientia* erließ. Auf seinem Pastoralbesuch in Korea sagte er am 3. Mai 1984 in Seoul am Grabe des Märtyrers Pater Kim 900 koreanischen Seminaristen: „Die Kirche blickt mit großer Erwartung und Hoffnung auf euch und bittet euch, durch Nachahmung des Vorbildes von Pater Kim und Pater Choe und vieler anderer, die ihr Leben im Dienst des Evangeliums hingegeben haben, noch stärker zu wachsen im Glauben an Christus."[13] Am Grabe des heiligen Franz von Sales und der heiligen Johanna Franziska von Chantal zu Annecy hielt er am 7. Oktober 1986 eine lange Predigt über das Beispiel dieser Heiligen. In Ars schilderte er am 6. Oktober 1986 in zwei Predigten Leben und Dienst des heiligen Pfarrers Johannes M. Vianney, der ein unvergleichliches Vorbild für die Seelsorger aller Länder sei. Schon zum Gründonnerstag desselben Jahres, in dem der 200. Geburtstag des Pfarrers von Ars gefeiert wurde, hatte der Papst am 16. März 1986 ausführlich dessen exemplarisches Leben betrachtet. Bei seinem Besuch in Österreich weilte er am 25. Juni 1988 im Dom von Gurk am Grab der heiligen Hemma und pries ihr Wirken als Gattin, Mutter, Klostergründerin und Wohltäterin.

8
Ebd., S. 56; vgl. Joseph Gottschalk, „Hedwig von Andechs – Herzogin von Schlesien. Eine Botin des Friedens", Freiburg-Basel-Wien 1982, S. 94-95.

9
DAS 1983, S. 517.

10
„Wort und Weisung" 1978, S. 109.

11
VApS 25, S. 22.

12
Ebd., S. 35.

13
DAS 1984, S. 296.

III. Die Heiligen als gelebtes Evangelium

Daß seine Erkenntnis vom Wert der Heiligenleben für die Glaubensverkündigung sich auf persönliches Erleben stützt, bekannte Johannes Paul II. vor Kardinälen und Bischöfen am 13. März 1989: „Immer wenn ich mich mit der Verehrung der Heiligen und Seligen zu beschäftigen habe, bedeutet das für mich eine ganz besondere Freude und tiefen Trost, weil kaum etwas in ähnlicher Weise dazu beiträgt, die tägliche Frömmigkeit der Gläubigen und der Ordensgemeinschaften zu pflegen und zu steigern als die Würdigung neuer Heiliger. Sie lehren uns nämlich durch das ständige Beispiel ihrer Heiligkeit unter verschiedenen Lebensverhältnissen immer neu, wie trotz der wandelbaren Umstände des irdischen Lebens die Lehren und Lebensnormen, die wir im Evangelium Christi und in der gesunden Überlieferung der Kirche vorfinden, zum Heil und zur Heiligkeit führen."[14]
An die gelehrten Autoren des enzyklopädischen Werks „Storia dei Santi e della Santità Cristiana" richtete der Papst am 15. Februar 1992 eine Ansprache, in der er betonte: „Die wahre Geschichte der Menschlichkeit ist in der Geschichte der Heiligkeit grundgelegt, da diese lehrt, den Brüdern und Schwestern in Gerechtigkeit und Liebe zu dienen." Das vorliegende Werk demonstriere, daß es in der ganzen Kirchengeschichte keine Generation gebe, in der das Zeugnis der Heiligen fehlt. Ohne dieses ständige Zeugnis würde die von der Kirche verkündigte religiöse und sittliche Lehre Gefahr laufen, mit einer rein menschlichen Ideologie verwechselt zu werden. Sie sei aber eine göttliche Lehre, die, wie die Heiligen bewiesen, gelebt werden kann. Heute trauen die Leute weniger bloß verbalen Beteuerungen und emphatischen Deklarationen; sie wollen Taten, die sie mit Aufmerksamkeit und Bewunderung bei den Glaubenszeugen sehen. Die moderne Welt verlange Zeugen, welche die Wahrheit des Evangeliums in ihre eigene Existenz einfließen lassen und sich so zum Werkzeug des Heils machen für ihre Brüder und Schwestern."[15]
Die Enzyklika *Veritatis splendor* von 1993 über einige grundlegende Fragen der kirchlichen Morallehre stellt fest, die Deutung und Aktualisierung der göttlichen Gebote könne nur die bleibende Gültigkeit der Offenbarung bestätigen und sich in die Überlieferung der Kirche einfügen, die (außer der Kirchenväterlehre, der Liturgie und dem Lehramt) das Leben der Heiligen bezeugt.[16] Die Märtyrer predigten und verteidigten die sittliche Wahrheit bis zum Martyrium oder zogen einer einzigen Todsünde den Tod vor. Sie sind Zeugen dafür, daß „die Liebe zu Gott auch unter den schwierigsten Umständen die Einhaltung seiner Gebote und die Weigerung, sie zu verraten – und sei es auch mit der Absicht, das eigene Leben zu retten – verbindlich einschließt".[17] „... alle Heiligen der Kirche erleuchten durch das beredte und faszinierende Beispiel eines ganz von dem Glanz der sittlichen Wahrheit umgeformten Lebens jede Epoche der Geschichte durch das Wiederbeleben des sittlichen Empfindens. Durch ihr hervorragendes Zeugnis für das Gute sind sie ein lebendiger Vorwurf für all jene, die das Gesetz überschreiten."[18] Das Leben in Heiligkeit stelle „den schlichtesten und faszinierendsten Weg dar, auf dem man unmittelbar die Schönheit der Wahrheit, die befreiende Kraft der Liebe Gottes, den Wert der unbedingten Treue, selbst unter schwierigsten Umständen, angesichts aller Forderungen des Gesetzes des Herrn wahrzunehmen vermag."[19] Das Leben der Heiligen stelle „ein echtes Glaubensbekenntnis und einen Impuls für seine Mitteilung an die anderen dar".[20]

14 DAS 1989, S. 823.

15 DAS 1992, S. 577 f.; vgl. Insegnamenti, 15. Februar 1992, S. 304 f.

16 *Veritatis splendor*, Nr. 27.

17 Ebd., Nr. 91.

18 Ebd., Nr. 93.

19 Ebd., Nr. 107.

20 Ebd.

IV. Die Heiligen als Ansporn zur Heiligkeit

In seinem pastoralen Impetus hält Johannes Paul II. bei jeder Gelegenheit seinen Zuhörern die Heiligen vor Augen, als Ansporn dafür, daß sie selber heilig werden. Dabei weiß er zu differenzieren. Priestern und Missionaren empfiehlt er heilige Priester und Missionare zur Nachfolge. So predigte er am 3. Juli 1980 in São Paulo während der Eucharistiefeier zu Ehren des seligen José de Anchieta über diese „hinreißende Gestalt" und rief: „Schaut auf den Apostel Brasiliens! Er sei euer Lehrmeister!"[21] So am 31. Mai 1982 in Manchester, das mit Recht stolz sei auf seinen großen heiligen Märtyrer, den Benediktiner Ambrosius Barlow. Er und weitere Märtyrer und heilige Priester Lancashires „leben für den Klerus von heute als Beispiel der Heiligkeit fort".[22] Im Vatikanischen Rundfunk nannte der Papst am 5. Oktober 1981 Maximilian Kolbe „einen Wegbereiter bei der Anwendung von Massenmedien in der apostolischen Arbeit, vor allem der Presse".

Die Wissenschaftler und Studenten wies der Papst am 15. November 1980 im Kölner Dom auf die wissenschaftliche Leistung des heiligen Albert hin. Albertus Magnus habe in einer Zeit, in der das aristotelische Schrifttum und die arabische Wissenschaft zunehmend bekannt wurden, diese nichtchristliche Welterklärung keineswegs völlig abgelehnt, sondern den Wahrheitsanspruch rational begründeter Wissenschaft anerkannt und für das christliche Weltverständnis fruchtbar gemacht. Zwar sei Alberts Werk inhaltlich zeitgebunden, aber seine Grundsätze christlicher Intellektualität seien noch heute als gültig anzusehen.

Den Vertretern der italienischen katholischen Schulen stellte Johannes Paul II. am 28. Januar 1984 in Rom den heiligen Thomas von Aquin als ihren Schutzpatron hin. Thomas glaubte, „daß das größte Werk der Barmherzigkeit darin bestehe, den Bruder aus dem Dunkel der Unwissenheit zum Licht der Wahrheit zu führen, in der die Würde und Freiheit des Menschen gründen. Wo aber fand Thomas die Quelle für diese Synthese von Glaube und Kultur, von kirchlichem Engagement und Dienst an der Gesellschaft? Er fand sie in der tiefen Einheit von Studium und Heiligkeit, die er in seinem eigenen Innern geschaffen hat."[23]

Als der Papst am 20. November 1988 die Amerikanerin Catherine Drexel seligsprach, die in den USA sechzig Schulen und eine Universität für Farbige gründete, würdigte er sie mit den Worten: „Sie kannte die Wahrheit so gut, weil sie ständig auf die Stimme Christi hörte. Zweifellos war sie deshalb fähig, grundlegende Wahrheiten zu begreifen, die viele von ihren Zeitgenossen nicht erfaßten, z.B. die Wahrheit von der gleichen Würde und dem gleichen Wert jedes Menschen, unabhängig von seiner Rasse oder seiner Herkunft. In ihren Tagen haben die amerikanischen Indianer und Farbigen in den Vereinigten Staaten infolge rassistischer Vorurteile viel Unrecht erlitten. Da sie das Böse dieser Situation klar durchschaute, begann sie entschlossen den Kampf zu seiner Überwindung ... Mutig setzte sie sich für die Rechte der Unterdrückten ein. Sie wollte ihnen eine hochrangige Bildung vermitteln ... Welchen besseren Weg könnte man finden, um die verheerenden Auswirkungen des Rassismus zu überwinden!"[24]

Auf packende, mitreißende Weise fordert Johannes Paul II. besonders die Jugend immer wieder auf, heilig zu werden und andere für die Heiligkeit zu begeistern, z.B. junge Studenten in Rom am 11. April 1982: „Ein englischer Schriftsteller beobachtete die Entchristlichung in seiner Stadt und betete: ‚Gib mir zehn Heilige, und ich verändere diese Stadt' ... Ich wünsche euch, daß ihr die

21
OR 1980, Nr. 29, S. 5.

22
DAS 1982, S. 532.

23
Insegnamenti 1984 (VII/1), S. 186.

24
DAS 1988, S. 1371.

Welt verbessert!" In seiner Ansprache an die Jugend in Cassino am 20. September 1980 sagte der Papst: „Christus ist der Weg, der zur Wahrheit führt ... Die Heiligen sind in Treue diesen Weg gegangen. Deswegen verehren wir sie als Zeichen, die Gott vor seinem Volk errichtet hat."[25] Der heilige Benedikt habe von seiner frühen Jugend an nicht gezögert, „eine mutige Wahl zu treffen zwischen den Reizen eines bewegten und vielversprechenden Lebens in der Welt und den radikalen Anforderungen Gottes ... Drogen, Gewalttätigkeit, Konsumismus oder Liebe, Friede, Freude, Wahrheit, Ehrfurcht vor Menschen und Dingen – das ist die Wahl, die ihr, meine lieben Jugendlichen, zu treffen habt."[26]

Der Jugend sagte der Papst am 12. September 1982 in Padua: „Franziskus ist der reiche junge Mann, der in der Nachfolge Christi den kostbaren Schatz entdeckt, für den es sich lohnt, das ganze Leben einzusetzen."[27] Jugendlichen stellte Johannes Paul II. am 18. Oktober 1980 die heilige Maria Goretti als Märtyrerin der Keuschheit vor: Ihre Botschaft sei „die persönliche Würde eines einfachen Menschen, der vor Gewaltanwendung geschützt werden muß".[28] In Otranto hielt er am 5. Oktober 1980 den Jungen und Mädchen die 800 Märtyrer vor Augen, die in dieser Stadt 1480 von den Türken vor die Wahl gestellt wurden, entweder ihrem Glauben an Christus abzuschwören oder einen grausamen Tod zu sterben: „Angesichts der Anziehungskraft einiger zeitgenössischer Ideologien, die den praktischen und theoretischen Atheismus künden und preisen, möchte ich euch, Jugendliche aus Otranto, fragen: Seid ihr bereit, mit voller Überzeugung und im Bewußtsein ihrer Tragweite, die Worte der Seligen Märtyrer zu wiederholen: ‚Wir möchten lieber sterben, welchen Todes auch immer, als unseren Glauben an Jesus Christus zu widerrufen'? Bereit sein, für Christus zu sterben, heißt, die Forderungen eines christlichen Lebens hochherzig und konsequent annehmen; es heißt, für Christus leben."[29]

V. „Die Kirche braucht heilige Laienchristen"

Vor Vertretern des Laienapostolats und der kirchlichen Dienste predigte der Papst am 12. September 1983 im Stephansdom zu Wien: „Damit eure Arbeit in den verschiedenen Bereichen des Laienapostolats zur vollen Wirkung gelangen kann, müßt ihr selbst vom Geiste Christi zutiefst beseelt und durchdrungen sein. Deshalb rufe ich euch auf, euer eigenes Leben zu heiligen. In eurem Land haben Heilige gelebt und gewirkt, deren Andenken unvergessen ist. Hier in Wien gedenken wir besonders des heiligen Klemens Maria Hofbauer ... Auch in jüngster Zeit gab es bei euch Menschen, auf die wir, wenn sie auch nicht oder noch nicht zur Ehre der Altäre erhoben wurden, mit Dankbarkeit und Hoffnung blicken. Ein Heiliger ist in seinem Leben und Sterben eine Übersetzung des Evangeliums für sein Land und seine Zeit. Christus zögert nicht, seine Jünger zur Nachfolge, ja zur Vollkommenheit aufzufordern. Die Bergpredigt ist eine einzige Schule, um heilig zu werden. Habt keine Angst vor diesem Wort, keine Angst vor der Wirklichkeit eines heiligen Lebens! ... Die große Lehrmeisterin des kleinen Lebens, Theresia von Lisieux, hat uns in ihrem kurzen Leben die Einsicht eröffnet, wie groß die kleinen, normalen Tätigkeiten vor Gott sein können. Auch Charles de Foucauld ist hier zu nennen, der das verborgene Leben Jesu in Nazareth als großes Vorbild erkannte. Es gibt die aufsehenerregende Heiligkeit einiger Menschen; es gibt ebenso auch die unbekannte Heiligkeit des täglichen Lebens."[30]

Vor der Weltunion der Katholischen Presse forderte der Papst am 21. März 1985, die Journalisten sollten nicht nur die verborgenen Sünder aufspüren und Verbrechen enthüllen, sondern auch und vor allem „die verborgenen Heiligen, ... jene bescheidenen, demütigen Männer und Frauen, die

25 OR 1980, Nr. 40, S. 9.

26 Ebd.

27 DAS 1982, S. 1272.

28 Insegnamenti 1980 (III/2), S. 899.

29 OR 1980, Nr. 42, S. 11.

30 DAS 1983, S. 622 f.

die Jugend unterweisen, die Kranken pflegen, die Bedrückten aufrichten, jene verborgenen Diener Gottes, die das Evangelium wahrhaftig leben ... In einer Welt, die nur zu oft von Konflikten und Haß gespalten und so oft in Sünde und Selbstsucht verstrickt ist, haben Selbstaufopferung und Dienst an den anderen im Namen Jesu wahrlich Informationswert; sie sind Züge der Frohbotschaft Christi, die wir nicht nur zu verkünden, sondern auch auszuwählen und bekanntzumachen das Privileg haben, damit andere ermutigt, inspiriert und sogar zum Glauben oder zur eifrigen Hingabe bekehrt werden."[31]
Vor dem Päpstlichen Rat für die Laien sagte Johannes Paul II. am 7. Juni 1986: „Die Kirche braucht heilige Laienchristen. Ja, mehr als ‚Reformatoren' braucht sie Heilige, weil die Heiligen die wahren und fruchtbarsten Reformatoren sind. Jede große Erneuerungsperiode der Kirche ist mit bedeutenden Zeugnissen der Heiligkeit verbunden ... Die Überzeugung, die wir verbreiten müssen, ist diese: Die Berufung zur Heiligkeit gilt für alle Christen. Sie ist nicht das Vorrecht einer geistlichen Elite."[32] Demselben Gremium erklärte der Papst am 18. November 1985: „Die Kirche bedarf vor allem großer Strömungen, Bewegungen und Zeugnisse der Heiligkeit unter den Christgläubigen, weil aus der Heiligkeit jede echte Erneuerung der Kirche ... erwächst." Die Laien sind „zur Heiligkeit des Lebens und zum Apostolat im Gewebe der gewöhnlichen Gegebenheiten des Lebens in Familie und Gesellschaft, in allen Bereichen des menschlichen Zusammenlebens berufen..."[33]

31
DAS 1985, S. 1141.

32
DAS 1986, S. 1435.

33
DAS 1985, S. 1648, 1646.

34
Ferdinand Holböck, „Neue Heilige der katholischen Kirche", 3 Bde., Stein 1991-1994.

35
Vgl. Gisbert Kranz, „Heilige, die fehlen. Gedanken eines Laien", in: Michael, 22. Januar 1950; ders., „Heiligenleben als Bildungsgut", Paderborn 1965, S. 57-63.

VI. Die enttäuschende Einseitigkeit der Beatifikationen und Kanonisationen

Vergleicht man mit diesen dringenden Rufen nach heiligen Laien die Liste der 541 Personen, die Johannes Paul II. von 1979 bis 1991 zur Ehre der Altäre erhoben hat,[34] so wird man enttäuscht sein. Wenn wir von den 363 Märtyrern absehen, die in Gruppen selig- oder heiliggesprochen wurden (117 vietnamesische, 103 koreanische, 85 englische, 48 spanische, 7 thailändische, 3 mexikanische), so wurden 64 Ordensgründer und Ordensgründerinnen, 59 Priester, 26 Nonnen, 11 Ordensbrüder, 8 Jungfrauen und nur 10 Laien erhoben. Das erweckt den Eindruck, als sei der Himmel mit Geistlichen und Ordensleuten bevölkert, Laien seien dort äußerst selten. Klafft nicht zwischen den Reden von Johannes Paul II. und seinen Selig- und Heiligsprechungen eine Kluft?
Allerdings. Es wäre aber abwegig, aus der Kanonisationspraxis des Papstes Schlüsse zu ziehen auf seine „Politik". Die Selig- und Heiligsprechungsverfahren, die in den ersten zwölf Jahren des Pontifikats Johannes Pauls II. zum positiven Abschluß kamen, wurden fast alle eingeleitet, bevor Kardinal Wojtyla den Stuhl Petri bestieg. Erst ab 1992 wird in der Arbeit der zuständigen vatikanischen Kongregation hier und da die persönliche Handschrift Johannes Pauls II. spürbar. Daß von 1979 bis 1991 die erfolgreich abgeschlossenen Verfahren 160 Ordensgründer und -gründerinnen, Priester, Nonnen und Ordensbrüder betreffen, aber nur 18 andere Personen, liegt zweifellos daran, daß eine Ordensgemeinschaft oder eine Diözese das Interesse, die Geldmittel und die Propagandamöglichkeiten hat, ihre Gründerin, ihren Stifter, ihren Bischof oder Priester zur Ehre der Altäre zu bringen. Wer setzt sich schon für einen Laien ein?[35]

Immerhin erhielten unter Johannes Paul II. einige hervorragende Laien ihren Nimbus. Am 25. Oktober 1987 wurde Giuseppe Moscati kanonisiert, ein Arzt und international angesehener Universitätsprofessor. In seiner Laudatio auf diesen 1927 zu Neapel gestorbenen Vorläufer der modernen Biochemie sagte der Papst: „Moscati war also ein Wegbereiter und Vertreter jener Humanisierung der Medizin, die heute als notwendige Bedingung herausgestellt wird, um den Leidenden mit erneuter Aufmerksamkeit hilfsbereit zu begegnen." Alle Ärzte und im medizinischen Bereich Tätigen sollten im heiligen Giuseppe Moscati ein nachahmenswertes Vorbild sehen.[36] Am 1. November 1989 war die Heiligsprechung des Dr. med. Riccardo Erminio Filippo Pampuri, der 1930 in Mailand starb.

Einen fröhlichen Laienapostel, den Studenten an der Technischen Hochschule zu Turin, Pier Giorgio Frassati, der 1925 mit 24 Jahren an einer tückischen Krankheit starb, sprach Johannes Paul II. am 20. Mai 1990 selig. In seiner Lobrede zeichnete der Papst ihn so: In ihm setzte sich das Evangelium in liebende Sorge für die Armen und Bedürftigen um. „Der Sinn für das Schöne und die Kunst, die Leidenschaft für den Sport und die Berge, das Augenmerk für die Probleme der Gesellschaft hindern ihn nicht an der ständigen Beziehung zum Absoluten. Ganz eingetaucht in das Geheimnis Gottes und ganz dem ständigen Dienst am Nächsten hingegeben, so kann man sein Erdenleben zusammenfassen! Seine Berufung als Laienchrist entfaltete sich durch sein vielfältiges Engagement in Vereinigungen und in der Politik..."[37]

Am 29. Oktober 1995 sprach der Papst Marguerite Bays, eine einfache Laienchristin, ebenfalls 1995 den Laienkatecheten und Familienvater Peter To Rot in Papua-Neuguinea selig. Anläßlich der Beatifikation des Literaturwissenschaftlers und Publizisten Frédéric Ozanam im Rahmen des Weltjugendtreffens in Paris rühmte der Papst in seiner Predigt am 22. August 1997 Weitsicht und Mut seines sozialen und politischen Engagements und nennt ihn „einen Vorläufer der Soziallehre der Kirche", „einen vorbildlichen Ehemann und Familienvater, eine herausragende Gestalt der katholischen Laienbewegung", „einen Hochschullehrer, der in der Ideengeschichte seiner Zeit eine wichtige Rolle gespielt hat", „ein Vorbild mutigen Einsatzes für die Lehrer und Studenten unserer Tage", „einen Führer für die Jugendlichen von heute".[38]

VII. Neue Wege: Beatifikation von Ehefrauen und Müttern

Etwas Neuartiges und Bahnbrechendes unternahm Johannes Paul II. am 24. April 1994, als er neben Isidor Bakanja, einem Laienkatecheten aus Zaire, zwei Ehefrauen und Mütter seligsprach, die weder Witwen noch Märtyrerinnen waren. Bisher gab es im Kalender und im Meßbuch nur drei Kategorien heiliger Frauen: martyres, virgines, viduae. Das ändert sich nun. Der Papst sagte: „Wir erheben heute zur Ehre der Altäre zwei Italienerinnen ..., Frauen von heroischer Liebe. Beide vorbildliche Gattinnen und Mütter, ließen sie sich darauf ein, in ihrem Alltagsleben die vom Evangelium geforderten Werte zu verwirklichen. Gianna Beretta Molla krönte eine exemplarische Existenz als Studentin, als engagiertes Mädchen in der Kirchengemeinde, als Gattin und als glückliche Mutter, indem sie ihr Leben opferte, damit das Geschöpf, das sie in ihrem Schoße trug, leben konnte – es weilt heute unter uns!"[39] Es war ihre vierte Schwangerschaft, und sie wußte sehr gut, was ihr bevorstand. Doch vor die Wahl gestellt, entschloß sie sich freiwillig, nicht das Leben des Kindes, sondern ihr eigenes Leben dahinzugeben. „Elisabetta Canori Mora bewies inmitten einer sehr schwierigen Ehe eine völlige Treue zu der mit dem Ehesakra-

36 DAS 1987, S. 1954-1958; Zitat 1657.

37 DAS 1990, S. 917.

38 OR 1997, Nr. 36, S. 6.

39 Vgl. OR 1994, Nr. 18, S. 12.

ment übernommenen Verpflichtung ... Beharrlich im Gebet und in der heldenhaften Hingabe an die Familie, verstand sie ihre Kinder christlich zu erziehen und die Bekehrung ihres Mannes zu erreichen."[40] Nach ihrem Tode im Jahre 1825 trat ihr Gatte in den Franziskanerorden ein und nahm ein seliges Ende. Der Papst huldigte nicht nur den zwei seliggesprochenen Frauen, sondern allen tapferen Müttern, die Kinder gebären und erziehen trotz aller Schmerzen und Enttäuschungen, die sie dabei erleiden, auch trotz der Medien, welche Mutterschaft und Familienleben im Namen des Fortschritts als unmodern verlachen.

Am folgenden Tag, dem 25. April 1994, hielt der Papst eine Ansprache an die Pilger, die anläßlich der Seligsprechung nach Rom gekommen waren, darunter auch der Gatte und die Kinder der seligen Gianna Beretta Molla, die er abermals pries, da ihr Verhalten das Gegenteil sei einer gewissen Mentalität heutzutage. Ein drittes Mal kam Johannes Paul II. auf die von ihm seliggesprochenen Mütter am 1. November 1994 nach dem Angelus auf dem Petersplatz zu sprechen: „Sie gehörten zu den Heiligen, die ihre Vollkommenheit im Familienleben erlangt haben."[41]

Daß Johannes Paul II. hier einem von ihm selbst aufgestellten Programm folgte, wurde im selben Jahr 1994 deutlich im 37. Abschnitt seiner Enzyklika *Tertio millennio adveniente,* in dem es heißt: „Aufgabe des Apostolischen Stuhls im Hinblick auf das Jahr 2000 wird es sein, die Martyrologien für die Universalkirche auf den letzten Stand zu bringen und dabei die Aufmerksamkeit auf die Heiligkeit derer zu richten, die auch in unserer Zeit die volle Wahrheit Christi gelebt haben. In besonderer Weise wird man sich hier um die Anerkennung der heroischen Tugenden von Männern und Frauen bemühen, die ihre Berufung in der Ehe verwirklicht haben: Da wir überzeugt sind, daß es in diesem Stand nicht an Früchten der Heiligkeit mangelt, empfinden wir das Bedürfnis, die geeigneten Wege dafür zu finden, daß diese Heiligkeit festgestellt und der Kirche als Vorbild für die anderen christlichen Eheleute vorgestellt werden kann."[42] Schon am 5. März 1992 erklärte Johannes Paul II. in einer Ansprache an die Seelsorger Roms, er hege den großen Wunsch in seinem Herzen, ein Ehepaar seligzusprechen. Die Verwirklichung aber sei schwierig, weil es an der Unterstützung der Basis fehle. Die Anregung müsse aus den Kreisen der Laien kommen. Bisher habe sich die Kurie vergeblich bemüht, ein kanonisierbares Ehepaar ausfindig zu machen.[43]

VIII. Neue Wege: Beatifikationen in allen Erdteilen

Noch in anderer Hinsicht hat Johannes Paul II. bei seinen Beatifikationen und Kanonisationen mit der Tradition gebrochen. Bislang galt die Regel, daß solche feierlichen Amtshandlungen des Papstes nur in Rom vorgenommen werden. Johannes Paul II. aber erhob zur Ehre der Altäre in Manila 1981 die 15 Märtyrer von Nagasaki, in Kinshasa 1985 Schwester Clementina, eine schwarze Märtyrerin, in Kottayam 1986 eine indische Klarissin und einen indischen Priester, in Köln 1987 Edith Stein, in München 1987 Rupert Mayer, in Warschau 1987 den polnischen Bischof Michael Kozal, der 1943 im KZ Dachau starb, in Lesotho 1988 den Missionar Joseph Gérard, in Saint-Denis (Réunion) 1989 den Schulbruder Scubilion, in Mexiko 1990 drei Märtyrerknaben, in Florianopolis (Brasilien) 1991 die Ordensgründerin Paolina, in Santo Domingo 1992 den Missionar Moreno, in Sydney 1995 Mary MacKillop, in Colombo (Sri Lanka) 1995 Joseph Vaz, in Berlin 1996 Bernhard Lichtenberg und Karl Leisner, in Onitsha (Nigeria) 1998 den Trappisten Ciprian Tansi.

40 Ebd.; vgl. Insegnamenti, 24. April 1994, S. 998f.

41 OR 1994, Nr. 45, S. 2.

42 VApS 119, S. 34.

43 DAS 1992, S. 589-594.

Wie sinnvoll diese Neuerung des Papstes ist, erkennt man besonders an der Beatifikation der Witwe und Missionarin Victoria, die Johannes Paul II. 1989 in Tananarive vollzog. Die madagassische Prinzessin Victoria Rasoamanarivo aus dem Stamme der Hovas, die in einer einheimischen Naturreligion heranwuchs und mit 15 Jahren sich taufen ließ, war als verheiratete Frau eine Missionarin ihres Volkes. Als der Papst sie bei seinem Pastoralbesuch in Madagaskar seligsprach, sagte er in seiner Ansprache: „In einer für die junge Kirche von Madagaskar schweren Zeit stand Victoria als eine große Gestalt der Laienchristen da, die im Leben der Gemeinschaft und in ihrem Apostolat tätig war ... Die Seligsprechung bekräftigt, daß sie für die Laienchristen von heute ein Vorbild ist ... Sie besaß das Vertrauen aller; man beauftragte sie, die ‚Union catholique' zu leiten und zu schützen, die die Gemeinde ohne Priester lebendig erhalten mußte ... Im Verlauf dieser schwierigen Zeit, als die Priester des Landes verwiesen waren, verlor die Gemeinde nicht ihre apostolische Dynamik."[44] Angesichts der seligen Victoria „verstehen wir noch besser die unersetzliche Rolle der gläubigen Laien ... Victoria zeigt besonders den Platz, der in der Kirche den Frauen zukommt ... In unserer Zeit ist es besonders wichtig, auf allzu viele negative Einstellungen, unter denen die Frauen zu leiden hatten und noch weiter leiden, die aber dem Geist des Evangeliums fremd sind, zu reagieren ... Die Seligsprechung von Victoria ist eine Ermutigung für alle Frauen in Madagaskar. Mögen sie sich alle in ihrer Würde und Verantwortung als Christinnen voll anerkannt fühlen! Mögen sie auch nicht zögern, ihren besonderen Beitrag für die Evangelisierung zu leisten! ... In eurer ersten Seligen erkennt ihr die traditionellen Eigenschaften eures Volkes wieder ... Wir bewundern in ihr eine Frau, der es gegeben war, das, was sie aus der madagassischen Überlieferung und Kultur empfangen hatte, mit dem zu verknüpfen, was ihr das Licht des Evangeliums geschenkt hatte ... Ich glaube, daß die Heiligkeit Victorias eure Suche nach einer rechten Inkulturation des christlichen Glaubens in eurem Land inspirieren kann."[45] Die Stichworte „Inkulturation", „Platz der Frauen in der Kirche", „Rolle der Laienchristen" belegen, wie diese Ansprache in die Zukunft weist. Sie hat auf die einheimische Bevölkerung in Tananarive, die den Papst unmittelbar sah und hörte, stärkeren Eindruck gemacht, als wäre sie bloß von Rom aus gesendet worden. 1994 erklärte Johannes Paul II. in der Enzyklika *Tertio millennio adveniente:* „In diesen Jahren haben sich die Heilig- und Seligsprechungen vermehrt. Sie offenbaren die Lebendigkeit der Ortskirchen, die heute viel zahlreicher sind als im ersten Jahrtausend. Die größte Verehrung, die alle Kirchen an der Schwelle des dritten Jahrtausends Christus darbringen werden, wird der Beweis der allmächtigen Gegenwart des Erlösers durch die Früchte von Glaube, Hoffnung und Liebe in Männern und Frauen vieler Sprachen und Rassen sein, die Christus in den verschiedenen Formen der christlichen Berufung nachgefolgt sind".[46]

IX. Neue Wege: Ökumenismus der Heiligen

In diesem Zusammenhang sprach der Papst einen weiteren bahnbrechenden Gedanken aus: „Am Ende des zweiten Jahrtausends ist die Kirche erneut zur Märtyrerkirche geworden. Die Verfolgung ... hat in verschiedenen Teilen der Welt eine reiche Saat von Märtyrern bewirkt. Das Zeugnis für Christus bis hin zum Blutvergießen ist zum gemeinsamen Erbe von Katholiken, Orthodoxen, Anglikanern und Protestanten geworden ... Der Ökumenismus der Heiligen, der Märtyrer, ist vielleicht am überzeugendsten. Die ‚communio sanctorum' spricht mit lauterer Stimme als die Urheber von Spaltungen."[47]

44
Vgl. DAS 1989, S. 283 f.

45
Vgl. ebd., S. 284 f.

46
Tertio millennio adveniente, Nr. 37.

47
Ebd.

Noch deutlicher wurde der Papst 1995 in *Ut unum sint.* Diese Enzyklika über die Bemühungen für die Ökumene beginnt mit der Erklärung, das mutige Zeugnis so vieler Märtyrer unseres Jahrhunderts, die auch nichtkatholischen Kirchen angehören, erinnere an die Verpflichtung, den Aufruf des Konzils zur Einheit der Christen in die Tat umzusetzen. „Vereint in der hochherzigen Hingabe ihres Lebens für das Reich Gottes sind diese unsere Brüder und Schwestern der bedeutendste Beweis dafür, daß in der Ganzhingabe seiner selbst an die Sache des Evangeliums jedes Element der Spaltung bewältigt und überwunden werden kann."[48] Noch mehrmals kommt Johannes Paul II. auf die Tatsache zurück, daß im 20. Jahrhundert viele katholische und nichtkatholische Christen ihr Blut für Christus vergossen haben. „Dieses gemeinsame Zeugnis der Heiligkeit als Treue zu dem einzigen Herrn ist ein außerordentliches, gnadenreiches ökumenisches Potential."[49] „Wir Christen haben bereits ein gemeinsames Martyrologium. Es enthält auch die Märtyrer unseres Jahrhunderts." Der Märtyrertod ist „die intensivste Gemeinschaft, die es mit Christus geben kann". Aber die Märtyrer sind nicht die einzigen, die von Christus Zeugnis ablegen; alle Heiligen tun das, und „diese Heiligen kommen aus allen Kirchen und kirchlichen Gemeinschaften, die ihnen den Eintritt in die Heilsgemeinschaft eröffnet haben".

In der unsichtbaren Welt sind die nichtkatholischen Märtyrer mit den katholischen Märtyrern „in der vollen Gemeinschaft der Heiligen, d. h. derjenigen, die sich, nach einem Leben in Treue zur Gnade, in der Gemeinschaft mit dem verherrlichten Christus befinden". Zum gemeinsamen Erbgut der katholischen und nichtkatholischen Kirchen gehören vor allem die Heiligen. Gott wird für die nichtkatholischen Kirchen „das tun, was er für ihre Heiligen getan hat."[50] „Die Gnade Gottes wird mit all denen sein, die dem Beispiel der Heiligen folgen..."[51] Um die Einheit der Christen zu beten, sei überall und immer möglich und nötig. „Um dieses Erfordernis neuerlich zu bekräftigen, habe ich den Gläubigen der katholischen Kirche ein für mich beispielhaftes Vorbild vor Augen gestellt, nämlich das der Trappistin Maria Gabriella von der Einheit, die ich am 25. Januar 1983 seliggesprochen habe."[52]

Die heiligen Cyrill und Methodius hatte Johannes Paul II. schon 1984 in seiner Enzyklika *Slavorum apostoli* zu Mitpatronen Europas neben dem heiligen Benedikt erklärt, und den heiligen Wladimir von Kiew hatte er 1988 in dem Apostolischen Schreiben *Euntes in mundum* gewürdigt; diese drei Heiligen kommen aus dem Bereich der byzantinischen Kirche und sind für Johannes Paul II. Beispiele für die wünschenswerte Einheit in der „legitimen Verschiedenartigkeit"[53], wie *Ut unum sint* ausführt. Dort wiederholt der Papst im Hinblick auf die Dualität Byzanz – Rom: „Die Kirche muß mit ihren beiden Lungen atmen!"[54]

Unter Johannes Paul II. hat die ökumenisch orientierte Heiligenverehrung Fortschritte gemacht. Im Zeichen des heiligen Franziskus versammelte der Papst in Assisi Angehörige verschiedener Kirchen, Konfessionen und Religionen zu gemeinsamem Gebet für den Frieden. Anläßlich der Sechshundertjahrfeier der Heiligsprechung Birgittas von Schweden feierten 1991 im Petersdom zu Rom katholische und lutherische Bischöfe mit dem Papst und dem schwedischen Königspaar einen gemeinsamen Gottesdienst.[55]

48
Ut unum sint, Nr. 1.

49
Ebd., Nr. 48.

50
Ebd., Nr. 84.

51
Ebd., Nr. 85.

52
Ebd., Nr. 27.

53
Ebd., Nr. 53 f.; Zitat Nr. 54.

54
Ebd., Nr. 54.

55
Vgl. DAS 1991, S. 1115; vgl. auch: „Santa Brigida, Profeta dei tempi nuovi. Atti dell' incontro internazionale di studio", Roma 3-7 ottobre 1991, Rom 1993.

Katharina M. Bommes

„Totus Tuus" – In Gemeinschaft mit Maria unterwegs in ein neues christliches Jahrtausend

I. Die christologische Dimension der Marienverehrung

1. „Mit ganzer Seele Christus zugewandt"

„Der Erlöser des Menschen, Jesus Christus, ist die Mitte des Kosmos und der Geschichte. Zu ihm wenden sich mein Denken und Fühlen", so beginnt unser Heiliger Vater Johannes Paul II. die erste Enzyklika seines Pontifikates[1], und er bekennt darin: „Am 16. Oktober des vergangenen Jahres habe ich mich mit ganzer Seele Christus, dem Erlöser, zugewandt, als mir nach der ... Wahl die Frage gestellt wurde: ‚Nimmst du an?'"[2] Eine jahrzehntelange persönliche Beziehung zum Herrn und eine tiefe Freundschaft mit ihm haben ihn bewogen, das Papstamt zu übernehmen, und in der großen Christus-Enzyklika *Redemptor hominis* schreibt er wenige Monate später nur noch das nieder, woraus er bereits seit vielen Jahren lebt.[3] Jesus Christus ist die Bezugsperson für Johannes Paul II., die „Hauptgestalt" und Mitte, von der her er sich selbst und den Menschen überhaupt – in besonderer Weise den Priester – versteht, auf die hin er selbst ganz und gar lebt und zu der hin er jeden Menschen orientieren möchte durch seine Verkündigung.[4] Jesus Christus und der Mensch im Lichte Jesu Christi – das ist das große Thema dieses Papstes, und auf die Frage, die ihn vom Beginn seines Pontifikates an vor allem bewegt: wie in dieser Zeit der Jahrtausendwende die vom Konzil eingeschlagenen Wege so weitergegangen werden können, daß die Menschheit Gott tatsächlich näherkommt, drängt sich ihm „nur eine grundsätzliche und wesentliche Antwort auf, und zwar: die einzige Ausrichtung des Geistes, die einzige Zielsetzung des Intellektes, des Willens und des Herzens ist für uns dieses: hin zu Christus, dem Erlöser des Menschen, zu Christus, dem Erlöser der Welt. Auf ihn wollen wir schauen, denn nur in ihm, dem Sohne Gottes, ist Heil."[5]

2. Christus! - und Maria?

Angesichts dieser alles beherrschenden Christozentrik im Denken, Leben und Verkündigen Johannes Pauls II. fragt man sich unwillkürlich: Wie kann da noch Platz sein für Maria – nicht irgendein Platz, sondern ein Platz in der Mitte des Herzens und Lebens?
Karol Wojtyla selbst hat sich diese Frage gestellt an einer bestimmten Stelle seines Lebensweges, dieses Weges, der ihn zunächst ganz selbstverständlich in enger Verbundenheit mit Maria zu Christus gehen und der ihn dann von Christus her neu zu Maria finden ließ.

In seiner *Kindheit und Jugend* wuchs der junge Karol nach dem frühen Verlust der Mutter – er war damals neun Jahre alt – an der Seite eines tieffrommen Vaters in jene innige Marienfrömmigkeit hinein, die seiner Umgebung selbstverständlich war. Er spricht in seinen Erinnerungen[6] von der Marienverehrung in der Pfarrei Wadowice und vom morgendlichen Gebet der Gymnasiasten vor dem Bild der Muttergottes von der Immerwährenden Hilfe in der Pfarrkirche; vom Karmelitenkloster „auf dem Hügel" bei Wadowice, wo er mit zehn Jahren das Skapulier empfing, das er bis heute trägt; von seiner ersten Wallfahrt nach Tschenstochau im Jahr 1936, wo er der „Schwarzen Madonna" auf dem Jasna Góra sein Leben in die Hände legte (ein Versprechen, das er 1943 mit anderen Studenten dort erneuerte); von den Studentenjahren in Krakau-Debniki und von der Gruppe des „Lebendigen Rosenkranzes", der er dort angehörte.

Karol Wojtyla ist mit Maria aufgewachsen. Die Beziehung zu ihr war ihm – wie seiner ganzen Umgebung – selbstverständlicher Bestandteil des Glaubens und Lebens.

Doch dann, eines Tages, während der Zeit seines Fabrikeinsatzes im zweiten Weltkrieg, entsteht im Herzen des Studenten *eine Frage.* „Zunächst schien es mir, als müsse ich mich zugunsten der Christozentrik ein wenig von der Marienverehrung meiner Kindheit entfernen", berichtet er selbst in der Rückschau.[7] „In Debniki ... veränderte und vertiefte sich in mir die Verehrung der Muttergottes. Daß Maria uns zu Christus führt, davon war ich bereits überzeugt, doch damals begann ich zu begreifen, daß auch Christus uns zu seiner Mutter führt. Es gab einen Augenblick, wo ich meine Verehrung für Maria irgendwie in Frage stellte, weil ich glaubte, durch ihre zu große Verbreitung würde schließlich der Vorrang der Verehrung, die Christus zukommt, gefährdet."[8]
In dieser Ratlosigkeit kam dem Studenten das Buch des hl. Ludwig Maria Grignion de Montfort zu Hilfe. Es öffnete ihm die Augen dafür, daß Maria unserer Beziehung zu Christus nicht im Wege steht, sondern daß sie uns sogar zu Christus führt, „vorausgesetzt, daß ihr Geheimnis in Christus gelebt wird"[9]. „Dank des hl. Ludwig Maria Grignion de Montfort begriff ich jedoch, daß gerade die wahre Verehrung der Muttergottes christozentrisch und tief im Geheimnis der Dreifaltigkeit Gottes sowie in den Geheimnissen der Fleischwerdung und der Erlösung verwurzelt ist. So entdeckte ich mit einem neuen Bewußtsein die Marienfrömmigkeit wieder, und diese reife Form der Muttergottesverehrung ist mir geblieben."[10]
Die Marienfrömmigkeit Johannes Pauls II. ist so geprägt durch Kontinuität und Lebendigkeit. Sie wächst aus tiefen Wurzeln und bleibt sich selbst immer treu und entwickelt sich zugleich fort in einem Wachstum, das an kein Ende kommt.
Eine starke Bestätigung bedeutete für Karol Wojtyla im Jahre 1964 das 8. Kapitel der Kirchenkonstitution *Lumen gentium,* in dem der damalige Erzbischof von Krakau sich selbst und alle seine Erfahrungen wiedererkannte; in dem er wiederfand, was sich ihm bereits viel früher an der großen polnischen Wallfahrtsstätte Kalwaria Zebrzydowska eingeprägt hatte: daß „der Mensch durch Maria seinen Platz neben Christus wiederfindet".
So kann der Papst im Rückblick sagen – und hier wird die große Linie seiner Marienverehrung deutlich, die trotz aller Fragen und Entwicklungen ohne Bruch ist: „Seit meiner frühesten Kindheit war die Marienfrömmigkeit in mir stets an die christologische Dimension gebunden."[11]

Maria hat ihren Ort innerhalb des Erlösungsgeschehens, dessen einzige Mitte Jesus Christus ist. Hier nimmt sie eine ganz besondere Stellung ein: als die Mutter des Erlösers ist sie ihm untrennbar verbunden. Aus dieser Wirklichkeit ergibt sich notwendig eine besondere Verehrung Marias. „Was die Marienfrömmigkeit angeht, so müssen wir uns alle im klaren darüber sein, daß es sich hierbei nicht um ein Bedürfnis des Herzens, eine sentimentale Neigung handelt, sondern daß sie der objektiven Wahrheit über die Muttergottes entspricht."[12] Wenn sie dieser objektiven theologischen Wahrheit entsprechend gelebt wird, führt sie immer tiefer zu Christus hin.
Die Marienverehrung ist also für Johannes Paul II. eine heilsgeschichtliche Notwendigkeit, nichts anderes als die Konsequenz aus dem, was Gott in der Menschwerdung seines Sohnes gewirkt hat. Maria tritt in unseren Blick und in unser Leben als die Mutter des Erlösers; als die Mutter dessen, der der Sohn des lebendigen Gottes ist.

3. Das „Totus Tuus" des Bischofs und Papstes

„Damit ist die Herkunft des ,Totus Tuus' erklärt. ... Es ist die Kurzformel für die vollkommenste Form der Hingabe an die Muttergottes, die so lautet: *,Totus Tuus ego sum et omnia mea Tua sunt. Accipio Te in mea omnia. Praebe mihi cor Tuum, Maria'.*"[14]
Bei seiner Ernennung zum Weihbischof der

Erzdiözese Krakau am 4. Juli 1958 nahm Karol Wojtyla dieses Wort der Übergabe an Maria – „Totus Tuus": „Ganz Dein"; „Ganz Dein Eigentum"[15] –, das über den hl. Ludwig Maria Grignion de Montfort bis auf den hl. Bonaventura zurückgeht, als seinen Wahlspruch an.

Das Bischofswappen, das er damals für sich entwarf und das er, zusammen mit dem Wahlspruch, auch als Erzbischof und Papst beibehielt[16], ist die Übersetzung von Johannes 19,26f. ins Bildsymbol: Auf blauem Grund zeigt es nichts als ein großes goldenes Kreuz, unter dessen linkem (vom Betrachter her gesehen rechtem) Querbalken der Anfangsbuchstabe des Namens „Maria" steht.

Gegen alle Einwände hielt Weihbischof Wojtyla damals an seinem Entwurf fest, obgleich dieser den strengen Regeln der Heraldik nicht entspricht.[17]

Es fällt auf, daß das „M" nicht auf der (vom Wappen her) rechten Seite steht, an der Stelle, an der seit frühester Zeit auf den Kreuzigungsdarstellungen Maria ihren Platz hat, sondern daß es sich unter dem linken Kreuzarm befindet, an der Stelle, an der der Jünger Johannes zu stehen pflegt. Es ist die Stelle Karol Wojtylas, der nun selbst als der Jünger dort steht. Maria ist gleichsam zu ihm hinübergekommen, um mit ihm an seinem Platz unter dem Kreuz zu stehen und ihm die Möglichkeit zu geben, in engster Gemeinschaft mit ihr dort zu stehen. So wird das „Totus Tuus" Realität: Maria ganz bei ihm und er ganz bei ihr und beide miteinander untrennbar verbunden bei Christus. Das „M" steht nun sowohl für Maria wie für den Bischof Karol Wojtyla bzw. für den Papst Johannes Paul II., der unter dem Kreuz Jesu Christi in eine immer größere Ähnlichkeit mit Maria hineinwächst. Wer auf ihn schaut, sieht Maria, so wie der, der auf Maria schaut, Jesus Christus sieht.[18]

II. Der Ort Marias in der heilsgeschichtlichen Sicht Johannes Pauls II.

1. „Allein im Geheimnis Christi klärt sich ihr Geheimnis"

Der Weg der persönlichen Erfahrung Karol Wojtylas, „daß ... Christus uns zu seiner Mutter führt"[19], ist kein anderer als der Weg der Erfahrung der Kirche, der sich spiegelt in der Entwicklung der marianischen Dogmen. Was Johannes Paul II. über Maria verkündet, ist so immer zugleich gewachsene Lehre der Kirche und eigene Erfahrung; es ist Glaubenswahrheit von höchster existentieller Bedeutsamkeit für ihn selbst und für seine Hörer. Johannes Paul II. verkündet *Maria im Geheimnis Jesu Christi*[20] und spricht hier in einer dreifachen Weise von ihr: von ihrer Rolle bei der Menschwerdung, von ihrer Anwesenheit im *Leben Jesu Christi* und von ihrer Gegenwart bei seinem Sterben.

Die *Menschwerdung Gottes* ist das entscheidende Ereignis in der Fülle der welt- und heilsgeschichtlichen Zeit, und in diesem Zenit der Heilsgeschichte steht Maria. Mit ihrem ‚Fiat' öffnet sie im Namen der Menschheit das Tor für den Eintritt Gottes in das Menschsein, in die Welt. „Dieses Fiat Marias – ‚mir geschehe' – hat von der menschlichen Seite her über die Verwirklichung des göttlichen Geheimnisses entschieden."[21]

Im Geschehen der Menschwerdung wird offenbar, wer Gott ist[22], wer Jesus Christus ist[23], wer Maria ist[24] und wer der Mensch ist[25]. Angesichts dessen ist es nicht erstaunlich, daß Johannes Paul II. auch seinen Papst-Dienst im Geheimnis der Menschwerdung gründen sieht[26] und daß die Vorbereitung auf das Jahr 2000 „gleichsam zu einem hermeneutischen Schlüssel dieses Pontifikats" wird[27]. Die Rolle, die Maria darin spielt, kommt zum Ausdruck in der Feier des Marianischen Jahres 1987/88, in dessen Verlauf die Enzyklika *Redemptoris mater* veröffentlicht wurde.[28] So wie Maria damals vor Christus am Horizont der Heilsgeschichte erschien, so ist sie auch in dieser Zeit der Vorbereitung gegenwärtig und geht mit uns durch diese drei Jahre und hilft uns, daß wir unsererseits dem Jubiläum der Menschwerdung so entgegengehen, wie sie selbst damals dem Ereignis der Geburt Jesu Christi entgegengegangen ist.[29]

Maria ist nicht nur im Verlauf der Menschwerdung aktiv am Erlösungsgeschehen beteiligt, sondern sie bleibt auch weiter mitwirkend darin gegenwärtig durch alle Stationen des *Lebens Jesu Christi* hindurch, und während sie ihren ‚Pilgerweg des Glaubens' mit ihm geht, wächst sie immer mehr in eine „neue Dimension" der Mutterschaft hinein[30].

Besonders deutlich wird das in dem Bericht über die Hochzeit zu Kana, Joh 2,1-11.[31] Maria hat hier als „die Mutter Jesu" Anteil am Beginn seines öffentlichen Wirkens. Sie ist Mittlerin und Wegweiserin. Fürsprechend tritt sie für die Nöte der Menschen ein bei ihrem Sohn, und sie leitet die Menschen an, seinen Willen zu tun. Damit führt sie sie ein in jene Jüngerschaft, die sie selbst schon längst verwirklicht.[32]

Johannes Paul II. erkennt in diesem Geschehen von Kana keimhaft bereits all das, was Maria für uns ist und tut – ein erstes Aufleuchten ihrer mütterlichen Mittlerschaft der Kirche gegenüber, die durch die Zeiten fortdauert. Er erkennt aber hier auch schon all das, was wir so wie Maria und mit ihr zusammen zu tun haben – die Kirche und insbesondere auch er selbst, der Papst, dem die Sorge um die Menschen und das Bemühen, sie zum Tun des Willens Jesu Christi und damit zur Begegnung mit seiner Herrlichkeit zu führen, ständiges bedrängendes Anliegen ist.[33]

Was in Kana bereits sichtbar wurde, wird *unter dem Kreuz* endgültige Realität: Die „Mutter Jesu" wird zur „Frau" an der Seite des Erlösers, von Jesus im Augenblick der Vollendung seines Werkes den Menschen zur Mutter gegeben – jedem einzelnen und der ganzen Kirche. So bleibt Maria im Geheimnis Christi gegenwärtig bis ans Ende der Zeit. Ihre göttliche Mutterschaft breitet sich aus über den ganzen mystischen Leib des Sohnes Gottes.[34]

Immer wieder kommt der Papst auf diese Wirklichkeit zu sprechen, in der er seine eigene Beziehung zu Maria grundgelegt sieht.[35] Er hat Maria – so wie Johannes – ‚in all das Seine aufgenommen' und weiß sich durch ihre Gegenwart in Christus geborgen. Diese Erfahrung möchte er allen Menschen, insbesondere den Bedrängten und Leidenden, vermitteln. So sagt er in einer Ansprache an Kranke in Kuba: „Unter dem Kreuz steht die Jungfrau Maria, unsere Mutter, mit offenen Armen, und ihr Herz ist vom Schmerz durchbohrt. Sie ist die Herrin unserer Schmerzen und Hoffnungen. Sie birgt uns in ihrem mütterlichen Schoß voller Gnade und Erbarmen. Sie ist der sichere Pfad zu Christus, der unser Friede, unser Leben und unsere Auferstehung ist. Maria, Mutter aller Leidtragenden, ... schaue auf deine Kinder ... und zeige sie Jesus, der gebenedeiten Frucht deines Leibes!"[36]

In dieser vom Kreuz her begründeten Mutterschaft Marias hat auch die Verehrung, die ihr von der Kirche entgegengebracht wird, ihren Grund. Sie entspricht der Intention Jesu Christi, sagt der Papst, „ja, man kann sagen: Jesus hat, als er seinen Lieblingsjünger bat, Maria als seine Mutter anzunehmen, die Marienverehrung begründet„[37].

Die Marienverehrung hat unter dem Kreuz begonnen, und dies bleibt ihr Ort, wie uns gerade Johannes Paul II. mit seinem Wappen und seinem Leben vor Augen führt. Sie schließt immer die Bereitschaft ein, mit Maria zusammen an ihrem Platz nahe bei Christus, und das heißt nahe bei dem Gekreuzigten zu stehen.

2. Maria und die Kirche

Es ist das Anliegen des Papstes, im Anschluß an das Konzil „die besondere Gegenwart der Gottesmutter im Geheimnis Christi und der Kirche hervortreten zu lassen"[38]. Er sieht diese bleibende Gegenwart Marias in der Kirche vor allem begründet in drei Ereignissen: im Geschehen der Menschwerdung, in der Anwesenheit Marias unter dem Kreuz und in der Rolle, die sie im Abendmahlssaal an Pfingsten spielt. Diese Beziehung Marias zur Kirche entfaltet sich in einer Vielfalt von Aspekten:

Maria ist *der Beginn der Kirche.*
Mit der unbefleckt Empfangenen existiert die Kirche bereits in ihrem ersten und vollkommensten Glied[39], und in der Menschwerdung, in der zusammen mit dem Erlöser die erste der Erlösten und damit die Kirche in ihrem Kern und Anfang gegenwärtig ist, nimmt jene Öffnung eines ‚inneren Raumes' für Gott in der Welt und in den Herzen der Menschen ihren Anfang, die sich nun in der Kirche fortsetzt und ihre Hauptaufgabe ist.[40]
Auch unter dem Kreuz handelt in Maria bereits die Kirche, die sich dem Opfer Jesu Christi vereint, um ihn und sich selbst dem Vater voll Hoffnung darzubringen.[41]
Im Abendmahlssaal aber „trifft sich der Weg Marias mit dem Glaubensweg der Kirche"[42], in dieser Stunde, die man eine neue ‚Nazareth-Stunde' nennen kann, weil hier der Sohn Gottes wiederum – so wie damals in Maria – Fleisch annimmt durch den Heiligen Geist, nun in seinem mystischen Leib[43]. Maria ist hier „die einzige, die neben den Aposteln beim Namen genannt wird: Sie stellt eine andere Seite der Kirche dar, die zu der dienstamtlichen oder hierarchischen hinzukommt"[44].

Maria ist *die Mutter der Kirche.*
Als Maria das Haupt der Kirche gebar, wurde sie de facto schon zur Mutter der Kirche. Vom Kreuz her hat Jesus Christus diese Mutterschaft ausdrücklich gestiftet, und an Pfingsten wurde sie sichtbar und wirksam.[45]
Der Titel „Mutter der Kirche", den Papst Paul VI. Maria am 21. November 1964 feierlich beilegte[46], ist Johannes Paul II. besonders lieb. „Dieser Titel erlaubt uns, in das ganze Geheimnis Mariens einzudringen", sagt er[47] und findet darin sowohl die Beziehung der Kirche zu Maria wie auch sein eigenes Verhältnis zu ihr voll und ganz wieder.
Bereits in der ersten Ansprache, die er zwei Tage nach seiner Wahl an die Kardinäle richtete, erflehte er diesen „die Gnade Christi und den wachsamen Schutz der ‚Mutter der Kirche'"[48]. Er selbst hat seinen Dienst für die Kirche im Vertrauen auf sie übernommen. Seither wird er nicht müde, diese Wahrheit zu verkünden und Maria mit diesem Titel anzusprechen.[49]
Sie ist ihm so wichtig, daß er sie jedem, der auf den Petersplatz kommt, in einem großen *Mosaikbild* vor Augen stellen wollte: Am 8. Dezember 1981 weihte Johannes Paul II. vor dem Angelus das Bild der Gottesmutter, welches er an der oberen Eckfassade des Apostolischen Palastes hatte anbringen lassen, und sagte dazu: „Heute beten wir den ‚Engel des Herrn' zum ersten Mal vor dem Bildnis und unter den Augen der seligsten Jungfrau, Mutter der Kirche ... Ich freue mich, am Hochfest der ohne Erbsünde empfangenen Jungfrau und Gottesmutter Maria dieses Zeugnis unserer Liebe und unserer Verehrung einzuweihen und vertraue darauf, daß sie weiterhin ‚Sorge tragen möge für die Brüder ihres Sohnes, die noch auf der Pilgerschaft sind und in Gefahren und Bedrängnissen weilen' (*Lumen gentium*, Nr. 62), indem sie auch unsere Generation die unbesiegbare Macht ihres mütterlichen Schutzes erfahren läßt."[50]

Maria ist *Ur- und Vorbild der Kirche, ‚typus ecclesiae'.*
Maria ist „die Mutter der Kirche" und „auch deren Vorbild"[51] – in ihr erkennt die Kirche sich selbst wieder, und im Blick auf Maria lernt sie ihr eigenes Geheimnis immer tiefer verstehen. „Maria ist die erste Frucht und das vollkommenste Abbild der Kirche", sagte der Papst 1979 bei seiner Predigt in Ephesus. Sie ist „das ganz reine, ganz schöne, ganz heilige Geschöpf, das fähig ist, ‚Kirche zu sein', wie kein Geschöpf hier auf Erden es je sein kann." „Jede Mutter gibt etwas von ihrem Aussehen an ihre Kinder weiter; deshalb besteht zwischen Maria und der Kirche eine tiefe Ähnlichkeit. Maria ist das Idealbild, die Verkörperung, das Urbild der Kirche."[52]

Maria ist Ur- und Vorbild der Kirche als die große *Glaubende und Liebende*[53], die *in der Einheit mit Christus handelt*[54]; als *Jungfrau*[55] und *Mutter*[56], als *die Opfernde*[57] und *die Pilgernde.*
Dieser letzte Aspekt, den bereits das Konzil betont hat[58], ist für Johannes Paul II. von besonderem Gewicht. Er faltet ihn aus in seiner Marienenzyklika[59] und er läßt ihn zur Form seines eigenen Lebens werden: Wie nie ein Papst vor ihm ist er der Papst der unermüdlichen Wege geworden. Schon in seiner ersten Enzyklika spricht er vom Menschen als dem ‚ersten und grundlegenden Weg der Kirche'[60], und dieses ‚Motiv' des Weges wird zum Programm seines Pontifikates, indem er den Weg Jesu Christi zu den Menschen nachgeht und den Menschen entgegengeht und ihre Wege mitgeht und indem er der Kirche prophetisch vorangeht in ein neues Jahrtausend hinein. Auf all diesen Wegen aber weiß er sich in Gemeinschaft mit Maria. Er sagt darüber: „Wenn Christus der Weg des Menschen ist, dann ist Maria die zuverlässige Führerin auf diesem Weg", sie, die „weiß, was es bedeutet, auf den Straßen der Erde unterwegs zu sein", da sie „in der Nachfolge ihres Sohnes Jesus Pilgerin auf Erden" war.[61]
In jedem Land, das er besucht, sind die *Marienwallfahrtsorte* für Johannes Paul II. ein Stückchen Heimat auf seinen rastlosen Wegen. An einem von ihnen sagte er: „Ich verberge euch nicht die Freude, die ich jedesmal empfinde, wenn ich in einem der vielen, in der ganzen Welt verstreuten Marienheiligtümer beten kann. Jedes einzelne ist das ‚Haus Marias', wo die Pilger eine Mutter finden, die sie aufnimmt, tröstet, stützt, auf Gott und den Mitmenschen ausrichtet und hilft, den wahren Sinn des Lebens wiederzufinden."[62]

Maria ist schließlich Typus und Vorbild der Kirche auch als *Zeichen des Widerspruchs und der Hoffnung.*[63]
Den Ordensleuten in Altötting sagte der Papst: „Sie [Maria] ist es, mit der der apokalyptische Drache kämpft, denn als Mutter der Erlösten ist sie Bild der Kirche ... Ihr seid gerufen in diese dauernde Auseinandersetzung, die unsere Mutter Kirche durchsteht und die in ihr das Bild der Frau, der Mutter des Messias formt."[64]
Maria ist Typus und Urbild der Kirche; darum ist uns aufgegeben, „in ihr die sichtbare Gestalt der geistigen Wirklichkeit der Kirche zu erkennen", nicht nur in einem unvollkommenen Hinweis, wie es die alttestamentlichen Vorbilder waren, sondern in vollkommener Verwirklichung – so, daß „in Maria die bezeichnete geistige Wirklichkeit schon anwesend ist, und zwar in herausragender Weise. ... Die heilige Jungfrau ist ja Urbild der Kirche nicht als unvollkommenes Vorausbild, sondern als geistige Fülle, die sich in verschiedener Weise im Leben der Kirche wiederfinden wird."[65]

Die Kirche betrachtet aber Maria nicht nur bewundernd aus der Ferne – sie weiß sie *in ihrer Mitte gegenwärtig.*
„Maria ist uns nicht ferngerückt. Sie gehört zu uns"[66]; ihr Glaube „bleibt im Herzen der Kirche zugegen"[67], so daß wir an diesem ihrem Glauben teilhaben können und durch ihn in unserem Glauben gefestigt werden[68].
Maria ist inmitten der Kirche wirkend gegenwärtig als die mütterliche Helferin.[69]
Als solche ist sie die *Lehrerin* der Kirche und jedes einzelnen Glaubenden. Wie sie am Beginn ihre Erinnerungen an ihren Sohn und ihre Christus-Erkenntnis an die Jünger weitergab, so trägt sie bis heute dazu bei, Christus „bekannt zu machen und den Glauben der Christen an ihn zu stärken"[70]. Sie, die „Frau der Wahrheit", ist „Vorbild und Lehrerin der Untadeligkeit"[71], indem sie uns nicht nur beständig daran erinnert, zu tun, was Jesus sagt[72], sondern uns auch bei der Verwirklichung hilft. Insbesondere ist sie die Lehrerin des Gebetes, die die Tiefe ihres eigenen Gebetes auf uns überträgt und die mit uns zusammen betet[73], und Führerin zur Eucharistie[74]. Maria lehrt uns, Christus zu empfangen und mit ihm umzugehen; sie lehrt uns, ihn immer besser zu verstehen und immer tiefer auf ihn einzugehen. Bei ihr erlernen wir die Gemeinschaft mit Christus; und bei ihr „erlernen wir" auch „die Kirche"[75].

Maria ist auch die *Wächterin* und *Hüterin* der Kirche[76] und ihre *Fürsprecherin*[77], auf die der Papst sein unbegrenztes Vertrauen setzt im Blick auf alle Nöte der Kirche und der Menschen.

Und sie ist die große *Mittlerin,* die eintreten durfte „in die Mittlerschaft des Menschen Jesus Christus"[78]. Schon am Anfang erflehte sie der Kirche den Heiligen Geist[79], und sie bleibt vermittelnd in ihr gegenwärtig. „So ist Maria ein auserlesenes und einzigartiges Instrument der Erlösung in Christus: ein bevorzugter Kanal seiner Gnade, ein auserwählter Weg, durch den ein überaus reicher und wunderbarer Gnadenstrom zu den Menschen gelangt. Wo Maria ist, dort fließt die Gnade über, dort geschieht die Heilung des Menschen: die Heilung an Leib und Seele."[80]

Maria, die selbst schon zur Herrlichkeit gelangt und die doch zugleich noch inmitten der Kirche auf Erden unterwegs ist – sie ist das *einigende Glied der pilgernden und der vollendeten Kirche.* In ihr ist die Kirche in ihrem hervorragendsten Glied bereits in die Herrlichkeit eingetreten, ja, *Redemptoris mater* sagt mit dem Konzil, daß „die Mutter Gottes bereits die eschatologische Vollendung der Kirche ist"[81]. In ihr ist die Schönheit und Reinheit der Kirche bereits voll verwirklicht. Nicht zuletzt dadurch ist Maria für die Kirche auf Erden Zeichen der Hoffnung und Helferin auf ihrem mühsamen Weg. In ihr erkennt sie ihre eigene Schönheit und ihr seliges Ziel, und mit ihrer Hilfe darf jedes ihrer Glieder hoffen, dieses Ziel der Heiligkeit zu erreichen. „So weiß sich die Kirche in ihrem ganzen Leben mit der Mutter Christi durch ein Band verbunden, das Vergangenheit, Gegenwart und Zukunft des Heilsgeheimnisses umfaßt, und verehrt Maria als geistige Mutter und Fürsprecherin der Gnade."[82]

3. Maria und die Menschen

Maria steht nicht nur in Beziehung zur Kirche als ganzer, sondern ebensosehr in persönlicher Beziehung zu jedem einzelnen ihrer Glieder, ja, zu jedem Menschen. Ihre Rolle „ist eine mütterliche Rolle, die von ihrem Wesen her *eine einzigartige und unwiederholbare Beziehung von Person zu Person* herstellt"[83]. Daher sind wir – jeder einzelne – eingeladen, „die tröstliche Wahrheit von der Mutterschaft Marias auch uns gegenüber wiederzuentdecken"[84].

Johannes Paul II. wird nicht müde darauf hinzuweisen, daß Christus seine Mutter vom Kreuz her nicht nur der Kirche als ganzer, sondern einem einzelnen, konkreten Jünger ans Herz gelegt hat. Er selbst lebt die Beziehung zu ihr als dieser Jünger in einer einmaligen, persönlichen Mutter-Sohn-Beziehung, und immer neu wendet er sich an jeden einzelnen seiner Hörer und bittet ihn, Maria in sein Herz und Leben aufzunehmen als „ein Geschenk, das Christus persönlich jedem Menschen macht"[85]. Die angemessene Antwort auf dieses Geschenk ist ein großes Vertrauen. Es realisiert sich, indem wir Maria ‚bei uns aufnehmen' und in die Lebensgemeinschaft mit ihr eintreten und sie hineinnehmen in den gesamten Bereich unseres inneren Lebens, in unser „menschliches und christliches Ich"[86].

Wie jede Mutter, so ist auch Maria für ihre Kinder Bezugsperson sowohl als Vorbild wie als die, die helfend nahe ist in liebevoller Zugewandtheit.

Maria ist *Vorbild, Modell* eines gelungenen christlichen Lebens. In ihrem Leben erkennt jeder von uns die Stationen seines eigenen Lebens wieder, und an ihrer Antwort lernt er Maß nehmen für seine eigene Antwort auf das Geschenk der Liebe Gottes. So sagt der Papst im Blick auf die Berufung, die Gott durch seinen Geist schenkt: „Der Heilige Geist schenkt sich dem menschlichen Willen als unerschaffene Liebe und bewirkt im Geschöpf das Aufbrechen und die Entfaltung der geschaffenen Liebe, die als Ausdruck des menschlichen Willens die Person gleichzeitig zur vollen geistlichen Vollendung bringt. Maria gibt diese Antwort der Liebe auf vollkommene Weise und wird so für jeden Menschen zum leuchtenden Ideal seiner persönlichen Gottesbeziehung. Das Geschehen von Nazareth ... ist also ein vollkommenes Bild – wir können sagen: das Modell – der Beziehung zwischen Gott und Mensch ..., beispielhaft für alle, die zum Glauben und zur Nachfolge Christi berufen sind. Nach Abschluß der irdischen Sendung Jesu und nach Pfingsten wird künftig in der Kirche an jeden Menschen, wie im Ereignis von Nazareth, der Ruf ergehen; es wird sich das Geschenk seiner selbst von seiten Gottes, das Wirken des Heiligen Geistes wiederholen; das Geheimnis der Menschwerdung wird weiter ausgedehnt. Und immer wird der Mensch seine Antwort auf die Berufung und auf das Geschenk Gottes mit jener persönlichen Reife geben müssen, die sich an dem ‚mir geschehe' entzündet, das die Jungfrau von Nazareth bei der Verkündigung sprach."[87]

Was hier im Blick auf die Berufung zur aktiven Teilhabe am Geschehen der Menschwerdung gesagt ist, das gilt für alle Ereignisse unseres Lebens: Im Leben Marias erkennen wir wie in einem Spiegel die vollkommene Antwort auf alle Gaben und Erwartungen Gottes. „Jeder von uns muß gewissermaßen mit den Augen Mariens sein eigenes Leben, die Geschichte des Menschen betrachten", sagt der Papst[88]. Jeder von uns muß an Maria, der vollkommenen Christin, Maß nehmen, um dann Gott auf seine ganz persönliche Weise ebenso zu antworten wie sie.

Die Gottesmutter ist das Bild des vollendeten Christen, aber „diese höchste Reinheit darf uns Maria nicht fern erscheinen lassen"[89]. *Sie bleibt uns helfend nahe;* denn sie hat selbst Bekanntschaft gemacht mit unserem ganzen mühsamen Lebensweg, mit all seinen Schwierigkeiten und Gefährdungen und sogar mit seinem Glaubensdunkel. Gerade diesen letzten Aspekt hat das Zweite Vatikanische Konzil auf eine bisher ungewohnte Weise hervorgehoben, und Johannes Paul II. nimmt dies auf und faltet es aus. Er richtet den Blick auf die besondere Glaubensmühe Marias – auf das „Halbdunkel des Glaubens" und die „besondere Mühe des Herzens ..., die mit einer gewissen ‚Glaubensnacht' verbunden ist", in der die Mutter Jesu wie unter einem „Schleier" den unbegreiflichen Weg ihres Sohnes mitgeht bis dorthin, wo sie nichts mehr verstehen und nur noch glaubend die Treue halten kann.[90]

Dieser leiderfahrene Glaube Marias bleibt in der Kirche gegenwärtig und bleibt jedem von uns zugänglich. Wir können an ihm teilnehmen und aus ihm Kraft schöpfen, wenn unser Glaube angefochten ist; wenn wir ihn unter „Prüfungen und Widerwärtigkeiten" leben müssen wie Maria[91], inmitten von „Unverständnis und Leid"[92]. Gerade dann dürfen wir ihrer helfenden Nähe sicher sein. Daher ruft der Papst uns zu: „Mach dich auf den Weg mit Maria, geh mit ihr!"[93] Während einer Predigt am 11. Februar 1981, also wenige Wochen vor dem Attentat, führte er aus: „Maria ist geistig mitten unter uns ... Auch der Christ ist zur gleichen Glaubenshaltung berufen, die ihn mutig über die Möglichkeiten und Grenzen des rein menschlichen Geschehens hinausblicken läßt. Er weiß, daß er mit Gott rechnen kann ... Das ist es, liebe Brüder und Schwestern, was die Muttergottes uns heute abend sagen wollte. Wenn wir auf ihre Stimme hören, wird sie für uns ... die Worte wiederholen...: ‚Wie eine Mutter ihren Sohn tröstet, so tröste ich euch'."[94]

Mit dieser Botschaft möchte der Papst *jeden einzelnen Menschen ganz persönlich* ansprechen. Darum sagt er sie immer möglichst konkret in die Situation derer hinein, denen er jeweils begegnet.

Den *Armen und Kranken* und allen *Leidenden* ruft er in Erinnerung, daß auch Maria „zu jener riesigen Schar von Armen" gehörte, "die in der Chronik keine Spuren hinterlassen. ... In ihrem Geist hallt der Schmerzensschrei jener Menschen aller Zeiten wider, die sich von den Lebensschwierigkeiten überwältigt fühlen: die Hungernden und Notleidenden, die Kranken und die Opfer von Krieg und Haß, die Obdach- und Arbeitslosen, die Einsamen und Ausgegrenzten, ... die Entmutigten und Enttäuschten."[95] Johannes Paul II. weiß – nicht zuletzt aufgrund seiner eigenen Erfahrung – Maria allen Leidenden verstehend und tröstend nahe. In ihrer Gemeinschaft ist es möglich, dem unermeßlichen Leid in der Welt standzuhalten und es mitzuleiden, ohne darin unterzugehen.[96]

Auch alle *Lebensalter*, insbesondere die *Jugendlichen* ruft der Papst immer wieder dazu auf, den Blick auf Maria zu richten und an ihr abzulesen, wie ein Leben aussieht, das sich großen Zielen verschreibt: „Ich ermahne euch, liebe Jugendliche, aufmerksam auf den Ruf Gottes zu achten. Beispiel sei euch dabei die allerseligste Jungfrau Maria. Maria entzog sich nicht einem Engagement, das das Leben forderte. Mit ihrem großzügigen und ergebenen Ja ist sie nicht dem Leben ausgewichen ... Wie die Jungfrau und Mutter Christi seid auch ihr Familienangehörige Gottes und Bürger dieser Welt."[97]

In Maria finden Menschen *in allen Lebensständen und Berufungen* ihr großes Vorbild und eine verständnisvolle Begleiterin.
Den *Brautleuten* sagt der Papst: „Wie Maria ... so lernt auch ihr, euch zu verschenken und das Glück und die Freude mitzuteilen, mit denen Gott euch erfüllt hat. Mit der mütterlichen Hilfe Marias werde eure junge Familie zu einer ‚Hauskirche', in der Jesus geboren wird."[98] Und er bittet Maria für die Familien: „Heilige Jungfrau, wende deine Sorge jeder Familie zu ... Ich habe dich eingeladen, zu eilen, um jeder Familie die ... Botschaft des Heils zu bringen ..."[99]
Den *Bischöfen* ruft Johannes Paul II. zu: „Fürchten wir uns nicht, denn die Mutter Jesu ist bei uns. Sie ist heute und immer mitten unter uns. Durch ihr Gebet sind wir stark und in ihrer Liebe sind wir geborgen."[100]
Und die Priester erinnert er: „Wenn das Priestertum seiner Natur nach Dienst ist, muß es in Einheit mit der Mutter, die die Magd des Herrn ist, gelebt werden. Unser Priestertum wird also in ihren Händen, ja in ihrem Herzen behütet werden ...".[101]
Die *gottgeweihten Menschen,* sagt der Papst, sind in besonderer Weise „eingeladen, Maria als ihre Mutter zu betrachten und sie so zu lieben, wie Christus sie geliebt hat. Insbesondere sind sie gerufen, sie zu sich zu nehmen wie Johannes ... Sie müssen ihr vor allem in ihrem Herzen und in ihrem Leben Raum geben. Sie müssen versuchen, ihre Beziehung zu Maria, dem Abbild und der Mutter der Kirche, zu entfalten, die auch das Urbild und die Mutter der Gemeinschaften, das Vorbild und die Mutter all derer ist, die Christus in seine Nachfolge ruft."[102]

Die *Frauen* finden in Maria, der ‚neuen Frau', in der Gott „den Glanz der Frau offenbart" hat[103], ein solch klares Bild ihrer Würde und Berufung, daß Johannes Paul II. seine Enzyklika *Mulieris dignitatem* bewußt „in den weiten Rahmen des Marianischen Jahres einfügt"[104] und sie mit einem ausführlichen Blick auf Maria beginnt[105]. Mit Maria hat die Würde der Frau ein neues Niveau erreicht.[106] In ihr tritt ihre spezifische Begabung, Berufung und Beauftragung in ein helles Licht.[107] Zugleich findet jede Frau in ihr, dem „Vorbild einer verwirklichten Frau"[108], die die alltäglichen Erfahrungen so vieler Frauen teilt[109], eine verständnisvolle Schwester und mütterliche Helferin.

Alle seine Sorgen um jeden einzelnen Menschen und jedes Land, um die Kirche und um die ganze Welt legt der Papst jeweils in den *Weihegebeten,* die er an den Marienwallfahrtsorten der verschiedenen Länder spricht, der Mutter Gottes in die Hände und ans Herz. Oft geht er dabei ausführlich ein auf die Situation der einzelnen Lebensstände und die Probleme des jeweiligen Landes.[110] Indem er aufnimmt, was die Menschen bewegt und belastet und es Maria übergibt, überträgt er auf sie etwas von der Hoffnung und Zuversicht, die ihn selbst erfüllt – die ihn erfüllt, obgleich er die unermeßlichen Gefährdungen, die die Menschheit bedrohen, so klar sieht wie kaum ein anderer; die ihn erfüllt, weil er diese Menschheit vom Erbarmen Gottes der „Mutter des Erbarmens"[111] anvertraut weiß.
Im „Weihegebet von Fatima" wendet er sich an sie:
„‚Unter Deinen Schutz und Schirm fliehen wir, o heilige Gottesmutter!' Darum, o Mutter der Menschen und Völker, die Du ‚alle ihre Leiden und Hoffnungen kennst' und mit mütterlichem Herzen an allen Kämpfen zwischen Gut und Böse, zwischen Licht und Finsternis Anteil nimmst, die unsere heutige Welt erschüttern, höre unser Rufen, das wir unter dem Antrieb des Heiligen Geistes direkt an Dein Herz richten, und umfange mit Deiner mütterlichen und dienenden Liebe diese unsere Welt, die wir Dir anvertrauen und weihen, erfüllt von Sorge um das irdische Heil der Menschen und Völker. ...

O unbeflecktes Herz, hilf uns, die Gefahr des Bösen zu überwinden, das sich so leicht in den Herzen der heutigen Menschen einnistet und dessen unvorstellbare Auswirkungen über unserer Gegenwart lasten und den Weg in die Zukunft zu versperren scheinen. ... Noch einmal zeige in der Geschichte der Welt die unendliche Macht der erbarmenden Liebe. Daß sie dem Bösen Einhalt gebiete! Daß sie die Gewissen wandle! In Deinem unbefleckten Herzen offenbare sich allen das Licht der Hoffnung!"[112]

III. Johannes Paul II. – „seine völlige Hingabe an Maria"

1. Seine Marienverkündigung

Aus allem Gesagten wird deutlich, daß die innige persönliche Beziehung dieses Papstes zu Maria sehr tiefe theologische Wurzeln hat. Sie ist begründet in der heilsgeschichtlichen Stellung der Gottesmutter, aus der sich ihre Rolle für die Kirche und für den einzelnen Glaubenden konsequent ergibt. Wer die Wahrheit über Maria erkennt, der kann nicht anders, als sie in sein Leben einbeziehen. Johannes Paul II. tut das mit einer Intensität wie wenige vor ihm. Er sagt nichts, was inhaltlich hinausginge über die Mariologie seiner Vorgänger und des letzten Konzils, aber im Licht seiner persönlichen Erfahrungen strahlen die alten Wahrheiten über Maria neu und warm auf.[113] Weil hinter all seinen Worten über sie die gelebte Beziehung zu ihr steht, darum vermag Johannes Paul II. den Menschen diese glasklare, bis ins letzte theologisch durchdachte und rational verantwortete Lehre über Maria in einer Weise nahezubringen, die ihre Herzen anspricht.
Faßt man das Gesamt aller Ansprachen und Äußerungen dieses Papstes in den Blick, so stellt man etwas überrascht fest, daß darin von der Gottesmutter viel seltener die Rede ist, als man erwarten würde. Obgleich ja 1987 die Enzyklika *Redemptoris mater* erschienen ist und sich auch aus den letzten Jahren eine Reihe ausführlicher Ansprachen zu diesem Thema zusammenstellen ließe[114], ist eine Feststellung, die im Jahr 1986 über die Marienverkündigung Johannes Pauls II. gemacht wurde, immer noch zutreffend: „Thematisch wird die Marienfrömmigkeit bzw. die Mariologie relativ selten behandelt, in der Regel an den Wallfahrtsorten, in Marienkirchen oder an Marienfesten ... Wohl aber ist sie in sehr vielen Ansprachen ein integraler Bestandteil der Christus-Verkündigung. Wie die marianischen Antiphonen das liturgische Gebet abschließen, so schließt ein Hinweis auf Maria als Vorbild und Hilfe der Gläubigen nicht selten seine Ansprachen ab."[115]
Johannes Paul II. unterscheidet sehr genau, wo er von Maria spricht und wo nicht. Er nennt sie nur dort, wo er mit Offenheit und Verständnis für sie rechnen kann. Dort aber verkündet er sie in einer Sprache von großer Bildhaftigkeit und affektiver Wärme, die die Menschen berührt.
In jedem Land, in das er kommt, besucht der Papst wenigstens einen bedeutenden *Marienwallfahrtsort.* Dabei leiten ihn sowohl pastorale Überlegungen wie sein eigenes inneres Bedürfnis.[116] Er läßt die Menschen erfahren: Er selbst ist bei Maria daheim[117]; und er ist überzeugt, daß es nirgends leichter ist, zur Gemeinschaft miteinander zu gelangen, als dort, wo Maria zu sich einlädt und unter den Gläubigen gegenwärtig ist. Indem Johannes Paul II. sich zu den Wallfahrtsorten begibt, zieht er die Menschen mit dorthin. Er knüpft an das an, was ihnen lieb und vertraut ist; und dadurch, daß er mit Maria zusammen zu ihnen kommt, ist er ihnen vertrauenswürdig und erschließt er sich ihre Herzen.

2. Maria in seinem päpstlichen Dienst

Mit Maria hat Johannes Paul II. seinen Dienst angetreten; so wie sie möchte er ihn tun; und er weiß sie immer darin gegenwärtig und mitwirkend.
Mit Maria hat der Papst die Last seines Amtes aufgenommen: „Mit der Gnade Gottes und unter dem Schutz der Mutter Christi und der Kirche habe ich am 16. Oktober vergangenen Jahres das universale päpstliche Dienstamt angetreten", sagte er im November 1979 im Rückblick[118].
Zwei Wochen zuvor hatte er am Marienwallfahrtsort Pompei für dieses erste Jahr seines Wirkens gedankt und daran die Bitte ange-

schlossen, er möge in seinem Dienst *nach dem Bild Marias gestaltet sein:* „Daß ich nach dem Vorbild der Magd des Herrn, solange es Gott gefällt, ein treuer und demütiger Diener dieser Sendung der ganzen Kirche bleiben möge und daß ich nur eines fühle, denke und wiederhole: Ich bin ein unnützer Knecht."[119]

Auf diese Verbundenheit mit Maria wird man auch den unverkennbaren mütterlichen Zug im Wesen und Wirken dieses Papstes zurückführen dürfen. Wenn er einmal sagt: „Jasna Góra brachte in die Geschichte der Kirche in unserem Lande und in unser ganzes polnisches Christentum jenen mütterlichen Zug, dessen Anfänge sich mit der Begebenheit in Kana in Galiläa verbinden"[120], so spricht er hier auch von sich selbst.

Vor allem aber weiß er *Maria immer helfend gegenwärtig* in seinem Dienst. Sie geht alle seine Wege mit. Im Rückblick auf seine pastoralen Bemühungen im ersten Jahr seines Pontifikates faßte er das in die Worte: „All dies per Mariam, durch Maria! Unter ihren Schutz habe ich den Beginn meines Pontifikats gestellt, ihr habe ich im Laufe dieses Jahres den Ausdruck meiner kindlichen Frömmigkeit dargebracht, die ich von meinen Eltern gelernt habe. Maria war – in ihren berühmtesten wie in ihren verschwiegensten Heiligtümern – der Leitstern meines Weges: die Mentorella und Santa Maria Maggiore, Guadalupe und Jasna Góra, Knock und das Nationalheiligtum der Unbefleckten Empfängnis von Washington, Loreto, Pompei und Ephesus. Ihr vertraue ich mich selber an. Ihr vertraue ich die ganze Kirche an ... Mit Maria machen wir uns gemeinsam auf den Weg ...".[121]

Johannes Paul II. plant alle seine Unternehmungen mit Maria zusammen. Von ihr erhofft er, daß sie ihn die Völker und Kontinente verstehen läßt, zu denen er kommt, und daß sie ihn die rechten Worte finden läßt.[122] In ihrer Gemeinschaft will er mit den Bischöfen beten und beraten.[123] Er ist in beständigem Gespräch mit ihr über seine Sorgen und über die Sorgen der Kirche und erwartet von ihr Rat und Hilfe auch in den unlösbar großen Problemen der Völker und der Welt „in diesem unserem schwierigen Heute".[124] Er weiß Maria auch im Gespräch mit den Menschen über ihn, den Papst.[125] In ihr Beten fügt er sein Beten ein[126] und er dankt ihr für alles, was er tun konnte[127]. Und immer wieder legt er ihr alles in die Hände, so wie 1987 in Jasna Góra: „Ich komme hierher als ein Mensch des Vertrauens, ... um alles das hierherzutragen, um es der anzuvertrauen, die unsere Mutter ist"[128].

3. Seine Weihe an Maria

Das Herz seiner Beziehung zu Maria ist für Johannes Paul II. die Weihe an sie, so wie sie sich in seinem Wahlspruch ausdrückt, den er selbst immer wieder auslegt: „Dein Sohn, der Dir ohne Einschränkung gehört"[129] oder: „Ich bin ganz Dein, o Mutter!"[130]

Diese Übereignung an Maria ist ganz auf Christus bezogen und dient der vollkommeneren Verwirklichung der christlichen Berufung. Mit Ludwig Maria Grignion de Montfort bezeichnet Johannes Paul II. „die Weihe an Christus durch die Hände Marias als wirksames Mittel ..., um die Taufverpflichtungen treu zu leben"[131]. Insbesondere weiß er sich in seiner Berufung zum obersten Hirten der Kirche an Maria verwiesen und auf sie angewiesen. Weil ihm die Erfüllung dieses seines Dienstes undenkbar ist ohne ihre beständige helfende Mitwirkung, wird er nicht müde, den Akt seiner Übergabe an sie immer wieder neu zu setzen; so etwa in der ‚Kapelle der Wunderbaren Medaille' in Paris: „An diesem gesegneten Ort möchte ich selbst dir heute erneut das Vertrauen aussprechen, die ganz tiefe Zuneigung, die du mir stets gnädig geschenkt hast. ‚Totus tuus'. ... Christus verlangt heute von seiner Kirche ein großes Werk geistlicher Erneuerung. Und ich, demütiger Nachfolger des Petrus, komme, um dir dieses große Werk anzuvertrauen ... Wir weihen dir unsere Kräfte und unsere Bereitschaft, dem Heilsplan zu dienen, den dein Sohn ausgeführt hat."[132]

Aus diesen und ähnlichen Worten des Papstes spricht seine Erfahrung, daß durch die Übergabe an Maria unsere eigenen Grenzen weit hinausgeschoben werden, besonders dort, wo

es um den Dienst für Christus und die Kirche geht, und daß mit Maria zusammen Dinge möglich werden, die menschliche Kräfte übersteigen. Hier dürfte auch das Geheimnis seiner eigenen unglaublichen geistigen und physischen Leistungsfähigkeit liegen.
Es kann nicht anders sein, als daß der Papst in seine persönliche Weihe an Maria alle hineinnimmt, denen sein Dienst gilt. Die Weihegebete, die er an den Marienwallfahrtsorten der verschiedenen Länder spricht, sind letztlich nichts anderes als eine Ausweitung seiner eigenen Weihe an die Muttergottes über die Kirche und die ganze Welt und eine Einladung an alle Menschen, sich ihm in der Hingabe an Christus durch Maria anzuschließen.[133]
Diese Möglichkeit, die Not der Welt Maria anzuvertrauen, hilft Johannes Paul II. auch, all dem standzuhalten, was er sieht – was er mit einem prophetischen Klarblick sieht, wie er den meisten erspart bleibt. „Sich Maria weihen heißt, sich von ihr helfen lassen bei der Überantwortung seiner selbst und der Menschheit an Ihn ... Wenn das Herz sich zusammenkrampft wegen der Sünde in der Welt und der Vielfalt der Bedrohungen, die sich über der Menschheit zusammenballen, so weitet sich dasselbe menschliche Herz andererseits in der Hoffnung, wenn wir ... die Welt dem Herzen der Mutter weihen", sagte er am 13. Mai 1982 in Fatima.[134]

4. Das Attentat

Die Schüsse, die dem Leben des Papstes ein Ende bereiten sollten, fielen am 13. Mai 1981, dem Jahrestag der Erscheinung der Gottesmutter in Fatima.
In einem solchen Augenblick tritt unverstellt ans Licht, wo ein Mensch seine Mitte hat und woraus er lebt. Im Krankenwagen, während der raschen Fahrt zur Gemelli-Klinik, waren aus dem Mund des schwerverletzten Papstes immer wieder dieselben Worte zu hören: „Jesu, Marija, Jesu milosierdzie, Maria ufam Tobie" – „Jesus, Maria. Jesus, Barmherzigkeit. Maria, Dir vertraue ich"[135]. Und die wenigen Sätze, in denen er sich vier Tage später zum erstenmal vom Krankenbett aus an die Gläubigen wandte, schließen mit den Worten: „Christus verbunden, der Priester und Opfer zugleich ist, opfere ich meine Leiden auf für die Kirche und für die Welt. Dir, Maria, verspreche ich wiederum: Totus Tuus ego sum".[136]
Nach seiner Rückkehr in den Vatikan, drei Monate später, kam Johannes Paul II. immer wieder auf den Zusammenhang zu sprechen, den er erkennt zwischen dem Geschehen dieses 13. Mai und seiner Beziehung zu Maria[137], und ein Jahr danach brach er auf, um den Jahrestag des Attentats als einen Tag des Dankes in Fatima zu begehen[138].
Während der Ansprache in der Gebetsstunde dort am 12. Mai 1982 bekannte er: „Nach dem Attentat auf dem Petersplatz vor einem Jahr eilten meine Gedanken, kaum hatte ich das Bewußtsein wiedererlangt, sofort zu diesem Heiligtum, um dem Herzen Mariens, das mich aus der Gefahr errettet hat, meinen Dank zu bringen. Ich werde nicht müde, zu wiederholen, daß ich alles, was geschehen ist, als einen besonderen Schutz der Gottesmutter betrachte."[139]
Die Erfahrung von Leid und Schmerz, von äußerster Gefährdung und Todesnähe, und mitten darin die Erfahrung eines Beschütztund Bewahrtwerdens, das wie das Geschenk eines neuen Lebens und einer neuen Beauftragung für seinen Dienst an der Kirche ist, hat auch der Beziehung des Papstes zu Maria eine noch einmal neue Tiefe und Innigkeit verliehen. „Besonders in diesem Jahr nach dem Attentat ... war das Gespräch mit Maria, ich möchte sagen, ununterbrochen", bekannte er am 28. Dezember 1982[140], und auch dreizehn Jahre später hat dieses Erleben für ihn noch nichts von seiner Wirkung und Aktualität verloren[141].
Immer wieder dankt Johannes Paul II. Maria; immer wieder dankt er aber auch all denen, die mit ihm und für ihn gebetet haben während jener leidvollen Monate des Jahres 1981. In seiner polnischen Heimat geschah das mit besonderer Intensität, und in einer der Gemeinden, die im Rosenkranzgebet beharrlich um seine Genesung baten, entstand dabei der Plan, als „Weihegeschenk" zum Dank für die Rettung seines Lebens der Muttergottes von Fatima ein Heiligtum zu errichten. Am 7. Juni 1997 nahm der Papst selbst die Weihe dieser Fatimakirche in Zakopane-

Krzeptówki vor. Während der Homilie sagte er: „Zusammen mit euch will ich hier noch einmal der Muttergottes von Fatima für das Geschenk meiner Genesung danken, wie ich es vor fünfzehn Jahren in Fatima getan habe. ‚Totus Tuus' ... Ganz der Deine ... Ich danke euch für dieses Heiligtum. ... Es ist gewissermaßen die Fortdauer meiner Dankbarkeit gegenüber Gott und seiner Mutter."[142]

IV. An der Schwelle des 3. Jahrtausends

Wenn das gesamte Pontifikat von Papst Johannes Paul II. unter dem Vorzeichen der Jahrtausendwende steht, dann ist von vornherein zu erwarten, daß Maria gerade auch im Blick auf dieses Ereignis eine besondere Rolle spielt. Es war schon die Rede davon, daß sie in der Vorbereitung auf das große Jubiläum der Menschwerdung beständig gegenwärtig ist.[143] Das ist um so notwendiger, als diese unsere Zeit eine Zeit der Geburtswehen ist für die Kirche, für das Abendland und für die ganze Welt. Angesichts der Bedrohungen und Herausforderungen, die sie mit sich bringt, wendet sich der Papst immer wieder an Maria; so etwa 1983 in Tschenstochau: „Sag Deinem Sohn von unserem schwierigen Heute. Sprich von unserem schwierigen Heute zu diesem Christus, den wir in unsere ganze Zukunft einzuladen gekommen sind. ... Und mach, daß wir in diesem unserem schwierigen Heute auf Deinen Sohn hören."[144]

Bereits am Beginn der beiden letzten Jahrzehnte dieses 2. Jahrtausends hat Johannes Paul II. jeweils den Blick der Glaubenden auf Maria gelenkt[145], und je näher die Jahrtausendwende kommt, um so dringender wird sein Flehen zu ihr.

Er erkennt ihre Gegenwart in den großen geschichtlichen Ereignissen, insbesondere im Fall der Mauern und des Kommunismus im Jahr 1989.[146] Die Überzeugung, daß Gott der Menschheit hier durch Maria seine eigene mütterliche Sorge zu erfahren gegeben hat, bestätigt und beflügelt das vertrauensvolle Beten des Papstes zur Mutter Gottes und Mutter der Menschen. Er legt ihr seine großen Sorgen um die einzelnen Länder der Erde ebenso ans Herz[147] wie die Anliegen der Neuevangelisierung[148] und der Ökumene[149].

Immer wieder ruft Johannes Paul II. auch die Glaubenden dazu auf, sich in den bedrängenden Anliegen dieser unserer Zeit an Maria zu wenden, insbesondere im Rosenkranzgebet, das er als sein „Lieblingsgebet" bezeichnet[150]. „Betet, betet viel; betet jeden Tag den Rosenkranz", rief er den Pilgern in Fatima zu.[151] In dieses Gebet „übersetzt" er selbst alle seine menschlichen Begegnungen[152], und er ist überzeugt, daß wir es nicht nur an Maria richten, sondern es auch mit ihr zusammen beten[153] und daß Maria es mit uns betet und sich durch dieses Gebet „in vorzüglicher Weise mit uns verbunden fühlt"[154].

Gerade die so gefüllten und dennoch so schlichten Rosenkranz-Betrachtungen des Papstes lassen erkennen, wie hier die Einfachheit am Ende, die durch viele Reflexionen, Kämpfe und Klärungen hindurchgegangen ist, sich wieder berührt mit der Einfachheit des Anfangs, die kindlich-fraglos mit Maria zusammen aufbrach auf den Lebensweg. Dieses Gebet, das ihn seit seiner frühesten Jugend begleitet und in das er als Seminarist, als Priester und Bischof alles hineingelegt hat, was ihn bewegte – es bleibt auch das Lieblingsgebet des Papstes, in das er im achten Jahrzehnt seines Lebens und nach zwanzig Jahren des Pontifikates, an der Schwelle zum 3. Jahrtausend, täglich seine Hingabe, seinen Dank und alle seine Sorgen um die Kirche und die Welt zusammenfaßt, um sie durch Maria Christus in die Hände zu legen.

So zieht sich das Rosenkranzgebet wie ein Leitfaden durch sein ganzes Leben, als Ausdruck seiner ständigen Gemeinschaft mit Maria und seines ununterbrochenen Gesprächs mit ihr. In ihm wird jener ‚Zusammenhang', den alle Geschehnisse seines Lebens durch Maria erhalten, geradezu augenscheinlich, von dem Johannes Paul II. – im Blick auf seine Beziehung zum Muttergottesheiligtum von Kalwaria Zebrzydowska – sagt[155]: „Wenn ich zurückblicke, stelle ich fest, wie ‚alles zusammenhängt': heute wie gestern befinden wir uns mit derselben Intensität im Bannstrahl desselben Geheimnisses."

Anmerkungen

1
Redemptor hominis, Nr. 1.

2
Redemptor hominis, Nr. 2; vgl. auch: Johannes Paul II., „Geschenk und Geheimnis. Zum 50. Jahrestag meiner Priesterweihe", Graz-Wien-Köln 1997, S. 86: „Nach meiner Wahl zum Papst war mein erster geistlicher Impuls, mich an Christus, den Erlöser, zu wenden. Daraus entstand die Enzyklika *Redemptor hominis.*"

3
Vgl. Johannes Paul II., „Die Schwelle der Hoffnung überschreiten", hg. von Vittorio Messori, Hamburg 1994, S. 76.

4
Vgl. dazu z.B.: DAS 1983, S. 58; Johannes Paul II., „Die Schwelle der Hoffnung", S. 70, 72; OR 1978, Nr. 43, S. 1 ff.; *Redemptor hominis,* passim, z.B. Nr. 7, 13, 18, 21; Johannes Paul II., „Geschenk und Geheimnis", S. 78, 85 f.

5
Redemptor hominis, Nr. 7.

6
Johannes Paul II., „Geschenk und Geheimnis", S. 36; vgl. Johannes Paul II., „Die Schwelle der Hoffnung", S. 238 f.

7
Johannes Paul II., „Die Schwelle der Hoffnung", S. 237.

8
Johannes Paul II., „Geschenk und Geheimnis", S. 37.

9
A. a. O., wie Anm. 8.

10
Johannes Paul II., „Die Schwelle der Hoffnung", S. 237 f.

11
Johannes Paul II., „Die Schwelle der Hoffnung", S. 239; hier auch das voraufgehende Zitat.

12
Johannes Paul II., „Die Schwelle der Hoffnung", S. 238. Vgl. auch OR 1981, Nr. 13, S. 3: „Niemand in der Geschichte der Welt ist mehr christozentrisch und mehr Christusträger gewesen als sie. Und niemand ist ihm ähnlicher gewesen als sie, nicht nur in der natürlichen Ähnlichkeit der Mutter mit dem Sohn, sondern im Heiligen Geist und in Heiligkeit."

13
Bei seinem ersten Besuch in der römischen Basilika Santa Maria Maggiore am 8. Dezember 1978 sagte der Papst, er fühle sich von allen seinen Vorgängern gedrängt, hierher zu kommen: „Sie scheinen zu sagen: Geh! Erweise dem großen Geheimnis, das von Ewigkeit an in Gott selbst verborgen ist, die Ehre! Geh und gib Zeugnis von Christus, unserem Erlöser, Mariens Sohn!" OR 1978, Nr. 51/52, S. 6.

14
Johannes Paul II., „Geschenk und Geheimnis", S. 38 (Der lateinische Text lautet übersetzt: ‚Ich bin ganz Dein, und alles Meine ist Dein. Ich nehme Dich in alles Meine auf. Schenke mir Dein Herz, Maria!').

15
Wörtlich: „Ganz der Deine".

16
Am Ende seiner ersten Botschaft als Papst am 17. Oktober 1978, dem Tag nach seiner Wahl, sagte er: „In dieser Stunde voll Schwierigkeiten und Angst können wir uns nur an die Jungfrau Maria wenden, die im Geheimnis Christi immer als Mutter lebt und mitwirkt: Wir wenden uns ihr in kindlicher Verehrung zu und wiederholen die Worte ‚Ganz allein Dir!', die wir vor zwanzig Jahren am Tag unserer Bischofsweihe in unserem Herzen und in unserem Wappen eingeschrieben haben.": OR 1978, Nr. 42, S. 3.

17
Buchstaben und Monogramme „sind keine heraldischen Ausdrucksmittel": LThK, 2. Aufl., Bd. V, Sp. 240.

18
Vgl. oben Anm. 12. Am 15. September 1979 formulierte der Papst im Blick auf den soeben geweihten slowakischen Bischof Tomko, was er

mit seinem Wappen ausdrücken möchte: So wie Maria unter dem Kreuz den Jünger Johannes angenommen habe, so nehme sie heute den neuen Bischof an, und sie scheine allen zuzurufen: „Bleibt bei mir! Bleibt bei Christus!“: OR 1979, Nr. 38, S. 4. Am 15. August 1983 wiederholte er in Lourdes die Antwort, die er selbst immer wieder gegeben hat und gibt auf diese Einladung Marias in die Christus-Gemeinschaft: „Vor dir, Mutter Christi, vor deinem Herzen möchte ich heute aufs neue mit unserem Erlöser eins werden, der sich für die Menschen geopfert hat ... Niemand ist so eng wie du mit seinem Opfer verbunden.“: DAS 1983, S. 567.

19
Johannes Paul II., „Geschenk und Geheimnis“, S. 37.

20
Vgl. *Redemptor hominis,* Nr. 4.

21
Redemptor hominis, Nr. 13; vgl. auch: Johannes Paul II., „Die Schwelle der Hoffnung“, S. 67 f.; ferner z.B.: OR 1978, Nr. 43, S. 1 und 3; OR 1979, Nr. 45, S. 6 f.; OR 1981, Nr. 24, S. 7; DAS 1989, S. 710; DAS 1991, S. 800: Hier betont der Papst besonders Marias aktives Mitwirken bei der Erlösung: „Denken wir also nicht, Maria, die heilige Jungfrau, habe nur eine passive Rolle übernommen. Seit dem Beginn ihrer Berufung als Mutter hat die heilige Jungfrau zentral, nicht etwa nur am Rand, an der messianischen Sendung ihres Sohnes teilgenommen.“

22
„Die Selbstoffenbarung Gottes vollzieht sich vor allem in seinem ‚Sich-Vermenschlichen‘.“: Johannes Paul II., „Die Schwelle der Hoffnung“, S. 67.

23
„Das Nachdenken über die jungfräuliche Mutterschaft Marias hat es jeder christlichen Generation gestattet, eine volle Antwort auf die Frage zu geben ... ‚Wer ist Jesus?‘. Es hat die Antwort ermöglicht: Er ist in Wahrheit Gottes Sohn und in Wahrheit Menschensohn, geboren vom Vater ‚vor aller Zeit‘, von einer Frau aber geboren ‚in der Zeit‘.“: DAS 1992, S. 382.

24
Vgl. z.B. DAS 1992, S. 382 f.: „Nur wenn man vom Licht ausgeht, das vom Ewigen Wort herrührt ..., kann man also die Notwendigkeit und das Geschenk der Jungfräulichkeit der Mutter verstehen.“ Hier liegt für Johannes Paul II. die gesamte Begründung der Marienverehrung: in der einzigartigen heilsgeschichtlichen Stellung, die Maria durch ihre Rolle bei der Menschwerdung Gottes einnimmt. Sie ist, was sie ist, als „die Frau, aus der der Erlöser geboren wurde“ (*Redemptoris mater,* Nr. 1). Daher – weil sie untrennbar sind voneinander – stehen und fallen die Christus- und die Marien-Wahrheiten miteinander. In der eingangs in dieser Anmerkung zitierten Predigt in Capua weist der Papst auch auf den Zusammenhang zwischen der jungfräulichen Empfängnis und der Auferstehung Jesu Christi hin und darauf, daß beide miteinander entweder bekannt oder geleugnet werden, da es bei beiden um die Gottheit Christi geht; vgl. DAS 1992, S. 383-385.

25
Beim Angelus in Tschenstochau am 5. Juni 1979 bezeichnete der Papst als Ziel dieses Gebetes die Erinnerung daran, „wie groß die Würde des Menschen ist ...; wie groß durch dieses Geheimnis, nämlich durch die Menschwerdung des Sohnes Gottes, jeder Mensch geworden ist! Christus ist ja im Schoße Mariens empfangen und Mensch geworden, um die ewige Liebe des Schöpfers und Vaters zu offenbaren und um die Würde eines jeden von uns sichtbar zu machen.“: OR 1979, Nr. 24, S. 10.
Das Geheimnis der Menschwerdung macht „die großartige Wahrheit über den Menschen“ sichtbar und sagt: „In Christus hat Gott Freude am Menschen, den Menschen darf also niemand vernichten ...“: OR 1979, Nr. 1, S. 7.

26
In *Redemptor hominis,* Nr. 2, erinnert er an die Worte, mit denen er am 16. Oktober 1978 die Wahl zum Papst annahm, und fährt dann fort: „Diese meine Antwort möchte ich heute allen ohne Ausnahme öffentlich bekanntgeben und so bezeugen, daß mit dieser ersten und grundlegenden Wahrheit der Menschwerdung ... gerade jener Dienst verbunden ist, der ... meine besondere Aufgabe ... geworden ist.“ Und in *Redemptor hominis,* Nr. 22: „Die Fülle des Lebens, die in ihm [Christus] ist, ist für den Menschen bestimmt ... Das Ziel eines jeden Dienstes in der Kirche ... ist es, diese Verbindung zwischen dem Geheimnis der Erlösung und jedem Menschen aufrechtzuerhalten.“ Dann führt der Papst aus, wie die Kirche dies mütterlich verwirklicht, indem sie sich an die Mutter Christi und der Menschen hält.

27
Tertio millennio adveniente, Nr. 23.

28
„Das Marianische Jahr war gleichsam eine Vorwegnahme des Jubeljahres", sagt *Tertio millennio adveniente,* Nr. 26.

29
Vgl. *Redemptoris mater,* Nr. 3.

30
Vgl. *Redemptoris mater,* Nr. 20 f.

31
Dies ist einer der vier biblischen Texte, auf die Johannes Paul II. seine Marien-Verkündigung vor allem gründet. (Die anderen drei: Lk 1,26-38; Joh 19,26; Apg 1,14).

32
Vgl. *Redemptoris mater,* Nr. 21 f.

33
Vgl. dazu neben *Redemptoris mater,* Nr. 21 f. z.B. noch: OR 1997, Nr. 11, S. 2.

34
Vgl. *Redemptoris mater,* Nr. 23 f.; Nr. 18 f.

35
Vgl. Johannes Paul II., „Geschenk und Geheimnis", S. 40; „Die Schwelle der Hoffnung", S. 239; ferner z.B.: DAS 1982, S. 396 ff. DAS 1983, S. 96 ff.

36
Ansprache an die Kranken in El Rincon (Kuba) am 24. Januar 1998, OR 1998, Nr. 10, S. 11.

37
DAS 1983, S. 96-99. Indem Johannes Maria auf den Wunsch Jesu hin in sein Leben aufnahm, schuf er „eine Beziehung geistlicher Innigkeit, die die Beziehung zum Meister vertiefen half, dessen unverkennbare Züge er im Antlitz der Mutter wiederfand. Von Kalvaria hat somit die Bewegung der Marienverehrung ihren Ausgang genommen." A.a.O., S. 97.

38
Redemptoris mater, Nr. 48.

39
Vgl. unten Anm. 52 und den dazugehörigen Text.

40
Vgl. OR 1979, Nr. 49, S. 7.

41
Vgl. OR 1997, Nr. 15, S. 2: „Gegenüber dem Erlösungsopfer entsteht in Maria die Hoffnung der Kirche und der Menschheit."

42
Redemptoris mater, Nr. 26.

43
Redemptoris mater, Nr. 24: „Es gibt ... eine einzigartige Entsprechung zwischen dem Augenblick der Menschwerdung des Wortes und jenem der Geburt der Kirche. Die Person, die beide Momente vereinigt, ist Maria: Maria in Nazareth und Maria im Abendmahlssaal von Jerusalem. ... Die im Geheimnis Christi als Mutter gegenwärtig ist, wird so ... auch gegenwärtig im Geheimnis der Kirche." Vgl. auch *Redemptoris mater,* Nr. 49; ferner: OR 1979, Nr. 24, S. 3: „An der Geburt der Kirche hat auf besondere Weise die teil, der wir die Geburt Christi verdanken."

44
OR 1995, Nr. 37, S. 2. In dieser Generalaudienz sagte der Papst ferner über „Marias Bedeutung für den Anfang der Kirche": „Lukas bezeichnet Maria ... ausdrücklich als ‚Mutter Jesu' (Apg 1,14), um gleichsam anzudeuten, daß etwas von der Gegenwart des zum Himmel aufgefahrenen Sohnes in der Anwesenheit der Mutter bleibt. Sie weckt in den Jüngern die Erinnerung an das Antlitz Jesu und ist durch ihre Anwesenheit inmitten der Gemeinschaft das Zeichen der Treue der Kirche zu Christus, dem Herrn."

45
„Nach dem ewigen Plan der Vorsehung soll sich die göttliche Mutterschaft Marias über die Kirche ausbreiten." „Auch in der Kirche bleibt sie mütterlich zugegen.": *Redemptoris mater,* Nr. 24; vgl. Nr. 38.

46
Vgl. *Redemptoris mater,* Nr. 47. Das Konzil hat sich in *Lumen gentium,* Nr. 54 zwar über Marias Mutterschaft den Gläubigen und der ganzen Kirche gegenüber geäußert, ihr aber noch nicht ausdrücklich den Titel „Mutter der Kirche" gegeben. Das tat erst Papst Paul VI. in seiner Ansprache am 21. November 1964 beim Abschluß der dritten Sitzungsperiode des Konzils, deren Frucht die Kirchenkonstitution *Lumen gentium* war.

47
OR 1979, Nr. 24, S. 3.

48
OR 1978, Nr. 43, S. 5.

49
Ein Beispiel für unzählige andere: In seiner Ansprache während der Pfingstliturgie in Santa Maria Maggiore am 7. Juni 1981 sagte der Papst: „Wir sind hier, um der Gegenwart Marias bei der Geburt der Kirche besonders zu gedenken und den Blick auf ihre wunderbare Mutterschaft zu lenken, die uns Hoffnung und Erleuchtung ist auf den Wegen unserer Sendung ... Danken wir für die Mutterschaft Marias, die sich der Kirche mitteilte und weiterhin mitteilt! Danken wir für die Mutter, die immer im Pfingstsaal gegenwärtig ist! Danken wir, daß wir sie auch Mutter der Kirche nennen dürfen! ... O Mutter der Menschen und der Völker ...! Nimm die ganze Menschheitsfamilie, die wir mit liebender Hingabe Dir o Mutter, anvertrauen, unter Deinen mütterlichen Schutz!": OR 1981, Nr. 24, S. 7f.

50
OR 1981, Nr. 51/52, S. 1. Das Mosaik in der Größe 1,34 x 2,55 Meter ist die Nachbildung eines Freskos aus der ersten, konstantinischen Petersbasilika. Es war auf eine Marmorsäule gemalt und wurde 1607 in die neue Peterskirche übernommen. Jahrhundertelang wurde es dort unter dem Namen ‚Madonna della Colonna' verehrt und im Jahr 1970 zum Gedenken an den 21. November 1964 mit dem Namen ‚Mater Ecclesiae' ausgezeichnet. Das Mosaik über dem Petersplatz, das weithin sichtbar ist und bei Nacht angestrahlt wird, zeigt die Gottesmutter mit dem Kind (beide gekrönt). Sie richten ihre Augen auf den Betrachter; das Kind erhebt die Hand zum Segen. Unter dieser Darstellung ist im Mosaik links das Wappen Johannes Pauls II. zu sehen und daneben sein Wahlspruch ‚Totus Tuus'. Darunter steht in Bronzebuchstaben: ‚Mater Ecclesiae'.

51
Redemptoris mater, Nr. 47. Vgl. Nr. 42: „ ‚Die Gottesmutter ist ... der Typus der Kirche auf der Ebene des Glaubens, der Liebe und der vollkommenen Einheit mit Christus' (*Lumen gentium,* Nr. 62). ... Als Jungfrau und Mutter bleibt Maria für die Kirche ‚beständiges Vorbild'. Man kann also sagen, daß vor allem durch diesen Aspekt, das heißt als Vorbild oder vielmehr ‚Typus', Maria, die im Geheimnis Christi zugegen ist, auch ständig im Geheimnis der Kirche gegenwärtig bleibt. Auch die Kirche wird ja ‚Mutter und Jungfrau' genannt ... (*Lumen gentium,* Nr. 63)."

52
Predigt in Ephesus am 30. November 1979: OR 1979, Nr. 49, S. 7.

53
Vgl. *Redemptoris mater,* Nr. 42; Nr. 44; ferner z.B. DAS 1989, S. 122 f.

54
Vgl. z.B. DAS 1992, S. 21.

55
Vgl. *Redemptoris mater,* Nr. 28; Nr. 43.

56
Vgl. *Redemptoris mater,* Nr. 43; Nr. 47; ferner z.B.: DAS 1989, S. 124f.
Bei seiner Predigt in Tschenstochau am 4. Juni 1979 sagte der Papst: „Einmal zu Pfingsten im Abendmahlssaal geboren, wird die Kirche ständig in ihm [dem Heiligen Geist] neugeboren. Sie wird geboren, um in Ähnlichkeit zur Mutter des urewigen Wortes unsere geistige Mutter zu werden. Sie wird geboren, um in sich Kennzeichen und Macht dieser Mutterschaft zu finden – der Mutterschaft der Gottesgebärerin.": OR 1979, Nr. 24, S. 3.
In Knock/Irland zitierte der Papst aus einer alten irischen Predigt: „So wie einst die Weisen Jesus auf dem Schoß seiner Mutter gefunden haben, so finden wir heute Christus im Schoß der Kirche.": OR 1979, Nr. 41, S. 6.
Und bei der Weihe der Wallfahrtskirche U. L. Frau von Aparecida/Brasilien sagte er: „Als Mutter der Kirche hat die seligste Jungfrau eine besondere Präsenz im Leben und Wirken gerade der Kirche. ... Was ist dann die Sendung der Kirche, wenn nicht die, Christus auch im Herzen der Gläubigen (vgl. *Lumen gentium,* Nr. 65) mit Hilfe des selben Heiligen Geistes durch die Evangelisierung lebendig werden zu lassen?": OR 1980, Nr. 29, S. 8.

57
In seiner Botschaft zum Tag des geweihten Lebens, dem 2. Februar 1997, sieht der Papst Maria als Typus der Kirche, wenn diese Gott die geweihten Menschen darbringt: „Die jungfräuliche Mutter, die ihren Sohn zum Tempel bringt, um ihn dem Vater zu weihen, ist ein treffendes Bild für die Kirche, die fortfährt, ihre Söhne und Töchter dem himmlischen Vater darzubringen und sie so dem einzigen Opfer Christi zu verbinden ...": OR 1997, Nr. 5, S. 7.

58
Lumen gentium, Nrn. 8, 68.

59
Redemptoris mater, Nrn. 25-28.

60
Vgl. *Redemptor hominis,* Nr. 14.

61
Ansprache zur Segnung der Marienstatue an der ‚Autostrada del Sole' bei der Ausfahrt Orte am 17. September 1989: DAS 1989, S. 1069 f. Vgl. auch die Ansprache vor dem Regina Caeli am Pfingstmontag 1987 zum Beginn des Marianischen Jahres, in der es u. a. heißt: „Wie die Apostel, als sie zusammen mit Maria am ersten Pfingsttag aus dem Abendmahlssaal heraustraten, blicken auch wir mit neuem Herzen auf den Pilgerweg der Kirche. ... Maria, die ... Mutter Christi und der Kirche, weist uns mit ihrem Licht den Weg in das dritte christliche Jahrtausend. ... Ihre Pilgerschaft des Glaubens ... war eine innerliche und gleichzeitig äußerliche, mit der Geschichte ihres göttlichen Sohnes verbundene Pilgerschaft der Seele. Deshalb geht sie ‚auf diesem kirchlichen Pilgerweg durch Raum und Zeit und noch mehr in der Geschichte der Seelen voran' (*Redemptoris mater,* Nr. 25).": OR 1987, Nr. 24/25, S. 3.

62
Ansprache in der Wallfahrtskirche ‚Maria, Mutter und Königin' in Triest am 1. Mai 1992: DAS 1992, S. 324. Vgl. z.B. auch: DAS 1987, S. 1519 (Predigt im Heiligtum der Madonna del Divino Amore am 7. Juni 1987): „Wie alle Heiligtümer, so bezeugt auch dieser Ort die Gegenwart Marias im Leben der pilgernden Kirche ... Wir fühlen, daß sie uns in diesem Augenblick nahe ist ...".

63
Vgl. OR 1981, Nr. 8, S. 4 über Maria: „Diese Frau ... wird durch ihre Verbundenheit mit dem Sohn für die Welt zu einem Zeichen des Widerspruchs und zugleich zu einem Zeichen der Hoffnung ... Diese Frau, die... zutiefst und unwiderruflich in das Geheimnis der Kirche aufgenommen wurde ...". Der Papst zitiert hier eine Ansprache, die er am 7. Oktober 1989 an Ordensfrauen in Washington gerichtet hat.

64
OR 1980, Nr. 48, S. 17.

65
OR 1997, Nr. 33/34, S. 2.

66
DAS 1992, S. 1366; vgl. z.B. auch: *Redemptoris mater,* Nr. 35; ferner: DAS 1992, S. 324 u. 348. Wiederholt zitiert der Papst den hl. Cormazius: „Man kann nicht von Kirche sprechen, wenn Maria, die Mutter des Herrn, dort nicht mit ihren Brüdern und Schwestern zusammen ist ...".

67
Redemptoris mater, Nr. 27; vgl. z.B. auch: OR 1980, Nr. 35, S. 4: „Sie, die wie jede Mutter das lebendige und lebendigmachende Gedächtnis an ihren Sohn ist, sie verbleibt in der Kirche, ist in ihr mütterlich gegenwärtig ... und sie bewahrt weiter ohne Unterlaß in ihrem Herzen all das, was das Leben der Kirche angeht, den mystischen Leib ihres Sohnes ...".

68
Vgl. Johannes Paul II., „Zeichen des Widerspruchs", S. 52.

69
Maria ist für die Kirche „Fürsprecherin", "Helferin", „Beistand" und „Mittlerin", sagt *Redemptoris mater,* Nr. 40, zusammen mit *Lumen gentium,* Nr. 62. – „Die Mutterschaft der Kirche verwirklicht sich nicht nur nach dem Vorbild und dem Typus der Mutter Gottes, sondern auch durch ihre ‚Mitwirkung'" bei der Geburt und Erziehung der Söhne und Töchter der Kirche: *Redemptoris mater,* Nr. 44

70
OR 1997, Nr. 23, S. 2.

71
DAS 1989, S. 227 f.

72
Vgl. *Redemptoris mater,* Nr. 46.

73
OR 1979, Nr. 45, S. 7.

74
Vgl. *Redemptoris mater,* Nr. 44; OR 1979, Nr. 39, S. 4; DAS 1990, S. 1001; OR 1997, Nr. 28, S. 8.

75
OR 1997, Nr. 28, S. 8.

76
Vgl. OR 1979, Nr. 49, S. 5; DAS 1992, S. 267; OR 1980, Nr. 22, S. 7; *Redemptoris mater,* Nr. 38.

77
„Maria steht immer im Mittelpunkt unseres Gebetes. Sie ist die erste unter denen, die bitten. Sie ist die ‚fürbittende Allmacht'.": OR 1979, Nr. 45, S. 7; vgl. *Redemptoris mater,* Nr. 40; OR 1979, Nr. 14, S. 3; OR 1979, Nr. 8, S. 3; OR 1980, Nr. 30, S. 5; OR 1980, Nr. 39, S. 5 u.ö.

78
Redemptoris mater, Nr. 39.

79
DAS 1989, S. 122 f.

80
So sagte der Papst am 19. Juli 1987 im Blick auf Lourdes: DAS 1987, S. 153.

81
Redemptoris mater, Nr. 6, zitiert *Lumen gentium,* Nr. 65.

82
Redemptoris mater, Nr. 47. – Alles, was über die Beziehung der Kirche zu Maria gesagt wurde, gilt entsprechend auch für die Beziehung jeder christlichen Gemeinschaft zu ihr. Vgl. DAS 1989, S. 529.

83
DAS 1988, S. 4 (Hervorhebung von uns); vgl. *Redemptoris mater,* Nr. 45: „Es gehört zur Natur der Mutterschaft, daß sie sich auf eine Person bezieht. Sie führt immer zu einer einzigartigen und unwiederholbaren Beziehung von zwei Personen: der Mutter zum Kind und des Kindes zur Mutter." Entsprechendes gilt für „die Mutterschaft in der Ordnung der Gnade": Jesus hat sie „in der Einzahl, mit Bezug auf einen Menschen ausgedrückt" und damit die „marianische Dimension" im Leben seiner Jünger begründet – „jedes Jüngers, jedes Christen".

84
A.a.O., wie Anm. 83.

85
Redemptoris mater, Nr. 45.

86
Redemptoris mater, Nr. 45.

87
DAS 1990, S. 72.

88
OR 1979, Nr. 34, S. 4.

89
DAS 1989, S. 228.

90
Redemptoris mater, Nr. 17;
vgl. auch die Nrn. 6, 15, 25, 26, 27.

91
Redemptoris mater, Nr. 17.

92
Redemptoris mater, Nr. 15.

93
DAS 1992, S. 131; vgl. auch: DAS 1990, S. 1016 f.: „Auf all diesen Wegen kann jeder Mensch Maria begegnen. Ja, sie kommt sogar jedem von uns entgegen ... Und überall ist es jedem vergönnt, bei ihr zu verweilen. Jeder hat die Möglichkeit, sie jeden Tag an seinem eigenen irdischen Leben teilnehmen zu lassen, das manchmal so schwierig ist ...".

94
OR 1981, Nr. 13, S. 12.

95
DAS 1992, S. 202 f.

96
Vgl. z.B. *Salvifici doloris,* Nr. 31: „Zusammen mit Maria, der Mutter Christi, die unter dem Kreuz stand, halten wir an allen Kreuzen des heutigen Menschen inne." Ferner: DAS 1984, S. 69 f.

97
Ansprache an die Jugend auf den Kapverdischen Inseln: DAS 1990, S. 275. In einer improvisierten Ansprache an die Jugendlichen in Vicenza sagte der Papst: „Denk an die Mutter Christi. Denk an die absolut neuen Worte, mit denen das Zweite Vatikanische Konzil von ihr spricht: sie geht uns auf dem Glaubensweg voran. Sie geht einem jeden von uns voran, einem jeden von euch: sie geht voraus. Und wenn du den Weg in dein Inneres, in dein Geheimnis hinein, nämlich in dein von Gott geschaffenes, von Christus erlöstes und vom Heiligen Geist erfülltes Ich hinein beschreiten möchtest, suche Maria ...": DAS 1991, S. 708. Vgl. auch Johannes Paul II., „Sauerteig für die Welt. Geistliche Berufe in unserer Zeit", hg. von Irene Grassl und Stephan Otto Horn, Würzburg 1997, S. 69 f.

98
DAS 1987, S. 290.

99
OR 1994, Nr. 51/52, S. 11.

100
An die Bischöfe von Ghana: OR 1980, Nr. 21, S. 15; vgl. z.B. auch: OR 1979, Nr. 46, S. 4.

101
Schreiben an die Priester zum Gründonnerstag: OR 1995, Nr. 15/16, S. 11. Vgl. auch: Johannes Paul II., „Sauerteig", S. 328ff.

102
OR 1995, Nr. 14, S. 2. Vgl. auch: *Vita consecrata,* Nr. 112; Johannes Paul II., „Sauerteig", S. 329ff.

103
Predigt in Tegucigalpa/Honduras: DAS 1983, S. 358.

104
Mulieris dignitatem, Nr. 2.

105
Mulieris dignitatem, Nrn. 3-5; vgl. auch: *Redemptoris mater,* Nr. 46; ferner z.B.: DAS 1983, S. 91.

106
Vgl. OR 1981, Nr. 14, S. 1; *Redemptoris mater,* Nr. 46.

107
Vgl. dazu den Brief des Papstes an die Frauen vom 29. Juni 1995: OR 1995, Nr. 28, S. 7f.

108
OR 1998, Nr. 11, S. 1.

109
OR 1997, Nr. 6, S. 2.

110
Vgl. z.B. die Weihegebete in Tschenstochau am 4. Juni 1979: OR 1979, Nr. 24, S. 2; in Knock/Irland am 30. September 1979: OR 1979, Nr. 41, S. 7; in Kevelaer am 2. Mai 1987: DAS 1987, S. 638ff.; in Tegucigalpa/Honduras am 8. März 1983: DAS 1983, S. 355ff.

111
Dives in misericordia, Nr. 9.

112
„Weihegebet von Fatima" vor dem Angelus am 16. Oktober 1983: DAS 1983, S. 207ff.; vgl. den Weiheakt an die Gottesmutter in Fatima am 13. Mai 1982: DAS 1982, S. 404ff.

113
In seinem Brief an die Bischöfe und Priester zum Gründonnerstag 1979 sagt der Papst selbst, nachdem er über „die herrliche und prägende Dimension der Nähe zur Mutter Christi" gesprochen hat: „So kann ich euch sagen, daß ich mich bei dem, was ich euch hier schreibe, vor allem auf meine persönliche Erfahrung beziehe.": OR 1979, Nr. 15/16, Beilage S. IV.

114
Als Beispiel seien nur angeführt die neun Ansprachen über Maria während der Generalaudienzen von September bis Dezember 1995: OR 1995, Nrn. 37, 38, 44, 46, 47, 48, 49, 50, 51/52.

115
Joseph Schumacher, „Mariologische Akzente in der Verkündigung der Pastoralreisen in den drei ersten Jahres des Pontifikates Johannes Pauls II.", in: „Totus Tuus, Theologische Kommentare zur Mariologie Johannes Pauls II.", Bd. 1, hg. von G. Rovira u. J. Stöhr, Bamberg o. J. [1986], S. 73f.; vgl. S. 85. Ebd. S. 78: „In einer einzigen Schlußbitte am Ende einer Ansprache bringt er oft die Grundzüge der Mariologie des Konzils in bestechender Einfachheit und Klarheit."

116
Vgl. die Ansprache in Fatima am 12. Mai 1982: „Ihr wißt sicher, daß ich schon in meiner Jugend gern Wallfahrten gemacht habe. Und in meinen apostolischen Reisen als Nachfolger Petri ... waren die Besuche der Marienwallfahrtsorte immer Höhepunkte ... Jedesmal lege ich alles, was ich im Dienst der heiligen Kirche Gutes getan haben mag oder was ich noch werde tun können, in die Hände der seligsten Jungfrau Maria. Und jedesmal bewegt mich dies so tief wie beim erstenmal.": DAS 1982, S. 386.
Und am 10. September 1984 in der Wallfahrtskirche Notre-Dame du Cap in Trois Rivières/Kanada: „Ich selbst bin, da ich den sehnlichen Wunsche habe, einen jeden meiner Pastoralbesuche durch einen Pilgerbesuch beim großen Marienheiligtum des jeweiligen Landes zu prägen, ergriffen und überglücklich darüber, daß ich an dieser Stätte zum Pilger werde und meine apostolische Sendung und die Treue des ganzen christlichen Volkes von Kanada unserer himmlischen Mutter empfehlen kann.": DAS 1984, S. 606. Vgl. auch die Predigt in Triest vom 1. Mai 1992: „Ich verberge euch nicht die Freude, die ich jedesmal empfinde, wenn ich in einem der vielen, in der ganzen Welt zerstreuten Marienheiligtümer beten kann.": DAS 1992, S. 324.

117
Jeder Marienwallfahrtsort irgendwo auf der Erde ist für ihn ein Stückchen Tschenstochau. So äußerte er sich z.B. am 27. Januar 1979 in Mexiko-City gegenüber einer Gruppe von Polen: „Die Muttergottes von Guadalupe erinnert mich lebhaft an die Muttergottes von Jasna Góra.“: OR 1979, Nr. 6, S. 8. Vgl. auch: DAS 1983, S. 49.

118
Ansprache an das Kardinalskollegium am 5. November 1979: OR 1979, Nr. 46, S. 2.

119
Predigt im Marienwallfahrtsort Pompei am 21. Oktober 1979: OR 1979, Nr. 45, S. 8.

120
DAS 1983, S. 473.

121
Weihnachtsansprache an die Kardinäle am 22. Dezember 1979: OR 1980, Nr. 2, S. 10. Vgl. auch: OR 1979, Nr. 6, S. 8, in Mexiko-City am 27. Januar 1979: „Wenn ich den Mut hatte, schon in den ersten Monaten meines Pontifikats eine Reise nach Mexiko zu unternehmen ..., dann tat ich das im Vertrauen auf die Hilfe der Muttergottes. Wie sie mir in Polen, in Krakau geholfen hat, wird sie mir auch hier in Mexiko helfen ... Ich habe das Vertrauen, daß die Muttergottes mich bei dieser schwierigen Aufgabe unterstützen, daß sie sich vor uns, vor euch stellen wird.“

122
Vgl. OR 1979, Nr. 5, S. 2.

123
Vgl. OR 1979, Nr. 5, S. 6 f.

124
DAS 1983, S. 471 ff.

125
Vgl. DAS 1982, S. 408.

126
Z.B. am 6. Juli 1980 in Curitiba/Brasilien: „Möge die Jungfrau Maria, Unsere Liebe Frau von Aparecida, dieses Gebet des Papstes zu dem ihrigen machen.“: OR 1980, Nr. 30, S. 5.

127
Vgl. z.B.: OR 1979, Nr. 49, S. 3.

128
DAS 1987, S. 853. Vgl. auch die Ansprache in Fatima am 12. Mai 1982: DAS 1982, S. 386: „Dir, o Mutter, ganz zu eigen! Ich bitte Dich, bring mich selbst und alle diese Brüder und Schwestern dem Vater des Erbarmens als eine Gabe der Dankbarkeit dar und bedecke Du unsere Armut mit Deinem und Deines göttlichen Sohnes Verdienst.“

129
OR 1980, Nr. 29, S. 8.

130
DAS 1991, S. 352.

131
Redemptoris mater, Nr. 48.

132
Gebet in der Kapelle von der Wunderbaren Medaille an der Rue du Bac in Paris am 31. Mai 1980: OR 1980, Nr. 24, S. 10. Vgl. z.B. auch die Predigt bei der Weihe der Wallfahrtskirche Unserer Lieben Frau von Aparecida/Brasilien am 4. Juli 1980: „Unsere Liebe Frau von Aparecida, Dein Sohn, der Dir ohne Einschränkung gehört – ‚Ganz Dein!‘ –, berufen durch den geheimnisvollen Plan der Vorsehung, Stellvertreter Deines Sohnes auf Erden zu sein, wendet sich in diesem Augenblick an Dich. Er erinnert sich mit Bewegung durch die dunkle Farbe Deines Bildes an ein anderes Bild von Dir, die Schwarze Jungfrau von Jasna Góra! Mutter Gottes und unsere Mutter, beschütze die Kirche, den Papst, die Bischöfe, die Priester und das ganze gläubige Volk ...!“: OR 1980, Nr. 29, S. 8.
Das Weihegebet an die Muttergottes von Tschenstochau am 4. Juni 1979 schließt: „Dir, o Mutter, weihe ich heute diese ganze Kirche, ich, ihr erster Diener, und gebe sie Dir anheim – mit grenzenlosem Vertrauen. Amen.“: OR 1979, Nr. 24, S. 2.

133
Insbesondere richtet er diese Einladung an seine Mitarbeiter: „Ich bitte Euch, in dieser Weihe an die himmlische Jungfrau, die auch unsere Alltagsmühe beseelen und heiligen soll, mit mir einigzugehen“, sagte er am 26. Juni 1982 in der Ansprache an die Kardinäle und Mitarbeiter der Römischen Kurie: DAS 1982, S. 1187. Vgl. etwa auch die Ansprache an die Priester, Missionare, Ordensleute und Seminaristen in Maynooth am 1. Oktober 1979: „Maria, die Mutter Christi, ... wird euch vor aller Angst bewahren ... Vertraut euch ihr an,

so wie ich euch ihr, Maria, der Mutter Jesu und Mutter der Kirche, empfehle.": OR 1979, Nr. 42, S. 11.
In der improvisierten Ansprache in Vicenza fühlte der Papst sich gedrängt, die Jugendlichen, die nach dem Sinn ihres Lebens suchen, mitzunehmen auf seinen eigenen Lebensweg mit Maria. Er lud sie ein, mit ihr zusammen die „Erfahrung des eigenen Ich, des persönlichen Geheimnisses" zu machen und fügte hinzu: „Ich habe nicht von mir gesprochen, doch kann ich euch sagen, daß dies auch meine persönliche Erfahrung ist. Und ich wünsche euch, wenigstens in gewissem Maß, ebenfalls eine solche Erfahrung, die ganz einfach die Erfahrung des Christen und jedem ... zugänglich ist.": DAS 1991, S. 708f.

134
DAS 1982, S. 401 u. 403. Rückschauend auf diesen Besuch in Fatima sagte der Papst am 19. Mai 1982 während der Generalaudienz im Blick auf „die Bedrohung durch die Mächte des Bösen": „Daher auch die Aufforderung, durch einen Akt der Weihe dieser erbarmenden Heiligkeit [Gottes] von neuem nahezukommen. Das Herz der Mutter Christi, das der Quelle dieser erbarmenden Heiligkeit am nächsten ist, möchte alle Christus annähern ... Es ist schwer, diese Gnade und diese Einladung nicht immer wieder von neuem anzunehmen.": DAS 1982, S. 106. Vgl. auch *Evangelium vitae,* Nr. 104f.

135
Sebastian Labo, „Das Attentat auf den Papst im Lichte Fatimas und im Schatten der Oktober-Revolution von 1917", Koblenz 1983, S. 182.

136
OR 1981, Nr. 21, S. 1.

137
So schließt die kurze Äußerung, mit der er bei seiner Rückkehr in den Vatikan am 14. August 1981 über die Bewahrung seines Lebens sprach, mit den Worten: „... die Gottesmutter – erinnern wir uns, daß an jenem Tag der 13. Mai war – hat zu dieser Fügung beigetragen.": OR 1981, Nr. 36, S. 6/7. Und das erste öffentliche Angelus-Gebet nach dem Attentat am 15. August 1981 endete: „Gestattet, daß ich mir die Worte der Mutter Gottes zu eigen mache: ‚Meine Seele preist die Größe des Herrn, und mein Geist jubelt über Gott, meinen Retter'.": OR 1981, Nr. 35, S. 12. Bei der Generalaudienz am 14. Oktober 1981 sprach der Papst von der Gnade des Leidendürfens, welche Christus ihm während der vergangenen Monate gewährte , und wieder ging sein Blick zu Maria: So „wende ich mich in besonderer Weise an jene, die wir ‚Mutter der göttlichen Gnade' nennen. Und ich bitte, daß diese Gnade ‚an mir nicht ohne Wirkung bleibe'.": OR 1981, Nr. 43, S. 2.

138
„Ich bin heute hierher gekommen, weil genau am selben Tag des vergangenen Jahres auf dem Petersplatz in Rom das Attentat auf das Leben des Papstes geschehen ist, ein Ereignis, das auf geheimnisvolle Weise zusammentraf mit dem Jahrestag der ersten Erscheinung in Fatima, die am 13. Mai des Jahres 1917 stattfand. Diese beiden Daten sind derart zusammengetroffen, daß ich glaube, darin einen besonderen Ruf zu dem Besuch heute und hier zu erkennen. Und so bin ich nun hier. Ich bin gekommen, um der göttlichen Vorsehung an diesem Ort zu danken, den die Gottesmutter in so auffallender Weise erwählt zu haben scheint." Predigt bei der Messe in Fatima am 13. Mai 1982: DAS 1982, S. 397.

139
DAS 1982, S. 384. Vgl. auch die Ansprache bei der Generalaudienz am 19. Mai 1982, in der der Papst auf die Fatima-Pilgerfahrt zurückblickt und bemerkt: „Ich habe bereits mehrmals gesagt, daß ich einzig und allein der Barmherzigkeit Gottes und dem besonderen Schutz der Mutter Christi die Rettung meines Lebens verdanke und die Möglichkeit, meinen Dienst für den Stuhl Petri weiter auszuüben": DAS 1982, S. 105; ferner die Ansprache an die Kardinäle und Mitarbeiter der Römischen Kurie ... am 28. Juni 1982: „... die Pilgerfahrt nach Fatima in Portugal, dem ‚Land der heiligen Maria', die ein persönlicher Akt des Dankes an den Herrn war, gleichsam als Einlösung eines stillen Gelübdes für den mir durch die heilige Jungfrau gewährten Schutz und ein feierlicher Weiheakt, in dem ich das ganze Menschengeschlecht der Mutter Gottes anvertraute": DAS 1982, S. 1187.

140
DAS 1982, S. 1187 (vgl. Anm. 139).

141
Während seines Aufenthaltes in der Gemelli-Klinik aufgrund eines Oberschenkelhalsbruchs ließ er am 19. Mai 1994 eine Meditation zum Rosenkranzgebet der italienischen Bischöfe in der Basilika Santa Maria Maggiore verlesen, in der es heißt: „Ich schreibe euch diese Worte heute, am 13. Mai, aus der Poliklinik ‚Agostino Gemelli'. Liebe Mitbrüder, erlaubt, daß ich an

das erinnere, was vor dreizehn Jahren auf dem Petersplatz geschah. Wir alle erinnern uns an jene Stunde am Nachmittag, als auf den Papst Pistolenschüsse gerichtet wurden in der Absicht, ihn zu töten. Die Kugel, die seinen Unterleib durchbohrte, befindet sich heute in der Wallfahrtskirche von Fatima. Die von diesem Geschoß durchbohrte Schärpe hingegen liegt im Heiligtum von Jasna Góra. Eine Mutterhand lenkt die Geschoßbahn, und der mit dem Tode ringende Papst, der in die ‚Gemelli'-Poliklinik gebracht wurde, machte Halt an der Schwelle des Todes. ... ‚O heiligste Jungfrau, ... wie hast du mich vom Tod errettet!' ... das tödliche Geschoß machte Halt, und der Papst lebt – lebt, um zu dienen!": OR 1994, Nr. 22, S. 2. – Sooft sich der Tag des Attentates jährt, erneuert der Papst seinen Dank an die Jungfrau von Fatima; vgl. zuletzt: Generalaudienz am 13. Mai 1998: OR 1998, Nr. 21, S. 2.

142
OR 1997, Nr. 28, S. 9f.

143
Vgl. oben unter II,1.

144
Predigt in Tschenstochau am 19. Juni 1983: DAS 1983, S. 477.

145
Beim Angelus am 1. Januar 1980 lud er dazu ein, das vorletzte Jahrzehnt unseres Jahrhunderts zu beginnen mit einem erneuten Akt der Hingabe an Maria, und fuhr fort: „Wir wollen über alle Menschen den Mantel dieser Mutterschaft breiten ... Wir möchten also durch diese Mutterschaft die ganze Menschheit vor dem Unheil beschützen, das sie bedroht.": OR 1980, Nr. 2, S. 3. – Und während des Angelus am 1. Januar 1990 sagte er: „Dem Herzen Marias vertrauen wir die Tage dieses neuen Jahres an mit banger Seele und in dem Bewußtsein, daß dieser erste Tag des Jahres 1990 uns in das letzte Jahrzehnt des zweiten christlichen Jahrtausends führt.": DAS 1990, S. 3.

146
„Es fiele einem schwer, nicht hervorzuheben, daß das Marianische Jahr den Ereignissen des Jahres 1989 unmittelbar vorausgegangen ist. Es sind Geschehnisse, die uns ... in Erstaunen versetzen müssen, ... das Jahr 1989 hat eine friedliche Lösung mit sich gebracht ... Im übrigen konnte man feststellen, daß in dem Strom der Ereignisse die unsichtbare Hand der Vorsehung mit mütterlicher Sorge am Werke war ...": *Tertio millennio adveniente*, Nr. 27.

147
So richtete er z.B. beim Pastoralbesuch in Genua am 14. Oktober 1990 sein Bitten an die ‚Madonna della Guardia': „... erneuere den Glauben der Menschen und Völker dieses alten Kontinents ... Erneuere den Glauben der Menschen und der Völker, die versucht sind, dem Weltgeist und der Gleichgültigkeit in Dingen der Moral nachzugeben. ... Du, Maria, bist in einmaliger Weise zur ‚Wohnung Gottes unter den Menschen' geworden ... Gib, daß der Mensch nie diese Wohnung aufgebe, nie Gott aufgebe. Gib, daß unser europäisches Haus nicht leer werde! ... Mach dich noch einmal auf den Weg, damit der Mensch von heute dich und deinen Sohn erkennen könne. ... Komm, Mutter des Herrn! Und geh mit uns, Maria!": DAS 1990, S. 696. – Und bei seinem zweiten Besuch in Fatima im Jahr 1991 wandte er sich an Maria: „Liebe Mutter, hilf uns in dieser Wüste ohne Gott, in der sich unsere Generation und die Generation ihrer Kinder scheinbar verloren haben, damit sie am Ende die göttlichen Quellen ihres Lebens wiederfinden und dort ausruhen." Und er fügte hinzu: „Wir alle, Menschen dieses Jahrhunderts mit seiner schwierigen und dramatischen Geschichte, sind Maria anvertraut. ... Mutter des Erlösers, Mutter unseres Jahrhunderts!": DAS 1991, S. 353 u. S. 362.

148
Vgl. z.B. die Botschaft anläßlich des 11. Internationalen Mariologischen Kongresses und des 18. Internationalen Marianischen Kongresses in Huelva (18.-27. September 1992) vom 8. September 1992: DAS 1992, S. 891-895. Hier und an vielen anderen Stellen spricht der Papst von Maria als der „Erstevangelisiererin" und dem „Stern der Evangelisierung", ja, vom „Evangelisationspotential ihrer Person". – Beim Angelus am 15. November 1992 machte er Maria gewissermaßen zur Patronin des ‚Katechismus der katholischen Kirche' und sagte: So „bitten wir Maria, Mutter der Kirche und ‚Stern der Evangelisierung', sie möge für die ganze christliche Gemeinschaft die Gnade einer gelehrigen, herzlichen und regen Aufnahme dieses neuen Glaubensinstrumentes erlangen, von dem wir reiche Früchte für die Reifung des Volkes Gottes und die Evangelisierung der Welt erwarten.": DAS 1992, S. 174.

149
Ausführlich ist von der Beziehung zwischen Maria und der Ökumene die Rede in *Redemptoris mater*, Nrn. 29-34. Auch bei seiner Predigt in Ephesus am 30. November 1979 z.B. sprach der Papst von Maria als der gemeinsamen Mutter aller Christen und sagte: „Sie hat einen einzigen Sohn geboren, wir bieten ihn ihr unglücklicherweise geteilt dar. Das ist eine

Tatsache, die uns bedrängt und uns Leid bereitet … Wir vertrauen Maria unseren aufrichtigen Entschluß an, nicht zu ruhen, bis das Ziel unseres Weges erreicht ist. … Laßt uns … Maria bitten, sie möge uns nahe sein und uns mit milder und starker Hand auf den Weg des brüderlichen, vollen und dauernden Verstehens führen.": OR 1979, Nr. 49, S. 7. – Vgl. auch die Worte des Papstes beim Angelus am 11. Mai 1983: „Maria bemüht sich, die Einheit der Christen nach Kräften zu fördern, denn eine Mutter scheut keine Mühe, die Eintracht zwischen ihren Kindern zu bewahren. Es gibt kein größeres, kein brennenderes Herz für die Ökumene als das Herz Mariens.": DAS 1983, S. 98. – Vgl. auch *Ut unum sint*, Nr. 28, sowie: Johannes Paul II., „Zeichen des Widerspruchs", S. 234.

150
Karol Wojtyla, „Der Rosenkranz, Bilder und Betrachtungen", Freiburg-Basel-Wien, [1]1985, S. 3. – In der Predigt am Marienwallfahrtsort Pompei am 21. Oktober 1979 sagte er: „Dieses Gebet Mariens, der Rosenkranz, ist immer offen gegenüber der ganzen Sendung der Kirche, offen für ihre Schwierigkeiten und ihre Hoffnungen, für die Verfolgungen und das Unverständnis, für den Dienst, den sie an den Menschen und Völkern leistet.": OR 1979, Nr. 45, S. 7. – Vgl. z. B. auch noch: DAS 1983, S. 1071; DAS 1991, S. 692.

151
Predigt am 12. Mai 1982: DAS 1982, S. 385.

152
Vgl. OR 1978, Nr. 44, S. 3.

153
Vgl. die Predigt in Pompei, a. a. O., wie Anm. 150.

154
Predigt in Fatima am 13. Mai 1982: DAS 1982, S. 399.

155
Johannes Paul., „Geschenk und Geheimnis", S. 40.

Verzeichnis der Autoren

Dr. Barbara Albrecht
geb. 1927 in Bremen; Dr. phil., Dr. theol.; 1949 Aufnahme in die katholische Kirche; 1963-1971 Leitung eines Seminars für Seelsorgehilfe; 1971-1973 Arbeit bei Hans Urs von Balthasar in Basel über Adrienne von Speyr; 1973-1992 tätig in der theologisch-spirituellen Erwachsenenbildung, v. a. bei geistlichen Gemeinschaften des Bistums Osnabrück und Nordeuropas (Ansgarwerk).
Veröffentlichungen:
Diverse Schriften über Persönlichkeiten und Themen des geistlichen Lebens, darunter zwei Bücher mit Texten Papst Johannes Pauls II.: „Gottgeweihtes Leben", Vallendar-Schönstatt 1982 (vergriffen); „Berufen zum Zeugnis", Vallendar-Schönstatt 1988.

Kardinal Fiorenzo Angelini
Emer. Präsident des Päpstlichen Rates für die Seelsorge im Gesundheitsdienst;
geb. 1916 in Rom; 1940 Priesterweihe; 1956 Bischofsweihe; 1985 zum Erzbischof und 1991 zum Kardinal erhoben; kirchlicher Nationalbeirat der „Associazione Medici Cattolici Italiani"; Promotion in Theologie; außerordentliche Lehrtätigkeit an der Thomas-Universität von Manila und der Universität „El Salvador" von Buenos Aires; Mitglied der Akademie der Wissenschaften von New York; mehrere Ehrenpromotionen; Leiter versch. internationaler Konferenzen im Vatikan; Verfasser von mehr als 500 Veröffentlichungen; Begründer und Herausgeber der viersprachig erscheinenden Zeitschrift „Dolentium Hominum: Chiesa e Salute nel mondo" (Organ des Päpstl. Rates für die Seelsorge im Gesundheitsdienst); Gründer und Präsident des „Istituto Internazionale di Ricerca sul Volto di Cristo" (1998); Begründer der Zeitschrift „Il volto dei Volti".

Msgr. Dr. Rainer Birkenmaier
geb. 1946 in Hockenheim (Baden); Studium in Freiburg und Tübingen; 1972 Priesterweihe für die Erzdiözese Freiburg i. Br.; Mitglied des Säkularinstitutes der Diözesanpriester in der Schönstattbewegung; Promotion 1990 mit einer Arbeit über Matthias Josef Scheeben: „Die geistgewirkte Empfängnis Jesu und die jungfräuliche Gottesmutterschaft Mariens in den frühen systematischen Werken Matthias Josef Scheebens"; Tätigkeiten in der Pfarrseelsorge, in der Hochschulpastoral und als Direktor des Seminars für Gemeindepastoral und Religionspädagogik in Freiburg; seit 1989 Direktor des Informationszentrums „Berufe der Kirche" in Freiburg (Arbeitsstelle der Deutschen Bischofskonferenz für die geistlichen und kirchlichen Berufe und für das Päpstliche Werk für geistliche Berufe in Deutschland).

Dr. Katharina M. Bommes
geb. 1938 in Neuss/Rhein; Dr. theol. bei Joseph Kard. Ratzinger mit der Dissertation „Weizen Gottes. Untersuchungen zur Theologie des Martyriums bei Ignatius von Antiochien", Regensburg 1974; Referentin für theologisch-spirituelle Fortbildung der Ordensfrauen in der Diözese Regensburg.

Prof. Dr. Walter Brandmüller
Prälat und (seit 1997) Präsident des Comitato di Scienze Storiche, des Päpstlichen Komitees für Geschichtswissenschaften; geb. 1929; Promotion in Theologie 1962; Habilitation 1967; von 1971-1997 Professor für Kirchengeschichte des Mittelalters und der Neuzeit an der Universität Augsburg (vorher Dillingen); Mitglied der Pontificia Academia theologica Romana; Herausgeber der Konziliengeschichte.

Buchveröffentlichungen (in Auswahl): „Das Konzil von Pavia-Siena 1423-1424", 2 Bde., Münster 1968 und 1974; „Galilei und die Kirche. Ein Fall und seine Lösung", Aachen ²1994; „Galilei und die Kirche oder das Recht auf Irrtum", Regensburg 1982; „Papst und Konzil im Großen Schisma (1378-1431). Studien und Quellen", Paderborn-München 1990; „Das Konzil von Konstanz 1414-1418", 2 Bde., Paderborn-München 1991 und 1997; Hg. des „Handbuchs der bayerischen Kirchengeschichte", St. Ottilien 1993.

Prof. DDr. Jutta Burggraf

Dr. theol., Dr. päd., Studium der Pädagogik (Promotion 1978) und Theologie (Promotion 1984) in Essen, Köln, Italien und Spanien; Professorin für Dogmatik an der Theologischen Fakultät der Universität Navarra. Veröffentlichungen in zahlreichen Ländern Europas und Amerikas zur Geschichte des Feminismus und zur mittelalterlichen und frühneuzeitlichen Theologie.
Jüngste Veröffentlichungen in deutscher Sprache (Auswahl):
„Teresa von Avila. Humanität und Glaubensleben", Schöningh, Paderborn-München-Wien-Zürich 1996; „Ja zu dir - Ja zu mir. Eine Neuentdeckung der christlichen Ehe und Familie vor dem Hintergrund der Frauenfrage", Bonifatius, Paderborn 1998.

Prof. Dr. Horst Bürkle

geb. 1925; Studien in Bonn, Tübingen, Köln und New York; 1952 Master of Theology, UTS New York; 1957 Dr. theol., Hamburg; 1959-1964 Studienleiter der Missionsakademie an der Universität Hamburg; 1964 Habilitation, Privatdozent an der Universität Hamburg; 1965-1968 Gastdozent an der Universität von Kampala/Uganda; 1968-1991 Ordinarius für Religions- und Missionswissenschaft an der Ludwig-Maximilians-Universität München; 1973-1975 Prorektor der Universität München; Gastprofessuren in Seoul, Kyoto und Innsbruck; Mitglied und zeitweise Vorsitzender in versch. wissenschaftlichen Gesellschaften; Gründungsmitglied der Europ. Akademie der Wissenschaften und Künste; 1987 Übertritt in die katholische Kirche.
Veröffentlichungen in Auswahl:
Monographien und zahlreiche Beiträge in wissenschaftlichen Werken und Zeitschriften; „Dialog mit dem Osten", Stuttgart 1965; „Einführung in die Theologie der Religionen", Darmstadt 1977; „Missionstheologie", Stuttgart 1979; „Der Mensch auf der Suche nach Gott - die Frage der Religionen", Paderborn 1996; Herausgeber und Mitautor versch. Sammelwerke, z.B. H. Bürkle (Hg.), „Grundwerte menschlichen Verhaltens in den Religionen", Frankfurt a.M. 1993; Mitherausgeber des Lexikons für Theologie und Kirche.

Prof. Dr. Rocco Buttiglione

Philosoph, Jurist; geb. 1948 in Gallipoli/Italien; Studium in Rom und Turin; Prof. an der Universität in Teramo; Prorektor der Internationalen Akademie für Philosophie (Liechtenstein); seit 1994 Mitglied der Päpstlichen Akademie der Sozialwissenschaften; Hauptforschungsgebiet: philosophische Anthropologie, Ethik, das Denken von Karol Wojtyla, Philosophie der Kultur, der Politik, des Rechts.
Buchveröffentlichungen (in Auswahl):
„La crisi dell'economia marxista. Gli inizi della Scuola di Francoforte", Roma 1979; „Il pensiero di Karol Wojtyla", Milano 1982; „L'uomo e il lavoro. Riflessioni sull'enciclica ‚Laborem exercens'", Bologna 1982; „‚Karol Wojtyla und das Konzil', Giovanni Paolo II all'Università di Friburgo in Svizzera", Fribourg 1984; „Metafisica della conoscenza e politica in S. Tommaso d'Aquino", Bologna 1985; „L'uomo e la famiglia", Roma 1991; „La crisi della morale", Roma 1991; „Il problema politico dei cattolici", Casale Monferrato 1993.

Prof. Dr. Guzmán M. Carriquiry Lecour
Untersekretär des Päpstlichen Rates für die Laien; Dr. des Rechts und der Sozialwissenschaften; geb. 1944 in Montevideo (Uruguay); verheiratet, 4 Kinder; Studium des Rechts und der Sozialwissenschaften an der „Universidad de la República Oriental del Uruguay"; diplomierter Rechtsanwalt; Lehrtätigkeit in Uruguay; Inhaber mehrerer Professuren, vor allem im Bereich lateinamerikanischer Geschichte und Kirchengeschichte sowie der Sozialwissenschaften; 1977-1991 verantwortliche Mitarbeit im Päpstlichen Rat für die Laien, seit 1991 Untersekretär; Teilnahme als Experte an Bischofssynoden in Rom (1974, 1980, 1987, 1997); mehrfache Teilnahme an offiziellen Delegationen des Hl. Stuhles an Konferenzen der Vereinten Nationen, an vielen Kongressen internationaler katholischer Organisationen, an den Synoden von Puebla (1979) und Santo Domingo (1992).
Veröffentlichungen:
Neben zahlreichen Beiträgen:
„El Concilio Vaticano II en América Latina", in: Revista NEXO, Montevideo, Nr. 1, 1983, S. 28-34; „Asociaciones de fieles y movimientos eclesiales en la Iglesia Católica hoy", in: „La voz de los laicos en el Sinodo", Vatikanstadt 1988, S. 138-148; „Desafios de la nueva evangelización a la luz del Magisterio de Juan Pablo II", Mexico-Stadt 1992; „Riflessioni attorno alle Centesimus Annus", in: Revista „Rassegna", XLIII, Nr. 4, Rom 1992, S. 19-30; „El compromiso social de los cristianos a la luz de la Exhortación apostólica Christifide-les Laici", Instituto Mexicano de Doctrina Social Cristiana, Mexico-Stadt 1993; „Los laicos: consagración, santidad, misión", Unión Pontificia Misional, Vatikanstadt 1993 (auch italienisch, französisch, englisch); „Il Concilio Vaticano II: l'Apostolicam Actuositatem", in: „Il Concilio Vaticano II, carisma e profezia", Libreria Editrice Vaticana 1997, S. 328-357; „La familia, lugar de en-cuentro con Cristo y de la vida del hombre", Ed. Vida y Espiritualidad, Lima 1997.

Erzbischof Dr. Paul Josef Cordes
geb. 1934 in der Erzdiözese Paderborn; Studium in Münster, Paderborn und Lyon (dort Beschäftigung mit großen französischen Theologen wie Henri de Lubac und Yves Congar); 1961 Priesterweihe; Seelsorgedienst in Bad Driburg und Tätigkeit in der Priesterausbildung in Paderborn; 1971 Promotion im Fach Dogmatik an der Universität Mainz: „Sendung zum Dienst. Exegetisch-historische und systematische Studien zum Konzilsdekret ‚Vom Dienst und Leben der Priester'" (italienisch: 1990); ab 1972 Referent für pastorale Fragen und Sekretär der Pastoralkommission im Sekretariat der Deutschen Bischofskonferenz in München; 1975 Weihbischof in Paderborn; 1980 Berufung zum Vizepräsidenten des Päpstlichen Rates für die Laien, somit vatikanischer Gesprächspartner der Internationalen Katholischen Organisationen, der weltweiten Geistlichen Bewegungen und der Laieninitiativen auf universalkirchlicher Ebene; seit 1995 Präsident des Päpstlichen Rates Cor unum (der vatikanischen Abteilung zur praktischen Realisierung der Caritas des Papstes).
Letzte Veröffentlichungen:
„Den Geist nicht auslöschen. Charismen und Neuevangelisierung", Freiburg 1990; „Communio. Utopie oder Programm?", Freiburg 1993; „Actuosa participatio – tätige Teilnahme", Paderborn 1995.

Luitpold A. Dorn
freier Journalist und Schriftsteller; geb. 1935 in Grönenbach (Unterallgäu); Studium der Philosophie und Theologie in Eichstätt und Erlangen; ab 1962 Beauftragter der deutschen Bischöfe zur Berichterstattung über das Zweite Vatikanische Konzil – in diesem Rahmen internationale Zusammenarbeit im römischen Centrum Informationis Catholicum; 20 Jahre Leiter dieses Zentrums, einer bedeutenden Drehscheibe kirchlicher Informationsgebung;

Vatikankorrespondent des ZDF; 1981 Wahl zum Präsidenten der im Vatikan akkreditierten Journalisten; setzte neue Maßstäbe des vatikanischen Informationswesens, bes. auf Papstreisen.
Veröffentlichungen (Auswahl):
„Johannes XXIII. – Auf ihn berufen sich alle", Graz 1986; „Paul VI. – Der einsame Reformer", Graz 1989; „Was will der Papst bei uns? – Unterwegs mit dem Heiligen Vater", Wien – München 1986; „Der Papst und die Kurie – Wie eine Weltkirche regiert wird", Freiburg i. Br. – Basel – Wien 1989.

Dr. Heinz-Joachim Fischer
geb. 1944 im östlichen Brandenburg, aufgewachsen in Berlin; 1963 Studien an der Päpstlichen Universität Gregoriana in Rom und an der Universität München; 1970 Lizenziat der Theologie; 1973 Promotion zum Dr. phil. mit einer religionsphilosophischen Arbeit „Die Auflösung des Begriffes der Offenbarung bei Ludwig Feuerbach als Negation deutscher Religionsphilosophie"; Journalist beim „Münchner Merkur"; 1974 Eintritt in die Politische Redaktion der „Frankfurter Allgemeinen Zeitung"; Verantwortlicher für die Berichterstattung über die katholische Kirche; seit 1978 Korrespondent in Rom für Italien und den Vatikan; Leiter des römischen Büros der FAZ; Reisen im Auftrag der FAZ in mehr als 80 Länder; erhielt mehrere Journalisten-Preise, u. a. den „Premio-Roma" und den „Premio Goethe".
Veröffentlichungen (in Auswahl):
„Sizilien", DuMont Verlag, Köln 1983; „Toskana", Prestel Verlag, München, ^{3}1990; „Süditalien", DuMont Verlag, Köln 1986; „Rom", DuMont Verlag, Köln ^{8}1995, Neuauflage 1996; „Der heilige Kampf. Geschichte und Gegenwart der Jesuiten", Piper Verlag, München ^{2}1988; „Umbrien", Prestel Verlag, München 1989; „Italien", DuMont Verlag, Köln ^{2}1990; „Das Lachen der Wölfin", Weitbrecht Verlag, Stuttgart 1993 (1995 als Taschenbuch im Rowohlt-Verlag Hamburg); „Der Turm des Griechen", Weitbrecht Verlag, Stuttgart 1995; „Die Nachfolge. Von der Zeit zwischen den Päpsten", Herder Verlag, Freiburg, 1997; „Die Jahre mit Johannes Paul II. Rechenschaft über ein politisches Pontifikat", Herder Verlag, Freiburg 1998; „Italia e Germania. Gli anni del Cancelliere Kohl", Ideazione Roma, 1998.

Dr. Herbert Gillessen
geb. 1940 in Köln; Studium der Anglistik und Romanistik in Köln, Madrid und Paris; 1975 Dr. phil. habil. in Berlin; Studium der Theologie in Regensburg und Rom; 1980 Priesterweihe in Berlin; seit 1984 Pfarrer der Gemeinde St. Bernhard in Berlin-Dahlem; seit 1992 Spiritual des Erzbischöflichen Priesterseminars „St. Petrus" in Berlin-Zehlendorf.
Veröffentlichungen:
„Themen, Bilder und Motive im Werk Eduardo Malleas", Paris 1966; „Pierre Emanuel: Jacob (Paris 1970) – Analyse und Interpretation", Frankfurt a. M. 1979; Rezensionen und Aufsätze zur französischen und spanischen Literatur und zur Spiritualität der hl. Theresia von Avila.

Prof. Dr. Remi Hoeckman OP
Dr. theol.; Sekretär der Kommission für die religiösen Beziehungen zum Judentum; geb. 1943 in Flandern (Belgien); 1962 Eintritt in den Dominikanerorden; 1969 Priesterweihe; Lektor und Dr. der Theologie an der Universität Fribourg/Schweiz (v. a. Studien zur Ökumene); Dozent in Kongo und Südafrika; Direktor des Center for the Coordination of Research of the International Federation of Catholic Universities in Rom; Professor für ökumenische Studien an der päpstlichen Universität St. Thomas in Rom; Berater an versch. Dikasterien der römischen Kurie; seit 1990 Mitglied der römischen Kurie (Kongregation für das katholische Bildungswesen).
Diverse Veröffentlichungen zum jüdisch-christlichen Dialog.

Prof. Dr. Stephan Otto Horn SDS

geb. 1934 in Isny/Allgäu; 1954 Eintritt in die Gesellschaft des Göttlichen Heilandes; 1960 Priesterweihe; 1966 Dr. theol.; 1979 Habilitation (System. Theologie – Dogmatik und Dogmengeschichte); ab 1981 Professor für Dogmatik an der Universität Augsburg; seit 1986 Professor für Fundamentaltheologie an der Universität Passau; Mitglied des Schülerkreises von Kard. Ratzinger.
Buchveröffentlichungen:
„Glaube und Rechtfertigung nach dem Konzilstheologen Andrés de Vega", Paderborn 1972; „Petrou Kathedra. Der Bischof von Rom und die Synoden von Ephesus (449) und Chalcedon", Paderborn 1982;
Mitherausgeber von:
„Weisheit Gottes – Weisheit der Welt" (Festschrift Kard. Ratzinger), St. Ottilien 1987; „Johannes Paul II., Sauerteig für die Welt. Geistliche Berufe in unserer Zeit", Würzburg 1997; „Joseph Kardinal Ratzinger, Vom Wiederauffinden der Mitte", hg. vom Schülerkreis, Freiburg 1997; Herausgeber von: „Joseph Kardinal Ratzinger, Heiligenpredigten", München 1997.

Weihbischof Dr. Hans-Jochen Jaschke

geb. 1941 im oberschlesischen Beuthen; 1961-1966 Studium an der Philosophisch-theologischen Hochschule in St. Georgen/ Frankfurt und an der Westfälischen Wilhelms-Universität in Münster; 1967 Priesterweihe; 1967-1970 Vikar an der Propsteikirche St. Johann in Bremen; 1970-1974 Studium zur Promotion in Regensburg und München bei Prof. Dr. Joseph Ratzinger; sodann Leiter des Niels-Stensen-Kollegs in Münster (Studienkolleg für die Osnabrücker und Hildesheimer Priesterkandidaten);
ab 1983 Pfarrer in Quakenbrück; 1989 Bischofsweihe in Osnabrück; seit 1989 Weihbischof in Hamburg und Schleswig-Holstein; Beauftragter der Deutschen Bischofskonferenz für die Vorbereitung auf das Jahr 2000; mit der Gründung des Erzbistums Hamburg Ernennung zum Weihbischof im Erzbistum Hamburg; Bischofsvikar für die Glaubenslehre und für Fragen der Ökumene, für weltkirchliche und gesellschaftliche Aufgaben sowie für den Bereich Kirche, Kultur und Medien.
Veröffentlichungen:
„Der Heilige Geist im Bekenntnis der Kirche. Eine Studie zur Pneumatologie des Irenäus von Lyon im Ausgang vom altchristlichen Glaubensbekenntnis", Regensburg 1974 (Diss.); „Das Sakrament der Weihe", in: H. Luthe (Hg.), „Christusbegegnung in den Sakramenten", Kevelaer [3]1994; Artikel über Irenäus sowie über Niels Stensen (TRE); diverse Aufsätze und Rezensionen.

Dr. Gisbert Kranz

geb. 1921 in Essen; Dr. phil.; Schriftsteller; Privatgelehrter; Theologe und Kulturhistoriker; Literaturwissenschaftler.
Veröffentlichungen (Auswahl aus den hagiologischen und hagiographischen Werken): „Politische Heilige und katholische Reformatoren" (3 Bde.), Augsburg 1958/59/63; „Heiligenleben als Bildungsgut", Paderborn 1965; „Winfried Bonifatius", Paderborn 1988; „Thomas von Kempen", Moers 1993; „Augustinus, sein Leben und Wirken", Mainz 1994; „Von Aschoka bis Schuman: Zehn exemplarische Staatsmänner", Würzburg 1996; „Zwölf Frauen", St. Ottilien 1998; „Zwölf Reformer", St. Ottilien 1998.

Kardinal Alfonso López Trujillo

Präsident des Päpstlichen Rates für die Familie; geb. 1935 in Villahermosa (Tolima)/ Kolumbien; 1960 zum Priester geweiht; Promotion in Philosophie in Rom (Pontificia Università di San Tommaso); Studium der Spiritualität (Teresianum im Rom); Mehrere Ehrendoktorate; Professor für Philosophie, Psychologie und Patristik am Großen Seminar von Bogotà und an der kolumbianischen Nationaluniversität; Lehrtätigkeit an der

Pädagogischen Universität von Kolumbien; 1971 Weihbischof von Bogotà; von 1972 bis 1979 Generalsekretär von CELAM; 1978 Erzbischof-Coadjutor von Medellín; Sekretär der 3. Generalversammlung des lateinamerikanischen Episkopats in Puebla; 1979 Erzbischof von Medellín; von 1979-1983 Präsident von CELAM; 1983 Erhebung zum Kardinal; Präsident der kolumbianischen Bischofskonferenz von 1987-1990; seit 1990 Präsident des Päpstlichen Rates für die Familie.
Buchveröffentlichungen:
„La concepción del hombre en Marx", Ed. Revista colombiana 1972; „El hombre un ser integral", Ed. Paulinas 1973; „La liberación y el compromiso del cristiano ante la política", Bilbao 1973; „Liberación marxista y liberación cristiana", B.A.C. 1974; „Teología liberadora en América Latina", Ed. Paulinas 1974; „Liberación o revolución?", Ed. Paulinas 1975; „Hacia una sociedad nueva", Ed. Paulinas 1978; „De Medellín a Puebla", B.A.C. 1980; „Caminos de evangelización", B.A.C. 1985; „Momento histórico de paz", Ed. Plaza & Janés 1985; „Opciones e interpretaciones a la luz de Puebla", CELAM Reflexiones sobre el Pontifical (Ordenación Presbiteral) (Colección Creemos Nr. 22, Medellín); „Vocación y discipulado" (Colección Creemos, Nr. 21); „La Famiglia: dono ed impegno, speranza dell'umanità" (Tipografia Città Nuova 1997); „Testimonios. Conversaciones con José Luis Guttiérrez García, Director Emérito de la B.A.C." (ed. Plaza & Janés 1997); „La Famiglia. Vita e nuova evangelizzazione" (Ed. San Paolo 1997).

Chiara Lubich

Gründerin der Fokolar-Bewegung; geb. 1920 in Trient. Eine tiefe geistliche Erfahrung ließ seit 1943 eine weltweite Bewegung entstehen. Neben den gemäß den evangelischen Räten lebenden Mitgliedern in den Frauen- und Männerfokolare gehören auch Verheiratete zur Bewegung. 1967 wurde die internationale Gen-Bewegung (Abkürzung für „New Generation") ins Leben gerufen. Weitere Gemeinschaften entwickelten sich, die in der gleichen Spiritualität leben. Im Rahmen der ökumenischen Ausrichtung wurde 1967 in Ottmaring bei Augsburg ein „Ökumenisches Lebenszentrum" gebildet. Es entwickelten sich auch tiefe Beziehungen zu Gläubigen anderer Religionen. 1977 erhielt Chiara Lubich den internationalen Templeton-Preis „für den Fortschritt des religiösen Lebens".
Veröffentlichungen in Auswahl:
„Chiara Lubich und die Fokolar-Bewegung. Gespräche mit der Gründerin", München 1982; „Im Dienst an allen", München 1983; „In Brot und Wein", München [5]1989; „Die Welt wird eins. Franca Zambonini im Gespräch mit der Gründerin der Fokolar-Bewegung", München [2]1992; „Einheit als Lebensstil. Aus der Geschichte und Spiritualität der Fokolarbewegung", München 1989; R. Betz, „Chiara Lubich und die Fokolar-Bewegung. Gespräche mit der Gründerin", München 1982; „Worte des Lebens. Wie man das Evangelium lebt", München 1980.

Kardinal Jean-Marie Lustiger

Erzbischof von Paris; geb. 1926; zum Priester geweiht 1954; zum Bischof von Orléans 1979; seit 1981 Erzbischof von Paris; zum Kardinal erhoben 1983; Mitglied verschiedener Kongregationen und des Päpstlichen Rates für die Kultur.
Veröffentlichungen (in Auswahl):
(Hg.), „Europa fordert die Christen. Zur Problematik von Nation und Konfession", Regensburg 1993; „Freude der Weihnacht", Freiburg 1985; „Habt Vertrauen", Freiburg [2]1983; „Die heilige Messe", Trier 1989; „Über das Beten. Erste Schritte zum Gespräch mit Gott", München 1987.

P. Jaroslaw Merecki

geb. 1960 in Bisztynek (Polen); Priester und Salvatorianer; philosophische und theologische Studien an der ordenseigenen Hochschule in Bagno und der Katholischen Universität Lublin (Polen) sowie an der Internationalen Akademie für Philosophie in Liechtenstein („The Problem of Eudaemonism in the Ethics of St. Thomas Aquinas"); Promotionsstudium an der Katholischen Universität Lublin („Naturalistic Fallacy and Natural Law. Josef Fuchs' Critique of the Theory of Natural Law"); diverse Forschungsarbeiten. Verschiedene Veröffentlichungen und Übersetzungen in Auswahl (in polnischer Sprache): „Zur Enzyklika ‚Veritatis splendor'", Tschenstochau 1994; „Europa als philosophische Konzeption" (zus. mit R. Buttiglione), Lublin 1996; „ABC der Ethik" (zus. mit T. Styczen), Lublin 1996; Mitherausgeber der Zeitschrift „Ethos".

Bischof Jean-Claude Périsset

Beigeordneter Sekretär des Päpstlichen Rates zur Förderung der Einheit der Christen; geb. 1939 in Estavayer-le-Lac (Fribourg, Schweiz); 1964 zum Priester geweiht für die Diözesen Lausanne, Genf und Fribourg; 1973 Promotion an der Gregoriana im kanonischen Recht („Curé ou ‚presbytérium paroissial'?"); im Dienst des Heiligen Stuhls seit 1969: Kongregationen für den Klerus sowie für die Bischöfe, Apostolische Nuntiaturen in Südafrika, Peru, Frankreich, Pakistan und Japan. Offizial der Diözesen Lausanne, Genf und Fribourg (1986-1991); im Dienst der Sektion des Staatssekretariats für die Beziehungen zu den Staaten (1991-1996); Beigeordneter Sekretär des Päpstlichen Rates zur Förderung der Einheit der Christen seit 1979; Bischofsweihe Januar 1997 durch Papst Johannes Paul II.
Veröffentlichungen:
„Curé ou ‚presbytérium paroissial'?", Rom 1982 (Analecta Gregoriana, Nr. 227); „La paroisse", 1989; „Les biens temporels de l'Église", 1996, in der Sammlung „Le nouveau droit ecclésial" (Ed. Fleurus-Tardy, Paris).

Kardinal Paul Poupard

Präsident des Päpstlichen Rates für die Kultur; geb. 1930 im Anjou, Frankreich; zum Priester geweiht 1954; Studentenseelsorger, Kaplan und Assistent der Katholischen Aktion in Paris; Studium an der Scuola di Studi Superiori (sez. di scienze religiose); Mitglied des Staatssekretariats von 1959-1971; Rektor des Institut Catholique in Paris von 1971-1981; 1979 Weihe zum Auxiliarbischof von Paris; 1980 Erhebung zum Erzbischof, 1985 zum Kardinal; Mitglied mehrerer Kongregationen und des Päpstlichen Rates für den interreligiösen Dialog.
Buchveröffentlichungen (in Auswahl) neben zahlreichen anderen Beiträgen:
„La Chiesa davanti alla sfida dell'ateismo contemporaneo", 1984; „Scienza e fede", 1986; „Il Concilio Vaticano II verso il 2000", 1987; „Inter Mirifica. Chiesa e Mass Media", [2]1988; „Il Papa", 1988; „Grande Dizionario delle Religioni", [2]1990; „La fede e l'ateismo nel mondo", 1989; „Felicità e fede cristiana", 1992; „L'identità culturale dell'Europa", 1994.

Kardinal Jospeh Ratzinger

Präfekt der Kongregation für die Glaubenslehre; geb. 1927 in Marktl am Inn; 1946-1951 Studium der Philosophie und Theologie in Freising und München; 1951 Priesterweihe in Freising; 1953 Promotion („Volk und Haus Gottes in Augustins Lehre von der Kirche"); 1957 Habilitation an der Universität München im Fach Fundamentaltheologie („Die Geschichtstheologie des heiligen Bonaventura"); 1958 Professor für Dogmatik und Fundamentaltheologie an der Philosophisch-theologischen Hochschule Freising; 1959 Berufung als Professor an die Universität Bonn; 1963 Ruf an die Universität Münster; 1966 Ruf an die Universität Tübingen; 1969 Ruf an die Universität Regensburg auf den Lehrstuhl für Systematische Theologie (Dogmatik und Dogmengeschichte); ab 1976 Vizepräsident der Universität Regensburg; 1977 Ernennung zum Erzbischof von München und Freising; noch 1977 Verleihung der Kardinalswürde durch Papst Paul VI.;

1981 Berufung an die Römische Kurie; Ernennung zum Präfekten der Kongregation für die Glaubenslehre, zum Präsidenten der Päpstlichen Bibelkommission und der Internationalen Theologenkommission; 1986-1992 Leiter der Päpstlichen Kommission zur Erstellung des „Katechismus der Katholischen Kirche"; 1993 Erhebung zum Kardinalbischof der suburbikarischen Diözese Velletri-Segni.
Veröffentlichungen:
Zahlreiche Beiträge in Zeitschriften und Sammelwerken, Lexikonartikel, Schriften und Rezensionen. In verschiedenen Sprachen erschienene Werke, u.a.:
„Einführung in das Christentum", München 1968; „Das neue Volk Gottes", Düsseldorf 1969; „Dogma und Verkündigung", München 1973; „Eschatologie", Regensburg 1977; „Das Fest des Glaubens", Einsiedeln 1981; „Theologische Prinzipienlehre", München 1982; „Schauen auf den Durchbohrten", Einsiedeln 1984; „Zur Lage des Glaubens", München 1985; „Kirche, Ökumene und Politik", Einsiedeln 1987; „Diener eurer Freude", Freiburg 1988; „Auf Christus schauen", Freiburg 1989; „Zur Gemeinschaft gerufen, Freiburg 1991; „Wendezeit für Europa", Einsiedeln 1991; „Wesen und Auftrag der Theologie", Einsiedeln 1993; „Wahrheit, Werte, Macht", Freiburg 1993; „Evangelium, Katechese, Katechismus. Streiflichter auf den Katechismus der katholischen Kirche", München-Zürich-Wien 1995; „Ein neues Lied für den Herrn. Christusglaube und Liturgie in der Gegenwart", Freiburg 1995; Joseph Kardinal Ratzinger/Peter Seewald, „Salz der Erde", Stuttgart 1996; „Bilder der Hoffnung. Wanderungen im Kirchenjahr", Stuttgart 1997; „Vom Wiederauffinden der Mitte. Grundorientierungen. Texte aus vier Jahrzehnten", hg. vom Schülerkreis, Freiburg 1997 (Bibliographie); „Die Vielfalt der Religionen und der Eine Bund", Hagen 1998; „Aus meinem Leben", Stuttgart 1998.

Prof. Dr. Anton Rauscher

Direktor der Katholischen Sozialwissenschaftlichen Zentralstelle Mönchengladbach (seit 1963); geb. 1928 in München; 1948-56 Studium der Philosophie, der Theologie und der Christlichen Gesellschaftslehre in Rom; 1956 Promotion in Theologie; 1956 Eintritt in die Gesellschaft Jesu; 1957-60 Aufenthalt in Japan, Dozent für Sozialethik an der Sophia-Universität in Tokyo; 1960-64 Studium der Wirtschaftswissenschaften in Münster; 1968 Habilitation für das Fach Christliche Sozialwissenschaften; 1971 bis zur Emeritierung 1996 Inhaber des Lehrstuhls für Christliche Gesellschaftslehre an der Universität Augsburg; Berater der Kommission VI der Deutschen Bischofskonferenz; Initiator wissenschaftlicher Tagungen in Deutschland, auch in den USA, in Südkorea, in Belgien und in der Slowakei.
Veröffentlichungen:
Herausgeber mehrerer wissenschaftlicher Reihen; Zahlreiche Beiträge in wissenschaftlichen Zeitschriften und Lexika; „Subsidiaritätsprinzip und berufsständische Ordnung in ‚Quadragesimo anno'", Münster 1958; „Die Eigenart des kirchlichen Dienstes. Zur Entscheidung der katholischen Kirche für den ‚dritten Weg'", Würzburg 1983; „Kirche in der Welt" (2 Bde., mit Bibliographie), Würzburg 1988.

Kardinal Camillo Ruini

Kardinalvikar von Rom; geb. 1931 in Sassuolo; zum Priester geweiht 1954, zum Bischof 1983, zum Erzbischof und zum Kardinal erhoben 1991; Generalvikar für die Diözese Rom seit 1991; Großkanzler der Päpstlichen Lateranuniversität; Mitglied der Kongregation für die Bischöfe.
Veröffentlichungen u.a.:
„La trascendenza della grazia nella teologia di san Tommaso D'Aquino", Rom 1971.

Kardinal Christoph Schönborn

Erzbischof von Wien; geb. 1945 in Skalken (Skalsko/Böhmen); 1945 Flucht nach Österreich; 1963 Eintritt in den Dominikanerorden; Studien an den Ordenshochschulen in Walberberg bei Bonn (Philosophie und Theologie) und Le Saulchoir (Theologie), an der Universität Wien (Philosophie und Psychologie), an der Ecole Pratique des Hautes Etudes, Sorbonne (Christianisme Byzantine et Slave) sowie am Institut Catholique in Paris (Theologie); 1970 Priesterweihe in Wien; 1971 Lektorats- und Lizentiatsexamen in Theologie; 1974 Promotion in Paris; 1973-1975 Studentenseelsorger an der Grazer Hochschulgemeinde; 1976 Extraordinarius für Dogmatik an der Universität Fribourg (Schweiz); seit 1978 zusätzlich für Theologie des christlichen Ostens; 1981-1991 Ordinarius für Dogmatik in Fribourg; 1980-1991 Mitglied der Theologischen Kommission der Schweizerischen Bischofskonferenz; 1980-1987 Mitglied der orthodox/römisch-katholischen Gesprächskommission der Schweiz; 1980-1984 Mitglied der christkatholisch/römisch-katholischen Gesprächskommission der Schweiz; seit 1980 Mitglied der Internationalen Theologenkommission; seit 1984 Mitglied des Stiftungsfonds „Pro Oriente"; 1987-1992 Sekretär der Redaktions-Kommission für den Katechismus der Katholischen Kirche; 1991 Bischofsweihe (Auxiliarbischof der Erzdiözese Wien); 1995 Ernennung zum Erzbischof Koadjutor, im gleichen Jahr Erzbischof von Wien; 1998 zum Kardinal kreiert.

Publikationen (in Auswahl):
„Die Christusikone", Schaffhausen 1984; „Einheit im Glauben", Einsiedeln 1984; „Existenz im Übergang", Trier-Einsiedeln 1987; „Reinkarnation und christlicher Glauben", in: Otto Bischofberger u.a. (Hg.), „Reinkarnation – Wiedergeburt – aus christlicher Sicht", Freiburg-Zürich 1987, S. 127-146; „Die kirchliche Erbsündenlehre im Umriß", in: Christoph Schönborn-Albert Görres-Robert Spaemann, „Zur kirchlichen Erbsündenlehre. Stellungnahmen zu einer brennenden Frage", Einsiedeln-Freiburg 1991, S. 69-102; „Weihnacht – Mythos wird Wirklichkeit", Freiburg 1992; „Herzstücke unseres Glaubens. Das Credo im Katechismus der Katholischen Kirche", Wien 1994; „Quellen unseres Glaubens. Liturgie und Sakramente im Katechismus der Katholischen Kirche", Wien 1996; „Leben für die Kirche. Die Fastenexerzitien des Papstes", Freiburg-Basel-Wien 1997; „Das theologische Profil des neuen Katechismus", in: „Der neue Katechismus der Katholischen Kirche", hg. von K. Becker-J. Eberle, St. Ottilien 1993, S. 145-166; „Wahrheit und Freiheit. Der ‚Weltkatechismus', die ‚Moralenzyklika' und die ‚Zeichen der Zeit'", in: „Denkanstöße", Schriftenreihe der Universitätsseelsorge Wien, Heft 9/1994, S. 17-42; „Wähle das Leben. Christliche Moral nach dem Katechismus der Katholischen Kirche", Wien 1998.

Frère Roger Schutz

Gründer und Prior der Gemeinschaft von Taizé; geb. 1915 im Dorf Provence (Schweiz); 1935 Theologiestudium in Lausanne und Straßburg; Präsident der evangelischen Studentenvereinigung in Lausanne; 1939 Gründung einer Gruppe zum Studium von Glaubensfragen; 1940 Gründung einer Art „Dritter Orden" – Grande Communauté; 1940 Kauf eines Hauses in Taizé; 1942 Flucht aus Taizé; 1944 Rückkehr nach Taizé; 1952/53 Niederschrift der Regel von Taizé; 1958: Papst Johannes XXIII. empfängt Roger Schutz; 1962 Einladung zum Vatikanischen Konzil; 1974 Verleihung des Templeton-Preises; Friedenspreis des deutschen Buchhandels.

Veröffentlichungen in Auswahl:
„Die Gewalt der Friedfertigen", Freiburg 1972; „Ein Fest ohne Ende", Gütersloh 1973; „Die Quellen von Taizé. Regel und Briefe", Freiburg-Basel-Wien 1980; „Frère Roger in seinem Tagebuch", Freiburg [2]1992; „In allem ein innerer Friede. Ein Jahresbegleitbuch", Freiburg [3]1998; „Die Quellen von Taizé. Liebe aller Liebe", Freiburg 1996; Mutter Teresa/Frère Schutz, „Gebet. Quelle der Liebe", Freiburg [5]1997.

Prof. Dr. Thaddäus Styczen SDS
Philosoph, Ethiker; geb. 1931 in Wolowice (Polen); Studium an der Jagellonen-Universität in Krakau und an der Philosophischen Fakultät der Katholischen Universität Lublin; Mitarbeiter und Stellvertreter, später Nachfolger von Kard. Wojtyla auf dem dortigen Lehrstuhl für Ethik; Direktor des Instituts Johannes Paul II.; Herausgeber der Zeitschrift „Ethos"; Gastprofessur an der Lateran-Universität in Rom; Gründungsmitglied der Internationalen Akademie für Philosophie (Dallas/USA, jetzt Liechtenstein); Berater des Päpstlichen Rates für die Familie und des Rates für die Seelsorge im Gesundheitsdienst; Mitglied der Päpstlichen Akademie für das Leben; Herausgeber und Mitarbeiter versch. philosophischer Zeitschriften; Forschungsarbeiten der Ethik, der Metaethik, der philosophischen und theologischen Anthropologie, sowie der Lehre Johannes Pauls II.
Veröffentlichungen in Auswahl (abgesehen von Monographien und anderen Veröffentlichungen in polnischer Sprache):
„Der Streit um den Menschen. Personaler Anspruch des Sittlichen", Kevelaer 1979; „Freiheit und Gesetz. Für oder gegen das Leben? Der Ethiker und die ‚Wirkungslosigkeit' der Wahrheit", in: „Christsein als radikales Füreinander." Festschrift für Bischof Alfons Nossol zum 40jährigen Priesterjubiläum, hg. von H. Dobiosch/Joachim Piegsa, Augsburg 1997, S. 128-151; „Christus ist in euch – Christus ist unter euch (Kol 1,27). Die Gnadenmoral in der Polarität von Vernunft und Glaube." Festschrift für Josef Georg Ziegler zum 80. Geburtstag, St. Ottilien 1998, S. 64-100.

Kardinal Jozef Tomko
Präfekt der Kongregation für die Evangelisierung der Völker, geb. 1924 in Udavské (Slowakei); 1949 Priesterweihe; Studium an der Theologischen Fakultät von Bratislava, an der Päpstlichen Universität des Laterans und der Gregoriana; Promotion in Theologie, Kirchenrecht und Sozialwissenschaften; 1955-1956 Dozententätigkeit an der internationalen Universität „Pro Deo" und 1970-1978 an der Gregoriana (Kanonisches Recht); 1950-1965 Vizerektor des Päpstlichen Nepomuk-Kollegs in Rom; seit 1961 Tätigkeit in der Kongregation für die Glaubenslehre; seit 1974 Untersekretär der Kongregation für die Bischöfe; 1979 Ernennung zum Generalsekretär der Bischofssynode und zum Titular-Erzbischof von Doclea; 1985 Erhebung zum Kardinal.
Veröffentlichungen:
Diverse Veröffentlichungen in verschiedenen Sprachen über Themen aus den Bereichen der Theologie, des Kirchenrechts, der Geschichte und der Spiritualität. Kommentare zu den Konzilsdokumenten *Lumen gentium* und *Gaudium et spes*. „Matrimoni misti", Napoli 1971; „The Development of Church Organization in Slovakia", Cambridge 1979; „Il sinodo dei Vescovi", Vatikanstadt 1986; „La missione verso il terzo millennio", Rom – Bologna 1998.

Prof. Dr. Vincent Twomey S.V.D.
geb. 1941 in Cork/Irland; 1963 Eintritt in die Gesellschaft des Göttlichen Wortes (SVD; Irische Provinz); 1970 Priesterweihe; Dr. theol 1979 (Regensburg); Mitglied des Schülerkreises von Kard. Ratzinger; Professor für Dogmatik in Bomana (Papua Neu-Guinea) 1979-1981; in St. Gabriel, Mödling bei Wien 1981-1983; seit 1983 Professor an der Päpstlichen Universität in Maynooth (Irland); seit 1997 Herausgeber der Zeitschrift „Irish Theological Quarterly".
Buchveröffentlichungen:
„Apostolikos Thronos: The Primacy of Rome as reflected in the Church History of Eusebius and the historico-apologetic writings of Saint Athanasius the Great", Münster 1981.
Mitherausgeber von:
„Christianity and Neoplatonism: The Proceed-

ings of the First Patristic Conference", Dublin 1992; „Scriptural Interpretation in the Fathers: Letter and Spirit", Dublin 1995; „Studies in Patristic Christology", Dublin 1998; „Joseph Ratzinger, Vom Wiederauffinden der Mitte", hg. vom Schülerkreis, Freiburg 1997 ([2]1998).

Kardinal Miloslav Vlk
Erzbischof von Prag und Primas von Böhmen, Präsident des Rats der Europäischen Bischofskonferenzen - CCEE; geb. 1932 in Lisnice (Südböhmen); 1952 Abitur in Budweis; 1952-1953 Arbeiter in einer Maschinenfabrik in Budweis; 1953-1955 Militärdienst in Karlsbad; Studium der Archivistik an der Karls-Universität in Prag; 1960 Promotion; Tätigkeiten in versch. südböhmischen Archiven; ab 1964 Studium an der Theologischen Fakultät in Leitmeritz; 1968 Priesterweihe und Ernennung zum Sekretär des Bischofs von Budweis, Josef Hlouch; nach versch. pastoralem Wirken endgültiger Entzug der staatlichen Genehmigung zur Ausübung des Priesteramtes; 1978-1986 Fensterputzer in Prag; heimliche Pastoraltätigkeit in kleinen Gruppen; 1986-1988 Tätigkeit im Betriebsarchiv der Tschechoslowakischen Staatsbank in Prag; 1989 einjährige Probe zur Ausübung des Priesteramtes; 1990 Weihe zum Diözesanbischof von Budweis; 1991 Ernennung zum Erzbischof von Prag und Wahl zum Vorsitzenden der Tschechischen Bischofskonferenz; 1993 und 1996 Wahl zum Präsidenten des Rats der Europäischen Bischofskonferenzen (CCEE); 1994 Erhebung zum Kardinal und Mitglied des Päpstlichen Rats für soziale Kommunikation und der Kongregation für die Ostkirchen.

George Weigel
geb. 1951 in Baltimore (Maryland); 1973 B.A. der Philosophie (Baltimore); 1975 M.A. der Theologie (Toronto); Senior Fellow und Präsident (1989-1996) des Ethic and Public Policy Center in Washington D.C.; derzeit Arbeit an einer Papstbiographie (voraussichtliches weltweites Erscheinungsdatum: Oktober 1999).
Veröffentlichungen:
Diverse Buchveröffentlichungen in versch. Sprachen; „The Present Failure and Future Promise of American Catholic Thought on War and Peace", Oxford 1987; „Catholicism and the Renewal of American Democracy", 1989; „The Final Revolution: The Resistance Church and the Collapse of Communism", Oxford 1992; „Soul of the World: Notes on the Future of Public Catholicism", 1996.

Ursprünglicher Erscheinungsort von Beiträgen

Die Texte von Chiara Lubich, Kard. Jean-Marie Lustiger und Roger Schutz sind zuerst erschienen in:
Giovanni Paolo II. pellegrino per il Vangelo, Cinisello Balsamo 1986 (Edizioni Paoline-Editrice SAIE).

Der Text von Walter Brandmüller ist zuerst erschienen in:
Annales Theologici (Rivista della Facoltà di Teologia dell'Ateneo Romano della Santa Croce) 6 (1992), S. 75ff.

Der Text von Kard. Christoph Schönborn ist zuerst erschienen in:
Sainteté et nouvelle Evangelisation, Venasque 1993, S. 441-459 (Editions du Carmel). Er wurde für dieses Buch überarbeitet.

Quellenverzeichnis

Ansprachen des Papstes sind für gewöhnlich nach den offiziösen Übersetzungen zitiert. (Verlautbarungen des Apostolischen Stuhls; Der Apostolische Stuhl). Wenn ein Autor oder Übersetzer eine eigene Übersetzung vorzog, ist der Beleg durch „Vgl." eingeführt.

AAS: Acta Apostolicae Sedis, Rom 1909 ff.

Ad gentes (AG): Dekret über die Missionstätigkeit der Kirche, II. Vatikanisches Konzil, 7.12.1965.

Aperite portas redemptori : Apostolisches Rundschreiben von Papst Johannes Paul II. zum Jubiläumsjahr der Erlösung, 6.1.1983.

Apostolicam actuositatem (AA): Dekret über das Laienapostolat, II. Vatikanisches Konzil, 18.11.1965.

Catechesi tradendae (CT): Apostolisches Schreiben von Papst Johannes Paul II. über die Katechese in unserer Zeit, 12.10.1979.

Centesimus annus (CA), Enzyklika von Seiner Heiligkeit Papst Johannes Paul II. zum hundertsten Jahrestag von Rerum novarum, 1991.

Christifideles laici (CL): Nachsynodales Apostolisches Schreiben von Papst Johannes Paul II. über die Berufung und Sendung der Laien in Kirche und Welt, 30.12.1988.

Christus dominus: Dekret über die Hirtenaufgabe der Bischöfe, II. Vatikanisches Konzil, 28.10.1965.

CIC: Codex juris canonici, Rom 1983.

DAS: Der Apostolische Stuhl, Ansprachen, Predigten und Botschaften des Papstes, Erklärungen der Kongregationen, Köln 1982 ff.

Dei verbum (DV): Dogmatische Konstitution über die göttliche Offenbarung, II. Vatikanisches Konzil, 18.11.1965.

Dives in misericordia, Enzyklika von Papst Johannes Paul II., 1980.

Dominum et vivificantem: Enzyklika von Papst Johannes Paul II. über den Heiligen Geist im Leben der Kirche und der Welt, 18.5.1986.

Ecclesiae sanctae: Motu proprio von Papst Paul VI. zur Ausführung einiger Dekrete des II. Vatikanischen Konzils, 6.8.1966.

Ecclesiam suam, Enzyklika von Papst Paul VI., 1964.

Ench. Vat.: Enchiridion Vaticanum. Documenti ufficiali della Santa Sede. Testo ufficiale e versione italiana, hg. von Erminio Lora, Bologna 1985 ff.

Evangelica testificatio (ET): Apostolisches Schreiben von Papst Paul VI. über die Erneuerung des Ordenslebens, 29.6.1971.

Evangelii nuntiandi (EN): Apostolisches Schreiben von Papst Paul VI. über die Evangelisierung in der Welt von heute, 8.12.1975.

Evangelium vitae (EV): Enzyklika von Papst Johannes Paul II. über den Wert und die Unantastbarkeit des menschlichen Lebens, 25.3.1995.

Familiaris consortio (FC): Apostolisches Schreiben von Papst Johannes Paul II. über die Aufgaben der christlichen Familie in der Welt von heute, 22.11.1981.

Gaudium et spes (GS): Pastorale Konstitution über die Kirche in der Welt von heute, II. Vatikanisches Konzil, 7.12.1965.

Gravissimum educationis (GE): Erklärung über die christliche Erziehung, II. Vatikanisches Konzil, 28.10.1965.

Johannes Paul II. (Karol Wojtyla), Von der Königswürde des Menschen, Stuttgart 1980.

Johannes Paul II., Die Schwelle der Hoffnung überschreiten, hg. von Vittorio Messori, Hamburg 1994.

Johannes Paul II., Geschenk und Geheimnis. Zum 50. Jahr meiner Priesterweihe, Graz, Wien, Köln 1997.

Johannes Paul II., Sauerteig für die Welt. Geistliche Berufe in unserer Zeit, hg. von Irene Grassl und Stephan Otto Horn, Würzburg 1997.

Johannnes Paul II., Zeichen des Widerspruchs, Zürich 1979.

Karol Wojtyla, (Andrzej Jawie´n), Der Laden des Goldschmieds. Szenische Meditationen über Liebe und Ehe, Freiburg i. Breisgau 1979.

Karol Wojtyla, Liebe und Verantwortung. Eine ethische Studie, München 1979.

Laborem exercens (LE): Enzyklika von Papst Johannes Paul II. über die menschliche Arbeit zum neunzigsten Jahrestag der Enzyklika „Rerum novarum", 14.9.1981.

Lumen gentium (LG). Dogmatische Konstitution über die Kirche, II. Vatikanisches Konzil, 21.11.1964.

Marialis cultus (MC): Apostolisches Schreiben von Papst Paul VI.vom 2.2.1974.

Mulieris dignitatem (MD): Apostolisches Schreiben von Papst Johannes Paul II. über die Würde und Berufung der Frau anläßlich des Marianischen Jahres (1988).

Nostra aetate (NA), Erklärung über das Verhältnis der Kirche zu den nichtchristlichen Religionen, 28.10.1965.

Optatam totius (OT): Dekret über die Ausbildung der Priester, II. Vatikanisches Konzil, 28.10.1965.

OR: L´Osservatore Romano, deutsche Ausgabe, 1971 ff.

Orientale lumen: Apostolisches Schreiben von Papst Johannes Paul II. zum hundertsten Jahrestag des Apostolischen Schreibens „Orientalium dignitas" von Papst Leo XIII., 25.5.1995.

Päpstliches Werk für kirchliche Berufe. Die Pastoral der Berufe in den Teilkirchen Europas. Arbeitsdokument des Kongresses über die Berufungen zum Priestertum und zum Ordensleben in Europa, Rom 1997.

Pastores dabo vobis: Nachsynodales Apostolisches Schreiben von Papst Johannes Paul II. an die Bischöfe, Priester und Gläubige über die Priesterbildung im Kontext der Gegenwart, 25.3.1992.

Perfectae caritatis (PC): Dekret über die zeitgemäße Erneuerung des Ordenslebens, II. Vatikanisches Konzil, 28.10.1965.

Presbyterorum ordinis (PO): Dekret über Dienst und Leben der Priester, II. Vatikanisches Konzil, 7.12.1965.

Provida mater: Apostolische Konstitution von Papst Pius XII. über die kanonischen Stände und Weltgemeinschaften zur Erlangung der christlichen Vollkommenheit, 2.2.1947.

Rahner K./Vorgrimler H., Kleines Konzilskompendium. Alle Konstitutionen, Dekrete und Erklärungen des Zweiten Vaticanums in der bischöflich beauftragten Übersetzung, Freiburg Basel Wien 1966.

Reconciliatio et poenitentia: Apostolisches Schreiben im Anschluß an die Bischofssynode von Papst Johannes Paul II. an die Bischöfe, die Priester und Diakone und an alle Gläubigen über Versöhnung und Buße in der Sendung der Kirche heute, 2.12.1984.

Redemptionis donum (RD): Apostolisches Schreiben von Papst Johannes Paul II. an die Ordensleute über das gottgeweihte Leben im Licht des Geheimnisses der Erlösung, 25.3.1984.

Redemptor hominis (RH): Antrittsenzyklika von Papst Johannes Paul II. über die Würde des Menschen in Christus, 4.3.1978.

Redemptoris custos (RC): Apostolisches Schreiben von Papst Johannes Paul II. über Gestalt und Sendung des heiligen Josef im Leben Christi und der Kirche, 15.8.1989.

Redemptoris mater (RM): Enzyklika von Papst Johannes Paul II. über die selige Jungfrau Maria im Leben der pilgernden Kirche, 25.3.1987.

Redemptoris missio: Enzyklika Seiner Heiligkeit Papst Johannes Paul II. über die fortdauernde Gültigkeit des missionarischen Auftrages, 7.12.1990.

Sacrosanctum concilium (SC): Konstitution über die heilige Liturgie, II. Vatikanisches Konzil, 4.12.1963.

Slavorum apostoli, Rundschreiben von Papst Johannes Paul II. an die Bischöfe, die Priester, die Ordensgemeinschaften und alle Gläubigen in Erinnerung an das Werk der Evangelisierung der heiligen Cyrill und Methodius vor 1100 Jahren, 1985.

Sollicitudo rei socialis (SRS): Enzyklika von Papst Johannes Paul II., 20.2.1988.

Tertio millennio adveniente (TMA): Apostolisches Schreiben von Papst Johannes Paul II. an die Bischöfe, Priester und Gläubigen zur Vorbereitung auf das Jubeljahr 2000, 1994.

Ut unum sint (UUS): Enzyklika von Papst Johannes Paul II. über den Einsatz für die Ökumene, 1995.

VApS: Verlautbarungen des Apostolischen Stuhls, Sekretariat der Deutschen Bischofskonferenz, Bonn 1975 ff.

Veritatis splendor (VS): Enzyklika von Papst Johannes Paul II. an alle Bischöfe der katholischen Kirche über einige grundlegende Fragen der kirchlichen Morallehre, 1993.

Vita consecrata (VC): Nachsynodales Apostolisches Schreiben von Papst Johannes Paul II. an den Episkopat und den Klerus, an die Orden und Kongregationen, an die Gesellschaften des Apostolischen Lebens, an die Säkularinstitute und an alle Gläubigen über das geweihte Leben und seine Sendung in Kirche und Welt, 25.3.1996.

Wort und Weisung (WuW), Kevelaer 1976-1981.